U0917019

她摘下草帽，白发在阳光下闪着光。她不哀也不痛，漫长的时间耗尽了她的悲伤和痛苦，过滤成难忘的思念，此时此刻，她思绪翻腾，往事如烟，爱怜齐涌。时空交错，真不知道是置身何地了。

租界

高仲泰 著

上海遠東出版社

图书在版编目（CIP）数据

租界/高仲泰著. —上海：上海远东出版社，2015
ISBN 978-7-5476-1021-3

Ⅰ. ①租… Ⅱ. ①高… Ⅲ. ①长篇小说—中国—当代
Ⅳ. ①I247.5

中国版本图书馆 CIP 数据核字（2015）第 212521 号

责任编辑 李 琳 李 梅
装帧设计 李 廉

租界
高仲泰 著

出 版 上海遠東出版社
（200235 中国上海市钦州南路 81 号）
发 行 上海人民出版社发行中心
印 刷 昆山亭林印刷有限责任公司
开 本 710×1000 1/16
印 张 30
插 页 1
字 数 600,000
版 次 2015 年 10 月第 1 版
印 次 2020 年 8 月第 2 次印刷
ISBN 978-7-5476-1021-3/I·301
定 价 98.00 元

目录

第一章
李香梅渡河献旗

这一天的黎明时分，谢晋元率领四百多名士兵奉命进驻苏州河边的四行仓库。

自 1937 年夏季起，发生在上海的淞沪会战，已延续了几个月。其酷烈程度，远远超过 1932 年那场 19 路军抵抗日军侵略的恶战。战区距离公共租界和法租界并不远，不过十几里路之外，甚至只有咫尺之遥。上海《申报》用岳飞的词来形容："铁骑满郊畿，风尘恶。兵安在？膏锋锷。民安在？填沟壑。叹江山如故，千村寥落。"

不错，上海郊外平坦而富饶的原野已寥无人烟。成熟的庄稼已到收获的节令，依然一片片长在田地里，或倒伏在地，无人收割。只有麻雀、青蛙和鸣蝉对战争一无所知。麻雀在白天会成群成群到稻田里抢食，夜晚青蛙和蝉成了主角，蛙声蝉鸣鼓噪一片。

中日军队是在上海租界的眼皮底下对阵交战，日本军机有时几乎是贴着租界和华界的边线呼啸而过，人们可以真真切切地看到机身上螺旋桨呼呼地旋转着，还有那个血红色的太阳标记。它们对中国军队的防守区狂轰滥炸，随着一串串炸弹在空中掷下，紧接着传来巨大的爆炸声。火光冲天，浓烟滚滚。一排排民居和厂房在炮火中轰然倒塌，化为瓦砾成堆的焦土。战争虽没有蔓延到由英国人、法国人、美国人控制的租界区域，但大上海的空气里充斥着硝烟和血腥的气味。一种刺鼻的令人窒息的气味，从夏天灼热的阳光到秋天银色闪耀的阳光里，不时飞舞着从天而降的黑乎乎的尘埃和气旋。黄浦江变得更加晦暗，弥漫着污水味和土腥气的晦暗。有时在烟气笼罩下，江鸥像褪了色的黑白照片里那样身影混沌。在没有夜战的黑夜，战区一片沉寂，无声无息，只有一根根探照灯的光柱在黯淡的苍穹划动着。

此刻，虽然即将天亮，蓝灰色的苏州河却还是静悄悄的，波澜不惊。细雨蒙蒙，没有月光，没有风，河道两侧泊满了各种各样杂乱的船只。暗淡的桅灯就像是点点萤火。偶尔有一艘早航的小火轮驶过，噗噗作响，烟囱冒着墨汁似的黑烟。上海滩高高低低的建筑群，笼罩在一层淡淡的雾霭中。外滩那些坚硬石块砌成的欧式大楼在曙色中露出傲人身姿，有几扇窗户已亮起了灯，金色的，沉甸甸的。第一辆电车"叮叮当当"地响起，照例这个时候，纺织厂、面粉厂会响起上海人称之为"波罗"的汽笛声，这是在召唤工人们起床上班。由于战争，租界之外的工厂不是被炸了，就是给军队做了阵地，因而那悠长、凄厉的汽笛声几乎成了绝唱。只有在租界内的工厂里，偶尔会响一下，可那声音战战兢兢的，像一个病人有气无力地喘着气。

在谢晋元进驻四行仓库之前，88 师全师在昨天深夜悄然从闸北撤退了。没有人觉察到这次大规模的军事行动，连日本人都蒙在鼓里。战场局势的演变表明，战局开始变得对中方不利。日本军队攻陷了中国军队一个又一个阵地。但日本人不奢望顽强的孙元良部在闸北最后会不战而溃。侵华日酋松井石根已调集军队，准备在闸北大战一场，啃下 88 师这块硬骨头。

国民党 88 师中校团副谢晋元是昨晚接到进驻苏州河畔的四行仓库、死守闸北的命令的。师长孙元良告诉他：日军突破大场，中国守军全线崩溃，战况告急。在上海市区，中央作战军只剩下闸北这一块最后的阵地。

谢晋元听后一愣，稍稍迟疑了一下，庄重地点了点头，表示坚决服从命令，但心里却顿感焦灼而惶惑。四行仓库是 88 师的师部。当 1937 年淞沪会战爆发，六十余万国军与三十余万日军对阵上海时，闸北战场是淞沪血战最早打响的地方。以孙元良为师长的第三战区 88 师，一直守卫在闸北地区。88 师打得很英勇，屡次重创向闸北发动猛攻的日军。8 月下旬，日军在宝山长江沿岸登陆后，淞沪会战的重心北移，88 师与日军对峙达两个半月之久，始终未让日军前进一步。日本在上海的大亚广播电台在广播中咬牙切齿地称 88 师为"闸北恶狼"。

虽然这是日本人恶毒的咒骂，但孙元良确实像只凶狠狡猾的狼，既勇猛又机灵。淞沪会战之初，88 师的指挥所设在中山大道 31 号桥附近的观音堂，那里不仅不隐蔽，而且各界人士频频前来探访慰问，中外记者更是川流不息。观音堂的热闹，丝毫不亚于过去香火旺盛的时候。孙元良是黄埔一期毕业生，入日本陆军士官学校第 21 期炮兵科学习。1932 年“一·二八”上海淞沪战役爆发时，他任国民革命军第 259 旅旅长，率部成功击败日军，确保了庙行镇阵地。此役被当时国际间评为“国民革命军第一次击败日军的战役”。孙元良也因此战擢升国民革命军第 88 师中将师长，并荣获宝鼎勋章。

观音堂过分热闹的现象引起了孙元良的警惕，进出的人又多又杂，难免有日本人的探子混迹其间。开战后第三天的黄昏，他便悄然离开指挥部，次日便将师指挥所秘密移往苏州河边的荣氏家族的福新面粉厂内。指挥所刚刚撤走，日本兵舰上的火炮便对准观音堂轰击，观音堂中殿的观音菩萨像被炸得粉碎，残壁上还插了好几枚没有爆炸的炮弹。事后，孙元良不禁暗暗流了一身冷汗。

当天，日本大亚广播电台和日本人办的报纸《上海日日新闻》《上海每日新闻》就刊登出 88 师师部被日军炮弹击中，师长孙元良等被炸死的消息，整个上海震惊万分。几乎是同时，孙元良在观音堂接待了几家报纸的记者，其中包括上海发行量最大的报纸《申报》和《字林西报》的记者采访。孙元良谈笑风生地陪同大家参观了变成一堆碎泥块的菩萨像，被炸塌大殿的残垣断壁，以及插在残壁上没有爆炸的炮弹。孙元良说：“日本人偷袭 88 师的指挥部，是在我意料之中的事。我早就想到他们会来这么一手。可惜他们失算了，看来我孙元良命不该绝，活下来要和倭寇拼个鱼死网破。”说完，孙元良大声地笑了起来，手臂用力地一挥。

其后，88 师指挥部与日军像在玩捉迷藏，日军的炮弹总是如影随形。有时，孙元良会故意摆出迷魂阵，让日本人上当，徒放一阵空炮。日本人发觉后，又恼又恨。孙元良最后转移到四行仓库，那里靠近租界，相对安全一些，但对外始终以观音堂为联络场所。

现在，师部又要从四行仓库撤出，仅派谢晋元率一个加强营驻守。那么，师部又要转移到何处去呢？整个 88 师在闸北又是如何布防呢？

孙元良看出谢晋元心存疑虑，便平静地说：“晋元，大场失陷，使得中央作战军陷入四面被困的境地，退路随时都有可能被日军切断，如不及时撤出，几十万官兵就面临着被合围的命运。作为军人，你我都看出情况大为不妙。”

“是的，我一听到大场失守的消息，第一个反应就是你刚才说的，中央作战军有陷入重围的可能。”谢晋元长期任 88 师司令部中校参谋，他对淞沪战场的态势洞如观火，他接过孙元良的话头说。

“所以，第三战区副司令长官顾祝同不得不下令，中央作战军马上放弃从北站到江湾之间的阵地，向苏州河沿岸江桥镇至小南翔一线撤退，与左翼作战军一道，进入内浏河、徐家行、广福、陈家行、北新泾一线35公里长的第二线防御阵地。”

“那么，我们师的去处何在呢？既然要我带一个加强营固守四行仓库，说明88师要和大部队脱离，继续留置在闸北，是不是这样？”

“你说得一点不错。”孙元良双目炯炯地看着谢晋元说，“根据原来的撤退计划，我们88师也将向北新泾一线转移。但后来情况有变，蒋委员长亲自给顾副司令打电话，下令他部署88师留守闸北沪宁铁路车站至苏州河北岸一带阵地。”

“乡下人不识走马灯，我给闹糊涂了。”谢晋元用他的广东国语说道，“大部队都撤走了，蒋委员长为何要让88师在闸北孤军奋战呢？整个师将进退不得，孤立无援。长官，恕我直言，这样的部署势必造成88师寡不敌众，孤立无援，其结果不用我说了。”

“不，蒋委员长自有他的道理。”孙元良说，“10月底，九国公约签字国的代表将在比利时首都布鲁塞尔开会，蒋委员长对这次会议寄予厚望。希望国际上有人出来替中国仗义执言，制止日本的侵华战争，对日本进行制裁。为了使中国在这次会议上占上风，也为了表示中国抗战的决心，他尽量要稳住上海的战局。即使上海不支，起码也要在上海市区保持最后一块阵地。这就是委员长要88师留置在闸北的原因。”

“可大场丢失后，闸北阵地侧背完全暴露，88师必须调整态势。长官，我冒昧地问一句，这态势如何来调控呢？”

“调整态势，这是一定的。现在我们整个88师的官兵生死都捆在一起了。”孙元良走到军事地图前，指着说，“委员长的意思，要我们把部队化整为零，守备市区坚固建筑物及郊区大小村庄，寸土必争，并伺机游击，尽量争取时间，唤起友邦同情。”

谢晋元皱起眉头，沉吟说：“长官，既然你信任我，把委员长的部署告诉我，我斗胆要说一句话，这个部署非常不妥。说得不太好听，这是将不会游泳的人往河里赶。”

孙元良对蒋介石的部署也存有想法，听谢晋元这么说，他顿时有了兴趣。他知道谢晋元不仅为人坦率，而且颇有谋略，是军中有名的智多星，便鼓励他说：

“晋元，这里没有外人，你有什么话，尽管说。”

“闸北除市街外，市郊一片平坦，毫无隐蔽，地形上不具备游击战的条件，至于分守据点，事实上也有困难。88 师已先后补充了六次兵员，目前部队新兵多达七八成。全师统一，对新兵且战且训，在实战中锻炼其战技，在各级军官层层节制的掌握以及老兵带头下，尚可保持战斗体系。一旦化整为零，开展游击，各自为战，则维系力顿告消失。在战斗体系解体、联系隔断、粮弹不继、缺乏统一指挥的状态下，很容易被日军各个击破。”

孙元良听后，深深点了点头，他不能不承认，谢晋元这番话说得极有道理。作为师长，当初对于这样的部署，虽绝对服从，但觉得一颗心沉了一沉。多年戎马生涯所积累的军事经验告诉他，一个师分割成多股小部队，置于日军的重重包围之中，显然是势穷力蹙，无法作为。他踌躇一番，想发表自己的看法，但最终还是保持了沉默。他之所以没有袒露自己的担忧，主要怕落下 88 师惧死的口实，让人笑话。他已作好战斗到最后一滴血，死守闸北的准备，所以最恨怯战的人，也时时鞭策自己绝不能怯战。军人的字典里，没有“怕死”这个词。而且，服从命令是军人的天职，正因为这样，他把到嘴边的话咽了回去，坚决地执行委员长的部署，将整个师豁了出去。可如今，谢晋元的话让他冷静了下来，他知道谢晋元绝不是胆小怯战的人，他这样说，完全是出于军事上的深谋远虑。他心里很明白，委员长所做出的部署，没有给 88 师留下一点退路，只是顾及政治上的考虑，而在军事上是犯了大忌。

孙元良来回踱了几步，问谢晋元：“晋元，你说得不错。其实，对这样的安排，我也有顾虑。刚才听你这么一说，我更觉得弊多利少。是啊，如果既能渡河，又能不溺水，岂不更好？那么，你能不能说说，我们怎样来执行委员长的命令呢？”

“我的想法，委员长的部署意在政治，而不是军事。主要让九国公约会议对中日之战有个公论。”谢晋元不假思索地说，“既然如此，似乎不必硬性规定兵力多少，也不必要拘泥何种方式，尽可授权部队，斟酌战场实际状况，来做适当的布置。”

“你能不能说得具体些，我们究竟留多少兵力，在军事上采取何种方式？”

“依我所见，我们守防闸北，不管怎样布置，目的只有一个，那就是不能有负委员长的期勉。”

“当然，这是一定的。”

“伸出手指，把巴掌张开来，不如捏紧一个拳头。我认为，只要选拔一支精锐部队，大概三五百人的兵力，来固守一两个据点，也就够了。”

“三五百人？”孙元良吃惊地说，“这仅仅是一个营的兵力，这行吗？你是知道的，在战场上占了不少便宜的日本人会像饿狼扑向羊群那样扑过来的。这么少的人，能挡得住他们的进攻吗？”

“倭寇凶恶，路人皆知，尤其目前，他们在上海连连得手，气焰更炽。但我们守备闸北最后阵地的目的，不是和他们决一死战，而是让世人知晓，中国军队还在闸北抗击日本军队，上海市区还有阵地在中国军队手里。所以，留守部队不在于多少，而在于精干。况且，兵力多是牺牲，兵力少也是牺牲，同时，守多数据点是守，择要守一两个据点也是守，意义完全相同，而我们 88 师不至于割成小块，在游击战中，像离群孤独的羊那样，被日本人一只只吞吃掉。目的能达到，88 师实力能保存，留得青山在，不怕没柴烧！”谢晋元说到这里，脸上露出了意味深长的笑容，看着边认真听他说边若有所思的师长孙元良，又继续说，“长官，如果你信得过我，把留守闸北的任务就交给我吧，这四行仓库就是我谢晋元的一个据点。我保证它是一颗日本人拔不掉的钉子。”

孙元良冷峻的脸上毫无表情，不看谢晋元一眼。他默默地坐了一会，霍然而起，走到谢晋元面前，紧紧握着谢晋元的手说：“我懂你的意思了。可事关重大，我得向顾副司令报告，让他取得委员长的训示。不过，你现在就去准备吧。”

统帅上海战区的第三战区副司令顾祝同很赞同 88 师新的部署，战局至此，中国军队撤退是明智之举，他也清楚，88 师孤军留守闸北等于以卵击石，羊入虎口。现在这个部署，是既保全 88 师又能在闸北保留最后一块阵地的两全之计。他费了很大的劲，在电话中说服蒋介石批准此策。他反复说明理由，蒋介石不耐烦了，说：“这件事你去决定吧，反正，在上海市区，我要中国士兵在那里和日本人打仗。至于是一个人，还是一千人、一万人，我就不管了。”

谢晋元就这样率部神不知鬼不觉地进驻了四行仓库。昨天这里还是 88 师的师部，可今天清晨起，就成了中国军队在闸北的最后一块阵地。坚守四行仓库的只有一个加强营的兵力，四百多人。为了迷惑敌人，谢晋元对外宣告八百人，这才有了“八百壮士”之说。

孙元良给了他最好的武器，每人装备一支中国仿造 G88 或 G98 式步枪，三百多发毛瑟子弹，两箱手榴弹，一顶德制头盔，一副防毒面具及食物袋。守军共装备 27 挺英国制造布伦式轻机枪，四挺水冷马克沁重机枪，还有八门德国造的迫击炮。以谢晋元所在的第524团第一营为基干，配备必要的特种兵。少校团副上官志标、少校营长杨瑞符为谢晋元的助手，他们都是师内有名的勇将。各连连长、排长也都是勇敢善战的青年军官。

谢晋元对这支士气如虹的队伍非常满意，特别是上官志标、杨瑞符，不仅和他有多年的香火之情，而且都是文武双全、有勇有谋的黄埔生。他深知未来的几天里，他们会遇到最为残酷的恶战，这幢高大坚固的库房有可能会成为驻守在这里的官兵的生命绝地。因此，谢晋元不能允许“八百壮士”中，尤其是他身边的军官中出现临阵畏惧、贪生怕死的人。一旦出现这样的人，将会动摇整个部队的军心。而军心对于这支孤军来说，就像是一个人的脊梁，支撑着人的身体，更支撑着人的胆气。脊梁断裂了，一个人也就完了。同样，军心动摇了，部队也就垮了。

四行仓库是当时上海金城、盐业、中南、大陆四家银行堆放货物的仓库，所以叫四行仓库。它位于苏州河北岸、北西藏路西侧、乌镇路东，北接国庆路。仓库门前沿河的路叫光复路，左前方即为新垃圾桥（现称上海西藏路桥），南与公共租界隔苏州河相望。

这是一幢六层钢筋水泥大厦，坚不可摧，易守难攻。其实，孙元良把师部安置在这里时，日本人的情报组织早就探明，但苦于日本与英美还有外交关系，四行仓库毗邻租界，加上闸北为88师所控制，防空机枪火力密集，除了派飞机在仓库上空高高盘旋，不敢贸然俯冲和投弹，使得四行仓库在战火纷飞中安然无恙。

进驻四行仓库后，谢晋元和上官志标、杨瑞符带着侦察班侦查周围地形，并立即构筑阵地，对部队进行布防，第一连占领右翼西藏路阵地，第三连占领交通银行大楼一带左翼阵地，第二连担任四行仓库外围守备，机关枪连除以两挺机枪布置在四行仓库楼顶上担任防空外，其余分配在第一、三连阵地上。

由于四行仓库的正门太大，很容易遭敌突破。谢晋元发现仓库里堆积着装有大豆、小麦和羊皮的麻袋，这是最好不过的构建工事的材料。于是，一声令下，大门很快被这些胀鼓鼓的麻袋堵上。

这时，天色已大亮。日军很快察觉到88师已从闸北各阵地撤退，便组织兵力占领北站大楼和其他据点。午后一时许，日军开始向四行仓库逼近，和守卫四行仓库的谢晋元部交上了火。

日军想不通，88师从一个个据点弃防而退，唯独苏州河畔的这幢仓库在顽强地抵抗着。可以看出来，这是一支孤立无援的军队，人数不足一千，像汹涌潮水面前一道孤零零的堤岸，阻止着日军的进犯。他们既不像是被大部队遗弃的零星部队，也不像是来不及撤退留下来的士兵，他们本可以从容地借道租界扬长而去。不，他们是做好充分的准备扼守在这里，这是中国军队有意识地凭借四行仓库所构筑的闸北最后一块阵地，一个难以攻克的堡垒。

可是，中国军队为何要这样做？他们想干什么？这支孤军的将领是谁？守备这座大海中的孤岛，对上海战局实在没有多大的意义，既然这样，中国军队为何要拼着命死守这幢空荡荡的库房呢？

日本人感到不可思议。他们被激怒了，接二连三地组织一次又一次进攻。

而四行仓库的中国守军依靠仓库的居高临下，以立体的无比猛烈的火网打得日本军队落荒而退，死伤无数，巨大密集的枪声、爆炸声响作一团，苏州河所有的船只早已仓皇离去，空阔的河面上空，弥漫着一股股浓黑的硝烟，像江南梅雨季节的浓重阴霾，久久不得散去。

四行仓库守军这种异乎寻常、不惜一切代价的抵抗，使敏感的日本人感到这些中国军人绝不是在意气用事，而是有明确的战略意图。这进一步激起日本军队非要拿下四行仓库这个据点的狠劲，不管孙元良这头“闸北恶狼”葫芦里卖什么药，唯有攻下它，将这支孤军斩尽杀绝，才能解开一切谜团。于是，更多的日本兵嗷嗷叫着，向四行仓库扑来。飞机在四行仓库伺机空袭，企图用几颗重磅炸弹将这幢建筑夷为平地，但只要飞机向四行仓库俯冲，就被屋顶的高射机枪一次次击退。有一架日本飞机的机翼被打穿了几个洞，拖着一缕浓烟慌忙逃走。日本人又出动坦克车，隆隆驶向四行仓库，刚露头，就遭遇到排山倒海般的射击，躲在它身后的日本兵像割韭菜似的成批倒下。四行仓库的墙壁上弹痕累累，千疮百孔，战斗到了白热化程度。

这场围绕四行仓库的攻防之战震动了上海租界，震动了整个上海。谢晋元部勇猛沉着地力挫日军的猛攻，数以万计的市民冒着枪弹横飞的危险，涌到四行仓库一河之隔的苏州河南岸观战，山呼海啸般地为八百壮士助威。

李香梅就是随战地学生服务队来到这里的。到这里来的人，只有极个别是像隔河观火般来看热闹的，绝大多数都热血沸腾、激情澎湃，来为八百壮士助战的。要不是通往对岸的桥头有美英海军陆战队把守，许多人会不由分说地冲过去，拿起武器和四行仓库的守军一起战斗。

李香梅本来说好要和男友徐佳林在南京路上的惠罗百货公司大门口碰头的，但学校的学生组织一动员，她就毫不犹豫地参加了战地学生服务队。这支服务队都是由 20 岁左右的女学生组成，个个如花似玉、青春娇美，但此刻她们都是那样神色凛然。李香梅早就把去百货公司的事忘得精光。她跟着队伍，戴着战地服务队的袖章，急匆匆地朝苏州河奔来。范吟月举着一面国旗，赵雅丽举着战地服务队的队旗，走在队列的前面，高唱着《义勇军进行曲》，雄壮，掷地有声。她们的神情是严肃的，步履是坚定的，是的，教会学校培养出来的温文尔雅的淑女气质在此刻荡然无存。

离她们不远，几乎是跟随她们的，是一列美国海军陆战队的士兵，约有五六十人，一伙强健的小伙子，阳光帅气。队列前各有一个士兵举着星条旗和绣有双头鹰、利剑的军旗。梭镖般的旗杆头闪闪发光。美国士兵大多长得人高马大的，头戴草绿色的钢盔，身穿草绿色的军装，腰间束着子弹带和一把长长的匕首，扛着长枪，脚蹬着皮鞋，套着白色绑套，在擂得震天作响的战鼓声中，威风凛凛地向前迈着整齐的步伐，旌旗耀目，甲胄鲜明，军容极壮。对英美驻守上海的军队，上海市民是熟悉的，因为在中日战争爆发之前，这些美国、英国的大兵，时常行进在上海的主要街道上，例如静安寺路、南京路、霞飞路等等。驻守部队出行时，行人及车辆纷纷让道。驻守部队行进路线并不限于大马路大街道，有时也会在小街小巷穿行，甚至会快步奔跑，惊得沿途的住户纷纷关门闭窗。如若驻守部队一时兴起，还会将整条街道拦起，演练部队作冲锋状，呼啸而过。这些出入旁若无人的现象使得有些上海人很看不惯，平时颇有怨言，徐佳林就在报纸上写文章抨击过这种如入无人之境横冲直撞的扰民之举。

但今天，沿街的行人纷纷向东沪女子学校的学生和美国海军陆战队夹道鼓掌、欢呼，因为大家知道，这些年轻漂亮的女学生是去声援八百壮士的，而美国驻防军，是开拔到苏州河边，严防日军侵犯租界的。

李香梅从来没走过这么长的路，也没有这么快地走路，但她一点都不感到疲乏。已经是秋天了，酷暑早已结束，路边树木的树叶开始失去油亮的绿色，慢慢变得枯干起来，在又湿又冷的秋风中飒飒作响。李香梅在队伍中走得满头大汗，在浩如烟海熙来攘往的人群里，她因为长得漂亮而回头率一直很高，对此，常常引得范吟月和赵雅丽的羡慕，也引得徐佳林忍不住沾沾自喜，李香梅本人并不怎么在意。但今天，在众人敬佩和欣赏的目光注视下，她的心里油然升起一种神圣的自豪感。

老远就听到"噼噼啪啪"的密集枪声，随着苏州河越来越近，变得越来越响，并夹杂着呛人的火药味。就像每年的大年三十，街巷里响彻的辞旧迎新的此起彼伏的爆竹声，巨大的城市在这个夜晚到处震耳欲聋。

可以想象那里飞矢似雨、浩浩狼烟的激烈程度。

队伍走到河边的马路,已看得见用铁丝网封锁的新垃圾桥了。这里最早是租界工部局的粪码头和垃圾码头,曾停泊过多艘装运粪便和垃圾的木船。附近有一座木桥横跨苏州河,便得名为垃圾桥。后来木桥改为欧式的水门汀桥梁,名为新垃圾桥。由于河对岸低矮的民房和建筑都被谢晋元部队烧掉,或被连续进攻的日军摧毁掉,所以一河之隔的四行仓库虽然弹痕累累,满目疮痍,仍不失为孤突和高大,城堡般地屹立在光复路河岸。

苏州河南岸人山人海,堆满了上海各界人士给四行仓库守军送来的食品、水果、罐头、药品和慰问信。南岸的各马路口,也是各种物资堆积如山。河边挤满了前来声援的市民,涌动的人潮,就像黄浦江里的潮汐一样,向前推来又退回。人们常常不约而同地呼喊着口号,或唱着抗日的歌曲,声音一浪高过一浪。有的还使劲挥动着国旗、代表各团体或单位的旗帜,以及用芦柴秆或小竹竿做的纸旗子,五彩缤纷的,飞飞扬扬的,声援对岸死守四行仓库的中国军人。

李香梅和范吟月、赵雅丽硬挤到最前沿,她们清清楚楚地看到,几十名日本兵端着机枪、冲锋枪、步枪正在向四行仓库发起冲锋;从四行仓库各楼层中正吐着红色火舌的窗户和沉甸甸的沙包后面,可隐隐看到中国军人的身影。

李香梅是第一次看到真正的战争,而且战争竟离她那么近,近得让她感到不太真实,好像是一种幻觉,她使劲掐一下肌肉紧绷绷的大腿,由于经常游泳,她的一双长长的大腿特别结实有力。大腿传来一阵彻骨的痛感,是真的,是真的在打仗,是中国军人以血肉之躯在抵挡着凶狠的日本兵的进攻。

她深深地被震撼了,被感动了,热辣辣的眼泪不可抑制地涌了上来,连她自己都没有想到,在一瞬间,竟会泪流满面,泣不成声。

娇小的范吟月奇怪地看着她,问:“香梅,你怎么哭起来了,你害怕了吗?”

“害怕? 我不害怕,你怎么以为我是因为怕而掉眼泪的? 不是的,我是因为感动,是因为这中国兵太了不起了,八百人孤独地抵抗几千鬼子疯狂的围剿!”李香梅抹着脸上的泪水,吵架似的大声和范吟月争辩。

“是啊,河彼岸,四行仓库八百壮士以一战救亡图存,河此岸,几万百姓振臂声援,同仇敌忾,这真是中国抗战的一个缩影……”范吟月说。

“你们看,四行仓库四周都是日本人的膏药旗,日本鬼子太嚣张了。”赵雅丽在旁边喊着,脸孔因为激动而涨得通红。李香梅循声看去,果然见到在四行仓库周围的日本阵地上飘着三面太阳旗。这是代表邪恶和野蛮的旗帜,岂能容它们在我们的眼皮底下肆无忌惮地飘着？她心中突然升起一个念头：为了以正压邪，为了鼓舞上海市民和浴血奋战的中国将士，表现中华民族不屈的精神，四行仓库的屋顶必须有一面中国国旗。

她一把夺过范吟月手中举着的中华民国国旗，在范吟月、赵雅丽和其他同学惊异不解的眼光中，麻利地将旗杆上的国旗扯下来，披在自己身上，并在胸前牢牢地扎一个结。

"你要做啥？香梅，你到底要做啥？"范吟月急急地问她。

"为什么对岸只有小日本的旗，而没有我们的旗？这太不应该了，你们说是不是？"李香梅瞪着漂亮的大眼睛问道。

"香梅，你是想把国旗送到对岸去？这太危险了，你水性好，可对岸枪林弹雨，万一有个闪失……"范吟月劝阻说。

"顾不到这些了，这河我游过，虽然河宽百米，这算不了什么，我能对付。"李香梅说完便朝河边奔去，然后一个猛子扎下去。范吟月、赵雅丽吃惊地看着跃进苏州河的李香梅。

李香梅划动着双臂，飞快地向对岸游去，披扎在肩上的国旗在水面上随着她的跃动的身子漂浮着，清楚地显出一轮白日和青天。

这时，战争处在这一轮和下一轮的间歇，枪声和爆炸声暂停，河对岸异常地安静下来，四行仓库的屋顶上，有一个军官模样的人用望远镜看着快速游过来的李香梅。

河这岸的人群也静了下来，屏气敛息地众目睽睽地注视着在河里游动自如，像一条大鱼般的直窜对岸的李香梅。大家显然都明白了她的意图，一边观察着对岸的动静，一边为她暗暗捏一把汗。苏州河散发着咸湿的夹杂着污水气味的气息，李香梅游得飞快，双手有力划动，身影在水里时隐时现。

未等日军反应过来，李香梅已游到对岸，从仓库前的一个码头登上岸，迅速跑入四行仓库底楼。谢晋元已在东南角唯一的通道口等她，李香梅解下湿漉漉的国旗，双手捧着，递给浑身散发着硝烟气味的谢晋元。

"姑娘，你这样做太危险了。"谢晋元说着，随手将一件军服披到李香梅瘦削的肩上。

"请问，你是谢团副吗？"

"我就是。小姐，你这样做太冒险了！"

"谢团副，请在四行仓库升起我们的国旗吧！"

谢晋元郑重地点点头，吩咐准备升旗。他带着李香梅和十几名战士，出现在四行仓库的屋顶上，这里堆着沙包，架着机枪，有两个哨兵，时刻监视着日军的动静。

因为屋顶没有旗杆，杨瑞符找来两根竹竿，用铅丝捆扎成旗杆。谢晋元亲自将竹竿插进国旗的套缝里，牢牢地固定在仓库顶上的铁栏杆上。屋顶的风很大，国旗在风中飘扬着，猎猎作响。谢晋元抬头望着国旗，轮廓分明的脸上露出了欣慰的笑容，他大喊一声“敬礼”！然后庄严地举手行军礼。四行仓库的守军都在自己堡垒里同时敬礼。李香梅恭恭敬敬地向国旗三鞠躬，然后肃立。没有音乐，没有仪式，只有几声冷枪，尖啸着从四行仓库上空飞掠而过。一群鸽子，这座城市的精灵，在天空盘旋，俯瞰着惊心动魄的战争和这一面国旗。这时，南岸的一万多民众顿时血脉贲张，泪流满面，欢呼声、呐喊声在苏州河上空久久回荡，高举的手臂就像一大片茂密的树林。

站在仓库屋顶的谢晋元又面向南岸，把手举到帽檐上敬礼。他久久没有放下手，这个黄埔四期生，参加过北伐的悍将哭了。他是广东蕉岭县人，出身于一个贫苦的农户，广州国立师范毕业后，便投笔从戎，转入黄埔军校第四期，后参加北伐战争和抗日战争。淞沪战争之前，他将妻子和三个孩子护送回蕉岭老宅，镇定地安排了家事。他这样做，已意识到中日一旦在上海开战，必残酷无比，他已作好了战死疆场，马革裹尸的准备。此时此刻，面对着这面湿淋淋的国旗，他心潮澎湃，深感自己使命重大，他不是孤军，他的背后站着咆哮如雷的全中国和全上海的同胞。这个硬汉流泪了，他的壮士们亦无不泪眼婆娑。南岸所聚集的一万多人瞬间静了下来，纷纷脱帽鞠躬还礼。

礼毕，谢晋元望了下李香梅胸前的校徽，说道：“原来你还是个学生，想不到娇贵的上海小姐有这样的胆量。好，好样的。请告诉我你的名字，日后如有机会，我会去谢你的。”

李香梅将自己的姓名告诉谢晋元，并认真地说：“谢团副，你不用谢我，我不过是做了一件应该做的事。该感谢的是坚守四行仓库的八百壮士，全上海的中国人都从心里感激你们，崇敬你们。”

“李小姐，请你转告上海的百姓，四行仓库是我们八百战士报国尽忠之处。”谢晋元一脸的坚毅，决绝地说，“我谢某是军人，军中无虚言，我也不会讲大道理，只懂得不能有负国家和蒋委员长重托，哪怕殉国，也在所不惜。”

谢晋元说完，带着李香梅参观仓库各处，只见门窗和各种工事除沙包之外，都就地利用仓库积存的整麻袋黄豆或麦子、布匹堆成，看上去十分坚固。但负伤的战士们因为没有药品，躺在地上痛苦地呻吟。干粮一时供不上，战士们只能将麦子、黄豆煮熟后充饥。但因为战事的紧张，战士们无暇顾及好好吃东西，往往吃上几口，又端起了枪。每个人的脸上都是汗渍渍的，沾满了污痕。李香梅看到他们时，他们还乐观地向她做个鬼脸，李香梅见状，心里十分难受，一种同舟共济的感情在她血液中激荡着。她向谢晋元要求留下来替他们服务，还可以设法让她的同学过来，战地服务队就应该到战地服务嘛，岂能总是隔河观火，干喊几声？还有，堆积在马路口的药品、食品等物资也要设法运过来。

"不行，李小姐，我领情了。你必须离开，这里太危险了。"谢晋元坚决地说，"当然，若能送一点药品、干粮过来，是需要的，光饼就行，这是最好的了，如果为难，万万不能妄动。"说到这里，谢晋元让副官取过一只牛皮挂包，从包里取出一支小巧的手枪，手枪的发蓝闪着光，枪柄两面镶着象牙。

谢晋元拿着手枪对李香梅说："这是我从一个日本大佐那里缴获的，杀伤力不大。毕竟是一支枪，近距离也能打死人，我送给李小姐了，留个纪念。"

这时，副官在一旁插话说："这枪好使，打开保险，拉开枪栓，扳动枪机就行了。枪里有五颗子弹，用完了就没有了，你可要爱惜点，不要用它去打麻雀。"说着，接过谢晋元手中的这支漂亮精致的手枪，比划给李香梅看，然后连枪带套用一块油布包好，塞到李香梅手里。

李香梅将油布塞在怀里，还想对谢晋元说什么，谢晋元硬是把她推出通道，大声说："趁小日本还没有发起新的进攻，你马上离开这里。快跳河，快！"

李香梅朝谢晋元弯腰一鞠躬，把军服还给谢晋元，迅捷穿过四行仓库门前的光复路，跃下苏州河，头上枪声大作，日军已发现了她。谢晋元立即下令开枪掩护李香梅。这时，一团团沉重的乌云压在上海上空，刮起了一阵阵大风，天色暗了下来，看来马上要下大雨了。和四行仓库相望的苏州河南岸的街垒里，美国驻上海海军陆战队中士马赫在掩体背后，举着照相机拍照。他所在的队伍就是跟随东沪女子学校战务队差不多同时到达河岸防地的。刚才，李香梅渡河送旗，并和谢晋元一起在仓库顶上升旗，谢晋元及屋顶的守军行礼，河这边的中国人纷纷鞠躬等情景，都让他一一拍了下来。

日军在发现李香梅之际，又发起了新一轮进攻。一个日本指挥官率领几十个日本兵向四行仓库发起袭击，指挥官挥舞着指挥刀，狂叫着。还有几个日本兵朝河里游动的李香梅开枪。

马赫用脖子上的照相机拍了几张照，又举起手中的卡宾枪，瞄准了那个指挥官开枪，几颗子弹射过去，日本指挥官应声倒地。美国海军陆战队二分队队长埃克森闻声过来斥责，英美是中立国，驻军司令司马莱特有令，没有得到允许，任何在这里警戒的英美军人都不能开枪。马赫满不在乎地耸耸肩膀，嘴里嘟囔了几句，放下了枪，举起了照相机，又将镜头对准河里飞鱼般的李香梅。

乌云密布，天色晦暝，很大的雨滴一阵阵洒落下来。眼看就要到岸，突然，李香梅感到手臂上一阵热辣辣的灼痛——她中弹了，身体渐渐往下沉去。马赫在照相机镜头里看得一清二楚，心里一惊，不假思索地摘下相机，冲出掩体，纵身一跃，跳下河游到李香梅身边，将她救上岸边的码头。这时，范吟月、赵雅丽等李香梅的同学和众多的市民涌了上来。此时的李香梅脸色苍白，痛苦难耐。马赫喊着要大家让开路，推开哭喊着的范吟月、赵雅丽等人，将李香梅驮在自己背上，疾步走到一辆军用吉普车前，不容置疑地喝道："快开车，这位中国小姐受伤了，立即去营地医院。"

吉普车飞驰而去。大雨倾盆而下，范吟月、赵雅丽望着远去的吉普车擦拭泪水，心急如焚，不知所措。而对岸的四行仓库的阵地，正打得不可开交。

人堆里挤过来两个二十六七岁着西装的年轻人，脸上显出紧张的神情，拉着范吟月问："范小姐，香梅出了什么事了？为什么由一个外国军人背着乘车去了？"

范吟月认出问她话的是李香梅的哥哥李丹沪，另一个姓龚，是上海一个剧社的导演，也是个作家，在上海小有名气。她们在李香梅的家中见过李丹沪和这位龚导演几次，这两个男子有相似之处，着装考究而体面，谈吐幽默有学识，有着江南人淡淡的眉毛和明亮的单眼皮的眼睛。这给范吟月和赵雅丽留下很深的印象。范吟月几次羡慕地对李香梅说："香梅，你们家不愧是江南书香门第，到了大上海，父亲哥哥都成了工厂主，仍旧往来无白丁，谈笑多鸿儒。"

香梅看到小巧玲珑的范吟月和体态丰腴的赵雅丽脸上有神往之色，猜到她们已为眼前的两个男子所动心，便暗暗地说："我哥哥和龚先生还是王老五，而且是钻石王老五，你们如果有意思，我可以牵牵线。不要难为情，他们身后的女孩子可不少啊，你们可要捷足先登，过了这个村，就没有这个店了。"

"去，去，香梅，你想到哪里去了？这么急吼吼的，怕我们嫁不出去了。"范吟月快人快语地说。赵雅丽厚道地笑着，脸都红了。

虽然置身于已经相当开化的上海，男女之大防的樊篱已不存在，尤其到了高中三年级，女同学中私订终身的已不少，许多人也有了来往密切的男友。但自由恋爱的风气依然受到中国式传统婚姻观的节制，女孩子的婚事更多地受到父母意愿的主宰。所以，三个同班同学加宿舍室友对这个话题没有深入下去。后来，上海的局势不稳，遭遇到从未有过的兵衅之灾，除了李香梅的生活里有了一个徐佳林，范吟月和赵雅丽暂时未考虑这方面的事情。三个情同姐妹的同学没有想到，这场战争使她们后来的生活发生了巨大的改变，特别是李香梅。

范吟月对忧虑重重的李丹沪说："李先生，你不知道吗？刚才，香梅游到河对岸，给谢晋元献旗去了。在游回来的时候，中了日本人的子弹，是一个美国兵跳到河里去救了她，现在可能是送医院去治疗。"

赵雅丽眼镜片后面的眼睛透着焦灼，连嗓子都带上了哭腔，她问："这里的每个人都看到香梅的出乎意料的壮举了，谁都没有想到她会冒这个险，她好勇敢，好勇敢啊！可是，你怎么没有看到呢？你看，就是那面四行仓库屋顶上的国旗。"

在黑沉沉的四行仓库的屋顶，果然有一面国旗在风雨中飘动着，挣扎着。它飘得有些艰难，有时候整面旗帜都卷裹在旗杆上，但很快又舒展开来。由于浸透了水，风势稍弱，它会低垂下来，显得有些沉重。

"是的，我没有看到。但我和龚先生听说了，我没想到这个献旗的女孩子竟是香梅。刚才我们在乌镇路口的一幢房子里商量事情。过来时，远远看到一个外国军人背着香梅乘吉普车去了。"李丹沪因为焦急而说得有些啰唆，为此，他歉疚地看着妹妹的两个女同学，竟然不知道妹妹做了这般轰轰烈烈的事，他又指了指赵雅丽手中的"东沪女子中学战地服务队"的旗帜，继续说，"我还是看到这面旗帜才找到你们的。"

龚先生叫龚宇伟，这时，他比李丹沪显得冷静沉着，他劝慰李丹沪说："丹沪，你别着急，我刚才看着香梅的样子，好像伤势并不重。请这两位小姐打听一下，香梅被送到哪家医院去了，我们办完这儿的事情，再去找她。"

李丹沪对范吟月、赵雅丽说："拜托你们打听一下，好不好？"

没等赵雅丽、范吟月回答，东沪女子中学的一个女同学走过来说："我刚才听街垒里一个美国海军陆战队的中尉说，李香梅被送营地医院去了，据说在跑马厅旁边。"

李丹沪和龚宇伟对视了一下，向范吟月、赵雅丽以及那位来报信的女同学道了声"谢谢"就匆匆离开了。

大雨滂沱，俄顷之间，如倾如注，白茫茫一片。四行仓库终于静寂下来，河岸边聚集的人群散去大半，显得空荡荡的。连街垒里海军陆战队的士兵也撤到附近的房子里去了。在狂风暴雨的掩护下，龚宇伟和李丹沪指挥十几个工人，将堆在街头的食品、药品搬运到河岸码头，又搬入几艘艄艄船上，船老大敏捷地用竹篙将船撑到对岸四行仓库前的码头。龚宇伟一挥手，一队士兵从通道里冲出来，以最快的速度，将食品、药品抢运到大楼内。李丹沪和龚宇伟登岸，通过狭狭的通道，来到四行仓库的底层，他俩向谢晋元作了自我介绍，说明是以上海职业界救亡协会、上海文化界救亡协会、上海海关战时服务团的名义送的慰问品。谢晋元感激地说："太好了，你们送来的东西，真是及时雨啊。两位先生辛苦了，我们会多杀几个日本鬼子报答上海各界人士。"

龚宇伟说："八百壮士打出了军威、国威，不愧为一支仁义之师、威武之师。谢团副，你让上海的中国人看到了希望。"

"过奖了，我们是一介军人，守土有责啊。眼看大好河山，一大片一大片沦落铁蹄，作为军人，真是无颜见父老乡亲啊。惭愧，惭愧。"谢晋元望着屋外的绵绵大雨说，"上海职业界救亡协会和上海文化界救亡协会，据我了解是友党领导的团体。"

龚宇伟坦率地说："谢团副猜对了。"

谢晋元伸出手，紧紧地握住龚宇伟说："好，好，贵党和国民党应当团结起来，一致对外。本是同根生，为何要相煎太急呢？西安事变能和平解决，说明贵党能以民族大义为重，我读过贵党搁置争议、共同抗日的通电，贵党的气度和顺乎潮流的明智之举，让鄙人佩服。军人不问政治，但军事和政治是分不开的。我乐见国共合作，共同抗日，这可是值得庆幸的众望所归的大好事。"

"谢团副说得不错。国共两党，能够化干戈为玉帛，枪口一致对外，这是民族之大幸，国家之大幸。"龚宇伟笑着说，"谢团副，我们还会继续寻找机会，送东西给你们的。上海的中国人始终和你们血肉相连，绝不会让咫尺之近的四行仓库如隔天涯。"

"是，我对我的士兵说，我们不是孤军奋战，你们看，河对面有上万民众在替我们助威呢！还有，几百万上海市民和我们肩并肩站在一起，我们并不孤单。今天下午，一个女学生，冒着生命危险，送来了一面国旗，我们的士兵无不精神一振，额手相庆。"

"谢团副，你说的这女学生，就是这位李先生的妹妹。"

“真的!”谢晋元欣喜地说,“能认识你们这对好兄妹,我太高兴了。你们像空降兵一样,半天之内,先后降落在四行仓库,好像原先约好了的。李先生,我很欣赏你的妹妹,她的模样和她的名字一样可爱。”

谢晋元的副官在一旁插话说:“李小姐在游回去时,受了伤。怕长官担心,我没有告诉你。”

“我在望远镜里看到了,是一个美国兵将她救起来的。”谢晋元脸上陡然变色,说,“真对不起,我们连一个小姑娘都保护不了。要是李小姐有个意外,我饶不了自己。”

“谢团副,你别担心,香梅是被美国海军陆战队救上来的,送到美国人的营地医院去了。听说伤不重。”李丹沪说,“等她伤好了,我再叫她过来看你。”

这时,李香梅躺在美国驻上海的海军陆战队营地医院整洁的病房里,马赫将她送到这里时,一个叫艾佛的美国医生立即对她的伤口做了检查。她很幸运,也许是她的长臂在水里划动的缘故,那颗子弹没有钻入她的肌肉,而只是擦伤了臂膀的表皮。艾佛医生很幽默,一味称赞她的皮肤光滑、健康,当他知道李香梅听得懂英语,便用英语对她说:“你知道子弹为何只是在你身上擦过去吗?这是因为你的皮肤简直比海豚还要光滑,光滑得子弹在你身上站不住脚。小姐,上帝怎么会赐给你这么好的皮肤呢?”边说边为李香梅的伤口消毒、包扎,同时,嘱咐护士小姐替她打消炎针、止痛针。李香梅止不住笑起来,连站在一旁配合医生的护士小姐都笑了。因为笑,使得手臂上的疼痛加剧了,她皱了下眉头。

“是吗?”李香梅忍着痛说,“你可能不知道,许多人包括我的母亲,认为我身上的最大缺点就是皮肤不好。”

“为什么?这太没有道理了。”艾佛医生怀疑地摇着头,“小姐是和我开玩笑吗?”

“不,我说的是真的。因为我的皮肤黑,上海人,我是指上海的中国人,崇尚皮肤白嫩,越白越好。你知道我的外号吗?”止痛针已经在发挥效果,她不太感到伤口在作痛了,脸上开始泛出了血色,她神情认真地说。

在医生给李香梅治疗伤口的时候,马赫一直在外面绕室徘徊。当他把李香梅从吉普车一把抱下,放到急救病房后,李香梅的伤口在流血,脸如白纸,疼痛得呻吟不止。放下后,医生发现她的胸前鼓鼓囊囊的,这在马赫背她的时候就感觉到了,那是个硬东西,坚硬地压着他的背。但他没有多想什么,也来不及想。医生将它取出来了,那东西用一块肮脏的油布包着,医生没有打开,将它直接交给马赫保管。马赫在走廊打开一看，发现是支可爱的小手枪。

马赫从门缝里见医生已将李香梅的伤口处理好，并无大碍，便推门进去。护士早就为李香梅换上了病员服，而马赫全身还湿乎乎的。他拿着那支手枪，站在门口，远远地看着病床上的李香梅。他发现，这个被他救起的女孩子是一个标准的东方美女，一头浓密的黑发，如瀑布般倾泻下来；一双黑色的眼睛，顾盼生辉，透着善良、纯洁；白被单下面，可隐约现出她身体起伏的曲线。他愣住了，没有马上走上前去。

李香梅没有注意到他，她正在说她的外号。她说："因为我的皮肤黑，有人就称我'黑皮'，这是不太好听的。好听的有'黑里俏''黑牡丹'，还有人讽刺我跌在煤炭里拣不出来。这是形容我的皮肤太黑了。"

艾佛医生哈哈大笑，两个护士小姐笑得用手捂住了嘴。马赫也"扑哧"一声笑起来，大步走上前，说："不，你的肤色很好，是阳光少女的皮肤，你真正的外号应该是'阳光少女'。"马赫走到她床前，手里捧着那支手枪，"你看上去气色不错，比刚送到营地医院的时候好多了。"

李香梅疑惑地看着这个高大英俊的美国士兵，隆鼻碧眼，麦色头发，下巴、两腮留有剃掉的胡须青痕，卷着袖管的手臂上，密密地长着一层棕黄色的汗毛。李香梅和范吟月、赵雅丽是电影迷，确切地说是美国好莱坞电影迷，几乎每一部美国影片，她们都不放过。南京路上的大光明电影院，霞飞路上的国泰电影院，是她们经常出没的场所。影片中不乏军人，个个显得潇洒自如，英气十足。而眼前这个湿淋淋的美国士兵，不就活脱脱的是从好莱坞影片中走出来的男主角么？连他的胡须、汗毛都如电影中士兵那般浓密。李香梅曾和范吟月、赵雅丽在私下戏说这些美国大兵如同密西西比河的热带雨林。"不仅仅是热带雨林，而且还是一头野牛。我听说美国的原始森林曾经是印第安人和野牛的居住地。你们看，这些美国男人，那样强壮和粗鲁，像不像森林里的公牛？"范吟月说。

赵雅丽柔声柔气地说："我妈说，外国人长得都很漂亮，皮肤白得耀眼，身材也不错。特别是小女孩、小男孩都像南京路上惠罗公司陈列的洋娃娃。但就是汗毛太重，还有股说不出的味道。上了年纪，都会像面包一样地发酵出来，个个腰粗得像柴油桶。"

话虽这么说，她们心底里还是对年轻的白种男子有种暗暗的好感。不完全是由于他们的容貌和长相，还因为他们身上总洋溢着一种快乐、无忧无虑、俏皮的气质。当然，这一印象主要来自好莱坞电影那些英武的男主角。

眼前这位穿潮湿军服的“密西西比河热带雨林”和“美国野牛”怎么会出现在自己的病床前呢？谢晋元送给自己的手枪怎么会在他手里呢？他是谁？

“这位小姐没事了，我可以保证，她的手臂上不会留下任何伤痕，而且，两天以后，不，明天，你就可以领她出院了。”艾佛医生对马赫说。

这几句话提醒了李香梅，她恍然大悟，原来这个美国士兵就是下河救起自己，并将自己送到这里的那个人，因为疼痛和紧张，她一时忘记了他。

“原来是你，我的救命恩人。”李香梅心怀感激地说，“没有你，我说不定已经喂苏州河里的鱼了。”

“没有那么严重。我不过是拉了你一把。”马赫的神情有些腼腆，他把手枪交给李香梅，“这支漂亮的小玩意把我的背压痛了。你是从哪里搞到它的？我看到手枪的象牙把柄上刻了几个中国字，好像是一个人的名字。”

“这是坚守四行仓库的谢晋元中校送给我的。他是从一个日本大佐那里缴获的。”李香梅从枪套中拔出手枪看了下说，“把柄上刻的就是中校先生的名字。我是第一次接触到真枪，我真不知道怎么处置它，我妈见到后，一定会吓煞的。”

“当它玩具吧，挺可爱的玩具，你如果要把它掷到垃圾桶里，就送给我。不过，我还是建议你留着它，它不仅好玩，而且对你绝对有用。好了，我该回去了。明天或后天我来接你出院。”马赫说。

“不用了，我会打电话给家里。我哥哥和父亲会来接我。如果医生同意，说不定我今晚就会回家。”

“那好。我走了，希望你早日康复。”

“太谢谢你了。有机会我请你到一家中餐馆吃饭。”

“是吗？那太好了。我到了上海半年，还没有像模像样去中国餐馆吃过一顿呢。我们去的地方，通常是酒吧和咖啡馆。”

马赫迟疑了一下，还想说什么，终究没有说出来，便匆匆走了。她看着他高大的身影从门口消逝。他走到花园，隔着病房的窗户，用手指敲了几下玻璃，笑了笑，才转身离开。外面的花园很大，树木很茂盛，遮天蔽日的，在飕飕的秋风中摇曳着，传出一片鸟雀鸣噪和鼓翼之声。天已转晴，几缕暗淡的斜阳透过树枝，照在窗户上。李香梅让护士扶着，到医生办公室打电话，是哥哥李丹沪接的电话。哥哥一听到她的声音，马上就叫起来：“香梅，你在哪里？佳林在这里，我让他给你讲话。”

电话里传来了徐佳林稳重的声音：“香梅，你不要紧吧，你真把我急死了。

伯母已哭了好几回，眼睛都哭红了。你怎么能做这样的傻事呢？太危险了，太意气用事了。”

“你别说了，你和哥哥马上来接我。我没什么，医生同意我出院。我把这里的地址告诉你。”香梅问了下营地医院的详细地址，告诉了徐佳林。

放下电话，她忽然想起了一件事，问护士：“你们知道那个送我过来的士兵叫什么名字吗？”

“我们只知道他是海军陆战队一名中士。但不知道他的姓名。我们以为你和他很熟悉，没想到你不认识他。”护士有些遗憾地说。

李香梅大为失望，责怪自己刚才连救命恩人的姓名都没打听，还要请人家吃饭呢，名字都叫不起来，到哪里去请他？这不仅是自己的失礼，而且是不可原谅的疏忽。自己是怎么啦？怎么这样糊涂，光想着什么密西西比河热带雨林和美国野牛，恰恰忘了这样重要的事情。

护上看到她脸上失色，神态惆怅而茫然，连忙说：“海军陆战队都要在租界各道口、桥头、河岸守防，另外，他们经常在跑马厅操练，你可以到这些地方找他。况且，你认真要找一个想找的人，总是找得到的。”

李香梅听后心里一下轻松多了。

这天晚上，在沪西北新泾镇的一个宅院里，88 师师长孙元良在宽敞的客厅的方砖地上来回踱步，他满脸的坚定，这坚定里还有一股狠气。副师长冯圣法和参谋长张柏亭注视着桌上的战争态势图，但心思显然不在地图上。

自从前两天撤出闸北后，88 师便调到位于苏州河南岸的北新泾守防。和 88 师一起防守北新泾的还有第 87 师、第 36 师、第 1 师等部。移师北新泾已两天多，至今还未和日军交火。苏州河全长 54 公里，是吴淞江经过上海的一段，下游始北新泾，上游至外白渡桥和黄浦江相接。苏州河流经上海闹市区，分东段和西段，西藏路以东的两岸，以及西段的南岸都在租界内，北岸，即所谓的闸北属华区。因此，北新泾苏州河的尽头，也是上海的尽头了。再往下退，就是上海的外围郊县金山、奉贤、松江了，再下去是杭嘉湖和苏锡常地区了。

此刻，北新泾镇显得异常幽暗静默，不是那种令人安宁的静谧，而是使人窒息的死一般的沉寂。从中国军队到达的那刻起，居民和村民就逃的逃，躲的躲，避的避，很快就人烟寥落。留下的是无人的住宅，紧闭的店铺，水流驱动的空转磨坊。

孙元良深知这份沉静很快就会打破，就在几天后，恶战就要发生，北新泾镇会被血与火所笼罩。至于苏州河南岸能不能守住，他没有多想，他希望能守住，希望能反败为胜，不仅能守住，还能夺回失去的阵地。但从闸北退驻到北新泾镇以来，他常常感到心神不宁。作为一支大军的将领，他很清楚战争的局势要向自己所期望的方向发展是不容易的，日本人已占了上风，中国军队在节节败退。中方在人数上远远多于日本，但在武器装备上，日本军队明显优于中国军队，日本军人打仗凶猛，中国军人打仗骁勇，双方每一次攻防都咬得很紧。两国的最高统帅部都明白此战役的重要性，所以倾全力决一胜负，导致战争不断升级。

这些天，孙元良一直在思索，为何会出现这样一个局面？最后的结果又会怎样？也常常和副师长冯圣法和参谋长张柏亭议论这些问题。孙元良的上司京沪警备司令兼机械化第五军军长陆军上将张治中曾对孙元良说过，作为一个带兵的统帅，要明了天下之大势。张治中说，不谋万世者，不足谋一时；不谋全局者，不足谋一域。孙元良牢牢记住了张军长的教诲，想事情的时候，起点和落点无不放在大局大势上。

孙元良猛地收住脚步，俯身到地图上。其实，他对这张地图早就烂熟于心，上面的每一根线条、每一个点、每一个标记，只要一闭眼就会化成活生生的直观的河流、道路、村庄、桥梁、城镇、建筑等，以及敌我双方所在的位置、兵力、装备、番号。地图上，参谋已将战争双方用红蓝铅笔标出。代表日军的蓝色箭头表明，日军第 9 师团在攻占了大场、陈家行后，迅速向南渡过蕰藻浜，冲过京沪铁路，插到苏州河北岸。他们的最终目标，是从沪西强渡苏州河，与第 3 师团和第 101 师团一起，从北面、西面、南面迂回包抄，切断中国军队的退路。

孙元良紧握拳头猛地往桌上的地图一击，目光冷冽，脸色铁青。冯圣法和张柏亭的心头咯噔一跳，紧盯着孙元良的脸，眼睛忽闪着，以为出了什么事。“师座，发生什么事了?”冯圣法小声问道。

“我们去外面走走，顺便到河岸巡查一下。”孙元良说着，取过美式夜视望远镜，束上套着手枪的腰带。卫兵过来替他披上斗篷。

三人走出宅院。这幢宅院的主人是个开明乡绅，见中国军队进入北新泾镇，便让出宅院供 88 师做指挥部，自己带着家眷和细软避居到租界去了。他们在小镇巷子的石板路上走着，后面跟着一小队卫兵。巷子里静悄悄的，大多数房子都是空的，灯火全然消失，一片幽黑。有一个卫兵打着一个手电，在前面照路。

“师座，我懂得你为何要朝地图捅上一拳。是啊，仗打到这样，我心里闷得发慌。”冯圣法第一个打破了沉默，“看着地图上向我们形成合围之势，作为军人，我觉得很惭愧。眼看鬼子攻陷我们的一个又一个阵地，市区只剩下谢晋元一支孤军守着一幢四行仓库，南市也危在旦夕。虽然日本人每跨一步，都付出了沉重的代价，我们的每个士兵又是那么坚强，但我们毕竟是打了败仗。你们说说，这到底是怎么回事？我实在是于心不甘，也难以向我们的兄弟，向民众交代啊！”

冯圣法说着，和张柏亭在黑暗中对视了一下，自淞沪战争开战以来，他们在闸北和日本军队打了一场又一场硬仗，几个月的炮火连天，使街市繁华、人口密集、工厂林立的闸北千疮百孔，到处是成片的废墟和累累尸骨。但闸北没有丢掉，始终在88师手里，还差点占领日本人控制的虹口和杨树浦的几处地方。可别的防地却一个接着一个沦陷。直至88师和绝大多数中国军队退到沪西凭借苏州河作最后的抵抗，失利的阴霾便重重地压在冯圣法和张柏亭心上。他们私下议论过，中国抵抗军要挽回这场战争的局面已不太可能了。但冯圣法和张柏亭没有在孙元良面前流露过对战局的忧心和失望。因为孙元良的神态始终是镇定自若的，一直保持着军人不屈的斗志。到了北新泾后，孙元良镇静的背后，常常若有所思。他心里显然隐藏着焦灼，刚才他在屋子里狠命的一拳，是实在憋不住内心的这种焦灼。冯圣法也憋不住了，他想把自己的担忧和迷惘向孙元良痛痛快快地说出来，哪怕孙元良责备他，他也要说。

“师座，冯副师长的想法，我也有同感。古时匈奴国王阿提拉，公元五世纪攻入罗马，因其血腥的征服而被称为‘上帝之鞭’。而现在的日本鬼子野蛮凶残和茹毛饮血的兽性，要比阿提拉有过之而无不及。”张柏亭说，“可我们却不能为死难的百姓洗雪耻辱，为牺牲的英烈报仇雪恨。我们在一步步退却，下面的仗会有什么样的后果，我真不敢想下去。我不是说丧气话，也不是畏难以求苟安。军人以身许国，我随时做好战死疆场的准备。”张柏亭越说越慷慨激昂。

“你们这么想这么说并没有什么错。仗打得不顺利，这是事实。这几天，我也在想这个问题。我以为，淞沪战争不管输赢如何，都是中国真正走向全面抗战的开始。委座下定决心，在上海先发制敌，自有其道理。”孙元良心平气和地说，“我去年曾在苏州留园高级教官室受训，你们知道我在那里到底干些什么吗？”

“我们略有所闻，只知道和抗战准备有关，但具体情况不得而知。师座守口如瓶，我们也不好多问。”冯圣法说。

“这是纪律。参加高级教官室的人，规定绝对不能泄露半点机密，违者军法处置。不过，我现在可以说了。当时，我们实际上就是为在上海和日本一战作准备。高级教官室又称中央军校野战营办事处。主持这次秘密工作的就是负责京沪地区对日作战的总指挥张治中将军。”孙元良说道。

“委员长早有先见之明，日本要在上海和我们决一死战，这不是什么秘密。”张柏亭说。

“是的。委座早已料到淞沪一战是不可避免，很早就积极备战。这场战争，开局我们是旗开得胜的，但后来越打越被动。其原因，也是委员长没有批准张将军争先一着、乘胜追击的计划，使得部队坐失主动进攻、先发制人、置敌人于死地的良机。我当时曾在电话中向张将军发了火，高声问张治中为什么要停止进攻。张将军支支吾吾，无言以答。后来，我才知道，委座几封急电，下令停止进攻，另候后命。张将军不得不将当晚袭敌计划取消了。”孙元良遗憾地说，“委座之所以不同意对小日本乘胜追击，还是寄希望于外国使团的调解，后来，委座得知日本所谓的和谈不过是拖延时间，是在放烟幕弹，以掩护他们大规模地调兵遣将。委座终于死了与日本和谈的想法，指示继续下令向日军进攻。但最好的战机却错过了，日军争得了几天时间，增援部队就到了。”

冯圣法和张柏亭当然知道这件事。当时日军驻上海的兵力有限。88师担任主攻，孙元良亲临前线指挥。并在前沿设立两个指挥联络哨，由副师长冯圣法为左联络哨，设于北站大楼；师参谋长张柏亭为右联络哨，哨位设在水电厂大楼，这是两个制高点，对敌据点的观察和部队攻击情况可以很好地掌握。第一天双方打得很激烈，攻守双方逐地争夺，战至黄昏，我军一路占领了日本海军操兵场，另一路迫近租界外线以西姚家桥一带，包围了日海军陆战队司令部和杨树浦公大纱厂内的日军据点。当时，孙师长曾对他们说过，部队伤亡虽然很重，但进攻不能停下，要连夜继续进攻，在敌援军到来之前，将日军在虹口、杨树浦两大根据地里的据点全部端掉。

可不知为什么，进攻没有预期发起。孙元良气得全身的血液都冲上了脑际，太阳穴嘣嘣地直跳，在指挥部里摔了给张治中的电话，此后脸又煞地一下变白，久久地坐着发呆。孙元良处事一向稳健，像这样失态是罕见的。第二天，张治中主动给他来电话，孙元良听后，放下话筒长时间坐着不语。冯圣法问他什么事，他不答，到最后才喃喃地说：“可惜可惜，成亦萧何，败亦是萧何。”

冯圣法和张柏亭听后，面面相觑，不知师长说的是什么意思。继续问，孙元良缓过了神，厉声说：“没什么，听命令！”

冯圣法和张柏亭以为孙元良说的“成亦萧何，败亦萧何”是指张治中，好像又不完全是。孙元良是张治中手下的一员悍将。张治中对他极为器重，对他有知遇之恩。他平时对张治中也极其谦恭、尊重，几乎是言听计从。孙元良这句话到底指的是谁，他们俩的心里埋着一分疑惑。

现在孙元良主动说起往事，冯圣法鼓足勇气问："师座，你那次说'成亦萧何，败亦萧何'到底是指谁？"

"本来我不想多说。恐怕对领袖不敬，现在的战局发展到这种地步，再次证实那次贻误战机所带来的后果非同小可。一着不到，全盘皆输啊。"孙元良迟疑了一下，说，"这个'萧何'不是别人，是委员长。他英明地预计到倭寇对上海和中国东南早有觊觎之心，并早作战备。此役开局，我们的空军打得很漂亮，击落敌机上百架，地面进攻又屡屡得手。这都得力于委员长和张将军筹划之功。可是，委员长在战争之初，打打停停，犹豫徘徊，犯了打仗之大忌。等后来对鬼子不再抱有幻想，决定要和日本鬼子大打一场，已由主动变为被动了。战场瞬息万变，成败往往取决于一两个战机。你们身历其境，心中对此肯定是有数的。我呢，因为事关领袖，不能多议论，但下面的仗打下去，大仗、恶仗、血仗有的是，我们应好好反省，前车之鉴，后事之师。张将军说，不谋全局者不足谋一域，你我是将领，不能做糊涂人，更不能打糊涂仗。张将军绝不是糊涂人，如那次对上命有所不受，现在的局面肯定不同了。可惜啊，张治中是出于对委座的忠诚，接受了命令，没有将穷寇一追到底。自己铸成了'不谋全局'的大错，犯了糊涂啊！"

他们已走到河边，苏州河在黑夜中平静地流淌着，挟带几分寒意的秋风从河面上刮过来。河岸边是大片大片芦苇丛，白色的芦花在风中飘拂着，显得凄清苍凉。对岸暮色重重，无边无沿的黑暗，沉寂无声，没有一星半点的灯光。茫茫星空闪烁着安静的梦幻般的光芒。

孙元良拢了拢披风，令卫兵将手电关掉，凝视着黑沉沉的荡漾着水腥气的河面继续对冯圣法和张柏亭说。

"正因为我军实施了'先发制敌'的战略，在淞沪战争之始，中国军队胜券在握。因为，日本人当时还没有完全准备好，大部队还在调动之中，但因为停顿了宝贵的几天，让鬼子喘上了气，等来了从日本本土调来的援军。如没有这两天的耽搁，鬼子肯定被我军打得趴下来。"

孙元良说到这里，重重地叹了口气。从口袋里摸出一只银质香烟盒，取出一支雪茄，又用美式防风打火机点燃，吐出烟圈，燃烧的烟头在黑暗中闪着红光，空气中顿时弥漫着一股浓郁的烟草味。

“好香啊！”冯圣法嗅着鼻子说，他是烟酒不沾的。张柏亭抽香烟、善饮。见孙师长抽起雪茄，也掏出香烟来抽。

“师座，你对下面的战事有何看法？”张柏亭问。

“我们现在处在守势，前途不容乐观，但只要战略得当，发挥不屈与坚韧的抵抗精神，我们还是有可能抵挡住敌人的进攻，甚至反败为胜。”

“那么，师座，现在我们一步步后退。面对小日本的步步紧逼，我们除了防守之外，还可用什么战略？”张柏亭继续问。

“防守也有多种多样的。我们也不能一味死守，完全可以通过灵活的战术在守中求攻，变被动为主动。”孙元良用自信的口气说。

“师座，请具体赐教？”

“刚才我已反复说了，这次战争的失利在于错过了难得的战机，在现在的情况下，先发制敌依然是很重要的。这几天，我一直在考虑，待敌人还未向南岸发起全面进攻，策划一次闪电战，对敌人来次突袭。详细的战术我们再商量。”

“好，好！”冯圣法和张柏亭异口同声地说。到这时他们才明白，在屋子里孙元良用拳头那一击，原来有向敌人发动突击的意思。师长直接将战争的失利，归结到委员长在最关键时刻软了一下，也是在说明主动出击、先下手为强是至关重要的。这几天他的苦苦思索，更是在寻找摆脱困境的对策。对策就是守中求攻。看来这是一种比被动防守更有效的抵抗手段，至于这个闪电战如何采取，依他们对师长性格的了解，他并不是随口说说，而是有了较成熟的想法了。

这时，骤然传来引擎声，一辆吉普车亮着灯开来，在他们身边停下后，从车上跳下一个上尉参谋。从随身带的皮包里取出一封信交给孙元良。

孙元良从卫兵手中取过了电筒，从信封中取出信笺，用手电照着读起来。

信是守卫四行仓库的谢晋元送来的。信中写道：

元良师长钧鉴：

窃职以牺牲决心，谨遵钧座意旨，奋斗到底。在未完成任务之前，决不轻易牺牲。成功成仁，计之矣，决不偷安一时，误国误民致负钧座咐托之重。外界一切宣传消息，概自外界传出，职到此时，从未向外界发表任何要求、任何谈话，既报必死之心，现除任务外，一切思念皆无。整个工程经三日建筑，业已达稳固程度。敌如来攻，决不得逞。27 日敌攻击时，据瞭望台报告，毙敌 80 名以上。28 日晨 5 时许，职亲手狙击，毙敌两名。租界民众观看，咸拍手欢呼。现职宗旨，待任务完成后，决作壮烈牺牲。一切乞钧座释念。

职谢晋元上于四行仓库

孙元良读到这里，心里一阵感动，眼眶里噙满了泪水。他将信连同手电筒递给冯圣法，说：“冯副师长，将晋元的信多抄几份，每个连发一份，连长亲自宣读到每个战士。如果我们每个官兵都能像他们那样作壮烈牺牲的准备，我们必胜无疑。即使战败，也虽败犹荣。”

孙元良说完，对送信的参谋说：“跟我来，我要给晋元回信。”说完便大步走回指挥部。这时，风大了起来，呼呼地吼叫着，咆哮般地刮过苏州河，河面上顿时波涛汹涌，芦花荡在黑夜里剧烈地摇曳着。

孙元良回到大厅，站着取过笔墨，弓腰给谢晋元回信一封，赞扬壮士英勇抵抗的精神：“实开震天动地之历史伟绩。我黄帝亿兆子孙，全世界千百万后世人，必以血诚读此史页。”

徐佳林在惠罗百货公司的门口足足等了李香梅三四个小时。在这条南京路上，大百货公司高度集中，鳞次栉比，而且都是坚固高大、气度恢宏的华厦。华商投资的大百货有永安、先施、新新、大新四大百货公司。而惠罗百货是外资公司，里面的商品都是舶来品，有当时已风行的香奈儿之类的国际大品牌。惠罗以及其他四家百货公司，展示着西方的消费潮流。这几幢大楼，是南京路的地标，也是上海的地标，它们制造繁荣和喧嚣，也使得这条地产大王哈同曾经用四百万块油渍重铁力木铺成的木砖路面的大马路，散发着浪漫而世俗的气息。这条上海最繁荣火红的街道，比战前显得更为拥挤气旺，看上去像是一个古怪的游乐场，闹哄哄的。大减价的商帜和招牌铺天盖地。各种车辆在其中穿梭而行。红绿交通灯不停地变换着，人潮涌来涌去。珠光宝气的贵妇人有穿了窄裙的，有穿了旗袍的，她们的腿股下是无数肮脏的乞丐的颤巍巍的黑手臂。

徐佳林在这条上海最有名的马路上来回走着。他感到奇怪，兵燹并没有使南京路上的这些大商店变得萧条，来来往往的人仍然流露出跻身在奢华和繁荣中的兴奋、渴望。而几里路之外被阻挡的难民潮震天的呼喊，和苏州河对岸的枪炮声，似乎全然与他们无关，与租界无关。这是生命的韧劲？还是心灵的麻木？抑或是乱世带来的颓废靡弱奢华之风？而华区枪林弹雨中显示出来的武勇和无畏并非是幻灯一样的场景，那是实实在在的生命的锐痛。但不管打不打仗，租界不仅仅是白天充满超然战争的热闹，夜晚的霓虹灯也照常灿然明亮，战争并没有让某些人的夜生活停下来。租界内外，冰火两重天，一边是金戈铁马，血流成河，战火纷飞；一边是翩翩起舞，裙裾翻飞，笑声晏晏。

上海还是那个繁华万千的上海。租界还是那个欧风美雨的租界。

徐佳林在心里冷笑："上海租界太不可思议了，颓废的十里洋场，没心没肺的，不远处刮着战争狂飙，这里却日夜声色犬马，真是商女不知亡国恨，隔江犹唱后庭花。与此同时，有些人慷慨激昂，热血沸腾，一面吼要救亡图存，以卫社稷，匹夫之勇，有什么用？"

他约李香梅到惠罗百货公司，本来是准备和她一起选购一对钻石戒指。惠罗百货的珠宝首饰柜的商品都是欧式的，直接从法国、英国、美国、意大利进口。这里的首饰质地、款式以及品位，使无数追求时髦的上海女子眼睛发亮，爱不释手。

李香梅的母亲提议他们选择一个吉日，举行订婚仪式，待香梅明年中学毕业再正式结婚。李香梅是个毫不做作的实在女孩。每次约会，她从不迟到，而且总会提前几分钟、十几分钟到。可是她今天迟到了，让徐佳林等候了整整一个下午，始终未出现，不知去向。

夏天爆发战争后，李香梅情绪一直很激昂，不是募捐游行，就是集会抗议，还去难民收容所当志愿者。徐佳林不正面反对她参与这些活动，但委婉地劝说她，没有必要去凑这个热闹，中日之战、中日对峙不可避免，背景复杂。采取游行、示威、集会、抵制日货、为抗战将士和难民募捐等活动，其实作用不大，尤其是在上海这个国际化城市里，凡此种种于大局毫无裨益，只会使得租界当局难堪。徐佳林的劝导李香梅没有听进去，依然热情地投身于各种活动，再也不愿意心无旁骛地坐在安静的课堂里了。他不好多说什么了，李香梅的周围，有那么多人义愤勃发、情绪激动，自己再一味对李香梅说些格格不入的话，香梅未必会接受，而自己倒显得态度上有偏颇，会引起她对自己的反感。现在只能忍耐，再忍耐，待结了婚，一切都好办了。

所以，他在惠罗百货大厦前等待了那么长时间，下大雨时，街上人稀少了，雨水在街面上流淌着，水洼处处，在汽车的轮子下飞溅，他躲到惠罗百货公司的雨篷下，望着幽暗的天空，听着雨滴落在玻璃雨篷上发出的噼里啪啦的声音，心中茫然若失，虽然明知香梅不太可能会来了，他还是不甘心离开，直到华灯初上也未见佳人身影，最后怀着既担心又惆怅的心情，来到李香梅的家里去等她。香梅妈李师母见徐佳林白等了半天，很过意不去，对徐佳林招待得比平时更周全，还不时骂几句香梅，有安慰徐佳林的意思。

徐佳林没有半句怨言，脸上也没有不悦的神色，像平时一样耐心、平和，反过来还对李师母说，香梅一定是有更重要的事情去办了，不就是买两个戒指吗？什么时候都能去买的。看到徐佳林这样的好脾气，李师母心想：这个女婿没有挑错。有钱有地位固然要紧，但脾气好，懂得体贴人，这才是好男人。也愈发感觉到上海遭遇上的血光之灾一时消停不了，还是将女儿的终身大事早日办妥，也可了却一个心愿。

想到这里，李师母果断地说："明天是星期天，你上午就陪香梅把订婚戒指买好。我们一家子喊上几个好朋友，到国际饭店订上一桌，就算把仪式办了。佳林，你看怎样？"

"好，伯母觉得怎么办好，就怎么办。我听你和香梅的。"

"还有，现在时兴在报上登个订婚启事、结婚启事。你们也登一个，你是吃报馆饭的，这件事你去办吧。"

"嗯！我马上去办。"

对香梅母亲这提议，徐佳林正中下怀。徐佳林曾和香梅暗示过登启事的事，香梅一听，反感地说："婚姻是我们俩的事，做啥要去登那种东西，让满世界的人都晓得？"

香梅是很听妈的话的，现在妈发话了，她怎么不乐意也阻挡不了订婚启事的刊登。徐佳林已想好了，《申报》登一个，《字林西报》中文版登一个，《新闻报》登一个。三条启事，就像是三条绳索，可以牢牢地拴住这个让他神魂颠倒的大家闺秀，他当她的"黑漆板凳"也就铆钉钉在铁板上那样牢靠了。英语中的"丈夫"一词，与上海话"黑漆板凳"几乎同音，因而上海的年轻人，特别是女学生提到丈夫，甚至亲密的男友，喜欢用"黑漆板凳"作为隐语。

"第一次见到他的时候，你心动吗？"范吟月问她，赵雅丽问她，很多同学都问她，每次这样问的时候，李香梅都会很认真地回忆、思索，脸上露出迷茫的神色，良久，微微点一下头，但又坚定地摇摇头。

"那么，现在他让你心动吗？"她想了想，没有点头，也没有摇头，是不置可否的样子。她们诧异地叫起来，大喊她不老实，不说实话。不是吗？每个周末，他都开了他那辆福特车在长着一大片冬青树的街边静静地等候她，手里还捧一束花。平时，宿舍走廊里的电话几乎每晚都会准时响起，那是他打来的电话。还有来信，差不多每天有一封，是《字林西报》报馆的浅蓝色信封，信封上用工整的中文和花体英文写着她的地址、校名、年级和姓名。其实，即使信皮上只字不写，单凭那特有的款式和浅蓝色，门房的收发员也会习惯地说："这是二年级李香梅的信，是那位报馆先生写给她的。”东沪女中有一小半女生都认识和知道李香梅的这位报馆先生，毫不怀疑他们深深相爱着。

他们是那么般配的一对，报馆先生英俊、斯文、稳重，瘦高个子，戴着金丝眼镜，书卷气十足，碰到李香梅半生不熟的同学，总是温和地一笑。而李香梅在这所上海著名的女子中学里，虽不是校花，也算得上是一个令人瞩目的美女。她单纯、天真，身上丝毫没有生于优越家境中的上海大小姐的矜持、精明和娇气，更没有十里洋场滋养出来的玲珑剔透和势利刻薄。在许多人看来，李香梅的不足就是肤色不白。上海人的审美标准中，这是十分重要的一条，那就是女人的皮肤应当是白皙的，越白越好，最好像精细的白色瓷盘那么洁白而光亮。那些在女子学校读书的、练着钢琴的女学生，孜孜以求自己有嫩白细腻的皮肤，为此，天天用昂贵的法国或英国名牌的面霜和润肤露来滋润面庞和身体。

李香梅从小就喜欢游泳，夏天跟随上海的洋人到吴淞口的海边去游泳，在海浪里游动自如，她觉得畅快极了。游累了，躺在岸滩上，沐浴阳光让人感到十分惬意。可她为之付出了沉重的代价，本来就不白嫩的肤色，几次海浴下来，变得浑身黧黑而泛出光来。她并不在乎，从来没有因为自己黑而感到懊丧，她从来不打太阳伞，也不戴那些阔檐的巴拿马柔软的细草太阳帽，一句话，她不畏惧不闪避阳光。

其实，她身材健壮而匀称，皮肤富有弹性，如瓷器般地光滑，和那些脸色病态般苍白的小姐比起来，有种健康开朗，淳朴无华、充满活力的气质。这种气质和她坦诚、干脆、单纯的性格恰如其分地吻合，散发出特有的魅力。正如李香梅对美国军医所说的，在女子学校，同学给她起了好几个外号，什么“黑牡丹”“黑里俏”“黑皮”等，但不管怎么喊她，她都不生气。

这有什么好生气的？肤色对一个女孩来说真的那么重要吗？黑皮肤有一种阳光的气息，这有什么不好呢？徐佳林并不讨厌香梅的肤色，他欣赏她的单纯和朴实，以及发自内心的温柔和她纤细匀称结实的身材，还有她走路时那种羽毛般的轻盈，与那些娇滴滴的装腔作势，面孔涂上厚厚白粉、嘴猩红的上海滩淑女相比，他感到香梅别有一种优雅的风韵，一种毫无雕琢的天生丽质。

19 世纪下半叶，上海的西方文化蔚为大观，报业、出版、影业得到迅猛的发展，中外通讯、新闻传播、印刷出版等方面的技术手段、设备先进均居全国前列，从而形成了优越的传播条件和文化生成环境。当时上海先后有 13 种西文报纸、14 种中文报纸和 35 种中文杂志。到 30 年代，中外报纸杂志更是成几何倍数地增加。

《字林西报》就是其中一张影响力很大的报纸，这是英国人办的报纸，代表英国政府和公共租界的基本立场，也保持着一定的独立性，既有中文版，也有英文版。新闻在于新在于快，《字林西报》拥有一流的记者团队，他们具有猎犬一样的灵敏嗅觉和奔跑速度，一旦发生重要的新闻事件，他们会在第一时间出现，第一时间发布消息。报纸还会用许多版面刊登租界上流社会的各种趣闻轶事，发表各种评论，像敲开核桃的硬壳，把里面的一块块核桃肉剥开，这是报纸的精华所在，也是报纸观点倾向所在。

这是报纸的极富穿透力的不同凡响的声音。与耳语的评说不同，它是在租界宽广的公共空间里响亮的号角，震撼着、引导着租界舆情。

徐佳林是《字林西报》的一支健笔。他是日本留学生，精通日语、英语，在报馆重点采写有关日本的消息和撰写时评。他用功勤勉，每每有新闻事件发生，不仅反应敏捷，而且会深度采访，刨根问底，以樵夫为笔名，写出了一篇又一篇新鲜耐看的独家报道和时评，在上海的新闻界，也算得上是个名报人和日本问题专家。

这些年，中日关系日趋紧张，日本大动干戈，企图以武力鲸吞中国的狼子野心暴露无遗。因而，读者对日本的动向和抗战的态势特别关注，徐佳林的报道客观、详尽、清晰；时评犀利、老辣、畅快，寓意深远，在上海的外国人和懂英文的华人中颇得好评和赞许。樵夫就是砍柴的，所以，每天《字林西报》一到，有人就会展开报纸问："那个砍柴的樵夫今天砍了些什么？"久而久之，"砍柴的"就成了他的代号。

许多人读了报纸，感到意犹未尽的，会致信徐佳林请教心里的疑问和困惑，他有信必复，如对方仍未尽兴，他还会应约而谈。给他写信的，约他见面的，有不少是女学生。李香梅就读的女子学校是教会学校，不提倡参与政治。父母让女儿来这里读书，多半是为了将她们塑造成一个有知识有教养的淑女，以便钓到一个有钱有地位的金龟婿。总而言之，这样的学校，是为嫁人，做快活、体面的贵夫人创造条件的。学校的舍房都设有会客室，里面的家具是学生从家里带来的。按学校的要求，家具虽不是雍容豪华的，但雅致、实用、大方，加上铺了桌布，墙上挂了西洋风景画，这么一布置，使整齐、呆板的舍房，多了几分家庭的气息。英国老师在这里教授家政课，如何接待客人，如何举行派对，如何摆放鲜花、煮咖啡、做蛋糕，都是上流社会的礼仪。学生一面做，一面暗暗对视，使着眼色，心里怦怦跳着，脸色变得潮红。这样的课程，常常使她们想到了自己在扮演着某幢大房子里的主妇。

1937年以后，她们就没有心思上家政课了。离乱欢歌的上海，烽火四起的时局，使得这所教会学校也有了些政治气息。女学生们开始变得激昂，《义勇军进行曲》以及充满悲伤情绪的、如歌如泣的《松花江上》等抗日歌曲开始在校园里悄悄传唱着。学校还举行演讲会，徐佳林就是受邀到学校演讲的人之一。

他不是那种英武、倜傥、彪悍的人，没有让人眼睛一下子发亮的风度，他只是一个读书人，一个文质彬彬的学者。他的演说不像有些演讲者那样声泪俱下，情绪激昂，富有煽动性。他表情平和恳切，不紧不慢地用英语娓娓道来，像背诵教科书一样，历数日本人自甲午战争以来对中国的入侵和挑衅。谈到日本强盛的原因，岛国思维方式和扩张政策，以及治军的剽悍和所谓的建设大东亚目标。说起日本的历史和现状，一切都如数家珍。

李香梅就是在听徐佳林的演讲中认识他的，那是她第一次见到他。香梅觉得他的演讲生动透彻，知识十分渊博，但对他这个人似乎没有多深的印象，一介书生而已。所以，范吟月、赵雅丽问她，是不是第一次见到他时就心动，她只能摇头。演讲会结束，他的样子就模糊了，李香梅无论如何苦思，都想不出她曾经为他的风度、仪容、神态、举止有一丝丝的心跳。

演讲会完毕后，一群女生在他走下讲坛时涌上去，其中有不少给他写过信、约他见过面的人。香梅站得远远的，好奇地看着。礼堂里喧哗一片，这在这所绿树成阴、空气芬芳的女子学堂的清静校园里是不多见的。校方对部分学生的行动不反对也不提倡，睁一眼闭一眼。

真的没有心动吗？真的没有，即使在她和徐佳林交往后，她也没有像热恋中的有情人那样，和徐佳林一日不见，如隔三秋，魂不守舍的。她的心情是淡定的，徐佳林的信或电话，也没有激起她强烈的兴奋，偶尔收不到信，收不到电话，她也不会朝思暮想。和徐佳林见面，像是在完成一件事情般的，吃饭、看电影、逛马路，在公园的木椅或草坪上坐上一会，每次都差不离是这样，李香梅心里一点都不沸腾，引不起特别盎然痴迷的兴致。

但是，可以看得出，徐佳林是意犹未尽的，他常常闪烁其词地试探她是否再到什么地方去。上海可玩的地方太多了。李香梅总是平静地说：送我回家吧，我累了。汽车到了门口，她说了声“再会”，一甩手就进去了。没有多说一句话，也没有抛一个情意殷殷的眼色，更没有相偎相依、难分难舍的缱绻。每一回，当香梅的身影消失在那扇黑漆铁门的背后，徐佳林总会站在那里愣好长时间。

都说恋人之间有说不尽的绵绵情话，可他们的话不多。香梅会有一句没一句地说些学校的事，谈她们考试，说范吟月、赵雅丽相亲的事，还有就是骂被她们称为“猫头鹰”的监舍——那个洋婆子嬷嬷。许多时候，她是沉默的。于是，徐佳林找一些话来说，有时也谈时事，这是他的拿手好戏，谈得滔滔不绝的。她静静地听着，听得很专注，她是他忠实的聆听者，就像在课堂里听先生讲课一样，因为她对时事是很关心的，说到日本人的暴行和罪恶，她也会很激昂地诅咒一番，或者发表几句见解。徐佳林见香梅有这样的反应，心里一热，继而发现她是对政治感兴趣，而不是对自己，就感到很失望、很扫兴，也懒得说下去了。

香梅其实也意识到自己对徐佳林有点冷，也想对他热络些，但不知为什么，怎么也热络不起来。有一次，她悄悄告诉范吟月和赵雅丽，双方父母已见过面，商量订婚的事了，自己也同意了。范吟月问她：“你们一定经常 kiss 的吧？”“kiss”在英文里就是接吻，要谈婚论嫁了，在上海这样开化的大都市，男女之间接吻是最寻常不过的事了。

香梅摇摇头说：“没有，我们从来没有过。”

“香梅，你在骗谁。徐先生虽不是‘老克勒’(color)的人，但也不是老派的人，这么一点浪漫的情调还是有的。”

“我没有骗你，这是真的，我们从来没有这样过。”香梅一脸的率真。她还直说，走在马路上，她常常挽着徐佳林的臂膀，过横道线时，佳林也会小心地拽住她的手，但不是那种像磁铁似的紧扣在一起，仿佛别有魔力般的，从手心暖到心头的握手。

范吟月和赵雅丽将信将疑，惊异不止，这怎么可能呢？既不让你那么心动，又没有一点亲热的举动，这太奇怪了，太让人不可思议。李香梅你还是个大上海的现代青年吗？好莱坞的现代电影看得那么多了，你们还竟像古装戏里相爱的相公、小姐那样相敬如宾。这真是笑死人了。是的，这确实是很奇怪的。自己一直希望就像好莱坞电影中、中外爱情小说中的男女主角那样，能有死去活来的疯狂爱情，那种朝朝暮暮的、充满无尽相思之苦的爱情。而没想到，自己和徐佳林的恋爱竟会如此平淡无奇，这到底是怎么回事呢？为什么会这样？她好几次翻来覆去苦苦地思索，也没有想出个所以然来。

今天，她受伤躺在美国海军陆战队的医院里，又想起了和徐佳林的事。刚才在电话中听着徐佳林急促的声音，她才想起戒指的事。她略略感到有些过意不去，佳林对这件事很认真很郑重，几次要到学校门口接她，都给她拒绝了，不知从何时开始，她就不让他到校门口接了。于是，他昨晚在电话里一再叮嘱她别搞错了见面的时间和地点，不必早到，准时就可以了，还说，买好戒指，请她到国际饭店吃晚饭，顺便挑个订婚宴的包厢。因为香梅妈说，订婚的宴会也定在国际饭店。香梅在电话里是一一应着的，心里却想着，不就是买个戒指吗，有必要看得那么重吗？

天已完全黑了下来，窗外院子里的树木花卉在柱灯淡黄色的光亮下，显得暗影憧憧、红枯绿瘦。墙壁涂得刷白的病房，白漆的铁架病床，一尘不染的地坪，散发着酒精味的气味，亮起了温暖的灯光。喝了一杯牛奶以后，李香梅在哥哥、佳林来之前，稍稍闭一下眼睛。买戒指的事她已释怀，虽然失约了，但自己这样做没有什么错，佳林应该理解，国难当头，这些儿女情长的私事完全可以搁一搁。

窗外时不时传来几声夜鸟的鸣叫声，营地医院的这个秋天的晚上，凉爽而幽静。李香梅真的有些困了，她靠在柔软的鸭绒枕上，睡意蒙胧的，忽然她的手无意中触到一样坚硬冰凉的东西，她心里一凛，睁开一看，原来是那支手枪。她抚摸着手枪，下午发生的事情又清晰地浮了上来，她想到那个下河救她的美国士兵，他说，背她的时候，这个硬东西压得他很痛，还称它是漂亮的小玩意儿。密西西比河的热带雨林，美国野牛。她笑了起来，但又感到若有所失，她想起自己犯的错，竟然忘了问他的姓名和部队的所在地。她突然决定今晚不回家，明天说不定他会来看她。

她有种预感，他们还会见面。

第二章

大隆厂落入敌手

徐佳林驾驶着自己的福特车，和李丹沪一起，穿过几条亮如白昼的大街和几条静寂黑暗的小街，才摸到美国海军陆战队的营地医院。徐佳林以为李香梅一见到他，会因为受伤而痛哭流涕，还会对今天的失约表示歉疚。

使他感到意外的是，香梅神清气闲，镇静自若，朝他柔柔地笑着，依然是那样清甜秀美，丝毫没有他想象中的沮丧和痛苦。

“香梅，你的伤重不重？有没有伤筋动骨？”徐佳林说着，欲动手检查精心包扎好的、用纱布绷带吊起的手臂。

靠在鸭绒枕上的李香梅轻轻推开徐佳林的手，淡淡地说：“你别动，我不过是擦破一块皮肤，军医已对伤口作了处理，敷了药。”

“香梅，你太冲动了。游行示威、集会请愿，乃至抵制日货这样的行动，我不反对你参加。”徐佳林和颜悦色，但口气有些埋怨地说，“可你游过苏州河，到四行仓库去献旗，实在是太危险了。日本人的子弹是不长眼睛的，万一打到了要害地方，那后果就不堪设想了。以后可不能这样意气用事了，出了乱子可是神仙难救。”

“我不是冲动，也不是意气用事。不管后果有多么严重，我是不会后悔的。你知道吗？四行仓库守军从谢晋元开始，都写下了遗书，把生死置之度外了。你们再到苏州河两岸去看看，你才会懂得什么是同仇敌忾，什么是血脉相连。我献一面旗算不了什么，即使受了重伤，丢了性命，也是值得的。”李香梅收敛笑容，正色说道。

徐佳林愣住了，被她呛得笑也不是，恼也不是，只好不做声。温顺的李香梅对他很少说这样的重话。徐佳林心头涌上一股阴湿的感觉，但脸上却极力做得不动声色。

李丹沪听了妹妹这番话，心里感到欣慰，在他的心中，妹妹始终是一个单纯可爱的稚嫩少女。但从刚才她说话时一脸的慷慨凛然之气来看，妹妹已不是那个和他嘻嘻哈哈、没大没小的女孩子了，她已经长成有思想、有主见的大姑娘了。

见徐佳林虽没有为妹妹的顶撞而不悦，但脸上还是有一丝难以觉察的窘迫。李丹沪好心地为徐佳林解释道：“香梅，佳林也是为了你好。”

“我知道。”李香梅语气柔和地说，“可在这年头，不能单单为了自己好，更要为国家好。佳林，你说是吗？”

徐佳林点了点头，不敢在这个话题上往下说，怕说错什么，惹她不快，便笑着说：“好了，香梅，我们不谈这个。我们看你不要紧，也就放心了。那我们回家吧。伯母在家等你呢，她一听到你受伤的消息，便急得不得了，闹着要去找你，你爸爸又不在家。”

“妈怎么会知道的？”

“是我告诉她的。”李丹沪说，“我和龚宇伟也去了四行仓库对面的河岸，你给那个美国士兵背着上了汽车时，我们是看到的。后来，我找到了范吟月、赵雅丽，才知道事情的经过。”

“我在惠罗百货的店门口等了你老半天，等不着你，就到你家里去了。和你妈说了一会儿我们的事，丹沪就回来了，说起你受伤送医院了。”徐佳林在提到她母亲和自己的谈话时，本来想把母亲说的提前办订婚酒、在报上登订婚启事等内容告诉她，但不知为什么，他一带而过了，觉得这些事还是回去说好。

“哥哥，我今晚不回去了。”李香梅看着李丹沪说，“在医院里再住一晚，明天让美国军医检查检查伤口，换换药，如果没有什么，明晚再回去。再说，来一趟也不容易啊！”

“什么叫来一趟不容易？”李丹沪笑起来，“这又不是什么好地方，值得流连忘返的。不过，让医生明天再检查换药倒是必要的。小心些好，佳林，你说呢？”

徐佳林的心顿时凉了下来，不是明明说好接她回去的吗？怎么那么快又变了。女孩子的心真像江南的黄梅天，阴晴不可捉摸。更使他失望的是，香梅对今天失约的事，一个字都不提，一声“对不起”都不说，可见全然没有当回事。佳林心里虽然这么想，但嘴上却说："也好。那我留下来陪你。丹沪开我的车回去。"

"我叫辆祥生出租车回去就可以了，车子留在这里，佳林你明天要用的。"

"不，你们都走。我好好的，用不着陪夜。万一有什么，有值班的医生和护士小姐。"李香梅很固执地说，"哥，快回吧，妈在家会等急的，爸爸说不定也回来了。"

李丹沪想了想，便答应下来，招呼徐佳林回去，让妹妹早点休息。徐佳林还不甘心，说："香梅，你可能饿了。我去给你买碗甜粥或小馄饨。好不好？""我不饿。"其实她是饿了，她更想一个人安静地待着，白天发生了这么多事，她有种做梦的感觉，心里乱糟糟的，想放下一切好好睡一觉。

徐佳林怏怏地跟着李丹沪走了。当病房复归宁静时，李香梅才松了口气。

她吃了几块晚餐时喝咖啡剩下的饼干，喝了几口凉开水，将枕头放低，躺下，顺手关了大灯，只开了盏灯光幽暗柔和的床头灯。她感到眼皮很沉重，但脑子里还很清醒，她忽然想到，自己打定主意再在营地医院过今天一个晚上，明天一个白天，就是为了等那个美国的海军陆战队的士兵，可他真的会来吗？自己等他来，就仅仅是为知道他的姓名，道一声谢吗？

李香梅想着，这些疑问触动了她的心，但她想了很久，怎么也想不清楚，毕竟累了，又吃了痛苦，她迷迷糊糊睡着了。

这个晚上注定是不平静的。

先是李丹沪回家，李师母见他是一个人，让她揪心的女儿没有一起回来，马上猜测香梅的伤势必定不轻，医院不让走，而丹沪、佳林所称受伤只是擦破些皮，像"给毒蚊子叮了一口"，显然是怕自己着急在安慰自己。所以，她急不可耐地吵着要儿子立即陪着去医院看香梅，丹沪怎么也劝不住，她生气地说："你们老的小的都这样，什么事都瞒着我。丹沪，你说，还有什么我不知道的事吗？"

李丹沪发急地说："我没有骗你，香梅真的不碍事。她决定住一晚，是想让美国军医明天再检查一遍，重新换药，这有什么不好的。妈，你不要胡思乱想，明天下午，最迟晚上，香梅就会活蹦乱跳地回来见你。"

"我真弄不明白。四行仓库在打仗，她却游泳到河对面去献旗，这可不是闹着玩的。马上要嫁人了，还这么孩子气。可是，香梅从小就是个乖乖女啊，怎么做出这样的荒唐事？她的头昏了。"李师母喋喋不休地埋怨道。

"妈，你怎么这样说呢？"李丹沪见母亲大声嚷嚷，忍不住提高声音说，"你怎么能说她荒唐呢？她做得对，你应当为有这样一个勇敢的女儿而感到骄傲。你知道吗？当她将国旗交给谢晋元时，有几万人为她喝彩，连梅兰芳都没有这样响的喝彩声。”

“有几万人？可为什么让一个女孩子去冒这个险？”

“是的。别人都没有想到，可香梅想到了。况且，没有人差她去，我也以为她是一个孩子，可是，她突然长大了，成了一个有主见有头脑的大姑娘了。”

“不行，你还是要陪我去医院，今晚我见不到香梅，我会整晚睡不着的。丹沪你不愿陪我去，就把地址告诉我，我乘黄包车去。”李师母执拗地说。并从衣架上取下米色的华达呢夹大衣。她穿着旗袍，脚踏皮拖鞋，透明的玻璃丝袜露出她白色的脚后跟。

“你不能去，医院已关门了，那是外国军队的医院，不可以随便进出的。而且，香梅已睡了，不要去吵醒她。”

“我不吵她，只要在门缝里看她一眼就可以了。丹沪，你就陪妈去吧。”

“真的太晚了，明天再说吧。”

“那佳林在陪香梅吗？”

“香梅不要他陪，硬是把他赶走了。我们离开医院后，他把我送我回家后，就回公寓了。”

“香梅这小囡不知在想什么？让佳林白等了那么长辰光，又赶他走，幸亏佳林好脾气，换了别人，早不开心了。”

正在这时，父亲李唯亭从虹口的染织厂乘自备车回来了。他脱下深灰色的哔叽呢大衣，脱下纤尘未染的黑色英国系带皮鞋，穿上娘姨递过来的皮拖鞋，松开脖子上的深色条纹领带，在客厅的沙发上呆呆地坐下，脸色发白，嘴唇发抖，抽着闷烟。

李师母看着丈夫沉重的神情，知道他今天去工厂碰到了麻烦，刚才没完没了的怨言戛然而止，她克制住自己的焦虑，把对女儿的牵挂放下来。当然，也不能吵着去医院了。而且她马上打定主意，女儿的事暂时不能告诉丈夫，免得使他心里更加难受。香梅是他的掌上明珠，要是他知道女儿给日本兵的子弹打中、受了伤，他会被吓坏的。

忽然，李师母在丈夫的嘴角发现了血迹，脸上还有些青肿，再加上一副忧心忡忡、郁结疲惫的样子，这表明，丈夫今天在工厂里发生了什么严重的事。

李唯亭的工厂坐落在虹口的东面，叫大隆染织厂，是上海很有名的一家染织厂。虹口被辟为租界后，各国侨民渐来定居，日侨来得较晚。1870 年，虹口境内始有三名日本人居住。甲午战争爆发后,这里的日本人有二百余人。日方企图在吴淞设立“日租界”,这一计划遭到英美抵制,日本便转而实行将虹口变成有“日租界之实,无日租界之名”的“蚕食公共租界”策略,来沪日侨数量猛增,19世纪末虹口境内日侨已近千人。至20世纪20年代,公共组界北区及其毗邻的越界筑路地,日侨人数已近万,跃居各国侨民首位,其中绝大多数居住在吴淞路和北四川路以及杨树浦(含提篮桥地区)一带,“一·二八”事变以后,日军的重要政治经济机构的总部或分支机构的设立,使得虹口最终成为日本人的天下。

在这个区域里,形成了多条“日本人的街”,集中了一些日本人开设的料理屋、杂货店、饮食店、旅馆、服装店、瓷器店、浴室等,这些店铺取名多带有明显的日本味,或者干脆使用日语,建筑风格、店招橱窗、室内装潢,一见就知是和式格调,木框拉门、榻榻米随处可见。日侨在上海生活所需的各种必需品,如米炭、食品、调料、和服、鱼菜应有尽有。

街上穿和服的日本女人,踏着木屐,款款而行,空气里飘荡着轻柔的甜糯的富有节奏感的日本音乐,时而会见到坐在黄包车上或打着纸伞的日本歌舞伎,她们差不多都有一张粉白的团团的脸,这里的一切,浸润了日本的社会风貌和市井味道,完全是一派日本小都会的景象。特别是夜晚,有的店门口的长条灯笼闪着一束神秘的光亮,上面的日本文字清晰醒目,恬静素净中透出一股令人目眩神迷的诱惑。

这里多半是风月之地,日本人的这些场所往往比较低调而含蓄,不像租界福州路会乐里那样红粉胭脂,浪声蝶语,弹眼落睛。初次置身于这儿条街,会让人恍惚来到日本的感觉。日租界之称由此而来。

当然,虹口还有许多美国人的工厂、仓库,美国人称这里是百老汇路,外白渡桥桥堍通往虹口的那幢巧克力大厦则被称为百老汇大楼。30年代中期和40年代,还有数万逃避纳粹追杀和迫害的犹太难民也聚居在虹口,身为逃亡者,他们的生活远比日本侨民、美国侨民艰难得多。这就是虹口,一个复杂多元的区域。日本人认为这里是他们的领地,美国人认为是他们的空间,而犹太人把这里视作救命的诺亚方舟。

人们都习称虹口地区为日租界、美租界,其实这是一种误解,说来说去,虹口和杨树浦仍旧属于公共租界。当然,后来真正的主人无疑是日本人,租界在这里的重大事务,没有日本方面同意已无法施行。淞沪战争爆发后,战火蔓延到虹口,使得一些日本人街区,日资企业和华商企业受到重创。

李家的大隆染织厂是在公共租界注册的，理论上属于英资企业。因此，战争之始，有人建议李唯亭在公务楼楼顶升起两面旗，一面英国米字旗，一面白旗，以避免日本军队和中国军队的袭击。事实上，在虹口和杨树浦，一些英国人、美国人的工厂、大楼、住宅和教堂，无一例外地在窗口或屋顶伸出米字旗或星条旗，和像晒被单那样晃荡的白旗，有的还在大门上用拙劣的中文、日文写道：英资产业、英国居民，或美资产业、美国居民。住宅门口的牌子则写道：这里只有孩子和老人。没有人写这里只有妇女，以免引起在战场上杀红了眼的武夫们想入非非。教堂的标志是最明显不过的，牧师和神父还放心不下，挂旗之外，也要用多国文字挂出牌子，上面写道：这里是上帝待的地方。一些在租界工部局注册登记的华资企业纷纷仿效，升起米字旗和白旗，并在工厂的围墙上大大地写着：英资企业。

有传言说，日本人的飞机在投掷炸弹时，认准了灰白的房子，因为这是中国人造房子的习惯用色。所谓粉墙黛瓦，是江南水乡的宅第特色。于是，在极短的时间内，人们连夜用灰墨水将白墙涂黑，素雅洁净的白墙很快就在上海，乃至整个江浙地区消失，替而代之的是深沉的、黑乎乎的墙壁。

自我保护是人的本能，是无可非议的，但李唯亭不屑这样做。大隆染织厂的龚总管已准备好了英国旗和白旗，准备挂出去但被李唯亭阻止住了。

龚总管说："老板，这是权宜之计，免得吃亏。"

李唯亭说："我们是中国人，股东中没有一个外国人，升英国旗名不副实，这样做反而是怯懦的表现，让人瞧不起。"

龚总管说："你听过扯虎皮作大旗这句话吗？"

李唯亭说："当然听过，我也懂得你的意思，但是不需要这张虎皮。说老实话，如果日本人真要动你的脑筋，不管你挂什么旗，挂虎皮、象皮、羊皮、狗皮都没有用的，而且，你是真英资还是假英资，日本人明白得很。我们玩这种把戏，是蒙不住他们的。"

龚总管对李唯亭的倔强和自尊的性格是了解的，也发自内心地佩服，他把英国旗、白旗收起来，轻轻地问："那就这样？"

李唯亭回答说："就这样，是福不是祸，是祸逃不过，国家都像羔羊那样被一口口吞吃了，我们一个厂还能怎样？"说到这里，脸上有种凛然之色。

也许正是没有挂英国旗、白旗的缘故，淞沪会战爆发后不久，一队日本兵果然破门而入了。为首的是一个三十岁不到的日本中佐。他由龚总管陪着来到公务楼的厂长室。

李唯亭冷静地从椅子上站了起来，他走到窗口看了下窗外，公务楼前面的草坪上，站满了荷枪实弹的日本兵，还有一辆辆满载着日本兵的卡车不断驰来。李唯亭立即明白，日本鬼子是前来占领工厂的，他到底还是给盯上了。

龚总管对李唯亭使了个眼色，对日本中佐说："这位就是大隆染织厂的李老板。"

日本中佐微微点了下头，用流利的中国话说："久闻李先生大名，听说李先生还是华商总会副会长，贵厂生产的双鸽牌卡其布曾畅销日本。我读中学时，家母就是用这种布料为我做的制服。"

李唯亭冷冷地说："请问，中佐先生到这里来，不会是来买布的吧？"说着，他仔细打量了一下这个日本军官。

并不是所有的日本军人都是中国人印象中的那副模样：矮个，络腮胡子或仁丹胡子，很阔的黑脸，戴着玻璃瓶底那样的眼镜，浑身上下散发着酸酸的日本清酒的味道，动不动就歇斯底里、咬牙切齿地吼叫。李唯亭有点意外，眼前的这个日本人长得可说是仪表堂堂，身材高而挺拔，五官端正，脸上的皮肤光滑而红润。虽然是夏天，军装的风纪扣扣得很紧，手上居然还戴着白手套。他身上除了很浓的书卷气外，没有酒味、烟味、汗味。

"是的，今天我不是来买布的，但今后说不定会。双鸽牌卡其布不失为做军服的好布。"日本中佐的嘴角露出了一丝笑容，"我是佐藤荣作中佐，日本海军陆战队联队长。我奉命前来和李先生商量，由于战争的需要，本联队要借用贵厂一部分厂房，作为战地医院，并构筑同中国军队作战的阵地。我知道大隆染织厂是英属企业，可我注意到，贵厂并没有像同类型的工厂那样，挂上英国旗和白旗。我有点好奇，这是为什么？难道你不怕战争吗？"

"没有人不怕战争。"李唯亭脸上露出了一丝笑容，回答说，"我是商人，正正派派做生意的商人。任何战争都会对市面造成影响，所以我对战争是反感的，因为它坏了我的生意，断了我的财路。至于为何不挂英国旗和白旗，很简单，我不喜欢挂羊头卖狗肉。"

"说得好，我很欣赏李老板的坦率，并不是所有的中国商人都是这样坦率的。"佐藤荣作在沙发上坐下来，做了个手势，"干嘛站着，请坐下吧。我刚才和你商量的事，你同意吗？"

"商量？"李唯亭冷笑着说，"你真的是和我在商量吗？那么多日本兵开进来，你还对我说是商量，这说得通吗？我感到有点滑稽。”

“好吧。我知道，这会对你工厂的生产带来损失。可我们也是万不得已。这是‘圣战’的需要。可是，如果不是商量，我为什么到这里来见你？我可以告诉你，中国商人挂外国旗是没有用的。外国旗保佑不了他们，严格地说，这里只是租界的延伸段，是大日本的势力范围。你可以看到，日本军队的炮火不会理会挂外国旗的中国工厂，但有一点我可以向你说明白，我会将你工厂的损失降到最低限度。”

李唯亭不动声色地坐着，心里骂道：这些日本鬼子，真是又要做婊子，又要立牌坊！

佐藤荣作站了起来，李唯亭依然坐着。

佐藤荣作脱下手套，看了下头顶飞转的吊扇说：“那就这样，具体的我会和你的总管先生商谈，你别不高兴，我们在这里是暂时的，一旦战场转移了，我们便会撤退。还有，你照常可以到你的办公室办公，一切请便，如果战局发生变化，我会通知你的。另外，我要冒昧地向你借一样东西。”

“请说吧。”

佐藤荣作指了指写字桌上的一尊关羽像说：“我生平最佩服关羽，他忠诚、义气、勇敢，是一员武艺高强的战将，更是一个令人仰慕的君子。我从小就崇拜他，他是我的偶像。你知道吗？我的行军包里一直带着一本书，就是《三国演义》，我向你借这尊关羽像，放在我的指挥室里，可成为我的镇室之宝。”

“你拿去吧。”李唯亭略略感到惊奇，他爽快地说，他觉得这个文质彬彬的日本军官有些不一般。

龚总管跨上一步，把那尊关羽像捧在手里，对佐藤荣作说：“中佐先生，我给你拿着了。在中国人眼里，关公是个了不起的人物，仁义当头，为人忠贞，你只要看看各地有那么多关帝庙就知道了。”

从这天开始，大隆染织厂的一半厂房和地盘就被佐藤荣作的联队的六七百个日本兵占领了，黑暗的绝望的日子开始了。工人们见日本军队开进了厂，再也不敢上班。虽然日本占领的是厂里的俱乐部、礼堂、养成所、夜校等辅助建筑，车间也只是少数几间，完全可以设法生产，但工厂还是不可避免地停工了。

不过，日本人要使用厂里的水电，所以强行地要求一部分工人上班，以确保锅炉房、水泵厂、变电所照常运转。战争使得城市，特别是租界以外的区域经常停电。这是水管、电线被炮火炸断炸裂所致，所以，日本人需要足够的人抢修维护。

大隆染织厂并没有成为中日对阵激战的一个据点，佐藤的联队只是在这里严阵以待，倒是在厂里所设的战地医院安置了一百多名伤兵，经常有血淋淋的伤员被抬进来，以及抢救不过来的尸体用白布裹着被抬出去，更有折手折腿的伤残人员在厂区黯然游荡。夜晚，从病房里时时会传出令人毛骨悚然的凄厉号叫。

日本人打开了仓库，将坯布成匹成匹取出来，撕成床单、绷带、门帘、窗帘，大大小小的房间像灵堂似的素白如雪。他们拆毁英国进口的纺织机，把铸铁的机架用来架铁丝网，还用圆筒布堆垒起来作为掩体。

另外，停泊在工厂码头的两艘轮船和十几条货船也给他们抢去运送物资。一家三四百万元资产的工厂在两个多月的时间里，被日本军队糟蹋得面目全非。

李唯亭是经常去厂里的，虽然已无事可做，但他还是在厂里到处跑，有时还到水塔旁的鸽棚里喂鸽子，它们白天成群的在高高的天空飞翔、盘旋，或者在厂里的地上、房顶栖息，"咕咕咕"地叫着，或到鸽棚的食罐里饱餐一顿。傍晚，只要养鸽人挥动手里的白布条，鸽子就会纷纷归巢。即使白天，鸽子们不管飞得多远，飞得多高，只要看到舞动的布条，就会招之即来。它们和李唯亭很亲近，会叫着停歇到他的肩膀上，会晃动着小脑袋和他对视。他对着空中打一个呼哨，它们就会从天而降。养鸽子的人就是水泵房的工人，日本兵占领工厂后，三班倒的三个水泵工都被叫来上班，三个人依然轮流着喂养着鸽子。

李唯亭可以在鸽棚前停留很久，没有了机器声，工厂变得空荡而冷清，但这些鸽子使得工厂保留了仅有的一点点生气。

日本兵在厂里的胡作非为，使得李唯亭心里作痛，十分气愤，恨不得扛起一把机枪向这批肆无忌惮的日本官兵扫射一番，但他极力忍着，拼命压下自己的怒火。李唯亭明白，日本兵个个都是如狼如虎的，没有道理可讲，跟他们去计较，是没有好结果的。

许多人都劝他，日本人惹不起，躲得起，让龚总管去周旋算了，你不必去工厂，让日本人折腾去，你住在租界，落得清静。运气好，哪天日本兵撤了，说不定损失不大，还能复工；运气不好，至多一个工厂毁掉，这兵荒马乱的年头，遭此横祸的不算什么，只要一条命保住就行。妻子、儿子、女儿也是这么劝他的，李唯亭就是听不进去，偏偏经常去厂里。说到底，李唯亭还是放不下自己的工厂，这可是半辈子的心血，就像抚育了一个几十年的亲儿子，他实在不甘心就这么丢弃它。

而这个年轻的日本中佐，还不算是太难缠的家伙，至少不太会一边咬牙切齿地大骂“马鹿”，一边掏出手枪，或拔出军刀来威胁。据龚总管说，佐藤荣作这个人怪怪的，经常一个劲地喝清酒，喝多了，便唱日本民歌，都是曲调很忧伤的歌，唱着唱着，就泪流满面。龚总管告诉李唯亭，佐藤有一个日本女友，人长得很漂亮，从衣着打扮和举止来看，像是日本银行或日本商社的女职员。佐藤一次偶然谈到，他们在日本曾经是同学。李唯亭见过这个日本女人，她的美貌和斯文，让李唯亭多看了几眼。凭他的直觉，这个日本女人的身世绝非一般，她谦和有礼，看到李唯亭，微笑着深深一鞠躬，嘴里说道：“给你添麻烦了。”

李唯亭和佐藤有过几次冲突。一次是几个日本兵殴打仓库工人，无所顾忌地搬走大批白布。李唯亭当场没有发作，但事后还是忍不住对佐藤说了几句：“你不是说过，要尽量减少工厂的损失吗？可你的士兵如此糟蹋这些棉布，完全违背了你的诺言。这样下去，工厂要破产的，工友就会失业。大烟囱一倒，几千个小烟囱就会跟着倒。中佐先生，你知道这会造成什么样的后果吗？”

“什么后果？什么大烟囱、小烟囱的？”佐藤有点没有听懂。

“一句话，大隆厂的两千多工人的饭碗就敲掉了，在这样的乱世里，他们没有饭碗是活不下去的，你懂吗？”

佐藤听后哈哈大笑，笑完后，看着李唯亭说：“这是没有办法的事情。因为这是战争，战争是残酷的，会流血，会死很多很多的人。告诉你的工人，没有饭吃固然是痛苦的，但总比死去好。战争迟早要结束的。世界上没有一场战争是没完没了的。说实话，我也不喜欢战争。你知道吗？日本这些年的军费开支，占国民生产总值的百分之六七十，为了打仗，日本家家都在挨饿，这是没有办法的。如果没有战争，我早就是银行的高级职员了，李先生有所不知，我可是大学金融专业的高材生。”说到这里，佐藤的神色变得阴郁起来。

“神经病！”李唯亭在心里骂道。

第二次冲突是一小群日本兵终于打上了那个鸽棚的主意。他们粗鲁地竞相持枪向鸽群射击，随着一声声枪声，一只只鸽子被突如其来的子弹所命中，有的甚至被打成碎片，死伤的鸽子掉满一地。侥幸脱逃的鸽子惊恐地朝空中扑翅飞去，弹雨紧紧追随着它们。还有日本兵抓了死鸽和伤鸽，用滚烫的开水把它们浸透，拔去羽毛，开膛剖肚，然后交给厨房清蒸或油炸。

李唯亭怒气冲冲地找到佐藤责问：“你的士兵为何要屠杀这些毫无反抗能力的鸽子？它们碍着你们什么了？难道这也是你们‘圣战’的需要？”

李唯亭原以为佐藤会暴跳如雷，但很奇怪，他一声不吭，阴沉着脸，叫人唤来那几个射鸽子比枪法的士兵的小队长、中队长，他们还未站定，他就扬手给他们每人一个响亮的耳光，然后用日本话大声训斥，其中一个中队长有点不服气，咕哝了一句，佐藤立即抬起腿，朝这个中队长猛踢过去，把他踢倒在地。

待这几个小队长、中队长怏怏离去后，佐藤双腿一并，头猛地一低，然后抬头说："李老板，我会赔你鸽子的。你让龚总管去买，钱我来付。"

"算了，这些鸽子跟了我好多年了，不是钱能买得到的。"李唯亭说，"不过，那些在厨房的鸽子就放过它们吧，把它们埋了。"

"好，我马上叫人去办。这件事我大意了，使你心爱的鸽子受到这么大的伤害。真是对不起了。我可以保证，今后没有人会对鸽子无礼了。"

恰巧佐藤的漂亮女友来看他，佐藤便把事情告诉女友，女友听了，眼眶竟湿润了，连连向李唯亭鞠躬，说："对不起，对不起！"

"我能把剩下的鸽子搬到别处去吗？"李唯亭没有想到佐藤和女友在鸽子这件事上会是这个态度，这让他难以理解，他困惑地看着中佐和他风姿可人的女友问道。

"当然，鸽子是你的，你可以随意安置它们。对，你该为它们觅一处安全的栖所。"

"我小时候在家乡见过许多野鸽子，一群一群的，密密麻麻。在上海，我只看到家鸽，从未看到过野鸽子。以前躺在家乡草丛里看野鸽子的情景好像就在眼前啊！"佐藤女友对李唯亭说，她的嗓音很好听。

这是她对李唯亭说过的最多一次话。后来他从龚总管那里知道，她的名字叫真由子，还有一个中国名字叫王爱琴。

第三次就是今天，由于鸽子事件，李唯亭对佐藤的看法有所改变，觉得他有点人情味，还有点让人捉摸不定的神秘。李唯亭听说上海的战局发生了变化，中国军队从原来的防区撤退了。如果按佐藤的承诺，日本兵应当离开工厂了。日本飞机对闸北的连续轰炸，使得闸北很多地方成为火海焦土。大隆染织厂的许多工人住在闸北的棚户区，秋风一刮，这些芦席、木板、铁皮及油毛毡搭建的窝棚，火烧连营般化为灰烬。李唯亭希望日本军队撤出工厂，收容流离失所的工人和他们的家小。

他一早就乘自备车到了厂里，掩体后的日本兵有点紧张、慌乱。佐藤正在喝酒，桌上已放了好几个空瓶子。

李唯亭对佐藤说："我无权干涉你们的军事行动，可佐藤先生刚进驻本厂时，曾对我说，打完仗就会将部队撤出去。可现在虹口、杨树浦早没有战事了。中国军队的88师连闸北都放弃了。中佐先生应该调防了。"

佐藤从报纸后面抬起头来，眼睛张得很大，死死地盯住李唯亭，眼神是愠怒的，他说："你以为我是有意赖在你厂里不走吗？你难道不知道，调动部队，从这里撤出去不是我一个小小的中佐所能决定的？我得听旅团长、师团长的，这是没有办法的事情。因为我是军人，军人得按命令行动。"

"是，是，我当然知道你是军人。不错，你们要服从命令听指挥，可当初为何要对我说那样的话呢？你听说过'军中无戏言'这句话吗？你不觉得你是在戏弄人吗？"李唯亭说到这里，突然停住了，意识到自己的情绪有些失控，忘记了自己面对的是一个日本军人，他控制着相当于一个团的兵力，他可以像踩死一只蚂蚁那样崩了你。想到这里，李唯亭不想说下去了，并且准备转身离开。

可已经来不及了，佐藤被激怒了，他脸色变得铁青，下颚的肌肉都抽紧了，他站了起来，走到李唯亭面前，高高地举起手，给了李唯亭几个耳光。李唯亭被打得眼冒金星，脸颊上火辣辣的发痛。

"你，你怎么打人？"李唯亭捂着脸，大声说。

"因为你侮辱我，说我戏弄你。我告诉你，我佐藤荣作从来不戏弄人，包括我的敌人。"

龚总管闻声进来，向佐藤赔着笑脸，说："中佐先生，你别误会，李先生怎么会侮辱你呢？"说着，推着李唯亭离开，悄悄地在他耳边说，"李老板，你要克制自己的情绪，你面对的不是人，而是恶魔，晓得吗？杀人如麻的魔鬼，这种事，只能听天由命，急也没用。"

李唯亭离开的时候，看到佐藤脸上换成了似笑非笑的表情，眼睛里闪过一丝歉疚。他似乎要和李唯亭说什么，但李唯亭铁青着脸，紧抿着嘴唇，昂起头走了，就在这时，佐藤桌上的军用电话狂响起来。

"先生，请用餐吧。"娘姨吴妈轻声地说。

李师母跟着说："唯亭，去吧，吃完早点睡吧。我看你累了，你真是的，吃吃力力到厂里去做啥呢？"

李唯亭没精打采地站起来，看了李丹沪一眼，说："丹沪，陪我喝点酒。"

李丹沪一直坐在父亲对面的沙发上，在父亲站起来时，其实他早已站了起来。听父亲这么说，他连忙答应着，几步就走到餐桌旁。父子俩长得很像，个子很高，腰背挺直，有很浓的眉毛，鼻子挺而高，从而使得脸部的轮廓特别分明。李唯亭虽然只有五十六岁，但头发已花白了，额头和眼角刻上了很深的皱纹，脸上肤色本来就黑，这段时期，突然冒出了许多星星点点的老年斑，这样的斑点还出现在手背上，使他显得苍老而疲惫。

李丹沪继承了父亲的高鼻梁，浓眉毛，继承了母亲白皙的肤色，修长的双手。除此以外，他还继承了父亲那种认真、固执，不肯轻易妥协的性格。他们父子只是相似，儿子要比父亲精致、秀逸、洋派，然而举止神态也像父亲那样得体持重，在讲话的声调上，父亲是冷冰冰的，从容不迫的，而李丹沪是昂扬的，说话语速较快。

李香梅长得像母亲，大而亮的眼睛，眼尾很长，上海人称之为"豁眼梢"，下巴微微往外突起，这使得她的脸美丽而有生气。她的身材也像母亲，均匀、结实，有一双长长的腿，一个饱满浑圆的撅起的屁股，但她偏偏继承了父亲的黑黝黝的皮肤。认识她父母的人看到她，都会情不自禁惋惜地说："要是皮肤也像你妈那样白，那真是国色天香了。看来世上的事，不会十全十美的。"

李唯亭在餐桌上坐下，又扫了下客厅各个角落，问李师母："香梅呢？今天是星期六，怎么没有回来？"

李丹沪正要开口，李师母赶紧向他使个眼色说："她们学校举行一个派对，今晚香梅不回来了。明天说不定还要和佳林一起上街买东西，回来也要下午了。"

"派对？"李唯亭端起儿子已为他斟满酒的酒杯，慢慢喝了一口，用他的江阴上海话说，"到底是租界的教会学校，外面打得那么凶，他们还那么开心。"说着，举起筷子搛起一块松花蛋放到嘴里。

"爸爸，"李丹沪小心翼翼地说，"今天你又去找占领我们厂的日本人了吗？他们怎么说？"

"唉！提起这件事就让人生气。"李唯亭长长地叹一口气说，"我找了，那个日本赤佬租地当自产。我和他商量，要他们撤出工厂，让我恢复生产。他们不仅不听，反而翻脸不认人，对我说，要等上司的命令。我说了句军中无戏言，他就大发脾气，说我侮辱他，还动手打人。"说到这里，李唯亭仰头把杯里的酒一口喝完，骂道，"这批东洋人简直就是无赖、拆白党，一点道理都不讲。"

"啊哟！难怪你的嘴上有血。"李师母惊叫起来，"我早就跟你说过，别跟日本人去烦，和他们讲道理是刀尖上舔血。你让我看看，打伤了没有？"

“没有，他是吓唬吓唬人的。”李唯亭回答。

“爸爸，你也太天真了，还指望日本人和你讲道理。他们侵占了我们那么大片国土，都不以为足。一个小小的工厂在他们眼里算什么，还不是一颗花生米。”李丹沪说到这里，用手抓起两颗花生米放到嘴里，说，“日本兵开进我们家厂的那天，我就跟你说，我们的厂完了。就像一块肉进了一个人的嘴巴，别想掏出来了。爸爸，别放在心上，不就一个厂吗？身外之物，没有什么了不起的，就当给日本人的炸弹炸掉，上海被炸的厂多着呢！荣家的纺织厂、面粉厂炸掉了一半，惨不忍睹！”

“是啊是啊，丹沪说得对，这年头，只要我们一家子平平安安就是福啊！”李师母附和着儿子说，“这些日本人不是人。躲避他们还来不及呢，你何必要去招惹他们呢？再说，由日本兵占领着总比被炸弹炸掉好。毕竟工厂还在那里，日本军队迟早要开拔的，他们不可能在厂里安营扎寨，安家落户，你急什么啊！”

“你懂什么？你说这话还有点人味吗？”李唯亭大声对妻子呵斥，“我宁可工厂被日本人炸掉，也不愿意看到工厂被日本人盘踞，成为打中国人的阵地。再说，厂里有两千多工人，大多住在闸北、南市、杨树浦，他们家中大多给东洋人毁掉了，流离失所、无家可归。要是日本兵走了，我还可腾出一部分厂房来收容厂里的工友。”

李师母霍然而起，眼泪随着满眼的幽怨，哗哗地流下来。她用手巾擦着泪水，哽咽地说：“我说错什么了？你在日本人那里受了委屈，回到家朝我出气？在这个家里，老的小的都让我整天提心吊胆的，可你们还要作践我。凭什么这样待我，我连这个家的佣人都不如？”说完，便大哭起来。

李唯亭没有再说什么，放下筷子出神，鼻孔里呼呼出着粗气。

李丹沪在一旁劝解道：“妈，阿爹对日本人的横行霸道于心不甘，十分气恼。要是一把火把厂子烧掉，落下个干脆，倒也罢了。可现在给日本兵占着，还要每日三餐喂好几百条黄皮狗，爸爸的心情会好吗？”

李师母擦干眼泪，凄然一笑，说：“他心情不好，我心情好吗？看来我是多操了心。这个家，这些破事，我也不管了，乐得和小姐妹打麻将去。”说完便上楼去了。

李唯亭是江阴人，读到初中毕业，父亲便把他送到江阴县城一家布号学生意，李唯亭聪明好学，不多时便学会了算账，噼里啪啦打算盘轧账，又快又准。而且对生意上的许多窍门无师自通。他父亲是个渔行的称手，一年四季，给老板送鲥鱼、刀鱼、螃蟹、河豚。原来李唯亭的父亲不敢送河豚,因为河豚有毒,要吃死人,偏偏布号老板特别嗜好吃河豚,当着店员的面对李唯亭说:“我知道送河豚给人是大忌。不过我无所谓。拼死吃河豚嘛,无非是一个死字。各位听好了,唯亭父亲送我河豚,要是我吃死了,我绝不怪他,和唯亭父子毫无干系。到时,各位可要作证。”

店员面面相觑,不敢说什么。李唯亭的父亲当然明白老板的意思,要他送河豚。从这以后,在送老板的时鲜水产中,就多了河豚。这对李家来说,是件丢不开的事,也是个沉重的负担。但李唯亭父亲省吃俭用,硬着头皮给老板送。权且送到儿子满了师再说。好在称手在给渔民称货时,手上稍稍松了松,分量就多了十几斤、几十斤的。还有品级,按鱼虾的大小、新鲜程度、成色分级,品级高,自然卖价就高。品级的评定,全在称手的手里。就像中医的“望闻问切”一样,称手对水产是眼睛打量、闻闻气味、用手抓摸,几下就可下结论,全凭多年的经验。李唯亭父亲在定品级时,尽量往上靠。受他关照的渔民心知肚明,往往会送些上乘的鲥鱼、刀鱼、河豚、螃蟹回报他。他一转手,就进了布号老板嘴里。

凭着父亲的不断孝敬,再加上李唯亭自身的勤勉、能干,老板对李唯亭很器重,未到满师,就成了老板的得力帮手。老板的大女儿是县中的高中生,和李唯亭同年,李唯亭三年满师,恰逢她高中毕业。毕业那天,老板女儿在一个风雨夜,轻轻敲开李唯亭的房间,偷偷塞给他一张照片,还未待李唯亭回过神,她就以极快的速度在他脸上亲了一口,然后,飞快地离去了。李唯亭在风声、雨声中一夜未眠。他想起来了,这半年来,老板的大女儿那双水汪汪的大眼睛,常常会温情脉脉地盯着他,待到他的目光和她的目光接触时,她红着脸,对他甜甜一笑。李唯亭也报以不自然的笑容,他没有在意,更没有想入非非。

那个风雨之夜仅仅是个开端,李唯亭预感到他们之间不会有结果,但他挡不住诱惑,两人深深跌入温柔乡里。当时,已有人家前来提亲,其中有无锡一个粮商的儿子,都给老板的女儿断然回绝掉了。理由很简单,她不想嫁人,而是准备考南京金陵女子大学,那里学费昂贵,对英语的要求特别高,不是她这样的小城商贾人家上得起的。

老板信以为真,不再勉强她,答应她设法筹足供她念大学的资费。这段时期,店里生意不错,他用赏识的目光看着李唯亭在生意场上越来越游刃自如,而此时的李唯亭已结识了许多商客,店里已少不了他。稍稍使他不满的是,李唯亭父亲不再送河豚、鲥鱼、刀鱼之类的江鲜来了。

不久，老板发现了李唯亭和女儿之间的私情，他暴跳如雷，把李唯亭痛骂一顿，要唯亭立刻放弃非分之想，他绝不可能将女儿嫁到充满鱼腥气的称手家里去，除非太阳从西边出来。如果李唯亭不识相，以后就别想在布号做事了。

李唯亭对老板的训斥，低着头，满脸惶恐。第二天，恰好是礼拜天，客人比平时要多。可李唯亭没有像往常一样第一个起床卸排门板，直到生意上门了，还不见他人。女儿的房间紧闭着，不上学的时候，老板女儿有睡懒觉的习惯，要午前才起床。但到中午，依然不见她的身影。老板推开女儿的房间一看，床被叠放得整整齐齐，哪里有什么女儿的人影。老板觉得不妙，四处寻找，小小的江阴城找了几遍，李唯亭那散发着鱼腥气的家里，每个角落都没有放过。李唯亭父亲一问三不知，反而向老板要人，老板灰溜溜地走了，临走前丢下一句话“我对你儿子不薄，没想到他居然拐骗我女儿，等我逮住这个小赤佬，我把他扔进长江喂鱼。”说完，气呼呼地走了。他很懊恼，两个大活人显然已无从寻觅，在这座江边小城蒸发似地消失了！

这时，李唯亭和老板的女儿已在开往上海的轮船上。两人周身尚算工整，亲热地依偎在一起，看着茫茫一片的宽阔江面和腾飞的江鸥，它们自由地在空中尖叫着、盘旋着。李唯亭随身带的行囊里，有二十块银元，还有上海客商的十余张名片。老板女儿身上也有十几块银元，高中毕业那天，母亲给她的一枚嵌宝石戒指、一只玉镯以及一小盒金瓜子。

下了船，两人乘黄包车直接来到苏州河旁的兴业织布厂，找经理徐先生，他是李唯亭接待过的客商，是个很豁达的人。李唯亭曾陪着他在江边的酒楼吃江鲜，徐先生说：“江阴强盗，无锡贼。江阴人性格刚强，民风强悍，在你身上我就看得出来。可江阴毕竟是小地方，有机会到大上海闯闯。”

如今，徐先生看到他们，笑着说：“哈哈，小李先生，你到底出来了。还带走了一个千金小姐，你这个江阴强盗好厉害啊！”

徐经理的厂叫兴业布厂，是从其父亲手下继承下来的。规模不大，但设备是从英国进口的，厂房整齐、宽敞，是专门请外国的建筑事务所设计建造的，红砖墙上还装饰着白色的窗卷和棱角。徐经理给了李唯亭一个跑街的位置。跑街先生主要是推销产品，接洽业务，签下一个又一个订单。徐经理让一个土气的乡下人做这么重要的事，令公事房的职员感到不可思议。他们在背后讥笑他的衣着和口音——江阴话听起来很土，也很难听。

徐先生对李唯亭说：“一个月之内，你要学会上海话。另外，去做身西装，衬衫每天都要换，不能发黑。头发要剪成上海式样，要涂发蜡。裤子每晚放在枕头底下，保持两条裤线笔直。还要会说几句洋泾浜英语。”说着，又递给了他几本英语入门的书。

当天，李唯亭花五块大洋在旧衣铺买了一套八成新的英国条纹呢的西装，花两块大洋买了双新皮鞋，还买了两件衬衫、两条领带；在一个西式理发馆理了发，三七开发式，用发蜡梳得油光可鉴，露出梳子细密清晰的齿痕。

第二天，当他西装笔挺地飘逸出古龙水的香味走入公事房，用不太熟练的英语和大家打招呼时，他的同事都傻呆了。一夜之间，这个被他们笑话的乡下人，陡然变成了一个倜傥洋派的英俊后生，翩翩风度的他和上海滩的高级职员以及富家子弟相比，毫不逊色。徐先生在他身旁打量了几分钟，为李唯亭的变化暗暗吃惊。徐先生一挥手，说：“行，行，就这样。不过，好像少了样东西。”说着，在一边的柜里取出一只西式的咖啡色小牛皮公事包，递给李唯亭说：“唯亭，拿去用吧，这样，你就全副武装了，走出去实相蛮像样了。”

李唯亭和老板女儿在一条石库门弄堂里租了间亭子间，接着两人到当时上海最好的白俄照相馆——葛文斯基照相馆拍了张双人照，在照片的右下角，刻着照相馆的硬印章。

从照片上看，两人郎才女貌，处境优裕，露着幸福的笑容。实际上，他们对立足上海滩一点底都没有，不知道未来是怎样的。李唯亭拎着公事包，满世界跑起来。老板女儿则买了台手摇的缝纫机，替面粉厂加工面粉袋，她就是现在的李师母，李香梅的母亲。三年以后，李唯亭已有了十几套西装，五六双皮鞋，十几条领带。“李大鼻子”的大名在上海纺织界已无人不知。他们的儿子李丹沪在这一年出世了。两年后，有了女儿李香梅。李唯亭不仅成了兴业布厂的股东，而且从一个日商那里盘下了一家小型染织厂，厂名叫大隆染织厂。李唯亭觉得这个厂名不错，保留了下来。他们早已搬进一套有三间房间的公寓，并补办了一个很隆重的西式婚礼，有神父主婚，有一对伴童拽着李师母婚纱的裙摆。婚后他们过起了平静、舒徐、安适的日子，李师母在家相夫教子，还养了条白卷毛、垂着大耳朵的哈巴狗，她的下巴变得圆润了，眼睛也变得更明亮了，甜美的笑容里有种满足感，但她内心还是隐隐有种莫名的乡愁和感伤，她惦记着江阴的阿爹和姆妈，还有弟弟妹妹。

这一年，李唯亭从父亲那里得知，布店老板中风了，躺在床上再也爬不起来，两眼发直，含糊不清地喊着女儿的名字。自从到上海后，李唯亭和家里保持着信函来往，他要父亲、弟弟经常提及老板的情况，以满足妻子思乡之苦。每次读着信，妻子总会热泪涟涟。这次听说父亲病重，她吵着要回家探视。

李唯亭没有反对。他特地买了辆小汽车，还买了一大堆礼物，从上海到无锡，再从无锡到江阴。小姐和伙计私奔的消息，当年曾轰动江阴城，如今听说他们衣锦还乡，布号和老板家从早到晚，被街坊老小团团围住，一辆自备车就足以让看热闹的人瞠目结舌。

李唯亭和妻子双双跪在老板的床前，掉着眼泪，妻子的怀里还抱着刚满两周岁的儿子。老板瘫痪在床上，一张僵硬的变了形的脸，贴在头顶的稀疏白发像冬天枯萎的草，他已不太能动弹，说话咬字不清，头脑还很清晰的，他用呆滞的目光，神色平静地看着他们，张大了嘴说："回家，回家好，好。"其实，他对李唯亭和女儿的情形是多少有所知的，李唯亭在上海的发迹，已通过在上海的江阴商人传回江阴。他早就原谅了这个小学徒和自己宠爱的女儿，碍于面子和自尊，他不愿到上海找他们。

李唯亭的父亲也赶来看这个几年中成了冤家，形同陌路的亲家，当然他没有忘记拎上一大篓螃蟹。

第二天，李唯亭驾车带着骨瘦如柴的岳父，李师母紧紧抱着半躺在后座的阿爹，他勉力坐直，眼神呆滞，大口大口吸气，断断续续地和女儿说着话，他们在混混沌沌的长江边上兜了半个多小时。第三天，李师母给阿爹喂上海带来的艾罗补脑汁，老人一勺勺吞下去，神态安详，喝着喝着，突然头一歪，平静地合上了眼睛。

还是这一年，徐先生车到浦东的堆栈去查看库存的棉花，车上有他的姨太太。姨太太心血来潮，要去看外国人在浦东的一处花卉种植园。据说，暖房里面一年四季长着郁金香、百合花、雏菊等多姿多彩的洋花。司机路不熟，在一处荒僻的泥浆路迷失了方向。来到一座木桥附近，有几个人挥手要他们停车。徐经理看到他们面带凶相，拿着手枪，显然来者不善，便让司机冲过去。冲出没多远，劫匪便开枪了，一颗子弹穿透了汽车的后窗，射进徐先生的后背，顿时血流喷射。徐先生在医院抢救了一天一夜，最后还是没有救过来。

徐家是常州武进人。族里来了人，没有争议地分了徐先生的家产。姨太太和儿子分到了兴业织布厂，原配的太太和两个儿子分到了坐落在常州的房产、田产和存在上海外国银行里的存款。姨太太没有能力管理布厂，就以极便宜的价格出让给了别人，带着儿子不知所踪了。李唯亭拿到了退股金，还好，比原来的股价升了三倍。

大隆染织厂不断扩充，成了一家在上海数得上的纺织厂。大隆生产的双鸽牌棉纱和棉布成了畅销的名牌产品。但近几年，因英商日商棉纱、棉布大量倾销，纺织品市场寒风紧吹，一片萧瑟。不少纺织厂挺不过这股寒流而纷纷倒闭破产。而李唯亭沉着应付，减少棉纱、布的产量，扩大了染整的生产。那时，棉纱、织布和染整俱全的纺织厂是不多的。英商日商倾销的是棉纱，首当其冲受害的是纱厂，而染织厂的日子要好过些。李唯亭又不失时机地降价，保持订单基本没有流失，总算摇摇晃晃地闯过来了。

父子俩喝了很长时间的酒，在李丹沪的劝说开导下，李唯亭的心情稍稍平静了些。

入睡前，李唯亭已与李师母和解，毕竟是风雨同舟多年的夫妇，一向没有隔夜之怨。李师母悄悄地对靠在枕上想心事的丈夫说："要不要请佳林去找找人，说说情？他和日本领事馆的外交官很熟，上海几个有势力的日本人是他的同学。"

李唯亭警惕地问："你是怎么知道的？"

李师母说："是香梅告诉我的。"

李唯亭沉默了片刻，神情严肃地说："告诉佳林，少和日本人搞在一起，即使是同学朋友，也尽量离他们远一点。"

这个晚上，徐佳林很忙。他离开李公馆后，就直接驱车到外滩的《字林西报》大楼。这是幢狭长的欧式石头建筑，高达十层，顶端的左右角上有两座对称的塔楼。和其他报馆一样，《字林西报》也是晚上发稿、排版，半夜印刷，第二天一早就投递到千家万户。因此，《字林西报》大楼大多数窗户在傍晚来临时便齐刷刷地亮起灯光。编辑和记者都在各个办公室里埋首紧张地忙碌着。

《字林西报》是上海创办最早的一张英文报纸，它的读者对象主要是上海的英美人和懂得英文的中国人。特别是在有英美资本背景的银行、洋行、工厂、轮船公司、海关、酒家、商店等机构做事的华人，都必读《字林西报》，既是为了练习英语，更是一种时尚。而且，《字林西报》确实有它的特色，经常抢先刊登重大的中外新闻，公共租界工部局的重要政策法规，还有马经、股市行情，以及趣味横生的英文副刊。许多中文报纸都会从诸如《字林西报》《密勒氏评论报》《大陆报》等英文报纸上翻译转载新闻、时评和副刊文章。后来，《字林西报》干脆就出中文版，专门供上海的中国人阅读，成为和《申报》并肩齐驱的两张上海主要报纸。

徐佳林是日本新闻的主笔。他一到编辑部，便习惯地取过已放在桌上的三张日文报纸，即《上海日报》《上海日日新闻》《上海每日新闻》，浏览一遍以后，便打开桌上的收音机，收听大东亚广播电台的日语播音和设在上海日本人俱乐部四楼的大上海广播电台的中文播音，这两家电台都是受到日本军方支持的大功率的广播电台。徐佳林从日文报纸和电台播音中搜集有用的新闻素材。

他花了一个多小时，写了篇“上海西人并不歧视日货”的报道，这是今天下午在惠罗百货等待香梅时，顺便逛了好几家商店所观察到的一个买卖现象：即欧美诸国人并没有受到中日战争、中国民众抵制日货的影响，依然对价廉物美的东洋货表现浓厚的兴趣。在惠罗百货的服装柜台，看到众多的西人在争购日本制造的丝绸女服和精致的单色调的瓷器。随后，他又从日文报纸及大东广播电台的《战地信箱》节目中，摘录和改写了一篇关于日本军队在上海动向的报道。

当他把两篇报道送到主编室时，见主编的桌上放着六七张照片，居然是李香梅渡河献旗，以及中弹受伤的情景。照片上的李香梅在河中奋力划动，系在她身上的国旗在河面上时隐时现，旗上的图案清晰可见。还有香梅和谢晋元站在一起，虽然神情肃穆，浑身湿透，仍具有迷人的风姿。一张由一个外国士兵搭救起她的照片，可看到她痛苦的表情。一篇题为“东沪女中学生冒险献国旗”的报道，正由主编骆清在审稿。报道是《字林西报》的另一个女记者张雨桐采写的。

骆清是上海滩名声很大的报人，他从上海圣约翰大学毕业，又到英国剑桥大学深造，四十岁左右的年纪，写过话剧、散文、小说和大量杂文，亦翻译了多部英国文学作品。他读完张雨桐写的报道后，取过自来水笔改动了几个字，才发现徐佳林站在桌旁。

“佳林，你来得好。东沪一个女学生游过苏州河，给四行仓库的中国守军献国旗，张小姐采写了这个消息。写得不错，可发头版。”骆清略有些兴奋地说，神态文静而诚恳，“你来写一篇时评。这些照片也来之不易，据说是美国海军陆战队的士兵拍的。下河救中弹女学生的就是这位士兵摄像师，他救人的照片，是他的战友拍摄的。这本身就是很有意思的新闻。”

徐佳林心里有一种说不出的滋味，按他的意愿，当然不想报上登出李香梅献旗的新闻。在他心目中，太太应当是温顺、纯洁、美丽的，一举一动都不失大家闺秀的优雅风范。一句话，是教会女子学校所培养的“标准女子”的形象。而李香梅就是这样一个标准女子，一个典型的上海滩的淑女。渡河献旗这样的乖张的举动绝不是一个淑女能做出来的。另外，中日战争虽未结束，但大局已定，中国军队已必败无疑。这样的新闻和照片对李香梅、对自己现在和以后，都是有弊无益的。

“骆先生，我当然可以写篇时评。不过，我们的报纸和公共租界的立场是一致的，那就是在中日战争中严守中立。”徐佳林面有难色，说，“时评对李香梅献旗的行为在观点上非褒即贬。贬是不可能的，也是不应该的，如果出言不逊，必遭上海市民唾骂。但褒的话，就是明显背弃了中立的立场，可能会惹日本人不高兴。它和新闻不同，新闻是事实的报道，只要做到尊重事实，客观报道就行了，但时评是一种观点，它直接代表了报纸的立场。”

“嗯。你的意思我明白了。”骆清扶一扶脸上的金丝眼镜，站起来，在房间踱起步，走了几步后说，“本报社论可以理解为代表报纸的观点。个人署名的评论文章就另当别论了。我们多次声明过，作者个人的观点并不代表报纸的观点。我看这篇时评可以写，这个女学生实在是勇气可嘉，值得大书特书。不过，要委屈你一下了，只能另署一个笔名了，因为一署‘樵夫’，都知道是本报的徐先生，这恐怕对你不便。”

“我的不便不在这里。我是中国人，当心痛国家战乱相连，山河沦丧，对中国军民的抗战之举，我都该万般称颂。对李香梅冒险敬献国旗，以壮八百壮士军威，更是钦佩万分，可我有一点私人的原因。”

“私人的原因？佳林，请直说吧。”骆清诧异地看着徐佳林。

“李香梅是我的未婚妻，我们马上就要办婚礼了。”

“喔，我竟忘了，你的女友是东沪女中的学生。”骆清恍然大悟，“想不到事情会这么巧。都说你女友美若天人，现在看来，还是巾帼豪杰。可我不解，你为未婚妻的行为写篇时评，有何不便之处？”

“正因为她是我未婚妻，我觉得不太合适。是这样的……”徐佳林有些说不出口，但终于很吃力地说了出来，“我写她感到别扭，也怕别人产生误解。”

“徐先生，你多虑了。我们虽在英国人办的报纸做事，报纸的宗旨自然要遵守，然而，正如你刚才所说，我们毕竟是中国人。吴梅村有两句诗：‘我本淮南旧鸡犬，不随仙去落人间。’”骆清大声地说，“你不要当她是你未婚妻，而是在赞颂一个女中豪杰。我相信，李小姐知道是你写的时评，妇唱夫随，她一定会很感动、很高兴。至于有畸形心态的人可能会说三道四，你可不必理会。我们吃报馆饭的，整天议论别人，别人说几句，何惧之有？”

徐佳林是聪明人，骆清这些话触到了他的心思，立即省悟了，说：“骆主编说得对，我马上回办公室起稿。”

徐佳林走回办公室，略微思索了一下，便挥毫写了篇八百字的时评，题目是“青天白日旗飘扬下的四行仓库”，文中说道：守卫四行仓库的八百壮士，孤军踞守，四面楚歌，但这批中国军队士气如虹，越战越勇。当天下午，为替壮士助威，一个叫李香梅的女学生冒着枪林弹雨，强渡苏州河，献上青天白日国旗一面，生死祸福，全然不顾。国旗升起，石破天惊，民情沸腾。一面寻常的国旗，何以有如此极致之魔力，是因为它象征着一个民族的不屈。

一个小时后，徐佳林就把这篇时评送到骆清手里。文章还是署名樵夫，他的心思骆清当然不明白，他署上这个常用的笔名，主要是取悦于香梅。骆清看完后，很满意地说：“佳林，非常好，我为你有这样一位未婚妻很感荣耀。”他对署名不置一辞。

走出《字林西报》大楼，已是深夜。电车“咣当咣当”地驶过，车内已是空荡荡。江面的外国轮船除了烟囱、船头、船尾闪烁着红色信号灯外，船楼的窗户已是黑洞洞的，无声无息，远远看去，像一座座黑黝黝的小山。岸边停泊的木帆船的桅杆，像一片黑色的树林。徐佳林开着他的福特车，穿过灯火璀璨的南京路，经跑马厅拐进霞飞路，街两边梧桐树的枝桠，像无数的手臂在夜风中狂舞。他将车停下来，摇下窗玻璃，一阵冷风扑进来，让他打了个激灵。他想象着明天香梅看到他写的时评会怎么想？她一定会感到欣喜若狂。最近一段时期，香梅对自己有点冷，即将要订婚了，还是温吞水般的，没有足够的热情。她的心始终对自己半开半闭，没有完全向自己袒露，就像一盏灯笼，透出的光线是朦朦胧胧的。尤其是今天她受了伤，自己去医院接她，见到自己却爱理不理的，话都不愿多说。至于约好去购买戒指，这件女人历来重视的事，她竟失约了，而且显得若无其事。这使他感到隐隐的不安。她是个单纯没有阅历的小姑娘，可是，有时看上去，她并不是那么单纯。他清楚，他必须趁热打铁，在最短的时期内得到她。一个过着轻车快马生活的少女，有时难免会随心所欲，不管她干什么，这段时期都必须顺着她。骆清提醒了他，震动大上海的献旗事件，若自己妇唱夫随，她会感动、感激、高兴的。这是他改变主意的原因，是香梅让他改变的。这是件大事，后果可能会很严重的，可为了爱情，他顾不上了。

其实，徐佳林就是兴业布厂徐老板的儿子。母亲是徐老板的姨太太，在父亲死于非命后，就回到她的娘家天津。她没有再嫁，虽然不缺钱，但寂寞冷清。在许多人眼里，她是个有魅力的年轻风流寡妇。她喜欢打网球，奔跑和挥拍的姿势那么优美。她的头发上常戴着一只白色的别针，引人遐思。网球场里有许多公子哥、纨绔子弟，以及无聊的富人，都向她献殷勤，但最终姨太太和网球教练好上了。网球教练是个有妻室的人。他经常到徐佳林家里来。当时的徐佳林很孤僻、倔犟，他不喜欢母亲周围的男人。有一次深夜，他突然醒来，听到母亲的房间里有动静，便赤脚走到那房间前，大声地敲门。咚咚响了一阵，门开了，是惊慌的母亲开的门，她头发凌乱，披着一件男式衬衣，不知所措地看着他。他冷冷的眼光仇视般盯着坐在床上的网球教练。

“请你离开这里。”他冷冷地说。

“孩子，别这样，妈求你了。”母亲在一旁说。

“请你离开。这是我和妈妈的家，我不要你来，你走吧，否则，我就不客气了。”七八岁的孩子，昂起小小的头颅，坚决地说。

“孩子，你别胡闹了。我会对你解释的。”母亲说。

“你滚！滚！”他终于大喊起来。

网球教练一言不发地穿好衣服，头也不回地开门走了。最后，母亲还是嫁了人，丈夫是前清一个王爷的后代，靠祖宗遗留下来的田产和房产，在天津租界当寓公，玩票、玩古董、玩女人，也抽大烟。

徐佳林读完中学，考上了公费留学日本。在日本留学了三年，又去英国留学了一年多。他留恋上海。从英国乘船直接回到上海，很顺利地考入《字林西报》报馆，他精通日语、英语，深入研究日本的历史和现状，加上勤奋好学，很快在上海的报界站住脚。他办报，写文章，演讲，还有其他做不完的事。后来，他找到了童年的同伴李丹沪，还找到了他忘不了的唯亭叔叔。一天，他来到李公馆，一幢很大的洋房，这是李家在1932年“一·二八”事件后，从一个英国火油商手里买下的带花园的豪华住宅。“一·二八”的战火使这个英国大班受了惊吓，他卖掉在上海的产业回英国去了。

他第一次看到香梅是在一次演讲结束后。他还对小时候的香梅略有印象，记得她很胖，眼睛大大的，神态安详，很乖巧，额头像瓷器一样光洁，但肤色较黑，比街头红头阿三的肤色浅不了多少。

现在的香梅虽然肤色还是偏黑，但她娉婷不乏健美的身姿，高雅清新的气质，一下就打动了素日冷漠的徐佳林。从那刻起，他就打定主意，要让香梅走进自己的生活。

香梅也很惊喜。这个父亲恩人的儿子，原来就是曾到学校作过演讲，引得无数女学生内心骚动、仰慕的报栏作家和新闻记者。以后，几乎是顺理成章的，他们来往了。李唯亭和李师母出于感恩，极力撮合香梅和佳林，况且，无论从哪方面看，佳林都是头挑的。香梅从小就听父母谈起那位可敬的徐先生，他的乐善好施，在父母走投无路时改变命运的帮助，都让香梅刻骨铭心。这是天赐良缘，香梅没有理由拒绝徐佳林，就像圣诞节快乐的孩子不可能拒收白胡子圣诞老人送的糖果。圣诞老人是乘着雪橇来的，徐佳林也是乘着雪橇来的。

这个夜晚，美国海军陆战队的中士马赫也不空闲。离开营地医院后，他赶到驻地。在临时充作暗房的卫生间冲洗出了白天拍摄的照片。未等干透，他就骑了驻地军需官的一辆自行车，将照片送到《字林西报》馆、《申报》馆。然后到一家二十四小时营业的一个白俄人经营的花铺选购了一束鲜花，又到西饼屋买了巧克力蛋糕，骑车来到营地医院。他轻轻地推开了病房，李香梅已睡着，浅黄色的灯光下，长长的睫毛闭合着，偶尔轻微地跳动着。马赫放下鲜花和蛋糕，然后蹑手蹑脚地走了。回到驻地宿舍，已是鼾声阵阵，值班官对他说："中士，你违反纪律了，今天虽是周末，可你还是玩得太晚了。"

"我去营地医院看伤员了。"

"那不是你的职责。另外，据我了解，陆战队无人受伤，连被狗咬的都没有。"

"别记下我的名字。下次我请你去看上海地方歌剧。"马赫说的地方歌剧，就是绍兴戏。

"好吧，赶快在我面前消失，我什么都没有看见。"

马赫赶快走进自己的房间。里面有三张钢架的单人床。他不敢开灯，用军用手电照了照，室友沃利和瑞克已熟睡。马赫吹了几声口哨，上了自己的床。

第二天一早，李香梅就醒来了，是叽叽喳喳的鸟鸣声把她唤醒的。麻雀七嘴八舌的鼓噪，喜鹊脆亮的叫声。李香梅家的花园里也有黑装的喜鹊、麻雀和其他几种鸟。每天也都是被鸟类合唱吵醒的，在醒来的一瞬间，李香梅还以为自己在家里。但一股淡淡的药水味道，以及白色枕头、白色被单、白色墙壁使她猛然想起，她是在美国海军陆战队的医院。她起身拉开窗帘，是个晴天，天空是像吴淞口的海一样蓝得清澈而沉静。虽然已是秋天，但院子里密密匝匝的树木看上去还是一片葱绿。香梅想起自己家里院内的桂花树，仲秋之际，花园里弥漫着浓郁的香气。而母亲会用一张小梯，小心地去采取枝桠上累累的鹅黄色的桂花，用来烧桂花糖芋头。

她回到自己的床铺，突然看到床头摆着一束花和两块巧克力蛋糕，蛋糕用锡纸包着。她以为是徐佳林送来的，她拿了花束，闻了闻，香味扑鼻，仔细检查了一番，没有卡片，这不像徐佳林的做法，他平时送花，从不忘记附一张卡片。除了徐佳林，还有谁呢？范吟月、赵雅丽？抑或是班里其他同学？

护士进来了。她问："这花和蛋糕谁送来的？"

护士正是昨晚值班的护士，她说："是一个美国军人送来的，他见你睡着了，放下鲜花就走了。"

"他叫什么名字？是不是昨天送我到这里来的那个美国海军陆战队队员？"

护士抱歉地笑着："昨天白天我不在这里，我是傍晚来值班的。他很年轻，二十岁左右，长得很高大，也很英俊，有美国西部的口音。可惜，他没有留下姓名。"

李香梅猜测到送花和蛋糕的美国军人正是他，她不认识任何在上海的外国军人。她有些沮丧，恨自己那么早就入睡。要是醒着，那该多好啊！

不过，她很快就高兴了。既然昨晚来过了，说明他没有把自己丢在这里就完事了，他今天一定还会来的。

早餐送来了，一杯牛奶、煎蛋、奶油蛋糕，还有咖啡。平时在学校也是吃这些东西，她早就腻了，盼着星期天在家里吃稀饭，还有烧饼油条，飘着绿油油葱花的汤面，以及松花蛋、萝卜干、咸菜、糟鱼等，这是父亲百吃不厌的江阴风味的小菜。也许受父亲影响，全家都喜爱吃。

但今天，她还是喜滋滋地将牛奶、煎蛋，马赫送来的巧克力蛋糕一扫而光。最后连咖啡也吃完了。当护士小姐进来收拾餐具时，为她的胃口之好感到吃惊。

很快，美国的军医艾佛来了。检查了她的伤口，换了药，对她说："密斯李，你的伤口没有发炎的症状。如果我没有说错的话，你基本不感到疼痛了。"

"完全不感到疼了。"

"你可以放心地回家了。一周后来拆线，这几天尽量不要碰到水。"

"谢谢，谢谢！我的家人今天会来接我的。"

"你的脸色看上去好极了。上帝也是喜欢美人的，所以保佑你没有让弹片划伤脸，要是那样，那可很糟糕了。"艾佛医生笑道，"我不敢想象，像你这样美丽的年轻小姐，若脸上留着一条疤痕，是怎么一个样子？"

"这么说，我手臂上会有疤痕？"李香梅着急地说。

"会有一点，但基本上看不出来。"

李香梅听后愉悦地一笑。

艾佛医生走了后，李香梅换上哥哥和佳林昨晚来看她时带来的衣服，一件浅灰色的薄呢旗袍，一双镶色的半高跟的香槟皮鞋，显得细腰窄袖，婀娜玲珑，让几个美国护士小姐赞不绝口，打听这旗袍何处有卖。李香梅告诉她们，这是定做的，并把服装店的名称、地址、电话写给她们。

上午，范吟月和赵雅丽来看她了。给她带来了鲜花和水果，两人围着她，除看到她的手吊着绷带外，脸色、精神好得出奇。

范吟月心有余悸地说："香梅，昨天，看到你手臂上淌着血，真把我们吓得差点晕过去了。要是手残废了，那怎么办呢？这太可怕了！"

赵雅丽说："当时我们都愣住了，除了祈祷划十字外，别无办法。要知道，我平时一点血都见不得，连家里要杀鸡，我都躲得远远的。"

"好了，好了，都过去了。本小姐毫发未损。"李香梅笑着说。

"还毫发未损呢？这样吊着膀子是什么？"范吟月指着李香梅用绷带吊着的臂膀说。

"这是医生硬要我吊上的，其实用不着。这半吊子的样子丑死了。"

"医生说不要紧吧？"

"不要紧，给子弹擦破块皮。过几天就会好的。"

"那个'密西西比河热带雨林'，一看就是个美国硬汉。"范吟月放低声音说，"英雄救美，你们真是好莱坞电影里的角色了。他背着你的时候，感觉怎么样？"

"去你的，人家痛得晕了，哪有什么感觉？"李香梅有些懊恼地说，"我有些后悔，一时疏忽，连他的名字、番号都未打听，连谢他的机会都没有。"

"你那位'黑漆板凳'来了吗？"

"昨晚和我哥哥来了趟。"

"你向他哭鼻子了吗？"

"我怎么会向他哭鼻子？你说得太滑稽了。"李香梅说，"其实，他来不来，我无所谓。"

"别发嗲了。你今天打扮得这么漂亮，还不是等他来。"

"去，去，我才不是等他呢！"

"不等他，难道是等'热带雨林'吗？"

李香梅的脸一红，且笑且骂，三个人笑作一团。

"密西西比河热带雨林"一直未现身。徐佳林和李丹沪是下午来的。徐佳林带了一大堆报纸，《字林西报》英文版、中文版，《申报》，《新闻报》，《沪声报》等。

徐佳林还把自己写的时评指给李香梅看，李香梅不仅没有欣喜若狂，反而有些不悦地说："小题大做，佳林，你去凑这个热闹干什么？你不是出我洋相吗？"

徐佳林一惊，说："这是主编交办的，他对你的英勇行为大加欣赏，说你是巾帼豪杰。况且，报纸宣传你，就是宣传抗战，宣传八百壮士。"

李丹沪说："香梅，你一夜出名天下知了。你真了不起。哥哥和佳林都为你骄傲。报纸报道你，是当之无愧的，怎么是出你的洋相呢？"

"这些照片是谁拍的？这个乔大海是谁？是你们报馆的记者？"李香梅问。

"文章是《字林西报》馆张雨桐小姐写的。照片据说就是那个救你的美国人拍的，是他亲自将照片送到我们报馆，还同时送给了其他几家报馆。"徐佳林回答，"我们的骆主编还打算聘请他当特约战地记者呢，这样的实地照片太珍贵了。"

李香梅猛地站起来，高兴地说："那你们肯定知道他的真实姓名和地址。"

徐佳林现在不知道，但回去一查就会清楚，这个美国人会留下姓名、地址的，因为要和他联络，还要付他稿酬。但他看到李香梅欣然的样子，心中一沉，说："据我所知，他没有将姓名和地址留下来。可是不要紧，我们能找他，可你找他干什么？"

"干什么？人家救了我，我不该谢谢他吗？"

第三章
马赫被关了禁闭

营地医院的护士们从当天的《字林西报》英文版上读到了一个女学生冒着枪林弹雨，游过苏州河，到四行仓库献国旗的消息。她们从报纸的照片上认出了在这里治伤的李香梅就是那个女英雄，报纸上称她是“勇敢的美人鱼”“上海的骄傲”等等。

宁静的营地医院轰动了。李香梅成了明星，那些年轻美丽的美国护士都挤到她的小小的病房里，纷纷掏出自己的照片或日记本，请她签名留念。为她清理伤口上药的那个饶舌的艾佛医生很兴奋，对她说，他治疗过无数受伤的战斗英雄，让他最难以忘怀的就是李香梅，不仅仅是她的勇敢，还在于她海豚般光滑的皮肤和优美的脖子，还有她那东方人的美貌。他说，上海的女孩子有着一种精致的美，而李香梅的美是最上海、最东方的。他要写信给母亲和妻子，把李香梅的事迹、李香梅的美丽告诉她们，还要把《字林西报》的那篇报道和照片剪下来附在信里。他相信她们看后一定会感到很高兴的。说到这里，医生兴奋得脸都红了，说妻子说不定还会暗生担心，担心自己会爱上这个无与伦比的“美人鱼”，她可能真的以为散发着药水味的甚至游荡着死神的战地医院真的会出现浪漫的爱情和玫瑰。医生当然是在说笑话，大家都被他的风趣引得哄堂大笑。

李丹沪和徐佳林这个时候坐在走廊的绿色木椅上，听着从香梅病房里传出的阵阵笑声，他们也受到了感染，脸上露出了会心的微笑。

离别的时候，李香梅有点伤感，有点依依不舍，艾佛医生和护士们用欧美人的礼节和她拥抱告别，护士长还送给她一套绿色的军装。

大家的眼睛里闪着泪花。李香梅的神色忽然变得恍惚起来，她最后一次看了看窗外。从早晨到现在，她无数次向窗外看去，她希望他的身影能在那里出现，就像昨天离开的那样，也许他的脸还会贴在窗上，用手指叩几下玻璃。

深院静静，那里空荡荡的。

李香梅不得不掏出写着自己地址和电话号码的纸片，交给护士长，一旦送她来营地医院的那个美国士兵来这里找她，可转交给他。

“佳林，我们上哪儿去?”当福特汽车驶出医院大门的时候，李香梅瞥了一眼门口站岗的黑人士兵，突然问。

徐佳林回答说：“送你回家啊，妈在家等着你呢。”

“不，你送我去跑马厅。”

“跑马厅?”徐佳林和李丹沪几乎同时喊了起来。

“是的。”李香梅点了下头。

“你怎么想起看跑马来了? 你不是对这种有闲阶级的游戏深恶痛绝的吗?”徐佳林不解地问，他的情绪有些低落，报上的报道和他写的时评，并没有像骆清所预言的，使得李香梅振奋不已。相反，她显得心不在焉的、冷冰冰的，甚至只是用眼角扫了下他写的那篇时评，完全没有当一回事，还说什么这是小题大做。

这让徐佳林感到很失望，他觉得自己在李香梅那里讨了个没趣。他多么希望她能说一句，到珠宝店去吧，买我们的戒指去。可她只字未提，根本就把这件事忘得干干净净了。

“香梅，你去跑马厅大概有什么事吧?”李丹沪问。

“我想去那里找救我的那个美国士兵，我一定要找到他，当面谢谢他。否则，我心里会感到不安。”李香梅认真地说。

“那么，你为什么要去跑马厅找呢?”李丹沪有些搞不懂，“难道他是个骑兵?”

“美国海军陆战队时常借跑马厅操练。”李香梅回答说，“我是听营地医院的护士说的，好像他们的驻地也在跑马厅附近，反正在租界里。”

李丹沪明白了，他对徐佳林说：“陪香梅找找吧。她急于要还掉这份人情债，这是可以理解的。我们李家的人都这样，欠不得别人的情。”

“我还有一个采访要做，时间比较紧。”徐佳林看了下手腕上的劳力士手表说。他小心地握着方向盘，黑色的汽车在拥挤的大街上缓慢地行驶着。

“那我下车，你们忙你们的。我乘祥生出租车兜上一圈。”李香梅说着，催着徐佳林停车。

徐佳林没有停车，依然往前面开。其实，他手头没有要紧的事要去办。说采访是个借口，他只是对李香梅的冷漠不满，也不愿意她火急火燎地去寻找那个美国佬。其实，要找那个美国人，对他来说，是易如反掌的事，他只要回报馆文牍室查一下来稿登记册，马上就能查出这个美国大兵的真实姓名和详细地址。

即便没有留底，他以《字林西报》馆记者身份跑一趟英美驻军司令部，几个电话就真相大白了，不必在大上海到处乱转。要知道，报馆记者的身份跟租界巡捕房的包打听没什么区别，可以几乎是畅通无阻地去任何想去的地方，只要下工夫，什么样的秘密，包括某些人不可告人的隐私，不愁猎取不到。

但出于一种说不清、道不明的奇怪心态，他不想帮李香梅走这个捷径。他隐隐地觉得，李香梅迫切地要找到这个美国士兵，不仅仅是向他道一声谢，或请他吃顿饭，以偿还掉她所说的人情债。看得出来，她的内心因为这个美国佬而显得很不平静。这从在医院他提到这个美国士兵来报馆送照片投稿时，她那种瞬间飞扬的表情里可以看得出来，也可从因为等不到美国佬的出现使她一脸的无奈失落中看得出来。总之，他觉察到她对这个美国人有着一种超过报恩的表示，好像美国人是她的情人似的。

也许自己过于敏感了，但是，她可以把自己遗忘在街头整整几个小时而不以为然，而对仅谋过一面的素不相识的外国军人如此在意，这又如何来解释呢？虽然他深知香梅是一个传统保守的上海女孩，她绝不会像教会学校里有些不羁的女学生那样生性浪漫，见异思迁，但徐佳林的心里还是有种莫名的紧张和不安，他想自己至少对那个美国佬妒忌了。

李香梅最终没有下车，李丹沪不放心伤口未愈的妹妹一个人乱闯，坚持要陪着妹妹乘出租车去跑马厅。徐佳林在准备将车停下来之际改变了主意，他转念一想：还是忍忍吧，小不忍则乱大谋。说不定香梅也是一时的心血来潮，未免像自己想的这样，所以，没有必要让她不高兴。

于是，徐佳林朝李香梅摆了摆手说：“算了，香梅，乘出租车多不方便啊。我可以将采访推到明天去。我想起来了，妈等着我们一起回去吃晚饭呢。她一早和娘姨去了小菜场，买了满满一篮子。有你喜欢吃的鲫鱼、青蟹、蚶子、蹄髈。当务之急，就是要找到香梅的救命恩人，这样，香梅你也可安心地吃晚饭了。爸妈也可放心了。”

“这当然最好了。我知道爹妈为了我很着急,早点找到这位美国士兵,我们早点回家。”

“香梅,你做得对,人嘛,应该懂得报恩,滴水之恩,当涌泉相报嘛。”徐佳林赞叹地说。

“我只是当面向他道一声谢,至于请他吃饭,送一点礼,以后再说,就这么回事。”李香梅说,“昨天晚上,他还特地送来了鲜花和蛋糕,可我睡着了,他放下就走了。我真感到过意不去。”

居然还送花送蛋糕,看来这个美国佬也很在意香梅,徐佳林心里一惊,不露声色地说:“啊,应该的,应该好好重谢他。我出面在汇中饭店定上一桌请他,当然还有他的长官。礼物也由我来准备,不一定很贵,只要合适,让他感到新鲜、有意义就可以了。”

“我有块鸡血石,血痕很好看,可以用它刻一个印章送给他。”李丹沪兴致勃勃地说,“这种古典的东西,外国人还很欣赏的,既高雅,也有价值。有次我就送了枚玉石章给一个英国公爵,他高兴地爱不释手。不过,上面刻的不是他的名字,而是他的家族的族徽,两把交叉在一起的长剑,我想,他的祖上一定是武士出身。”

“送鸡血章当然不错,就怕这个美国大兵不懂得鸡血章的珍贵,只当是一块普通的石头而已。”徐佳林说。

李香梅听了这话感到有些不舒服,徐佳林怎么会说这样俗气、乏味的话呢?只有像母亲这样世俗的人,送别人礼的时候,才会琢磨如何让对方懂得送给他的礼品是物有所值的。可徐佳林从来不是个乏味的人啊!李香梅没有对徐佳林的话做出任何反应,她装作没有听见,眼睛盯着窗外无比繁荣的街景。

发生在夏天的战争之初,上海租界不免慌恐、惊骇。华洋杂处的租界居民相信,这座东方的巴黎仿佛教堂中即将燃尽的蜡烛奄奄一息。

在成群的难民从上海四郊稠密如蚂蚁般地扑向租界的同时,成批成批的欧美人携带着一大堆细软,仓皇出现在黄浦江的邮轮码头。但随着战争的脚步止于外界关卡之外,上海的租界镇静下来了。

从1846年英国人首先占据外滩以西的一片土地,建立英租界起,在二十多年的时间里,上海形成了中国城市历史中特有的租界制度。作为中外共管、文化混杂的城市,上海畸形的繁荣和增长,蕴育发展了中国前所未有的新文明。清代末年《申报》上就有竹枝词云："香车宝马日纷纷，如此繁华古未闻，一入夷场官不禁，楼头有女尽如云。"这些年来，人们更是造各种词句来形容租界的飞速发展："水陆辐辏，工商集合"，"海天富艳，景物饶人"，"华屋连苑，高厦入云，灯火辉煌，城开不夜"，"遥望苏州河一带，气管鸣雷，煤烟聚墨，盖无一不在谷满谷，在坑满坑焉"等等。

上海又成了原来那个花花世界。法国风味的林荫长街和风格各异的花园洋房，经过短暂的震动以后，又复归于原来的优雅和奢华。人称"大马路"的南京路和往常一样熙熙攘攘。戏院、电影院、舞厅人头攒动。跑马厅、跑狗场、游乐园、回力球场欢声雷动。交易所有人欢喜有人愁。歌声琴韵并没有因为界外战争的继续而寂然。餐桌上的玫瑰盛开着，银架上的蜡烛幽幽发光。灿然的霓虹灯下，粉黛佳人挤挤挨挨。

徐佳林的汽车很快便来到南京路、西藏路、静安寺路路口之间的跑马厅。没有震天动地的喧哗声，显然今天是停赛日。跑马厅并非天天跑，跑几天间歇一天。战争爆发后，由于热衷于赌马的人一度明显减少，停的天数就多了一些。随着租界恢复到"软红十丈"，跑马厅又变得像以往一样热闹，但每周照例有停赛日。美国英国的驻军，便利用跑马厅间歇之日，到这里来操练。

徐佳林将车停在跑马厅门口，来到平时观跑马的大看台上。跑马场上正好有两队举着美国国旗和双鹰徽记的军旗，一会持枪，一会肩枪，不断变化着队形。

李香梅远远地眺望着，毕竟距离远了些，看不太清楚。后来操练结束，她跑到出口处，这样和队列只有两三步之距，每个人都可看得一清二楚。

队伍过来了，美国军人看到门口两个衣冠楚楚的中国男子和一个学生模样的美丽小姐，眼睛顿时一亮。外国在上海的驻军，平时纪律不是十分严谨，可以说是比较松散，其中以美国军队尤甚。美国兵给中国人留下的印象是潇潇洒洒、大大咧咧、嘻嘻哈哈，像一群快乐的大孩子。

"这些风流成性的老爷兵，就像晚清的八旗子弟兵，卖相可以，上不了阵的。"李香梅听别人这样说过。早些年，可以看得到喝得烂醉的美国水兵和"咸水妹"（清代末年粤语旧称，专指接外国人的妓女）勾肩搭背在外滩跌跌撞撞走着，手里还拿着酒瓶子。这些年，偶尔可看到三四个美国士兵拥着一个妖艳的中国年轻女人，乘着敞篷吉普车以飞快的速度在人群里冲过，行人纷纷厌恶而慌张地避之一旁。远去的吉普车扬起一股呛鼻的烟气，有时还伴随着车上军人的狂笑。李师母就曾在雨后的静安寺路上让这样的美国吉普车飞溅开的水洼湿了一身，回来大骂这些美国兵是“美国瘪三”。

现在，四人一排的美国陆战队队列向李香梅面前走来了。星条旗、鹰旗打头，没有擂鼓，好像也没有听他们吹集结号。他们无不例外地向他们，不，主要向李香梅行注视礼，个别的向她挤眉弄眼，还有的吹一声口哨或相互笑着说上几句。不知为什么，李香梅的心竟会“怦怦”地跳起来，有种心慌意乱的感觉。她极力让自己定下神来，眼睛在队列中细细搜索着，唯恐漏掉一个。直到最后几个士兵走过去，她都没有看到她想找的那个人。

李丹沪和徐佳林问她：“怎么？不在里面？”

李香梅失望地摇着头。

徐佳林一颗心放了下来，温和地说：“香梅，回去吧。你的手臂有伤，不能太累，应该回家休息了。”

李丹沪也说：“茫茫大上海，像大海捞针一样，到哪里去找？你别急，回头再说。”

“是啊。众里寻他千百度，蓦然回首，那人却在灯火阑珊处。说不定，哪一天，他会在你面前突然冒出来。”徐佳林附和说，“香梅，你不要失望，过几天，我再陪你找，我就不信找不到他。”

“不。你们回去吧，我再到租界的几个卡子上看看。据说，英美驻军经常防守在卡子的铁门边。”李香梅想了想，用不容商量的口气说。

徐佳林愣住了，没想到一向随和听话的香梅会变得这么固执。李丹沪也没想到妹妹会这样坚决。他替她的伤口担心，于是说：“香梅，你怎么这样不懂事？你身体无病无痛，我可以不管你，可你昨天受的伤，医生关照至少要休息一周，可你还要到处乱跑。难道今天找不到这个人，你活不下去了？”

哥哥很少对她说这样的重话，香梅犹豫了一下，坚决地说：“我的伤是硬伤，只要不去做什么粗重的体力活，不会影响伤口的恢复。所以，我还是想要到几个卡子边上去找找，哥哥，你就让我去吧！”最后一句话，香梅是在央求李丹沪了。

“那我奉陪到底。”徐佳林知道香梅非去不可了，便顺着她的意愿说，“香梅，我继续当你的车夫吧，好不好？”

“好的。”李香梅感激地说。

“那我也只能随大流了。”李丹沪苦笑说，“不过，香梅，我还是要提醒你，不管找到找不到，我们必须赶回去吃晚饭，阿爹为了厂里的事，心境很差，昨晚还对妈发了脾气。妈买很多菜为你接风，有庆幸之意，但妈的另一层心思就是借此机会让阿爹开心点。你听懂我的话了吗?”

“听懂了。”李香梅深深地点了点头。

租界建立后,虽和华界明确划分了互相的分界线,但双方在很长的时期里都未在交界处设立边界分隔线,而仅仅只在重要的地方树立一块界石。

1924年,江苏督军齐燮元和浙江善后督办卢永祥,为了争夺地盘和势力,大动干戈,在上海外围打起仗来,深受其害的难民涌向租界。上海公共租界和法租界为了阻挡难民潮,开始在边界路口打木桩、扎铁丝网,并由军队和万国商团防守。后来,租界在木桩、铁丝网的基础上,在界线周围的路口、桥上先后造起了牢固的、永久性的铁栅门。这就是李香梅所说的卡子,在平常情况下,这些卡子是大开其门,允许人们自由进出往来。公共租界的铁栅门有新垃圾桥堍、乌镇路桥堍、北西藏路、北四川路、靶子路(今武进路)、克能海路(今康乐路)、界路口、外白渡桥桥堍等十五六处。1937年“八一三事变”爆发后,公共租界和法租界的铁门便关闭管制,每天晚上十点至第二天早晨还实行宵禁。公共租界还派出英军、美军、意大利驻军,从外白渡桥、新垃圾桥南堍,沿苏州河南岸一直向西,直达苏州河沪杭铁路,然后向南沿铁路东侧和凯旋路、极司菲尔路(今万航渡路)、白利南路(今长宁路)、大西路(今延安西路)、法华镇路、安和寺路(今新华路)等,直到虹桥路,在这一线继续打桩密置铁丝网,各路口下掘地壕,上堆沙袋,配备机枪钢炮,日夜分班把守。

李香梅他们先来到外白渡桥。外白渡桥是公共租界通往日本控制的虹口、杨树浦地区的主要道口。虹口、杨树浦的大部分地区本就属于公共租界的范围,苏州河东面的桥梁通道,对虹口、杨树浦的难民来说,是必须开放的。因为虹口、杨树浦已成了日本的占领区,所以,英美驻军和日本兵在桥堍,离百老汇大厦不远,隔着栅门相对而立。

数尺宽的铁栅门很少关闭,大部分时间都是开着的,即使关着,旁边几步路就是可以通行的道路。汽车驶上外白渡桥,有三四个外国军人在铁栅门一边站岗,神情显得很轻松,对进出的车辆,看都不看一眼。一栅之隔的日本兵也懒洋洋的,像大木桩那样站着。

李香梅坐在车里看了下那几个外国兵,没有她要找的人。徐佳林告诉他们,一个多月前,虹口、闸北是中日军队恶战之区,虹口、闸北、杨树浦一带的中外居民,能走的,无论贫富,都大批涌向苏州河南的租界。那时,外白渡桥以及外滩大道上,人潮汹涌,男男女女,老老少少,争先恐后,惶惶不安地夺路而来,哭喊声、呼救声、呼唤声，惊天动地。搬运箱笼的车辆，日夜排成长龙，在人潮中缓慢地爬行着，喇叭声此起彼伏，汇成巨大的响声，在苏州河、黄浦江交汇处的上空震荡着。闹得百老汇大厦窗户紧闭，桥南面的外滩公园也杜门谢客了。这里向来是外国人的天地，这种时候，外国人已不太敢到这样混乱的地方闲逛了。印度锡克族古铜色皮肤的巡捕缠着红头巾，握着警棍，脖颈上挂着哨子，站在外滩的那些坚固的欧式石头大厦的门口，紧张地戒备着，以防不测。

李唯亭的工厂在虹口被日本兵占领后，每次乘车来去，司机老王左避右让，都要花上很长的时间。回到家便叹息说："连上海都乱成这样，别的地方就可想而知了。"

最初的难民潮已过去，外白渡桥恢复了正常，车辆、行人进出自如。但 10 月 26 日大场失守，中国守军撤向江桥、南翔一线后，江湾、彭浦、真如、大场一带以前没有走掉的居民，特别是各村落的农民，顿失所赖，像决堤的洪水，涌向苏州河之南，沿着沪杭铁路滚滚南下，企图通过公共租界的西部防御线，投入租界。这第二次让租界防不胜防的难民潮，比第一次来势更凶。

徐佳林在百老汇大厦门口掉了个头，又开上外白渡桥，继续讲着难民的事。他对由于战争引发的难民潮，作过深入的采访，也写过许多篇报道和时评，所以讲起难民问题来，滔滔不绝。

李丹沪和李香梅都不说话，听着徐佳林眼观六路地开着车的同时，还有声有色地说着这些事。李丹沪不解徐佳林此时为何对难民这个话题这么感兴趣。上海租界的居民，对难民谁不是耳闻目睹，街头、桥畔、屋檐、廊下、弄口，几乎处处能见到境况窘迫、愁眉苦脸的难民，一个包袱、一卷草席就是他们的一切。难民沦落为乞丐的越来越多，饥饿的小孩嘤嘤地哭着，而他们的大人还有些羞怯地拉不开面子，低声哀求着。家里也来过羁客，父亲的朋友，住在租界外，有些钱，甚至是豪阔，因一时找不到合适的房子，便临时来借住几宿。由于人口的猛增，上海租界的地价房价天天在涨，高得出奇，买或租一处合适的住处实在不易。

徐佳林一个卡子一个卡子走着，其中包括新垃圾桥，即四行仓库对岸的过道口，铁丝网、铁栅门、街垒都在，四行仓库顶上的国旗还在飘着，青天白日的图案已被子弹打穿了几个洞。他们在观战的人群中驶过时，对面寂静无声。一群鸽子在天空盘旋着，其中有几只，居然还响着鸽哨。

都没有他，他像影子闪现一下以后，就消逝了。李香梅一脸的懊恼，她一点信心都没有了，她心里切切实实有种大失所望的感觉。

徐佳林看着李香梅的神情，心里有些幸灾乐祸，他装得若无其事地问李香梅："香梅，还要找下去吗？难民越来越多，卡子也越来越多。难民和战俘永远是战争的副产品。听说，有些边界，筑起了两人多高的围墙，长达几十公里。我们也要去吗？"

李丹沪终于明白了。徐佳林说了那么多的难民，实际上是渲染英美驻军的防线有多么长，关卡有多么多，让妹妹知难而退。单纯的香梅当然不会猜透佳林的用意。李香梅仰着头，呆呆地盯着苏州河对面的四行仓库，谢晋元部大概刚刚击退了一次日本军队的进攻，可以看到士兵正在修补工事，屋顶上的高射机枪昂首指向空中。

狼嗥般的秋风，夹着一团团黄色的、黑色的硝烟，从河面上一阵阵吹过来，那面国旗在风中顽强地飘着，猎猎作响。虽然仅仅过去了一天时间，李香梅感觉好像过去好多天了，她不敢相信那面国旗是她送过去的。真的是她越过一百多米宽的河面把国旗送给谢晋元的吗？她问自己。是的，她想起了那冰冷的散发着一股烟油味的混浊的河水，还有突如其来的疼痛以及一双有力的大手托起自己正在下沉的身子，然后是他背着自己，大步流星地奔向一辆军用吉普车。这一切，又一次清晰地浮了上来，不过像是一场梦，很清楚，然而又不很真实，那个英武的美国兵不会是梦中出现的人物吧？否则，他怎么会消失得干干净净呢？

她觉得累了，有气无力地说："佳林，不用找了。找一个人，没想到这么难。"

哥哥李丹沪安慰地说："好吧，时间不早了，今天就到这里吧。不过，你放心，只要这个人在上海，肯定会出现的。"

但愿如此。李香梅在心里说，她真的累了，头靠在坐椅的后背上，开始打起盹来。在李香梅满世界找马赫的时候，马赫正被关在海军陆战队二分队的一间禁闭室里。说是禁闭室，其实是一间很宽敞的贮藏室，满屋子都是各种各样的军用品。在靠窗户的地方，放着一张桌子，一张行军床，还有一个书橱，里面杂七杂八地放着各种小说、游记、地图册，还有上海出版的《良友》之类的画报。马赫从书堆里挑出《鲁宾逊漂流记》和《基督山伯爵》，第一本书是英文原版书，英国人笛福写的。第二本书是法国人大仲马写的，他拿到的这本是英译本。马赫津津有味地读起来，这两本小说足以让他对付四五天时间。

马赫是早晨被宣布关禁闭的。起床后，海军陆战队二分队队长埃克森中校在阅读《字林西报》时，看出报上刊登的几张照片就是马赫拍摄的。他心里很是恼怒，他不反对马赫拍照，甚至很羡慕马赫拥有这么一架照相机，可以潇洒从容地记录许多大事，记录这次战争，以及在上海这座城市的生活。这很有趣，等将来老了以后，什么事都不做的时候，翻翻这些发黄的照片也是够有意思的。

这个马赫不知是怎么想的，竟将李香梅献旗的照片送到上海的报馆登载出来，虽然是署了个中国名字：乔大海。但给上司知道了，肯定要受到追究、苛责的。还有，也是这个马赫，昨天不但跳到苏州河救起受伤的李香梅，还开冷枪偷袭对岸的日军，据说，被他击倒的是一个日本军官。

英美联军司令部和美国驻沪领事馆三令五申，在中日这场规模空前、危及租界的战争中，上海的英美驻军要沉住气，严守中立，没有命令，不准放一枪一炮，可马赫充耳不闻，又是救人，又是开枪，严重违反了命令和军事纪律。当然救人是无可非议的，但他救的人不是普通的落水者，而是一个实际参与了战争的中国女学生。现在，她的英勇之举，在全上海传得沸沸扬扬。

日本人要是较起真来，会指责美国海军陆战队士兵救起这个女学生，是在间接地帮助中国军队，违背了中立的原则。

为了杀一儆百，防止其他的士兵再惹出什么麻烦，埃克森决定关马赫几天禁闭。埃克森吩咐他的副官将马赫押到禁闭室去时，马赫满不在乎地说："长官，我想不起我做错了什么，你有没有搞错?"一副桀骜不驯的样子。

"这要问你自己，你好好反省反省吧。"埃克森说完，坚决地挥了挥手，就这样，马赫进了那间暂时作为禁闭室的贮藏室。

"反省？我不明白，有什么可反省的？真是莫名其妙。"马赫在房门"咔嚓"一声反锁上时，自言自语了一句。

马赫进禁闭室不久，也许他刚翻起《鲁宾逊漂流记》开始几页的时候，埃克森桌上的电话铃声响了。电话是美国驻军司令官麦基打来的。司令官说，日本领事馆一早就向美国领事馆提交了抗议照会：昨天下午，一个日本中佐在苏州河北岸、四行仓库附近被河对岸射来的枪弹击中身亡。据查，发射的位置，是公共租界美国陆战队的防地。日本军方认为，美国军队在中日两国交战时，违反了英美两国向日本承诺的中立原则，公然开枪打死日本军官，是严重的挑衅行为。为此，向美国领事馆和英美驻军联合司令部提出严正抗议，并要求严惩肇事者，保证今后严守中立，杜绝类似事件的发生。

从抗议照会的口气来看，一向无事生非、蛮横无理的日本人还算是克制的。似乎并没有要把事态扩大的意图。麦基司令官在电话里说：日本国那种小人国耍大刀的盛气和妄想实在了不得。他们会抓住这件事大做文章的，说不定会借这个中佐之死，作为向租界进攻的口实，不是我危言耸听，你们逞一时之快的一颗子弹，可能是毁掉整个租界的导火索。你们知道卢沟桥事件是怎么回事吗？我可以告诉你们，1937 年 7 月 7 日，侵驻丰台的日军第一联队第三大队第八中队于夜间在卢沟桥举行的军事演习中，借口一士兵离队便解未归，被中国军队扣押在宛平城内，欲强行进城搜捕，中国驻军拒绝日军入城，日本便对卢沟桥全面进攻，打响了攻城第一枪，中国守军被迫还击。由此而引起的后果，是中国丢失了北方的大片领土。你们知道这次“八一三”中日淞沪大战又是怎么爆发的吗？你们不会不知道，这也是日本海军陆战队军曹大山勇夫私闯上海虹桥机场被中国军队当场击毙引起的。无独有偶，几次大规模的战争，其导火索都和日本士兵失踪或被击毙有关。所以，领事先生和联军司令部担心，对租界虎视眈眈的日本军队会不会借一个日军军官被美国海军陆战队打死为借口，向租界采取军事行动。为此，美国驻沪领事馆已向南京的美国驻华大使馆紧急报告此事，联军司令部也在密切关注着日军陆军和泊于淞沪江面上的“出云”“川内”“由良”“名取”“鬼怒”等几十艘军舰的动静，当然还有神风飞行大队和海豹突击队的动静。

“埃克森，你要知道，这可不是闹着玩的。我们查下来，四行仓库对面的阵地是你的队伍在防守的。”麦基司令官在电话中说，“听说你们有一个士兵救起了向谢晋元献旗的中国女孩子，她可能给日本人打伤了。这没有什么，我们不能见死不救。况且，这个女孩是个手无寸铁的平民，对这个士兵应该嘉奖。可向日本人开枪的士兵闯了天大的祸，你要立即查清楚是谁，并把他关起来听候发落。你听清楚了吗？”

埃克森吸了口冷气，没有马上回答，他心里感到不平和绝望：马赫并没有做错什么呀，日本军队天天在杀戮，成群的飞机对平民区狂轰滥炸。他见过马赫拍的照，被炸弹炸成瓦砾的房子里，一个婴儿在已炸死的父母尸体旁啼哭；被弹片削去半个脑袋的船民血肉模糊地俯卧在河面上，身上停着一只灰色的鸬鹚；衣服污秽不堪、血迹斑斑的中国重伤员，伤口处鲜血汩汩流淌，眼睛里流露着生的渴求。这都是日本军人犯下的罪孽，上帝是不会宽恕他们的，那么，马赫开枪射到一个日本军官，只是替上帝稍稍惩罚了一下这些残忍的屠夫，他没有错，自己关他一下禁闭，只是对他的一种提醒，一种警告，让他在这个特殊的时期特殊的环境里小心些，不要不顾后果地胡来。可自己从不想真正处罚他。他意识到，如果把马赫交出去，这意味着马赫可能完了，说不定他要被交给军事法庭审判。

大概埃克森沉默的时间长了些，麦基在电话中提高声音说：“喂喂，埃克森，你怎么不说话，你听清楚我的话了吗？”

“是，长官，我听清楚了。”埃克森很吃力地回答，突然，他像想到什么似的继续说，“长官，我其实已查清楚了，救那个受伤的中国女孩和射中日本中佐的是同一个人，那就是马赫中士，不过，他不是有意射击日本军官，而是走火，在部队，走火的事情是经常发生的。而马赫的走火偏偏打中了一个日本军官。我真不明白，为什么会这么巧，这真是太离奇了。这难道是上帝的眼睛在瞄准这个日本人？”

“什么上帝的眼睛，别胡说，你跟我说实话，马赫真的是走火吗？”

“真的是走火，当时，我就在马赫身边，看得一清二楚，这家伙正举着照相机拍照呢，大概错把枪机当成快门按了。该死的，怎么会出这样的事呢？”

“好，我知道了。哈哈，走火，就这样回答日本人。日本人应该明白什么是走火。真是这样的话，事情就变得简单多了。”麦基的口气变得轻松起来。

“长官，真是这样的，当时我还骂了他几句。”埃克森一本正经地说，“今天，我一早就把他关了禁闭。你刚才说，对他奋不顾身下河救那个叫李香梅的女孩子要嘉奖，我的意思，嘉奖也不必了，对他走火造成的过失也不要追究了，就这么扯平算了。”

司令官在电话里没有回答，显然是在沉思，片刻，他大声说：“那就再关他几天禁闭吧。告诉他，走火就是走火，不管谁问，就这么说。另外，救人的行为还是要奖励的，禁闭结束后，放他一天假，发他一枚和平勋章并晋升一级，由马赫中士变成马赫上士。”麦基说完后，便搁上电话，电话里传来一阵“嗡嗡”的长鸣。

埃克森放下电话，这才发觉自己的额头上渗出一层密密的冷汗。他坐了一会，站起来，走到禁闭室，叫副官打开锁，开门走了进去。马赫见分队长埃克森踱着走进来，马上放下手中的小说，站了起来。埃克森直视着马赫，目光是尖锐的，马赫没有躲避，眼睛睁得大大的，坦然地看着埃克森，保持着沉缓的呼吸。

埃克森的目光终于变得柔软了，他踱了几步，走到桌边，伸手取过桌上的书，翻了翻说：“《鲁宾逊漂流记》，你好自在，读起小说来了。怎么样？你对鲁宾逊这个人是什么看法？”

“报告长官，我刚刚看了几页，还不知道这个人流落到荒岛上后来的遭遇是怎么样的，我还谈不上对他有何看法。”

“他和你一样，是个倒霉鬼。他在孤岛上独自生活了几十年。其实，上海租界也是个孤岛，我们像鲁宾逊一样，虽然孤单，也要设法生存下去。上海大街上的光环是虚无的，骨子里很复杂、很险恶。你昨天的一枪，闯了大祸，日本人已向领事馆提出抗议，要追究你这个破坏中立的凶手。你要倒大霉了。”埃克森的眼睛又咄咄逼人起来。

“难道你们要把我交给日本人？”马赫平静地说，“可是，这是战争，而我是军人，日本军队在屠杀中国人，我作为军人岂能袖手旁观？”

“在中日战争中，我们持中立态度。除非日本人向租界进攻，否则，你不应该开枪。所以，你那一枪射得没有道理。”

“我反对所谓的中立。中国有句话，叫唇亡齿寒，租界的外围都成了日本人的占领区，租界在几十万日本军队包围下，会变得像鸡蛋一样脆弱。所以，我们真正要做的，就是和中国军队一起作战。”

“你太放肆了。你知道吗？你犯了一个可怕的错误，就是违反了军事命令，作为军人来说，这是不能容忍的。”埃克森严厉地说，他看到了马赫眼睛的瞳仁是单纯的沉静的蓝色，丝毫没有惶恐和焦灼，他在心里叹了口气，这是一双孩子的眼睛，马赫还是个大孩子啊！

“我认为我没有犯什么错。你们想，一个中国女孩都能冒着枪林弹雨到据点里去献旗，而我们在干什么呢？握着枪隔岸观火。这简直让人感到羞耻。”

“不，不，这由不得你，也由不得我。你的想法不无道理。但军人以服从命令为天职。你可以有你的想法，行动上必须按命令办。”埃克森说，“我不想和你争论。可是，你要听我的劝，不要再做出一惊一乍的事。局势确实很严重，英国、美国之所以采取中立的立场，是经过全面权衡以后做出的决定。租界绝对不能被拖到这场战争里去，这是个深不可测的泥潭，整个租界一旦陷进去，很快就会遭到灭顶之灾。你不要固执己见，你还年轻，还不懂得战争和政治从来都是不可分的道理。日本人巴不得我们参战，蒋介石也一心要驱使租界卷入战火。马赫，你的匹夫之勇解决不了什么问题，反而会招来麻烦。所以，这几天看小说的同时，要多想想我跟你说的这些道理。”

“是，长官，我会想的。”

“记住，任何人问起你那天开枪的事，你都要坚持是枪不小心走了火。”埃克森一字一句地说道，“从今天起，你就这么回答。”

“走火？”

“是的。我可以作证，我在你身边看得清清楚楚。”

“这行吗？”马赫咕哝着，“走火怎么会偏偏射中那个日本军官呢？有那么巧的事吗？”

“这不关你的事。也许你把卡宾枪的枪机当成了照相机的快门按了，有时候，人确实会神不知鬼不觉地做出一些荒诞的事情来。”

“我懂你的意思。”

“好吧，好好想想，好好读你的小说。”埃克森转身走出去，走到门口，又转身说，“马赫中士，你从现在起就是马赫上士了。恭喜你。”说完就拉门走出去。门又随之锁上了。

马赫长久地站着，一动不动，埃克森丢下的最后一句话，把他彻底弄糊涂了，他始终反应不过来埃克森称他“马赫上士”是什么意思，埃克森可一点不像是和他开玩笑，再说，禁闭室也不是开玩笑的地方。埃克森为什么要这么说呢？

快到家的时候，李香梅醒了。

迎着秋天临近傍晚的薄薄阳光，徐佳林将汽车停在法租界朱葆三路（现溪口路）。汽车开到李公馆的铁门前。徐佳林按了下喇叭，铁门轻轻地打开了。

这是一栋两层带阁楼的青水砖洋房，屋顶上矗立着两个很大的老虎天窗，每扇窗户都装有厚厚的深红色的木百叶窗。砖墙爬满密密的藤蔓。花园很大，满园的花木，绿意葱茏，残阳从密密匝匝的枝叶间漏下来，斑驳有致。有几株桂花树长得很茂盛，空气里充溢着浓郁的香气。李唯亭已经把原来养在水塔旁劫后余生的鸽子搬迁到家里来了，他在花园一角的汽车库旁搭建了一座鸽棚。五十多只鸽子只剩下二十多只。此时，天色在暗下来，忙碌了一天的鸽群络绎不绝地飞了回来，鸽棚里起起落落响起低沉的“咕咕”声。李唯亭的司机老王自告奋勇地当起了养鸽人。

李香梅平时住在学校的校舍里，她和范吟月、赵雅丽一个房间，过着刻板而又快乐的寄宿生活。冗长的一周以后，李香梅周末回到家，从进入铁门的那刻起就会有一种温暖的感觉。今天同样如此，李香梅走下汽车，看见沐浴在斜阳里的这栋灰色的楼、百叶窗、小小的阳台以及一阵阵桂花香和鸽子的叫声，她的心情一下子好了起来。

她忍不住对李丹沪说：“哥哥，你闻到空气里的桂花香吗？这香气是甜的，有点像蜂蜜的甜味。”说着，她仰起脸，调皮地眯起眼睛，深吸着空气说。

徐佳林笑着说：“妈还做了你最喜爱吃的桂花糖芋头呢！快进去吧。”从离开医院到家门口这段时间，李香梅一直绷着脸，神态是凝重的，特别是回来的路上，她显得那么失望，那么没精打采，整个人就像一颗突然遭到霜打的变得蔫蔫的小树，直到此刻，她的脸上才露出活泼的笑容和娇柔的眼光。

这才是徐佳林熟悉的样子，也是他喜欢的样子。不能再让李香梅参与到那些闹哄哄的政治活动中去了，这种活动会使得女子学校培养出来的淑女变得粗俗起来，就连处事一向淡定，算得上是“标准女子”的香梅也会被这些政治活动影响得“情绪失控”，做出了献旗这样荒唐的事情来，差点连小命都送掉。今后一定要让她远离这些东西，乖乖地回到钢琴课、英文课、家政课、科学课里去。做沙拉和肉松面包，欣赏英文小说和最流行的美国、英国歌曲，哪怕去海里游泳，或者在学校的剧团去演出莎士比亚的《罗密欧与朱丽叶》，都是可以的。总而言之，香梅只要生活在一个单纯的世界里，在学校里做一个“标准女子”，在家里做父母的乖女儿，以后做自己贤惠的太太。还有，香梅不能再去寻找那个美国大兵，这个美国佬会打乱她宁静清纯的心境。

客厅的圆桌上摆满了一桌菜。娘姨吴妈正在摆碗筷、盏盘，菜肴有白斩鸡、葱烤鲫鱼、红烧蹄膀、清蒸青蟹、油爆虾、扬州狮子头、无锡肉酿面筋、菠菜炒百叶、黄芽菜、西餐店外卖的美国沙朗牛排、金黄色的维也纳猪排和焦糖布丁，还有一大盆糖芋头。餐桌上铺起了只有在过大节接待贵宾时才用的格子桌布，还摆起了烛台和鲜花，丰盛和洋派中，稍稍夹杂着几分小城市的乡土气。

客厅里所有的吊灯、壁灯、立灯通通打开，明亮中透着喜气。

一看到吊着膀子的李香梅，父亲李唯亭第一个高兴地喊起来：“啊，我们的巾帼英雄回来了。你现在可是上海滩的红人了。”

李师母嗔道：“什么巾帼英雄？吓都吓死了。”说着，一个劲儿地从头到脚打量着女儿，当看到李香梅用绷带吊起的臂膀，脸色顿时变了，紧张地问：“香梅，真的没有伤到骨头？疼不疼？你的手臂能动吗？有没有后遗症？快告诉我，有什么可不许瞒我。我心里有数，你们老的少的有了事总要瞒着我。你这样，你哥这样，你爹也是这样。还是佳林好，能给我讲实话。”

李师母唠唠叨叨地说着，近五十的人了，新烫的头发又密又黑，端庄的脸上皱纹很少，眼睛还闪烁着她那种年纪已少见的光芒，五官仍然透着江南女子特有的秀气精巧。

李香梅看着妈，像突然发现了什么似的惊喜地说：“妈，你烫了头发，又年轻又漂亮。和我一起走出去，别人还以为我们是姐妹俩呢。”

李师母用手轻轻拍了下李香梅的肩膀，假装生气地说：“好大的胆子，寻起妈的开心来了。你别东扯西拉，快回答我的话！”

“我很好，现在一点都不感到疼了，不，从昨天晚上起，我就不疼了。我没有骗你，我只是擦破了一点皮。”李香梅笑着大声说，“你看，要不是怕伤口感染，我马上可以下水游泳。”说着，把绷带解开，挥动了几下手臂。

“干什么！不许动！”李师母大喊。

“没关系，我真的很好，妈，你不用操心。”

“以后可不许这么胡闹了。”李师母转身对徐佳林说，“你给我盯得牢一点，女孩子家的，不要去参与什么抗议、示威这样的活动，十几年前，日本人的纱厂开枪打死了中国劳工，上海的学生、工人、店员起来罢工、罢课、罢市。后来在大马路聚会、游行，租界工部局的骑警开枪镇压，大马路到处流着血，躺着死人。里面有不少都是好人家出身的富家子弟，还有长得很漂亮的女学生，就那么死了，躺在马路上，这场面我是乘在黄包车上亲眼看到的，惨哪，实在是太惨了。”

“妈，我知道了。我会保护好香梅的。”徐佳林点着头说，“上海的时局确实很危险。英美法控制的租界是在中国、日本这两个鸡蛋上跳舞。外国人这么强的实力，犹恐避之不及，我们平头百姓还是不介入为好。”

“佳林，我就把香梅交给你了，今后，她少掉一根汗毛，我就找你算账。”李师母说。

“佳林，你说的不介入是什么意思。难道你揭露日本人侵略行为的报道、时评也从此封笔了？”李丹沪插进来问。

“当然不会，这是另一回事。”徐佳林很快地看了李香梅一眼，回答说。

“好了，女士们，先生们，请入席吧。我的肚子饿得咕咕直叫了。”李唯亭手里拿了一小坛江阴的黑米酒从厨房里走出来，神情愉快地喊着。

李丹沪、李香梅、徐佳林在餐桌边坐了下来。

李香梅开玩笑说：“刚才我进院子的时候，听到汽车库旁边有‘咕咕’的叫声，不会是爹饥肠辘辘所发出的声音吧？”

李唯亭大笑，说：“那是鸽子在讲话，香梅，你这个笑话说得太夸张了。不过，很有趣，我爱听。”

李师母也笑得流出来泪水。这个家庭，已经很久没有这种畅怀的笑声了。自从日本军队占领大隆染织厂后，愁云始终笼罩着这栋房子，在每个人的心头萦绕。

“我今天很开心，很快活，很长时间没有这样开心，快活了。”李唯亭举起酒杯，说，“为了香梅的有惊无险，为了我们一家的团圆，我敬大家一杯。我喝了，你们随意。”说完，将酒一饮而尽。

李丹沪、徐佳林也举杯将酒喝完。李香梅喝了一小口。

“妹妹，你要喝完，爹妈是为你接风，你的酒力比我还好，今天你应该敞开来喝个痛快。”李丹沪取过酒坛给香梅斟酒。

徐佳林取过香梅的酒杯，一口喝干，将杯底露出来给李丹沪看一看，说：“香梅的酒，我就代她喝。她有伤，不能多喝。”

“佳林，你错了。酒是活血的，对伤口的愈合有好处。我这么说，不是硬要香梅喝多少。”李唯亭说着，又将一杯酒灌进嘴里，“香梅，你爱怎么喝就怎么喝。你替谢晋元扯旗扯得好，能和日本人叫板，这不是随便什么人都做得到的。江阴强盗无锡贼，我们江阴人就是要有这股杀劲。报上说，你是上海的骄傲。实际上，你是江阴人的骄傲。谢谢你，我的乖女儿。”说完，李唯亭又喝了满满的一杯。

在李香梅的记忆中，还是第一次听到父亲对自己说这样充满感情也充满激情的话。父亲为人严肃，永远在忙碌着，每天匆匆而来，匆匆而去，在家里话不多，也很少过问家里的事。礼拜天从学校回到家了，父亲见了，说一声“回来了”，就没有更多的话了。工厂的好好坏坏，局势的变化多端，带给了他巨大的压力，刚直不阿的性格又使他缺少圆通机变，就像战争爆发后，要他挂英国旗和白旗，他死都不愿挂。战争带来的的严峻使得他的内心一直很沉重，话就更少了，饱经沧桑的黑酱色的脸上隐含着深深的忧虑，很少有笑容。所以在李香梅的心目中，父亲是个不善言笑的严父。现在听到父亲说了这么多动情的话，平时锐利的目光变得格外温顺慈祥，对孩子百般疼爱、宽容，甚至溺爱，这是父亲的另一面。一股暖流涌上香梅的心头，顿时，热泪夺眶而出。为了掩饰自己，也为了回应父亲，香梅拿起酒坛，在酒杯里倒上又醇又香的黑色米酒，一口气喝了下去。

“爹今天的兴致特别好，和昨天完全换了个人，好像碰到了什么从天而降的大喜事。我已经记不清父亲多久没这么高兴了，反正是很久了。”李丹沪悄声对坐在身边的母亲说。

还未等母亲开口，李唯亭听到了，连忙大声回答：“你说得不错，我确实碰到了喜事。首先，当然是香梅逃过一劫，一场虚惊，这是香梅的命硬。这还不算，更让我感到安慰的是，你们兄妹俩都长大了，懂事了，也变得成熟了，不愧是我李唯亭的后代。另一件事就是日本鬼子从我们厂撤走了，那个日本中佐佐藤在进攻四行仓库时，被冷枪打死了。昨天我离开他的指挥所时，听到电话铃响了起来，实际上就是他的上司调他的联队披挂上阵，去打谢晋元，结果送掉了一条命。谁都没有料到，那个电话是个催命符。”

“太好了，日本鬼子终于从厂里滚蛋了。虽然工厂被日本人糟蹋得一团糟，但总算保留下来了，这也可以说是大喜了。”李丹沪喜滋滋地说，“爹，你也可以松一口气了。”

李香梅若有所思地问：“那个日本中佐是什么时候在四行仓库附近被击毙的？”

“听说是下午。我上午前脚离开佐藤的指挥部，调防的命令后脚就跟上来了。佐藤这个联队饭后就集结起来，调往四行仓库附近的阵地。”李唯亭回答说，“他率领一个中队的兵力，刚向四行仓库发起冲锋，就被对岸射来的冷枪击倒了，擒贼先擒王，枪打出头鸟，他戴着白手套，手持指挥刀，一看就是军官，不打他打谁？”

“这是报应。谁叫他凶巴巴动手打人的？活该！”李师母狠狠地说。

“想起来真有点不可思议。日本中佐发起冲锋的时候，我刚好从苏州河北岸游向南岸，从我手臂上划过的子弹，说不定就是佐藤的兵放的枪。而从南岸射向佐藤那一枪，估计是美国海军陆战队放的，因为南岸是他们的防地。很有可能是为掩护我才开的枪，因为我游到河当中，就给日本人发现了，当时，我听到子弹哗哗地从我头顶飞过来。后来我受了伤，一个美国士兵就跳到河里把我救了起来。”

“你能肯定是占领我们工厂的那支日本军队把你打伤的？另外，你能肯定是美国海军陆战队发冷枪打死那个日本中佐的吗？”徐佳林问。

“我不能肯定，也许是，也许不是。这是我的推测。”李香梅回答。

“香梅，即使真是这么回事，你也不能随便对别人说。如果是你的推测，在这里说就在这里散。今后再也不要说了。”

“为什么？”李香梅疑惑地问。

“租界的英美驻军口口声声保持中立，可现在开枪打死了一个日本中佐，加上救起了一个给谢晋元送旗的中国学生。这样的行为是违反中立原则的挑衅行为，给日本人抓住了，是绝对不甘罢休的。”徐佳林神态严肃地说，“你是当事人，又因为献旗出了名，如果把你的推测随随便便说出来，给我们这些记者听到了，肯定如获至宝，一旦报道出去，不知道会闹出什么样的事情来。这样的后果，你想到没有？”

“保持中立？这是租界的不得已而为之，他们心里都明白日本人正在打租界的算盘！”李唯亭说。

“你说得不错。我听说，华懋饭店的维克多·沙逊写信给英国政府，他分析了日本人发动战争的目的和租界的命运，认定日本军国主义和希特勒的纳粹主义是一回事，希特勒是攫取整个欧洲，日本人是攫取包括租界在内的整个中国。可目前，双方没撕破脸，租界只能宣称保持中立，所以，香梅你不能乱说，否则要闯祸的。你可知道这个利害关系？”徐佳林认真地说。

李香梅愣住了，心里有些慌乱，如果真像徐佳林说的这么严重，那么，事情就变得很复杂，说不定还会引发什么麻烦，那样岂不是要连累了美国海军陆战队了，可他们这样做，都是为了救助自己啊！她感觉到自己的心跳突然加速了。

“别吓唬香梅了。这是一团乱麻，理不清的。”李唯亭一边往一个烟斗里装烟丝，一边说，“打仗嘛，哪有不死人的。即使是美国海军陆战队为掩护香梅开的枪，这有什么不对呢？苏州河一半是属于公共租界的，日本士兵向香梅开枪，子弹早就飞过租界了。美国士兵完全有理由还击，难道只许州官放火，不许百姓点灯？”

“怕什么？租界搞绥靖主义，对小日本一味迁就，反而助长了鬼子的气焰！依我看，他们要挑衅，就坚决反击，人若犯我，我必犯人！”李丹沪愤愤然说。

“阿爹，哥，真的不会有麻烦吗？要是引起轩然大波，我太对不起救我的美国人了。”李香梅半信半疑地看着父亲和哥哥说。

“你垫高枕头睡觉。不会有什么麻烦的，而且，美国人也不是好惹的。”李唯亭吐着带着强烈香味的烟雾，“佳林，如果日本人要借题发挥，无理取闹，你可以写篇时评驳斥，把我刚才的看法写进去。一句话，是日本人先越过界河，向公共租界开枪的，美国海军陆战队是正当防卫。日本人跳出来发难，是猪八戒倒打一耙。”

“就是嘛！这是正当防卫。日本人不讲道理，是强盗逻辑。”李丹沪附和父亲的话。

徐佳林没有吭声。但他承认，李唯亭反应极快，老于世故，在错综纷杂的事件中牢牢抓住了一个无法否定的事实，一条很有说服力的理由。这一点，一般人是想不到的，可是他却想到了。这使徐佳林不得不在心底里感到佩服。

“佳林，你觉得我说得没有道理？”李唯亭突然问，用一种带狡黠和对日本人极为厌恶的目光扫了徐佳林一眼。

“哪里。我认为你说得很有道理。越界打枪，这个理由完全站得住脚。如果写时评，我会把这个理由写进去的。”

“好吧，就这样，没有什么可怕的。”李唯亭笑了，有点得意，“当然，最好什么事都没有。我们忙我们的，刚才丹沪说，可以松一口气了。不，哪里能松啊！”李唯亭忽然烦恼起来，“这么一个烂摊子，怎么收拾，我简直无从下手！再说，日本兵虽然从厂里滚了，但租界之外的中国地界都在日本人手里了，其实，我们还是置身于日本军队的刺刀之下，是鸡尾酒上的一颗樱桃，他们随时可以一口吞下它。”

“鸡尾酒上的一颗樱桃？”李香梅也笑了，说，“阿爹，你可以做诗人了。你用诗的语言说出了一个残酷的事实。”

“还有一个更残酷的事实。租界虽然会像南宋的小朝廷那样，取得暂时的偏安。”李唯亭说着，朗诵起来，“‘暖风吹得游人醉，直把杭州作汴州’，依我说，杭州也好，汴州也好，不管现在可以何等的畸形繁荣，实际上也是一颗日本人嘴边的大樱桃。日本人早就对它垂涎三尺了。日本人早晚要在租界呼风唤雨的。”

徐佳林简直佩服透了。李唯亭的犀利不光光在他的眼神，更在于他的思维，他的判断深刻而透析，而且能用最简单的事实和语言把它表达出来。徐佳林接触过租界不少洋行大班、金融巨子、工部局的要员、领事馆的外交官，还有那些在上海闯荡了几十年、私蓄极丰的外国冒险家，分析起时事来，虽然夸夸其谈，口若悬河，但很少会像李唯亭这样一针见血，心如明镜，他们认为日本人不会动租界一根毫毛。

当然，维克多·沙逊不一样，这个犹太巨富已作好了撤退的准备。他不久前曾采访过他，那天，他坐在绿色金字塔下的巨大办公室兼居所里，戴着夹鼻眼镜的眼睛透过窗户，抽着粗大的雪茄，吐着烟圈，看着繁忙而拥挤的江滩，神态平静而镇定，甚至有些悠闲。这个在上海生活得如鱼得水的沙逊家族的大佬，继承了家族的巨额财产和英国女王所赐予的爵位，他和徐佳林谈笑风生，他说，战争毁灭不了他的大楼，淞沪战争之初，中国飞机误炸了南京路外滩，汇中饭店的屋顶炸毁了，华懋饭店的玻璃雨篷也炸坏了，可大楼动都未动，坚固无比。当徐佳林说到，许多外国商人惊惶失措，纷纷举家离开上海，他是否有这个打算时，沙逊用那种和李唯亭相似的狡狯目光看着徐佳林说，当一伙强盗在打劫你的邻居，并起了杀心时，你在家里待得下去吗？不过，我暂时要守住这幢大楼，你可能知道，我组织了一个九点一刻俱乐部，会员大多是家人离开了上海，他们留下来守着上海的产业的“光棍”，我们这些单身汉定期聚会一下，不光是喝喝鸡尾酒和咖啡，更重要的是盯住日本人的一举一动，他们是一群疯子，什么都干得出来。有日本人劝我出资协助他们建设大东亚共荣圈，我婉言拒绝了。我说，我是犹太人，是商人，我只和生意人合作，从不和军方合作，军方的钱是有血腥气的。他们听懂了我的话音，说我反日，我说我不反日，只是非常亲英国和亲沙逊。我知道，他们不会让上海永远歌舞升平的。也许，我们的好日子到头了。你要相信我的嗅觉，我们家族的族徽和这幢大厦的标记是两头灵缇猎犬……说到这里，维克多·沙逊意味深长地笑起来。那眼神和表情和李唯亭十分相似。

他想到，父亲当年会那么器重李唯亭，李唯亭能在上海滩崛起，这都不是偶然的。想想吧，一个长江边的乡下人两手空空来到人海茫茫的上海，而上海，并不是像有些人说的，遍地是黄金。那么，这个乡下人靠什么获得成功的呢？还不是靠精明、才干和果敢，以及像猎狗一样的嗅觉，当然还有运气。说到运气，那是大度的父亲给了当时还是一个落魄的小伙计的李唯亭一个机会，这就是李唯亭最大的运气。可是，在李唯亭发迹时，父亲却死于非命。这真让人欷歔不已。可老天爷是公平的，三十年河东，三十年河西，谁都没有想到，自己要成为李唯亭的女婿，父亲当年给予李唯亭的，说不定又会回到自己手里。不错，还有个李丹沪，他聪明、热情、重义轻利，然而偏激、冲动，热衷政治超过赚钱，他和别人合办了一家制冰厂，但从来不当一回事，玩性太重。是的，他不可能挡住自己，他没这个能耐。在他抱得美人归时，就是他接受李家的庞大家当之始。李唯亭虽然难对付，但毕竟老了。

他会成为真正的大人物的，一个中国的维克多·沙逊，沙逊爵士是剑桥的高材生，但人们仍耿耿于心地记着，他的家族是靠贩卖鸦片起家的，不可一世的华懋饭店还散发着鸦片的味道，他徐佳林没有这个污点，包括自己的父亲，他是个具有很大名望的学者，凭着他日本留学生的背景，一旦租界成了日本人的天下，他比谁都会游刃有余。花好月圆，只待佳期，有声有色的日子在等着自己。

正当他想得出神时，身旁的李香梅拉拉他的衣角，小声说：“佳林，你在发什么呆，妈在和你说话呢。”

徐佳林立即回过神来，脸上露出自制的有礼貌的笑容，说：“我正在想着怎样把爸爸的高论写成时评。爸刚才说的枪打界河、嘴边的樱桃都是绝妙的论谈，真是太精辟了。妈，你要对我说什么？”

“趁今天我们一家人都在这里。我再说一遍，你和香梅的事不要再拖了。等香梅伤好了，就订婚，不要举行仪式了，全家在国际饭店吃顿饭就行了。对了，再登个启事，然后准备准备，马上就结婚。新房暂时放在家里，反正家具都是现成的。佳林，香梅，你们看这样好不好?”李师母最后一句话说是和佳林香梅商量，但她整个口气是命令式的，不容置疑的。

“就按妈妈的意思办。”徐佳林说。

“香梅呢? 你看怎么样?”李师母又问。香梅犹豫了一下，说：“妈，是不是急了点?”李唯亭插话说：“是太急了，我看，可先订婚。准备充足一些再结婚。或者等香梅明年毕业后再办事。孩子还没有准备好，没有必要这么急吼吼的。”

“房子、家具都是现成的，被褥、窗帘、地毯这些东西，花上一天半天就能买齐。婚纱可以去租，买也可以，都是很便当的。我看没有什么要准备的。”李师母争辩说。

“我说的准备，不单单指这些。要开始新的生活了，香梅、佳林就像要换个人生，他们对这一点在思想上准备好了吗? 男婚女嫁是大事，要讲究水到渠成，可是，他们到这个程度了吗?”李唯亭说着站起来，走到香梅的身后，亲热地拍拍她的头说，“我这样说，并不是反对他们的婚事。只要他们愿意，明天成亲都可以。香梅，你说呢?”

“阿爹说的，就是我想的。”香梅低声说。

“知女莫若父，你这个妈白当了。只知道一厢情愿，这怎么可以呢?”

“我是想，兵荒马乱的，早点把他们的事办了，我就放心了，还有丹沪，也得上劲了，不能这样糊里糊涂了。”

“兵荒马乱也不能草率从事啊。”

“我看这样，按妈的意思，先订婚，然后好好准备，爸爸说得对，是要有充分的准备，特别是香梅，从一个女学生马上要成为一个太太，这种转变是了不得的。我不想香梅有半点勉强，有半点不适应。等她完全想清楚了，完全准备好了，再结婚也不迟。”徐佳林很诚恳地说。

李唯亭赞赏地看了徐佳林一眼说：“佳林，你长得像你父亲，好脾气也像你父亲，要是你父亲在，那有多好啊! 我就不至于这样孤军奋战了。”

“爸爸，还有我呢，今后用得着我的地方，尽管吩咐。”

“当然。这个家，今后真的要你多担当些了。丹沪有他的事业，香梅又是女孩子家。他们兄妹的门槛都不精。我只能指望你了。”李唯亭有点伤感地说，“我是半百之人了，越来越感到做事吃力了，那天，给佐藤打了个耳光，我的心情特别糟糕，恨不得马上放弃上海的一切，把房子卖掉，回江阴老家养老。后来，想到丹沪兄妹，想到你佳林，我才觉得这样想太自私了，我放不下你们，更不能耽误你们的前程。你们是上海人了，你们的前程在上海。”

这次家宴的时间很长，但大家好像还不尽兴，还有很多话要说。听李唯亭这么说，大家心里百感交集。香梅和丹沪眼睛里闪着泪光。明亮的灯光下，父亲已白发苍苍，蹉跎的一生让他过早衰老了，也变得饶舌了。

李师母叹了口气说："就这样吧，时间不早了。香梅该休息了。"

这时，龚总管和他的儿子龚宇伟来了，龚总管要和李唯亭商量厂里的一大堆事。龚宇伟是来找李丹沪的，他们也有不少事要谈。

李香梅又突然想到那个救她的美国兵，他此时此刻在哪里呢？难道真的找不到他了？李香梅走到二楼自己的房间，推开窗户，任凭寒冷的秋风吹进来，听着花园里树枝摇动的声音，她对自己说：一定要找到他，必须要找到他。

第四章
坚守孤垒

在李香梅离开医院的这个下午和晚上，苏州河畔四行仓库的阻击战越打越激烈。

白天，日本军队调动了三个联队的兵力，轮番向四行仓库发动猛攻，都给四行仓库居高临下的立体火力网击退了。仓库坚固的大楼每一层一挺重机枪，五层就是五挺，使得日本兵未接近四行仓库，就成批地倒了下去，在离四行仓库不到 20 米的路面上，横七竖八地躺满了尸体。但打红了眼睛的日本军队不顾惨重的伤亡，一次次组织新的冲锋，前仆后继，都给仓库大楼发射出的密集子弹阻击住，造成了新的伤亡。鲜血一大摊一大摊流淌在苏州河沿岸的马路上，流到河里，混浊而森凉的河水变成了暗红色的血水，浓重的血腥气笼罩在运河两岸，使人想起了鲜血如注的屠宰场。

谢晋元部队也伤亡严重。昨天和前天，双方都不敢用重武器，怕殃及对岸的租界。但今天起，日军好像无所顾忌，在仓库的西北面隐蔽着四五门平射炮，还有几辆坦克车上的大炮，一齐向仓库大楼开火猛轰。

“轰隆隆”，“嗒嗒嗒”，枪炮声惊天动地，烟焰蔽目。日军还出动了飞机。灰色的机身，一次次在仓库大楼屋顶俯身而过，像一只只巨大凶猛的秃鹫在空中盘旋，机上的两挺机枪就像锋利的爪子。飞机在仓库大楼上空越过时，便猛烈扫射，下蛋般地投下一颗颗炸弹。但因为屋顶的高射机枪火力猛烈，不敢过于低飞，子弹和炸弹大都落到别处去了，有几颗炸弹掉到苏州河里，激起了高达三四层楼房的水柱。

谢晋元站在四楼的窗口，神情冷峻，用望远镜注视着敌人的动静。他已得到敌人在今明两天要组织总攻击的消息，看日军的这番阵势，估计日军的总攻击开始了。他立即喊来团副上官志标少校，营长杨瑞符少校。谢晋元说："看样子小日本发起总攻了，火力特猛，连平射炮都用上了。我们以逸待劳，不必理会他们，等日本鬼子发起冲锋了，我们要坚决阻击，在敌人扑来前，用迫击炮轰，各楼层机枪全部开火，等敌人靠近了，派几十个兄弟上三楼、四楼和屋顶，居高临下砸手榴弹。"

上官志标说："日本鬼子已占领了交通银行大楼，在屋顶架起了机枪朝我扫射，我已命令三连在五楼构筑工事，从五楼俯射交通银行。"

"五楼的工事不是筑了好长时间了吗，怎么到现在还没有筑好呢？要等到什么时候？敌人都从三面发起总攻了，怎么能这样拖泥带水的？"谢晋元愤愤地说。

"五楼的西面墙壁全是钢筋水泥，太坚厚，又没有一个窗户，要架枪，必须凿枪眼，可一时找不到适当的工具，开凿一个枪眼都非常困难。"上官志标解释说。

"走，我们去看看，不能再等了，再等下去，锐气都磨光了！"谢晋元说着，走向楼梯，走了几步，回头对营长杨瑞符说，"杨营长，你留在这里，指挥各阵地战斗，这一次敌人来势凶猛，一定要提高警惕。"

"是，长官，我知道了。兄弟们会以牙还牙，让日本鬼子竖着过来，横着出去。"杨瑞符从容地回答。

谢晋元和上官志标来到五楼，只见三五个士兵正轮流向墙上挥一把铁锤，但钢筋水泥的厚墙极其结实牢固，一锤下去，只留下一个白色的痕迹，最多掉下一小片水泥块，这么长时间，墙上只打出浅浅的一个小洞。三连连长站在一旁，急得满头大汗。谢晋元从一个士兵手里接过大锤，吐了口唾沫在手上，举起来往墙上打上去，虽然用足了全身的力气，手都震得发麻，但墙上只有一个印子，他这才知道自己是错怪了三连的士兵，在这墙上凿枪眼，确实不太容易。

谢晋元记起屋顶上有几根自来水钢管，可以用来充作钢钎，便飞快地奔到屋顶，见十几个高射机枪手大多挂了彩，有几个重伤员已经被抬到一楼去了。另外，四行仓库附近的几片民宅，都给日军用火点燃了。由秋风推送，风助火势，烈焰飞卷，一团团浓烟，飞快地扑了过来。谢晋元一看，知道奸诈的敌人已狠下心，不择手段地进攻四行仓库，他们摆出了志在必得的架势。

"小日本鬼子,你有什么花招就使出来,我谢晋元一定会让你们有来无回。"谢晋元在心里冷笑,又嘱咐防空的士兵说,"好好给我盯着,不要乱放枪,要瞄准了打。"

谢晋元说着,便走到屋顶的一个角落,俯身捡起几根粗细不一的自来水管子,其中有两根管口居然是锥形的,他一阵欣喜,拿着管子直奔五楼。

士兵们一看到谢晋元手中的管子,便明白了他的意图。他们接过管子,一个人将管子插进那个洞口,另一个人用锤子猛击管子的另一头,打了十几下,管子已经进去好一段,两人用力撬动,居然撬下很大一块水泥。

正在这时,一声震耳欲聋的巨响,整栋大楼都剧烈地震动了一下,天花板上的灰土下雨般地掉下来。大楼给日军杀伤力很强的炮弹击中了,谢晋元不由得一惊,仔细一看,墙壁上出现了一个大洞。显然是刚才那一炮打在五楼的西墙上,数尺厚的钢筋之壁被炸开了一个豁口。

谢晋元长长地舒了口气,定一定神,笑着对上官志标说:"你们看,日本人知道我们凿枪眼太费力,来帮我们的忙了。快架机枪。"

三连长找来几个结结实实的麻袋,堆放在洞口,在上面架起一挺重机枪,居高临下,向交通银行屋顶上的日军一阵扫射,日军猝不及防,慌忙奔逃,放弃了这个阵地。

经过一番猛烈的炮击以后,借着火势和烟雾,一百多名日本兵猫着腰,端着枪向四行仓库的中国守军冲来,嘴里发出疯狂的怪叫声。

四行仓库阵地突然安静下来,大楼的周围卷舞着一股股橘红色的火焰,浓密的烟雾在苏州河面上弥漫。河对岸传来一阵阵响彻云霄的呼喊。

100米,50米……杨营长一声令下,从一楼到五楼的窗口里,十几挺机枪同时开火,敌人齐刷刷地倒下一片。没有被撂倒的,转身就跑,但跑起来自然没有子弹快,不少回头逃跑的日本兵背后中枪,伏身倒地。一个挥动着指挥刀,逼着士兵向前冲锋的胖黑中佐,胸口被子弹打成了马蜂窝。余下的日军不战而溃。

河道这一边人头攒动,越来越多的人聚集在西藏中路泥城桥一带,和李香梅那天泅渡苏州河不同了。租界当局不得不在该处路口设置了第一道警戒线,由几十名守卫上海煤气公司的巡捕房巡捕和特别巡捕(SMPS,类似义务警察)防守。在数千人的蜂拥下,这道警戒线很快冲垮了,失去作用。但第二道防线却无法冲破,美国海军陆战队、英军和万国商团中华队的队员在西藏路桥南堍及沿苏州河南岸一带,以移动式铁丝网、沙包将桥头及岸边封锁,民众只能里三层外三层地挤在警戒线外，远望河北岸的血战，虽然有点距离了，但这个不大的血色疆场是那么真切而清晰，呛人的狼烟、轰鸣的枪炮声、血与火、生与死、冲锋与阻击，都是一览无余，众目睽睽。八百壮士的英勇抵抗深深打动了大家，人们热血沸腾，豪气万丈，亢奋到了极点，从早到晚，忘记了吃饭喝水，不顾危险，不顾风雨，忘情地为中国军人助威，后面的人被前面的人墙挡住了视线，便搬来板凳、石头垫脚，伸长脖子观战，连树上都爬满了人。西藏中路上停着一辆废弃的破旧的公共汽车，成了人们的观望点。车顶上站满了一二十个年轻人，一边观看一边大声地向下面的人报告战况。附近高楼和建筑的朝北窗口，无不人头攒动，当看到日本兵被一次次击退，遗尸累累，狼狈而逃时，人群中便爆发出震天动地的欢呼声、鼓掌声、呐喊声，经久不息，声势之大犹如排山倒海。置身于这个火热的场合，人人心潮激荡，再冷静的人都会振奋、激动、狂野、惊叫、又笑又哭。

在沿警戒的最前沿的人群中，有一个身材高大的英俊青年十分显眼。他就是剧社导演龚宇伟，此时，他正领着一批上海演艺界的艺员合唱一首《八百壮士之歌》：

中国不会亡，中国不会亡，
你看那民族英雄谢团长；
中国不会亡，中国不会亡，
你看那八百壮士孤军奋守东战场；
四面都是炮火，四面都是豺狼，
宁愿死，不退让，
宁愿死，不投降，
我们的国旗在重围中飘荡，飘荡！
八百壮士一条心，十万强敌不敢挡，
我们的行动伟烈，我们的志节豪壮。
同胞们赶快起来！同胞们赶快起来！
快快赶上那战场，
拿八百壮士做榜样，
中国不会亡！中国不会亡！

激昂壮烈的歌声，越来越嘹亮、激扬，许多人虽然没有学过这首歌，对歌词和曲调还很生疏，但都跟着哼起来，唱起来。整个现场气氛异常热烈、悲壮，呈示着一个民族的不屈精神，像黄浦江高涨的潮水，一浪高于一浪。

上海各报记者也都云集在这里，纷纷进行现场报道，照片、文字、时评连篇累牍，报童满街奔跑叫卖，市民竞相争购，报纸很快就卖完，再重印，重印的销尽，又出号外。上海《申报》发社论说："谢团杨营将士之义烈，可谓超出于当年东北义勇军之上矣。往者守卢沟桥之吉星文团，曾有以卢沟桥为坟墓之壮语，惜以高级将领之依违，未酬其志。今日该营处四面楚歌之中，以数百人与悍敌相拒，犹如泰山之屹立，敌无以撼动也！"，上海《新闻报》发表社论说："国民一闻谢团杨营之坚守孤垒，兴奋至于极地，感激至于极地。足证今日国民之'与敌偕亡'心理，实已普遍而深切。故一遇将士能适应此要求者，直视为圣贤豪杰而膜拜。诚愿该营死守孤垒之忠贞，如电流之迅速，也感应于全国两百万军人，则神州大陆，其或不致终为胡骑所蹂躏乎。"上海《大美报》社评说："华军作战之奋勇，空前未有，永垂青史，而闸北八百壮士之固守，乃为世人所推崇。"等等。

伦敦《泰晤士报》登载了一篇"崇拜者"的来信，信中说："八百孤军是为中华民族争光荣，为中国主权完整永保卫，为民族生存而奋斗。是为人道而战，为文明而战，为和平而战，使公理公道，终至伸而不屈，虽死犹为不虚。其英勇壮烈，永垂青史而不朽，使后世歌颂于无穷。"，这些炙热而立场鲜明的言词，把中国军人的气概渲染到极致。

昨天下午，李香梅乘着徐佳林的汽车，和李丹沪一起，为寻找马赫，曾经来到过这里。当时一场鏖战结束不久，四行仓库暂时偃旗息鼓，所以显出一种不平常的安静。龚宇伟领唱的《八百壮士之歌》的合唱，此起彼伏地反复地唱过几遍，李香梅经过的时候，刚刚唱罢。虽然香梅来得迟了一点，加上她坐在车里，不容多作停留，所以没有亲眼目睹这一场酷烈的战斗，也没有听到激越的铺天盖地的歌声。但四行仓库阵地悲壮的静肃，使她涌上一股感动中夹杂着感伤的情绪，还有因为找不到那个美国海军陆战队士兵而感到的些许沮丧和失望。

谢晋元并没有因击退日军的总攻而有丝毫的懈怠。他知道恶战还在后面。趁着战斗空隙，他用决绝的语气对士兵们说："目前的情势，我想各位兄弟都很清楚。我们是坐困危城，腹背受敌，日本鬼子会不惜代价对四行仓库这个据点发起更猛烈的进攻。但我们还远远没有到后路中断，粮弹已绝的地步。我们尚有轻重机关枪几十把及弹药四万余发，手榴弹、迫击炮弹四百余颗，而且全部工事已完成。我们要为守卫闸北领土战斗到最后一个人，最后一颗子弹，誓与四行阵地共存亡，但求死得有意义，但求死得其所！”

上官志标也意识到局势的严重，日本人很可能采取更凶恶的招数来拔掉四行仓库这颗眼中钉。这里的每个士兵也都清楚四行仓库已陷入重围，他们都是久经战场的老兵，情势的危急，都看得出来，也明白已到了背水一战的生死关头。士兵们都显得毅然决绝，一股义烈之气在库房各楼层弥漫。可见军心足持，这是最重要的。上官志标慷慨倡议：“谢团副说得对，我们要与四行阵地共存亡，面对倭寇的一次次威逼，我们要以破釜沉舟的态度和小鬼子决一死战。人在，阵地在；人在，四行仓库在。我建议兄弟们去屋顶，对着国旗明誓，各位兄弟以为如何！”

“好！”谢晋元应声回答。

一应百和，士兵们纷纷聚集到屋顶，对着那面已有多处弹洞，但在风中猎猎飘扬着的国旗，由谢晋元带头起誓：“人在阵地在，我们八百士兵誓与四行仓库阵地共存亡！”

这时，是战斗的间隙，北岸突然变得沉寂起来，仿佛一场重大的演出在幕间片刻的休息，生动澎湃的舞台暂时拉上了幕布，乐池的乐器搁在那里，沉默着。而河对面却依然高潮迭起。市民们一遍遍齐声唱着《八百壮士之歌》，性格刚烈的谢晋元听后泪水哗哗地流下来。他一声口令，所有士兵转身面朝河对岸，举手敬礼，个个泪眼蒙眬。对岸一片沸腾。这城市的一隅激荡到了极致，而四行仓库的安静也到了极致。

礼毕，谢晋元淡淡地说：“这里不是久待之处，各连、排回到自己的阵地去吧。大伙有什么要给家人交代的，每个人写封遗书，我们设法送出去。识字的先写，写完自己的，再帮助不识字的人。”

听说要写遗书，官兵们非但没有惧色，反而神情轻松地答应着。大家不约而同地再度眺望了一下细波涟涟的苏州河和对岸黑压压的人群，大概算是告别吧。然后，从容地走下屋顶，回到各自的阵地。

谢晋元看着兄弟们视死如归的表情，心里有种说不出的滋味，战死疆场，马革裹尸，这是自古以来军人所追求的境界。古人尚且如此，现代革命军人岂能恋生怕死？可是，这些士兵一个个那么年轻，有的已娶亲，绝大多数还没有。不管是谁，他们都希望打完仗，平平安安回家和亲人团聚。可现在，他们的心目中只有一个四行仓库，其余什么都不想了，什么都顾不上了，苏州河秋水依依，黄浦江秋水依依，租界声色犬马，花团锦簇，他们都视而不见了。他们把一切，连同自己年轻的生命和平实的梦都交给了自己，交给了这幢灰白色的布满弹痕的楼房。也许，这座大楼就是他们的绝地。说不定就会在今后的某一时某一刻，他们活生生的生命就会像夜空中划过的流星，瞬间闪出绚丽的光芒后，就永远跌入无边无际的黑暗中了。想到这些，谢晋元感到一阵心悸，眼睛又一次湿润了。但他马上警觉起来，大敌当前，恶战在即，自己怎么能这样多愁善感？自己不是说过的吗，人总有一死，为国捐躯，为国殉节，就是死得其所。

这么想了，他顿时心里一宽。一个楼面一个楼面地走着，既检查工事，又像老师检查学生的作业那样，看着战士在写信。谢晋元见他们埋头认真地写着，旁边还有几个一字不识的人在等着，手里拿着香烟盒子拆开的纸。

一个排长在写给妻子的信中这样说："现在我们就在这里留守了。死是一定要死的，不过死我一个时，换日本兵二十条命。别再想我回来，也别想我一个全尸。孩子还小，这是我的挂念。今后的路由你带着孩子走下去了。给孩子找个父亲，能扶你们 ·把。永别了！"

另一个战士是个初小生，他疙疙瘩瘩地给弟弟写信："人生在世，不免一死，死得光荣，才是英雄本色。今日东洋飞机来了多次，他们的大炮连续轰击阵地，但我不怕。弟弟，我难免一死，你善孝父母，兄甚感激，为国家而战，我死而无憾。如部队能发一点抚恤费，你就用来娶个媳妇。"

笼罩仓库大楼的黑烟在慢慢散去。阳光从变得畸形的窗户中射进来，星星点点的灰尘，在光柱里纷纷扬扬地飘浮着。库房光线暗淡，写信的都凑着窗户前的那束阳光。谢晋元看到无数的尘埃在他们头顶舞动，他再也看不下去了。他投笔从戎以来，还是第一次看见这么多官兵这么坦然地写遗书，没有半点悲伤，有的只是义无反顾，那是一种让人感动而又让人心酸的场景。他怎么也控制不住自己了，哽咽无语，逃似的跑到顶楼，避开高射机枪旁的士兵，望着奔腾的苏州河，大颗大颗的泪水，无声地从眼睛里流出来。

敌我双方对峙一小时之久，日军始终没有再发动新的进攻。但谢晋元、上官志标和杨瑞符有强烈的预感，日军今天在天黑之前，还有要出新的花招。果然，过了一个半小时，两艘满载着海军陆战队的小艇，由黄浦江驶入苏州河老闸桥，企图封锁谢晋元部与租界的交通线。

苏州河的一半属英租界，日军武装小艇开始挨着北河岸行驶，但苏州河河床较浅，常年水道淤塞，污乱不堪，日军小艇怕搁浅，不敢靠河岸太近。所以，开着开着，就驶到河道中央，越过了分界线，侵犯了公共租界。

四行仓库守军的几位指挥官，在日军的小艇从黄浦江驶入苏州河时，就从高处监察到了。谢晋元早就对日军从水路进攻四行仓库以及切断与租界的水上通道作了防备。现在果不其然，有两艘日军小艇疾驰而来。杨瑞符主动向谢晋元请命，带一个连的兵力，在离仓库大楼不远的河岸堆上几个麻袋作为掩体，阻击小艇靠近四行仓库前的河道。

谢晋元分析，日军战舰不会单独行动，它从河道向四行仓库正面攻击时，岸上的日军势必也会同时分几路进兵。这是日军采取的水陆并进的用兵之招。

谢晋元说："小鬼子的小艇上只有机枪，没有火炮，所以火力不会太强。它的主要作用就是封锁河面，牵制我兵力，伺机对我大门口的守军施行突袭。小艇虽火力不怎么强，但行动轻灵迅速，所以它一旦靠近四行仓库，就设法歼灭它。"

上官志标说："河对面人山人海，倘若双方用机枪扫射，难免要误伤了观战助威的民众。"

谢晋元说："不到万不得已的地步，我们尽量不用机枪，而集中投手榴弹，或在楼上各层让枪法好的士兵用步枪瞄准了俯射。"

时间紧迫，已能隐约听到日军战艇的"突突"机声。谢晋元果断地做出布置，杨瑞符带一个连的兵力，每人带五颗手榴弹，埋伏在河岸边的掩体里。其余各部严阵以待。自己亲自挑选十几个百步穿杨的枪手，集中到四楼的窗口。

很快，两艘小战艇飘着日本旗，已远远地出现在苏州河的河面上。马达声越来越响。河对岸的租界阵地，英美海军陆战队的士兵也都进入了掩体和街垒，他们接到命令，如果日军的武装小艇向租界开枪，就立即予以还击。观战的民众同时接到通知，要他们迅速疏散。空气顿时紧张起来，人们开始向四周散去，步子有点乱，急匆匆的，但还有很多人在原地站着不动。

正像谢晋元所预料的，在小艇越来越近的时候，日军的平射炮、迫击炮又开始向四行仓库轰击了。很快，在四辆坦克的掩护下，两队日本兵，摆开了战阵，向大楼冲来，他们呀呀地喊叫着，声音一阵高过一阵。谢晋元、上官志标和杨瑞符，以及所有的中国守军都镇定地注视着日军的动向，等待他们进入射程。

小艇已离得很近了，可以看出这两艘船是用轮船改装的，生满了铁锈，沉沉地压过了吃水线。艇上日军枪上的刺刀在阳光下反射着刺眼的光芒，杨瑞符下令开火，所有的手榴几乎同时投了出去，小艇上的机枪，日军的步枪也一齐向岸上开火。但因为小艇的剧烈颠簸，射向四行仓库的子弹显得火力分散，看上去像是在没有目标地乱射一通。随着连续的爆炸声，手榴弹击中了小艇，小艇开始起火，在河面上打转。有几个日本兵落到了水里，在河里挣扎着，身上沉重的装备使他们慢慢地往下沉去。四楼的射手居高临下，像打靶似的，一枪一个瞄准了射击，艇上的敌人或应声倒下，或掉进水中，水面上泛起一股股红色的血迹。手榴弹继续像雨点般地掷去，在河面上炸起一根根水柱，溅起的水浪覆盖了整个小艇。小艇还在回击，机枪射出疯狂的火舌。

四行仓库大楼各个楼面的十几挺机枪发疯般地朝冲来的成群日本兵开火，发出尖厉的呼啸声。谢晋元看到队伍中有一个个子瘦小的日本军官。他的样子有点奇特，一只手举着闪闪发亮的军刀，另一只握住刀鞘，以免它拖到地上。他看上去神气活现，不可一世。但握着的刀鞘搅乱了他的节奏，加上又是个罗圈腿，所以奔跑起来，像鸭子一样一摇一摆，看上去特别滑稽可笑。

谢晋元举起一支步枪，瞄准，扣动扳机，这个鸭子军官应声倒下，一只手还紧紧地握着他的刀鞘。

“该死的罗圈腿，带着你的军刀见阎王爷去吧。”谢晋元在四楼的枪眼旁笑骂着。

冲在前面的那艘小艇升起了浓烟和烈焰，并开始下沉，船上的日本兵发出可怕的怪叫声，纷纷往河里跳去，四行仓库四楼的步枪紧盯着他们开火。后面那艘小艇见势不妙，掉头夺路而跑。着火的小艇上的枪炮突然哑掉了，整条船在水中挣扎着，河水不可阻挡地灌进船舱，船尾已沉入水中，船头绝望地朝天翘起，在水里卷起几个漩涡，就一动不动了。船之所以没有被河水完全吞噬，是因为河床浅，所以造成了船尾插到河底，船头仰天的样子，就像溺水者下沉时举起双手一般。

四行仓库的守军干脆利落地击退了敌人这次水陆并进的进攻。日军损兵折将，败得很惨。租界河岸边刚才散去的市民又很快聚集起来，大家因为谢晋元部打了胜仗而一阵欢腾。除了敲锣打鼓以外，还放起了鞭炮，噼噼啪啪，其声音之响，不亚于河对岸刚刚平息的战争，而空气中的火药味同样那么浓烈，那么呛人。

天开始暗下来，古铜色的夕阳显露没多时，暮色在片刻之间，就使得天地间变得苍茫一片。

四行仓库内的士兵们仍在忙碌着，吃干粮、喝水、给伤员换药、修补工事、清点弹药。守军进仓库之初，按谢晋元的命令，将各处的照明灯泡全都取了下来，一栋大楼，从一楼到五楼，是漆黑一团，无声无息的。从外面看去，月光照在灰白色的布满弹坑的水泥墙壁上，有些反光，墙上的窗户，都变成了一个个黑洞。至于黑洞里面的人的动静，就显得格外的神秘莫测。

谢晋元关照各连分成两班，一班抓紧时间睡觉，另一班守在阵地上，以防不测。同时，他还在屋顶各个方向布置了观察哨，监视日军的动静。一般来说，日军晚上发起进攻的可能性不大，但谢晋元每晚都不敢大意。日本人实在太狡诈了，无所不用其极，不得不防，小心为妙。

谢晋元吃了个军用沙丁鱼罐头，喝了杯玉米加奶粉做成的军用冰淇淋粉，这都是英美联军秘密通过苏州河交通线送过来的，也算表示一点人道主义的支持。

轮到休息的战士已发出鼾声，他们没有梦了，疲惫和对生命的麻木使得他们倒下便睡。

谢晋元打着手电在各处巡视了一番，和师部通了电话，汇报了战况和伤亡情况。他得到一个消息，守卫租界的英美驻军和英美驻沪总领事馆已向日军提出交涉，日本海军陆战队武装小艇在河上横行，严重侵犯了公共租界。三个国家的外交官和军方代表还在租界这边的岸上，视察了被击沉的日本小艇的现场，它的位置已明显越过了河中央的分界线。日方无话可说，保证不再出动船只侵犯租界。

谢晋元想打一个盹，但他心里七上八下的。他来到屋顶，夜色无边无沿，闸北还有烟火在燃烧，映红了半边天。重铅色的天空，云层低垂着。屋顶的风凌厉地刮着，带着硝烟，带着血腥气。周围是静谧的。动的风，静的夜。对岸的租界灯火斑驳，人来车往，电车还在当当地响着，还居然有桂花糖粥的叫卖声传过来。海关大钟的报时声一声声传来，这支和英国伦敦泰晤士河边的大本钟一样的报时曲，在静夜中撼动人心。

谢晋元看着对岸每扇窗户都灯光通明的大楼，心里想道：上海真是个怪胎，一边是血肉横飞，炮火连天，战机穿梭，漂浮着驱赶不散的战争的烟尘。另一边却是火树银花，一片繁华。夜空同样是红的，可两边红得截然不同，此岸的红是地狱之火映红的，彼岸的红是滚滚红尘，是风情万种的胭脂红，真是一江之隔两个世界啊。

在屋顶观察动静的哨兵向他报告，说几十公尺外隐隐传来奇异的声音，还有人影在晃动。谢晋元取过望远镜朝着哨兵指点的方向看去。望远镜中，可混混沌沌看到四五十公尺外，有一辆坦克车模样的东西移动，它的身边有人影幢幢，仔细听着，可听到什么机器在吱嘎作响。

小日本在搞什么鬼？谢晋元反复看反复听，突然明白，日本鬼子是在用挖土机挖地道，企图从地道进入四行仓库爆破，这是一种老套的攻城方法。他在黄埔军校进修时，教官曾多次提到掘洞法和火攻法。看来小鬼子已经黔驴技穷，选择了挖地道这种原始的方法来进攻对方的据点。

谢晋元连忙叫醒正在打盹的上官志标，把日军的新动向告诉他。上官志标一惊，霍然而起。他把几个连长找来商量对策。

谢晋元说："挖地道，一时半时是挖不成的。而且像上海这种地方，挖下去几尺就会有水冒出来，所以他们还要设法排水。这段距离够小鬼子挖的。"

上官志标说："小鬼子是偷偷地挖，以为我们不知道。我们可以告诉他们，他们搞什么鬼把戏我们都知道了。这样，小鬼子会因为泄露了天机而停止挖地道。"

谢晋元说："不错。只有让鬼子明白我们有了准备，知道再挖下去，说不定偷鸡不成蚀把米，才能迫使他们停下来。"

于是，谢晋元命令熟睡中的士兵立即起来，各就各位，做好作战准备。并决定打光照明，驱逐日军，揭穿他们的阴谋。同时，严密防范，待敌人接近，用手榴弹向下投掷。

四行仓库守军很快行动起来，将多个大号手电灯缚于竹竿上，伸出窗外和枪眼，向远处探照，一根根灯柱投射四方，刺破厚重的夜幕。还用棉花打成粗捻子，扎在竹竿上，浸上煤油燃烧，由十几名士兵举着，在屋顶摇动，并猛烈敲击空煤油桶，大声喊道："小鬼子挖地道啦，小鬼子挖地道啦！"

声震静空，惊心动魄，河对面的英美驻军吹起了集结号。伴随着呐喊声和急骤的击桶声，谢晋元又亲自向仓库外投掷几枚手榴弹，轰然的爆炸声像平地霹雳，令人震撼。这么闹一阵以后，再从望远镜里看去，挖掘机开走了，日本兵不见了。敌人企图挖地道进攻的毒计被粉碎了。

直到天露曙色，第一辆电车从电厂开出，隆隆地开过苏州河对岸的马路，谢晋元一夜都没有合眼。李香梅很早就起床了。晚上她睡得不好，做了一个梦：她在混浊不堪的苏州河里游着，几个日本兵端着枪，脸上露着狰狞的笑，端着枪朝她射击。一颗子弹射进她的脑袋，一颗子弹射穿她的胸膛，一颗子弹击中她的臂膀，鲜血在河面上漂浮着，她疼痛难熬。她觉得自己在往下沉，往下沉。突然，一双有力的手将她托起，把她拖到岸边，然后双手抱起她，一步一步沿着码头的台阶，湿淋淋地向岸上走去。突然，响起由远到近的呼啸声，一颗子弹飞来，不偏不倚地击中救她的美国士兵，他剽悍的身子倒在石阶上，但双手还极力拖着她，鲜血从他的胸膛汩汩流出，和她身上的血混合在一起。忽然，在他们周围，有人唱起歌，歌词朴素清新，唱腔似水柔情，美国士兵忍着痛苦笑了，说，这是在美国流行广泛的民歌，让人过耳不忘。

就在这时，她醒了。母亲为她准备的被子太热，她被热得透不过气来，浑身大汗淋漓。做过的梦历历在目，每个细节无不活生生的，李香梅感到很奇怪，明明是梦，怎么会这样逼真呢？

她醒过来以后，就再也睡不着了，她在想着这个梦。在这之前，她很少做梦。她的生活是安定的，她的性格也是安静、不设防的。所以愉快的梦和沮丧的梦都不太做。即使做，也是朦朦胧胧的，醒来就什么印象都没留下，就像早晨树叶上的露水，太阳一晒，顷刻间就蒸发掉了。

可今晚这个梦印象会这么深，以致使得她不得不产生怀疑，所有这些，真的是梦吗？李香梅并没有害怕的感觉，倒是有一股莫名的惆怅。她知道是因为“他”的缘故。日有所思，夜有所梦，找不到他所带来的缺憾和失落，竟然使得他成了一个梦的主角。这说明什么呢？说明无论如何要找到这个救起自己的美国士兵。在梦里，竟有人在他们都中弹倒下的情况下，唱起了美国歌曲，就像好莱坞电影中经常出现的那样，那是一种动人心弦的背景音乐。以后如果找到他，和他谈起这个细节倒是有点意思的。可是怎么才能找到他，以了却自己的这桩心事呢？

父母的房间在她的隔壁，哥哥李丹沪的房间在她对面，隔了一条走廊。楼梯上来是一个起居间，很宽敞，落地钢窗连着一个阳台，花岗岩护栏是葫芦状的。楼梯转着角，扶手蜿蜒盘旋，很有线条感，黑色的铸铁护栏曲卷着，闪着金属的暗光。从这幢大房子就可看出，李唯亭这个昔日江阴布店的小职员，在上海滩已跻入最成功、最风光的商人的行列了。李香梅隐隐听到父母房间里有了声响。咳嗽声，无线电的声音，开门和关门的声音，父亲下楼的声音。

李香梅赤脚跳下了床，拉开沉甸甸的窗帘，随即打开钢窗和厚实的百叶窗，房间里一下明亮起来，深秋寒冷的晨风吹了进来，让李香梅忍不住打了个哆嗦。

父亲既不在二楼的起居间，也不在一楼的客厅，只有娘姨吴妈在厨房做早餐。李香梅估计父亲在花园打太极拳，这是他多年的习惯，也是他唯一的休闲方式。日本人占了工厂以后，他很少有这份闲心了。早晨起来后，在起居间和客堂不是看报纸，就是用他那支不离手的烟斗抽烟。屋子里到处飘着烟草浓郁的香味。

李香梅来到花园，满地的落叶，潮湿而净爽的空气，几天不见，草木已完全枯萎了。花园外面马路上的法国梧桐，斑驳的树干也卷起了树皮，树枝已是光秃秃的，挂着黑色的悬铃，一派深秋浓烈的萧瑟景象。

父亲在鸽棚旁，他从鸽棚里取出一只只鸽子，放在手里仔细地端详着，轻轻地抚摸着它们光滑的羽毛。父亲看到李香梅，有些吃惊，问："香梅，这么早就起床了，怎么不多睡些？你可是有伤在身！"

香梅回答说："爸爸，我睡不着了。伤口没什么不舒服的感觉，估计已恢复得差不多了。真的，没有骗你。"说着挥动了一下那只受伤的手臂。

"你的脸色还不太好，眼睛有些肿。虽没有伤筋动骨，毕竟流了那么多血。"李唯亭爱抚地看着她说，"在家里好好休息几天，让妈给你煮点红枣汤喝，补补血。我再替你买几瓶艾罗补脑汁，它也有补血的作用。"

"阿爹，用不着。小时候，我和哥哥偷喝过你买给妈喝的治头晕的补脑汁，实在太难喝了。再说，妈不知喝了多少瓶，还是头晕，一点用都没有。美国医生说，我只要服点消炎药就可以了。"李香梅用鼻子嗅嗅空气中的桂花香，说，"对了，我闻闻这桂花的香味比什么药都灵。"

"好，好，那你就闻吧。有时候，香味真的会使人的精神变得更好。你哥一直在试验一种香精，掺入颜料里，染出的布料会发出香味。玫瑰香、桂花香、木兰、风信子、杜鹃花，要什么香就有什么香。要是真能织出这样的布，全上海，不，全国、全世界的女人都会为它发疯的。要不是打仗，丹沪说不定已经将这种香精试验出来了。"李唯亭兴致勃勃地说着，显得心情愉快，精神轻松。

"哥哥早晚能试验成这种香料的。"李香梅说，"他是那样聪明，经常会突发异想，我是他亲妹妹，一个爷娘生的，可一点不像他，我太笨了。"

"你不笨，你也很聪明，像你哥一样，又聪明又厚道。"李唯亭笑眯眯地说。

李香梅从小就佩服哥哥，他性格憨厚，待人和蔼谦恭，没有丝毫富家子弟的神气。他细心呵护自己，又处处让着自己。

李香梅一直认为哥哥特别聪明，只要他愿意，做什么事都能成功。但他又显得无所用心的样子，总是将一双手随意地插在裤子的口袋里，松松垮垮的。在她的记忆中，哥哥好像从来没有为了读书而辛苦过。逢到考试时，别人紧张得衣带渐宽，他照样听无线电，看小说，飙车。但他的成绩单从中学到大学都是无懈可击的。

哥哥以优异的成绩从上海最好的教会大学毕业后，又去了美国麻省理工学院留学，父亲让他主修工商学，但他改修化学。也许是受了父亲染织厂白坯布会变成彩色花布的影响，他迷恋上神奇的化学。他觉得化学是最奇妙的科学，做化学实验时，会让人获得真正的纯粹的幸福。这是李丹沪在美国留学时，写信给李香梅说的。香梅对哥哥这样的话困惑不解。对化学她只记住生涩难懂的元素名称，也在学校的实验室做过试验。化学给李香梅的感觉有些复杂，并不像哥哥说的那么神奇。哥哥怎么会对化学有这样的一种印象呢？她不太懂。她记得，哥哥 15 岁那年，他缠着父亲买了辆带摩擦灯的英国三枪牌自行车，他几乎没有认真学，就会骑了，而且骑得飞快。香梅问他骑车的感觉是怎样的，他不假思索地说，太妙了，有种张开翅膀飞的感觉，很飘逸，让你感到幸福，不过这翅膀是你的一双腿。难道化学会让人产生在夜晚空旷的马路上，飞快地用双腿使劲蹬自行车的奇妙感觉？

理所当然，哥哥是父亲的接班人。他从美国学成回来以后，在父亲的厂里当了一段时间的颜料调配工，然后又担任工厂的工程师。他对父亲的厂兴趣不大，便自己筹资办了家制冰厂，龚总管的儿子龚宇伟也入了点股。这使得父亲有些失望。但他没有阻拦哥哥，他对哥哥说："人各有志，你爱做什么就做什么吧。只要不是游手好闲的浪荡公子，我都会由着你。"

上海的制冰厂只有寥寥几家，规模都不大，奢华的上海对冰块的需求量特别大。因而冰块是抢手货，尤其是夏天，更是一冰难求。所以，哥哥的美可制冰厂建立后，生意极好。这是父亲始料未及的。紧接着，哥哥又试制成美可牌味精、美可牌香皂、美可牌香水，一出厂就都成了抢手货。从此，父亲就对哥哥另眼看待了。

"你哥哥不仅有一颗聪明的脑袋，而且为人正直。是个外圆内方的人。可惜他有自己的事业，又过分看重私人义气，不能帮我料理工厂。"李唯亭把手中的鸽子放掉，说："佳林也是我们家的人，我看他处事镇定，很有头脑，你方便的时候，和他谈谈，愿意不愿意抽点时间到厂里帮帮我的忙。女婿嘛，也算得上是半个儿子。"

李香梅明白父亲的意思，但感到有些突然，回答说："他只会耍嘴皮子、笔杆子，对管理工厂一窍不通。帮不上你什么忙！"

"不懂可以慢慢学嘛。我早就看出来了，佳林做事虽然没有他父亲那样的气度、手腕，但也算得上是个战国策士型的人物，是有点心机的。"

李香梅还是第一次听父亲对徐佳林的评价，她不太懂什么战国策士型人物，不过意思是懂的，那就是在父亲眼里，佳林是个有智慧有头脑，像戏台上摇着羽毛扇出主意破解难题的人，这样的评价还是比较高的。她曾经听父亲评价过哥哥李丹沪，说他是典型的东汉士人，也就是知识分子，父亲当时是那样解释的，东汉的士人，往往豁达平实，才华过人，爱憎分明，感于朋友的情谊或某一种信仰，会不顾一切豁出去做事。刚才父亲提到哥哥时，也是这么说的，但听得出来，平时喜欢读些历史书的父亲，无论对哥哥的譬喻还是对佳林的譬喻，都不是在贬他们，而是在褒他们，是欣赏的口气，而且，父亲对佳林好像期望很深。

"好吧，我来对佳林说说。让他抽空能参与点厂里的事。我想他不会拒绝。"李香梅干脆地说，又问，"爸爸，你等会就要到厂里去？"

"当然要去。日本人把厂搞得一塌糊涂，许多事情等着我去处理。昨晚我和龚先生聊了半夜，稍微理出个头绪。"

"爸爸，我跟你一起去厂里看看，我好久没有去了。"

李唯亭淡淡地笑着，不置可否。他以为李香梅是随便说说的。

"爸爸，好不好？你说嘛！"

"你真的想去？"

"真的。"李香梅认真地点点头回答，"刚才爸爸可惜哥哥帮不了你，又要我找佳林为你摇羽毛扇，那么，你为什么不想到还有一个女儿呢？她说不定能为你出点小力。我可不是像小时候那样，闹着要去玩的，我可是去替你出主意的，我虽然笨，但笨鸟先飞，说不定也会成为春秋战国策士型人物的啊！"李香梅调皮地笑起来。

李唯亭听后很感动，看着女儿哈哈大笑说："好一个春秋战国女策士，好，去就去吧。不过，要是你妈不同意，我可就没办法了。"

李师母一听到李香梅要跟着丈夫到厂里去，马上责怪丈夫说："你疯掉了，香梅的伤还没好呢？"

"妈，我的伤已经好了。我跟爸去，不是去做什么事，只是去看看而已。"

"让她去吧。孩子们能关心厂子的情况，这是好事。再说，我会照顾她的。这种皮外伤，只要不碰水，不用力，是不要紧的。"李唯亭说。

"那么，香梅去厂里的时间不要太久，去去就回来。今天佳林还会来。你趁这几天休息在家，和他赶快把戒指去买回来。"李师母絮絮叨叨地交代香梅说，"还有，你对佳林热络些，我都看在眼里，佳林一直在凑你，可你，不冷不热的，弄得佳林很扫兴。快要结婚了，怎么能这样呢？你是不懂吗？还是在端架子？"

“我知道，我知道自己该怎么做。”

这时，李丹沪也起床了，走到餐厅，听说妹妹要跟着父亲去被日本人严重破坏的厂里，马上说：“我也去。香梅乘我的车吧。等会我送她回来。”李丹沪有一辆美国的道奇车，是他从美国带回来的。

吃过早餐后，李唯亭和丹沪、香梅分乘两辆汽车来到大隆染织厂，龚总管早就到了，厂里的技师和管理员也到了。还有一部分工人，听到消息后，也纷纷聚集到车间，李唯亭一看，公事楼前停了几辆汽车，一问龚总管，原来有几个董事约好了来到厂里，坐在议事室等李唯亭。李唯亭脸色一沉，问龚总管：“他们来做什么？”

“谁知道呢？看样子，好像有事跟你商量。”龚总管很率直地说，“他们是有备而来的，预先碰过头，说好的。”

“来了也好。我先领了他们到厂里各处走走，然后开个董事会。”

一圈兜下来，厂里一片狼藉混乱的情景让丹沪、香梅感到触目惊心。各车间的管事带着工人已在清除日本兵搭建的工事，拆除铁丝网，将拆散的机器配件，特别是织机的铸铁架以及散落在各处的坯布筒一一进行整理，大家一边干一边咒骂日本人。

李唯亭意外地发现，战地医院已空空荡荡，尚留着几个伤病员和几个日本护士。一问，原来有命令说，这几个伤病员已差不多恢复了，但还需休养几天再归队，所以暂时待在这里。几个董事一看厂里还有日本兵，虽然是伤兵，脸上不免有胆怯之色。他们终于想起来了，虹口、杨树浦、闸北已是日本兵的天下。中国军队已从正面战场溃退到沪西，市中心只剩下一座孤军奋战的四行仓库，还有孤悬于上海市区东南角的老城区南市。有消息说，蒋介石为了中国在九国公约会议上有说话的底气，在撤和守之间考虑再三，决定派第55师协同上海保安区固守南市，成为第二个“四行孤军”。

董事们坐在议事室里，都不说话，一个个显得心事重重的，一双双失神的眼，茫然四顾。

李唯亭先打破了沉闷，说：“厂里的情况，大家都看到了。下一步怎么办？说实话，我心里都没底。我们的厂，可说是不幸中之大幸，被日本兵占领了这么长时间，还能够保留下来。但要修复开工，也不是件容易的事。厂里的设备、原料都横遭破坏，成了一副烂摊子。但我的想法，还是要尽量争取在较短的时间内，将机器转起来，哪怕部分复工也是好的。另外，腾出一部分房子，像养成所、俱乐部、礼堂和仓库，让无家可归的工友临时居住。老实说，我考虑复工，不光是为我们这些股东着想，更多地是想让工友们的小烟囱冒冒烟，他们实在太苦了。我只是这么想，现在厂里的处境这么恶劣，要真正做起来，是很难的。各位来得正好，我想听听大家的高见。”

李香梅和哥哥李丹沪也坐在一边，他们静静地听着父亲讲话。

李唯亭说完后，董事们开始交头接耳，窃窃私语，除了一片嗡嗡声之外，听不清他们在说些什么。

李唯亭用手指敲敲桌子说：“在场的都不是外人，你们有何见解，尽管大声说。”

一位姓曹的股东，是位银行家，在上海滩镇江帮中有点势力，和李唯亭很熟，他清了清嗓子，缓缓地说：“李老板，日本人退出大隆厂，固然是件幸事。但依我们看，逃得过初一，逃不过十五。日本人大军压境，中国军队败局已定，不管是四行仓库，还是南市，守军英勇可嘉，气壮山河。但上海是日本人的天下已是事实。覆巢之下，岂有完卵，所以，我要不客气地问一下李老板，大隆厂还值得重新开工吗？”

李唯亭反问：“曹先生的意思是工厂用不着修了，让它一直停工下去？”

“是的。我们几位都以为，在日本人的刺刀下开工，是火中取栗，风险太大，这个钱赚不得。我们也不忍看你李老板冒死吃河豚。”曹先生表情严肃地说，“识时务者为俊杰，既然日本人容不得我们，我们还是知难而退吧。”

“怎么个知难而退？”

“很简单，把工厂卖掉，把股份退给大家。这样，各位总算还能把本金收回来。不至于到最后鸡飞蛋打一场空，老本统统蚀光。”

“嗯，嗯！”李唯亭已领会他们的来意了，眼睛扫过每个股东，“你们各位都是这个意思。”

“是，是，这也是不得已而为之。”另一个股东回答说。

李丹沪和李香梅交换了一下眼色。李丹沪在香梅耳边说：“这些人一个个都想脱身了。”

“那么，”李唯亭问道，“目前这样的局势，谁还会来购买工厂，你们怕日本人，别人就不怕？上海滩是最势利的，大隆厂原来是个香喷喷的肉包子，现在在某些人眼里成了一堆烂狗屎，我说句不中听的话，说不定送给他们都不要。”

“李老板的担心，我们早就想到了。”曹先生从容作答，“华商不敢买，可日商敢买啊。我已和横滨正金银行的大班谈过，他说，如果李老板愿意出让，他愿意接受，而且价格上尽可能优惠。但有一个条件，就是双鸽牌这块招牌也要卖给他们。李老板，这可是难得的好机会啊，过了这个村就没有这个店了。”

“不行。”李唯亭脸色变得铁青，正色说道，“日本人是我们不共戴天的死敌。你们怎么想得出来的，居然要把厂卖给日本商人。这样的事你们也敢做？你们就不怕落下一个永远洗刷不清的污点？不怕别人戳着你们的脊梁骨骂你们见利忘义、不知廉耻吗？”

“李老板，你言重了。我们是在商言商，正像我们的布销到日本一样，不过是做生意呀！”曹先生说，“什么不知廉耻，见利忘义，不就是一爿厂吗？怎么扯得这么远呢？唯亭，国难当头，爱国之心理应有之。但我们是商人，商人逐利，无可非议。日本军队侵略中国，固然可恶，但我们不能一竹竿打翻一船人，和所有的日本人都水火不容。正金银行的大班是个正派商人，我们和他做生意，完全是正当的，可以说是问心无愧。”

李唯亭冷笑着说：“我想不到你会厚着脸皮说这样的话。我没有说所有的日本人都是我们的敌人。但在日本鬼子对我们的同胞丧心病狂地进行屠杀之际，我坚决不同意工厂被日本人吃掉。”

“如果李老板执意反对。那对不起，我们只能退股了。你是大股东，占大隆厂百分之五十多的股份，我曹某人占百分之二十多，其他各位所占比例不等。我们撤出股份对你打击不小。鉴于目前的情形，我们不能因为你的固执而被你拖到水里去溺死。”曹先生神色有些尴尬地说，“唯亭，弟此举冒渎你了，深感惶恐内疚，请多多包涵。”说到这里，曹先生站起来，对李唯亭一个长揖。

李唯亭对曹先生的话感到意外，他激愤地说：“当此千钧一发之际，曹兄这样做太过分了。你们不是存心要拆大隆的台吗？”

“李老板，你此言差矣。战火连天，社会动荡，民不聊生，大隆实难维持。审时度势，最好的选择就是将工厂忍痛割让。虽易帜换姓，毕竟保全了厂子，我们也能收回自己的血汗钱。”曹先生说。

“什么拆大隆的台？大隆现在已遍体鳞伤，再下去势必要毁在日本人手里，统统毁掉。”

“落了水，人人都想逃上岸的。我们有什么必要做殉葬品呢？李老板，说句难听的话，你也没有必要拖人下水！”

几个原来缄口不语的股东也开口说道。议事室的气氛一下子变得沉重起来。李唯亭坐不住了，站起来，神情苦楚地踱着步。李丹沪知道父亲心里十分痛苦，几十年来父亲不分日夜地为工厂苦心操劳，为这些连气同根、共存共荣的董事赚取了超过十几倍乃至几十倍的红利，而当工厂艰危之际，他们却出于一己私利，竟不顾工厂的前程，提出卖厂退股，这对于父亲来说，无疑是釜底抽薪。

议事室里静得可怕，只有李唯亭踱步的皮鞋声和粗重的喘气声。董事们一个个低垂着头，自知理亏，连正眼都不敢看李唯亭。

半晌，李唯亭悲愤万分地说："啊！我，我拖人下水，你们逃吧，逃吧，逃上岸去吧。我绝不会拖住你们。"说到这里，他感到一阵昏眩，但勉力挺住，定定神坐下继续说，"我李某人为了大隆，心力交瘁，甜酸苦辣，一言难尽，我扪心自问，没有亏待各位。嗯，这些我不说了，没有什么意思了。一句话，我同意你们退股，不过，要给我一点时间，至少一个月的期限，我砸锅卖铁，也会把股金退给大家。"说到最后，李唯亭疲乏地坐在椅子上，无力地闭上眼睛。

"唯亭，请你体谅弟的苦衷。我还是要劝你冷静地考虑考虑，世道如此不堪，将工厂卖掉，不失为万全之计。"曹先生站了起来，和众董事离席而去。李唯亭睁开眼睛，艰难地向董事们挥挥手。

李丹沪忽然站起来，有礼貌地说："各位长辈，请你们留步。能听我说几句吗？"

董事们停住了脚步，站在那里，狐疑地看着他。李唯亭也疑惑地看着他。

"我是晚辈，又不是董事，照理轮不到我说话。但听了刚才各位的话，我有些话如骨鲠在喉，不吐不快。"李丹沪说。

"李少爷，我知道你是个有才具的人，为人谦和端庄，办厂的本领不亚于令尊。所谓虎父无犬子，你不必客气，有什么话直说吧。"曹先生说。

"刚才曹伯伯说，商人逐利，无可非议。但商人不能因为贪利而胸无国家。春秋时秦军攻郑，商人弦高毁家纾难退秦师。古人尚且能有爱国之心，我们现代的商人岂能大难来时各自逃命。"李丹沪侃侃而谈，态度诚恳而平和，"现在国难当头，山河变色，日商凭借国势武力排挤倾轧华商已非一日。'八一三'淞沪战争爆发以后，大部分日商弹冠相庆，一片嚣然，戾气充溢。日军暂时不进租界，但日本商人在租界内兴风作浪，企图一手把持租界经济的用心已昭然若揭。你提到的横滨正金银行，据我所知和日本军方关系密切。这次战争中，它和上海日本商会发起、联合日商各厂送了大批慰劳品给日本海陆军各部。这些在上海的日文报纸上是公开报道的。而且，上海的大多数日商都参加了'兴亚院'，它的前身是亚洲运动委员会，实际上是受到日本军方支持的一个组织。这个‘兴亚院’的活动场所就在正金银行里面，总部设在黄浦路的日本总领事馆。所以，正金银行愿意通过你，收购大隆，绝非简单的正常交易，是日本经济侵略下的一步棋。”

李唯亭听得出了神，不由自主地站起来。儿子的这番话，是正直的肺腑之言，有足够的说服力，曹先生等董事都听得呆呆的，没有一个再作什么争辩。

“我们断然不能拱手将厂让给日本人。在这个破碎的国家里，不管怎样，我们商界同仁不能放弃图谋生存发展，因为抗战需得以经济支撑。所以，只要有一息希望，我们还是要见缝插针，把厂办下去。”李丹沪见董事们有些动心，指着李香梅继续说，“国家兴亡，匹夫有责，这是我妹妹，一个天真烂漫的女学生，平时见到一只蟑螂也会发慌，但你们知道吗？就是她，冒着枪林弹雨，给四行仓库送去一面国旗，以致被日本人的子弹射伤，你们大概都从报上读到这个消息。”

“哥哥，你别说了，献一面旗算不了什么！”李香梅阻止哥哥说下去。

众人面露惊愕的神情，曹先生说：“我这几天没读报。但一个女童子军为谢晋元献旗的事我听说了，没想到是李老板的千金，佩服，佩服。”

“别说你们，我做哥哥的也佩服她有这样的勇气。一个弱女子尚且能有这样的行动，我们男子汉大丈夫岂能坐视国家艰危而只顾一己私利？”

“说的是，说的是！”曹先生连连点头，边说边往门外走去，其余几个董事紧随其后。走到门口，曹先生又转过身补上一句，“唯亭，刚才说的事，就这么定了。一个月后你准备好了再通知我们。对了，什么时候我请你吃八宝金葱鸭。”说完，就扬长而去。

“谢谢你，别说是八宝鸭，就是十宝鸭我都不吃。我没有胃口！”李唯亭看着他的背影，顿足说。原来，这位镇江人曹先生，有一手好厨艺，做的镇江菜很地道。金葱鸭是他所创，全上海的大厨没有一个会做，即使你仿着做，也做不过他。这个金葱鸭做起来不难，但极费时间。选肥鸭一只，肚里塞上一斤多葱，然后是姜、茴香、调料以及鲜肉块、火腿、糯米、莲心、红枣、鲜贝、鹌鹑蛋等，号称“八宝”，然后放在一只巨大的砂锅里用文火慢慢地烧，砂锅内同样放半砂锅葱，烧上三四个小时后，再在汤料中置放剥了壳的熟鸡蛋、鱼翅。大砂锅最后端上饭桌时，热气腾腾之中，鸭子赤红油亮，浓香扑鼻，味道鲜美无比。曹先生常以金葱鸭待老友贵客，而且是亲自下厨。李唯亭是他的常客，一年要吃好几回鸭子。

“哥哥，你跟他们说这些大道理有什么用？还要提到我，弄得我怪难为情的。”李香梅嗔道。

“不，我是有意说的。你想想，日本人前脚刚走，他们后脚就来了，逼着要退股，这不是落井下石吗？真是太气人了！”李丹沪气愤地说，“他们还是爸爸多年的老友呢，一起打拼过。”李丹沪平时常泛着微笑的脸。此刻气得发白。老实人要真动起火来，也是够厉害够吓人的。

李唯亭长叹一口气说：“别怪他们。人嘛，都是自私的。能够共富贵，未必能共患难。也好，他们要退股就退吧，天要下雨，娘要嫁人，他们走了，落得清净。以后做什么事也用不着有人七嘴八舌了。”

“可爸爸，百分之四十多的股金，是一大笔现金，又好长时间不转机器了。从哪里去调这个头寸？”李丹沪说。

李香梅是不懂生意上的事的，她时而看看父亲，时而看看丹沪，见哥哥愤然作色，父亲如焦雷轰顶，神志惶惶，知道这些股东突然撤股，是件非常棘手、非常严重的事，于是担忧地对父亲说：“阿爹，怎么办呢？”

“天无绝人之路。再慢慢想办法吧，船到桥头自会直。”李唯亭苦笑着说，“上阵父子兵，丹沪，这段时间，你多帮帮爹。还有佳林，我的意思，香梅你也晓得了。你对他敲敲边鼓，让他可以介入进来了。”

李香梅点点头：“好，我会和他谈的。”

李丹沪说：“爸爸，你别急。东边下雨西边晴。我还有家制冰厂呢！大不了我把制冰厂的股份卖掉，来填大隆的窟窿。”

李唯亭急忙说：“制冰厂生意这么好，你的股份绝对不能放手。这是我们李家的退路。退股的头寸，我们另想别法。”

“爸爸，你也别太着急。事情到了这种地步，急也不是办法。你身体要紧。”李香梅很认真地劝父亲，“你说，天无绝人之路，就是这样嘛。”说着，李香梅泪光莹然，哽咽难言了。

“知道了，香梅。对了，我想起来了。”李唯亭已镇定下来，沉着地说，“你妈那里，几个大股东发难的事，一个字都不能提。她听说了，要担心死的。家里也就不得安稳了。”

这时，龚总管进来，在李唯亭旁边耳语几句，李唯亭悚然然心惊的样子，起身就往外跑，丹沪和香梅不知道发生了什么事，也紧跟着父亲走出议事室。

只听到被日本人充作战地医院的房子前，传来阵阵哭声和哀乐。

第五章
神秘的日本女人

战地医院原来是大隆染织厂的工人养成所和工人夜校。这是李唯亭从无锡荣宗敬、荣德生所办的工厂那里学来的。荣氏兄弟自清末在无锡太保墩办起无锡第一家面粉厂后，在上海、无锡办了二十几家面粉厂、纺织厂，是上海华商企业中执牛耳的大实业家。

李唯亭和荣氏兄弟有较深的渊源。李唯亭刚到上海做跑街先生时，常出入于荣家以福新命名的面粉厂，和以申新命名的纺织厂。目睹这一家家厂秩序井然，管理有方，深为钦佩。让他最感到新鲜和兴趣的，就是厂里所开办的工人养成所、工人夜校，以及工人俱乐部。上海的华商工厂和外国人办的工厂，工人都来自苏北、苏南和浙江贫苦农户的子女，绝大多数是十四五岁的土里土气的女孩子，大字不识一个，未见过世面，对工厂和机器闻所未闻。上了车虽有师傅面授技艺，还有工头和"拿摩温"严厉的管教，但这些女孩子底子实在太差，要经过很长的时间才能慢慢入门。

荣家当然也遇到这样的难处。于是，他们开办了养成所，将这些刚进城进厂的年轻工人集中起来，由技术员、工程师和技艺不错的老工人对他们进行训练。训练除操作外，还得在黑板上挂示意图，写几字加以说明，便同时教他们识字。以后就成为制度，养成所是新工人必经的一关，过不了这一关，是上不了车的。夜校则以自愿为主，但想上学的人很多，每晚教室里都挤得满满的，机杼声和读书声混合在一起，成了一景。许多工人都是住在厂里的，放工后，无事可做，闲得发慌，于是又办起了工人俱乐部，有书报可阅览，还在一起学学乐器，唱唱申曲、越剧，很吸引孤单的年轻人，因而俱乐部几乎天天回荡着清歌丝竹之声，显得很有生气。

这些都让李唯亭印象深刻，后来，大隆染织厂在他手里不断扩充，他效法荣家的做法，也办起了养成所、夜校和俱乐部，而且办得像模像样，和荣家相比毫不逊色。

这几处地方比较僻静，是几排宽敞的日式平房，木板地，木格移门，房子外还栽着十余棵樱花树。春天樱花盛开的时候，这里花团锦簇，风一吹，花片像下雪般的，纷纷扬扬地飘着。

佐藤带兵入驻，虽然已过了樱花开放的时节，但马上看中了这几排日本风格的房子，将它们辟为战地医院，并将自己的住所也安置在其中的一幢房子里。

这时，李唯亭和李丹沪、李香梅寻声往这个地方走去。龚总管一边走，一边告诉李唯亭，佐藤荣作的灵柩从别处运到厂里来了，安放在他原来用作住所的房间里，正在举行祭奠。有一支日本军队的铜管乐队吹奏哀乐，从各处来的日本各部队的代表在他灵柩前吊唁。哭声是佐藤的几个老部下发出的，最伤心的是他的那个叫真由子中文名叫王爱琴的日本女友。据说，她一天一夜眠食俱废，哭成了一个泪人。她原来和佐藤的关系是不公开的，此时身穿重孝，俨然以佐藤的家眷自居。凭吊者从未听说佐藤娶过亲，也未听说他的身边有什么家人，现在见到气质不俗的真由子，不禁疑云大起，但这样的场合，没有人去深究了，都把真由子当作佐藤的遗孀对待，个个面如寒霜，在灵堂前郑重其事地鞠躬后，再去安慰真由子。无非是那么几句话：夫人，不要伤心，帝国军队会替佐藤中佐报仇的。还有夫人，请你节哀顺变，佐藤是为"圣战"而阵亡的，他是我们的骄傲，等等。

龚总管说得很详细，李唯亭听得有些不耐烦了，说："佐藤死得活该，这是他罪有应得。可何以要把灵堂设在大隆？真是晦气！"说着警觉起来，收住脚步，看着龚总管问，"你说他们有事找我，佐藤死了，其他的日本人我都不认识，到底是谁找我？"

龚总管说："还有谁？就是那个日本女人找你啊。"

李唯亭疑惑地问："她找我什么事？"

"没说清楚。她只是说，有事和李先生商量。"

"商量？他们发动卢沟桥事变，和我商量了吗？他们打上海和我商量了吗？

‘商量’这两个字从他们嘴里说出来，笑话！”李唯亭大声地说。

龚总管环顾四周说道：“隔墙有耳，轻点。”

李唯亭对李丹沪、李香梅说：“你们别去了，那种晦气地方去做什么？依我的心思，要在他棺材前放一串鞭炮。”

李丹沪、李香梅不放心父亲，坚持要护送他去。

李唯亭忽然又问：“那个日本女人如果要我在他灵前磕头，怎么办？”

龚总管犹豫着，没有马上回答。

“爸爸，无论如何不能磕头，打死都不能磕。”李丹沪说。

“当然，我李唯亭怎么能为倭寇磕头？如果这样，我枉为中国人了。丹沪说得对，打死也不能磕。”说着，大步走向那排日式平房走去。龚总管虽上了年纪，身手还很矫健，三步并两步赶上去，在李唯亭耳边轻声说：“李老板，不要放在脸上，凡事‘软调皮’——上海俗语，意思是当面不硬顶，背后不服从，就可以了。搞僵了不好。”

李唯亭没有搭理他，走到置放佐藤灵柩的那屋子的窗外，屋里的情景看得一清二楚。只见灵堂如雪，灵帏后，隐隐看到一口黑沉沉的棺木。屋里点着白烛，烛火摇曳着，佐藤的巨幅照片前放着许多盆黄菊和白菊，气氛有些诡异。前来祭吊的人，依次而入，在灵堂前三鞠躬后，便走到跪在一旁的真由子面前慰问。真由子的脸在一暗一亮、飘忽不停的烛光中，显得很模糊，看不清她的表情。

“龚总管，里面我不能进去，你去叫她一声，我在樱花树那里等她。”李唯亭对龚总管说。龚总管应声而去。李唯亭带着李丹沪李香梅退到小树林里。灵堂里的人，都是脸色阴沉，目不斜视，匆匆而来，匆匆而去。只有哀乐队，像树上的知了那样，不知疲倦、没完没了地鼓吹着。谁都没有注意到树下站着的他们。

真由子迈着小步跟着龚总管走过来。她身穿白布孝袍，梨花带雨的，除了眼睛有些红肿以外，神色还算平静，并没有想象中的那样憔悴、哀痛。

她走到李唯亭面前，弯腰行礼说：“真对不起，劳李先生到这个地方来。”

“你找我有什么事？”李唯亭板着脸问。

“是这样。”真由子捧着一个小布口袋说，“我用了贵厂的一些白布，是出于私人的需要，事先没有和你打招呼，实在太冒昧了。这是一百块银元，算是我的补偿，请收下。”说着，将沉甸甸的布袋递给李唯亭。

李唯亭一愣，并没有去接布袋，想了想回答说：“我大半仓库的布都用掉了，还在乎这么一点吗？算了吧。”

“不，他们军事上用的，我不管。这是我私人用的，一定要算清的。请李先生收下吧。”真由子将布袋往李唯亭面前递得更近些，哀哀地哭泣起来，“佐藤占用了厂里不少东西，那是他出于无奈，这是因为军事上要派用场。而这些布是我拿了用的，已经是先斩后奏了，这点钱，李先生一定要收下。佐藤生前在公私上一直分得很清的，他不会随便白白占用别人的财物。”

龚总管伸出手，代李唯亭接下那个布袋，说：“夫人，你既然说到这样，我们也不能违拂你的本意了，我替大隆厂收下来。”

李唯亭想转身离去。真由子又轻声喊了声：“李先生，我还有一事商量。”

“你说吧。”李唯亭的口气有所缓和。

“佐藤曾向你借关公铜像一尊，一直放在桌上，成了他的心爱之物。我想向你要了这尊像，让它和那本《三国演义》的书一起，跟了佐藤上路，到另一个地方继续陪伴他。我这个要求也许太过分了，但李先生会理解的。”真由子恳求说，“请李先生答应我吧。”

李唯亭感到意外，日本兵形同强盗，在中国所到之地，随意侵入民居，翻箱倒柜，抢掠奸杀，无恶不作。而这个日本女人，有日本军队做后台，完全可以为所欲为，要什么就有什么，但她居然用了厂里一点坯布还要付账。一个区区不足挂齿的关羽铜像，居然也要郑重其事地求他送给她。这让他感到不可思议。这个女人到底是什么人呢？他又想起佐藤阻止和斥责他的部下射鸽子的事，隐隐觉得，佐藤进厂后，虽对工厂肆意蹂躏，还出手打了自己，但有些地方，他和他的这个女人确实有点怪怪的，让人不可捉摸。

“这是个小东西，佐藤拿去后，我压根就没想到要回来。真由子小姐要的话，尽管拿去。”李唯亭淡然地说，“你还有什么事吗？”

“多谢李先生。不过，我还有几句话跟李先生说。”

“请说。”

“贵厂原来是在公共租界工部局注册的英属企业，佐藤开拔前，嘱我到日本总领事馆修改注册，成了日属企业。”

“这是怎么回事？你们也得和我们说一声，取得我们同意啊！”

“对不起，对不起了，是应该征得李先生同意的。佐藤说了，不必和你说了。根据他对李先生的了解，你肯定不会答应的。我们知道，这样做，是违背了你的本意。李先生也耻于和日本人混在一起，这我理解。但这对你有好处，对工厂有好处。因为日本驻军有条命令，凡是在日本总领事馆登记的企业，应予以保护。

你应该明白，我们这样做没有恶意。佐藤很钦佩李先生的为人，他说，李先生明明可以挂中立国的国旗保护自己，但李先生偏偏不挂，是个有骨气的人。”真由子说了不少话，这时，有辆小汽车驶来，下来一个戴眼镜的日本人，派头不小，看样子是大人物，真由子乘势退去。临走前，她又补充了几句：“李先生如不乐意，当然可以改过来。不过，我可以告诫李先生，如果这样，你的厂早晚保不住。日本御前会议曾有决议，在中国‘武力战的成果，能够立即应用于生产方面’。换句话说，占领了什么地方，就是要大肆搜刮物资，特别是棉纱、棉布、液体燃料、粮食这些战略物资。”

“宁为玉碎，不为瓦全。我们不要修改注册成为日属企业。”李丹沪忽然插话说。

“对，这不是成了汉奸企业了吗?”李香梅跟着说。

真由子本来已转过身子，听了李丹沪、李香梅这么说，又转过身来，轻声说：“我没猜错的话，这是李先生的公子、小姐吧。我说过了，你们的心情我理解。但我劝你们不要冲动。顺便告诉一声李先生，我是矢崎的女儿，也就是说，这家厂最早是家父的产业。家父如地下有知，看到大隆办得这么好，一定会感到安慰的。凭这一点，我也不希望大隆厂毁掉。”真由子说完，头也不回地走进灵堂。

李唯亭望着身着白衣的真由子俏丽的背影，惊诧不已。回到公务楼后，他长久不说话，只是自言自语：“这真是太奇怪了，矢崎的女儿，怎么会这个时候出现呢？又和一个日本军官不干不净的，妻不妻，妾不妾的。”

李丹沪和李香梅面面相觑，他们虽知道大隆厂最早为日商所办，但父亲从未谈到过有关这方面的详细情形。见父亲这么一个态度，其中必有缘故。

李丹沪忍不住问父亲：“这到底是怎么回事?”

李唯亭这才把当年他收购大隆厂的原委讲述给他们听，丹沪和香梅都侧着耳朵，很注意地听着。

原来，矢崎当年是一个穷学生，在日本早稻田大学学的纺织。一时兴起，到中国闯荡，先是受雇于东北的拓植局，后来又到上海。他的一个早稻田大学的同学，是日商丰田纱厂的董事兼总工程师，靠着这层关系，矢崎进了丰田纱厂技术部任工程师，学而致用，薪水又高，矢崎很是称心，慢慢站稳了脚。丰田纱厂的工人都是中国人，平时，日本工头、工程师作威作福，欺压中国工人，尤其是视蹂躏女工为他们应享的权利。有一次，一个中国机修工，出头交涉，竟被日本大班开枪打死，引发上海罢工、罢课的浪潮。一部分日本浪人，打着灯笼上街游行，和中国的示威民众发生冲突。日本浪人有备而来,大打出手,上海的空气骤然紧张。愤怒的中国百姓开始抵制日货,日商顿时陷入极大的困境。丰田纱厂是这股风潮的发源地,中国工人愤于日商横行霸道,纷纷退职离厂,以示抗议。丰田纱厂的情况在其他日商企业引起连锁反应,退职的工人不计其数。租界到处能见到被焚毁的棉纱、仁丹、东洋香皂和日本产的袜子、丝绸等日货。日商一时难以为继。

日本企业内部在如何处置这场风潮,解救企业之危上有不同看法。矢崎认为,对于中国工人过于严酷,种种做法可说是惨无人道,形同野蛮的奴隶制社会,而这股来势汹汹的风潮,肇因于此,眼下的局面,是迫出来的,是自搬砖头自砸脚。因而,缓解局势最好的办法,就是革新管理,追究肇事者责任,提高中国工人的待遇,并给予人道的对待,严禁打骂侮辱等。

但丰田纱厂的日本大班根本听不进他的话,笑着说:“走掉几个中国人怕什么?中国穷得清汤寡水,唯独不缺的是人。你看吧,等风头一过,中国人就像一群猪一样涌进来,足够我们挑选的。”

“是的,中国有四万万人口,中国的劳动力是很贱,但他们毕竟不是奴隶,他们也有人格和尊严,我们给他们起码的尊重,对我们并无坏处。”矢崎争辩说,“因为,他们在为我们创造财富,没有他们,我们的工厂怎么动得起来?”

“矢崎先生,中国人给了你多少好处,你这么帮他们?”日本大班对他大为不满,冷笑不绝,“我每个月付你高薪,和那些中国人比起来,不知要高出多少倍,你知道为什么吗?因为你是日本人,如果你不知好歹,想与中国人为伍,请你另谋高就吧。”

矢崎的同学连忙为他说情,说他是书呆子,口不择言,是逞口舌之快,是出于对帝国,对丰田株式会社利益的真心维护。别看他讲得难听,其实诚挚恳切,决无异心。同学还谆谆相劝,要矢崎认错,矢崎认为自己说的是实话并没有错,最后还是离开了丰田纱厂。在同学帮助下,他开了一家小型的纺织厂,就是大隆染织厂的前身。但矢崎只懂技术,不善经营,这家纺织厂维持不下去,加上日本的母亲卧病在床,他决定将工厂盘掉回国。有几个人有意购买,矢崎跟李唯亭有缘,感于李唯亭为人忠厚,颇有才干,是个做大事的人,于是,把这家厂以极便宜的价钱卖给了李唯亭。李唯亭从此发迹。

李唯亭记得,矢崎当时已结婚,妻子是中国人,姓王,原来是矢崎的英文秘书。李唯亭在厂里见过她一面。她衣着朴素,脂粉不施,天然风韵,一双眼睛既黑且亮。当时她身边有一个正牙牙学语的小女孩，长得很可爱，皮肤雪白，像个瓷娃娃。矢崎介绍说："这是他女儿，取名真由子。"

没想到近二十年，会在大隆厂见到矢崎的这个宝贝女儿。他想起龚总管曾说起她叫真由子，还有一个中国名字王爱琴，当时没在意，这么多年过去，矢崎夫妇早就在他的记忆中淡去。听真由子的口气，矢崎已不在世，她的中国母亲怎样了？她怎么来的中国？她和这个佐藤又是怎么认识的？都不得而知。

听了父亲讲的这段故事，李丹沪和李香梅都很感慨。父亲和矢崎本来是萍水相逢的关系，萍早已飘走，连根须都拔掉了，可多年以后，却又会无端地连上。一个日本鬼子加一个不清不白的情妇，以暴力的方式侵占了原属于矢崎的工厂。这么些年，父亲早已把矢崎的一切，把有关他的历史片断全然丢掉了，可现在又丝丝缕缕地回来了。这到底是怎么回事啊？是天意？还是巧合？

龚总管说："既然是矢崎的女儿，灵堂那里，要不要送一个花圈？表示点意思？"

"给佐藤送花圈，这不妥。佐藤毕竟是双手沾满中国人鲜血的刽子手，我们怎么能给一个刽子手表示敬意呢？"李丹沪反对说，"至于这个日本女人，除了她自称是矢崎的女儿，其他方面，我们都是一无所知。"

李唯亭点了点头，看着桌上那个装着一百银元的布袋，沉吟说："这银元我们不能收。龚总管，等她办完事，你设法退给她吧。她在什么地方做事？我一时想不起来了。"

龚总管回答："正金银行！"

"那你就送到她银行去。这件事谁都不要提。佳林也不要说，新闻记者都喜欢稀奇古怪的事，佳林听说了，不小心说漏嘴，给他的同事在报纸上一透露，闹得满城风雨，三人成虎，好事之徒传来传去，不知会编出什么瞎话来。"

"可这个日本人，自说自话把工厂改成日属企业，传出去还以为是我们投靠日本人。"李香梅说。

"不能操之过急，搞不好会节外生枝。让我想想再说吧。"李唯亭说，"上海还在打仗，不知道会出什么大事！龚总管，按我们商量的办，先理清仓库，设备损坏的，先修起来。还有退股的钱要设法调头寸。一文钱逼死英雄汉，日本人和我过不去，我还想得通。自己人乘人之危逼债，我实在想不通。"李唯亭满脸的焦灼，推开阳台上的落地门，一群麻雀轰然而起，秋风夺门而进，夹杂着阵阵哀乐，吹得桌上的报纸和文件落满一地。李唯亭重重地叹了口气，工厂回到自己手里所带来的些许宽慰和欣喜一扫而光。他感到一阵茫然。外面的厂区一片凋零，他的心里也是一片凋零，就像秋风卷起的黄叶，心情忽上忽下。

马赫在禁闭室里几乎是一口气读完了《鲁滨逊漂流记》，又开始读起《基督山恩仇记》。这两本书精彩的故事让他着迷，不仅白天读，连晚上都挑着灯读。宿舍还有熄灯的时间，可这间储藏室无人问津，除失去自由外，他过得很自在，像鼹鼠一样躲在洞穴里，虽然不能暴露在阳光下，却自成一统。严格的作息制度限制不了他，一日三餐少不了他，可以天马行空般胡思乱想，亦可以浑浑噩噩长时间地躺着。

马赫没有像那些囚禁者那样，要么哭丧着脸，心事重重，要么没日没夜地昏睡。他精神放松地读小说。看着看着，他会突然想起李香梅。他的口袋里装着她的两张照片，一张在水里飞快地划动，一张仰头站在国旗下。前一张让人肃然起敬，后一张让人感到悲壮，每次看他都会忍不住热泪盈眶。最让马赫心动的，是李香梅躺在医院的病床上已睡着的样子，她的脸安静而纯洁，长长的睫毛合着，偶尔跳动一下，眉毛、鼻子、嘴唇无不精致生动。这是一种超凡脱俗、丝毫不沾一点风情的美，素面朝天，没有任何人为修饰的痕迹。她的眉目中间带着疲惫，带着惊魂甫定的不安，带着一种猜不透的渴望。他本来想喊醒她，但他不忍，只在她的床边静静地坐着注视她，过好一会儿，才放下鲜花和蛋糕离开。

她应该出院了吧？她手臂上的伤完全好了吗？她此刻在哪里？在家养伤还是回学校上课呢？

忽然，外面响起了脚步声，接着是开锁的声音。门开了，午后活跃的阳光从开启的门洒进房间，照得马赫眯缝起眼，一下适应不过来。埃克森的军靴踏得地板“嘎嘎”作响，他绷紧着脸走到马赫的面前。

马赫放下《基督山恩仇记》，站了起来，向埃克森敬了个军礼。埃克森回了礼，眼睛看着桌上的书说：“那个可怜的唐泰斯，正要和美丽的加泰尼亚姑娘梅塞苔丝订婚，船上的一个会计和姑娘的堂兄串通一气，写信向警方告密，诬陷唐泰斯是拿破仑党人。后来，他被关进伊夫堡阴森的地牢。马赫，你看这本书的时候，没有想象这个房间也是伊夫堡吗？”

“报告长官，我还没有看到唐泰斯关到地狱一样的伊夫堡的有关章节。我听人说过，伊夫堡是建在四周临海的礁石上，那里暗无天日，充满着死亡的气息。可这里，美国海军陆战队的营房的一间，使我感到不仅和那可怕的伊夫堡没有任何联系，而且，我认为这两天自己是在度假，我生平还是难得有这样的机会，能无忧无虑地休息、读书。”

“你不感到委屈吗?”

“不,长官。”

“你知道日本人还盯着你不放吗?”

“我不知道。不过,随他们去。长官不是跟我说嘛,这是走火。而且,是日本人先开火的,我在救李香梅时,在水里还听到日本军队向河里嗒嗒的扫射声。”

“此事不谈了。没有人问你,再也不要提起。”埃克森说,“现在我宣布你禁闭结束了,马上归队。”

“什么,结束了?”马赫喃喃地说,“可是,我这本小说还没有看完呢。”

“怎么? 你关禁闭关出瘾来了? 我还是第一次碰到不愿结束禁闭的士兵,可见这样的禁闭起不到惩戒的作用,我应该对你更严厉些。”埃克森笑着说。

“好吧,我更向往自由。”马赫整了整衣服,带着那本《基督山恩仇记》向外走去,边走边问,“长官,有件事我不明白,能请你告诉我吗?”

“你问吧。”

“你那天对我说,马赫中士,你从现在起就是马赫上士了。这到底是怎么回事? 为什么要这么说? 是长官在开我的玩笑吗?”

“你马上就会知道的。你快去宿舍换上正装,然后到花园的草坪上来,二分队的全体士兵都在等着你。”

马赫以最快的速度奔到宿舍,换上正装,戴上臂章、胸徽,焕然一新地来到草坪。使他吃惊的是,二分队所有士兵都像他一样,一律身着只有遇到隆重的典礼,或在重要的日子,或有重要的人物前来视察时才穿的正装,而且阵仗庄严,全体肃立。在他刚出现时,随着礼宾官的一声“敬礼”,士兵们皮靴坚硬的后跟一碰,站得笔直,全部向他行军礼。马赫受宠若惊地站在队列前,慌忙回礼。他感到疑惑不解,实在不知道为何要以这样的仪式来欢迎他,要知道,他是才解除军事惩罚,走出禁闭室的人。他满脸困惑地站着,有点不知所措。

埃克森走到队伍前,笑容可掬地对马赫说:“马赫,请站到我旁边来。”

马赫走到埃克森的旁边,显得有些不太自在。正在这时,军乐队擂起响亮而拖沓的鼓点,马赫更惊愕地看到,美国驻军司令官麦基在几个卫兵紧随下,从那条平坦的石砌路面上以庄严的姿态走过来。他来到埃克森身旁,和埃克森互相敬礼。马赫发现,有一个漂亮的女军官,托着一个盘子站在司令官的身后,他认出是司令部的秘书官。

埃克森向军乐队摆了摆手，鼓点停了下来。两三百人的队列站在草皮上寂静无声。这是个开阔的大院子，没有一棵浓密高大的树，有一片宽阔的绿莹莹的草坪。已经差不多是初冬了，草还那么绿，那么密，踏上去软软的，有种厚实的感觉。开会前，有人清扫过草坪，还在草皮上洒过水，飘逸着清香的草叶沾着亮晶晶的小水珠。草地上经常有各种小鸟光顾，此刻，虽有这么多人，它们依然毫不惧怕地在附近蹦跳着，飞落着，在草丛里寻找食物，发出好听的啼啭，见有人走近了，才扑簌一声飞向深邃的天空。

埃克森吸足了气，大声说："请麦基司令官宣布美国海军陆战队驻上海司令部决定。"

麦基是一个瘦削精干的中年人，头发已花白，白发在下午的太阳光下显得特别触目。他敬了个很标准的军礼，从上衣口袋里取出一张纸宣读起来："10 月 27 日中国军队四行仓库阻击战中，有一位女中学生在苏州河被日本军队枪弹击中受伤，美国海军陆战队二分队马赫中士冒着生命危险下河救起这位女学生。马赫中士的勇武行为，不愧于美国军人的应有军威和正义立场，以及对平民救死扶伤的人道主义精神，是美利坚合众国自由民主国粹的体现。为此，美国驻军司令部决定马赫中士晋升为上士，并授予马赫上士独立和平勋章，以表彰马赫上士的勇敢和维护和平的壮举。"

礼宾官又喊一声："授勋章！"

漂亮的女秘书官从麦基身后走出来。麦基从托盘中取出一枚金光闪闪的勋章，将他别在马赫军服的胸襟上。这时，营地大门洞开，十多位中外报纸的记者奔了进来，举起照相机驾轻就熟地摄下这个场面。礼宾官一扬手，鼓点又开始有节奏地敲起来，小号手吹起进军号。草坪上变得一片雀跃。

埃克森喊道："下面，请记者先生提问题。回答问题的是麦基司令官、马赫上士和我本人，美国海军陆战队二分队队长埃克森中校。"

在记者中有《字林西报》的徐佳林和张雨桐。徐佳林第一个提问题，他是今天在场男人中唯一身穿长衫的，显出一种与众不同的斯文和书卷气。

他说："请问麦基司令官，日本军方和总领事馆，已就 10 月 27 日美国驻军枪杀日军中佐佐藤联队长提出抗议，而开枪的美国士兵，据我了解，就是这位刚刚被授予独立和平勋章的马赫上士，美国驻军这样做，是否意味着你们已放弃中立立场，鼓励美国军队参与中日之战？"

麦基怫然不悦，问道："你就是《字林西报》的樵夫先生吗？"

“本人正是樵夫。”

“你这把斧头砍错东西了。我们替马赫上士授勋，是因为他以美国军人的勇武精神捍卫了美国的民主自由和耶稣基督的博爱，在枪林弹雨中冒着生命危险救起了一位中弹的中国女学生，并且用照相机拍下了血淋淋的战争现场，记录余生者们的悲恸和仇恨。”麦基侃侃而谈，“樵夫先生，我记得你曾在《字林西报》上登过一篇时评，赞扬过李香梅小姐的献旗之举，是的，这是一条出色的美人鱼。你文采斐然的文章给我留下了深刻印象。但是，你也应该赞赏马赫上士，是他救起了为你所颂扬的李小姐。”

徐佳林不动声色地记录着，张雨桐在他旁边推推他，小声说：“今天是采访授勋的事，你怎么问起打死日本军官的事？”

“这两件事发生在一个人身上，我觉得美国人不光光是表彰马赫救人的行为，更多的是在影射开枪打死佐藤的事件，这叫项庄舞剑，意在沛公。”徐佳林耳语般地回答。

“马赫救了你的未婚妻，你还在挑他的刺，你太没有良心了吧？”

“你忘记了，新闻只有事实，没有私人的情绪。”

“我看你有情绪。”张雨桐眼镜背后的眼睛钉子般地扫了徐佳林一眼说，然后，提高声音，用英语向麦基提问，“麦基先生，你们不觉得今天少了个主角吗？如果这个主角在场，今天给马赫上士授勋就更精彩了。”

“请问这位记者小姐，你所说的主角是谁？”麦基反问。

“李香梅小姐，东沪女中的学生，为四行守军谢晋元献旗的女英雄。”张雨桐回答说。

“对不起，我们疏忽了。可是，李小姐正在养伤，等她康复了，我代表美军司令部一定邀请她来作客。”麦基回答说。

徐佳林恨透了张雨桐，他根本不想把香梅和马赫联系起来，而且，香梅还不知道这个马赫的真实姓名和他部队的所在地，她还在苦苦地寻找这个美国佬，她做梦也不会想到，他此刻正参加马赫的授勋仪式，只要他愿意，牵一牵线，她和马赫立即就能联系上。但他不愿意，从他和香梅的关系来说，再没有比这个马赫和香梅来往更让他不安的了。他非但不能将马赫的真实情况透露给香梅，而且，要设法瞒住马赫授勋的消息。可这个张雨桐偏偏硬是要把香梅扯进来。他忍不住要责怪张雨桐几句，让她识相些。可他凭什么理由去指责张雨桐呢？张雨桐是个绝顶聪明的才女，还是个小有名气的女诗人，常有诗作在报刊上发表，她的诗触及时弊，思想锐利，感情饱满，在上海文坛有“愤怒之桐”的称誉。而且，她的男友龚宇伟，是李丹沪的合伙人，是共产党领导的上海文化界救亡协会的负责人。所以，这个张雨桐有着文艺女青年特有的罗曼蒂克情调，深沉的眼神闪射的光芒，蓄积着穿透一切翳障的力量，这样的女人是得罪不起的。

徐佳林只能压下心中的不满，对张雨桐恳求说：“雨桐，最好别提到香梅，她是个不出道的人。前几天我写得那篇时评，惹得她很不高兴。她给谢晋元献旗，是出于一个女孩子一时的激动，无意中把自己推入与战争相关的漩涡之中，打破了她平静的生活，这是她没有想到的，也是受不起的。一不小心成了名人，她精神上有压力。”

张雨桐爽快地说：“是，我和香梅虽只是有几面之交，但看得出来，她是个单纯的女孩子。你说得对，她对自己成为新闻人物确实适应不了。可是，你们男人的心态有时也很奇怪，不太愿意自己的太太或女友是个名人。”

徐佳林笑笑，没有回答，算是默认张雨桐的说法。在这样的场合，他没有兴趣和张雨桐讨论这种无聊的话题，只是在心里寻思：我才不会像你的密斯特龚那样，自己既活跃于演艺圈，又活跃于政治圈，还任凭有“愤怒之桐”雅号的女友到处出风头。

采访在继续，上海大小报馆的记者并没有盯住李香梅不放。马赫这个人物更有吸引力。他被日本军方指控为违背中立立场，参与战争，开枪打死日本军官，因此被关了禁闭，但同时又因为救人而获得殊荣，还晋升一级，这才是会引起轰动的新闻。更重要的是涉及英美和日本的关系，涉及租界的未来，这可是租界中外人士无不关心的极具敏感性的话题，是上海租界公众的舆论焦点。所以，《申报》《时报》《时事新报》《神州日报》《新闻报》等报纸和几家日文报纸的记者开始围住马赫，问他开枪的事和关禁闭的事。

马赫按埃克森授意的口径，像背书似地回答：“我必须澄清一个事实，我没有故意要向河对面的日本军队开枪射击，是我的枪不小心走了火。也就是说，这是一起意外事故。对此，我很抱歉。为此，我受到了惩处，被关了禁闭。”

“马赫上士，你说的是实话吗？走火一般是没有方向的，怎么会偏偏击中日本中佐佐藤联队长呢？”

“我不知道。只有上帝才能回答你这个问题，请你问上帝吧。”马赫垂下了眼睛，声音缺乏底气。

“既然是走火，那么，你并无过错，你的上司为何要关你的禁闭呢？你不觉得冤枉吗?”

“不,马赫是有错的。虽然是走火,因为打死了人,他没有管住自己的枪。按照我们的纪律,他必须受到惩处。”埃克森插话说。他对马赫的回答有点不满意,这个来自美国犹他州的伐木工人,在记者面前会表现得不够镇定,口气也不够坚决,让人觉得他是在鹦鹉学舌。于是,埃克森补充说:“马赫确实是走火,当时,我在他旁边,我可以作证,马赫是个摄影爱好者,枪走火的时候,他正在冒死抢拍镜头,不知怎么搞的,枪就响了。”

日文报纸的记者仍不折不挠地纠缠着,继续问:“我们想问埃克森先生和马赫先生,枪走火的时候,是举在手里,还是放在地上?你们能不能把这个细节说得清楚些?”

马赫想了想回答说:“当时枪在我的手里。”

“那么,埃克森先生说你正在拍照,拍照需要用两只手的,难道你还有第三只手拿着你的枪?”

“我想起来了,我当时是把枪放下了,也就是说,枪在地上。”

“如果枪在地上,它一旦走火,子弹只会射在掩体的沙袋上,如枪靠在沙袋上,枪口是向上的,子弹只会朝天放,怎么会落到对岸佐藤中佐的身上呢?”

埃克森有点慌乱了,他在一旁抢着说:“马赫当时是趴在沙袋上拍照的,枪是平放在沙袋上的,走火的子弹,穿过河面,误中了佐藤中佐。”

“大家都听到了,埃克森和马赫在解释这个问题时,前后矛盾,说法混乱,让人无法信服。我们到现场去过,贵方掩体的高度超过一个人的高度,即使枪平放在沙包上走的火,射出去的子弹只会在头顶上飞过去,不会打到人。而且,佐藤中了两枪,一枪在头部,一枪在胸膛。请马赫先生准确回答我,你的枪走火,到底是一颗子弹,还是一梭子弹?”

“当然是一梭子弹,我的枪是自动的连发卡宾枪。”

“是你肩上背的这支卡宾枪吗?”

“是的。”

“能给我看一下吗?”

“当然可以。”马赫把背在肩上的枪取下,递给这个日本记者。

日本记者端起枪,向空中飞过的几只鸽子做出射击的姿势,说:“不错,这是世界上最先进的卡宾枪,据我所知,日本军队士兵用的步枪的性能要比这样的枪落后。”说着,他又用手抹了下光滑的发着蓝幽幽光芒的枪管,脸上露出讥讽的笑容，“可是，我的问题又来了。如果是一梭子弹走火，它的落点只能在一个地方，换句话说，佐藤中佐中弹只能在身体上的一个部位，不可能既落在头部，又落在胸膛。所以，佐藤两处中弹，只能说明，他被击中，是人为的，不是所谓走火，而是马赫瞄准了以后点发的。马赫先生，你对此如何解释？难道真的有只神之手在替你操纵卡宾枪吗？还有，埃克森中队长，你说你当时在马赫上士旁边，你是看走了眼，还是故意在歪曲事实？”

这一连串尖锐的提问，使所有记者的目光都集中在马赫和埃克森身上。人们不再说话，整个场面显得异常沉静。

这个日本同行显然是有备而来，到这里来蓄意挑衅的，而他提问题的技巧，和详细的调查令在场记者心生佩服。日本记者把众记者的视线从李香梅身上转移到了马赫开枪事件上，这让徐佳林略有安心，他也早就想到，马赫枪支走火，导致日本军官佐藤死亡的说法过于牵强，那只是一个故事，多半是马赫故意开的枪，说不定还是奉命开枪，英美在中日战争中标榜中立的背后，实则上倾向于中国的态度已是公开的秘密。

麦基见势不妙，未等埃克森、马赫开口，便走前一步，大声说：“女士们，先生们，对于马赫因为不慎引发枪械走火的事件，我们还要作更深地调查，以便对刚才记者朋友所提出的细节问题做出更清晰的解释。今天的记者招待会到此结束。谢谢各位的赏光。”

“不，司令官先生，你是美国驻上海军队的最高指挥官，你不觉得你们是在演戏吗？很可惜，你们的演技实在差劲了些。不过我理解，因为你们毕竟不是好莱坞的专业演员。”那个日本记者紧盯不放。

麦基和埃克森的脸色顿时变得很难看。两人身材相仿，麦基个子稍高，但埃克森肩膀宽阔些。两人都有一对淡蓝的眼睛，眼窝深陷。麦基瞥了那个日本记者一眼，说：“对不起，我听不懂你在说些什么，我说过了，我们会继续对这起事件调查的。”

麦基说着，径直向一辆停在附近的军用吉普车走去，那位身着军服的女秘书紧紧跟着他。见此情景，记者们开始散去，草坪上的美国士兵已蠢蠢欲动。

徐佳林边打新闻腹稿，边对张雨桐说：“密斯张，随我的车一起回报馆吧。”

“啊，太好了。”张雨桐愉快地说，“这是求之不得的事。徐先生真能善解人意，一眼就看出我的心思。”

徐佳林听人说过，那个让麦基、埃克森、马赫下不了台的日本记者叫川本，供职于日文报纸《上海日日新闻》，他对张雨桐倾慕不已，凡采访活动相遇，都会主动和张雨桐搭话，套近乎，献殷勤，要用车送她。他有一辆亮晃晃的别克车，但张雨桐对他不屑一顾，冷着脸不理他，让这个能言善辩，精通英文、中文的日本报人在她面前连讨没趣，显得又笨拙又窘迫。

所以，听张雨桐伶牙俐齿在对自己调侃时，徐佳林想借这个日本记者回击她一句："张小姐这张利嘴，可以和刚才妙语连珠的川本先生比个高低了。"

话还没有说出，就听到川本用中文在不远处对张雨桐说："张小姐，你别急着走，美国人的戏还没有完呢！你看，那个马赫，还有话要说，他才是真正的主角。"

徐佳林回头一看，马赫果然情绪激动地和埃克森在争论着，不能完全听清楚他们在说些什么，只能隐约听马赫在说："我必须要说出这个事实，你别阻拦我。"埃克森一边盯着麦基远去的吉普车，一边极力劝阻着马赫。突然，马赫挣脱了埃克森揪着他臂膀的双手，跨前几步说："各位记者朋友，请你们留步。我有话要说。"

徐佳林估计会有意想不到的事情要发生，他悄悄对张雨桐说："走，听听马赫说些什么。可能有好戏看了。"

徐佳林和张雨桐走到马赫面前，川本和还未离开的记者纷纷围了上来。

"女士们，先生们，我必须澄清一个事实，我刚才说的枪支走火不是真的。佐藤中佐是我作为目标开枪击中的。我点发了五发子弹，其中两发打中了佐藤，这才是真正的事实。所谓走火，是我编出来哄上司的。"马赫的口气，不仅没有半点闪避，而且显得出奇地坦然，他看到大家现出明显的惊讶，居然露出笑容继续说，"这纯粹属于我个人临时采取的行动，没有任何人命令我或授意我这样做。我的上司一直要我们坚守中立，没有命令，不允许开一枪一弹。所以，打死佐藤这起事件，和我的上司，和美国驻军毫无关系。所造成的影响，由我负完全责任。各位一定会感到惊奇，我为何会出尔反尔，推翻刚才我所宣布的说明，说出事情的真相，原因很简单，一人做事一人当，我不愿意因为我，使得我的上司，使得美国海军陆战队蒙受误解。"

照相机闪着光，记者们手中的笔在采访簿上飞快地写着。大多数频频点头，是称许的模样。马赫身旁的埃克森难堪地沉默着。

"好了，我的话说完了。我终于可以面对上帝问心无愧地说，我说出了真相，我说了真话，我安心了。"马赫神情轻松地说完了最后几句话。

“马赫先生，那你为何要违背中立的原则，向日本军队开枪呢？你是出于什么样的动机？”川本又提问说。

“中日军事冲突，愈演愈烈。我虽然没有参战，但亲眼目睹日本军队穷兵黩武，违反国际公法，屠杀无辜的平民，许多中国百姓包括老人、儿童和妇女惨遭杀戮。刚才埃克森中校说了，我是个业余摄影家，我用照相机拍下了很多令人触目惊心的血淋淋的现场。四行仓库阻击战爆发后，日本军队的子弹、炮弹越过了苏州河分界线，落在了公共租界界内的不计其数。实际上，日本军队已严重违背了不侵犯租界的承诺，租界的和平受到了威胁。战争是不幸的，屠杀平民更是惨无人道，我还了几枪，是保护受伤的女学生李香梅，替死于战争的平民稍稍出口气，也是对侵犯租界的行为的自卫反击。我认为我没有什么错。”

马赫的这一番回答，可说是义正词严，非常有力。除几个日本记者外，在场的中外记者，都一片跃然，兴奋得情不自禁鼓起掌来。不知什么时候，埃克森悄悄地走开了，而草坪上的士兵虽接到解散的命令，却依然表情严肃地站立在那里。徐佳林为马赫的口才之好，暗暗感到吃惊，他没想到，一个普通的美国士兵，居然能如此从容作答，说得头头是道，像一篇极好的外交辞令。

“马赫先生，你拍了许多关于战争的照片，这是非常珍贵的。你打算举办一个个人摄影展吗？这可是历史的见证！”张雨桐站在人群中问马赫。

“我没有这个打算！我拍照，只是出于个人兴趣。”

“如果有人替你筹办，你愿意吗？”

“这可以考虑，但我必须取得上司的同意，我不想再惹出什么麻烦来了。”

川本又问道：“马赫上士，你对自己的行为感到后悔吗？还有，你有没有想过，由于你说出事实，一个精心编织的谎话破灭了，你可能会受到更加严厉的处罚。”

“我不后悔。我为自己能射出几颗正义之弹而感到自豪。中国人有句口号，国家兴亡，匹夫有责。我是美国军人，我的责任是卫护租界和租界一百多万居民，包括其中的十多万外国侨民，当然，也包括日本侨民。如果我的上司因为我说出事实而处罚我，我甘愿接受。但是，我必须说出事实，说出事实是没有错的。我的错误是违反了军事纪律，违抗了命令，军人以执行命令为天职。我是一个违纪的军人，为此，我被关了禁闭。来这里之前，我刚刚获得自由。走出禁闭室，我的第一个感觉，天空是这么蓝，草坪是这么绿，自由是这么可贵。”

人群中又爆发出一阵掌声。

“没想到马赫还有些明星气质，你看，他在回答问题时，神态镇定自若，语气好像是在朗诵诗歌。”张雨桐欣赏地说。

“啊，他只是虚张声势而已，像一些浅薄的人一样，有着强烈的表演欲望。他一直在表演，跳到苏州河救香梅是表演，今天也是在表演。你看，他是那样自鸣得意，在我看来，那不过是一种拙劣的做作。”徐佳林不屑地说。

“佳林，你这样说马赫未免太刻薄了。我感到你对马赫有成见，妒意重重，他可是你的香梅的救命恩人。”张雨桐的那双秀目，直逼徐佳林，使得徐佳林的目光躲闪起来。张雨桐直言不讳地说，“你缺乏自信，你担心这个风度翩翩的马赫会把你的香梅夺走，而香梅就像风中的树叶，无法控制地随着马赫这股旋风而去。我断定你的内心有着这样的警惕，我说得没错吧？”

自己的内心竟让这个“愤怒之桐”窥察得那么透彻，徐佳林一阵仓皇，漂亮而聪明的女人是很难处的，因为她们能洞察一切，什么都瞒不过她们的视觉、感觉和触觉。在美丽的外表背后，她们的心智足以掌控男人最隐蔽最细微的内心活动，不管你怎么掩饰、伪装，她们都能够把你剥得赤条条的。张雨桐就是这样一个可爱而可怕的女人。

“不，密斯张，你可能不了解香梅。她虽然是教会学校的学生，接触的都是西洋的东西，业余时间排的戏，不是《罗密欧和朱丽叶》就是《茶花女》，但她的骨子里是十分传统的。如果天下所有的女人都会移情别恋，有一个不会，这个人就是香梅。”徐佳林说。

“是吗？”张雨桐的脸上露出暧昧的笑容，“可是，我的直觉告诉我，要么你不懂得女人，要么你没有跟我说实话。”

张雨桐说完，没等徐佳林回答，就走上前去，看着马赫回答问题。问题是另一个日本记者提的，问马赫：“既然走火之说是不符事实的托词，为何埃克森信誓旦旦地作证说，事发时，他正在你旁边，所以看得很清楚。这是你们事先串供好的，还是埃克森在撒谎？”

“他是上了我的当。枪响的时候，埃克森确实在我的附近，他走过来责问我，你怎么擅自开枪了？当时我已放下枪，就哄他说，枪不小心走火了。他信以为真了。”马赫面无表情地说，似乎有点厌倦了。

“马赫先生，我想问你一点私人的事，可以吗？”张雨桐突然问道。

“可以，你问吧。”

“能否介绍一下你的经历？”

“好。我的经历很简单。我是美国犹他州人，当过农民、伐木工人，高中毕业后，读了一年大学，就应征入伍了，先驻扎在夏威夷火奴鲁鲁岛上的海军基地，后来来到中国上海。”

“你家里还有什么人?”

“父亲，母亲，一个弟弟，一个妹妹。父亲有一个小农场，种花生、棉花，还有向日葵。”

“你当兵前，曾向往自己以后能从事什么职业?”

“我想当摄影师，也想过当记者或作家，我也想当演唱民歌和乡村音乐的歌手。在夏威夷的时候，我学会唱好多首民歌，像夏威夷女王利留卡拉尼作词作曲的《骊歌》和《告别夏威夷》。我从来没有想到自己会成为一个军人，更没有想到会到遥远的中国上海来当兵。”

“你在家乡有未婚妻或亲密的女友在等着你回去吗?”

“没有。”

在回家的路上，徐佳林开着车，对坐在副驾驶座上的张雨桐说：“雨桐，你向马赫提那么多个人问题有何意图？那可是和开枪事件无关的啊。”

“你不觉得马赫是个很有魅力的人吗？他冒着战火拍照，把残酷的场面留在胶片上。全世界的军人，除了战地记者之外，没有第二个会这样做。他跳下百米之宽的苏州河，救起受伤的香梅。更特别的是，他当着上司和那么多士兵的面，毅然说出实话。这是需要有巨大的勇气和堂堂正正的性格。”张雨桐用倾慕的口气说，“还有，他长得高大英俊，会唱民歌，是个具有罗曼蒂克气质的男子。所以，凡是有关他的情况，我都感兴趣。”

徐佳林心里一跳，张雨桐都能对这个马赫产生爱慕之情，香梅那么火急火燎地寻找马赫，也不会是因为对马赫动情了吧？当然，欣赏爱慕，不等于爱上他，就像许多女孩子追捧电影明星那样，只是一种充满虚幻色彩的热情，并非真的要和他们发生爱情。随着年岁增长，她们的热情就会退潮，变得冷静现实。但如果香梅真的对马赫产生好感，那也是件很危险的事。因为好莱坞电影明星遥不可及，而这个马赫就在身边，触手可摸。想到这里，徐佳林两道剑眉拧成一个结。

“佳林，你不喜欢马赫?”张雨桐问。

“不，谈不上喜欢也谈不上不喜欢。他只是我的一个访问对象，一个新闻人物。”徐佳林不经意地说。

“不会这么简单。你别不承认，但你也不必过于担心。李小姐是个快乐、单纯的女孩子，一双眼睛，就像纯黑的猫眼石，一点杂质都没有。而且，你们快要走进婚姻的殿堂了。”

“不，我不担心。我不相信一个美国大兵有那么大的能耐。他可不是块磁铁，有那么强大的吸引力。见他的鬼去吧，马赫！”徐佳林狠狠地说。

李丹沪和李香梅在大隆染织厂待了一会，李丹沪让李香梅乘上他的道奇车离厂了。先送李香梅回家，再回到他的美可制冰厂。这几天，龚宇伟领着一批绍兴戏演员正在排练宣传抗战的《杨门女将》，他是大忙人，协助李丹沪管理工厂之余，又要负责剧社的事宜，还要参与众多的公开或秘密的政治活动。所以李丹沪要抽出更多的时间助龚宇伟一臂之力。

李香梅回到家后，李师母给她喝完一碗银耳莲子羹后，逼着她到床上躺下。开始，她还在想着心事，想到那个美国士兵不知身处何方。她想，到学校上课后，和赵雅丽、范吟月一起去找他，她不信找不到他。她又想到那个日本女人真由子，虽然自己厌恶日本人，但对真由子隐隐地有些同情，觉得她其实也很可怜。她与佐藤并无什么名分，不过是情人而已，但现在佐藤死了，她俨然以佐藤的家眷自居，并料理佐藤的后事，那一副真情的模样，还是让人有些感动的。而且，她做事似乎特别认真，用了些厂里的白坯布，还要付钱。一尊关羽的铜像，也要征求父亲的意见，甚至出于好心将工厂注册由原来的英属企业更换成日本企业。正像父亲说的，这个日本女人有些怪异。

她长得不错，虽然悲痛让她有些憔悴，但颀长的身材裹在白色丧服中，仍显得婀娜匀称；黑白分明的眼睛，满含哀怨，仍是水灵灵的。虽只是一面之交，然而她举手投足之间所表现出的干练，以及谈吐的雅致，浑身上下透出的不一般的气质，使得香梅感觉到这个日本女人不简单。这个日本女人到底是怎样的人呢？她真的是矢崎的女儿吗？这些都是尚未解开的谜。李香梅真想去解开这些谜，但解开了又怎样呢？

香梅想着想着，便迷迷糊糊地睡着了。一觉醒来，感觉神清气爽的，精神特别好。她忽然想起学校今天下午是家政课，学抽丝钩花、绣花、踏缝纫机。很多时间像小学时候做手工一样，只要完成一件作品交上去就行。所以，学生在课堂上完面授时，往往到宿舍完成作品。也就说，这个时候，范吟月、赵雅丽正在宿舍。于是，她打了个电话到宿舍，响了很久，有人来接，一听是范吟月的声音。

“怎么老半天不来接电话？家政课作业不好好做，在做什么坏事？”李香梅戏谑，“你知道我是谁吗？”

“你是谁？大名鼎鼎的李香梅嘛。你的声音都听不出来，我不用活了。”范吟月惊喜地说，但声音压得很低，是怕吵着别人，也怕监舍嬷嬷听到，“我和雅丽正议论给你打电话呢！”

“有事吗？”

“你的伤不要紧吧？”

“好了。除了有些发痒之外，一点都不痛了，明后天纱布就不用包了。今天上午我还和哥哥去了趟我爹的工厂。”

“那你晚上没事吧？”

“没事。”

“今晚我们去九星戏院看绍兴戏，好吗？我们先去买好票，七点整在戏院门口等你。”

“好，我准时到九星戏院。可是，四行仓库还在打仗，上海周边地区的战争还在继续，我们去消遣，不太好吧。”

“剧目是《木兰从军》，这是抗日的进步戏。再说，我们支持中国军队抵抗日本军队，不等于连娱乐活动也不要了。不愧是献旗的女英雄，思想这么偏激，要这么想，我们干脆都去教堂当修女算了。”

九星大戏院专门演当地人喜欢的绍兴戏，终年有各个绍兴戏的戏班轮流演出。它的位置处在公共租界的闹市区，在和南京路相通的一条横街上，交通便利。所以，总是座无虚席的。观众以珠光宝气的阔太太和中等家庭的妇女居多，也有一部分女学生、女青年。男客就复杂多了，三教九流都有。人群中偶尔能见到几个外国人，其中有久居上海的中国通，而大多不懂中文，更谈不上看得懂绍兴戏。坐在场子里，就像中国人看外国歌剧那样，只是出于好奇，看热闹而已。也有些外国人是借此了解一点上海的文化和风土人情。

李香梅从前不太喜欢看绍兴戏和申曲，觉得品味不高，有点俗。但范吟月、赵雅丽喜欢看，看得很入神，常常陪着掉眼泪，也会哼几句，什么调什么腔，学得惟妙惟肖。受她们影响，李香梅也不排斥绍兴戏了。

李香梅早早吃过晚饭，正准备出门，徐佳林来了。听说李香梅晚上要去九星大戏院看戏，便自告奋勇开车送她去。李师母埋怨她，受了伤不在家好好休息，整天出去乱跑，范吟月、赵雅丽也不懂事，这个时候还要约她去看戏。

李香梅没有理会母亲的唠叨，披上一件薄呢的大衣，就拉着徐佳林出门。李师母在后面追着他们说：“佳林，你什么时候陪香梅买订婚戒指去啊？”

徐佳林说："现在就去，反正时间还早。霞飞路上的珠宝店多得是。"

李师母说："也好，今天顺路把戒指买好。"

大街上灯火辉煌，尽是人群，兴冲冲的，你来我往，像玻璃缸里的热带鱼川流不息。饭店、服装店、百货店、家具店、钟表店、咖啡店紧挨着，里面也是人潮涌动的。这是夜上海最喧腾的时刻。对于不远处还在进行的战争，人们表面上好像是麻木不仁。其实不然，虽然神经比战争之始松弛下来了，大多数普通的市民还是想到日本人的铁蹄在一天天逼近，但他们无可奈何，除了寄希望英美驻军保护租界之外，别无他法。有些人坚持相信英美的实力，租界之防的牢固。有些人的头脑是清醒的，觉得租界是个鸡蛋，不堪一击的。不管怎么想，日子总要过的，过一天是一天。所以，这不夜城的繁华，有种今朝有酒今朝醉的味道，有种颓唐的气息。

徐佳林把汽车停在一家有名的珠宝店的门口。

徐佳林说："下车吧。"

"为什么要下车？"

"买戒指，出门时不是和你妈说好的吗？"

李香梅坐着没有动，她有些精神不振："算了，另外挑个日子吧。今天恐怕来不及了，迟到了吟月、雅丽会急的。"

"离七点钟还有半个小时，时间很充足，款式我已看好，只要你满意，买了就能走，省得你妈一直牵挂着。"

李香梅犹豫了一下，徐佳林最后一句话打动了她。她点了点头，准备下车。忽然，她看到一队外国军人，约六七人，排着队，扛着枪，从马路对面气昂昂地走来。外国军人晚间很少以这样一种姿态在大街上招摇过市，所以格外引人注目。

她的心扑扑直跳。她在这个短短的军人队列中，发现有一个人极像那个救她的美国士兵，高高的个头，宽阔的肩膀，以及走路的姿态都像极了。李香梅不由自主地打开车门奔过去，飞快地穿过马路。已下车预备为香梅打开车门的徐佳林悚然一惊，不知道香梅要做什么。当他的目光随着香梅的身影落到在灯光下走着的外国军人队伍时，才恍然大悟。他很生气，刚才让香梅一起去买戒指，她像只懒猫一样懒洋洋的，几乎是自己一再央求她，才勉强答应。可一看到几个外国大兵，就立刻精神百倍地小跑过去。她肯定是以为马赫就在里面。

当他看到香梅对那一小队外国兵逐个看过，黯然向汽车走过来时，他在心里冷笑：哼哼！你找不到马赫的，马赫说不定又关进禁闭室了，这个傻大个儿承认打枪是故意的，他背叛了上司，让美国驻军司令和分队长丢尽了脸面。这个时候，他怎么可能出现在街头呢？

当香梅一声不响地坐进汽车，看都不看他说：“开车吧，去戏院，另外找时间买戒指吧。或者你一个人去买，你看得好就是了，我无所谓。”

我无所谓，这算什么话？徐佳林的脸阴沉下来，他默默地扭开了电门，发动了引擎，双手握着方向盘，熟练地驾驶着汽车，除了握方向盘的手微微颤动着，看不出他心里在想什么。直到将香梅送到九星大戏院门口，他都一句话不说。

李香梅下车时，他照例保持他的绅士风度，下来替香梅开车，香梅已看到在戏院门口东张西望的范吟月、赵雅丽。

走下汽车，扔下徐佳林，急急朝她的同学走去，边走边扬起手臂，喊道：“吟月、雅丽，我在这里！”

剧场门口贴着巨大的海报，是新推出的头牌女伶胡彩华，她是花旦，扮相很美，唱腔明亮而甜美，特别是唱充满悲情的唱词时，有着跌宕起伏的韵味，伴随着她的真切细致的表情和动作，显得那么哀怨动人。她出道不久，很快就红了起来。

在观众中，李香梅发现了几个熟人，其中有龚宇伟，还有的叫不上名字。他们都是哥哥的朋友。有好几次，曾在自己家里碰到过他们。她也知道，由胡彩华主演的这出新戏《木兰从军》，是龚宇伟编的剧本，并参与了导演。眼下，龚宇伟还在制冰厂的礼堂里排演《杨门女将》，胡彩华是当然的主角。无论是《木兰从军》，还是《杨门女将》，内容都是勇于征战，保卫社稷。毋庸讳言，这是鼓动抗日的戏剧，迎合了民众的抗日呼声，因而在上海滩大为轰动，场场爆满。

灯火闪了下来，舞台上的大幕拉开了。忽然，“啪”的一声，前面几排有几个穿西装的外国人燃起了香烟，烟雾在空中飞扬开来，接着又是“啪”的一声，又一支烟点燃了，烟头的红光闪烁着。

李香梅皱了下眉，咕哝说：“这些外国人怎么搞的？连看戏都要抽烟。”

范吟月听后，用上海话提高声音说：“请勿要抽烟，这里是戏院。”

有人响应说：“是啊，是啊！要抽到外面去抽吧。”

那几个外国人回过头来看了看，因为场子已变得幽暗，李香梅看不清他们的脸。他们当然也看不清是谁向他们提出抗议，只得悻悻地把香烟掐灭了。

幕间，有人兜售热毛巾，毛巾是抹了香水的，两个铜板一条。雪白的毛巾在空中飞来飞去，暗香阵阵。还有人兜售棒冰，棒冰放在木箱子里，用小小的棉被裹着，五个铜板一根。这是李丹沪制冰厂的产品，戏场里闷热，购买棒冰的人很多。龚宇伟出现了，他捧着一个纸箱，箱上写着“义捐”两字。胡彩华走到台前，用带着浙江口音的上海话说：“观众朋友，国家兴亡，匹夫有责。为支援在前线浴血奋战的战士，资助在死亡线上挣扎的难民，让我们伸出援手，义捐一点钱。”

人们纷纷向龚宇伟涌去，解囊捐款，也有人挤到台前，一睹胡彩华的风采。一时间，剧场里有些混乱。

李香梅和范吟月、赵雅丽也离开座位，走到龚宇伟面前，各自掏出两块银元放入义捐箱。

龚宇伟认出了她们，笑着说：“你们也来了，谢谢你们的义举。”

这时，那几个穿西服的外国人也挤过来，掏出一把绿色的美钞，放进龚宇伟的箱子里。龚宇伟连连致谢。

突然，人群中窜出几个戴礼帽，穿黑衣的人，取出手枪，朝台上连开几枪，还投掷一颗烟幕弹，浓烈的烟雾弥漫整个剧场。人们惊慌失措地四处逃窜，剧场里一片混乱。

烟雾呛得李香梅连连咳嗽，她还是第一次碰到这样的遭遇，呆呆地立着。那几个黑衣人声嘶力竭地凶蛮地吼叫着，咒骂着。突然，一只又大又软的手牵住李香梅的小手，敏捷地带着她，从太平门走到一条长长的走廊，很快便随着人流来到大堂，走出戏院，在大街上猛跑一阵，才站住了脚。

第六章
美国大兵马赫

香梅蓦地停下了脚步，面无血色，她和拽着她奔跑出来的穿西装的男子站在光亮的地方。这时，警哨四起，大队的印度籍巡捕朝九星剧院奔来，其中包括平时轻易不出动的骑警。除了少数胆子大的行人跟随着去看热闹外，大部分行人都加快脚步赶紧离开这个是非之地。从九星剧院跑出来的观众还在人群中寻找着失散的同伴，有人焦急地呼喊着对方的名字，香梅惦记着范吟月和赵雅丽，她东张西望，茫然不知所措。

“李香梅小姐，你在寻找你的朋友吗？我看到她们从太平门跑出来了。”那个穿西装的西洋男子突然问她。

香梅一惊，这个外国人怎么会说中国话，而且居然喊得出她的名字。当他拉着她的手逃出剧场时，她只是本能地跟着他跑，她只知道这个好心人是个外国人，大概是刚才坐在她们前几排抽烟，被她们喝住的几个外国人中的一个，但她还来不及看清他的模样。

当她怔怔地看着他时，她差一点喊叫起来，眼前站着的，竟是那个从苏州河将她救起来的美国士兵。

“李小姐，你认出我了吗？发生事情的时候，我可一眼就认出你了。”马赫微笑着说，“还有，在剧场时，是你和你的同学指责我们吸烟了？对不起，我们不该在那样的地方吸烟。”

李香梅看到他憨厚的脸上有几分尴尬，她激动得说不出话来，只听见自己的心在狂跳。

“吓着你了吗？我不知道发生了什么事，我听到了枪声、爆炸声，还看到冒起了烟雾。你一定受惊了，别怕，事情已经过去了。”马赫安慰她。

李香梅平静下来，轻声笑着说：“怎么是你？怎么又是你？你知道吗？你让我找得好苦。我至今还不知道你叫什么名字，也不知道你是英美驻军的哪一部分的？今天你没有穿军装，我差一点不认识你了。要是你穿军装，刚才在剧场我就会把你认出来。”李香梅又亮又黑的眼睛望着马赫那蓝色的眼睛，她还不相信眼前的情景是真的。

“那我告诉你，我叫马赫，卡布莱·马赫，美国陆战队二分队的士兵。”马赫说，“我可一开始就知道你的名字了，那天，我和你一起从苏州河上岸时，许多女孩子都冲着你喊李香梅、李香梅。后来，我读到报纸，才知道你是女子中学的学生。”

“我知道那天晚上你来过营地医院，给我送来了鲜花和蛋糕。可惜我睡着了。我以为你第二天还会来，但直到出院，你都没有出现。”

“我是准备第二天来看你的，可第二天我就被关了禁闭。”

“关禁闭？是为了救我吗？”

“当然不是。我开枪打死了一个日本军官，违反了军纪。因为在这场战争中，美国和英国、法国宣布中立。但是，我是个军人，面对日本军队的暴行，怎么能置身事外呢？”马赫用低沉而清晰的声音说，“那天，我实在是憋不住了。”

“你打死的那个日本军官是个中佐联队长，叫佐藤，是吗？”

“是的，正是他。”

“哎呀，果然是佐藤，真是太巧了。”

“怎么，你认识这个叫佐藤的日本军官？”马赫疑惑地问。

“不，我不认识他。”香梅摇着头说，“我父亲认识他。他的部队占领了我父亲的工厂。直到前两天他们奉命攻打四行仓库才撤走。我今天白天去我父亲的厂，看到佐藤的灵堂设在厂里，看那样子，好像死了还要回来赖上几天。”

“原来是这么回事。”马赫省悟地说，他昂头望着因为城市明亮而黯然失色的夜空，脸上露出诧异的表情，他没有想到，被他击毙的日本军人会和香梅的父亲有着瓜葛。

在喧哗的人声中，传来招呼香梅的声音，等香梅反应过来，龚宇伟和张雨桐已来到她面前。龚宇伟看到香梅，长长地透了口气，说：“香梅，范小姐和赵小姐一直在找你，不见你的人，都急得哭了起来。”

“龚先生，她们现在人在哪儿?”

“她们回家去了。我看着她们上的祥生出租车。我对她们说，香梅人机灵，肯定跑出去了，不会有什么事的。”龚宇伟说。他还没有注意到她身后的马赫。

张雨桐眼尖，她一眼就看到了马赫。她一开始颇感意外，心里想，马赫跟李香梅何以会在一起？她很快就明白了。在剧场时，她坐在一个角落，目光曾掠到有五六个西装笔挺的外国人坐在那里，当时，还激起她的好奇心，外国人看得懂绍兴戏吗？她也看到在这伙外国人的后几排，有徐佳林的未婚妻李香梅和她的几个同学。因为距离远，又不怎么熟，加上开场锣鼓已敲起来，张雨桐没有过来和李香梅打招呼。幕间休息时，她正想去找李香梅，未料枪声大作，发生了可怕的歹徒骚扰袭击戏场的事。她担心在后台指导演出的龚宇伟，连忙三步并作两步跨上乱成一团的舞台。龚宇伟正在从容地组织戏班子去后台便门，从剧场后门离去。直到大队巡捕冲进已失去正常秩序的场子，剧院老板前去应付，他才带了张雨桐走了出来，在剧场门口，他们遇到了眼泪汪汪，急得要发疯的范吟月和赵雅丽。龚宇伟安慰了她们几句，要她们赶快离开，并且送她们上了一辆出租车。他惦记着李香梅，便和张雨桐一起四处留意着，果然在横街外面的大马路上碰到了毫发无损的李香梅，一颗悬着的心放了下来。

“马赫先生，你也在这里，我们又见面了。你还认得我吗?”张雨桐笑着说，“我是《字林西报》馆的张雨桐。”

“当然认得。张小姐，你也来看歌剧。”马赫像许多外国人一样，把京剧、昆曲和其他地方戏曲都叫做歌剧，只有对中国文化艺术具有很高鉴赏水平的外国人，才分得清中国戏剧的各自特点。马赫继续说：“在今天上海各报纸来访的记者中，张小姐可是唯一一位女记者，况且是位漂亮的小姐，我们那里，从长官到士兵，都对张小姐留下了很深的印象。还有人说，张小姐是诗人，经常有诗作在报刊上发表，有‘愤怒之桐’的称呼。可我不太懂，为何要这么称呼呢？难道你经常为什么事生气?”

“你说得对，眼下的时局和社会确实有很多事让我生气。依我看，也有不少事让你生气。今天你回答众记者提问时，谈到日本对中国的侵略，谈到日本军队对上海造成的苦难，还有你拍下的那些血淋淋的照片，也不是十分生气和愤怒吗?”张雨桐架着金丝边眼镜的脸上显得文静而严肃，“马赫先生，记者们都很欣赏你今天会见记者时的表现，说你非常勇敢，有好汉做事一身当的气概。可是我关心的是，你的上司有没有因为你讲了真话而为难你？”

“没有。没有人责怪我为难我。埃克森中校后来在营部看到我，好像连话都懒得再说了。”

“马赫先生，你是一个正直的美国军人。我很敬佩你。”龚宇伟插话说，“听张小姐说，你摄影技术一流，其中不少是记录了战争的残酷现实。我和张小姐建议你举办一个摄影展，可能筹备起来有困难，对这一点，你不必疑虑。如你愿意的话，我和张小姐可以帮你。”

“你是？”马赫看着张雨桐，疑惑地问。他不认识龚宇伟，但已猜度出他和这位美丽的女记者有着非同寻常的关系。

“噢，我忘了介绍，这位是龚宇伟先生，导演，戏剧家，在九星大戏院上演的绍兴戏《木兰从军》的艺术指导，也是我的好朋友。”张雨桐说，“龚先生亦是李小姐哥哥的知己，他们俩一起办了家制冰厂。”

介绍可以说很详尽，马赫听了后，便很满意地和龚宇伟寒暄起来。

李香梅趁马赫和龚宇伟说话之际，把张雨桐拉到一边问：“张小姐，你们今天采访马赫，佳林去了吗？”

“这么重要的采访，徐佳林当然会去的。怎么，他没有跟你说？”

“我和哥哥到我爸厂里去了，今天还没有碰到佳林。看样子，你，还有佳林，和马赫先生已经很熟的了。”

张雨桐不假思索地说：“谈不上很熟，我们都是第一次面对面采访他。但他的情况，在这之前我们就有所了解了。”

“马赫的真实姓名，他所在的部队，在今天之前，你们也应该知道的吧？”李香梅装得很随意地问道。

“马赫拍的照片，在《字林西报》上登出的第二天，我就知道了。报上署的是化名，我去文牍处一查，就了解了他的真名、通讯地址和他的电话号码。这些在登记表上写得清清楚楚。我查的目的，是要到马赫的二分队去采访他。但去后遭到了拒绝，说马赫不会见任何人。今天才了解，他那时是在禁闭室里。”

“那么，佳林去文牍处查过吗？”

“这我就不清楚了。”张雨桐说，“文牍处的登记表挂在墙上，报馆的任何人要和某位提供文章或照片的人联系，随时可以去翻阅，这是很便当的事。可徐佳林是否去翻阅过，我就不得而知了。”说到这里，张雨桐忽然警觉起来，“李小姐，有了你，徐佳林还用得着去翻登记表吗？”

李香梅笑笑，没有回答，张雨桐也没有再问下去。她们又走回龚宇伟、马赫身边。

马赫正在回答龚宇伟筹备摄影展的事。他说，他拍照仅是出于爱好，从未想过要在上海筹备什么摄影展。所以，容他考虑一下，这是件大事，即使要办，也得经驻军上司批准才行。

马赫的回答坦率而得体，听得出来，他不是在推诿，也不是在拒绝，而是很符合实情。龚宇伟说："好，马赫先生，你考虑好了，你的上司也批准了，再通知我们。我们很乐见上海市民能一睹你拍的战争题材的照片，我有预感，它会在上海引起轰动的。"

"谢谢，龚先生，你这么说，已经让我心动了。我从小的理想就是当摄影家。"马赫高兴地说，从口袋里拿出一包揉破的骆驼牌香烟和一只防风雨的军用打火机。他打着了打火机后，犹豫了一下，又将它熄灭了。

"在剧场的时候，李小姐在后面对我们抽烟提出了很严厉的抗议，上海的小姐大概不喜欢抽烟。"马赫看着李香梅说，故意皱起了眉头，那调皮的神情像一个大孩子，"看来我不应该抽了。"

"不，那是在剧场，抽烟会把场内搞得乌烟瘴气。可在马路上，我们管不着。"李香梅笑着说。

"李小姐这么说，是不反对我现在抽烟了。"马赫连忙打着打火机，点燃了香烟，并递一支烟给龚宇伟，"听说在中国，烟酒是不分家的，这跟我们军营一样，士兵们也是一起分享烟酒的。"

龚宇伟没有接马赫的烟，他掏出了一盒美丽牌香烟说："你的美国烟太凶了，我受不了。我还是抽自己的。"马赫点头，将烟放在纸盒内，"啪"地打着打火机，为龚宇伟点烟。

"龚先生，方才剧场里是怎么回事？是谁开的枪？"马赫呼着烟圈说，"真是太可怕了。一场好端端的歌剧给毁了。"

"听说是日本浪人砸场子。日本人不喜欢这出戏。他们可能认为有鼓动抗战的意思。"

"哦，原来是这样。日本人太蛮不讲理了，只许他们发动战争，就不许你们中国人抗战，这可是在你们的国土上啊！"马赫愤愤不平地说，"租界的巡捕房应该把这些捣蛋的日本人抓起来。"

"巡捕房是抓了几个，但不用过夜，就会放他们走的。"

“为什么?”

“因为他们是日本人,租界不敢得罪他们。而这样做,会怂恿这些日本浪人更肆无忌惮。”

“我懂了,就像我开枪打死日本人被关禁闭一样,也是得罪日本人。”马赫将一长截烟掷在地上,用皮鞋将它踩灭,说:“对不起,龚先生,张小姐,我想陪李小姐去喝一杯,我们要好好谈谈。李小姐,你说呢?”

李香梅笑而不答,但她的脸上却不由自主地红起来,幸亏是晚上,没有被龚宇伟、张雨桐觉察。

“你们快走吧。我还得上报馆去,今晚发生在九星大戏院的暴力行为,我得写成报道。”张雨桐拍了拍香梅的肩膀说,“香梅,你的救命恩人是很有意思的人。”

和龚宇伟、张雨桐分手后,马赫带着李香梅上了一辆黑色的祥生出租车,他们很快来到了外滩的海员俱乐部。外滩一幢幢石头砌成的大厦,耸立在黄浦江边的堤岸上,每幢楼每扇窗都亮着灯光。汇中饭店、华懋饭店、汇丰银行、海关大厦、亚细亚火油大楼、有利大楼、日清大楼,字林西报馆大厦,沿着外滩,一幢幢紧挨着,通体明亮,它们是租界将近一个世纪历史最耀目的象征。在深秋森凉的夜雾中,散发着古老的沧桑和殖民主义的傲慢。

很奇怪,李香梅和马赫的话题就是从外滩这些建筑开始的。李香梅向马赫讲了外滩的演变。从犹太人沙逊的那幢墨绿色的金字塔铜皮屋顶的大楼谈起,一直谈到爱多亚路(今延安东路)。尽头的瘦瘦的高高的法国人造的天文观察塔楼,1890 年英侨为英国驻华总督巴夏礼所立的铜像,以及赫德铜像。还有海关钟楼所发出的英国皇家名曲《威斯敏斯特》(报时曲),这首曲子也是英国伦敦大本钟所发出的钟声,也就是说,每隔 15 分钟,外滩就会响起伦敦大本钟的钟声。

海员俱乐部就在海关大楼附近。李香梅讲到钟声时,那支英国的报时曲响了,巨大沉闷的声音从窗缝中挤了进来,震动着这间房间,这幢楼,也震动着每个人的心。

马赫在钟声停下来时,开始谈他自己。

他们坐在海员俱乐部的酒吧里,喝着浓得发苦的咖啡和冰冷的啤酒。灯光幽暗发红,留声机里播放着轻轻的低语般的歌声。空气里弥漫着酒味、食品的甜味和香味,以及从人体上发出的香水气味。海员和海军在这里占了大多数,海上生活使他们的嗓音变大变粗,他们大声说着话,不时爆发出大笑。穿着白色制服的侍者在托着盘子来回走动。

李香梅还是第一次到这种地方来。父亲只带她去过茶楼，他应酬很多，大多安排在中国式茶楼和俄国人开的咖啡馆里。茶楼闹哄哄的，白俄咖啡馆静悄悄的。徐佳林要带她去外滩的英国总会，那里拥有34米长，据说是东方最长的酒吧吧台；还有位于福州路的花旗总会即美国总会，那里呈现美洲殖民地时期乔治时代的特征。但李香梅都没有去。她和佳林去的最多的饭店是国际饭店和挂着灯笼的日本料理店。

马赫说，他的家在犹他州的农村。家里有一口落地钟，隔上半小时或到了钟点，就会敲起来。他从躺在摇篮里起就习惯听这口钟发出的声响。在他十几岁的时候，这口钟的发条断了，整幢房子寂静无比。也是从这天起，马赫失眠了，在床上辗转反侧。失眠让他很痛苦，他以为自己身体的哪个部分出了问题，后来是父亲给他找出原因——那口钟停摆的缘故。父亲将钟送到镇上的钟表店重新更换了发条。落地钟又走动了，发出了"嚓嚓"声和清脆的钟声。马赫的失眠问题迎刃而解，那一晚，他睡得特别香特别甜。

马赫还谈他在暑假、寒假当伐木工人、农民的经历。谈他之所以喜欢摄影，是因为他住的阁楼上挂着一幅镶在镜框里的照片，照片上是夏威夷的热带风光，阳光、沙滩、椰林和搁浅在海滩上的一艘渔船。当他知道这是张照片，他就喜欢上拍照。镇上有家照相馆，老板是父亲的朋友，父亲陪他到老板那里学会了拍照和冲洗技术，有几回老板借给他照相机，他用这架相机，拍了最初的一批照片。渐渐地，他在学校和家乡有了些小名声，但他始终没有拥有过自己的相机。直到他应征入伍，在开拔前，父亲卖掉了一匹小马驹，才给他买了架品质不错的照相机。凑巧的是，他所在的海军陆战队驻扎的第一个地方是夏威夷，他在那温暖优美的海岛上生活了半年，经受了两栖登陆、搜救、反空袭等训练，后来又来到了中国上海。

马赫在讲他个人的故事的时候，脸上一直露着单纯调皮的微笑，他的蓝眼睛经常停留在香梅的脸上，像玻璃一样闪着透明的光。他的声音是漫不经心的，轻松的，仿佛是在讲邻家孩子的趣事。可佳林从来不会讲这些事，即使讲，也很呆板，他的口气摆脱不了说教的腔调，像个布道者的样子。

香梅还是第一次耐心地听一个男人说这么多话。她和陌生的男子说话时，总会感到拘谨和紧张。可是和马赫在一起时，她全然没有这样的感觉。她觉得自己既轻松又自在，就像小时候乘坐旋转木马那样轻盈而愉悦。她也说了很多话，她从未对一个男子，包括佳林，在一段时间里说那么多话。

后来他们离开了海员俱乐部，外滩大楼里的灯熄了不少，一幢幢楼变得黑黝黝的，街道也安静了下来，呼啸而过的有轨电车里空荡荡的。马赫和香梅在街上走着，风很大，吹过来冷飕飕的，落叶像漩涡一样在他们的脚下滚动着。他们不再说话，只是默默地行走。后来，马赫唱起了歌。他告诉香梅，他唱的是夏威夷民歌《骊歌》，这是被美国赶下台的夏威夷女王作的词曲，在美国海军陆战队中很流行，在夏威夷的土著中更是人人会唱。这首歌的曲调十分忧伤，充满深沉的离别之情。马赫用他浑厚的嗓音唱道：

看那乌云已遮没了山顶，
啊，离别的时刻已经来临，
我可不能留你在我的怀中，
只能默默隐藏这颗悲痛的心。
再会吧！再会吧！
我要时刻等你在那百花丛中，
紧紧拥抱最后一吻，
祝福你直到再相逢。

歌声在深夜的大街回荡着。行人寻声朝他们侧目而视。但马赫还是旁若无人地唱着，唱得李香梅心里酸酸的，很难受。唱完后，两人长久地沉默着。

马赫特地把李香梅领到跑马厅附近的一处带花园的楼房，告诉她，这是他的部队的驻地。然后，他叫了辆出租车，把李香梅送到家门口。分手时，马赫说，这几天他在外白渡桥关卡上站岗。李香梅说，她在家休息几天就去学校上课了。她把宿舍和家里的电话号码告诉了马赫。他们都没有提到何时再碰头，两人在眼神的交换中，取得了默契。

李香梅走进铁门，就见到客厅亮着灯。推门进去，使她意外的是，父母亲、哥哥李丹沪、徐佳林、娘姨吴妈都坐的坐、立的立地待在客厅里。见她平安回家，先是李师母连喊：“阿弥陀佛，香梅，你总算是好好地回来了。”其他人也又惊又喜，仔细地端详着香梅，见她安然无恙，兴冲冲的样子，绷得紧紧的神经一下松弛下来，神色大为宽慰。原来九星大戏院枪击事件发生后，李师母的一个小姐妹打电话到家里来，告诉他九星戏院出了事。李师母知道香梅就是到那里看绍兴戏的，顿时双腿发软，脑子里“嗡”的一声，一片空白。她想赶到九星大戏院去，给娘姨劝住了。她不得已，只能给丈夫和儿子的工厂打电话，都无人接，显然，他们都离开了办公室。这一下，她更焦急得在屋里团团转。后来，李唯亭、李丹沪先后回家了，徐佳林闻讯也赶来了。大家又等了许久，还是不见李香梅的身影，于是心惊胆战起来。徐佳林和李丹沪开车去九星戏院一趟，那里虽有看热闹的人群在马路边挤在一起相互议论，指指点点的，但巡捕房已对戏院严加封锁，万国商团的铁甲车停在戏院门口，任何人都进不去了。他们来到了公共租界的总巡捕房，徐佳林和总巡长熟悉，进去询问了案情，特别是伤亡报告。总巡长告诉他，《字林西报》已有记者来访问过了。徐佳林问是哪一位，总巡长说是张雨桐。徐佳林心想，张雨桐这个人捷足先登，动作倒很快。对新闻界而言，这是条要抢着发的消息。徐佳林得到这个消息的时候，已经晚了，他想去采访都来不及了，报馆肯定会派人去的。他牵挂香梅，直接去了李家。

总巡长还是将伤亡情况告诉给了徐佳林，日本浪人的枪弹打死了戏院一个职员的朋友，当时他正躲在台侧看白戏，打伤了三四人，观众逃离时发生了踩踏，踩死了一个人，踩伤了十几个人。死者和伤者身份基本查清。徐佳林接过总巡长手里的名单时，一颗心“咚咚”直跳，他极力控制自己的情绪一个字一个字看起来，仔细看了几遍，里面没有李香梅的名字，也没有范吟月、赵雅丽的名字。

徐佳林问总巡长，会有遗漏的人吗？总巡长回答说，死掉的肯定不会遗漏的，受了伤的，自己跑到医院跑回家的肯定不少。总巡长说，巡捕房拘捕了几个肇事的日本浪人，都是从北四川路过来的，收缴了他们的枪支弹药。工部局正在和日本领事馆交涉。日本领事馆提出要引渡肇事者，租界工部局没有同意。日本人搬出了领事裁判权等租界制度，要求将肇事的日本浪人移交日本自行处置。

他们回到家后，佳林将情况一说，李唯亭和李师母放心了一些。这时，电话响了，李丹沪接听，是范吟月从学校宿舍打来的电话，问香梅回来了没有。李丹沪说，还没有回来，我们都在等她。范吟月说，这怎么回事呢？她到哪里去了呢？

是啊，香梅到底去了哪里了呢？如果她没事，按理也应该回来了。她没有独自深夜外出的习惯，况且她还有伤在身，不可能会到什么地方去的。这么一想，几个人又惴惴不安起来。李丹沪几次要父亲、母亲回房睡觉，他和佳林在客厅等，香梅回家后，再向他们报一声平安。李唯亭，李师母不肯去睡，说到了床上也睡不着，还要竖着耳朵听楼下的动静，与其这样，还不如坐在客厅里等候。丹沪想想也是，便依着他们。大家眼巴巴地看着桌上的西洋座钟里的小鸟一个钟点

一个钟点跳出来报时。李唯亭不断抽着他的烟斗，火光一闪一闪的，佳林抽着他的英国大炮台香烟。丹沪不抽烟，一杯杯喝着咖啡。屋子里的空气很沉闷。

当香梅得知全家为她急成这样，很歉疚地说："对不起，让你们受惊了。真不好意思。"

徐佳林皱着眉头说："香梅，从剧院跑出后，你到哪里了？难道你还有兴致一个人秉烛夜游？"

香梅本来想如实将在剧院巧遇马赫及后面一系列的经过讲给大家听。她忽然想到张雨桐在南京路上对她说的话，她这才恍然大悟，在寻找马赫这件事上，徐佳林是明知有办法找到马赫而不愿帮她，还故意蒙蔽她。此刻想起后，香梅将到嘴边的话咽了回去。她猜不透佳林何以要这样做，他到底安的什么心？她打定主意，不准备说出实情，她要让徐佳林说个明白。

"是的，我是去秉烛夜游了，不可以吗？"李香梅冷冷地回答。

"我没有说不可以，可你知道爸妈会替你着急的。你从剧场出来，要到什么地方去，也该给家里打个电话啊！"徐佳林责备她说，"你看看，全家为了你不得安宁，连范小姐、赵小姐都打电话来问你的安全，可你，没头没脑，连个人影子都见不到。"

"你才没头没脑，告诉你，徐佳林，不要以为我是憨头。"香梅面有愠色地说，"你怎么骗都可以。"

"香梅，你这话什么意思？倒说给我听听。"

"你心里最清楚。"

"什么我最清楚，你越说越让我糊涂了。"

"你是在装糊涂，你还要装到什么时候！"香梅大声说道，狠狠地瞪了徐佳林一眼。

徐佳林听后一惊，不要说徐佳林，就是李唯亭、李师母和丹沪看到香梅这副声色俱厉的神态，都面面相觑，暗暗吃惊。他们还是第一次看到香梅发这么大的脾气。在他们心目中，香梅从来都是温文尔雅的性格，即使受了委屈，碰到了不愉快的事情，至多双眼含泪，也不会说出什么重话来。使他们惊异的另一个原因就是，既然不轻易发脾气的香梅今天一反常态，内中必有隐情，那肯定是徐佳林做了什么有负于香梅的事，或者是徐佳林在哪个地方让香梅误会了，惹得她大为不悦。都快结婚了，小两口之间不至于闹僵吧？李唯亭不由得忧心忡忡了。

李师母却沉得住气。她断定没有什么严重的事，知女莫若母，据她对女儿的观察和了解，香梅生性虽和善，其实和善之中有股倔劲，就像好脾气的驴子，平时怎么骑它、使唤它都不要紧，但要是真的把它惹毛了，也会扬起蹄子踢人。况且，她倒是希望女儿能凶一点，将来和佳林结了婚，就不至于会吃亏。今天看来，女儿性子中倔的一面显露出来了，让徐佳林尝到了她的厉害。她决定不当和事佬，也不参与他们之间的是非，任凭他们斗下去，在结婚前，煞煞徐佳林的威风是件好事。

于是，她打了个哈欠起身站起来，对徐佳林、香梅说："你们谈吧，我们睡觉去了，只要看到香梅平安回家，我们就定心了。"说着，一个劲地向丈夫和儿子使眼色。

李唯亭和李丹沪虽然有些困惑，不明白李师母的用意，还是跟着站起来，向自己的房间走去，说实在的，今天忙碌了一天，的确感到疲惫不堪，双眼倍感涩重。

客厅里只剩下徐佳林和香梅两个人，显得很沉寂。香梅板着脸坐着，想起那天徐佳林陪着自己，拉上丹沪，装模作样地空兜圈子，真是越想越气，越想越委屈，情不自禁地流下了两行清泪。

"香梅，你当着爸妈和哥哥的面说我这样那样，我真的不明白我做了什么错事。"徐佳林打破了沉默，口气和缓地说，脸上还露出了诚恳的笑容，"你能不能给我打开天窗说亮话，是我错了，我保证改。"

香梅心里一动，也觉得刚才说话说得有些过分了，她的憨厚的一面压倒了倔强的一面，脸色也好看了不少，但她依然不吭声。

"香梅，什么话都可以说，我会认真听的。你这样不开尊口，我真受不了。"佳林笑嘻嘻地说。

"那好，我问你。你今天到什么地方去了？"

"今天上午在报馆写稿，下午到美国海军陆战队部队采访去了。晚上你去看戏，我去陪朋友吃饭，在虹口一家名为桃山的日本馆吃日本料理。"

"你下午到美国海军陆战队访问谁了？"

"美国驻军司令麦基，还有一个分队队长，是个中校。"

"还有谁？"

"没有了。"徐佳林不慌不忙地说，心里在想，香梅怎么会盯住这个问题不放，她不会因为她的某一位同学看到自己车里坐着一个美貌的女子，碰巧对她说了什么吧？傍晚在李家时，香梅还好好的，那必定是看戏时，有人对她通的风报的信，这个人不是范吟月就是赵雅丽。于是，他补充说，“龚先生的女友张雨桐也参加了新闻招待会，回报馆时，她搭我的车一起走的。”

对于徐佳林的解释，香梅不感兴趣。

徐佳林见香梅不响，以为她不相信自己的话，近乎低声下气地说：“香梅，这是真的。我是看在龚先生是哥哥好朋友的面上，才带她的。如果你不乐意，我以后一定注意，不会再让她坐我的车。”

李香梅一听，不觉火气又上来了，生气地说：“你以为我在吃张小姐的醋，是不是？告诉你，我还不至于这么小气。张小姐搭你车回来，有何不可呢？我才不会想到别的地方去。”

“那你到底为了什么？”

李香梅盯着徐佳林看着，那平时柔和得如烟笼寒水般的眼光此时冷得让徐佳林有种陌生感。他不由地垂下头去。

“今天你见到马赫了吗？”

徐佳林一愣，旋即省悟，他是聪明人，马上明白李香梅今天生气是怎么回事了。李香梅问得突然，使他有措手不及的窘迫之感。同时，他又陡然被一种剧烈的不安攫住了心。香梅为了这个美国士官反应竟如此强烈，这再次证实了自己的感觉，香梅对这个马赫在乎得有点过头了，似乎不仅仅是出于感恩，那么，香梅对马赫这么感兴趣，还有着其他原因，是什么原因呢？徐佳林不愿意想下去。

不管怎样，徐佳林知道瞒不下去了。他沉着地回答说：“是的，我今天在海军陆战队见到马赫上士了。但我没有访问他，我没有提任何问题。”

“你明明知道我正在找他，你为何不跟我说碰到他呢？还有，在前几天你完全可以轻易地从你们报馆的记录册上查到他的地址和电话，你却不愿这样做，而是带着我到处乱转。你为何要装糊涂呢？”香梅愤愤地说，“我实在弄不懂你动的是什么脑筋。”

“是的。”徐佳林静静地听完香梅的这番话，平静地回答说，“我承认我是有意不让你和马赫接触的。你说得对，本来我能够很容易地查到马赫此人，但我没有这样做，我有我的道理。”

“说说你的道理，看能不能说服我。”

“上海的局势非常复杂，我们可说是坐困危城。英美那么一点军力，不足以抵御强大的日本军队于租界之外。也就是说，租界总有一天要被日本军队的虎口所吞掉。在这种情况下，我不愿意看到你和一个美国军人多来往。马赫虽然只是个士兵，还是有可能给我们惹出许多麻烦来。”

“会惹出什么麻烦?”

“这一点用不着我细说，你应该心里明白，可能是我过于小心了。这世道，小心是最有效的自我保护。”

“你所说的毫无道理。”香梅脸色铁青，“我之所以要寻找马赫你是清楚的，是为了当面感谢他的救命之恩，最多请他吃顿饭。我想不出这样做会惹出什么麻烦？和上海的时局有何关系？你这样说是牛头不对马嘴。”

想想自己说的话，确实很牵强。滴水之恩，当涌泉相报，何况救人一命？香梅只是想找到这个恩人，当面道声谢，设宴款待，如此而已，凭什么说得那么可怕。但自己真实的想法是绝对不能告诉她的。说到底，这是一种不可示人的阴暗心理，披露给香梅，就算她谅解了，也会给她落下小心眼和对她不信任的口实。

“信不信由你，我就是这么考虑的。”徐佳林说，“我是出于好心，你会理解我的。”

“谁也不知道，你安着什么心!”

“可能我多虑了。我向你道歉。”

“用不着，我可以告诉你。今晚又是马赫把我领出剧场的，他正好也在看戏。然后我们去了海员俱乐部，后来他把我送回家。好了！你不愿帮我忙，我还是碰到了马赫，这是天帮忙!”香梅说到这里，站了起来，这是结束谈话的表示。

徐佳林绝望地跟着站了起来。他的脑子里立即浮现出香梅刚才回家时神采飞扬面带笑容的样子。当时他还感到奇怪，香梅从枪弹横飞、恐怖异常的剧场逃生出来，不仅不感到心有余悸，反而显得神情轻松，甚至可以说兴奋，这显然是因为和马赫在一起的缘故。这么说，他们在一起的时间长达三四个小时，这岂是一个“谢”字了得？他是带着更为强烈的不安的感觉坐进自己的车里的。这种感觉使他变得很沮丧，这是他和香梅认识以来最糟糕的一次谈话。他在一本外国杂志上看到，人有第六感一说，而且说第六感往往很灵，自己的这种不安感觉算不算第六感呢？如果是，是否意味着他和香梅之间出现了不祥之兆?

谢晋元部坚守的四行仓库防地就像一颗钉得牢牢的钉子，始终钉在苏州河北岸，几天来不管日军用何种手段，都对它奈何不得。

战争越来越酷烈。每天，日军的飞机不停地在四行仓库楼顶上空盘旋、俯冲、扫射、投弹。日本军队组织一次又一次攻击，集中了几十辆坦克车、铁甲车在前面打头。战车上的几十门钢炮一齐轰射，声如五雷轰顶，令人惊心动魄。四行仓库大楼多处被炮弹击中，有一面墙上，可说洞窟累累，朝苏州河的屋顶更是被削去一角，露出扭曲在一起的钢筋。一阵炽热而密集的炮火过后，一队队日本兵便发起了冲锋，但被楼里交叉的火力阻挡住了，未接近大楼，就纷纷倒下。在连续数天的血战中，日军被击毙三百多人，而四行仓库守军仅牺牲十余人，伤三十多人，多数是屋顶防空的战士，持高射机枪和飞机上的机枪对射时中弹伤亡的。原来屋顶的地坪平滑如砥，几天下来，在日机地毯式的扫射和轰炸下，变得凹凸不平，坑坑洼洼。

谢晋元摸索出一套对付坦克车、铁甲车的办法，在它进行炮击时，先用迫击炮还击，集中炮火打击最前面的几辆，一旦有一辆被击中瘫作一团，就成了拦路虎，后面的战车就动弹不得，寸步难行。如果没有一辆被击中，至少也可以压制它们进攻的气势。另外，四行仓库还组成敢死队，待坦克车或铁甲车驶近，就纵身跃上车子，揭开车门，向里投弹，随着轰然巨响，这辆车子就被炸成废铁。几天之间，敢死队竟然炸掉两辆敌车，但也有两名敢死队员死在乱枪之下。守军还缴获了一辆坦克车。原来敢死队在夜晚预先在路上挖掘了几个很深的陷马坑，上面铺了几张芦席遮盖。第二天，毫不知情的日军出动坦克铁甲车时，这辆坦克车一头冲进了陷马坑而不能自拔。当敢死队员举着手榴弹朝它奔来时，车里的两名日军弃车而逃。后来，这辆坦克车被四行仓库守军设法开出了坑，到了谢晋元的手里。谢晋元把这辆坦克车置放在仓库大门口，使防守大门增添了一件可移动的重武器。

对于蒋介石下令死守四行仓库的意图，日本军方终于知道了。日本人在上海、南京都设有情报网，间谍密布，耳目众多。他们对蒋介石的电文，中国军队的部署，四行仓库里几个指挥官的姓名、经历、出身都了如指掌，而且，《九国公约》签约国在比利时首都布鲁塞尔开会时，通过了谴责日本侵略上海的声明，要求日本立即停止战争行为，撤出上海，消除对租界的威胁，确保租界的诸国侨民和中国居民生命财产的安全。

日本对这项声明表面上虽然不怎么放在眼里，但心底里还是有所顾忌的。尤其是小小的四行仓库顽强抵抗的行为，为世人所瞩目，在九国会议上受到同声赞誉和同情。国际上一致认为，日本以重兵围剿几百名孤立无援的中国守军，各种手段，无所不用其极，飞机、坦克、战舰，狂轰滥炸，使得苏州河畔如同火狱，民房民产毁于战火，无辜百姓死伤无数，以致血流成河，哀号如狂，实在是惨无人道。

一幢仓库楼房，不仅久攻不下，而且在《九国公约》签约国会议上，让日本大丢脸面，而谢晋元部队在那里受到广泛赞誉。这些消息，在上海除日本报纸以外的外国报纸、中国报纸上大肆刊登，使得在上海的日本军方又恨又恼，下令限时限刻要拿下四行仓库。于是，更多的日本军队集结在四行仓库周围，对四行仓库发起疯狂进攻。有几个日本人出了个主意，要押来上千名中国平民当头阵，由他们作掩护向四行仓库压去。谢晋元自然不敢阻击。这样，就能靠近仓库，以迅雷不及掩耳之势攻进仓库，一个梯队一个梯队的上去短兵相接，以多胜少，不怕拿不下这个据点。但上海的日本军队的最高统帅部在最后关头压下了这个毒辣计谋，毕竟《九国公约》签约国的声明对日军指挥官心理上还是有些压力的。

当日军震天撼地的排炮又一次响起，谢晋元用决绝的语气命令各连排进入阵地抗击时，电话铃响了。电话是88师参谋长张柏亭打来的。张柏亭对谢晋元说："孙元良师长命令你们在今晚12点时撤离四行仓库，具体撤退方案师部会派人在傍晚潜入四行阵地传达。在撤离之前，你们务必继续严守阵地。"

谢晋元听后，深感愕然。四行仓库在苏州河畔鹤立鸡群，经过一场场酣战，好不容易守住了。守军官兵早已下定和四行阵地共存亡的决心。可现在却突然要他们放弃阵地后撤，对此，谢晋元感到不解，也无法接受。他也知道，四行仓库里的每一个人和他一样，是决不情愿弃阵地而后退的。

谢晋元在电话中大声说："我全体战士早已立下遗嘱，誓为保卫四行阵地流尽最后一滴血，战斗到最后一个人，但求死得有意义，但求死得其所！请参谋长报告师长，转请委员长成全我们！"说完，号啕大哭。

"晋元，你冷静一下，听我说。"张柏亭在话筒中喊道。

谢晋元哽咽着回答："不，我冷静不下来。"

88师冯圣法副师长接过张柏亭手中的话筒，好言开导谢晋元，谢晋元握着话筒越发泣不可抑。上官志标团副和杨瑞符营长轮流接过电话，拭着眼泪，顿足反对撤退，杨瑞符说："副师长，此时撤退，我们还有何脸面见上海民众，见全国老百姓?"

"杨营长，你们已尽职尽力，为天地间留了正气。上海民众，全国老百姓会谅解你们的。再说，你们是奉命撤退，不是怯战逃跑，你们问心无愧！"

杨瑞符垂泪不止："不，如果就是这样撤退，我们心中有愧，上对不起国家，下对不起黎民。"

"杨营长，话不能这样说。"

这时，炮声稍息，日军尚未冲上来，利用这一空隙，战士们聚到电话机旁，你一言我一语地说起来："我们要与小日本拼到底，坚决不撤退！""我们不相信这个命令！""这不是撤退，是逃跑，是我们的耻辱，我们不干！"

谢晋元一把从杨瑞符手中夺过电话，吼叫道："请各位长官听听，这是我们士兵的回答。你们去听听全上海民众对我们的期待之声，就可知道你们的决议是何等的荒唐！"

电话中传来张柏亭严厉的声音："你们成仁取义的决心，我固然十分钦佩，但这是最高统帅的命令，我们仅是命令的传达者。军中无戏言，军人应以服从命令为天职。打日本鬼子的机会非此一时，今后可能还有比守卫四行仓库更重要的命令，待你们去担当！谢晋元，你听好了，从现在起，做好撤退的准备，如果你们违抗命令，那你们的勇敢与牺牲，就成为冒失的匹夫之勇而毫无意义了！"

谢晋元的神色变得异常凝重，他握着话筒的手微微发抖。

"谢晋元，你听到我的话了吗？"

"谢晋元在！"

"服从命令！"

"是，遵命。"

傍晚的时分，暮霭沉沉，下起了蒙蒙细雨。由于万灯齐明，上海的夜空开始燃烧。一艘小舢板在苏州河里悄悄行驶着，无声无息地在四行仓库前的码头靠岸。一个30多岁的"船民"机灵地登上岸，他就是88师部派来的金参谋。四行守军早派人在码头接应，马上引金参谋进入大楼。

在这之前，谢晋元含着眼泪下达了命令："弟兄们，我们要撤退了，我们是军人，要无条件地服从命令。"

紧接着，谢晋元集合各连长指示，各连官兵将所有武器弹药进行清点整理，佩戴齐全进入阵地，不得有丝毫的松懈。谢晋元担心的是，一旦走漏风声，日军得到消息，必会在守军撤退前采取更大规模的军事行动，不惜一切代价对他们恨之入骨的四行"八百壮士"进行攻击。

谢晋元在88师部任过多年的参谋，和金参谋是无话不谈的朋友。所以，金参谋一到，就把谢晋元拉到一边，细细说起了决定四行仓库守军撤退的背景。

原来，"八百壮士"奋守四行仓库，孤军作战，屡挫敌寇，在上海的不少外国人士亲历目睹，通过外国记者的报道以及九国签约国会议的传播，轰动世界。不少友邦人士对四行守军以国格为重，临危不惧的精神十分赞赏，同时也认为在中国军队大势已去的情形下，让这支"孤军"坚守下去，早晚会处于弹尽粮绝的绝境，甚至会全军覆没，这未免有些不人道，况且，一味让四行守军挺下去，已意义不大。因此，各国使节团通过外交关系，向南京政府提出照会，要求中国政府基于人道立场，下令"孤军"撤离，同时很多外籍妇女代表，也向蒋介石的夫人宋美龄提出同样的要求。

其实，在《九国公约》签约国通过谴责日本的声明后，蒋介石就认为四行守军坚持到这一步，已达到预定目的，是到撤的时候了。见外国使节和外籍妇女有此要求，便顺水推舟，给孙元良下达了撤离部队的命令。

四行仓库东、北、西三面环敌，唯一可以撤离的路线，只有南渡苏州河，通过租界，到沪西归队。但是在战斗进行中如何脱离战场，以及如何借道租界，以及到了租界，如何解决交通工具，这一连串的细节，都需要妥善安排，更重要的是要和租界美英联军洽谈，取得他们的协助。孙元良把这一系列具体的事宜交给参谋长张柏亭去办。

张柏亭和上海租界的外国军队的指挥官不熟，于是找到了上海警备司令部司令杨虎，杨虎在上海任职多年，和租界的政要大员来往密切。见张柏亭衔委员长之命，求他从中周旋，当然是责无旁贷。公共租界外国驻军由英军司令斯马莱特统一指挥，四行仓库对岸的守卫由美国海军陆战队担任，美国驻军指挥官是麦基。杨虎立即和斯马莱特和麦基取得联系，约定明日下午二时在杨虎官邸商讨此事。

杨虎官邸坐落在法租界环龙路(今南昌路)上。这是一座豪华幽静的花园洋房。四行仓库撤军，是极机密的军事行动，倘若被汉奸和日本情报机构如梅机关、菊机关窃取，将危及撤军，造成极严重的后果。因而，为了保密起见，参加中外商讨的人越少越好。中方有杨虎、88 师副师长冯圣法和参谋长张柏亭。外方仅斯马莱特和麦基两人。而且，事先说好，斯马莱特和麦基都着便服，装作一次普通的拜访。

会议开始后，斯马莱特和麦基对四行仓库的表现交口称赞。斯马莱特是个幽默的军人，他用上海话说："88 师呱呱叫，顶好！八百壮士呱呱叫，顶好！"

惹得中方几个人哈哈大笑。

张柏亭也学着他的口气说："美国海军陆战队的马赫士官呱呱叫，顶好！他救起了向谢晋元献旗受伤的中国女学生李香梅！"

麦基接口说："对马赫的救人行为，我们授予了他一枚独立和平勋章，还由中士晋升为上士，但他开枪打死了一个日本中佐的事，日本人到现在还和我们交涉，要我们法办他。”

冯圣法说：“马赫受连累了，真对不住他。”

斯马莱特摇摇头说：“没关系，没关系。日本人先向李香梅开枪，还打伤了这位小姐。而且，日本人的子弹越过了苏州河的分界线，所以，马赫开枪，属于正当的防卫反击。我们就是这样对日本人说的。”

这样闲谈了一会，便言归正传了。杨虎正色道：“最高统帅已有命令，接纳友邦人士善意，命令四行仓库孤军立即撤离，但其如何行动，涉及租界关系，尚需得到英美联军的合作协助，今天特请各位来商谈一切。”

张柏亭插话说：“我军撤离决不是战败退却，或者逃跑遁走，而是应友邦人士的善意请求奉命战略转移，此点请两位将军特别了解。”

“是的，是的。”斯马莱特深以为然，连连点头，“对这一点，没有人会质疑。我想，即使是日本人，也不会以为贵军是因战争失利而逃跑的。”

“我的部队与贵师官兵，数月来隔河相望。”麦基说，“我们已经是好朋友，四行守军撤离时，我们会接应好他们。但不知你们要我怎么做？”

“目前，日军正在四行仓库周边，向我孤军围攻，撤离的唯一通道，只有越过苏州河经由租界到沪西。我们首先要通过贵军的警戒线，行动程序要进行密切协定。再则，日军在国庆路方向，设有机枪阵地并有探照灯，封锁着我们通向苏州河新垃圾桥的必经之路北西藏路，行动时，希望能得到贵军掩护。还有，通过租界时，需要15辆大型卡车运兵，包括运送伤兵到沪西的阵地医院治疗。不知道贵军能不能给予各种方便。”张柏亭一会儿看着斯马莱特，一会儿看着麦基，并示以征询的眼色。

“没有问题。”麦基为了强调诚意，用坚定的语气回答说，“我可以满足你们的这些要求。”

“那一切拜托了。”冯圣法对英美联军指挥官爽快干脆的态度十分满意，高兴地说，“我代表孙元良师长谢谢贵军的鼎力相助。”

斯马莱特站起来，走到杨虎身边拍拍他的肩膀说：“杨司令是我多年的好朋友，他知道我对中国怀有很深的感情。在中日之战中，英美法虽宣称是中立，我知道，有些中国人对我们的选择不太高兴。其实，这仅仅是说说而已，我们始终是站在你们一边的。我们为你们取得的每一个胜利而鼓掌，同样，对你们的失败感到痛苦。”

“是的，中国和英美诸国是利益共同体。一荣俱荣，一损俱损。”杨虎说，“上海是我们的,也是你们的嘛。”

于是,他们商谈了撤离的程序以及有关细节,诸如彼此派出指定的联络官,确定具体的联络暗号和联络方法,对日军机枪阵地以及探照灯如何制压等。

谢晋元听金参谋讲完后,心里不太舒服,叹了口气说:“原来早就筹划好了,我们都蒙在鼓里。早知道这样,何必拼死拼活和日本人打这么多仗。”

“不,老谢,你要想得开。做军人的,就像牵线木偶,上司牵一牵,我们动一动。你干到这样,完全可以了。四行一战成名,老兄成了中外交誉的英雄。”

“什么英雄,分明是狗熊。上海的仗打到这样,让日本人占了上风,太让人感到窝囊了。”

“老谢,你是一员虎将,仗有得你打的。”金参谋拍拍插在腰间的手枪说,“日本亡我之心,即使脑筋再迟钝的人都看出来了,先割东北,次及华北,现在又是东南,可说步步紧逼,一口一口对中国蚕食。可幸的是,委员长已在全国进行了总动员,下定了全面抗战的决心。”

“下定决心固然不错,但一开始我们对日本的种种行为,采取了忍让的态度,这是很不明智的。”谢晋元大声说,“东北,日本人已在挑衅,眼看‘满洲国’羽毛丰满,中国都一忍再忍,无所作为。日本人打到华北,侵华的步骤逐渐加紧。日本本土派遣了三个师团,包括驻广岛板垣的第5师团在内,又从朝鲜派一个师团,关东军派两个师团,共六个师团投入华北战场,可宋哲元却‘忍辱负重’地采取息事宁人的态度。”

“这不是宋哲元的事。”

“我知道。宋将军也没有办法。他曾说过,宁为战死鬼,不做亡国奴。可正如你说,他也是具牵线木偶,有人牵他,他的部队只能大踏步撤退。”

“7月17日,委员长在庐山发出抗战总动员后,随即下令宋哲元停止撤退。7月29日,29军奋勇抗敌,副军长佟麟阁、132师师长赵登禹壮烈成仁,官兵伤亡5 000人。”

“早一点这样打就好了,也不至于养虎成患。金老兄,你可知道,倘或再不抗战,国民精神日趋消沉,民族生机毁灭无余,那就真的要沦入万劫不复的悲惨境地了。”谢晋元听到又响起了“啪啪啪”的枪声,站了起来,“上海的仗,弟兄们都有股鱼死网破的劲,不能说打得不好,但战局的结果还是一个阵地一个阵地弃守。东南为中国的膏腴之地,决不能弃守,所以,我是反对从四行撤退的,难道,我们打仗,是打给外国人看的?只要博得什么九国签约国会议同情就行了?”

话虽这么说，既然表示接受命令，谢晋元还是和金参谋一起，对守军有秩序地撤退，做了周密的安排，等待晚上 12 时约定的时间到来。

外面很沉寂，雨越下越大，苏州河水茫茫的一片。日军阵地上也不见有什么动静，偶尔有断续的枪声传来，反而更显出战场有种令人窒息的沉闷静寂。

所有的武器弹药都分摊到每个士兵手里，重伤员的担架亦已备齐，重武器由专人负责，剩下缴获的一辆坦克车如何处理？大家有些犯难。有人主张炸掉，但这势必惊动敌人，还给日本人似乎有些不甘。

“顾不上这些了，随他去吧。”谢晋元挥一挥手说，此刻，他已变得极其冷静，并且穿戴整齐，披上了军大衣，安静地坐在一旁闭目养神，偶尔张开眼睛说几句话。

12 点一到，谢晋元站了起来，金参谋用手电向苏州河南岸闪了三下，对岸也同样亮了三下，这是预约好的暗号，表明对面已准备就绪，可以过来了。

谢晋元最后缓缓地扫了一遍黑咕隆咚的仓库，下令向租界撤退。但一出仓库大门，就和日军交上了火，日军除以探照灯和机枪阵严密封锁守军必经的北西藏路外，还以各种火力集中压制四行仓库。

显然，虽采取了严格的保密措施，要各方守口如瓶，但无孔不入的日军情报机关，还是获得了四行仓库即将撤退的消息，所以，当部队靠近北西藏路时，日军就出其不意地向守军开火。火力极猛，显然是预先埋伏在那里的。

谢晋元在事先做好了各种准备，包括日军获得撤退情报，封锁通道。他沉着地指挥机枪还击，当日军探照灯照射时，令迫击炮连续猛轰，一举将其击毁，并集中火力压制日军。一时飞矢如雨，一束束火焰在夜色中绽放，瑰丽而耀眼。金参谋、杨瑞符营长带头，谢晋元、上官志标断后，利用日军火力稍稍间断的机会，守军迅速冲过北西藏路，跃上新垃圾桥。到了桥上，等于到了租界的地盘，日军不敢猛打狠追。但日军的火力很猛，当守军过北西藏路时，仍有几人牺牲，多人受伤。杨瑞符营长也被枪弹击中，受了伤。

前后不到十分钟时间，四行守军撤到了租界。杨瑞符等伤员由汤医官陪着由救护车送至医院。夜晚暂时安静下来，苏州河两岸一切又归于沉寂。日军停止了射击，无数的日军从阵地上走出来，举着火把，嗷嗷叫着，向四行仓库冲击，扛着长长的竹梯，爬向四行仓库的窗口。四行仓库在夜雨和暮色中显得孤伶伶的，那面已蒙上厚厚战尘的国旗还在大楼顶上飘舞着。一群日本兵登上楼顶，迫不及待降下国旗，点燃烧毁，扔下了楼，接着又升上了日本的太阳旗。

守军眼睁睁地看着日军一窝蜂地涌进恶战多日都没能靠近的仓库大楼，当看到他们烧毁李香梅献的国旗，都忍不住哭了。

“别哭！记住，总有一天，我们会回来的。”谢晋元神情严峻地说，“四行仓库也会回到我们手里的。到那一天，我们把李小姐请来，再次在屋顶升上国旗。”

一旁停着十多辆军用卡车。有一队英美海军陆战队持枪肃立在一边。正欲上车，金参谋急匆匆过来说：“好像情况发生了变化，租界当局要收缴我们的武器，并要把四行守军运到胶州路兵营集中。”

“怎么？不是说得好好的，租界驻军协助我们通过租界到沪西归队吗？现在怎么要缴我们的械，还要扣留我们呢？”谢晋元听后十分震惊，气恼地说，“按约定，英美联军司令斯马莱特和美军指挥官麦基都要亲自来现场接应的，他们人呢？我去找他们。”

“刚才我已见到他们，他们也很为难，一个劲地向我道歉，只说是奉总领事馆和工部局的指示，迫不得已才这样做的。”金参谋说，“我分析，是日本人在从中作梗，说不定情况很复杂。”

“这完全有可能。”谢晋元紧张地思索着，“金参谋，你马上向师部汇报。我们在原地待命，没有得到上级的命令，我们绝对不会交出武器，武器为军人第二生命，不能离手，如果硬要收缴武器，我们宁愿夺回四行仓库，继续固守到底。”

“谢兄，你不要说气话。我马上设法向张参谋长报告。”金参谋说完后，借用美军的通话设备和张柏亭取得联系。张柏亭在沪西漕河泾预定的地点久待四行守军不至，正在担忧，接到金参谋电话，立即驱车赶到新垃圾桥，详尽了解经过情形后，立即去敲杨虎的门。把杨虎从被窝里拉出来，一起到新垃圾桥，找到坐在汽车里一脸尴尬的斯马莱特和麦基。杨虎责问斯马莱特背信弃义，出尔反尔。

“你们这样做，不当我朋友看待无所谓，但不当中国是你们的友邦我无法容忍。”杨虎不客气地说，“你们这个风景煞得太大了。天亮后，上海市民不把你们骂得狗血喷头才怪呢！”

“实在对不起。”斯马莱特再次表示歉意说，“这样做，绝对不是英美驻军的本意，而是事出有因，本来我不想说的，因为工部局和总领事馆考虑到尽量将此事的影响降到最低限度，所以要我们暂时不说。朋友有误会了，我只能告之实情，我想，你们有权知道的。”

说到这里，斯马莱特还是一副煞费踌躇的样子，但狠狠心还是说出了真实原因。

正如金参谋分析，确实是日本人在从中作梗。日本驻华总领事向英美方提出强烈抗议，威胁租界当局，如果准许中国军队通过，则日军也将开进租界，进行追击；并要求把从四行仓库退出的中国军人留作俘虏，并引渡给日本。英美方权衡再三，拒绝了日本引渡四行守军的要求，同时屈于日本方面的压力，让四行守军交出武器，暂时到胶州路一块空地搭上帐篷住几天。

斯马莱特说："我认为，这是用来对付日方要挟和威胁的一种办法，是做给日本人看看的，武器只是代为保管，当场点明数量出具收据，绝非缴械，而将部队集中到胶州路空地，不过是借一个地方让你们休整一下，搭帐篷是做给日本人看看的，权且就算在我们那里当几天客人吧，等过段时间日本人不追究了，你们再归队吧。"

张柏亭听后，知道要让租界当局改变态度是不太可能了。淞沪大战爆发以后，租界始终担心城门失火，殃及池鱼，所以一直倍加小心，唯恐得罪日本，引火烧身。他们之所以轻诺食言，未按协定，放四行守军通过租界，并硬要收留下来，亦是无奈之举。没有硬下心来将守军作为俘虏交给日本军队已经算是很给中国的面子。

张柏亭不敢自作主张，立即向孙元良报告，孙元良知道此事非同小可，向上报告，最后上报到南京政府。委员长深夜被吵醒，听后，阴沉着脸想了一会，说，事到如今，先照租界的意思办吧，总不能这样进不进、退不退的僵持在那里，到胶州路住几天再说。善后由上海市政府俞鸿钧作为外交事项办理。俞鸿钧和杨虎要负起完全责任。

最高统帅发话了，谢晋元不得不执行。他不情愿地交出自己的手枪，跨上运兵的卡车，英美联军让他乘小汽车，他拒绝了，上了大卡车。在卡车启动后，他回望渐行渐远的已被日军占领的四行仓库，心如刀绞，欲哭无泪。这时，原来不停下着的霏微细雨，俄顷之间，如倾如注。闻声前来的各界人士，报馆记者，为戒备突然事件临时调集的英美驻军向守军行注目礼。突然，对岸的四行仓库响起一阵剧烈的枪声，这是日军开的朝天枪，其意当然是"欢送"谢晋元部撤离，同时也是庆祝他们终于拔掉了这颗眼中钉。

谢晋元原以为只是在胶州路羁留数天，他做梦也没有想到他们在那座"军营"被变相囚禁四年多，而他本人则在 1941 年 4 月在羁留营地遭人暗害。

第七章
越剧名伶胡彩华

第二天早上，两条耸人听闻的消息就在上海各界人士中和市井街坊之间广泛的流传开了。一条是九星大戏院日本浪人枪击案，另一条就是四行仓库八百壮士突然撤军，使处在多事之秋的上海民众深感震惊，平缓了几天的空气顿时又紧张起来。

九星大戏院事件，大家最关心的是绍兴戏名伶胡彩华的下落。这两年，胡彩华的名声越来越响亮。不单单是她的唱旦角色艺双全，更主要是她在进步文艺家的协助下，摆脱绍兴戏内容老套、低俗的传统，在内容、唱腔、做工上革故鼎新，上演了《文姬归汉》等新戏，给绍兴戏舞台带来一股清新之风，雅俗共赏。

淞沪战争爆发后，龚宇伟作为艺术指导，帮胡彩华的班子排了《木兰从军》，戏情顺应民气，是抗击外族侵略的，这无疑是影射抗日，于是，吸引了原来不太欣赏绍兴戏的人，包括只看电影听音乐，对地方滩簧持排斥态度的大学生、中学生、洋行、银行、大公司职员。一些自命高雅，从不涉足绍兴戏、申曲剧场的上流社会人士，也都悄悄买票前来观看，结果其中不少人一发不可收拾，成了胡彩华的戏迷。胡彩华《木兰从军》在九星大戏院连续演出一个多月，几乎场场座无虚席，每场都会博得满堂喝彩声。

昨天九星剧院有日本浪人捣乱，这是意料之中的事。日本人不能禁止在租界的反日戏的演出，只得使出黑道人物惯用的砸场子的下三滥手段。戏院闹事，这在上海滩屡见不鲜。而这次九星戏院事件之所以格外瞩目，正是因为事由和一般拆白党、小流氓、帮会砸场子的目的不一样。常见的起因不外乎是争风吃醋，争夺地盘，敲诈勒索，报仇泄愤。

而昨夜的九星戏院事件，显然是针对《木兰从军》在动员国民抗日的精神，而且在上海久演不衰，越来越轰动，这当然会引起日本人的警惕和不满。而日本浪人的背后明摆着是有人指使，其对象按常理是冲着胡彩华来的。但上海的报上都只字不提胡彩华的情况，是死是活是逃，无人可知。

那么，大难不死的胡彩华到哪里去了？混乱之中是如何遁去的？现在又躲在哪里？这是大家猜测、议论得最多的。各种版本，说得有声有色。

四行守军突然撤退，这对上海民众感情的冲击更大。虽《申报》《字林西报》《新闻报》等几张报纸都说这是战略性转移，但大家心中都是雪亮，这无非是说得好听些，实则是四行守军守不下去了，不得已深夜借着战争的间隙撤离。这些天里，四行守军被宣传得就像天神天将，成了上海人的英雄和偶像。如今他们的退却，使得上海人的希望之灯一下子熄灭，比大场失守还要让人垂头丧气。

对于四行八百壮士的报道，报上说得很简单，几句话就带过，读者看了意犹未尽。言辞闪烁中，似有更深的隐情。倒是日文报纸《上海每日新闻》《上海日日新闻》有详细的报道，说四行仓库守军眼看要失守，不得不拼命突围，现被租界收缴武器，羁押在胶州路兵营。日本总领事馆已向租界提出抗议，要求引渡给虹口日本人的聚居地，昨夜有大批日本侨民在虹口街道穿着和服打着灯笼游行，狂舞狂呼，喧嚣了一整夜，庆祝四行仓库攻克，一洗日军前几天屡攻屡败的耻辱。

上海民众还是半信半疑，日本报纸一向自吹自擂，胡言乱语是不足信的。于是，一批又一批的人潮涌上四行仓库的对面看个究竟。

李香梅昨天睡得晚，今天起得也晚，要不是范吟月给她打来电话，说不定她还要睡下去。范吟月、赵雅丽在电话中轮流骂了她一通，说她大难临头，只顾自己逃命，扔下好朋友死活不顾，简直太薄情寡义了。还追问她昨晚是怎么逃出去，在哪里逗留的？何以那么晚还未回家？李香梅如实告诉了她们。

范吟月、赵雅丽在电话中惊呼：那个密西西比河又一次英雄救美人，这真是好莱坞电影中的情节，你们俩太有缘分了。李香梅说，你们可别瞎说，当心徐佳林找你们算账，他可要打翻醋坛子的，酸得要命。

李香梅还告诉她们两人，她打算明天去医院复查，如没有什么，后天准备到学校上课了。还说，她准备请密西西比河吃顿饭，地点就选在一品香西餐馆，到时请她们作陪。范吟月说，我们才不去做电灯泡呢！李香梅说，徐佳林、哥哥也去。范吟月听说李丹沪去，马上爽快地答应，李香梅知道，范吟月暗恋哥哥，李香梅也想从中撮合，但李丹沪始终装糊涂，表现得很冷淡。

一个电话使李香梅睡意全消，起床洗漱后，娘姨吴妈早已把早餐摆好，李家还是江阴人的习惯，泡饭、酱瓜，这是粗大的菜瓜放在酱缸里腌制的，脆而鲜美。此外还有烧饼油条、粢饭团。可今天桌上增加了面包、蛋糕和牛奶，香梅感到奇怪，因为家里很少有人吃这些东西。

餐桌上还放着一堆报纸，都是父亲、哥哥看过的《申报》和《字林西报》中文版、英文版。

李香梅取过报纸，两条新闻赫然入目。九星戏院的消息在她看来，不怎么新鲜了，所以是粗粗扫了一遍，就过了。但四行守军撤军的消息，她只看了个标题，便大吃一惊，逐字逐句看了起来，好在消息很短，很快就看完了。香梅放下报纸寻思起来，这消息的真实性不用怀疑，《申报》和《字林西报》是不会造谣的。她想打个电话给佳林，问问到底是怎么回事，但马上想到昨晚和他不欢而散，心里的气还未消，便打消了这个想法，准备上楼换好衣服，借去医院的机会去四行仓库的南岸看看。她问上来收拾碗筷的娘姨吴妈："妈上哪儿去了？怎么不见她人？"

"到一楼房间看胡小姐去了。"

"胡小姐？哪个胡小姐？"

"我也不太认识，是昨晚来的。"

"昨晚我回家，怎么没见到她，也没听提起来了客人，全家都不是坐在客厅等我的吗？"

娘姨一时无可回答，想了想说："是和少爷一同回来的，照一下面就进了房间，再也没有出来过。"

李香梅感到纳闷，自言自语："这个胡小姐是谁呢？"

话音还未落，就见妈陪着一个年轻小姐从一个房间走出来，走到客厅，李师母对女儿说："香梅，这是绍兴戏皇后胡彩华小姐。昨晚你回来前，她就在我们家了。因为时间晚了，没有跟你说。"

怪不得有些似曾相识，原来就是昨晚在九星大戏院扮花木兰的当红旦角胡彩华。卸了妆的胡彩华比台上更漂亮，二十岁出头，体态苗条，穿着朴素，丝毫没有梨园女子的冶艳、做作。娇媚之中有着一般女伶学都学不像的秀气，特别是一双黑白分明的眼睛，加上脸颊上的一对酒窝，楚楚动人，透着一股清逸之气，眉目中还有隐隐的淡淡忧戚。

李香梅愣怔怔看着她，没想到这个名伶气质之高雅、清莹，胜过上海滩那些巨族大户的金枝玉叶，完全是一个有浓郁书卷气的贤静淑女，或者像水一般清新的林中仙子。难怪她台上一露相，就让人觉得眼前一亮。

“是香梅小姐吗？听说你昨晚也在九星，受到惊吓了吧？”胡彩华微笑说，她虽是浙江嵊泗乡下人，但讲话却是一口标准的上海话。嗓音甜润清脆，流进耳膜，入心入肺。

“没有，我还没有弄清是怎么回事，就跟着别人跑出来了。”

“胡小姐要在我们家住上几天，避避风头。”李师母说，“等会丹沪还会拿来胡小姐日常所用的衣服。龚先生也会来。”

“香梅，要吵闹你了，我本来想回家去的，龚先生说不行，日本人一不做二不休，还会找到家里去的，得找个地方躲一躲。”胡彩华慢悠悠地一个字一个字说，这是她讲话的特点，再急的事说起来，也是这么不急不慌、有条有理的，“没想到，日本人会来这么一手，连唱戏的都容不下，难怪梅先生留起胡须，避居香港，决不回上海这座孤岛唱戏。”

李香梅问起胡彩华昨晚是怎么走脱掉的，说上海人都在惦记着她，报上都没有提到，这更引起各种猜测。胡彩华说，她正准备出台，刚走到台边，枪声就响了，子弹直向台上飞来，那个被子弹穿透脑门的躲在幕布后的看客就倒在她脚下，血溅了一地，还溅到她的裙角上。她顿时双眼发黑，站都站不稳。这些看客往往是戏馆的熟人，不用买票，躲在台上一侧看戏，不花钱又看得清，只是一直站着，很累。

这时，后台管事和龚宇伟匆匆赶了过来，龚宇伟将自己的一件人字呢大衣披在她身上，还将一顶呢帽戴到她头上，要她的跟班阿寿陪她立即从后台的小门出去，说车就停在小门附近，上车后从戏院后门出去。胡彩华说自己还未卸妆，身上还穿着戏服。龚先生说，来不及了。还说不能回公寓，要另找地方躲避。龚宇伟便对司机咬了咬耳朵。司机点着头，未等胡彩华和阿寿坐稳，就刻不容缓地冲出后门，飞奔而去。司机没有去胡彩华所居住的国际饭店后面的卡尔登公寓，而是以极快的速度来到美可制冰厂，找到在实验室里忙碌的李丹沪。李丹沪一听，取了几件胡彩华在厂里排《杨门女将》时留下的便装，让胡彩华坐进自己的汽车，回到李公馆。

“胡小姐，你安心在这里住几天吧。我们家没有什么外人打扰。”李香梅说，“你随便些，就当自己的家。”

“是啊，你恹气的话，可在花园里散散步，透透空气，汽车库房旁边还有鸽子棚，可以喂喂鸽子。”李师母热情地说，“需要什么，尽管吩咐吴妈。”又转身对吴妈说，“要好好服侍好胡小姐，知道吗？”

“知道了。”吴妈答应说。

“真是麻烦你们了。可惜不能吊嗓子了。”

“对，吊嗓子就停上几天吧，否则，隔壁人家一听，就会感到奇怪，疑心李公馆怎么会来了个戏子。”李师母说。

“妈！”李香梅喊了声，对母亲使了个眼色，“你怎么能这么称呼胡小姐。”

“对不起，胡小姐，我说错话了。”

“没关系，我就是唱戏的戏子啊。”

“胡小姐，你不必着急。我看日本人是吓唬吓唬你，要是想要你的命，不会在幕间开枪了。你在台上唱戏时，就可以动手了。”

“是啊！我也是这么想的。”

“既然是吓唬你，就是让你不要再唱《木兰从军》这样的抗日戏。”李香梅说，“如果继续唱下去，还会有麻烦的。你可要有所准备。”

“不行，要么我就不唱，要唱的话，我还要唱《木兰从军》，还要上新戏《杨门女将》。”胡彩华很认真地说，“再回过头去唱那些老戏，我也唱不来了，而且，在看客眼里，我胡彩华是个被日本人吓破了胆的软骨头。”胡彩华说着，一双翦水黑瞳长长的睫毛不住地闪动，显出很有主见的样子。

香梅听后，不禁对胡彩华肃然起敬。说完，便上楼换了衣服，到路口叫了辆祥生出租车，向北西藏路方向驶去。很快到了那里，香梅下车，见苏州河这一带冷冷清清，昔日人山人海，无数旗帜飘拂，助威声一浪高过一浪的场景荡然无存。只有三三两两的市民站在岸边朝着对岸指指点点，顾左右而低声议论着。

香梅走过去，朝北岸望去，见对面出奇的安静，一辆坦克车停在四行仓库大门口。香梅从报上看到，四行守军曾缴获过日军一辆钢铁战车，大概就是这一辆了。再向上看去，她的心里突然一震，她看到她和谢晋元并列站在一起，敬着礼目睹升到旗杆上的青天白日满地红旗不见了，替而代之的竟是一面膏药旗，在太阳底下，显得特别刺目，而旗杆，还是谢晋元亲手将两根竹竿设法连接起来的那一根。日本旗下面，站着两个戴着钢盔的日本兵，警惕地注视着周围，一艘日本炮艇停靠在四行仓库的码头上。前几天因为战争而变得空荡荡的河面，已有稀稀落落的船只在航行。

香梅长久地看着四行仓库大楼，看着那面傲视苏州河西岸的太阳旗，想起那天游过河去献旗，恍惚有隔世之感，心里感到万箭穿心般的痛苦，额上涔涔地冒出冷汗，好久不能静下心来。

有一个戴呢帽、西装笔挺的人认出了她，试探地问她："你就是献旗的李香梅吗？沈石蒂照相馆摆着你的巨幅照片，和蒋委员长的照片并列摆在橱窗呢！我刚刚走过还看过。"

"我也看过。李香梅的照片好大好漂亮啊！一点不比胡蝶、阮玲玉的明星照差。"另一个穿西装大衣、胸口挂架照相机的人也凑近说。

又有几个人围了过来，李香梅发现其中有两个人穿戴和神色上有些怪异，不像是正经人，猛然想起哥哥一再关照她的话，上海这个地方，有许多人别看他像个人样，其实是个鬼，或者是个畜生，所以，你在陌生地方，一定要记住：逢人只说三分话，未可全抛一片心。

想到这里，李香梅一脸疑惑地说："你们刚才说什么？说我像一个姓李的什么？这真是怪了，我明明姓刘，怎么会和这个姓李的混到一起去了？不过，我真想见见这个姓李的，我到底和她像在哪里？这倒是蛮有趣的。"

"这么说，你不是李香梅？"戴呢帽、西装革履模样的人询问。

"你这个人真滑稽，凭什么说我是李什么梅，我不是说过了吗？我姓刘。"

"对不起，对不起，我认错人了。你长得和李香梅真像，一个模子里刻出来的。"

"要是李香梅在，我倒要问问她，怎么不游过苏州河去，把日本旗扯下来，再升上青天白日旗。她的胆量到哪里去了？"后来围上来的几个形迹可疑的人中的一个，用他的上海人称之为"吃糠喉咙"大声说道，又斜睨着李香梅继续说，"这位小姑娘倒真的和李香梅长得蛮像格！"

"这位姓刘的小姑娘，你别在这里磨辰光了，没有东西可看的。"穿西装大衣的催促她，"你有空还是到南京东路那个犹太人沈石蒂开的艺术照相馆去看看，那里的橱窗里有那个李香梅的照片，你去看看到底和她像几分？"说着，对她微微眨了下眼睛，暗示她离开这里。

李香梅说声"谢谢！"转身就走。正好有一辆黑色祥生出租车开过来，李香梅一招手就跳了上去。她忽然想起马赫说他这几天在外白渡桥值勤，便要司机去外白渡桥。到了外白渡桥，确有几个持长枪站在那里站岗的外国军人，敞开的铁栅门对面，相隔十几步路，站着三四个日军，刺刀在阳光下闪闪发光。大概由于昨天晚上发生了几件大事，过往的行人、车辆要比平时少得多。值勤的英美联军和日本兵，完全没有了上次和佳林、丹沪驱车经过这里所看到的清闲，而是刀剑出鞘，绷紧着脸，个个都比平时严肃了些。钢铁的桥头，劲刮着一阵阵西北风，很有些寒意了。铁栅两边的兵，都站在风口中，英美士兵穿着呢子大衣，日本兵穿着棉大衣，仍显出萧瑟的神情。

李香梅让司机将车开到桥头，请车子停一停，下车问站岗的英美士兵，美国海军陆战队来了没有？士兵含糊其辞地回答她，原来是要来这里值勤的，现在不知道到什么地方去了。李香梅失望地想："这个马赫，怎么连值勤都不安心。"

站岗的美国士兵目不转睛地看着她，忽然不由自主地叫出来："你就是李香梅？"

李香梅陡然警觉，今天碰到鬼了，怎么到处被人认出来，便不悦地说："你看错人了，也不知道谁是李香梅！"

"是的，你就是李香梅。我叫瑞克，也是二分队的，那次马赫把你从苏州河里救出来，我就在旁边，看得清清楚楚。"凯恩是个脸上生着雀斑的美国大男孩，他此刻的神情很兴奋，喜滋滋地说，"我告诉你吧，马赫昨晚刚值勤回来，就和二分队大部分士兵调到新垃圾桥去了，是去接应四行仓库的中国军队。马赫也调去了，整夜都没有回营地。"

李香梅眉目舒展了，说："原来如此！可我刚从新垃圾桥回来啊。怎么没见到他？"

"他们可能到胶州路兵营去了。四行仓库守军撤到租界后，暂时集中在那里，你可以去胶州路找找他。"

"算了。我没有什么事，只是路过这里，顺道看看他。我会打电话和他联络的。"李香梅笑着说，"我走了。凯恩，谢谢你。"

李香梅乘上车后，又来到南京东路华懋饭店斜对面的上海艺术照相馆。站在橱窗前一看，自己的大幅照片和谢晋元的照片并列放在一起，特别引人注目。照片上的她，两手展开着国旗，神色严峻中露出难以觉察的些许微笑，神情自然而镇定，她想起来了，这是她下河前，取过国旗作准备的情景。可当时并没有人给她拍照啊。即使有人偷拍，又何以会出现在沈石蒂照相馆的呢？她在这个犹太人开的照相馆拍的照多得记不清了。她的周岁照、五岁的照，八岁的照、十岁的照，以及几次的全家福，还有她和范吟月、赵雅丽的三人合影照，都是在这里拍的。每张照片的下角都刻有上海艺术照相馆的硬印。可这张照，沈石蒂照相馆是从何而来的呢？

李香梅带着疑问踏入二楼的店堂。有一个以前未见到过的年轻的店员慌忙迎上来，招呼说："小姐有何吩咐？要照相请跟我来吧！"

"我不是来照相的，我是来找你们老板沈石蒂的。"李香梅有礼貌地说，"我能见见他吗？"

"好，好，我这就去喊老板。"店员的眼睛突然发亮，欣喜地说，"原来是李小姐，请一边坐。"

店员把她领到贵宾室，里面布置着四五张丝绒沙发，几张茶几，还有鲜花、盆景，贴着墙纸的壁上挂满了许多著名人物的照片，以电影明星、名伶为主。胡彩华的照片也在里面，淡淡的笑容，清纯如水。

她在沙发上坐下，店员又问："李小姐，我给端杯咖啡，清咖还是奶咖？"

"谢谢！清咖。"李香梅说。店员应声而去，不一会端来一杯香气扑鼻的咖啡。李香梅喝了一口，味道很正，是从国外咖啡产地进口的正宗咖啡。

门轻轻推开，一个外国人走了进来，他穿着剪裁合身的西服，个子瘦小，卷曲的头发，狭长的脸上有一个大大的鼻子，鼻梁上隆起一块，这是犹太人的特征，她记得徐佳林说过，他采访过华懋饭店大班维克多・沙逊，也有这样一个高耸的鼻子，戴着夹鼻眼镜，虽然脚有点瘸，仗着一根拐杖，但气度不凡。这个外国人脸上露出谦恭收敛的笑容，向李香梅走来。他就是俄罗斯犹太人沈石蒂，李香梅是和他熟悉的。她和范吟月、赵雅丽在背后称呼他"大鼻子摄影师"，他拍的照片尤其肖像照很传神，上了色以后，有油画的质感。他在上海名声很大，十几年时间，除了南京东路这家主店，还在茂名路等地开设了四家分店。李香梅和范吟月、赵雅丽他们都很喜欢他拍的照。"请问，李小姐有何吩咐？"沈石蒂说着，在李香梅对面的沙发上坐下来，腰板挺得笔直。

"我见到贵店的橱窗里摆着我的一张照片。我想，摆别人的照片并无不可，但起码要征得本人的同意。可是，你们从来没有征求过我的意见，这是对照片主人不尊重的表现。所以，很对不起，我希望你们能撤下这张照片。"李香梅心平气和地说，"贵店一向有着良好的声誉，我本人亦是贵店的常客，我的第一张照片满月照，就是在这里拍的。我想，我的这个要求不算过分吧？"

"不过分，不过分。"沈石蒂说，"你的要求是合理的，没有征得李小姐同意，就摆出你的照片，确实不妥，也有违本店服务精神和规定。”

“既然这样，你们不是在明知故犯吗？”

“李小姐，听我给你解释。你向四行仓库献旗之举轰动上海，为广大市民所敬佩。为满足民众对李小姐的仰慕之情，本店才摆出李小姐的玉照，也算为中国民众抗日尽点绵薄之力。你要知道，我虽然是俄罗斯犹太人，但我来上海十多年了，我已经是个上海人了。再说，上海自己遭受侵略，还接纳受纳粹迫害，流亡到上海的犹太难民，我手无寸铁，只能用我的方式支持你们。”沈石蒂诚恳地说，“因为时间急促，未能及时和李小姐联系，未经你的同意就将你的照片摆到橱窗里，请李小姐海涵。”

“我知道沈石蒂先生对中国人的苦难感同身受，也明白摆我照片的用意，只是，因为这张照片和别人的照片有所不同，多少给我带来了一些不便，我不得不请你们撤下来。”李香梅说。

“李小姐，这张照片给你带来了麻烦，这是我们没有想到的。即使你不提出来，我们也会考虑是否要把这张照片摆下去。”在李香梅和沈石蒂讲话时，有一个人悄然推门进来，站在沈石蒂坐的沙发背后，这时，他开口说话了。

李香梅抬头一看，惊得差点喊出声来，她认出他就是刚才在新垃圾桥河岸暗示她离开的那个穿呢大衣挂相机的中年人。他是谁？怎么也到这里来了？

“我是摄影师周徽，原来是《申报》的摄影记者，沈石蒂先生希望能拍些新闻照片，就聘请我到他的照相馆来帮忙。橱窗里的那张照片，就是我趁你不注意拍摄的。四行仓库保卫战以来，我天天到那里拍照。”周徽说。

“这么说，今天周先生也是拍照去的？”

“是的。看着四行仓库上的狗皮膏药，我一点拍照的兴致都没有了。后来我发现了你，看到有几个不三不四的人盯上你了，那些人可能是日本人收买的汉奸，大同路67号，就有日本人喂养的一群走狗，所以暗示你赶快离开，还暗示你到沈石蒂照相馆来。”

“你要我到照相馆来取照片？”

“不尽如此。有人要用新的照片来换掉橱窗的这张照片。他特别喜欢你这张照片，他的手中藏有你的一批很珍贵的相片。”周徽说，“而且，他已经意识到，上海艺术照相馆陈列你的照片，可能会给你带来麻烦。事实证明，他的预感比我们要敏锐很多。”

“这真是不可思议。”李香梅大惊失色，“他是什么人？居然有很多我的照片？”

“你应该认识他。他是个美国人，美国军人！我说到这一步，李小姐应当知道是何许人了。”

“你说的人，难道是美国海军陆战队的马赫？”

“你说得对，正是马赫先生。”

“什么？这是真的吗？”李香梅难以置信地说，“我昨晚刚见过他，他一个字都未提到橱窗的照片。”

“一早照相馆刚开门时，他恰巧路过店门口，看到橱窗里有你的照片，就进来了。”周徽抬腕看了下手表说，“他应该快来了，早晨我碰到他时，我正要出门到新垃圾桥去拍照，据他说，他也刚从那里的哨所下来。我们匆匆说了几句，约定午饭前他拿了照片再过来。如果我没说错，是他从苏州河里救起了你。在《字林西报》登出的你献旗的照片，也是他拍摄的。”

“你说，马赫马上就要到这里来？”李香梅欣喜地说，“真是太好了，近来我碰到了一串的巧事，让人不得不感叹。以前，我一直想不太通，为何好莱坞的电影中，有那么多巧得离奇的故事。现在看来，这不足为奇。”

“不，是我故意暗示你到上海艺术照相馆来的。我相信你是乐意见到马赫先生的。另外，我们之间的交换，橱窗里陈列不陈列照片，陈列哪张照片比较合适，也可听听你的意见。在这个问题上，李小姐是最有发言权的。你觉得我这样的安排怎么样？”

周徽正滔滔不绝地说着。那个给李香梅上咖啡的年轻职员走进来，在沈石蒂耳侧说了几句，沈石蒂拍了下膝盖说：“说到曹操曹操就到，马赫先生到了。他在摄影上很有天赋，要是不打仗，他会像我一样，成为一个职业摄影师。不过，他可以拍战地的照片，这些照片很珍贵的，不是随便什么人能有这样的机会。你们谈吧，我去请马赫先生进来。”

当马赫一跨进贵宾室的门，看到坐在沙发上对着他微笑的李香梅，竟一下愣住了，大为诧异。

“李小姐，你怎么会在这里？这，这太让人难以相信了。”马赫嗫嚅着说，“是什么风把你吹来的？”

“马赫先生，你请坐。”周徽有几分得意地说，“李小姐是我请来的，我们这笔交易能否做成，可少不了李小姐的参与啊。马赫先生，你说对不对？”

“对，对。”马赫在沙发上坐了下来，把一只大的信封放在茶几上，“周先生的安排太好了，我正有事找李小姐呢！”

“正好我也有事找你！”

“有什么事你先说吧。”

“家父家母，还有我哥哥，准备借座国际饭店，略备菲酌，答谢你的救命之恩，请马赫先生务必赏光。”李香梅故意用外交辞令对马赫说，“你不会推辞吧？”

“好，我非常愿意参加。说老实话，这是我到中国以后，第一次受到一个中国家庭的正式邀请，我怎么能推辞呢？”马赫兴奋地说，“我受宠若惊都来不及呢。”

没想到马赫这么干脆，李香梅欣喜得心直跳，脸都涨得通红。

“那就这个周末吧，你方便的话，就一言为定。”李香梅说，“你看好不好？”

“周末我们放假，就这么定吧。”

“轮到你说了，你找我有什么事？”李香梅问，目光时不时看着周徽，怕冷落了他，“周先生也在这里，正好让他也听听。”

“如果需要，我可以回避。”周徽笑着说。

“没有必要回避，周先生可以当我们的专职摄影师。”马赫赶紧说，“李小姐，因为沾了你的光，我生平第一次得了勋章，还晋升为上士，这可是很重要的一步，再上去，我就是尉官了。弟兄们要给我开一个庆贺派对，他们有一个共同的愿望，一定要请美丽的李小姐光临。李小姐，你愿意吗？”马赫说，以期待的目光看着李香梅。

“我当然愿意。这是我生平第一次受到军队的邀请，我怎么能推辞呢？”李香梅学着马赫的口气说，“我简直是受宠若惊！”

三个人不约而同地大笑起来，掩不住的喜悦都显露在每个人的脸上，李香梅的精致的脸因高兴而闪烁起光泽。这间充满默片时代奢华之气，装饰着油画、挂毯、立灯的犹太风格和俄罗斯风格混合在一起的房间，洋溢着阳光般的温暖和快活，李香梅端起咖啡杯，嚯地一口把半杯咖啡喝了下去，她很少这样喝咖啡，总是一小口一小口地喝。

周徽也激动起来，对沈石蒂说：“老板，拿酒来！”沈石蒂起身取来一瓶威士忌，年轻职员跟随在后面，手里拿着几只高脚玻璃酒杯，沈石蒂和马赫、周徽一杯杯对喝起来，香梅从未喝过烈性酒，但她被几个男子的豪气感染了，居然也破天荒地举起盛着浅浅一小半黄色液体的酒杯，嘴唇轻轻地碰了下，鼓起勇气喝了一口，一股火辣辣的酒精气味使她忍不住呛起来，她的脸上露出痛苦但仍不失甜美的神态，脸色顿时变得通红。

“李小姐，干掉，哪怕是来福枪的捅条，也喝掉。”马赫说。

李香梅看着马赫，咬紧牙关，仰头把酒喝完，一条火烈的线条穿透她的喉咙，麻辣她的舌头，她放下酒杯，用双手捂住面孔，抱歉地嘟囔一声，“对不起，我不能再喝了，我尽力了。”

三个男人都喝起彩来。他们都为李香梅的豪爽而深深感动，心里赞叹：难怪她会做出那样的惊人举动。

这是李香梅第一次喝威士忌，她只是在逢年过节，在家宴的餐桌上，喝过江阴的黑米酒或无锡的二泉黄酒，烈性洋酒她点滴未沾过，今天她却喝了，而且和三个男子一起喝的。这在以前想都不敢想的。除了脸上微微发烫，李香梅没有任何感觉，头脑十分清醒。她明白，爹说对了，她确实有喝酒的潜质。

接着，马赫把自己那天拍的香梅渡河献旗的照片，其中有香梅在河道中飞快游泳，国旗在水面漂浮，香梅湿淋淋地登上码头，香梅在四行仓库屋顶和谢晋元及部下一起升旗等照片，一一摊开来给周徽看。周徽一边看，一边称赞拍得好，唯一不足的是，由于洗印设备欠缺，照片的清晰度受到影响。周徽说，下次你把拍好的胶卷交给我来洗印吧，也可以你自己来洗印，这里的洗印设备可是上海最好的。马赫一听，连声道谢说，部队经常变换营地，我常常为了找一个暗房发愁，能允许我到上海最好的照相馆来洗印，可解决了我一大难题。周徽说，有一个条件，有些照片你可要给我一张，当然，这要征得你的许可。马赫说，这没有问题，我的照片是拍着玩的，没有什么价值的。周徽说，你拍的战场的照片，无论从哪方面来看，都是珍贵的孤品，刚才沈石蒂先生正说着你，不是所有的人能有你这样的拍摄机会。你是一个战士摄影家，你拍摄的这些枪林弹雨中的照片是你持有的一大笔财富。我指的不是金钱。

马赫点头说：“我明白。我懂周先生的意思。”

后来，经再三考虑，也经李香梅的同意，用一幅屋顶升旗的照片换下橱窗内的渡河前的那张照片。升旗的照片悲壮、肃穆，场面更感人，而照片上的李香梅只是一个较小的侧影，脸部不甚清楚，这样就可以免去不少麻烦。而马赫取得周徽和李香梅同意，将换下的那张照片送给他珍藏。同时，周徽另印一张同样尺寸的送给李香梅留作纪念。周徽还选了一张李香梅在河里游水的照片放入他的私人照相簿。马赫还保证，战友们要拍照片寄回家乡，都推荐他们到沈石蒂照相馆来拍，这可是笔大生意。这样，照片的交换取得了皆大欢喜的结果。

不知不觉午饭的时间到了。沈石蒂要请马赫和李香梅到照相馆对面的酒家吃饭。马赫谢绝了，说今天他做东，要请李小姐单独共进午餐。周徽便对沈石蒂使了个眼色，沈石蒂明白了周徽的用意，也就不再勉强了。

走出照相馆，马赫喊了辆出租车，来到爱多亚路靠外滩转弯角的一处爱尔兰小酒店。

这家酒店有上下两层，有浓厚的爱尔兰的装饰风格，临街的玻璃窗很高大，朝外滩的那一面，可直接眺望黄浦江来往的船只。如敞开窗户，湿润的江风和着轮船深沉的或高亢的汽笛声，一阵阵吹进来，吹得窗帘像旗帜一样飘扬起来。酒店的黄铜留声机的大喇叭唱着热烈的爱尔兰民歌，偶尔也会传出由黎锦晖作词作曲的流行歌曲《毛毛雨》。

这家爱尔兰酒店的客人很多是远道而来的海员和海军，个个带着疲劳和寂寞，皮肤被海风吹得黝黑。马赫刚到上海，第一次走进的酒吧就是这家小而精致的酒店。几个月下来，马赫去了许多家酒店和咖啡馆，但这家小酒店和美国总会还是他最欢喜去的地方。这里的爱尔兰炖羊肉、蘑菇沫子浓汤以及爱尔兰粗砺的燕麦面包使马赫回味无穷。

马赫和李香梅来到楼上，挑了靠窗的位子。黄浦江的景色尽在眼底。对面的气象观察塔细细的，高高地耸立着，顶端挂着一串球，每天变化着，告示气候的变化，它曾经一度是上海的最高建筑。一片混杂而喧闹的声音涌了进来，这个东方大都市的江滩，自从成了租界以来，从未有过水边的恬静和明媚，它日夜显得嘈嘈杂杂。因为是中午，店堂里还不算拥挤，如果是晚上，可说永远找不到椅子落座。

马赫照例点了爱尔兰炖羊肉、蘑菇浓汤、水果沙拉、巧克力蛋糕、散发着麦子清香的黑面包，两个人手里握着倒满黑啤酒的大玻璃杯子。

李香梅除了昨晚第一次到过酒、舞、赌俱全的美国夜总会外，今晚是第二次进外国人开的酒店。这里的一切让她感到新鲜，爱尔兰民歌和穿着花边白衬衫的酒保，以及穿着华美的民族服装，梳着发辫的侍女，让她感受到一股爱尔兰农田收获后围着篝火尽情欢乐的气息。这股气息让李香梅体味到潜入心底的温馨和亲切，使她想起了老家长江边夜晚渔火点点的情景。

她喝着黑色的啤酒，嚼着粗糙的褐色面包和色拉，吃着肥而不腻、鲜嫩无比的羊肉，感到妙不可言。这样风味独特的饮食，她还是第一次领略到。

“怎么样？这地方还不错吧？”马赫见香梅吃得津津有味，笑着说，“我们部队的士兵经常来这里喝酒，除了啤酒，还有一种很烈的烧酒，比刚才在沈石蒂照相馆的威士忌还要烈。喝起来很过瘾。当然更让大家忘不了的就是炖羊肉。这家酒店可是我发现的,也是我推荐他们来的。"

"这家爱尔兰酒店给了你多少佣金呢?"李香梅笑着问道。

马赫开始没有听懂她的意思,辩解说:"我只是和老板面熟而已,他从来没有便宜我一个子儿。"

"不会吧。"李香梅说,"不给你什么好处,你怎么会那么卖力地替他们做广告呢?"

马赫终于知道李香梅在开玩笑,接着香梅的口气幽默地说,"店主给了我一个条件,只要我马赫推荐一个人来这里就餐,我就可来白吃一顿。前几天,埃克森中校听了我的介绍来品尝过了,所以今天的餐费就免收了。"说着,便大笑起来,举起啤酒杯猛喝去一小半。

李香梅也笑起来,也举杯大喝泛着泡沫的黑啤,虽然酒味苦涩,但酒入欢肠,爽口无比。连李香梅也为自己感到奇怪,和马赫在一起,怎么会一改平时斯文吃相,变得粗放起来? 刚才喝了小半杯,现在又喝起啤酒,真的,人说变就变。一大杯酒下去,香梅双颊酡然,双目灼灼,变得很娇艳。

马赫劝她少喝些,李香梅点点头,说,我自己有数的。马赫自己放下酒杯,讲起昨晚的见闻。他和香梅分别后回到军营,刚刚上床,就响起紧急集合的铃声。留下三分之一的士兵明天到外白渡桥等几个卡子上的哨所值勤。他们上了卡车后,冒雨到了四行仓库对岸的苏州河边。埃克森这才说明,谢晋元要撤出阵地,本来很绝密的事,不知怎的给日本人知道了,天机已泄,估计撤军不会那么顺。而且日本人扬言,如果让四行守军通过租界,他们的军队就要开进租界追击。因而英国和美国的驻军严阵以待,如果日本人进入租界,立即阻击。

马赫他们听后又兴奋又紧张,个个摩拳擦掌,窝囊了那么长时间,总算可以和日本军队痛痛快快地干上一仗了。

马赫被分配在新垃圾桥堍的碉堡里,他一进去,谢晋元部就和日军交上了火,机枪子弹急雨乱箭般的泼洒,探照灯的灯柱晃来晃去。旋踵之间,探照灯就被谢晋元的迫击炮轰掉,接着是杂沓的脚步声,谢晋元的"八百壮士",冲过西藏北路,从新垃圾桥堍进入租界。日本兵并没有追过来,马赫他们一枪未发,这多少让他感到失望。这时,日本人狂奔乱嚎地占领了四行仓库,马赫恨不得扫上几梭子,手指已按枪机了,最后还是克制住了。

接下来的场面让马赫惊讶得目瞪口呆。谢晋元部竟被工部局的万国商团缴了械，羁押到胶州路一大片空旷之地看管起来。因为没有营房，临时拉起了几十米长的帐篷。是那种厚油布的军用帐篷。据说，日本人还要求把四行仓库的守军作为俘虏引渡给他们，连埃克森都对此想不通，在碉堡里说："什么中立？我们不是成了日本人的帮凶了吗？"

马赫在碉堡里待了一夜，对面闹腾了一夜，许多日本侨民在四行仓库前点起了灯笼载歌载舞，送来一坛坛酒给日本士兵痛饮，还有一艘炮艇开了过来，上去了几个日本军官。到天亮，长官下令撤退，允许他们自由活动。马赫在路边的小店喝了豆浆，吃了烧饼油条，便开始经大马路（现南京路）回营地，在沈石蒂照相馆发现了李香梅的照片。

李香梅听到四行守军被缴械羁押，心里一沉，眨着眼，皱起眉，不解地问："这怎么可能呢？为什么要缴他们的械，还要囚禁他们？这样做不是亲者痛仇者快吗？可报纸上并没有这么说啊！"

"埃克森要我们不要多议论，说这里面的事情非常复杂，已经引起了严重的外交纠纷。租界这样对待谢晋元部，也是万般无奈。埃克森中校想不通，麦基司令官就是这么对他说的。"

"谢晋元真是虎落平阳，龙困浅水。"李香梅痛心地说，"四行仓库的英雄没有被日本人打败，反而倒在号称中立，号称对中国同情支持的友邦手里，这叫人匪夷所思。"

马赫和李香梅坐在靠窗的位子上，谈得投机的时候，有一个人在人行道上偶尔抬头张望，无意中瞥见他们。这个人就是徐佳林。他和几个朋友本来也想到这家爱尔兰酒店吃炖羊肉。他也是这里的常客，从《字林西报》大厦步行过来，只需十几分钟时间。他叮嘱同伴，说在酒店门口稍等一下，他到楼上看看有否空位。

徐佳林走进店堂，上楼梯，在楼梯口看到马赫和香梅四目相视正说着话，严格地说，是马赫在说，香梅托着下巴，很认真在倾听。马赫和香梅昨晚第一次见面，按常理还是有着一定的距离，可是，他们昨晚刚见面，今天中午又迫不及待碰头了，可见他们很热络，而此时，香梅像一个小囡那样，乖巧地听马赫在胡吹什么。联想昨晚香梅对自己前所未有的黑脸，这说明她的跷跷板的重心已完全跷到了马赫一边。他们之间已经没有什么距离感了，已经很投机了，可男女之间有那种单纯的没有任何杂念的投机吗？他们在说些什么呢？那样子已是酒逢知己千杯少了。徐佳林真想一步跨上楼去，走到他们面前，对马赫猛喝一声："香梅是我的未婚妻，请你这个美国佬离她远一些！”

但他很快冷静下来，明白这样做，有失自己的风度不说，传出去被人笑话也不说，更重要的是，这会使香梅难堪，使她当众下不了台，从而忌恨在心，干脆翻脸，使得他们之间还未打破的僵局更僵，变得不可收拾。

于是，他转身下楼，站在爱尔兰酒店门口的几个客人已有些等得不耐烦。

“上面已没有位置了。我们去汇中饭店吧。”徐佳林说，“本来想请各位尝尝这里的爱尔兰炖羊肉。下次吧，下次我预订了位置再通知各位。”

“这家酒店的炖羊肉确实不错，可说一绝。”说这话的是大东亚广播电台的副主编马方朔，他是徐佳林在日本的留学同学。他原来供职于上海美灵登广播电台，因为和老板一言不合，闹得不可开交，一气之下，跑到有日本政府背景的大东亚广播电台，被委以重任，给予高薪。他其实已到大东上班，却骗徐佳林还在考虑，今天约了几个朋友，到《字林西报》大楼楼下的会客处“请教”徐大记者，喝了一杯咖啡，拉着徐佳林出去吃饭。徐佳林反客为主，偏要做东，约大家来到爱多亚路大街路口的这家爱尔兰酒店。

马方朔继续说：“碰得巧，还会有乐手现场弹奏，乐器是很简单的吉他、长笛、手风琴，但曲子是爱尔兰舞曲，跳舞的是原汁原味的爱尔兰小姑娘，像红樱桃一样可爱，跳起来活蹦乱跳，无所拘束，和日本舞的中规中矩、一板一眼截然不同，来劲！够味！佳林兄，是不是？”

“说得不错。我们讲定了，这个礼拜的周末，我们到这里来。”徐佳林脸色阴沉沉的，“我请客，到时候，你们谁都不许溜，讲话可要算数啊！”

在汇中饭店，豪华餐厅的一张餐桌上，由马方朔点菜，点的海鲜，有鲍鱼、鱼翅，价格高得令人望而生畏，徐佳林暗暗叫苦，心想：“马方朔今天硬敲我一记了。”但还是硬着头皮说，“小马，多点些菜，你请客，我结账。”

席间，马方朔唱主角，他东扯西拉，从中日战争谈到欧洲的局势，从租界的前途谈到中国的未来，后来又转到上海的报纸和电台，又从四行仓库守军的遭遇谈到九星大戏院事件。他口才极好，又喝了点洋酒，眉飞色舞的，到后来竟有些放浪不羁，脱了西服，解了领带，衬衣的袖子管卷得很高。

“不要说中国，就是整个亚洲都是日本的天下。英国怎么样？美国怎么样？谢晋元借道租界，日本人一声抗议，他们噤若寒蝉，屁都不放一个，乖乖地把四行守军扣下了。九星戏院事件抓住的日本人，日本领事馆按治外法权，该由日本人自己来治他们，租界巡捕房只得放人。”马方朔大声说，惹得其他桌上的顾客都朝他们桌上看。一语惊座，有人连忙问："这几个日本浪人放出来了吗？"

"这是时间问题，我告诉你们，这是早晚的事，租界被日本人吓破了胆，早晚要放的。"

"小马，你讲话小心些。你这种中国必败论，是典型的汉奸论调。"另一个人提醒他。

"我不怕戴汉奸的帽子！这是事实，可有些人就是不敢承认，打肿脸充胖子。"

"小马，别高谈阔论了，我们喝酒，莫谈国事。我问你，大东亚电台请你去，你决定了没有？"徐佳林长时间的沉默，心事重重的，因为他平时话就少，给人沉稳的感觉，所以没有人注意到他的情绪，其实他心里很难过、很不安。马赫和香梅相对而坐，促膝对话的情景一直在他脑海里盘旋。为了怕被别人看出他心里有事，他才向马方朔提到这件事，也阻止小马口无遮拦地胡说下去，毕竟是公共场合，军统、中统，共产党的情报人员，日本人的梅机构、菊机构、竹机构人员到处都是，公开宣扬媚日的、联日的分子被暗杀的、横尸街头的事经常发生，抗日分子失踪的、被绑架的、被暗杀的也不少。

"我还在考虑，美灵登电台容不下我，自有我容身处。其实，我如果去，也是谋一碗饭而已，与政治立场无关。"

"你这样想就对了。办报办广播无非是混口饭吃，我们可以不问政治。小马，你还是下定决心去吧。"徐佳林说，"乱世的人命不值钱，人心叵测，大东亚电台这个虎皮说不定能保护你。人嘛，只能保存了自己，才能去做保存别人的事。"

"好，知我者老徐也。"马方朔一脸喜色，"佳林，今后有什么难处，你可要帮我。碰到有人骂我，你可要帮我说说话，说我是为了生计去大东的。"

席中有一个穿着素雅、神态沉静的年轻女子，是马方朔带来的客人，据马方朔介绍是横滨正金银行的女职员，小马叫她王小姐。她吃得极少，几乎不动筷子，一直沉吟不语，但对别人的讲话听得很专注，听到有趣的话，淡淡一笑。其实，徐佳林早就注意到她了。她的气质很娴雅，看上去很有教养，眼睛很漂亮，大而有神，宁静得像一潭清澈的池水。这潭水虽波澜不惊的，却带着些忧伤，她的头发上佩戴着一朵白绒线扎成的小白花，这是纪念死去的尊长或亲人的标记。她是为谁尽着孝？是父母亲？是丈夫？如果是丈夫，这么年纪轻轻的就守了寡，倒是很值得同情的。马方朔介绍她姓王，她鞠了个九十度的躬，这是个日本人的礼节，她的举止又确带有明显的日本女子的痕迹，而且，她偶尔投向自己的目光是一种探测的视线。凭徐佳林的直觉，这个年轻且风姿不凡的女子是个神秘人物，有着很深的背景。难道她是日本人？真是日本人，为何姓中国姓呢？

徐佳林决定试探她一下，举起酒杯，对她说："我们这几个人只顾自己尽兴，把王小姐冷落了。来，王小姐，初次见面，我敬你一杯。"说着，将杯中的酒一口喝完。

"谢谢！久闻徐先生大名，能有机会和你一起共进午餐，我感到荣幸。"王小姐毫不迟疑地喝了一杯酒。

"佳林，王小姐的大名叫王爱琴，正金银行日本大班的秘书，你要借钱的话，可找她，王小姐可是神通广大。"

"我不过是一个职员。不管调款的事，无非处理些来往信函、公文一类的事，有时替大岛先生当当翻译。"王爱琴讲着带有东北口音的国语，"不过，有人要找大岛先生商量借款子，我还能帮着牵牵线。"

"不胜冒昧，我想问一下，王小姐是哪里人？是东北人吧？"徐佳林问，"你的口音中有东北味，但听不太出来。"

"是。我在东北待过。"王爱琴坦率地说，"今后请徐先生多关照。我喜欢和文人打交道。"

"中国的文人都自命清高，不可一世，而且，虚伪得很，死要面子活受罪。譬如明明爱钱如命，见钱眼开，嘴上却总要把商人说成俗不可耐，把金钱说成粪土。"马方朔又说开了，"口是心非，这是中国文人的致命伤。"

"怎么会呢？花花钞票，真金白银谁不喜欢。"徐佳林说，"何必要这样做作呢？我以为，做人要说成功，无非两个字，才和财。才就是要有本事；财，就是钱，这是才能和本事的实际体现。所以说，才和财这两样东西是一个成功者的标记。"

"高见，高见！"马方朔赞叹说，"梁鸿志诗做得出色，但说话却很粗鲁实在，他有段名言：世界上有两种最龌龊的东西，一件是政治，另一样是女人的那活儿，男人偏偏就喜欢那两样东西！"

马方朔将徐佳林所说的才和财这两样东西用来和梁鸿志名言中的两样东西相提并论，有对比之意，实在不伦不类。

徐佳林不悦地说："马方朔，你讲话文明点，没看到有女士在场吗？我看你就热衷于梁先生说的那两样东西！"

马方朔脸上的笑容尽敛，变得一脸的尴尬。

王爱琴面无表情，装作没有听到他们的讲话。

“跑堂！”徐佳林扬着手喊道，“结账！”一个侍应生应声出现在桌旁，徐佳林掏出钱包。

马方朔用手按住徐佳林的钱包说：“这个账我来结，怎么能让你老兄破费呢？”

徐佳林把马方朔的手从钱包中移开，说：“不是讲好你请客，我结账的吗？”说着，从钱夹中取出一沓钞票，往侍应生手里一塞，说，“不用找了。”

李香梅和马赫从爱尔兰酒馆出来后，马赫又陪着李香梅到营地医院去检查伤口。他们先到麦瑞糖果公司买了几斤太妃糖，又买了一大捧白色的百合花。来到医院，李香梅将太妃糖送给几个美国护士，又将鲜花送给那个美国医生艾佛。艾佛医生高兴得嘴都合不拢，对李香梅说：“李小姐，几天不见，你变得像天使那样美丽。”

艾佛医生说着，替李香梅仔细检查了伤口，见擦破皮的地方已完全愈合。他用酒精棉球替她清洗了一番，再擦上一层用于消炎的药水，对她说，伤口恢复得出奇的快，不必再上药了，也不用包扎了。“你的手臂打上几场网球都没有问题了。”

“艾佛医生，你这么快就治好了我的伤，我不知道怎么报答？”

“我是医生，这是我应该做的事，而且你是个勇敢的女孩子，能有机会为你看病，是我的荣耀。况且，你还送了我那么美丽的鲜花。”艾佛说，“应该我谢谢你，而不是你对我报答什么。”

护士们吃着李香梅的太妃糖，道谢的同时，一再要李香梅经常到医院看望看望她们，她们在上海人地生疏，希望能交几个可以经常来往的中国朋友。

“你的战友为你开庆贺派对的时候，能邀请她们一起参加吗？”李香梅问马赫。

“当然可以，她们能来参加，还能解决一个难题！”

“什么难题？”

“你想，我们分队除了仅有的几个女兵，都是男兵，开派对时，我正担心为了争这几个小姐会打起架来。这些护士小姐参加了，就会好多了。”

李香梅这才想起兵营是和尚庙，即使去了几个护士，亦是粥少僧多。于是想起了一个主意，干脆让班里的女同学一起参加，这样不仅热闹，而且举行舞会就不愁阳盛阴衰，男女严重失衡了。

李香梅将自己的想法对马赫一说，马赫立即称好，要李香梅马上和同学联系，说妥后再确定时间地点。

有人来喊艾佛医生，要他去接电话。艾佛接过电话，又回来对李香梅说："联军司令部要我们几个军医到胶州路兵营，为谢晋元和其他几个将领检查身体。据我所知，他们的伤病员，包括一个姓杨的营长，都在其他医院疗伤。"

"艾佛，你能给我带封信给谢晋元吗？"

"当然可以。"说着，给李香梅取来了笔墨。

李香梅伏案疾书：

谢团副：

我系献国旗的东沪女子中学学生李香梅，惊闻四行仓库壮士被羁，愤慨之至。狼烟四起，日寇猖狂，山河变色。然我中国人，绝不甘受倭气，当同仇敌忾，万众一心，扫荡凶残，收我疆土。切盼先生保重，早日脱离浅水，率军杀敌。我等虽为女辈，愿效木兰，将我巾裳，换得征衣。赠照片一张，留作纪念。四行精神，当与日月同辉。

李香梅写到最后一个字时，两眼充满了热泪，从口袋里取出马赫拍摄、周徽翻印的那张在四行仓库屋顶升旗的照片，和信笺一起郑重地装在信封里，请艾佛医生给谢晋元检查身体之机交给谢晋元。艾佛医生接过信封，说："李小姐放心，我一定会交给谢晋元先生的。"

大隆染织厂的日本伤员终于全部撤走了，工人们也逐渐回到厂里，寂寥破败的工厂有了人气，技工们忙忙碌碌，一刻不停地对工厂进行修复。但李唯亭却陷入了重重的困境。股东们丝毫没有体谅之心，国难当头，工厂被占，侥幸免于战火，可说是死里逃生。但他们却不顾工厂和李唯亭的种种难处，竟然提出要退股，迫不及待把李唯亭掷在河里死活不管，他们竞相逃上岸去。这些人，实在是太自私太不解人意了。而几个月来在死亡线上挣扎，吃苦无数的工人们到厂上班后，对李唯亭说，能发一点吃饭钱当然好，但老板发不出也不要紧，只要机器转起来，大家就有活路。这些外表粗陋的劳工都能如此识大体、明事理，而那几个身为朋友，靠大隆厂发了财的股东却像讨债鬼那样逼人太甚。自从那天的董事会以后，每天都会派出代表到厂里来催讨钱款，这使李唯亭感慨，更感到心寒。而他又是个一诺千金的人，绝不会自食其言，所以，宁可晚一点复工，也要将股东的钱如期退还。

今天一上班，他就关起写字间的门，和龚总管一起，噼噼啪啪算起账来。其实，李唯亭心里那本账已盘算来盘算去的算过多遍，和龚总管也拨过好几遍账。几个股东合起来的股金有近百万元，可账上的流动资金加起来三十多万元。栈房里的坯布、棉布粗算一下，价值三十万元，可这是工厂的命根子，将这些原材料卖掉，加上流动资金，用来偿还股金，那工厂的复工就难以为继了，这等于是釜底抽薪，造成的后果是不堪设想的。

李唯亭坐在写字台前，满心烦躁，脸上像霜打般的冰冷。隔壁就坐着一位相识已久，相知甚深的股东，新近他又纳了一个妾，是仙乐斯舞厅的歌女，摩登漂亮，小有名气，受到过热捧。她的一首成名曲被灌了唱片，在许多商店的店堂里放着。

此时，这位头发已花白的老兄一边喝着茶，抽着雪茄，一边哼唱着这首歌：“江水月朦朦，殷殷盼再逢。杯酒劝君饮，怎知落花几度风？你问我，这良宵美梦与谁共？我问你，为何爱上海夜玲珑？”

这位仁兄虽五音不全，却唱个不停，唱到得意处，竟在会客室的地板上走起步来。公务楼的女职员都在笑他像怪胎。李唯亭实在听不下去了，站起来，走到会客室，敲敲敞开着的门板，说：“毛先生，请你别唱了，这里是工厂，不是仙乐斯舞厅。”

这位毛先生的脸色顿时变得很难看，怏怏地抬脚便走，在走廊抛下一句话：“李老板，我们那几个股金对你来说，算不了什么，请你早点退给我们。我们不是哭穷，家里真的快揭不开锅了。”

“毛先生，你和李老板这样的交情，不作兴天天来逼债的，李老板没有薄待你们，为何要落井下石，这欺人太甚了！”龚总管站在李唯亭的背后，气愤地说，“这世道，人心怎么会变得这么凶险！”

毛先生只当没听到，头也不回“噔噔噔”走下楼去。

李唯亭和龚总管又回到写字间。李唯亭往他的西班牙烟斗里塞烟丝，一边叹口气说：“老龚，说来惭愧，都是我李某没有本事，连一起打天下的兄弟都拉不住。”

“这怎么能怪你呢？是他们不够朋友，趁火打劫嘛。这个时候不帮衬就算了，哪有逼着退股金的，这不是把工厂往死路上推？”龚总管骂道。

“算了，老龚，只能同甘不能共苦的人，倒不如走了的好。我就是砸锅卖铁也要还他们的钱。”李唯亭想到这里，眼睛突然一亮，说，“有办法了！”

“什么办法？”

“现在上海房价奇高，我准备把家里的房子卖掉，估计连花园卖到二三十万元。老龚，你马上给我联系买家。”李唯亭似乎茅塞顿开，“家里还有点古董、首饰，也卖了凑凑，我估计差不多了。”

“这怎么行呢？虽然中日战争以来，许多有钱人从界外到界内来避难，一房难求，房价几个月来翻了几番。但你卖房子，住到哪里去呢？”龚总管摇着头说，“还不是办法，救了田鸡饿了蛇，再说，李师母也不会答应，女人对房子看得比命还重要，是动不得的。”

“留得青山在，不怕没柴烧。有了工厂，赚了钱再可买幢更好的大房子。”李唯亭说，“她是明白人，会想通的。”

“不行！此路不通。我看还是找银行想想办法，实在山穷水尽了，再考虑房子的事。”

“银行是最势利的，这种时候怎么会借钱给大隆？他们永远只会锦上添花，而不会雪中送炭。我已联系过几家，水都泼不进，对银行，我算是看透了。”

“有一家银行可以试试。”

“哪一家？”

“横滨正金银行。佐藤的女友真由子不是自说自话将大隆厂由英资企业改为日资企业吗？我看暂时不要去变更，不管真由子出于什么目的，我们将计就计，这样对工厂利多弊少。真由子是正金银行的职员，而且这家厂最早是她父亲的，看在这一渊源上，我们请她帮帮忙，以日资企业的名义向正金银行借钱。”龚总管很婉转地说，“再说，我们一直和日本人有生意往来，向正金银行调头寸，也是做生意啊，如能借上一二百万，就足以弥补了。”

“不行，日本人在大举进攻中国，千夫所指，万民声讨，我怎么去求他们借钱？”李唯亭说，“我宁可将工厂卖掉，也不能出卖国家。”

“这怎么是卖国呢？在商言商，我们不过是想利用日本人而已。借日本人的钱，发展经济，支援抗日，有何不可呢？都将工厂关了，抗日的资本从何而来呢？”

“虽然不是卖国，毕竟是向日本人低头，我们还是想别的法子吧。”

“也好，我再去和江苏商会、无锡商会的同仁商量商量，看看他们能否救救急。另有几家我们过去存过钱的钱庄，我去请他们吃顿饭，看有什么变通的办法。”

“你去办吧。那个佐藤的女人来历不明，你千万不要找她。借钱如要抵押，用美可制冰厂抵吧。丹沪和宇伟是我们的儿子。”李唯亭说，“还有，工厂复建要抓紧，机器一转，就活了。”

龚总管当即乘车去江苏商会、无锡商会面见会长。江苏商会的会长是镇江人，是四行仓库的所有者之一金城银行的老板。日本人攻占四行仓库，给四家银行的业务均带来震荡，用上海话来说，是“看枪毙带豁耳朵”。再加上这位会长的船队被日本飞机炸沉在长江里，使金城银行出现挤兑，正急得四处调头寸来熄火，泥菩萨过江，自身难保。只能对龚总管两手一摊，表示心有余力不足。无锡商会会长是有“面粉大王”“棉纱大王”之称的荣宗敬。荣宗敬因为不愿出任有日本背景的上海市民协会副会长，跑到香港去了。而荣德生，早就拆了机器，车运船载的，将工厂迁移到成都、重庆一带另起炉灶了。

不过，荣家在上海有十七八家厂，搬掉了几家，毁于战火几家，还剩下几家在租界内维持生产，由荣宗敬的两个儿子荣鸿元、荣鸿三管理。见龚总管前来求援，答应借十万元相帮。奔跑了半天，总算有了点结果。不过那几位钱庄老板，一听请吃饭，都猜到了用意，借故推脱，没有一个愿意赴约的。

十万元不无小补，但解决不了大问题。荣家虽财大气粗，其实日子也不好过，能挤出十万元，已经很不容易了。缺额如何来筹足呢？如果调不到足够的头寸，几个股东的股金如何退给他们呢？还有工厂的修复也不顺利，修理机器、增添设备还得要大笔的钱，这些钱在天上飞呐！想到这些，李唯亭感到被什么东西重压着，透不过气来。

在李唯亭烦恼的时候，还有一个人也很烦恼，他就是徐佳林。徐佳林和马方朔、王爱琴分手后，便回到《字林西报》大楼，这是幢八层楼高的石头建筑，大厦屋顶下矗立着裸体雕像。不过，在外滩的天际线上，与沙逊大厦、海关大楼，以及门前有两头威风凛凛的铜狮子的汇丰银行相比，它不是那么显眼。但作为建筑，它无论从哪方面来说，都是无可挑剔的。

徐佳林一走进这幢气派非凡的精致的大厦就会产生自傲和优越感。有时，他从这幢楼走出去，能感觉到路过的行人向他投来羡慕和敬仰的目光，他们可能认为，能在这栋建筑里办公的，一定是个大人物。他喜欢这样的感觉，喜欢人们这种目光。

他和张雨桐同在一个新闻部。除他们之外，还有两个记者，是英国人。这时，办公室里只有他和张雨桐两个人。张雨桐正在用英文打字机，噼里啪啦地在纸上打字，卷筒纸上已写得密密麻麻。徐佳林有话想跟她说，但见她在忙碌着，便独自站在窗前，目不转睛地看着繁忙的黄浦江和远处的浦东。江面上航行着一艘艘黑烟滚滚的巨轮，发出扑扑的马达声，此起彼伏地鸣叫着汽笛，甲壳虫般的帆船和小舢板在轮船周围漂浮着，黄浦江永远是这样匆忙和生气勃勃。

张雨桐终于将一篇新闻稿写完了，她利索地拉动亮闪闪的拉杆，将纸取下来。她长长地舒了口气，眼睛从金丝眼镜背后看着徐佳林的背影说："佳林，你好像有事找我？你说吧。"

徐佳林冷不防被这个反应敏捷的才女点穿了心思，不自然地笑起来，说："没有什么事，我只是想随便问问，昨晚九星戏院发生枪击时，你碰到香梅了？"

"是，我和龚宇伟在九星戏院附近碰到了她，她刚从戏院里跑出来。龚宇伟告诉她，她的同学在找她。"

"你告诉她你和我一起参加美国海军陆战队新闻招待会了，提到了马赫？是这样吗？"

张雨桐没有马上回答，她打量着徐佳林的神态，猜度着他问这话的意图。她隐隐感觉到，徐佳林和香梅可能产生了龃龉，而且和自己昨晚见到香梅有关。她想起香梅对她的问话，她曾说过，如要寻找投稿者，可到文牍室查登记表，便可轻易地查到他们的地址、电话和真实姓名。她是随意说到这些的，但香梅当时的反应似乎有些异样。她想着，忽然若有所悟，要是徐佳林和香梅真有什么误会或者争吵，必定是因为马赫引起的。估计是徐佳林不想让香梅见到马赫，有意隐瞒自己有办法找到这个向《字林西报》投照片的美国士兵，但香梅却见他心切。然而，人算不如天算，偏偏让香梅在戏院碰到马赫，还由于自己的不小心，揭穿了徐佳林玩的小花样，使得香梅很是生气。

这是可以理解的，女孩子最反感的就是恋人对她说谎话，即使是善意的谎话也不会接受。因为说谎话就是意味着不忠诚，而不忠诚对任何女人来说都是大忌，也是很伤心的，是不可原谅的。何况，马赫是香梅的救命恩人，她急于要找到这位有恩于她的人，对他进行报答，这是人之常情，可徐佳林不仅不帮忙，反而百般搪塞，敷衍，甚至欺骗。态度不好还是其次，更主要的是，这使香梅会对徐佳林产生不信任。即将结婚的男女是敏感的，都不容得对方人品上、感情上出现污斑，就像眼里容不得沙子一样。所以，徐佳林这样做，不管出于何种动机，结果却是适得其反。

张雨桐也看出，徐佳林虽尽量装得沉着、镇定，实际上，他的内心是很失落、纠结的。他看着自己，时间一分钟一分钟地过去，房间里很静，近在咫尺的海关大钟的报时曲又响起来，巨大的声音横扫房间。

等钟声停下来，张雨桐站了起来，她知道自己不需要斟酌什么词句，也不用掩饰什么，而应该直率地把一切都说出来。于是，张雨桐把昨天晚上和李香梅碰到时的对话，一字一句、毫无保留地告诉给徐佳林。她也没回避马赫，她说，她和龚宇伟碰到李香梅的时候，她正和马赫在一起，正是马赫，以军人才有的反应和速度，拉着李香梅脱离险地，再一次救了李香梅。马赫是一个优秀的军人，他体现了军人的勇敢和荣誉。

“我知道你要问什么，心里在想着什么，如果我没有猜错的话，香梅为你的态度和做法生气了。她生气得对，她感到自己的感情受到了挫折。换了我，我也会生气的。”张雨桐坦然地说，“不错，我对香梅可能说多了，使得你们之间节外生枝，我向你道歉。可是我不懂，你为什么要对香梅遮遮掩掩呢？为什么不能在这件事上对香梅真诚相待呢？你怕什么呢？依我看，你还不懂得香梅的心。两情相悦，最最重要的就是相互之间要像玻璃一样透明，一目了然。可是，你让香梅感到是模糊的，这使她恍惚不安，心里很不踏实。要解开这个结，你不用多解释，这没有用，只会越描越黑，最简单的办法，就是把你的想法，你为何这么做，你犯的错，坦率地向香梅承认。说穿了，你不让香梅见马赫，无非是怕他们之间会发生什么。这是多余的，你们已到了很快要走进教堂，向上帝宣誓的时候了，你怎么还不放心她呢？说句不好听的话，该发生什么你也拦不住，况且，你和香梅认识那么长时间了，你会不了解她吗？”

徐佳林听了这番话，好久没有出声，他显得很平静，张雨桐的话，是说到了要害处的，把他隐蔽的内心都揭露出来了。他不得不承认，张雨桐聪明绝顶，在她面前，你的内心活动和想法，都别想深藏起来、掩盖起来。他也承认，张雨桐说得很坦诚，而且言之有理。她和李香梅说的那些话，是说者无意，听者有心，绝不是在搬弄是非。她有些话说得不留情，分量很重，但没有奚落挖苦之意，而是说得很中肯、很实在，处处为自己着想。

原来人心是一层薄脆的壳，很容易给捅穿的，今天张雨桐就把自己的心壁捅得粉碎。徐佳林沉默了好久，才说：“雨桐，你说得有道理，我知道自己应该怎么做了！”

“知道就好，和香梅好好谈谈吧。”

“可是，她在感情上一直有些不冷不热，像烧不开的水，缺乏足够的热度。”

“这没有关系。问题还在你身上，凭我的经验，男人和女人，都不应该戴面具。我指的是无形的面具。我参加假面舞会时，总感到有些恐慌，人为何要把自己的真面目盖起来呢?”

从《字林西报》大厦出来后，徐佳林精心挑了几样点心，来到李香梅家。李师母在客厅和一个很优雅的女子在讲话，那女子正在编织毛衣，抬头瞥了他一眼，那眼睛是水灵灵的。她向徐佳林微微点了点头，便起身回房间。

“你不认识她吗？她就是唱绍兴戏的胡彩华。”李师母小声说，“昨天出了事，龚先生让她在这里住几天，日本人说不定还在盯着她。”

“原来是她，越剧皇后。我说呢，怎么会这样面熟。”徐佳林说，“香梅呢？在不在家休息?”

“一早就出门了，刚才来了个电话，她到学校去了，电话是在宿舍打的。说去美国军队医院检查过伤口，一点都不碍事了。”李师母说，“说是在家休息养伤的，可根本没有好好地歇，这小囡，心变野了。”

“她是硬伤，用不着整天躺在床上，出去散散心也好。”

“佳林，你今天在这里吃了晚饭走。你和香梅好好谈谈，赶紧把事办了，不要再拖了。”李师母很郑重地说，“我还是那个意思，先订婚，再结婚，嗯，我想起来了，你们订婚戒指买了没有?”

“还没有，我连香梅的面都见不上，怎么有时间去买呢？香梅说，我随便去挑一对就可以了。可我想，戒指不是别的东西，还是要我们俩一起去，挑个称心如意的。”

“对，香梅真不懂事，戒指是定情物，怎么能随随便便，捡到篮里就是菜呢?”李师母埋怨说，“等会儿我来说她两句，香梅从小就是乖囡囡，会听我的。”

这天晚上，胡彩华被丹沪接走了，说是到制冰厂去商量事情。香梅回来后，见徐佳林在，正眼都没有看他一眼，和母亲打了个招呼，就上楼去了。徐佳林见状心里很不是滋味，蜷缩在沙发里。李师母看得有些不忍心，示意他到香梅房里去，和她说说话再下来。

于是徐佳林上楼，他在香梅房门前站了一会，鼓起勇气轻轻叩了叩门。房门开了，徐佳林走了进去，说：“香梅，我错了，都是我的错。”

香梅指指靠窗的软靠椅说：“你坐着说吧。”

徐佳林坐下后，按照张雨桐所说的，把自己的真实想法都抖落了出来，说他是妒忌心理作怪，看不得香梅和别的男子热络，对马赫抱有戒心，因为香梅好莱坞电影看多了，马赫又长得英俊，因此，很不情愿她和马赫来往，虚虚实实，不由自主地蒙了她。

徐佳林的坦诚让香梅的心软下来，又看到他坐在那里，一脸的憔悴，眼色呆滞，已丝毫找不出平时顾盼自如的模样，知道自己昨晚有些话讲得太重，伤了他的心，心里生出些歉疚，神态和缓下来。

“你还不相信我吗？你这个醋吃得一点道理都没有。”香梅好声说，“以后，我们有什么说什么，像今天一样，痛痛快快的，不要犹抱琵琶半遮面的。”

徐佳林见香梅的态度又变得像以前一样温柔，脸上的笑容虽然浅浅的，却是发自内心的。他一下轻松了下来，言语、举止也自在起来。

李师母很及时地上楼，重复了要他们订婚、结婚的事。眼下要办的就是买戒指、登启事、订酒席，李香梅都同意了。李香梅说，时间要好好排一排，还要请马赫吃顿饭，答谢他的救命之恩。徐佳林说，还是安排国际饭店，我去安排吧。

吃过晚饭后，徐佳林和李香梅一起到霞飞路一家有名的珠宝店买了一对价格不菲的钻石戒指，香梅那只三克拉的南非火钻，亮晶晶的如黄豆大一颗。李师母见了，满心欢喜，觉得完成了一件大事，在她眼里，佳林也真正地成了自己的女婿，是一家人了。

李师母的好心情没有持续多长时间。丈夫回来后，关起门来和她商量，为了保住工厂，退回股金，真是调不到头寸，就只能卖掉房子。李师母听后，心里有点悲凉，她一句话也没有说，只是哭了一夜。第二天一早，双眼红肿地问："除了卖房子，就没有别的路子了吗？"

“没有了。”

“你看着办吧。我知道你非到走投无路，不会连自己的窝都要卖掉的。”说完，她长长地叹了口气。

第八章
美军营地的派对

马赫的庆贺会本来是要在驻军营地的草坪上举行的。这里的场地足够宽阔，士兵们不仅能在草坪上操练，还能打篮球、打橄榄球，举行各种集会。营地之所以设在这里，就是看中了这片场地。但这次的庆贺会不单单是庆贺，还要举行派对，更非同小可的是，东沪女子中学有二十多个女学生要来参加，和美国士兵联欢。这在上海是从未有过的事。

所以，当李香梅前几天和马赫在爱尔兰酒店喝着苦涩的黑啤，嚼着炖羊肉时，突然心血来潮，说要动员女同学和她一起参加派对时，马赫兴奋得不能自制。他回去一说，军营立即沸腾了，军营从来都是男人的世界，除了极个别从事文秘、电话转接、翻译的女军人之外，军营与和尚庙相差无异，都是清一色的小伙子。

即使在这空旷的草坪上，经常活跃着士兵们生龙活虎的身影，但其实他们的心里还是感到寂寥冷清的。忽然，一下要来这么多如花似玉的妙龄少女，美国士兵们理所当然要欣喜如狂。女子学校的女孩子们平时都很矜持的，私下议论男人，也是只和最知心的朋友，关在房里拉上窗帘窃窃私语。然而在公开场合，她们个个都是目不斜视，像高傲的公主。可在这满目都是女子的地方，因为缺少些阳刚气，也未免不够精彩，在沉静自若的背后悄悄激荡着一股不易察觉的暗流。女孩们会悄悄地谈另一半，但那不是在谈男人，而是谈婚嫁，她们谈婚嫁的口气就如同在谈一堂课的内容，或者是在讨论老师布置的某一道题目。

当李香梅对范吟月和赵雅丽说起要请全班二十多个同学到海军陆战队军营参加派对，和美国大兵联欢时，她们俩当即就激动得红了脸，那种兴奋劲几乎按捺不住了。

“香梅，你再说一遍，是我们到军营去参加派对，和美国人?”范吟月睁大眼睛，不相信地说，“我们全班都去?”

“是的，这件事是我提议的，本来邀请我一个人去，我一个人怎么行呢？对付那么多‘密西西比河的热带雨林’和‘美国野牛’，僧多粥少。”

“僧多粥少？你这是什么意思?”赵雅丽问。

李香梅发现自己用字不当，而且用得不雅，忍不住脸一红，连忙说：“雅丽，你想到哪里去了？讨厌!”

“是你说僧多粥少的，我没说什么呀!”

“雅丽，你别打岔。香梅，我问你，这派对有些什么内容?”范吟月推了赵雅丽一把，阻止她说下去，然后问香梅说，“我们去的话，要预备些什么呢?”

“派对嘛，不外乎是跳跳舞，唱唱歌。对了，因为是给马赫授勋章晋级庆贺，说不定还有人讲讲话，具体的还要和他们商量。我担心，我们班里去不了多少人。我可是答应全班都去的。”

“不要紧，我来动员。这是难得的机会，大家都会去的。”范吟月说，“当然，有人不愿意去，也不勉强，我们可邀请别的班派代表去。”范吟月是班长，在全校的活动中，也常常是个组织者，又是校刊《名媛》的主编，在同学中相当有号召力。

这件事就这样说定了。范吟月去向校方报告，校方说，礼拜天去，是你们的自由，但要注意教会学校学生应有的礼节和修养。得到校方的同意，范吟月就在班里动员，结果除一个女同学因家里安排了相亲，时间冲突，不能外出，其余都踊跃地报名参加。别的班里听说了，也要求参与，范吟月就自作主张，每个班派两个代表，这样，人数一下子就增加到近四十人。

为了这件事，李香梅和范吟月一起，又和马赫碰了次头。马赫在外白渡桥值勤，她们利用中午休息的时间，搭电车到外滩，然后步行到外白渡桥。

马赫正在给站岗的一个日本士兵拍照，他让她们等一会儿。那个日本兵摆出各种姿势让马赫拍，拍了几张，忽然死死打量着李香梅。李香梅不明白这个日本兵为什么要用这样的异样的眼光看她，便板起脸转过身去。马赫走过来对香梅说："岗田求你去和他合个影，你答应他吧。"

"谁是岗田？"香梅问。

"就是我刚才给他拍照的日本军人。"

"我怎么能和不认识的人随随便便合影呢？而且他还是一个可恶的日本鬼子，我不去！"

"他是好人。原来是北海道的渔民，家里有一个年迈的母亲，天天端了张小桌子，坐在屋前，面向大海，盼他回去。每天都要坐到天黑才回去，关院门前，还要朝远处张望一会。有时半夜听到外面传来脚步声，忍不住要下床去开门，以为儿子回来了。所以，他希望能和一个漂亮的中国女子合拍张照，寄回给老母看，说在中国找到女友，将来会带回家结婚生子，让老母亲得到些安慰。岗田怪可怜的，他真的是好人，反对战争，从来不对平民开枪。"马赫耐心地劝说香梅，"日本兵也有好有坏，有的是刽子手、屠夫、杀手，也有善良的人。岗田就很善良，他读到高中，懂得英文，还是个基督徒。"

香梅和范吟月听马赫这么说，便看了岗田一眼，果然是张憨厚的脸，他用生硬的中国话对她们说："我的要求也许太过分了，可我真的没有其他用意。我是为了让可怜的母亲稍微高兴些，我父亲是在海上淹死的，她就只有我一个儿子。我应征入伍，她靠补渔网为生，她实在太可怜了。"说着，竟两眼含着眼泪，哽咽起来。

李香梅还是不愿意，范吟月也不愿意，她们面露难色。

马赫竟然有些生气，激动地说："香梅，没想到你们女孩子的心这么硬。我知道你们恨日本人，可是岗田的母亲与这场战争毫无关系，她也是受害者，战争使她和儿子骨肉分离。"

李香梅又踌躇了一会，便往日本人身边一站，对马赫说："我看在你的面上，你拍吧。不过，请岗田脱下军服，我无论如何不能跟一个日本兵合影，我只当他是北海道的渔民。"

岗田听懂了，脱下军服，摘下军帽，放下武器，马赫见他穿得单薄，便毫不犹豫地把自己的呢子大衣送给他，让他穿上，然后要李香梅和岗田靠得近些，即便笑不出来，也要尽量装得自然些。拍过照后，岗田又是鞠躬，又是道谢，满脸的感激之情。岗田要把呢子大衣还给马赫。马赫说："送给你的，我看你穿得太少了。"岗田说："日本军队的装备和英美军队的装备不能比，有天壤之别。可我拿了你的大衣，你怎么办？"马赫说："你别管我，我会跟军需官说，大衣不小心丢了，再补领一件。下次，我再送套西装给你。岗田说，我们不准许穿便服，你送我也用不着。”

香梅和范吟月和马赫商量派对的事。马赫很干脆地说：“你们来多少人都可以，定下时间后，通知你们。埃克森说，到时候派军车去接你们。”

范吟月说：“也好。周末我们不回家了，在学校等你们。结束后再各自回家。这样比三三两两的去好，省得还有人摸不着地方。”

回学校的电车上，范吟月眨着眼睛，在想着什么。香梅因为把派对的事讲定了，精神很轻松。电车里很空，一路当当地响着，微微地摇晃着，香梅竟打起盹来。

“香梅，你怎么睡着了？我有话对你说。”范吟月把李香梅推醒说，“我觉得马赫这个人有些怪兮兮的，不太好理解。”

“有什么怪的？”

“他一枪打死了指挥打仗的日本中佐，却又那样同情一个思念老母亲的日军小兵。还送他一件军大衣，你说怪不怪？”

“他就像孩子一样，快快活活的，爱憎分明，什么都由着性子来。”香梅说，“他并不怪异，就是这么一个天真单纯的性格。”

“看来那么短的时间，你对他很了解了。”范吟月打趣说，“我听说，有些人许多年待在一起，还会感到陌生，互相也不了解。但有些人一见如故，心有灵犀一点通。你和马赫就是这样。”

“什么心有灵犀一点通？你别瞎三话四。”李香梅听后，陡然一惊，嗔道，“不过，你说得不错。有些人相处的时间很长，还像隔着一层什么东西，怎么也想不到一起去，甚至还会变得像个陌路人。”

“你和你那位‘黑漆板凳’怎么样？应当是非常相知了吧，不会有什么隔阂了吧？”

李香梅随口说：“非常相知谈不上，相互起码还是了解的。”说完，她就扯开了话题，不愿多说什么了。

这天晚上，李香梅睡在宿舍的温暖的小床上，久久没有入眠。这是个无星无月的夜晚，昏暗的路灯将光秃秃的枝桠投影在窗帘上，演化成奇形怪状的花纹。风很大，一阵阵刮着，吹动着窗子，发出吱吱嘎嘎的声响。寒气很重，从窗缝中透进来。因为被窝里放着热水袋，还有黄铜的“汤婆子”，李香梅一点都不感到冷。她在黑暗中睁大眼睛，胡思乱想。范吟月跟她说的话，反复地在她耳边回荡。自己认识马赫没几天，却好像十分熟悉，很了解他了。他整个人就像他那双蓝眼睛一样，透明澄清，一下就能看得很清楚。而对徐佳林就不一样，虽然认识很久了，而且已订下婚约，马上就要嫁给他，但自己还是看不清楚他。不能说不了解他，他的求学经历，他的工作生活，他的家族背景，香梅都知道，但就是觉得他这个人的内心少了点坦诚。香梅看他，就好像隔了块毛玻璃，模模糊糊，影影绰绰，看不太清。至于两人之间的默契，更是缺乏了。想到这里，李香梅的心怦怦跳着，她对马赫和佳林的比较所得出的结论让她吓了一跳。她想，怎么会这样呢？难道对佳林的了解竟不及只有几面之交的马赫吗？这是真的吗？她不敢相信，心里有些挣扎，有些像受到惊吓的小鹿似的仓皇。就这样，她折腾了一夜，到快天亮时，她又昏昏欲睡了，可在迷迷糊糊中，起床的钟声敲响了。一夜好睡的范吟月、赵雅丽起床了，精神极佳，而香梅却一脸的倦意。

“香梅，你气色不好，昨晚没睡好？”范吟月问她。

“是的，很长时间没睡着，难受极了。”

“为什么？”

“都是你害的。”李香梅边说边走进卫生间，用冰冷的水洗脸。冷水让她变得清醒，脸色也好一些了。

范吟月在门口堵住她责问：“香梅你给我说清楚，我害了你什么？”

香梅没有勇气承认昨天范吟月的几句话深深地触到了她的心。她用毛巾擦着脸说：“你别当真，跟你说句玩笑话。”

转眼就到了周末。李香梅预先和家里及徐佳林打过招呼，让徐佳林不要到校门口来接她，她要和几十位同学乘美国海军陆战队的军车去美国驻军军营参加派对。

但是，徐佳林还是驾驶着福特车，远远地停在东沪女中马路对面的法国梧桐下。粗大的树干和人行道旁的一道高高的围墙暗影，把车子遮盖住了，而女中的校门口亮着一盏明亮的灯。校门口是在明处，徐佳林是在暗处，他坐在车里可以观察校门口的动静，连一只野猫从里面窜出来都逃不过他的眼睛。

虽然李香梅原谅了他，两人重归于好，而且去买了订婚戒指，在《申报》和《字林西报》中英文版上，刊登了他们订婚的告示。徐佳林还利用职务之便，将告示登在显著的位置，比通常同类型广告的面积大了一倍多，而且是中英文对照。但徐佳林心里还是不踏实，马赫的阴影依然笼罩着他的心。他担心香梅所说的几十个同学参加派对是骗他，说不定是香梅和马赫单独约会。

李香梅没有骗他。他看到四五辆有车篷的军用卡车一长溜地停在校门口，接着一群神情雀跃的女学生出来了。她们没有穿校服，每个人都经过精心打扮，穿着得体，大方而不失高贵，一群光彩照人的美丽少女。她们有秩序地爬上汽车。徐佳林没有留意李香梅上了哪一辆车，他只看到马赫和范吟月前前后后地奔波着。李香梅坐在第一辆卡车的驾驶室里，她穿着驼色呢大衣，戴着同样颜色的贝雷帽，这身打扮，徐佳林从未见过，所以她没有进入他的视线。

军用卡车的马达发动了，驾驶员打开两盏车前大灯，车灯的强光驱逐了马路上浓重的夜色，把周围的一切，照得就像阳光下的尘埃那样，统统显现出来。李香梅无意中看到马路对面停着一辆小汽车，这辆车很眼熟，好像在什么地方见过。光束下，她看清了车牌上的号码，她双眼立刻发亮，原来这是佳林的汽车，她看到驾驶座上坐着人，但好像低着头，没有看清他的面容。可那轮廓分明是徐佳林，他在这里做什么呢？李香梅感到疑惑，不是跟他说好不要到学校门口来接她的吗？怎么还是来了？

车子开得飞快，四轮军用卡车的阵仗不小了，隆隆地在上海的马路上驶过，引起许多人的注目。

李香梅很快就忘掉那辆蛰伏在幽暗中的福特车和车内的徐佳林了。在风驰电掣般的车里，她的心早已飞到军营里的派对现场了。

庆贺会是在军营的大餐厅里举行，餐厅的长条餐桌已撤去，地板重新洗刷一新，洗掉了烟气和食品的味道。大厅安装上彩灯，天棚上悬挂着彩纸，一盆盆绿色的长青植物映着闪烁不定的灯光。大厅的一端布置了一个简朴的主席台，台下坐着军乐队，摆着麦克风。军乐队的长号、圆号、萨克斯管、长笛等乐器锃亮发光。

在靠主席台的左边的一角，摆着好几张铺着桌布的长餐桌，上面摆着西点、咖啡壶、一瓶瓶香槟，和无数只玻璃酒杯。

二分队的美国士兵穿着草绿色的卡其布正装，整齐地坐在一起，个个满面春光的，时不时挤眉弄眼的。当马赫领着五十多名女学生走进来时，士兵们不由自主地鼓起掌来。

李香梅看着庄重又充满喜气的大厅，一下就陶醉了，特别那多彩的灯光让她感到炫目。在路上的时候，她有些紧张，更有些兴奋，身上发着热，膝盖微微打战。但她一走进大厅，看着黑压压、齐崭崭的美国军人，她的心里一下就松弛下来了。其他的女同学绝大多数也是第一次见到这场面，都显得有些腼腆，低垂目光娇羞地笑着，见过世面的上海滩最漂亮的一群少女，居然还是那么拘谨，像旧式婚礼中的新娘。

士兵们都目光灼灼的，看着这批年轻的中国女子在他们面前走过，在一边的椅子上落座。她们没有首饰的闪光，也没有浓妆，几乎个个都是素面朝天，发式不是短发，就是梳着辫子，她们的服饰，从质地、款式到颜色，都是无可挑剔的整洁、高雅和得体。优裕的家庭环境和教会学校的教育，使得她们既有女学生的清纯，又有淑女的婉约。

军乐队和那些"洋琴鬼"不一样，奏的都是节奏明快、铿锵有力的乐曲。一会儿，埃克森上台了，范吟月也跟着上台。埃克森穿着军官礼服，风度翩翩，很帅气。范吟月身穿讲究的丝绒旗袍，梳着中国式发髻，像宋庆龄那样的发式。高挑的身材显得婀娜玲珑。

乐队奏迎宾曲以后，埃克森开始讲话。沈石蒂照相馆的周徽上上下下地拍着照。埃克森说："今天晚上本来是美国海军陆战队自发组织的庆贺马赫上士获得勋章和晋升的晚会，由于东沪女中这么多漂亮小姐的光临，晚会就成了美国军人和中国女学生的联欢会。我们的军营还是第一次美女如云，真的，我到现在都难以置信，我像是在做梦。我要说，今晚是上海美国海军陆战队的骄傲，因为，这个夜晚太美妙了。在这里，我要向马赫上士致谢，向李香梅小姐致谢，向美丽的中国小姐致谢。"

在鼓掌声中，范吟月讲话了，她用标准的英语说："我不想多说什么，因为良宵难得，不能浪费大家的时间。现在，让我们请今晚真正的主角——马赫先生和李香梅小姐到台上来。"

马赫和李香梅一愣，但马上站起来，朝台上走去。乐队响起了熟悉的旋律，李香梅听出来了，那是马赫在寂静的夜街上唱过的夏威夷民歌《骊歌》，在这样的场合奏伤感的歌曲，并没有人感到突兀，反而让人在喜庆之气中感受到一种深沉的沧桑，体味到欢乐的珍贵。

李香梅一听这清越如鹤唳猿啼般的曲调，眼泪便涌出来了，人生本来就聚散无常，而《骊歌》所唱的惜别，使她意识到欢聚的难得。她和马赫并排着站在舞台上，所有人的目光都对准着他们俩，大家都情不自禁地鼓起掌来。

忽然，马赫摘下胸前金光闪闪的独立和平勋章，勋章上端是一小段墨绿色的绸带。他转过身，把勋章别到李香梅的胸前。台下的士兵们站了起来，放开嗓子欢呼起来，女学生们不再拘束，也都边鼓掌边高兴地呼喊起来。李香梅心像擂鼓一样，脸也红了，情不自禁地抓住了马赫别勋章的手。马赫别好后，把李香梅的小手在手掌里紧紧地握了一下，一双蓝眼睛热烈地看着香梅。香梅的心跳得更快、更响，赶紧把眼睛移到别处。

马赫又转过身，行了个军礼，李香梅也立刻行了个童子军的军礼，礼行得有点笨拙，大家笑成一团。台上台下的一幕幕，都拍进了周徽的照相机里。而马赫的照相机则给了另一个会拍照的士兵，两只照相机的闪光灯，在场子里亮个不停。

范吟月和埃克森耳语，埃克森点头。范吟月又和乐队小议了几句，便上台对着麦克风说："马赫上士将他的勋章送给了李香梅，我认为，李香梅受之无愧。作为香梅的同学，我也认为她是我们东沪女中全体学生莫大的荣耀。"范吟月言语生风，在全场又掀起了一阵波澜。范吟月继续说，"下面我们举行舞会，按照规矩，请埃克森中校打开香槟，然后由马赫先生和李香梅小姐首先入舞池，跳第一支舞。"

于是，有一个士兵，取了一瓶香槟，跑到台上，递给埃克森，埃克森接过后，"嘭"的一声，拔开塞子，酒沫推絮滚雪般的喷射出来，埃克森用湿漉漉的双手摇晃着酒瓶，酒沫四处喷射，飞溅到士兵们、学生们身上，女学生惊叫一片，士兵们若无其事。紧接着，军乐队奏起优美的外国舞曲——美国民歌《金发的珍妮姑娘》。

马赫向李香梅做了个邀请的姿势，两人走下台，踏着节奏跳起舞来。大灯关掉了，点燃起蜡烛，营造出温馨浪漫的气氛。马赫不太会跳舞，舞步生硬，身子前倾，有点像他做伐木工时扛着木头走路的样子。有几次，马赫不小心踩到香梅的脚，他小声地道歉。两人跳了一会儿，马赫在香梅的提醒下，脚步才慢慢顺了起来。

"我拖累你了。我跳舞的样子一定很难看！看上去像狗熊走路，是吗？"马赫说，他的额头、背上全是汗。

"不，你跳得很好，就是步伐走得像在操练，硬了一些。"李香梅说，"不过，你的节奏感不错。"

"你的舞跳得实在好，是在哪里学的？"

"在学校里学的，教会学校要培养我们成为标准女人，那就是蕙质兰心，淡秀天然。既要有文化，又要懂家政，也要陪未来的丈夫应酬，所以要会跳舞。我们有专门的老师教，不过，是女生跟女生一起跳。跟男子跳，我今天是第一回。"

“真的？我没想到我会成为和你跳舞的第一个男子，我太幸运了。”

“我也感到幸运，这是你给我的机会，使我能到军营做客。外国军队的营地原来对我来说，是很神秘的地方。”

“我对女子学校也感到神秘。”

“有什么神秘的？清一色的女生罢了。”

“有男教师吗？”

“有。还有神父、嬷嬷。看我们宿舍的就是一个嬷嬷，我们叫她‘猫头鹰’。”

“为什么叫她‘猫头鹰’？她晚上不睡觉吗？”马赫笑起来，“我可以想象，她一定有一双在晚上闪闪发光的眼睛。”

“发光的眼睛倒没有，就是管得我们太严，眼睛整天盯着我们的一举一动。其实，她心很好，谁半夜里不舒服，她会给你送药。”

马赫盯住李香梅的脸看着，忽然凑到李香梅耳边说，“今天你们来了这么多女孩子，数你最漂亮，不，我看全上海的女孩子，没哪个能超过你的。不是我恭维你，这是真的。”

“你别夸张，好不好？”李香梅说，“我们学校有校花一号，校花二号，校花三号，三个人都是国色天香，你去一看，就会知道你看错眼了。”

“我不管她们什么号，我相信，她们及不上你。”

他们就这样东一句，西一句的说着，优美的音乐在回荡，烛光摇摇曳曳，照得两人的脸忽明忽暗。在他们跳了一会儿后，大兵们早已按捺不住地邀请女学生们入池跳起来，大厅里一对对翩翩起舞，满场子地旋转着。埃克森没有跳，坐在旁边喝着咖啡欣赏。范吟月也没跳舞，陪他坐着。埃克森请她抽烟，范吟月说不会，却帮着中校划火柴点烟。那是美国式火柴，又粗又长。

歌曲就这么一首首放着，舞就不停地跳下去。李香梅和马赫连跳了三曲，马赫跳得一曲比一曲自如，再也没有踩到李香梅的脚尖。他们边跳边谈，说了许多事。

忽然，马赫问她：“李小姐，你有男友了吗？我是说，你有心上人了吗？”

“有了。”李香梅扬了下无名指上的戒指说，“我已经订婚了。”

“订婚？这么说，你已经有了未婚夫？”马赫吃惊地问，脚步一下乱了，“我从未听你说起过啊？”

“我是没有告诉你，可你也没有问起过啊。”

“他是干什么的？”

“他在《字林西报》当记者，我们认识好多年了。”

笑容在马赫的脸上消失了，他再也不说话，很勉强地跳完这一曲舞，回到了位子上，倒了一大杯香槟连酒带沫的“咕咚咕咚”喝下去，然后呆坐着，和刚才那个欣喜如狂的马赫判若两人。李香梅见他神色大变，知道是告诉他已订婚引起的，心里也有些恍惚。她有些后悔告诉他，但旋即又认为跟他讲是对的，既然他问了，就该实话实说，再说，他早晚会知道的。从马赫神态的变化中，她隐隐感觉到马赫对她有那么点意思，女人在这方面是最敏感的，不然，他不会这么神情失落。但她又否定了自己的想法。也许马赫是对她这么年轻，还是个学生就许配于人感到不快。他可能认为像李香梅这样能冒死献旗的女孩子，是个理想主义者，他不能相信她那么急迫地成为别人的妻子，成为一个少奶奶。

她不想对马赫解释，这样的私人生活没有必要对一个初识的人解释，而且她不知道如何来解释，可是，她又感到不安，好像自己做错了什么事，说错了什么话似的，心里很过意不去。

舞会真正地变成了狂欢，这些年轻人不再是双双地合着舞曲的节奏跳舞，而是手拉手的成了几个大圈，每个人都热烈地顿着脚、呼喊着，就像那些土著部落围着篝火手舞足蹈一样狂放，连埃克森也拉着范吟月的手入了圈，喊着跳着，场子里欢乐激荡到了极处。女孩子的脸庞绯红，眼光闪熠，而士兵们热得都脱去了上衣，在地坪上猛烈地跺着大头靴，传递着美国式的奔放和浪漫。

只有马赫和李香梅安静地坐在一旁，在沸腾的场子外，显得格外孤独和冷清。马赫的神色和缓了些，偶尔给香梅添咖啡，递上一小碟甜点，彬彬有礼，悉心照顾，但话还是不多，两个人都有些不自然。那枚勋章还挂在李香梅胸口，刚才跳舞的时候，它一直在胸前跳动，敲击着她的心。现在，它垂在李香梅的胸口前纹丝不动的。香梅觉得它在往下坠落，扯着她的心在往下掉。

没有不散的宴席，没有不尽的良宵。联欢会终于结束，不少人仍感到意犹未尽。有几个女学生和舞伴相互留了姓名、电话，以便以后联系。

马赫把李香梅送到军营门口，女同学都各自回去了，有的乘电车，有的乘出租车，也有结伴步行。马赫茫然地站着，看着李香梅上了一辆出租车，两人相互挥了挥手。

第二天是星期天，李家已商定，全家中午到国际饭店办一桌酒宴，作为李香梅和徐佳林的订婚酒。

徐佳林一早就来了，换了身英国产的花呢西装，色泽是咖啡色条纹的，外面披一件浅灰色人字呢大衣，戴一顶灰色呢帽，从头到脚都很精致，容光焕发，斯文而又气派。除手里捧着鲜花外，他还给香梅买了一件灰鼠皮草短大衣。也没有忘记给岳父母备礼物，送了李唯亭一块夜光劳力士手表，送了李师母一对上品翡翠玉镯，花了他很大一笔钱。还给丹沪买了一打衬衫，半打丝袜。

李香梅还在熟睡之中，昨晚回来毕竟太晚了，心里为了马赫又有些郁闷。她进大门时，那么冷的天，萧萧落木的，看到丹沪和胡彩华还在花园里。胡彩华倚着一棵树站着，在吃吃地笑着，丹沪说着什么，看到李香梅就不响了，问她："回来了，玩得开心吗？"

香梅深深看了他们一眼说："天太冷了，怎么不到屋里坐着说话。"

胡彩华说："我们在外面透透气。"

香梅刚走了几步，丹沪喊住她，她又走回来。

丹沪说："父亲决定把这里的房子卖掉后偿还几个股东的股金，妈也同意了。"

香梅说："我已经知道了，爸爸要卖掉房子，可能是实在没法子想了。"

丹沪说："最好不要卖掉，否则我们都要住到大街上去了。我正在另想别法，你和佳林谈谈，他熟悉的人多，看哪里能调到头寸，可以用我的厂、大隆厂抵押。"

香梅说："我不想求佳林。"

丹沪说："你们已订婚了，全上海都在议论献旗的英雄要出嫁了。都是自己人了，你有什么不好说的，他也应该分担责任了。"

香梅低下头，说："我试试看吧。"回到房间，李香梅把那枚勋章解下，珍惜地用一块丝手帕包好，放在首饰箱里。

第二天，李香梅给李师母叫醒。起来后一番漱洗，略施薄粉，胭脂，洒了点香水，懒散的感觉顿时消失。她来到楼下，见徐佳林送的鲜花，很喜欢，连忙把花瓶里已开始枯萎的花取出扔掉，换过水把新鲜的玫瑰花插进去。但对那件皮草短大衣，她不太喜欢，皱着眉说："这是太太、夫人穿的，我穿了太老气了，就像一下子老了十岁。况且，我还是学生，不适合穿皮草大衣。"

"那留着它，等你正式成了太太、夫人再穿，反正时间也不长了。"徐佳林说，"其实，皮草衣服很富贵，很适合你的气质。"

李香梅忽然想起昨晚汽车大灯灯束下看到了佳林，还好像看到他坐在车里，便问他："你昨晚到校门口去了吗?"

"什么时候?"

"7点不到,我们正出发到美国驻军的营地去。"

"没有啊。不是讲好不去接你的吗? 我怎么会去呢?"徐佳林否认说,"我昨晚到报馆去了,赶一篇报道,很晚才下班。后来龚先生来接张小姐,我们一起下班的。"

"可是,我怎么会看到一辆和你的车一模一样的福特车停在马路对面呢?"李香梅说,"难道我看花了眼?"

"你肯定看花了。全上海和我一样的福特车不计其数。"徐佳林笑着说,"不能看到有胡子的就是你爹啊!"

李香梅肯定没有看花,那车牌号是一个字一个字看的,看了几遍,绝不会错,但蹊跷的是,徐佳林为何要矢口否认呢? 忘记了不用接,又开车来接,这并没有错,用不着不认账,这是为什么? 李香梅没有再问下去,她留了一份心。李唯亭一早去了工厂,因为中午有女儿的订婚宴席,所以在厂里待了一会,又赶回来了。

人的心态很奇怪的,戒指仅仅是一个身外之物,但就因为佳林和香梅买了钻戒,戴到了手指上,李唯亭和李师母就把佳林真正当作东床快婿看了。佳林送的东西,一点都没有客气,都一一地收下了。李唯亭换下了自己那块用了多年的金表,戴上了新手表。李师母也戴上了玉镯,并且对玉镯的成色赞不绝口。李师母看着佳林和香梅,心中兴奋得像鼓乐齐鸣。她悄悄在李唯亭耳边说:"你看他们,真是绝配,走在南京路上,找不出第二对了!"李唯亭笑容满面地说:"才子佳人,天作之合。"

订婚宴在国际饭店十五层餐厅的一间包厢,除了李唯亭、李师母、丹沪、香梅、佳林之外,李唯亭还喊了龚总管、龚宇伟,香梅的同学范吟月、赵雅丽。因胡彩华居住在李家,丹沪坚持要把她喊上。徐佳林又邀请了张雨桐。之所以邀请她,除了是同事,是龚宇伟的女友这样一层关系外,徐佳林自有他的意图。张雨桐大小也是个名人,熟悉的人多,她参加了,会把他和香梅正式喜结良缘传播出去。在香梅还未真正嫁给自己前,他对她还是不太放心的,他深知香梅不是水性杨花的人,她骨子里是很正统的、专一的,一旦披上婚纱,她会对他从一而终的。但追她的,对她存有非分之想的人有许多,在她没有最后成为徐太太之前,还有可能诱惑她、勾引她,就像那个美国人马赫。因此,他要广泛地宣扬他已和香梅订婚这个事实。与此同时,他要布下一个网,严密地防范香梅的一举一动,让那些企图插一脚的人,得不到任何一点点的机会。所以除了邀请张雨桐外,范吟月、赵雅丽也是他建议请的。今天上午，他突发异想，建议李香梅把马赫请来。

香梅很厌恶徐佳林的这一建议，她感觉到徐佳林邀请马赫别有用心，而且他提到马赫时的神态是皮里阳秋的。显然，他是有意要让马赫看看，你抱有幻想的李香梅已名花有主了，你还是死了心吧，一个当兵的外国佬想追求上海的大家闺秀，是地地道道的白日做梦，是癞蛤蟆想吃天鹅肉。

"佳林，你请马赫是有用意的，不要以为我不知道。"香梅本来是坐着的，这时霍地站了起来，面有愠色，"你是想对他炫耀是不是？对他示威是不是？我弄不懂，你为何要对马赫这么神经兮兮的？"

徐佳林的心思居然给香梅看穿，并且毫不留情地当着他的面点了出来，这使徐佳林大为狼狈。

"不，不！"徐佳林赶紧苦笑着说，"香梅，你误解我的意思了。我怎么会向马赫炫耀、示威呢？有这个必要吗？我还不至于浅薄到这个程度。我的意思是谢谢他，你不是一直有这个打算吗？那就放在一起吧，无非是请客多双筷子嘛！"

"谢谢你。"李香梅说，"这件事不用你管。"而且当即决定，请马赫吃饭不放在国际饭店，也不要徐佳林插手了。

"我自己来安排，和你不搭界。我和马赫两个人一起吃饭就可以了，最多范吟月、赵雅丽作陪。"

"随便你，你感到怎么安排高兴，就怎么安排，现在是女权社会，这是西方文明里的人类美德，我不干涉你的自由。"

"说到自由，我顺便提醒你，今后不要鬼鬼祟祟地窥视我，我最不喜欢这种小家子气举动。"李香梅突然脑子里一闪，昨晚佳林坐在汽车里，躲在马路对面的树影里并不是观察上的错误，她的观察力是超强的，视力也绝对地好，不可能犯错。那他藏在阴暗角落里的唯一目的，就是盯自己的梢，这一发现使李香梅既惊且怒，于是，她忍不住把原来只是存一份心，暂时不想说穿的事几句话捅破了。

徐佳林当然明白，香梅是在指昨晚的事。这么说她昨晚是看到了自己了，可是，汽车有夜色掩护，是决不会被她所发现的，而且，还有一路之隔，她又坐在密不透风的卡车篷里，难道她是火眼金睛不成？他猜测是被她的哪一个同学或熟人瞥见了，反正，她刚才问自己的话和这几句分量很重的话，都是有的放矢，有所指的。

徐佳林只当没有听懂，不慌不忙地说："香梅，你这几句话讲得太难听了，窥探你的自由？你当我是共产党、国民党或者日本人的地下情报人员了？"

“你心里有数。我不希望今后有类似的情况发生。你不是一直以君子自诩吗？那么，你应该做到君子坦荡荡！”李香梅冷冷地说，“已经订婚了，还那么疑神疑鬼的，你不是自寻烦恼吗？而且，也是对我的人格的不尊重。”

徐佳林听后心里很恼火，脸色阴沉下来，他克制住涌上胸口的怒气，掏出香烟盒抽起烟来，心里在想，还是要忍一忍为好，撕破了脸，事情会变得很糟糕，忍过这一段时期，就不怕看她的脸色。另外，提醒自己说，如今的香梅已不是那个温顺的、懵懂的女孩子了，自从献旗以来，她变得越来越厉害，可见政治这东西是要改变人的。所以，结婚后，绝不能让她去沾政治的边。

这时，李师母推门进来，感觉到房间里的气氛不对，香梅和佳林的脸上都“不活络”，便说：“时间不早了，我们收拾收拾走吧，你爸回来了。”

徐佳林乘势离开李香梅房间，到楼下去。

“你们拌嘴了？”李师母盯着香梅的脸说，“告诉我，为了什么事？”

“没什么事！”李香梅答道，眼睛里闪起泪花。

“别瞒我，到底为什么吵架了？佳林欺负你了？”

“真的没有什么事！不过，我心里烦得很。”

“唉！”李师母叹了口气，说，“你烦，妈心里也烦。我们要卖房子了，一钱逼死英雄汉啊！可我们今后住哪里去呢？还有，你哥和胡小姐，你没有看出来吗？”

“哥和胡小姐怎么啦？”

“他和胡小姐热络得很，一回来就钻到她房间里，要么到花园里吃西北风，这苗头我早就轧出来了。”

李香梅想起昨晚回家时，看到胡彩华和哥哥在秋千架前，窃窃私语的情景，相信母亲的判断是对的，但这是好事啊！妈不是一直为哥哥对婚姻不上心着急吗？现在怎么又为此烦恼呢？

“胡小姐人不错，性格好，人也长得漂亮，你应该高兴才是啊！”李香梅说，“哥没有女朋友，你急得像热锅上的蚂蚁，哥交了女朋友，你又烦心，你到底要哥怎么办？”

“香梅，胡小姐人再好也不行，她可是个戏子啊！”

“戏子又怎么样？现在是文明社会，你对演艺界有成见，这可是老脑筋了。”李香梅劝母亲说，“你不用管哥哥的事了，哥哥是个有头脑的人，他会处理好自己的婚姻的。”

“我很后悔当时同意胡小姐住到我们家，你看，才几天，你哥哥就丢了魂了。

不是有句话的吗？爱情会使聪明人变笨。我看你哥已经没有头脑了。”

李香梅笑起来，这时她想起了一件事，是李丹沪告诉她的。他认识胡彩华还有段故事。那天，他应龚宇伟邀请，到剧社协助胡彩华说戏，因龚宇伟实在忙不过来，也知道李丹沪对文艺戏曲有很深的造诣。李丹沪是开着道奇车去的，他穿着白衬衣、米色西装裤、黄白相间的香槟皮鞋，未穿西装，亦未系领带，显得风流俊朗，上海人称这样的年轻男子为小白脸. 与李香梅不同，李丹沪的肤色白皙红润，继承了李师母的基因。

龚宇伟拉着他来到花园里的凉亭。胡彩华素面朝天，但掩饰不住她清纯的气质，她正坐在一张椅子上，嘴里念念有词，专注地背诵着台词。不远处有个池塘，水面上长着一片青翠欲滴的浮萍。有几个越剧演员正在排练。龚宇伟对胡彩华说，我跟你说的李先生来了，他帮你说戏，这是我们说好了的。胡彩华点点头，抬头看了李丹沪一眼，那目光是冷冷的，有些不屑的。龚宇伟知道胡彩华当李丹沪是小开少爷了，她平时最看不惯的就是这些纨绔子弟，他们来捧场子，她理都不理，一副拒人千里的清高模样，又像一只刺猬，动不动就竖起来扎人。龚宇伟支开李丹沪，让他到池塘边去看一会演花木兰的 B 角的排演。李丹沪明白地一笑，向池塘边走去。

龚宇伟对胡彩华说：“我知道你当李丹沪是公子哥儿了，我告诉你，你误会他了，我和他是一起长大的，是互知根底的朋友，他是个有信念的人，真诚、正直，嫉恶如仇，是个有血性的抗日志士，他学的是化学，在文学戏剧上也很有研究，你们肯定处得来。”龚宇伟对胡彩华正色小声说，神情很严肃。胡彩华不响了，也觉得刚才对李丹沪的态度有点不妥。

正在这时，在池塘边看排演的李丹沪看不下去了，喊了起来：“停，停，这是花木兰吗？你们这么演，没有把一个女扮男装‘万里赴戎机，关山度若飞。朔气传金柝，寒光照铁衣。将军百战死，壮士十年归’的壮士气概表现出来，不错，花木兰是女儿身，但她是替父从军，金戈铁马，身经百战，洗尽铅华，成了一个巾帼不让须眉的战士……可你们演的花木兰，扭扭捏捏的，还脱不了脂粉气……”

这段话引起了胡彩华的注意，她不由自主站了起来，走出亭子。

她走过去，问李丹沪：“李先生，你说得对，花木兰是个女扮男装的将军，在舞台上怎么来表现她的将军气概又同时具有女子气质，我和龚先生探讨了几次，都吃不太准，李先生，你可以不可以说得具体点？”

李丹沪想了想说，“我对绍兴戏研究不多，可以说是外行，但我以为，花木兰这个角色要柔刚并存，演军人时，可唱小生，甚至比一般的小生还要粗犷一些，音乐中可适当运用古典乐曲《破阵乐》的武乐，乐器中加上铜钲、大鼓、琵琶、三弦，有金铁交鸣、厮杀逐北的音律，配《破阵舞》的动作，总之，这个花木兰不能有太重的脂粉气，但女儿身时要有一点，明代何出光诗中描写她'汉家事业拓雄图，勇健娇娇媲丈夫'，也就是说，花木兰身上是一个勇字，一个娇字，勇，她是和燕山胡骑血战的战士；娇，她毕竟是个忠孝两不渝的女子……"胡彩华眼睛发亮了，忍不住频频点头。从此，她对李丹沪另眼看待了。

国际饭店的订婚宴其实很沉闷，李香梅和徐佳林都不太说话。两个人还没有从上午不愉快的争执中走出来，虽然尽量装得若无其事，心里还窝着火气，人也显得不自在了。胡彩华怕被别人认出来，戴了副眼镜，悄然无声地坐着，和坐在她身旁的丹沪偶尔说两句，也是耳语般的。胡彩华本来不想出来的，但丹沪说，你整天闷在屋子里，太闷了，出去散散心吧。再说，日本浪人闹场子，目的是恐吓胡彩华停止唱抗日的戏，这几天不出场了，他们以为把胡彩华吓住了，不太可能会对胡彩华继续加害，即便给人认出也无妨。胡彩华还是倍加小心。

李唯亭是见过世面、经历过风浪的人，工厂头寸的事是一个很大的压力，但他举重若轻，在席间以主人身份沉着热情地周旋，该到的礼节没有半点疏漏。好在龚宇伟、张雨桐都是爽快人，又能说会道，有他们在，再加上范吟月、赵雅丽，宴席虽没有高潮迭起，亦没有冷场。

这是一个很豪华的房间，十五层已经很高了，从窗户中看出去，大上海的建筑错落有致，对面就是跑马厅，正在赛着马，呼喊声，马蹄声一阵高过一阵地传来。这亚洲第一摩天楼的国际饭店，从大厅到每个包间，都是满满的，锦衣玉食，极尽奢华，根本想象不到孤岛上因为战争，柴米和各种日用品愈来愈紧缺，无数贫民在饥寒中度日如年。

包间的一角，摆着一台当时最先进的电子管无线电，里面放着优美的沪剧，一听就是沪剧皇后筱月桂的唱腔。沪剧唱完，接下来是一段化妆品的广告。龚宇伟示意侍者换一个台，结果转到了大东亚广播电台，女播音员用娇滴滴的声音报道说："据最新消息，日本皇军的手下败将，仓促从四行仓库逃离的中国第88师524团团副谢晋元等中国军官，虽败犹荣，蒋介石昨下达命令，谢晋元团副升任上校团长，颁授青天白日勋章；上官志标晋升为中校团副；机枪连雷雄连长递升为营长；原营长杨瑞符少校，在战斗中被皇军击伤住院，已直接归队，另有任用。应日本驻沪军队司令部的严肃交涉，谢晋元等中国军人七百余人，应以俘虏引渡，租界当局不得不将他们羁押在胶州路兵营。”

“岂有此理！小鬼子太猖獗了！明明败于四行守军，却以胜利者自居，可恶的是租界当局，助纣为虐，居然屈服于日寇的威胁，将谢晋元部扣留下来！这是卑劣的奉迎，也是可耻的胆怯！”龚宇伟虽是无锡人，但讲着一口标准的国语。他边骂边站起来，走到摆无线电的台前，“啪”地将无线电关掉。

“虎落平阳，龙困浅滩，谢晋元这样的抗日英雄居然被软禁在兵营里，英国人、美国人太混账了！”李唯亭也气愤地说，“租界这些洋人怎么也和日本人一个鼻孔出气呢？”

于是，每个人的脸色都变得凝重起来，张雨桐沉思着说：“我没有参加记者会，报馆另派记者去了，据说谢晋元精神甚佳，谈笑风生，说这是奉委员长命令撤退的，最高统帅部为爱护这一营断后官兵，命令退出，避免作不必要之牺牲，这是贤明的措置。这当然没错，打仗嘛，总是有进有退的，问题是，租界原来是同意守军借道和大部队会合的，由于受制于日本人，把谢晋元部缴了械，安置在胶州路军营，万国商团戒备森严，不准他们离开兵营一步，形同拘禁。没想到谢晋元没有被日本人打败，却钻进了租界的圈套，这是谁都没有想到的，这件事应昭告天下。佳林，你来写篇时评吧，抨击一下租界当局的卑躬屈膝！”

“好，好。”徐佳林应诺道，“容我考虑考虑。”

“租界称让守军暂住几天，不知道要住多少时候，前线在拼杀，守军哪里有心思待在租界？谢团长肯定会思战心切！”李香梅说。

好端端的一个订婚宴在大家长吁短叹中结束了。李香梅不以为然，国事如此，大家情绪激昂是正常的。但徐佳林耿耿于怀，很感扫兴，在心里埋怨龚宇伟、张雨桐不看他的情面，使得订婚喜宴一点喜气都没有了。

走出国际饭店，龚宇伟、张雨桐再次向他和李香梅道贺，他爱理不理的。告别后，龚宇伟跨着大步独自向静安寺路方向走去，魁伟的身子很快消失在夜幕中。张雨桐说：“我要去报馆，和骆清商量，争取能采访到谢晋元，报道他们目前的想法和处境。”说完，乘上朝外滩开的电车。

“你回去吧。今天很累了，早点休息吧。”李香梅对徐佳林说，未等他答话，就上了李丹沪的车，和胡彩华、父母亲坐在一起回家。

所有的人都散去了，只有徐佳林一个人站在国际饭店门口的马路上，初冬夜晚的寒风很刺骨的了，在风中他忍不住打起寒战，订婚宴会并没有给他带来特别的喜悦。“我怎么没有一点新鲜和兴奋的感觉呢？我是个被人冷落的准新郎了。”他自嘲地想。

“徐先生，你在这里应酬?”有一个清脆的声音招呼他。徐佳林闻声看去，是那天跟着马方朔和他一起吃饭的王爱琴，正金银行的女职员，她穿着一袭西式粉红色的呢大衣，脚穿一双红色的高跟鞋，亭亭玉立，目光炯炯地看着他，温婉地笑着。徐佳林眼睛顿时一亮，和那天那个沉默寡言的王小姐相比，她不仅穿着最时髦的服装，而且笑容也甜美可人。

“王小姐可能不会想到，今天是我的订婚之日，刚才我和未婚妻的家人，还有几个亲朋好友，在这里聚餐。”徐佳林说，“兵荒马乱的，吃顿饭就算办了仪式了，让王小姐见笑了。”

“恭喜，恭喜!”王小姐迈着袅娜的步子，走到他面前，兴味盎然地说，“郎才女貌，新娘子一定很漂亮，她现在人呢?”

“她先走一步，已经回去了，以后有机会给王小姐介绍介绍。”

使王爱琴感到疑惑的是，她在徐佳林脸上并没有看到准新郎的春风满面的神色，反而觉得他有些寂寞和茫然。

“好，会有机会认识你未婚妻的。”王爱琴说，“徐先生，你现在上哪里去?”

“曲终人散，我正打不定主意，回公寓，还是去报馆。”

“我来看一个日本来的朋友，他住在国际饭店，不巧得很，他出去了，我要等他一会。”王爱琴用探询的目光看着他说，“我请你喝一杯，能赏光吗?”

徐佳林想婉转拒绝，但在王小姐那双妩媚眼睛的逼视下，情不自禁地点头说：“可以，多谢王小姐邀请。”

两人来到国际饭店一楼的酒吧，里面很清净，只有寥寥几个人喝着咖啡和酒，默无一言地在等人。他们选择了一张离吧台较远的小方桌坐下来，各要了一杯咖啡。王爱琴端庄地坐着，灯光昏暗，营造出一种浪漫幽静的气氛。

“如果我没有猜错的话，新娘子一定是大家闺秀，徐先生的眼界不会低的。”王爱琴压低声音说。

“她还在上学，东沪女中的学生，明年暑假毕业。我们是世交，我们两家不是什么名门望族，都是办厂的，说得好听些，是实业家。”

“实业家好啊，他们都是办的什么厂?”

“纺织行业方面的厂。不过，家父早已过世，死于非命。岳父是大隆染织厂的老板，因为战争，厂里已停产多日。最近又因为几个股东吵着要抽调股金，搞得他焦头烂额。”

“大隆染织厂？这家厂的厂址是在虹口?”王爱琴一脸惊讶地问。

“是在虹口，中日之战先在虹口闸北开战，大隆首当其冲，但总算逃过了战火的毁灭。”

“你岳父贵姓?”

“姓李，木子李。听王小姐的口气，好像是熟悉大隆厂的。”徐佳林有点好奇地问，“或者大隆和你们银行有钱财上的来去?”

和徐佳林毕竟初次接触，她不便将真相告诉他，但听徐佳林说到大隆厂和李唯亭时，她心里一阵惊栗，世事真是太巧了，又是大隆厂，看来自己和李家的缘分之深，非同一般，从父亲到佐藤，现在又冒出了这个徐佳林，碰来碰去，回旋曲折，波诡云谲，都连到大隆厂这个根子上。

自从知道佐藤所占领的大隆厂脱胎于父亲的产业，她就悲喜交集的，喜的是父亲的厂还在，而且规模扩大了许多倍，就像一棵瘦骨伶仃的小树长成了参天大树；悲的是父亲当年一手创办的厂已改姓易帜，成为别人的产业了。她曾在厂里边走边看地逛了好几遍，连角角落落都到过了。她想寻找父亲的痕迹，包括自己过去的痕迹，到处都有。水塔上有“大隆”两字，据她回忆，这是父亲的亲笔。她还清楚地记得，父亲当时用毛笔在空纸上写下好几个“大隆”的汉字，让妈进行比较，妈仔细地看了几遍后，指着其中两个字说，这两个字写得好。父亲问她，真由子，你说呢？她一本正经地说，是，我看也是这两个字好。父亲哈哈大笑，交给专门写店牌的油漆工，将这两个字放大后，用黑漆描到水塔上，东西南北都有，因而从任何角度看，都能清晰地看到父亲所书写的“大隆”两字。

她在水塔下盘桓了很久。水塔旁还有一个鸽棚，里面活跃着成群的鸽子。她记得父亲也喜欢鸽子，也许这群鸽子里，有着父亲饲养过的鸽子的“后裔”。佐藤也喜欢鸽子。在日本时，他们经常坐在一片湖水边，看着密密的野鸽子在草丛里、在树林里腾空而起，掠过头顶的天空，飞得看不见影踪，又突然飞了回来，在他们脚下降落下来。

大隆厂对她来说，不是简单的一个厂，还是她的童年的记忆，她曾经拥有的一个幸福温馨的家。那时，他们住在工厂围墙边的一幢平房里，窗子很大很高，有宽阔的窗台。夏天的时候，她常在阴凉的窗台上听着隆隆的机杼声睡午觉。那时，她穿着漂亮的丝绸衣服，每天喝新鲜的牛奶，有一个中国女佣照顾她和哥哥。母亲琴棋书画都懂，有时会弹古筝给他们听，但母亲不教他们学古筝，而让他们兄妹学钢琴，专门请了一个钢琴老师教他们。哥哥不愿意学，他对机械有着浓烈的兴趣，能把一只闹钟解体，一个个零件拆下来，然后又完整无损地装好，恢复原状。然而，他的手指在键盘上显得很笨拙，学了一年半载，她已能熟练地弹完练习曲，哥哥却毫无长进。他罢学了，对母亲说，他不愿再学了，他讨厌这黑白格子。母亲没有勉强他，对他说，好吧，学你喜欢学的东西吧。那时候，他们是单纯而自由快活的孩子，工厂周围的棚户区的穷小孩用羡慕的痴痴的眼光盯着他们身上的衣服、皮鞋，手中的棒棒糖和玩具。他们有一辆小小的三轮自行车，在棚户区骑过时，后面会跟着一大串拖着鼻涕的、光着脚甚至赤身裸体的中国小孩。

好景不长，有如朝露流霞，父亲的工厂运转越来越糟，眼看就要倒闭。父亲不得不把工厂卖掉。有一天，父亲对他们说，我们回日本去吧，那是你们的祖国，我们还会来中国，来上海的。他们回到日本后，父亲一直郁郁不得志，很快花光了积蓄，日子越来越艰苦。哥哥进工程技术学院，她进中学时，父亲得病死了。那一年她已长成一个美丽的少女，并且认识了佐藤。佐藤是哥哥的初中同学，他们像亲兄弟一样相处。不久，她的妈妈也因病去世了。妈妈永远留在日本了，临终前，妈妈喊着外祖父外祖母的名字，断断续续地说着她的故乡扬州的事。妈妈是盐商的女儿，盐商破产后，她差点被债主当作“瘦马”卖给驵侩，就是人口贩子。那时，扬州是一个极奢华的地方，对女人的审美很奇特，那就是欣赏苗条、瘦弱，这样的女孩被称为“瘦马”。妈妈是个瘦骨棱棱的女孩，且眉目清秀，是个典型的“瘦马”，债主打起了她的主意。妈妈连夜逃到上海，投奔一个好心的远房亲戚。她进工厂做女工，利用业余时间上日语专修夜校，后来，妈妈考进了大隆厂，以一口纯正的日本话成了父亲的翻译。再后来，他们相爱结婚生子。

当命运不可思议地安排她回到大隆厂，回到她和哥哥的出生地，记忆中的一切，又回来了，仿佛那是昨天的事。她心里既酸楚苦涩，又有重归故里的温暖，更多的是伤感、迷惘。佐藤的死让她肝肠寸断，她坚持要把他的灵柩运到大隆，并在大隆厂昔日的家里，后来的工人俱乐部的平房里，设下他的灵堂。这里是她的童年，她的过去，她要和佐藤在这里待上几天。她没有向任何人，包括直接领导她的上司提起过她和大隆厂的渊源，以及她将佐藤的灵柩设在大隆厂的原因。她的上司对她说，佐藤是为天皇、为帝国而死的义士，你应当为佐藤感到骄傲，更好地肩负起自己的使命，帝国的铁军会为你报仇的。于是，她将悲痛和仇恨深埋在心里，为了父母亲，为了佐藤，她要好好活下去。她不再是捏着棒棒糖，趴在窗台上的小女孩了，也不是怀着对爱情的憧憬，为了追随佐藤，而接受某种特殊安排来到上海的女学生了，更不是那个在大隆厂对李唯亭、龚总管彬彬有礼的那个佐藤情人了。她已经是个经受了屈辱，因为心碎而蜕变成有着铁石心肠的女人了。

关于大隆厂股东退股的消息，王爱琴已有所耳闻。龚总管买了些礼物到正金银行拜访过她一次。礼物是几幅顾绣、被面、椅披，大红绸缎上绣着蝙蝠、灵芝、牡丹、兰、菊等瑞草祥花，枕套绣的是一对戏水鸳鸯。每一件的绣工极繁琐精细，色泽艳丽，是绣品中的精品，价格不菲。王爱琴明白这是李唯亭变相将一百银元退给了她。王爱琴心境暗淡，对处处体现吉利和口彩的绣品不怎么感兴趣，特别是那对鸳鸯枕套，更让她觉得刺眼，怀疑李唯亭是另有用意，是在嘲笑她和佐藤的不幸。

龚总管说，李先生很感念令尊，说令尊是个好人，希望真由子小姐能常去大隆厂走动走动，这是她小时候的家嘛。还说，如果真由子小姐愿意，可以将那幢平房修缮一新，无条件让真由子小姐居住。接下来，又说到股东退股，修复工厂资金严重短缺，没有一家外国银行愿意押款，华商钱庄也爱莫能助，除荣氏兄弟支援十万元之外，所缺头寸无从筹措。言下之意能否请真由子小姐从中周旋，向正金银行押款。王爱琴只当没有听懂，没有接龚总管的口。对于那幢平房，她谢谢李先生的好意，说她不想生活在过去了，她要着眼于今后。

此刻，她明白徐佳林在猜测她和大隆厂的关系，一个闪念冒了出来，她觉得何不乘此机会，将父亲当年失去的厂子再设法夺回来。这可能是老天安排的一个机会。她对童年生活的美好回忆，对父母亲的怀念，演化成了油然而生的野心。

“我不妨告诉你，大隆厂最初是我父亲矢崎创办的基业，后来因为经营不下去，卖给李唯亭了，也就是你的岳父。”王爱琴说，“在日本军队暂时征用大隆时，我去过那里，也碰到了李先生。他当然没有想到我是矢崎的女儿，但我还是告诉他了。徐先生，你是李唯亭的女婿，我们能认识，说明我和李家很有缘分，也是冥冥之中有只巨手做出了如此安排。”

徐佳林感到意外，也大吃一惊，他急忙问：“我听岳父说起过你父亲矢崎，这么说，王小姐是日本人了？”

“是，我是日本人，我的日本名字叫真由子，但我妈妈是中国扬州人，她姓王，王爱琴的名字就是我妈妈取的。李先生是晓得这些情况的。”

“岳父没有和我提起。我很少过问他厂里的事。他也不希望别人插手，包括他的家人。”

“我知道，他的个性很倔强，在生意上很有一套，上海的商场中，很少有人像他那样精明强干，足智多谋。”王爱琴点燃一支烟，秀气的脸笼罩在烟雾中说，“可目前，恕我直言，他在经济调度上确已相当困难，头寸调不动，旧债又来逼，双重夹击，很难招架了。”

“是啊，岳父把面子看得很重，他在我面前，始终表现得镇定自若。在今天的酒宴上，他还是若无其事。但我知道，他已打算把朱葆三路的洋房出卖了。”

“这么说，李先生的难处比我估计得还要严重，竟连自己的住所都保不住了。”王爱琴同情地说，“徐先生，作为女婿，你可要想想办法。”

“我是一介书生，心有余力不足。”

“看在我和大隆有着历史渊源这一点上，我出面跟正金银行的大班大岛先生说说，请正金银行尽可能押款给大隆，以解大隆燃眉之急。”

“山重水复疑无路，柳暗花明又一村。王小姐能出面的话，真是帮了大隆的大忙了。”徐佳林回答说，“我替李先生谢谢王小姐了。”

“说谢还早了点，能不能成功，我还没有把握，因为放款出去，不单单大班先生说了算，董事会还得对大隆的信用和抵押品做出评估。”王爱琴婉转地说，“银行不是慈善机构，不计成本的事不会做的，就是大班也不能将款子贷给风险很大的客户。因为银行的钱不是银行的，是存户的，每分钱，银行都要为存户负责。徐先生想必懂得这个道理。”

徐佳林听王爱琴这么说，振奋的情绪马上低落了下去，他有些失望地说：“当然，大隆押款的事肯定有难度。要是好办的话，全上海的银行和钱庄就不会将大隆拒之门外了。”

“徐先生别急，依我看，成功的可能性还是很大的。大隆厂的厂房、设备起码值三四百万元，牌子又响。更重要的，大隆厂经过重新注册，已成为日资企业了。日本银行理应扶持一个属于日本国的企业。”

“王小姐怎么知道大隆厂重新登记，改为日属企业的？是李先生去改的吗？”徐佳林困惑地问，“据我所知，我岳父是不可能这么做的，如果他主动去改的，我会感到很意外，很奇怪，简直是匪夷所思。”

“我是未经李先生同意，自作主张改的。”王爱琴说，“原因很简单，我对大隆厂有很深的感情，我不愿看到它垮掉，而且，它本来就是一家地地道道的日商企业。李先生对我这样做有些反感，但他早晚会理解我的苦心。做生意和搞政治打仗不一样，只要有利于工厂生存发展的事，都可以做。决不能意气用事，搞成僵局，岂非自己为难了自己？我父亲这辈子吃了许多亏，就是不懂得在商言商的道理。”

徐佳林点了点头，王爱琴这番话令他深以为然。他对她的印象较之最初，已完全改变了。那天在汇中饭店由他做东吃饭时，她不仅很少开口，而且神情萧索憔悴，是一副小职员的样子，甚至有点像小媳妇，见不得一点世面，只是凭着有几分姿色，在银行当当花瓶而已。而今天一见，她的神态全然不同，而且话说得句句在理，让徐佳林听得眼睛都发直了。

徐佳林和王爱琴谈了足足一个半钟点。直到总台的侍应生前来跟王爱琴说，她等的客人已回房，请她上去，徐佳林才和王爱琴分手。

告别时，王爱琴强调说：“押款这件事，我希望徐先生过问到底，我直接和你联系。”

“好吧。”徐佳林慨然应诺，“这没有问题。我对银行业是外行，你别见笑，我连账簿和传票都看不懂。我乘此机会可向你讨教讨教。”

“我是大班的秘书，不直接参与银行的业务，所以我也算不上是真正的内行。”王爱琴看了下手表，“谢谢你今晚陪我这么长时间，你未婚妻说不定还在等你的电话呢！可以告诉你，其实，李小姐我有幸见过一面，她很漂亮，气质不错，可以去竞选上海小姐。”说完，一个日本式的鞠躬，优雅地走向电梯间，传来高跟鞋笃笃走远的声音。

徐佳林看着她苗条的身材消失在电梯门里面，消失之前，透着电梯的铁栅栏向他妩媚一笑。他突然意识到，这个有一半日本血统的女人是个不简单的美女。她说不定有着比她自己所讲述的更为复杂的背景。他心里矛盾起来，思索着王爱琴承诺的借钱的事要不要跟李唯亭说，要不要进行下去？

第九章
胶州路孤军营

胶州路兵营原来是租界万国商团苏格兰队的营房，淞沪战争爆发后，难民成群成群涌入租界，这里又做了一段时期的难民收容所。是震旦大学神学教授饶神父租下这个地方安置难民的。饶神父是上海红十字会副会长，长着法国人特有的修长的身材和清秀的脸，灰色眼睛里闪着善良的光芒，在 1932 年“一·二八”中日战争中，他穿过焚烧的火堆抢救伤员，受伤失去一条胳臂，从此，有了“独臂神父”之称。

这处近于荒地的所在，房屋很少，而且很简陋，却有一个很大的占地四十多亩的空场地，场子里长满了杂草，在寒风中萧瑟地摇曳着，飒飒作响。周围筑着高高的水泥柱子的铁丝网，每个柱子上装有一盏有搪瓷罩的电灯，四角建有岗楼，有铁栅栏的大门，操场的旗杆上飘着一面英国国旗。四行守军被送到这里之前，租界当局搭建起了五六十平方米的大小帐篷，用来安置他们。现在，谢晋元、上官志标和几百名四行守军就被以“暂住几天”为由，软禁在这里，说是软禁，是因为租界驻军规定他们的活动范围只能限制在营房内，未经允许不能出营门一步。

从入兵营的第一刻起，工部局的万国商团便派出一百多人的白俄兵团的一队士兵在这里严加看守，这一队士兵绝大多数是白俄人，队长叫伊万诺夫，五十出头了，留着两撇向上翘的花白胡子，军服笔挺，一年四季都戴着浅色的手套，踏着厚底皮靴，步伐沉重，极力要摆出一副威严的样子，装腔作势的。他的腰间除挂着手枪外，还挂着一把马刀，整天虎着脸，嘴里总是呼哧着浓重的烟草味和伏特加的酒精味。

兵营的岗楼装有探照灯、警报器，日夜监视，大门口亦有士兵站岗，全副武装的万国商团白俄士兵在四处巡逻。这实际上是变相的囚禁，军营犹同俘虏营。谢晋元当然感到很不乐意，但万国商团的中华队队长陈时侠解释说，这是为了保护四行守军的安全。万国商团是一支拥有强劲火炮的准军事化部队，设有轻骑队、野炮队、轻炮队、工程队、铁甲车队、步兵队，而每年的 4 月 4 日是“商团建军节”。把建军节定在这天是因为 1854 年的一段历史。那时租界刚圈起没几年，驻扎在租界周围的清军和租界拼凑起来的自卫团发生火拼。清军仗着人多势众，不把由印度人、安南人、英国人、白俄人、美国人等组成的杂牌军放在眼里，向租界发起进攻，结果被洋人的火炮和洋枪所击溃，这一天是 4 月 4 日。

谢晋元待的是一间单独的密不透风的小帐篷，分卧室和会客室兼办公室。卧室里空空荡荡的，摆着行军床、军用毛毯、软乎乎的鸭绒枕，也是军用的。还有一个衣架，用来挂衣服用的，除此之外，就没有什么东西了。会客室兼办公室倒是桌子、椅子、电话、无线电一应俱全。后来，应谢晋元的要求，还挂上军事地图、摆上沙盘，每天送来上海的主要报纸。这时，他走进矮矮的闷罐车似的帐篷，心情立马变得悲愤交加，就像一头猛狮关进了铁笼子一样，他感到很压抑，他虎着脸在房间里里外踱步、打转，好像有点喘不过气来，他告诉副官，不希望任何人打扰他。包括闻讯而来的各报馆的记者和租界有关方面的任何人。他想躺一会，他太累了。说完，他把门帘、窗洞都拉上，室内顿时变得光线黯淡。他疲惫地躺倒在行军床上，四周很安静，让人惘然若失的安静，没有枪炮声，没有熊熊燃烧的战火，没有流血牺牲，战场突然离得远远的，这是什么地方？

谢晋元竭力在黑暗中睁大眼，他有些不知道自己身处何方，反正觉得自己关在了禁闭室或监狱，他感到自己被拘禁了，失去了自由，他脑子里一片空白，一种无所适从的孤独的感觉强烈地涌了上来。怎么办？以后怎么办？难道就这样远离大部队，远离战场，束手就擒？这当然不行，一个战士怎么能就这样被缴了械，乖乖地蜷缩在这个巢穴里？这是绝对不行的。当务之急，要尽早和师长孙元良取得联系，要他向委员长报告，设法让他们尽早离开这里。外面传来脚步声和咒骂声，他知道这是战士们在发泄心中的不满，他知道他们想不通，他们的眼睛都盯视着自己，要自己拿主意。自己可不能蔫头耷脑地面对他们。将熊熊一窝，自已奋拉下脑袋，战士们岂会昂首挺胸？四行守军没有败在四行仓库，岂能倒在这片营地里？所以，自己无论如何不能乱了方寸，更不能垂头丧气，那是要动摇军心、动摇民心的。他知道，他面临着一场更复杂的更艰难的战斗，他要像一个镇静自若的指挥官那样，应对一切，指挥一切。尽量做到挥洒自如。

想到这里，他镇定了下来，脑子里清晰起来，像迷了路突然找到了方向。内心有一个声音叮咛自己，别慌，别慌！这里也是战场，我们不是孤军，我们的背后有强大的后盾。这个声音很响亮，没有其他声音能与之匹敌。他这么想着，浓重的睡意上来了，他很快入睡了，睡得很沉。一直睡到下午二点，他才精神焕发地出现在一顶大帐篷里，他洗了个脸，换上了一身新的军装，戴着白手套，挎着公文皮包。这让聚集在大帐篷里的几十名中外记者眼睛一亮。闪光灯连珠般地闪个不停。

“非常抱歉，让各位久等了。我几天几夜未合眼了，到了一个新的地方，睡了几个小时，充了下电，好了，我现在有精力接待你们了。否则，上午在记者会上，你们可能会拍照拍到一个打盹的谢晋元，这可不太好！”谢晋元以军人特有的姿势，笔挺地站着，微笑着诙谐地说。

帐篷里立即响起一片笑声。谢晋元接着简要地将接受命令，率部坚守四行仓库，直到昨晚接到撤退之命，于凌晨从日军枪炮中冲出，退入租界的经过作了介绍。并回答了中外记者的提问。有一个路透社的记者问：“谢团副，听说你们在四行仓库已作好了死守不退、舍身就难的准备，连遗书都写好了，可谓视死如归，大节凛然，可现在你们撤退了，你是感到高兴还是遗憾？”

“我们实在觉得很难过，我们已誓死与四行阵地共存亡，我们是不愿退出的，在我们尚可支持的时候，尤不能退。但是军人以服从为天职，接到了命令，不能不退。”谢晋元说到这里，脸上掠过一丝阴影。

“请问谢团副，你们下一步有何打算？”又有一位记者问。

“四行守军全体官兵抗敌情绪万分高涨，稍事休息，即赴前线杀敌！”谢晋元用坚定的口吻回答说。

“听说这次租界方面将你们安置在这里，是应日军上海陆军总部的日本驻沪总领事馆要求而作出的决定，原来租界是同意你们借道和沪西大部队会合的，谢团副对此有何看法？”一张亲日报纸的一位记者提问。

“对于你所提到的情况，我还不太了解，但听说了。我要说明的是，日本鬼子侵略中国，攻城掠地，无恶不作，我中国军民保家卫国，完全是正义的正当的，我们从四行仓库撤退，是奉委座的命令，并非败退。日本军方提出作为战俘引渡，完全是侵略军无耻的强盗逻辑，既不符国际公法亦不合战争之规则。作为中国军人绝不会向侵略者投降，更不会理会小日本的要挟威胁，任何人都阻挠不了我们返抵大部队，奔赴前线抗日杀敌的决心。死不足惧，我们四行守军在仓库写过遗书，只要倭寇占领中国一寸土地，我们就会血战到底，不惜付出生命的代价。”谢晋元举起了拳头，斩钉截铁地说。记者们纷纷鼓起了掌。

对于四行守军变相囚禁在胶州路兵营，一开始，上海报界和市民舆论都感到不解和惊愕，对于租界工部局和驻军屈服于日本人的施压而扣押四行守军深表不满，报纸上一片哗然。但租界方面一再解释，这样做是出于对租界安全的维护，也是对中国孤军的保护。这是不得已而为之，而且取得中国军方和蒋委员长谅解的，是暂时的措施。只是让孤军暂时住上几天，稍事休息，再安排他们归队。

于是，大家信以为真了，都认为，不需要多时，谢晋元部就会拔营归队，杀向前线。四行守军多数官兵也是这么想的，军营中孤独而动荡的心平静了下来，加上前来慰问的各界人士络绎不绝，谢晋元的情绪又是那么乐观和镇定，这些都让孤军感到不孤，这支几百人的部队的帐篷生活还算得上是稳定的。除了个别人的窃窃私语，对租界当局的做法有所抱怨之外，谁都没有想到，他们这批人会在这里一住数年，最后真的被发动太平洋战争的日本军队俘虏了大部分人，没有人会想到有这样一个结局。

谢晋元表面上不动声色，内心也是坚忍的，但时常会感到焦灼和不安，一时不能归队，又不能出营房大门一步，可谢晋元明白这支部队绝不能松散。一旦松了散了，岂不是自己打倒了自己？外界以为谢晋元可以安逸几天了。美国海军陆战队营地医院还派了几个医生、护士为谢晋元等进行了体检，谢晋元的身体没什么病，但脸色憔悴，艾佛医生说，中校先生，你太累了，借这个机会要好好休息吧。还带给他一封李香梅的信，谢晋元读了一遍，久久盯着那张照片，脸上露出了微笑，最后很珍惜地将信放进口袋。并对艾佛医生说，你如果碰到李小姐，请代我告诉她，我过得很好，很安逸，正在养精蓄锐，休整几天后奔赴前线杀敌。

其实，他片刻都得不到安逸。一片空地，连像样的厕所和厨房都没有，几百名士兵的生活起居，琐琐碎碎的，他都得管，百废待举，都要一件件解决。谢晋元从早忙到晚，事无巨细，都得找他，他忙得很懊恼，不如在战场打仗拼杀干脆。士兵和难民不同，难民只要不饿着冻着就行。军队要维持军容军纪，绝不能懈怠惰弛，他想到过军训。可几百名士兵的训练暂时实现不了，武器都被租界有关方面收缴去了。他虽然悄悄地藏了一支手枪，上官志标也藏了一支手枪，一把短剑，是从日本人那里缴获的，估计连排长中也有藏了武器的，但士兵肯定没有武器，他们都从上到下被搜了个遍，连颗铁钉子都搜缴掉了。训练，以后再说吧。但训话每天都有，以连排为单位，主要是讲战况，讲抗日的道理，鼓劲，动员，斗志不能因稍事休息而变得苍白、慵倦。谢晋元整天为各种事操劳操心，上官志标是他的帮手，得力而卖劲。不过，少了营长杨瑞符。

杨瑞符在突围时胸部和腿部中弹受伤，溢出血来，把衣服染得鲜红，当时没有疼痛的感觉，只感到身上凉飕飕的，一摸满手湿淋淋的黏糊糊的鲜血。谢晋元当即让汤医官用车将他护送到位于古北路的国际红十字医院治疗。除了杨瑞符，分别在几家医院疗伤的战士还有多名。杨瑞符伤不重，没有伤筋动骨，也没有伤及脏器。他取出子弹后，略有好转，便写信给谢晋元，要求回到孤军营，边养伤边协助谢晋元分挑起领导孤军的责任。谢晋元是希望杨瑞符回来的，也为他的果敢和忠贞所感动，他了解这个战友有管理部队和指挥作战的丰富经验，有了他，自己的压力会减轻不少。他权衡再三，复信给杨瑞符，要他转告住院官兵，尽量低调，少惹租界和日本人的注意，乘在外面还有一定的自由，身体稍有恢复，就悄悄离开上海，返回后方，重返部队杀敌，走一个是一个。

谢晋元其实一直没有放下那份担心，租界在虚与委蛇，察言观色，他们可能会很快放他们走，也可能会长期扣押他们，租界在看日本人的态度，也在看战局的发展。杨瑞符懂得谢晋元的想法，立即安排能走的六七名孤军返回内地。他自己则未待伤口痊愈，就离开上海，经浙江、江西到了武汉，治疗一段时间后，在武汉失陷前辗转到达重庆。

战场的战况使谢晋元揪心，在兵营的短短几天中，中国军队连连失利的战报，通过电台、报纸及其他渠道频频传来。中国军队撤到沪西以后，苏州河成为防守的最后一道防线。苏州河南翔以东至沪西这一段河道，河面较阔，大约在一百米左右。河面上，沪西有淞沪铁路桥和中山西路公路桥，南翔附近有一座可通汽车的大木桥，其他过渡全靠船只。

而沪西市郊四野平旷，不是屯兵之地，无险可守，唯一可以阻敌的屏障是苏州河。因而河防是中国军队阻击日本进攻的重要手段。为此，中国军队退守苏州河南岸以来，炸断了淞沪铁路桥和中山公路桥，利用沿河建筑物、村庄和复杂地形构筑工事。

深谙兵机的谢晋元忧形于色，他知道上海的战局对中国军队来说，已极其不利。关在军营中的守军士兵，已沉不住气了，见到谢晋元便牢骚满腹，语气中似埋怨，似自责，听得他真有芒刺在背之感。但他却无词以解。他和孙元良通过电话，孙师长对谢晋元说，他自有方略。

孙元良所说的方略，就是遵照他的“争先一着”的策略，主动对河北的日军进行偷袭。这一天，他从各团抽调骁勇非凡、矫捷善战、经验丰富的劲卒，配上长短武器，包括冲锋枪、手枪、匕首、手榴弹，组成几支敢死队。借夜色乘木船偷渡苏州河，把船拴在支河的灌木丛中，做上记号，便上岸搜索前进。

日本人将中国军队驱逐到沪西苏州河以北后，从军官到士兵，普遍出现骄傲之心，以为胜券在握，彻底歼灭中国败退军队，只是个时间问题。连上海派遣军总司令松井石根也有所松劲，几个月的苦战，使他感到十分疲倦，他毕竟 59 岁了。虽然战争使他像注射了吗啡针那样兴奋不已，武士道精神在他血管里燃烧，使他以花甲之年，在上海这一场战争中，戎马倥偬，不知什么是辛苦。他一向瞧不起中国军队，以为中国军队无良将、无勇兵，装备又远逊于日本，所以是不禁打的。松井是日本军界的元老，日本陆军大学毕业生。他曾在德国受训，后任关东军司令部参谋、步兵第 35 旅团长、参谋本部二部部长、日本驻华武官等职。曾参与过日俄战争、中日战争。1933 年调任驻台湾军司令官，晋升为大将。他在日本军界中以老谋深算、凶狠毒辣著称。来中国前，他已退役在家，陆军部密谋攻打上海，定计后，陆相杉山元推举松井任上海派遣军总司令，和日本驻华海军总司令长谷川同为上海战的最高统帅。年迈赋闲的松井突然受此大命，精神大振，对杉山元立下誓言，保证一个月之内攻下上海。杉山元曾是他部下，对松井的誓言有些怀疑，从陆军部的立场来说，拿下上海，当然是越快越好。但他了解松井不是说大话的人，能出此言，绝非信口开河，便客气地问：“老长官这样的决心，正是天皇陛下所期望的，但不知老长官何以会有如此大的把握？”

松井轻蔑地说：“中国人从清末开始，便外强中干，和大日本交战多次，都是不堪一击。甲午海战就是最好的证明。李鸿章缔造的北洋水师的军舰比日本海军强，可给神勇的日本海军打个全军覆没，片甲不留。现在，东北，华北，皇军刚开始进攻，中国军队就望风而逃，不战而退。这个蒋介石比李鸿章强不了多少，他虽在上海布下重兵，但在皇军的神威面前，不过是一堆鸡蛋，必败无疑。”

这是在说大话了，杉山元心里想。根据情报，蒋介石和中国军队在上海已严阵以待，虽然谈不上是坚不可摧，但鸡蛋之说也太轻敌了。杉山元笑着说：“好，好，有老长官这么句话，我就放心了。一个月后，我等你的捷报，不过，上海的情形和华北、东北不同，那是中国首都南京的门户，中国的经济中心，蒋介石必会坚守，非拼一下不可。我们唯有力攻。”

“当然。”松井说，“兵贵神速，我在德国时，德国教官一再讲授闪电战的奥妙。所以，当务之急，要迅速调集军力，空军海军陆军缺一不可，以迅雷不及掩耳之势，全线推进。中国人虽弱，军中派系又多，共产党国民党的联合也是同床异梦，但也要防止他们先发制人，在我们的大部队未到上海之前，蓄势先动，以多战少，来个先声夺人。虽不至于改变战局的结果，我们至少也会吃点小亏。”

松井的这番话，让杉山元肃然起敬，老长官思路非常清晰，一言中的，说到了点子上。他推荐的这个人选没有错，一个月攻下上海的誓言看来也不是口出狂言。

可松井石根并没有在一个月内拿下上海，中国军队也不是一堆鸡蛋，而且表现得非常强硬。要不是蒋介石寄希望西方列强出面干涉，在战争的关键时刻，先后三次下令中国军队“暂缓进攻”，错过拿下日军据点的时机，给予日军从本土增援的充足时间，松井石根还会碰更大的壁。一个月的时间到了，杉山元打电话给松井说：天皇在等你攻下上海的喜报。松井大为尴尬。但松井石根带着第 3 师团和第 11 师团四万多人，在吴淞口登陆成功，使中国军队猝不及防，旗开得胜，是立了大功的。加上蒋介石错误的战略指导，造成战场形势突然逆转，帮了松井的忙。松井的“一个月攻下上海”的宣言没有实现，但打了胜仗是事实。特别是中国军队退守沪西苏州河南岸，松井石根张开口袋，从腹背包抄中国军队，很快就会对中国军队造成合围之势。

松井很得意，很自信，一个月誓言虽没有做到，但他心里有数，中国军队败局已定。他们的军队是锐不可当的，一条浅浅的、狭狭的苏州河是救不了中国人的。狂妄和骄傲让松井产生了缓口气略作调整的想法。对部队出现的懈怠也不在意，对部队的胡作非为更是视而不见，对军官们热衷于醇酒美妇也不以为然，他自己则频频参加日侨举行的庆功酒会，集会。在众人面前，他的神情冷酷而刚毅，眼镜后面的一双小眼睛闪烁着精明。他已是个老人，他希望尽快拿下上海后，再攻下南京，他这一生足矣！

但他没想到，几年以后，在他近古稀之年时，他会被处极刑，在绞刑架上结束生命。

在松井石根陶醉于胜利的激动之中时，给了孙元良突袭的机会。

几支敢死队深入到日军防区后，向原来所预定的目标进行袭击。事先孙元良通过上海的谍探已获得日军在占领区的具体分布情报，因为打了几个月的仗，对地形环境熟门熟路，所以，几支敢死队的袭击都一战成功。

一所学校，驻扎日军一个联队，约一千人。原来就是驻在大隆厂时佐藤所带的部队。傍晚，日商送来几十瓮陈年老酒，表示慰劳之意。正喝得七倒八歪之时，敢死队冲进来，先投掷手榴弹，再端起冲锋枪乱扫，顿时血肉横飞。打得那些酩酊大醉的日军措手不及，来不及组织还击。他们甚至还没有弄清楚是怎么回事，就死的死、伤的伤。不到一支烟的工夫，日本兵死伤过半。等援军赶到，敢死队已无影无踪。

还有一处仓库，原来是一家中国棉纺织厂的棉花堆栈。现在库房里还存放着几十包棉花，其余堆的是军粮、军服军被，以及其他各类军用物资。仓库的空场上堆满了一桶桶汽油，不时有军用卡车前来加油。这是军事重地，有一个排的兵力把守。守兵保持着足够的警惕，在围墙一角，临时搭建一个塔楼，架着机枪，有岗哨在楼顶打着探照灯四处照射。

敢死队缘墙而上，斩锁入栈房，在棉花包上放了把火，然后迅速撤到外面。塔楼发现库房冒烟起火，便把探照灯对准仓库，并拉响警报。这时有几辆军车正在加油，车上的日军没有下车，还拥挤在敞开的车厢。一看库房着火，大家惊恐万分，纷纷跳下车，有的设法取水救火，有的拔腿往外逃窜，场面十分混乱。敢死队乘机拉开架势，发动攻击。有一个敢死队员几枪射死塔楼上的岗哨，打灭探照灯，用机枪猛扫。时当隆冬，北风强劲，库房的火势经风一刮，瞬刻蔓延开来。敢死队在撤退前，向汽油桶投出几颗手榴弹，随着几声巨响，火光冲天，整个仓库连同外面的堆场，都成为一片火海。这次行动，敢死队牺牲了三个队员。

第三支敢死队摸到五六处慰安所，将在里面疯狂泄欲的日军一一打死，并放走了被抢掠到这里来的中国妇女。被他们打死的日本人合起来也有两百多人，这些毫无戒备的日本军人没有一个还击的。

几支敢死队不敢恋战，完成任务后循着原设定的线路，以最快速度来到河边，找到木船，解缆而行，很快回到南岸驻地。天黑如墨，风烈如刀，但敢死队员个个心里热烘烘的。

孙元良得报，惊喜交集。奇袭得胜，大快人心，原来笼罩在战士心上的愁云惨雾，一扫而空，部队的士气大振。

松井正在书房读上海的日本报纸，得到报告后，心里大惊，自悔大意了，但表面上不露声色，沉着地对相顾失色的几个高级军官说："没什么，不过是雕虫小技而已。让我们渡过苏州河，打到南岸去时，再报仇也不迟。”

松井的大将风度，使被敢死队袭击的日军指挥官松了口气。未料第二天日本宪兵队就把他们抓了去，松井没有多说什么，只下令按军法处决，这几个指挥官一脸的惶恐。海军总司令长谷川打电话来说情，松井恨恨地说：“罪不可赦，当诛！以警文恬武嬉。”说完，一挥手，把这几个军官押出来枪毙。

第二天，松井发布强渡苏州河、向南岸发起总攻的命令。日军加投兵力渡苏州河。

日军企图突破的是苏州河南岸的丰田纱厂、北新泾镇及屈家桥中国军队的阵地。日军在进攻时，用几十门火力凶猛的远程大炮从闸北和江湾向中国军队阵地进行长时间的反复轰炸，飞机则在上空盘旋投弹，炸弹落在河道，激起的水浪高达十多米。北新泾镇被夷为平地，天空的烟火像厚厚的乌云，漂浮在沪西苏州河的上空，暗无天日。巨大的轰鸣之声，在租界的每个地方都能听到，还能感受到强烈的震动。炮击以后，日军乘坐汽艇、木船向南岸渡河进攻。

守卫苏州河南岸88师等部队早已挖妥深沟，敌人轰炸时，躲进战壕；敌人舟船行至河中央，步枪、机枪集中火力近距离还击。双方短兵交接，日军的大炮、飞机发挥不了作用，船上又摆不上重武器，而且船艇完全暴露在河面，极易受到攻击，行不到河中央就被击退。船艇被击沉的、进水的、受损的不计其数，敌人伤亡严重，河里浮满了日军的尸体，河水被染成红色，河面上弥漫着血腥气。

敌人在北新泾渡河没有得逞，便改向较易强渡的周家桥一带进攻。周家桥这一段的苏州河河面狭窄，最窄处仅三四十米。日军故伎重演，先是炮击，接着飞机轰炸，狂轰滥炸持续四个多小时，随后，日军主力利用烟幕的掩护，开始渡河。河南岸的周家桥地形复杂，敌人隐蔽接近。驻守在这里的税警总团与日军发生激战，数度争夺，多次展开肉搏，死伤惨重。敌军在炮火支援下不断增援，周家桥阵地终告失守。中国军队组织反攻，多次拉锯战后，夺回周家桥部分阵地。

苏州河一线刘家宅阵地，战争也是酷烈异常。

日军照例是一阵大炮乱轰，接着施放烟幕，利用橡皮舟连接成浮桥，或架起帆布桥，端枪屈膝蛇行，被中国军队的机枪和手榴弹击退。敌兵深感刘家宅的堡垒森严，于是又在其他地段寻找突破口，均遭到失败。

这时，谢晋元在胶州路兵营，坐立不安，不思寝食，几次打电话给孙元良，要求设法让四行守军脱离兵营，到前线参战。

孙元良说:“我也希望弟兄们赶快归队,但这件事不是我说了算,上面正通过上海市长俞鸿钧和警备司令杨虎,以及南京政府上海特派员公署和租界工部局进行交涉,你再等几天。”

谢晋元说:“我们一分钟都等不下去了,我快要憋死了。师长,你我都是军人,前线在进行你死我活的激战,我们岂能在这个鬼地方隔岸观火?”

孙元良说:“你们的心情我是知道的,我设法直接向委座禀报,把你们的要求带到就是。这些英国人、美国人是一群混蛋!”孙元良在电话中大骂。

又过了一天,依然没有让他们归队的迹象。沪西苏州河全线的战局更见炽烈。炮弹、子弹、手榴弹既劲且密,苏州河方圆几十里内,战云密布,天色晦暝,爆炸声、炮轰声,倒仿佛惊蛰将近,春雷初动似的。中日两军越绞越紧,难分难解。双方都伤亡惨重。第 61 师参战官兵 4 500 名,在夺回被日军占领的阵地战斗中,伤亡人员达到 3 000 人以上。税警总团三团团长丘之纪在激战中牺牲,全团伤亡过半。

苏州河两岸的攻防战在十几里沿线日复一日地僵持着,却不料集结马鞍列岛上的日军第十军六万重兵,乘几十艘军舰,出其不意地在杭州湾金山卫一带强行登陆,从正面战场上退下来的中国守军,背后又被插上一刀。

这天早晨,谢晋元正在用早餐,桌上的电话铃急促地响了起来,电话是 88 师参谋主任打来的,告诉了他日军增援部队已登陆金山卫。

“这情报确切吗?”谢晋元大声问。

“千真万确,委员长已电令副司令长官顾祝同立即组织人马回援,特别要加强对松江一线的防守。”

“我所担心的局面终于出现了。”谢晋元心急如焚地说,“腹背受敌,情形很危急。请报告孙元良师长,晋元再次请战,让我们立即上松江的战场。”

“谢兄,委座褒奖你们的命令下达多日,由于战事紧张,未及时举行仪式。近日张柏亭参谋长要来你处授勋章并宣布蒋委员长晋升你为上校团长及对其他人嘉奖的命令。你的请战,我会报告孙师长。”参谋主任在电话中说。

“请转告张参谋长,我不能接受青天白日勋章,也不接受对我晋升的决定。”

“晋元,你别说气话了。”

“不,我不是在说气话,我是认真的。”

“为什么?”

“我没有资格得到嘉奖和荣誉,我受之有愧。”

“谢晋元，你给我听着。”参谋主任在电话中大声说，“你在防守四行仓库的战斗中，打出了军威国威，撤离四行仓库是最高统帅的命令。在胶州路休整几天有什么不好呢？别人还捞不到这样的机会呢！记住，别做傻事！”参谋主任说完便把电话搁上了。

第十章
悬旗事件

谢晋元顾不得把早餐吃完，叫副官通知各连排列到空场地集中，进行训话，然后让大家练练拳脚。谢晋元因过分劳累，疲惫不堪，生了病，头晕呕吐，全身乏力，在租界医院治疗了几天，病房外，有几个虎背熊腰的白俄士兵看守着。谢晋元未等病痊愈就回营了。他和上官志标商量后，决定平整场地，开始军训。虽然没有了枪，谢晋元让人买来几百根木棒，代替步枪在坑坑洼洼的场地上练习刺杀，训练肉搏、格斗、翻越障碍。每日操练达三四个小时，其余时间收听无线电新闻、读报，由他和上官志标为大家上军事知识课。空闲下来的时间，在帐篷内下棋、记日记、看书、写信、洗衣服、打扫卫生。或在空地上散步、呼吸新鲜空气、仰头看天空飞翔的鸽子。

万国商团的白俄兵团的士兵守着大门，在围墙周围巡逻，在兵营大楼前，以及每个楼面的楼梯口站岗放哨。晚上过了九点，熄灯铃声响后，值班的步枪队员便将兵营大楼的门锁上，禁止出入。对于四行守军的各项活动伊万诺夫很不满意，几次对谢晋元喷着烟酒气说，你们这样子是在胡闹！必须立即停止。并要求孤军见到白俄军官都要敬礼，对他本人尤其要尊重，因为他是俄罗斯贵族。上官志标不客气地嘲讽他，这些话，你去跟斯大林说，让他承认你这个俄罗斯伯爵大人！说不定他还会向你敬礼呢？对了，还会用威士忌和黑海鱼子酱招待你。气得伊万诺夫用俄语大发雷霆，可没有人理他。

这一天，上海市市长俞鸿钧、上海警备司令杨虎、88 师参谋长张柏亭在上海特派员公署约见英美驻上海总领事，就四行守军被羁押一事再次进行交涉。

“租界还是中国的领土，中国军队借道撤退归队，是中国的主权，租界把四行守军扣押已经好几天了，中国政府和民众对此深感遗憾和不满。”俞鸿钧强硬地说，“对于这种无视中国主权的行为，我代表上海政府和特派员公署，再次提出抗议。”说着，把抗议照会递交给英国驻沪总领事。

英国总领事接过照会，略略扫了一眼，又递给美国驻沪总领事。美国总领事毫无表情地接过去，看都不看。

“现在，中日大战在苏州河沪西一线继续进行着，中国军人浴血奋战，顶住了日本军队的屡次进攻。英美是中国的友好邻邦，保持中立可以理解，但将中国官兵关押起来，大大伤害了中国民众特别是上海民众的感情。”张柏亭说，“关于撤退借道租界的计划，是我和杨司令直接和英国驻军首长商定的事，你们一口承诺，但现在又出尔反尔，推翻诺言，把四行守军缴械关押，作为办理此事的代表，我难以向四行守军交代，也难以向最高统帅和中国民众交代。”

“我们理解你们的心情，对这样的结果，我们也感到遗憾。”英国总领事说，“但我们这样做也是出于无奈，也是违反我们的心愿的。可是，我们有责任保护租界侨民的生命财产安全，保护居住在租界的中国人的安全。中日开战以来，我们本着人道主义和对贵国的友谊，收容了上百万难民。所以，我们不能因为四行守军几百人，而把战争引到租界。确保租界和平，维护租界的利益，是当前租界的最高原则。”

“这是日本人的要挟，只要日本和英美等国没有正式宣战，日本人就不会打进租界的。你们不必害怕。”俞鸿钧说，“我不懂，强大的英帝国和美利坚合众国，怎么会被一个东方小国吓破了胆呢？居然会屈服于他们的无理要求？”

“足下是上海市长，你不会看不到，你管辖下的上海除了租界之外，已是战火遍地。你们动用了那么多精锐兵力，都抵挡不住日本军队的进攻，租界和日本人开战，凭我们几千驻军，是鸡蛋碰石头。我们不是害怕，而是理智地看到了这个事实。”美国总领事插话说，“如果我们有足够的兵力，早就帮着你们打日本人了，大兵压境，租界成了孤岛，这也是我们所不愿看到的。你们知道吗？如果没有责任在身上，我早就回国去了，上海有什么好的？租界可是个火山口，随时会喷出岩浆的火山口！”他说到这里，连连耸了几下肩膀。

这是实话，租界确实危机四伏，泥菩萨过江，自身难保，所以不得不看日本人的脸色。俞鸿钧、张柏亭、杨虎面面相觑，明白今天的交涉不会有什么结果了。事实上，他们在交涉前就不抱什么希望，俞鸿钧、杨虎官邸就在租界，对租界当局的处境和苦衷是清楚的。火山口！不错，表面上是繁华的十里洋场，实际却如同一个火山口，租界的这批洋人，日子实在不好过。

“那么，你们打算把四行守军扣留到何时呢？”张柏亭问。

“不知道，这要看局势的发展。如果你们打败了日本人，四行守军立即可归队。”英国领事说。言下之意，假如中国军队节节败退，四行守军的归期，谁都说不准了。

张柏亭脸色阴沉了下来，心里更是凉得很，他已意识到，谢晋元和四行守军一时回不去了。他深知谢晋元的脾气，在形同囚室的兵营里，他会无法承受，会暴跳如雷，会做出各种激烈的反应。

张柏亭从特派员公署出来后，就要到胶州路兵营去，给谢晋元授勋、宣读委员长的嘉奖决定。谢晋元已不止一次负气地扬言拒受晋级和勋章。所以，今天他到兵营去，还要费不少口舌来说服他面对现实，安下心来，接受荣誉，能以达观而冷静的心态等待机会。是的，现在能做的，就是等待，再等待。

和英美总领事交涉无果。两位资深外交官，一再表示歉意，一再婉言解释，答应给谢晋元等人一定的礼遇，但放人，对不起，不能！他们也没有这样的权利。再说下去已经没有意义了，英美领事只能像留声机那样，重复那些陈词滥调般的话。俞鸿钧、杨虎、张柏亭只得悻悻告退。俞鸿钧回去复命，杨虎陪张柏亭来到胶州路兵营。

按兵营的规定，四行守军官兵经批准后，可以会客，但只能在指定的地方见面。那个地方是位于大门口，操练场围墙边上的一排平房中的一间。但如果要见谢晋元，可以去谢晋元的帐篷里那间会客室兼办公室见面。张柏亭和杨虎穿过大帐篷来到了谢晋元的那顶小帐篷。

谢晋元正对着帐篷壁上的军事地图沉思，看到两位长官来，并不感到意外，立正敬礼。

坐下后的第一句话，是谢晋元急迫地问道：“你们是来接我出去的吧？”

张柏亭早有准备，所以从容作答：“我和俞市长、杨司令刚见过英美总领事，我们提出四行守军立即归队，但他们有他们的难处。”

“他们有什么难处？”

“扣住你们的不是英国人，也不是美国人法国人，而是日本人，是日本人在掣肘着你们，所以，不能全部怪租界。”

“你别听他们的鬼话！”谢晋元猛地站了起来，张柏亭的几句话将他的怒气激了起来，“日本人不过是例行公事，提几声抗议而已。是英国人美国人口蜜腹剑，覆手为云，翻手为雨。把我们扣起来，讨好日本人。你们看，那些个牢头禁子是谁？是日本人吗？不是，是租界的万国商团，还有铁甲车、骑兵、小钢炮，他们不去对付日本人，而用来对付我们！这就是他们的难处吗？”

“晋元，时至今日，局势变得很复杂了。你这骡子脾气也需要改一改。发脾气是不解决问题的。”张柏亭说，“我可以告诉你，上海的仗最后到底是一个什么样的结局，我不敢下结论。有一个消息，委员长最近会见了德国驻华大使陶德曼，委员长向他表示中国愿意寻求和平的方式解决中日争端，并请德国居中调停。”

“你是说，我们要向日本鬼子乞求和平？中国的半壁河山都落在日本人手里了！难道我们要像前清那样，用割地和赔偿银子来和日本人议和？”谢晋元惊诧不止地说，“张参谋长说的最高统帅的部署是不是指这一点？我以为当前与敌谋和形同与虎谋皮，不会得到真正的和平，只会伤害了国家和民族的利益。”说着，他又坐了下来。

“你说得对，日本人不可能给中国真正和平的，前不久，日本外相广田曾通过德国驻日本大使狄克逊，提出过中日和平的条件。”

“日本的条件是什么？”

“广田外相提出了四个条件：第一，中国承认满洲国；第二，华北地区特殊化；第三，中日共同防共；第四，中日经济提携。这是德国大使居间调停的结果，给委员长当场拒绝了。”

“这是什么和平条件，明明是要我们卖国求和啊，如果答应了他们，中国覆亡之祸，就在眼前了！”谢晋元大声说道。

“你我都是这么看的。大多数中国人绝不会接受这种开门揖盗的和平，委员长也说了，和平已不复存在，唯有抗战，才是中国之出路。我们是国民革命军，志不负国，志不可辱，在国家危急万分的关头，当丢掉幻想，奋勇杀敌，血战到底。”

“张参谋长，你说得好。”谢晋元声音高亢地说，“军人有仗不打，连猪狗都不如。所以，你无论如何要设法把我们弄出去，让我们赴前线打小鬼子，宁可战死疆场，也不能耗在这里犯人不像犯人，客人不像客人。”

“我刚才说过了，我们也是这么想的，也向英美总领事提出来的，但他们确实有苦说不出，日本人正虎视眈眈地盯着租界，找岔子占领租界。但租界是绝不能乱的。”张柏亭说，“英美是我们的盟友，要把抗战进行下去，朋友越多越好，蒋委员长和共产党都化干戈为玉帛了，就是这个道理。”

“这一点委员长做得还算漂亮，共产党也是中国人，中国人打中国人，太荒唐了。”谢晋元的态度缓和下来。

“所以，抗战大局是头等大事。英美都是强国，是我们抗战的坚强后盾，因此，我们不能为了一点小事和他们搞僵，四行守军和抗战大局相比起来，毕竟是小事。”张柏亭巧妙地把话题引到正题，很耐心地说，“谢团长，你是校长一手培养出来的战将，现在虎落平阳，龙困浅滩，是不好过，但为了抗战大局，你就再忍忍吧，小不忍则乱大谋。况且，委员长不会不管你们的。”

“我明白了。不过，张参谋长，我话要说清楚。”谢晋元已完全冷静下来了，“请你们尽量争取，一有机会，就让我们归队。看着你们在战斗，在流血牺牲，我们个个急得就像火烧似的。”

“当然，当然。你告诉弟兄们，安于现状，不出纰漏，不给租界添乱，就是为抗战大局作贡献。你们并没有闲着，也是在打仗，打一场特殊的仗。”张柏亭郑重说道，“既来之，则安之，决不能让日本人有个口实把柄什么的，租界是个孤岛，但这个岛对中国来说，太重要了，怎么也不能让它沉掉。”

杨虎打量了一下帐篷说：“住这样的帐篷不是长久之计，我拨一点钱给你们，你们自己动手，造几间营房吧。张参谋长，你说呢?”

“好啊！暂时归不了队，让弟兄们住得好一些吧，扎帐安营，那是回到古代的营垒了，哈哈……”张柏亭苦笑说。

谢晋元是聪明人，张柏亭和杨虎这个态度，他们转弯抹角讲了的许多话，归纳起来就是一句：耐着性子在兵营坚持下去，别惹出事情来，英国人、美国人得罪不起日本人，中国人得罪不起英美人，这是大局所在，你谢晋元别再问了。

谢晋元听懂了张柏亭的话，他不想说什么，也没有话可说了，他缓缓地站了起来，敬了个礼，道：“是!”

当张柏亭将全体四行守军集中在操练场上，宣布有关人员晋升一级的决定，给谢晋元佩戴上青天白日的勋章时，他只觉得一阵鼻酸，心里是渺茫的，有些羞愧地点着头，眼睛里饱含着热泪。战士们的神色也个个既沉郁又伤感，并没有因为晋级授勋而变得兴奋起来。

张柏亭要谢晋元说几句，谢晋元先是摆着手，不肯说，后来拗不过自己的上司，就用手指着自己的心窝说："弟兄们，我们暂时出不去了。记住，只要我们在兵营一天，就不能做出辱没国家的事，不管在何时何地，我们都要保持一个军人的气节。要对得住一个中国人的良心。"

战士们没有像平时那样大声答应，而是，不约而同把手掌摆在自己心窝上。用这样一种姿态代替了语言的表达，而且是一种内容更复杂的表达，此时无声胜有声，更让人感到震撼。

张柏亭、杨虎看了这场面，心里都不是滋味。苏州河南岸的战争越来越吃紧，日本人从金山卫突然登陆成功，对中国军队形成合围之势，张柏亭看出中国军队败局已定，如不早日撤出，极有可能全军覆没。而杨虎更是心事重重，他清楚，上海沦陷是早晚的事，他的警备司令做到头了。他在盘算，是跟着大军撤退，还是留在租界的花园洋房里做寓公。随张柏亭到兵营的这段时间，他除了看到谢晋元屈住在帐篷里，建议造营房外，没有多说一句话。他的一颗心经常在飘忽着，很虚无，自然，理性上也很分裂。经常望着什么地方走神。但他是信守诺言的，在撤出上海前，将一张 5 万元美金的支票交到了谢晋元手里。

事实已毋庸置疑，谢晋元知道短期内出不去了，便用 5 万美元，加紧进行军营的整修，改造这个荒僻的杂乱不堪的营地。除了请营造匠所设计，雇部分泥木匠外，官兵均参与劳动，平整操场，用煤渣垫平洼地。建起了四幢平房，一幢楼房，一个食堂兼礼堂。场地中央设了篮球场、排球场、网球场各一个。在东南角建起大操场和足球场，还挖了金鱼池，搭了马厩、鸽棚，大操场竖起旗杆和司令台。孤军营面目大变，若没有两道布满尖刺的铁丝网，人们还真以为这里是个花气黏稠，树木葱茏，房舍纤尘不沾的公园。谢晋元将兵营外又围了道铁丝网，入口由孤军战士站岗，和万国商团的营房隔离开来，成了一处与世隔绝的独立天地。对此白俄兵团队长伊万诺夫都睁只眼闭只眼，由孤军去倒腾。

但有一条似乎没有商量的余地，那就是坚决不同意孤军营竖旗杆，见大操场挺立起一根高高的旗杆，再三要谢晋元拔掉，别说升旗，就是在营房之外任何地方，都不准许悬挂国旗，当然，如果升英国的米字旗是可以的。伊万诺夫取来租界工部局的来函给谢晋元看，这封信函口气很严厉，强调在租界兵营升中国旗有违租界法律，要谢晋元顾全大局，谨言慎行。

谢晋元怒不可遏，立即复函断然拒绝租界当局的无理要求，他把复信文给伊万诺夫，说：“请你转告工部局总办，租界是中国领土，作为中国军人，被你们扣留在这里，本身就是违法的。依照海牙国际法，即便是战俘都有宗教信仰的自由，况且我们不是战俘，你们不许我们爱国，不许我们升国旗，不仅侵犯了我们的人权，剥夺了我们的自由，也有损中华民国的尊严。”

伊万诺夫收下了信，塞在口袋里，醉醺醺地说：“信可以给你转，但我告诉你，工部局的条规是不可能讨价还价的，没有这么多歪理可讲，不许就是不许。”

谢晋元回答说：“我也告诉你，这旗我升定了。中国人在自己土地上升国旗，无可厚非，外人无权干涉。”

第二天，这是夹竹桃散发出芬芳的日子。孤军营全体官兵列队，举行升旗仪式，淡淡的晨雾笼罩着庄严而又苍凉寒肃的气氛。铁丝网外站满了密密麻麻的民众，他们都是来观看升旗仪式的，在租界除了中国政府驻租界正式机构的寥寥几座建筑的屋顶上飘有国旗外，已看不到升国旗仪式了，孤军营要升旗的消息很快传遍了上海，人们一早就从四面八方赶来，一忽儿就人山人海。孤军营并不是一座与世隔绝的孤岛。随着那面旗帜节节上升，人们欢声雷动，吼声震天。在大半个中国血肉横飞，山河不断沦丧时，就像四行仓库那幢弹孔累累的房子一样，这一面旗，至少给沮丧和愤慨的人们带来了一丝黑暗中的曙色。漆黑一团中有一点光亮，哪怕很微弱，也是让人兴奋的，带来希望的。

升旗仪式结束，谢晋元开始训话，刚说了几句，这时，一架日本飞机在孤军营上空盘旋，飞得很低，发出巨大的轰鸣声，这是座飞行堡垒，看那架势，好像要掷下一大串炸弹。营内和营外没有惊慌失措，一动不动地站立着，一双双愤怒如火的眼睛盯着这架在头顶掠过的敌机。

谢晋元仰头冲着飞机，带头呼喊起口号：“打倒日本鬼子！中国不可战胜！抗战必胜，侵略必败！”人们也跟着齐声喊起来，声音直冲云霄，盖住了飞机的鼓噪声。日本军机兜了几个圈子，飞走了，消失在云层中，尾声也变得颤悠悠的了。谢晋元冷笑说：“这是小鬼子张牙舞爪的，在恐吓我们，它有种掷炸弹啊！小鬼子还是不敢嘛，租界有些人太混账了，和日本人一个鼻孔出气，他们看日本人脸色，我们偏不看。”

正说着，400 名白俄兵背着上了刺刀的步枪，挥舞着大棒，向孤军守卫的二道门冲去。突然袭击并没有吓倒毫无防范、手无寸铁的孤军，孤军们猝不及防，但很快就反应过来。有的取来木棍对打，有的赤手空拳和残暴的白俄士兵肉搏。白俄士兵肆意用大棒殴打孤军，甚至用刺刀劈刺，造成孤军一人牺牲，一百余人受伤，重伤41人。白俄兵砍倒旗杆，抢去国旗。

一队约三百余名的苏格兰士兵迈着整齐的步伐，打着鼓，吹着风笛和小号，穿着方格花布短裙，以高贵和傲慢的神态来到第二道铁丝网前。随着一声尖厉的哨声，他们端起枪冲入营内弹压，假惺惺将受伤官兵送往巡捕医院。铁丝网外的民众一片鼎沸，对白俄士兵的暴行十分愤慨，纷纷大声斥责。大骂“罗宋瘪三无法无天”。

第二天一早，孤军营在早操和跑步后，照常举行升旗仪式，谢晋元和上官志标拉住一面国旗两端，齐声高唱国歌和《义勇军进行曲》，此后又为护旗烈士举行葬礼，兵营铁丝网外继续聚集大批民众，下着蒙蒙细雨，大家湿漉漉地站在阴冷的雨中，眺望着水灵灵的营房，声援孤军，他们的心变得很沉重，也变得更激奋，齐声谴责、咒骂白俄兵的暴行。

孤军不屈的斗争令租界当局更加恼怒，当天晚上又出动二三百士兵包围孤军营。在白俄队长依万诺夫率领下，冲入营内，将谢晋元、上官志标及连排长共16名孤军军官强行押入救护车内，押送到华懋饭店隔壁，中央银行三楼内俄国队第二司令部软禁。二连三排长伍杰因剃了和士兵一样的光头，所以未被当军官抓走。谢晋元临走前，关照他和汤医官指定各班长分头负责，继续组织孤军展开斗争。

在俄国队司令部逼仄的房间内，谢晋元绕室徘徊一会后，敲门要求见公共租界总董，但没有人来开门，即便开门也不理会谢晋元的要求。于是谢晋元下令全体官兵绝食抗议，谢晋元等官佐早晨开始绝食。

伍杰排长和汤医官带领士兵举行升旗仪式，齐唱国歌，三名战士上台讲抗战意义，表达誓死不屈的决心，最后宣布全体战士绝食。孤军的绝食，通过报纸、电台的宣传，在上海引起了巨大震动。上海和全国各地民众无不义愤填膺，龚宇伟、李丹沪商量后，决定以救亡协会、市商会、总工会名义，全上海罢市罢工罢课三天抗议。各界纷纷到孤军营慰问。出租车、私家车、黄包车、马车都一辆辆聚集在营前，一旦孤军营士兵昏厥，竞相上去救援。没有事时，司机们不时把喇叭响个不停，黄浦江和苏州河的轮船的汽笛声也响成一片，整个租界像炸开了锅。

中共中央通过在汉口出版的中共机关刊物《群众》撰文，“向羁留在沪坚持奋斗的八百壮士致诚挚慰问之意”。

租界当局派人做了许多美味佳肴送到谢晋元处，还扛到孤军营，孤军官兵不屑一顾。因为饥饿，绝食的孤军官兵不断有人昏迷、虚脱，甚至奄奄一息。停在营前的小汽车、黄包车，立即自发地将他们送往医院抢救。李香梅、范吟月等同学配合饶神父为主任的难民委员会的人员，送来药物、糖水、果汁。蒋介石政府外交部致电英国驻沪总领事，进行交涉。工部局华董在董事会上对租界当局的暴行进行抗议、说理。那些英国、美国董事不是哑口无言，就是推说不知道有这么回事，或者借口中途离开会场。

谢晋元忍着饥饿写长信一封，义正词严地斥责工部局这样做既违背法律，又违反人道精神，他已聘请律师向租界法院起诉，控告万国商团的迫害。并提出四点要求，即道歉、惩办凶手、撤退万国兵团看守、同意孤军在营内的自由活动。

谢晋元身体已十分虚弱，他允许5名军官住院，自己则坚决拒绝前往，李香梅和范吟月、赵雅丽化装成医生护士，进入白俄兵团总部，送去药物，见谢晋元筋疲力尽，异常心痛，劝谢晋元复食治病。谢晋元对李香梅说，你好意我领了，但租界不答应四点要求，他执意不住院、不复食、不回孤军营，宁可饿死在这里。李香梅见谢晋元身体那么差，心若刀割。但她理解谢晋元作为战士这样做的用意，这是一种自卫，一种拯救，一种抗争和号召。孤军并不是形单影只的孤鸿，他们背后站着几十万激愤的上海市民，工人罢工、商人罢市、学生罢课，中国人愤怒了，对租界的洋大人愤怒，对罪恶的日本人愤怒，风云际会，雄浑苍凉，为淞沪战争失利而焦虑、抑郁、哀怨的人们，寻找到了一个情绪和心灵创痛的宣泄口，潮水般喷发出来，游行抗议的队伍阻塞上海一条条高楼耸立的马路。

在医院治疗的重伤员中，有四个孤军因伤重而牺牲，四人葬在先前牺牲者旁，孤军营的花木丛中堆起了五座坟冢，使得兵营陡然增添了几分萧瑟寥落的气息。在白俄兵总部被扣的排长中有个叫老莫的，他因饿慌了，昏倒过去，气若游丝，谢晋元要送他去医院，他坚决地拒绝了，得到了谢晋元的赏识。其实，老莫已被日本特务收买，成为了潜伏在孤军中的内奸。

迫于声势浩大的抗议浪潮，租界当局勉强答应了谢晋元提出的条件，对这一事件表示“遗憾”，撤离白俄兵，队长依万诺夫被撤职，主要凶手交租界法院审判。由万国商团苏格兰兵团来守卫军营。另外，送还夺去的国旗，重新竖立旗杆。对因伤死亡的士兵，每人遗族发抚恤金1 000元，伤者也给予适当的赔偿。孤军营逢节假日可以升旗。

张柏亭和杨虎带口信给谢晋元，见好就收，不要再闹下去了，有这样一个结果可以了。要他们委曲求全，图存待变，克制坚守，以现在之“曲”求以后之伸，还说，这是委座的意思。谢晋元不得不收场了，答应了租界当局的条件。谢晋元等军官被礼送回营，和士兵们重逢，孤军营绝食结束。从此以后，租界对谢晋元和孤军不敢随便盛气凌人进行欺侮了，也不像白俄兵团伊万诺夫般凶神恶煞地呵斥了。谢晋元并没有按照租界逢年过节升旗的规定办，而是天天升旗，风雨无阻，苏格兰兵团比较注重仪式，对孤军管得很松，军队也是一盘散沙，对谢晋元天天升旗只当没看见，不敢多说什么。

第十一章
我还有机会吗

徐佳林经过考虑，还是把碰到王爱琴，王爱琴愿意跟正金银行大班说情，为大隆押款的事告诉了李唯亭。李唯亭对借钱的事不感兴趣，反而问他怎么会认识真由子的，徐佳林告诉是和新闻界朋友一起吃饭，在饭桌上认识的。李唯亭说，少和这个女人搭腔，她是佐藤的情妇。这个女人有一套，深不可测，再说，日本人的钱，我是不会要的。徐佳林是知道佐藤的，他听李唯亭、李师母多次提到，这个日本中佐有次还打了李唯亭的耳光，许多地方有些怪异，也听说他的女友很有姿色，神秘兮兮的样子。原来是她！怪不得！徐佳林想。听李唯亭这么一说，这件事他再也不敢过问了，原来想借此取悦于李唯亭以得到器重的企图也落了空。

李香梅已去学校正常上课，除周末回家，星期天休息，平时都在学校。订婚以后，她第二天就上学了，除了范吟月、赵雅丽，谁都没有说。其实，在学校早已传开了，有不少人读到了订婚启示，那是白纸黑字，确凿无疑的。还有她无名指上的亮晶晶的绿豆般大的钻戒，印证了那启示，宣告了李香梅订婚的事实。但李香梅不明说，大家也装作不知道，心照不宣的。教会女中的女生都是有涵养的人，对于别人的私事，一般不会去多议论。因而，即使见了李香梅，谁都没有主动问她，只是不经意地瞥一眼她手上的戒指。教会女中除订婚结婚戒指外，是不准佩戴其他首饰的。但就是那么一眼，不置一词的，意思尽在其中了。李香梅的未婚夫，大多数人都是认识的，崇拜、暗恋他的女同学不少，没想到最后还真的给李香梅得到手了。最初徐佳林开车来接李香梅，给她写信时，大家还不相信，因为李香梅好像对徐佳林不感兴趣。徐佳林来学校作报告，没见她凑上去过。后来得知，她的家庭和徐佳林的家庭是世交，近水楼台先得月，大概是这个缘故，促成了他们。有的同学感触地说，那么多人为徐佳林发狂，结果给李香梅毫不费劲地捷足先登，真是痴人有痴福。

这天午间休息，在宿舍里，范吟月问李香梅："你订婚的事，已是公开的秘密，你秘而不宣没有意思了，还是借个机会说一说。"

"既然大家知道了，我何必再说呢？多此一举。"李香梅懒懒地说，"再说，就那么回事，没有什么说头。"

范吟月见她提不起劲来，直截了当地说："香梅，我看你心思在别处，已顾不到徐佳林了。你跟我说，你整天在发什么呆？"

"笑话！"李香梅有点慌，脸上掠过一片红晕，说，"你什么时候见我发呆？你又怎么知道我的心思在别处？说说就是这种自以为是的话！"香梅忽然生气起来，从书桌前走到了自己的床铺前，一歪身倒了下去，面向床里，不睬范吟月。

范吟月赶紧走过去，摇着她的身子，赔着笑说："何必呢？我说句笑话嘛！"

李香梅爬了起来，坐在床沿上说："我今天想去看看马赫，请他吃顿饭。我哥哥有枚鸡血章，已到刻章店刻上他的名字，想送给他。人家救了我，我理应表示一下，我想就安排在今晚，你和雅丽作陪。"

"跟马赫说了吗？"

"请他吃饭的事说过，但定在今晚没说。自从那天联欢会以后，已好几天了，我还没有和他联系过。"

范吟月早就看出李香梅这几天心里藏着事，平时开朗豁达的她，话明显少了，且心神不宁，精力集中不了，和她说话，常常会莫名其妙答非所问。范吟月是绝顶聪明的人，她识透了李香梅心里在牵挂着马赫，她早就看出李香梅和马赫之间，不管他们承认不承认，已不自觉地萌生出一种情意，这一份情可能还说不上是爱情，正因为如此，李香梅依然和徐佳林订婚，而且还会把订婚的决定告诉马赫。但订婚以后，李香梅恍然发觉，她放不下马赫了，可她名义上已是有夫之妇，这自然在她心中激起极大的波澜。

这说明，他们之间包含在友情外壳中而不自觉产生的爱情，已使得他们相互倾倒之至，但当事人却还意识不到。李香梅不是躲避，而是还没有醒悟过来。但旁观者清，范吟月已摸到她的心迹了。

自从那天派对上得知李香梅订婚后，马赫一直克制着没有和李香梅联系。后来他在《字林西报》英文版上读到了那则订婚启示，虽事先已听香梅亲口说了，但读着那短短的几行字，他还是有点懵了，好长时间都没有回过神来，和香梅交往的种种情景像放电影一样，一幕一幕出现在眼前。经过很长的时间，他的头脑清醒了，他是一个随时会开拔的兵，一个转战各地的兵，而且是一个美国人，他和李香梅之间仅仅是一段难忘的遭际，不应该想的太多，不应该那么动情。他把香梅的照片藏到了箱子底下，发誓要把他和李香梅的这段经历封存起来。但几天以后，他发现自己既封存不了，也忘不了，香梅的身影顽强地占据了他的思维和生活，她无时无刻不活跃在他面前，越想躲越躲不了。他知道他的心已被李香梅拿了去，再也回不来了。可是她已是一个有了婚约的人，婚约意味着什么，他是懂的，这是两个很庄重的字，它表示香梅已属于别人的了，虽然还没有结婚，还不算别人的正式的太太和妻子，但这是早晚的事。他拍过中国郊区结婚的照片，新娘坐着花轿，头上披着头盖，而新郎骑着一头骡子，黑色马褂上戴着大红花，爆竹发出巨响，升到半空，满地是红屑。他不能想象，香梅也会穿着绸缎的红袄，坐上大花轿，她怎么能这个样子呢？她怎么能这样地属于别人了呢？马赫就这样恍恍惚惚地昏头昏脑地想着，原来他是个快乐的大孩子，但因为一个李香梅，他生平第一次严肃地思索了许多问题，他一下就像成了饱经沧桑的忧心忡忡的成年人了。那个无忧无虑的孩子气十足的马赫再也见不到了。

他和沈石蒂照相馆的周徽成了好朋友，礼拜天，有空的时候，他经常约了周徽全上海乱转，他们拍了许多棚户人家和船民的生活照片，这些中国人贫困艰难的窘状让马赫震惊。那房子是茅草和泥巴搭建，船很小，巴掌大的地方挤着一大堆人，犹他州农场的马棚都要比那房子和船舱大得多。有一次他拉住一个穷人的女儿拍照，这个女孩子在煤灰中拾半红的滚烫的煤渣，手都烫起了泡，但她仍奋不顾身地和别人抢着煤核。他把她拉起来，给了他一美元的纸票，让周徽帮他们拍下来。小女孩脸上都是黑灰，拎着一只旧篮子，手里拿着一把铁丝做成的夹子，她站在马赫旁边，紧张得气都透不过来。他还坐在船头拍照，还拍了黄包车夫，搬运工，肢体残缺、憔悴衰弱的叫花子的照片。他拼命地拍照，不停地读书，把《基督山恩仇记》和《鲁宾逊漂流记》读完，又读起《巴黎茶花女遗事》。他这样做，是想忘掉李香梅，结果还是忘不掉，李香梅仍牢牢地抓住他的心，他怎么也挣脱不掉，痛苦加倍。但他丝毫不后悔，不后悔跳下河里救她，不后悔从剧场的烟雾中拽起她的手逃离出去,不后悔和她不期而遇,至少她给自己留下了美好的回忆。

这天,他在宿舍里擦枪、擦照相机,骆清来访了。骆清原任《字林西报》的主编。后因《字林西报》态度暧昧,不敢刊登抗战的报道和时评而愤然辞职了,进了《大美晚报》担任副总编。《大美晚报》和《中美日报》都是以美国人名义办的报纸,以宣传抗战、抨击日本侵略和汉奸恶行所著名,上海爆发中日战争以后,成了十分畅销的报纸。

骆清找到马赫,邀请他当特约战地记者,专门拍摄在进行中的苏州河南岸一线中日之战的照片。埃克森报告联军司令部竟获同意了,但只准马赫着便服去拍照。之所以同意他去,是因为英美方对中日战争很关心,需要掌握战局的进展,毕竟这场战争的胜败和租界的命运息息相关。听到《大美晚报》聘请马赫去,便顺水推舟,准了马赫十天的假,和上海记者团的人一起赴沪西前线,那里的战争吸引了全世界的目光。马赫没想到他的要求会得到批准,便约了周徽一起去,这两天正在做准备。骆清让马赫到报馆去了一趟,给了他一个记者证,几十卷胶卷,还有一个套在袖管上的袖章,袖章上是美国国旗图样,下面用中文书写着"大美晚报记者,务请提供方便"字样。

忽然,宿舍的电话响了,有人叫马赫接电话,马赫以为是骆清打来的,一听却是李香梅的声音,马赫激动得话都说不出来。李香梅说:"晚上请你在国际饭店吃晚饭,你有空吗?"马赫本来想说没有空,要婉言推掉,但结结巴巴说出来的话,却恰恰相反。他说:"我晚上有空、有空,我有时间。"李香梅说:"那我六点钟在国际饭店门口等你。"马赫说:"我准时到,我不会迟到的。""那不见不散!"

"不见不散"四个字是很让人温暖的,马赫念着这句话,心里就像有盆通红的炭火在烤着,热乎乎的。但后来他又不免伤心,他想说不定这是李香梅和他的最后的晚餐,是和他道别的,晚餐以后,就再也见不到她了。想到这里,那盆火又浇上了一壶冷水,瞬间熄灭,丝毫热气都没有了。

晚上在国际饭店门口,马赫和李香梅果然提前几分钟到了。虽然相隔没几天,但两人见面后有久违的感觉,感到很亲切。马赫穿着烫过的军装,一米八几的个子,玉树临风。李香梅也精心打扮,身着黑丝绒旗袍,外套淡灰色薄呢大衣,挂一串紫水晶项链,下踏浅色半高跟毡鞋,风姿嫣然。国际饭店门口,进进出出的大都是高贵的绅士淑女,平时都是目中无人的,但见了马赫和李香梅也都忍不住多看了几眼。

“我请范小姐和赵小姐一起来的。”李香梅看着马赫说，“我们等等她们。”

“早知道你还约了别人，我叫沈石蒂照相馆的周先生一起来了。”马赫听到不是他和香梅两人吃饭，有些扫兴，说，“我等会要到他们店里洗照片。”

“可以，到大堂打个电话给周先生，沈石蒂照相馆到这里乘黄包车只有二十来分钟的路。出租车顶多七八分钟。”

马赫便到里面去借打电话。范吟月和赵雅丽也乘黄包车到了。范吟月跳下车便说：“老远就看到你们俩了，真是一对金童玉女。”

赵雅丽也说：“岂止是金童玉女？”

“还有什么？”

赵雅丽笑笑不答，停了一下道：“马赫穿军服比穿西装更神气，和我们的香梅小姐站在一起，活像好莱坞电影中的一个镜头。”

马赫出来了，和范吟月、赵雅丽打过招呼后，便随李香梅乘电梯到十一楼大餐厅，去餐厅前，又给总台的茶房留言，有位姓周的先生来，请他上十一层餐厅。

他们在十一层大厅的一角坐了下来，位置临窗，窗外是一片稠密的灯火。不多一会，周徽骑着自行车来了，在灯火笼罩下的南京路上，他骑得飞快，他找到了他们，还是那身李香梅熟悉的装束，西装革履，外套大衣。他习惯地在脖子上挂一个照相机。除了金华火腿、糟鱼、炒年糕等上海菜外，李香梅还特地要了螃蟹。西风劲吹，正是菊黄蟹肥之时。因为战争，螃蟹在市面上已罕见，即使有，价格也奇高。所以，当赤红的热气腾腾的螃蟹端上来时，周徽喜不可言。侍应生给每人发了一套工具，银砧、银钳、银针等精致小巧，一应俱全。

马赫是第一次吃螃蟹，不知如何下手。还觉得螃蟹的样子有点像怪物，有点胆怯。

周徽不用工具，熟练地掀开螃蟹的盖子，里面是肥腴的油膏，便蘸了姜醋津津有味地吃起来，边吃边对马赫说：“听说欧美人不食螃蟹，这简直太愚蠢了。马赫，你可知道，这螃蟹可是天下第一美味。连这么好吃的东西都弃而不食，可以说枉到这世上来一趟。”

见马赫拿着蟹摆布不了，李香梅便帮他小心地剥开，将不能吃的东西除掉，将蟹脚一只只掰下来，用小银锤在砧子上敲开，然后耐心地指点着他吃蟹膏、蟹肉，马赫一吃，翘着大拇指，直喊：“好味道，难怪周先生对螃蟹评价这么高。”

但他的手还是笨拙得很，有几次被蟹壳的棱角刺痛。李香梅便干脆用工具将蟹肉剥到他面前的碟子里，倒一些姜醋。剥了半天，马赫几口就吃掉了，越吃越觉得味佳。于是，李香梅将自己那只也剥给他吃了。吃蟹是要喝点酒的，李香梅要了瓶花雕。马赫喝不惯，于是又要了瓶威士忌，和周徽一杯杯对饮起来。

李香梅将马赫照顾得体贴入微，席上的人都看在眼里，马赫也感觉得到。她挨着马赫坐着，闻得到她头发上、身上清淡的香味，她的眼神和笑容，在柔和的灯光下，若静若动，娇憨温柔。喝了点酒的马赫，有点意乱神迷起来，但他忽然想起李香梅人已有属，心里暗暗涌上一股哀伤。李香梅觉察出他情绪的变化，拿起酒瓶子为他添酒。马赫无意中看了下她伸过来的手，发现那枚订婚戒指在她的手指上消失了。这个小小的发现，让他激动万分，引起他产生无穷的想象，情不自禁伸出手臂，搂住李香梅的肩膀，在她腮边低语道："我今天真幸福，长到这么大，只有小时候母亲剥东西喂过我。"

李香梅也不闪避，脸一红，悄声回答："你是说，我成你妈了？"

马赫大笑起来，李香梅也笑起来。马赫的笑声很洪亮，震人耳膜。大厅里邻桌的人都朝他们这边看过来。马赫大概是感觉到了失态，调皮地吐了下舌头。李香梅脸上微微露出害羞的红晕。

范吟月和赵雅丽对视了一下，两人心照不宣。周徽早已洗净手，举起照相机寻找目标，刚才，马赫搂着李香梅肩膀的情景也摄进了他的镜头。

在离他们较远的一张桌子，也有一个气质不错、衣着入时的年轻女子被笑声吸引了过来，她就是王爱琴。她的对面是个四十岁左右的男子，梳分头，戴金丝眼镜，三件套条纹西装，皮鞋锃亮。从西装的款式上看，是个日本人，斯文从容的气质。日本人的西服腰瘦肩窄，是紧贴在身上的，特别是束腰的皮带，系在肚脐之下，是日本穿着的怪模样。

这个男子确是日本人，名叫小川哲雄。他的公开身份是东京帝国银行新任中国的总代表，秘密身份是"兴亚院"的负责人，专门在中国从事"兴亚和平运动"，实际上是专门收买中国政界、经济界、文化界有影响人物的情报机构。他是作为横滨正金银行的客人来上海的，住在国际饭店十八层的豪华套间里。王爱琴是受银行委托，每天来饭店陪他吃中餐或晚餐，并就有关情况听他有什么意见。

王爱琴和小川哲雄比李香梅他们迟来餐厅，对餐厅的客人没有留意，她的背对着香梅。一阵笑声传来，她才不由自主回头朝李香梅桌上看去。她一眼就认出，她就是李唯亭的女儿，徐佳林的未婚妻。在大隆厂祭奠佐藤时，她和香梅及丹沪照了一面。她当时明显感觉到兄妹俩对她怀有敌意。但她看得出来，虽身为富家子女，一个翩翩年少，一表人才，一个漂亮端正，贤淑大方，都受过严格的家教和良好的教育，绝不是那种仗着父亲有点钱，整天吃喝玩乐，不务正业，不思进取的纨绔子弟。她当时就想，李唯亭有这一双儿女，福气不浅。

使王爱琴感到奇怪的是，李香梅身边那个美国军人是谁呢？因为那一阵她忙于办佐藤的丧事，加上悲伤过度，她无暇读报，对一些重要新闻模模糊糊，不甚明了。当然，有一点是清楚的，即枪杀佐藤的是个美国海军陆战队的叫马赫的士兵。据说，日本军方要求租界英美驻军以违反日方和租界当局互不侵犯的协议对马赫严加处置，但英美驻军只关了他几天禁闭就了结了。英美联军以日军射击过界、日艇越界航行、日本飞机投掷炸弹落在租界等事实对日本提出反抗议。接着又发生了四行守军迫于日本压力被租界扣留这样更大的事。日方当然不会去抓住佐藤之死不放了，毕竟佐藤是死于战争，任何战争都会死人，甚至于血流成河，尸横遍野。因此佐藤在战场上殉国，不足为奇，司空见惯了。在短暂的哀荣过去后，能记住的除了她之外，恐怕没有任何人了。

王爱琴把仇恨和悲痛深藏心中，把精力放到履行自己的使命上，但看到英美士兵，她有一种本能的厌恶。所以，当她看到李香梅竟和一个美国军人来往，而且看上去关系还很亲密，她忍不住感到恶心和忧愤。虽然李香梅和什么人来往与她无关，但她下次见到徐佳林，至少要劝他说，别让自己的未婚妻和西洋人接触为好。欧美人是不可信的，是可恶的，他们在中国在亚洲在全世界推行殖民主义。上海就是欧洲殖民主义者打造出来的一个城市。是中国人的羞耻。

周徽的胶卷用完了，他要躲到一个没有光线的黑暗的地方将里面的胶卷取出来，再装进一个新的胶卷。他站起来，走到卫生间，将灯熄掉，摸黑熟练地完成了这个程序。他重新打开卫生间的灯，走到餐厅，发现餐厅的布局很美，便站在餐厅门口按了几张照片。闪光灯的光亮使小川哲雄皱了下眉头，对王爱琴说："这个是什么人？为什么朝我们照相？你认识他们吗？"

"这个照相的我不认识，但和他一起的四个人中间，有一个女孩子我见过一面。"王爱琴轻声说，"她是个教会学校的学生，大隆染织厂老板的女儿。"

"我们必须绝对安全。"小川哲雄严肃地说，"上海这个地方鱼龙混杂，什么样的派别都想占一席之地，明枪好防，暗箭难躲，你我务必小心，我们赶快离开这里。"

但李香梅一行走过来了，小川哲雄和王爱琴只能坐着不动。李香梅走过王爱琴餐桌前，很随意地看了王爱琴一眼，觉得像在哪里见过她，"怎么这样面熟，她是谁呢？"香梅这样在心中自语，接着便在脑子里搜索起来，但想不起来了。身穿孝服、一脸凄惨的真由子和眼前这个穿着讲究、举止优雅的王爱琴完全不同了，香梅一时不可能将两者联系起来。

他们沿着南京路向东走，去沈石蒂照相馆冲洗照片。周徽是先骑着自行车回店里开门。但骑到西藏路口时，一辆汽车开到他面前，从上面跳下三四个穿便服的人，其中有一人用手枪顶着他。大街上还很热闹，灯光亮如白昼，闪烁着色彩鲜丽的霓虹灯。

“你们要干什么？”周徽扶着自行车不快地说道，本能地保护着挂在胸前的照相机。

“把照相机打开。”为首的那个人低沉地说，“快点！否则，我们要对你不客气！”

“你们是什么人？凭什么要我打开照相机。”周徽大声抗议，已有行人向他们围了上来。

那几个人不由分说地一把把照相机拉下来，打开照相机的后背，从里面拉出胶卷，放进口袋，恶狠狠地对他说：“你要当心点，不要拍你不该拍的照片。”

“我是照相馆的摄影师，照相是我的职业，我碍着你们什么啦？”周徽把照相机夺回来。

李香梅、范吟月、赵雅丽和马赫已从后面赶到，见几个面色阴沉的人围着周徽，便挤进人堆。

“周先生，发生了什么事？”马赫拽住那个持枪的人，神色严重地说，“你们想干什么？你们想拦路抢劫？你们看错人了，周先生没有钱，他只是个拍照的小职员。而且，你们不怕巡捕把你们抓去吗？”

有几个锡克族巡捕果然在附近，向这里张望。马赫朝他们一挥手，巡捕立即奔过来。

李香梅一看那几个人的架势，不像是抢劫路人的拆白党或流氓，便上去对那持枪的好声说：“你们一定误会了，或者认错人了。周先生只是个摄影师，到底什么事，好好说，何必弄枪动刀的！”

那人不理马赫，也不理李香梅，见围拢上来的人越来越多，便把枪收起来，将胶卷拉开来粗粗看一看，又问：“就这么一卷？你为什么要拍国际饭店餐厅的照片，谁指使你拍的？”

“你这个人滑稽不？我和几个朋友在国际饭店吃饭，随便拍上几张留念。这难道不可以吗？你们讲理不讲理？”周徽沉着地问道。

“我警告你，你留点儿神，要是查出你另有目的，我要你好看！”持枪者把胶卷往口袋里一放，乘上汽车，一溜烟地跑了。围观的人群随之也散了。

他们回到沈石蒂照相馆。马赫气愤地问：“他们是些什么人？土匪？秘密警察？”

“我估计是特务，刚才我站在餐厅门口见摆设、布置很特别，便拍了一张。有一张桌上坐着一个日本人，他盯着我看了两眼，事情可能就出在这里。这个日本人以为我是在拍他和一个女人在一起，认为我是私家侦探，在查他的隐私。”周徽细细分析说，“这个日本人当然不是一般人，否则不会马上派几个狗腿子追上我。真晦气，碰上一个日本赤佬，把我们的兴致都坏掉了。”

“和那个日本人在一起的女人，我很面熟，好像在哪里见过！”李香梅说，“好了，有惊无险，只要不伤人不丢东西就不错了，以后可要当心点。”

“这年头，上海滩的怪事特别多，拍几张照片还会弄出点事情来，喝杯白开水说不定还会有人说呛了他。”周徽笑着说。

范吟月、赵雅丽从未见过这样的场面，虽没有发生严重的后果，但心里已一阵阵发紧，大冷天的，额头上直冒汗水。

“那几个人，都是一脸横肉，怪吓人的。”范吟月说，“我妈也碰到过拆白党。一个流氓在我妈身边摔破了一个瓶子，硬说是我妈碰碎的，里面是珍贵的药水，值多少铜钿，要我妈赔，最后把我妈手上的金戒指抢去了。这几个人我看就是瘪三流氓。”

后来他们到了暗房，一盏红灯，有浓重的药水味。马赫和周徽忘了刚才的不快，开始忙碌起来。周徽从西装口袋里掏出一卷胶卷，说：“幸亏我在厕所里换了胶卷，否则这一卷也给抢去了。”

暗房里光线很黯淡，每个人，每样东西都罩上一层红光，显得有些神秘。三个女孩子还是第一次进暗房，都好奇地东看看，西摸摸。马赫和周徽冲洗过胶卷后，便用夹子夹住胶卷在显影液里小心翻动着，相纸上的影像慢慢显现出来，轮廓越来越清晰，颜色也越来越深，最后一张纸照片就赫然在目了。他们将湿淋淋的照片夹在悬空的一根铜丝上，周徽告诉他们，下一步还要选出好的进行修补放大，需要加色的还要描上颜色。

在暗房待了一个多小时，范吟月、赵雅丽先回去。马赫送李香梅回去。两人经西藏路大世界，走进霞飞路（今淮海中路）。霞飞路已很冷清，街上行人稀少，黄叶子被风刮得满地都是。路边有点着一盏小火的馄饨担子，还有卖白眼果的、卖白兰花的、卖桂花甜粥的小贩。叫卖声一声一声的，声调还拖得长长的，听上去有点凄凉。

马赫闻到了小馄饨的香味，嗅着鼻子说："真香！我们来一碗，好不好？"

"好啊！我小时候最喜欢吃馄饨挑子上的小馄饨，但妈不让我吃。"

"为什么？"

"说站在路边吃东西，不雅观。"

"就是站在路边吃，才觉得特别有风味。美国的路边除了爆玉米，什么都没有。"

他们各人要了一碗，香梅关照多加些小虾米和葱花。两人吃着热乎乎的小馄饨，赞不绝口。马赫吃了一碗还不够，又要了一碗。李香梅在包里摸零钱的时候，摸到了那颗鸡血章，还有那枚马赫送给她的勋章。

李香梅把鸡血章送给了马赫，说这是最珍贵的石头，今后不用签字了，就用这章沾上印泥盖上就是了，还说了句笑话："将来你和未婚妻签婚约书时，就可以盖上这枚章，这枚章一盖，你的终身就定了。"

"你盖章了吗？"

"我没有。我们没有婚约书，只是在报上登了个启事。"

"我看到了。那张报纸给我撕掉了，照你的说法，不盖章是不算数的。那么，我还有机会吗？"

李香梅愣住了，脸色在馄饨担的黯淡灯光下朦朦胧胧，心里惶惶不安，犹豫着不知道怎么回答。有一群麻雀在掉尽叶子的梧桐树的树枝上鼓动翅膀，叽叽喳喳地叫着。马赫看出李香梅为难的样子，便笑着说："李小姐，你不用回答我，我知道你很难回答。回答我有机会，那就是说你的婚约是不可靠的；回答我没有，怕我伤心，所以你不必回答。你只要知道我的心就行了，因为我说这句话是认真的。"

马赫的话给了李香梅台阶。马赫是善解人意的，他没有死死地逼着香梅，把香梅逼到死角落里。香梅松了口气，她果然没有回答，尽管心跳得很厉害，但她还是装得平静如水的样子。她取出那枚勋章，要马赫替她佩戴在胸口，马赫小心地把勋章挂到她呢子大衣上。这个举动使得马赫的心又被触动了，这说明香梅在意他送的礼物，也可理解是以这种方式在表达自己的心意，回答他的问话，只是不好挑明。

因为时间太晚了，马赫再不回去，就要违反纪律了。他没有送香梅，香梅是乘电车回去的。车厢的乘客看到她胸前的这枚一闪一闪发光的勋章，都感到很好奇，有人以为这是一种新的时髦装饰，也有人以为是什么机构发的纪念章。无人知道这是一个美国士兵得的一枚奖章，而奖章的背后有着一段轰动上海的故事。在电车的摇晃和当当声中，李香梅时不时垂下眼睛，看着那勋章，她又想起了马赫说的“我还有机会吗?”那句话，马赫是问她的，也像问他自己，这绝不是一句戏言，他是认真的。她对他这句话没有回答，是的，她无法回答，只能装聋作哑。可难道就一直这样含糊下去吗？如果不含糊又该怎么办呢？还有，自己今晚约马赫吃饭，为何要把那枚订婚戒指摘下来呢？到底为什么呢，她自己都说不清楚。李香梅的心里翻江倒海的，坐在硬木的座位上，一脸的心事重重。

几天里，徐佳林都在回避着王爱琴，王爱琴给他打电话，也都让别人推说出去采访了。有一次，马方朔单独请他喝咖啡，告诉他，他已正式去大东亚电台了。原来这家电台只有日语广播，现在又增加了中文和英语广播，中文广播中除国语外，还有上海话广播，所以新设了短波和大功率的播音设备。这说明，大东亚广播电台由原来以日本侨民为播音对象，扩大到以华人和英美听众为播音对象，开辟中文和英文的新闻及时事解说等节目。

马方朔对徐佳林说：“这家电台设备有了，缺的是人，新闻采访由上海日日新闻的日本记者调过来，勉强能凑合得过去。但时评无人能写，像徐先生这样的大才，更是没有，所以，看在朋友面上，徐先生能否帮我一点忙?”

徐佳林沉吟了一会，问道：“不知道要我帮一些什么忙?”

“很简单，针对一些重大的事件写一些时评文章。当然，大东亚是日本电台，文章观点至少不能和日本人唱反调。”

“这不行。我不能当日本人的御用文人。我可以帮你出点主意。譬如说，现在上海的日本军队有几十万人，厌战、思乡、寂寞，各种情绪都会有。你不妨辟个《战地信箱》栏目，录制在前线作战的士兵的声音或来信，在电台里播放。”

“这是个绝佳的主意，我马上就可以开辟。但文章的事，请你考虑考虑。你可以用化名，我绝对替你保密，可以说，你知我知，天知地知。至于润笔费，那是相当可观的。”

“不涉及政治立场的事，我可以帮你。就像我们报上的报屁股文章，我能给你一点。”徐佳林想了想说，“这是无伤大雅的，但政治时评，我是不会写的。我不说大道理，但一仆不事两主的做人原则，我是不能违背的。”

“好，好，我不勉强你。你不骂我汉奸，还和我做朋友，我就十分感激了。”马方朔喝了口咖啡说，“徐兄，听说你和王爱琴交谈甚欢？”

徐佳林愕然，不知道马方朔怎么会知道他和王爱琴那晚一起喝咖啡的事。

“我在国际饭店偶尔碰到她，一起喝了杯咖啡。过后也不思量了。”

“她倒很思量你。几次提到你，对你的风度和学识很是欣赏，大有相见恨晚之感。”马方朔脸上露出怪异的笑容，“王爱琴的长相不俗，也可称得上是个美女，又是个混血儿，就凭她头发边上的白花，不免引人遐想无限。这样的风流寡妇是最有味道的。”

“方朔，你越说越不像话了。你正经点，我和王小姐只是一面之交，不会有什么过多的交往的。”徐佳林有些生气地说，“那次谈话，我托了她一点事。”

“我知道，是为你岳父的工厂向正金银行押款的事。王小姐告诉我，她已和大班先生谈过，看来有点希望，可是，你却没有回应。”

“岳父是死脑筋，他不太敢向日本人借钱。我正在劝说他。所以暂时不能答复王小姐。”

“你老丈人想不开，你就连王小姐的电话都不接了。做人不作兴这样过河拆桥的。”马方朔责怪他说，“这话是我说的，王小姐可毫无怨言。”

“方朔，你跟我说实话，王小姐这个人，有没有什么复杂的背景？”

“你所说的背景是指什么？”

“还用明说吗？你我都是在日本读的书，日本人的梅机关、菊机关什么的，渗透得很厉害。我怀疑她是那里面的人，或者受日本特务利用！”

“你的疑心病也太重了。王小姐是情报特工，全世界的人都是情报特工了。”马方朔笑着说，“她是个重感情的人，信奉爱情至上主义。她到中国来，是为了找她在中国当兵的男友佐藤，佐藤死之前其实对她态度很不好，经常无故打骂她。但王小姐仍然对佐藤一往情深。”

听了马方朔这么说，徐佳林倒有些同情王爱琴了，这个年头，能够为了爱情而不惜做出重大牺牲的女子已不多了，她不仅重情义，而且做事也很认真，自己和她仅是初识，就伸手相助自己了，而自己反而躲着她，想想真是不该！

回到报馆后，他寻思要和王爱琴主动打个电话，向她说明原委，并请她吃顿饭表示谢意。

一念未毕，却接到了李唯亭的电话，要他马上到大隆厂去一趟，有事商量。徐佳林放下电话，立即驱车到大隆厂。

李唯亭一见到他，便问：“正金银行真由子那里，你回绝了吗？”

“还没有。”徐佳林迟疑了一下说，“爸爸，你是不是改变主意了？”

“是，我改变主意了。宇伟和丹沪劝我不要意气用事。正金银行是日本人的银行，他们借我钱，可能想利用我，可反过来我也能利用日本人。”李唯亭说，“我想想他们说得有道理。人家借我钱，我拒绝不借，是在做傻事。”

其实，龚宇伟的原话不仅仅是这么几句。龚宇伟和李丹沪听说正金银行有可能贷款给大隆厂，而李唯亭断然拒绝了，便于昨晚到李公馆和李唯亭谈了半夜。李唯亭讲了横滨正金银行的条件，龚宇伟说：“条件固然苛刻，但李伯伯想想，日本人会发善心吗？条件不苛刻，就不是日本人了。”

“所以，我不求日本人，别说苛刻，就是条件优惠，我都不要日本人的臭钱。”李唯亭慷慨激昂地说，“商人重利，但也不能见利忘义。日本鬼子先占东北，次及华北，现在又发起淞沪战事，蚕食东南膏腴之地，日本人是全中国人民的不共戴天的仇敌。我岂能为了一厂之私利，乞求于日本银行，这不是和日本鬼子同流合污了吗？”

“李伯伯，你有这样的骨气，是值得佩服的。日本人借钱给你肯定居心不良，想利用你，但我们为什么不能利用他们呢？”龚宇伟说。

“爸爸，和日本商人做生意，只要不出卖国家的利益，不能说这就是汉奸行为。”李丹沪说。

“我们在前线抗战的军队，需要大量的军用物资。棉布、棉纱、药品尤其紧缺。我们可以利用日本人开出的条件，和日本人虚与委蛇，让工厂坚持生产，将产出的棉布、棉纱暗中供应我抗日部队。这叫明修栈道，暗度陈仓。李伯伯有胆量，有爱国之心，你如明白了这个道理，我想会这样去做的，而且，除了军队需要，也要考虑到中国平民的衣食之需。”

“爸爸，我们面前就两条路，一条关厂，一条开厂。如果开厂，即便不借日本银行的钱，我们在运输、销售、原料等各个环节，都要受制于日本人，与其受日本人的钳制，不如利用日本人做我们的事。”

龚宇伟和李丹沪的轮流说理，使得李唯亭豁然开朗，像涸泽之鱼看到一潭清水。这几天，虽然妻子、儿女都没有反对卖掉房子，但他一想到失去住了这么多年的宅第就忍不住心酸，今后还要寻租合适的住房，而上海的房子因为租界人口的迅速膨胀变得奇货可居，一家子不知流落到何处。其次还有个面子不能不考虑，堂堂李老板，在大上海也算数得着的人物，大小也算是上海总商会的副会长，若是落到卖房子的地步，脸面上是很难堪的。听两个小辈这么一说，他很快就想通了，一经想通，心里顿时一松。待龚宇伟、李丹沪一离开，他就接通了徐佳林的电话。

徐佳林立即当着李唯亭的面，约王爱琴见面，请她到一家日本餐馆吃饭。王爱琴爽快地答应了，但指定了虹口一家日本料理店。这家日本餐馆在虹口的日本一条街，店名很怪，叫水亭，门面不起眼，但里面很宽敞，装饰很豪华。王爱琴好像是常客，店里的人都认识她，对她也很恭敬。

他们来到一间和室，脱去鞋子席地而坐。这是间套间，里面还有一间，王爱琴让徐佳林先坐下，自己熟门熟路地到里间去，把格子门拉上，里面传来似有似无的琐细之声。一会，王爱琴就出来了，竟换上身和服，羞答答地笑着，脸颊上露出两个浅浅的酒窝。徐佳林的双眼顿时发亮，想不到她着和服会这么明丽，这么仪态万方，那笑也是撩人的，徐佳林心中不免一动。

菜没有特别之处，但正宗，是徐佳林在日本留学时吃过的。酒是日本清酒，酒味清香。徐佳林喝了一口，有股薰衣草的香味，比一般的清酒要烈得多。他明白，这是一种品级很高的日本酒。

先说正事，徐佳林说："王小姐，岳父已想通，准备向正金银行借款了，银行那头行不行?"王爱琴说："和大班先生谈过了，说原则上可以，但必须用大隆的全部资产抵押，由银行派专员监管，产品的一半交日本洋行经销。这些条件不能打折扣，贷款的金额是两百万元，一年为期，不能逾期，到期不还，抵押品归正金所有。"徐佳林说这些条件都与李唯亭说清楚了，他也接受。王爱琴说："那没有问题了，李先生可以和大班正式会谈后签觉书。日本人将合同或协议称之为觉书。当然，要经董事会批准。"

大概是环境的缘故，两人讲的是日语，王爱琴心情很好，她一面说，一面喝酒，还不断往徐佳林杯里倒酒。和室里有个通红的炭盆，炭火燃得旺旺的，室内十分暖和，加上喝了酒，明灯之下，王爱琴白皙的皮肤，泛起红晕，娴雅婉约的气质中增添了几分风情。正事说完，两人便闲聊起来。

王爱琴想起什么地说："昨晚在国际饭店大餐厅吃晚饭，看到你未婚妻李小姐和几个人也在用餐，其中一个是美国军人，穿着军服。"

"噢，我知道。这个美国军人叫马赫，是美国驻上海美军陆战队的士兵。他曾帮助过香梅，香梅请他吃饭，是答谢他。王小姐，这个马赫先生你应该知道的。"

王爱琴没有作声，假装没听懂。

“他就是开枪打死佐藤先生的那个美国士兵，这事你应该清楚，在上海是一场外交风波，大小报纸都发过新闻。对了，听说佐藤是你的男友，你就是为了他来中国的。”

王爱琴心里一震，原来在国际饭店见到的就是这个使自己失去佐藤的可恨凶手。但她装得无事的样子，温情款款地看着徐佳林，轻松地说：“算了，打仗嘛，难免死人伤人的。我们不提这个马赫，也不提佐藤，一定是马方朔把我的事说给你听了，事情已过去，佐藤在我生活中消失了，我也忘掉他了。”说着，伸手握住徐佳林的手，轻声说，“我是因祸得福，佐藤不去，我也不会认识徐先生这样优秀的男子。”

徐佳林心里一阵慌乱，连忙把手缩回去。王爱琴很自然地拿起酒壶，将他的酒杯加满。就这样，他们一杯杯喝着，后来徐佳林就变得迷迷糊糊了，只隐隐感觉到王爱琴轻轻地拽着他的手，来到里间，那里铺着柔软的被褥。王爱琴让他躺下，给他喝了醒酒的冰水，又用冷毛巾替他擦脸，一双轻柔的手在他身上抚摸着，这是一种十分美妙的触觉，他情不自禁抱住王爱琴富有弹性和温暖的身子。王爱琴脱了自己和徐佳林的衣服，她躺了下来，把榻榻米旁的台灯的灯光关到最低档，房间里的光线变成黯淡的桃红色，她洁白的裸露的身体也变成了浅浅的桃色，她紧紧抱住徐佳林的年轻男子的结实的身体，徐佳林从酒醉中完全醒了过来，两人互相深吻，王爱琴始终是主动的，是不可阻挡的，她那一片开放的生动的洼地，吸引着徐佳林深陷进去。徐佳林当年在日本留学时，和马方朔没少荒唐过，狎妓的事干过不少，王爱琴亦不是初夜，两人都驾轻就熟的，心醉神迷，如鱼得水。

第二天太阳升得很高，他才醒来，看到枕边躺着王爱琴，静静地呼吸着，一头黑发披散着，皮肤像象牙那样细洁、光滑、白皙，肩头浑圆。她虽闭着眼，但其实也醒了，她一转身，紧紧抱住徐佳林，喃喃道：“你不后悔吗？”

徐佳林轻声说：“后悔又怎样？不后悔又怎样？我只希望我们之间，除了男女之情，就没有别的东西了。”

王爱琴睁开眼睛，问他：“什么是别的东西？”

“你应当明白。”

“我知道了。我也不想把你牵扯进来。我是一个孤独的人，也是一个身心受了伤的人，我只要你能真心待我，抚慰我这颗破碎的心就够了。还有，我不会影响你和李小姐的婚事，你们的生活一切照常。”

徐佳林默默地低垂着眼睛，他心中有种强烈的不安，这是种道德的不安，也觉得有负于香梅，他的脸前出现了香梅那双单纯无邪的亮晶晶的眼睛，此后，他能坦然地面对这双清澈的眼睛吗？张雨桐曾对他说过，李香梅这个人是那么天真可爱，你只要看她那双眼睛，简直一尘不染，对着这双眼睛撒谎，你会觉得罪过！张雨桐说得对，他此刻只是想起香梅的眼睛，他就有了不可摆脱的负罪感。

第十二章
徐佳林陷入畸恋

在外滩的横滨正金银行的一间会客室里，大岛大班和李唯亭举行了两轮谈判。大隆厂由李唯亭、龚总管、徐佳林参加。银行方面，除大岛之外，还有王爱琴。谈判经过一番讨价还价，李唯亭觉得押款期一年太短，要求延长至两年，此外，派人监管资金的用途和生产，似乎不妥，能否改成定期来查看账簿。

大岛是个文质彬彬的儒商，胖胖的矮个子，脸上始终笑眯眯的，让人觉得他为人和蔼可亲。但李唯亭接触下来，感到这个人很难缠，是个笑面虎。他坚持押款期只能一年，一天都不能延长。至于专员监管，不一定事事过问，但大笔开支必须经过他，而且要驻厂。这是银行的常规做法，不是对大隆厂特别的要求，而是对所有大笔借贷客户都是这样做的。

第二次谈判时，多了个日本三井洋行的代表，他负责收购大隆厂的棉布、棉纱，数量不少于大隆厂全年总产量的百分之五十，价格按上海棉布棉纱交易所确定的标准牌子的价格浮动。大隆的"双鸽牌"和荣氏的"人钟牌"都作为交易所交易价格的标准牌子。这些都是合理的，并不过分，也符合生意场上的规则。但三井洋行的代表提出一个附加条件让李唯亭难以接受。这个附加条件是，如没有不可抗拒之原因，大隆给三井供应的货源不足百分之五十，则要按短少的供应量加倍赔偿损失。

“什么叫不可抗拒之原因？天灾？战争？生意失败？都是会导致工厂产量下降甚至倒闭的因素。”李唯亭问道。他又说：“工厂生产的产品，我当然要卖出去，尽快回笼资金，决不会囤在堆栈里发霉，也不可能有货不给三井，对大隆来说，给三井和别的客户没有什么区别，只要有货，断乎不会不供。如果因为种种原因，工厂维持不下去，我无货可供，而三井却要罚我的钱，这是没有道理的，我闻所未闻，也无法接受。”

谈判僵持了。见李唯亭在这一条上没有松动的余地，大岛、王爱琴、三井洋行的代表紧急磋商了一会，建议改为“如没有不可抗拒之原因，大隆要优先确保对三井洋行的供货量”。

李唯亭又提出：对于预先订货的客户，按通用的规则，在供货合同签订之日一周内，预付百分之十的定金，三井也不能例外。对于这一点，三井的代表很干脆地同意了。

终于达成协议，正金银行很快整理成一份合同，用中英日三种文字对照，一式三份，大隆、正金银行、三井洋行各持一份。李唯亭在对合约最后过目时，发现了一个问题，那就是：合约中规定，正金提供的是200万元的现金，偿还必须用棉纱或黄金。李唯亭提出，借现金也应以现金偿还，而用棉纱或黄金偿还是说不通的。

大岛想了想同意了，当即签字盖章。李唯亭将大隆厂的土地权柄单、建筑物和设备的清单及所有权证书，交给了大岛，大岛出具收据，然后将一张面额200万元的支票郑重地交给李唯亭。

一个女职员用盘子端来了香槟酒，每人一杯，庆贺合作成功。饮尽后，大岛指着王爱琴说：“真由子小姐是本行派到大隆厂的专员，请安排一个办公和休息的地方。”

龚总管抢在李唯亭之前说：“真由子小姐是熟人，能和我们共事，欢迎之至。办公和休息的地方，我回去立即安排。”

在回厂的路上，李唯亭在汽车里对龚总管说：“我总觉得这个女人有点鬼，说她是个秘书，大岛又对她那么信任。我做梦都没想到，矢崎的女儿又回来插手。还有那个佐藤，差点把大隆厂毁掉。我越想越感到蹊跷，好像矢崎的阴魂不散，附在佐藤和真由子身上重归大隆。”

龚总管说：“就算矢崎的阴魂不散，我们不去理他，把工厂尽快复工就是。”

“下面的事情还多得很。老龚，这200万元可是老虎肉啊。一年后还不出，我们就什么都没有了。”

“你放心，有一笔账，我们留了一手，那就是仓库的坯布、棉花、棉纱还值四五十万元。船队给日本人征用了一些，还剩下三分之一，也值十几万元。欠款还有二十来万。王爱琴来是好事，据我所知，她并不懂账务，有些账她根本看不出来。”

李唯亭点了点头，心里有了些底，他屈指一算，离他承诺的退还给几个股东的日期没有几天了，便对龚总管说：“请要退股的股东明天下午来厂里一趟，将股金按六折退给他们。再请他们吃顿饭，好聚好散。”

“吃饭免了，他们拿了支票，恨不得插翅飞到银行兑现。他们的太太或者小姐等着钱去买早已看中的貂皮大衣。”

“丽人一裘衣，下官半年银。我知道，这中间有几位老兄，何止是太太、小姐伸手要钱，金屋里的那个娇，花钱更是漫无节制，真是死要面子活受罪。”李唯亭冷笑着说，“佳林这次出了不少力，看来他还是有点办事能力，我想今后慢慢让他参与工厂的事。我们都老了，该想想有人接班了，你看怎样？”

“佳林是有才干，但他是文人，可能志不在此。”

“别说文人经商，文人典兵的都有。曾国藩、李鸿章都是标准的文人，但带出了湘军、淮军。让他先到厂里历练历练。”

“如果佳林愿意，当然是最好不过了。女婿是半子，有时比亲儿子还要贴心。亲儿子又怎么样？你看我家宇伟，不知整天在瞎忙什么！要是没有丹沪，好端端的一个制冰厂，早已败在他手里了。”龚总管很不满地说，“我的话，他一句都听不进去。”

“宇伟是有头脑的人，见识多，交游广，是个男子汉大丈夫。你生有这么一个儿子，是你的福气。”李唯亭说，“丹沪和他一起，我也放心了。丹沪是老实人，容易感情用事，有宇伟帮衬，他或许还能做点事。”

听李唯亭夸奖儿子，龚总管感激涕零，他在大隆厂已有二十多年，李唯亭对他有知遇之恩，又给他很优厚的待遇。龚宇伟投资美可制冰厂的钱，大半来自他的积蓄。因而，他对李唯亭尽心尽职，忠心耿耿，李唯亭也对他深为信任，无话不说，大事小事都借重他。两人极为投机，公事之外，更有非常投缘的私交。

龚宇伟在DDS咖啡馆和上海文艺界、报界的一些著名人士边喝咖啡边议事。DDS咖啡馆的老板是美国人，在华多年，对于中国的文化艺术，喜爱到醉心的程度。正因为这样，他结交了不少导演、演员、作家、报人、书画家、金石家和古董收藏家、鉴赏家。他所开的咖啡馆，也成了上海进步文人聚会的沙龙。

龚宇伟、胡彩华已来了很长时间，因为胡彩华来，李丹沪便充当护花使者，开车把她送到这里，而且陪在她身边。在座的报人中还有《大美晚报》的副总编骆清，以及《字林西报》的张雨桐。

上海租界是文艺界人士、报人及文人学士云集的地方，可说是藏龙卧虎，而且其中左翼占主体，所拍的电影、上演的戏剧的主流都是大器宏声，张扬进步的。报纸要复杂一点，本来除了日本人自己办的报纸，公开为日本张目的几乎没有，至多私底下向日本人暗送秋波。但新近冒出几张《新申报》等报纸，公开鼓吹"中日提携""共存共荣"。有几家广播电台更是猖獗，大东亚尤为突出，日夜鼓噪着，最近还扩大了功率，由原来的单一的日语广播，增加了国语、上海方言及英语，公开鼓吹日本的军事侵略，宣传所谓"大东亚共荣""兴亚运动""和平主义"等政治主张，十分嚣张，显然有被日本人所收买的中国新闻界人士在从中帮着操办作奸。

另外，日本特务指使日本浪人和汉奸，袭击上演抗日戏剧、恐吓文艺界人士的事屡有发生，九星大戏院枪击事件就是其中的一起。随着上海战局的变化，中国军队的失利和日本军事行动的步步得逞，投靠日本人，充当鹰犬打手的汉奸越来越多。这些人寻找目标，进行绑架、暗杀。当然，汉奸被杀的也不少。杀来杀去，给表面繁荣的上海，增加了刁诡肃杀的气氛。进步文艺人士中目标太大的人士开始转入地下，有的去了香港，但大部分坚持留守上海，从事抗日宣传活动。今天 DDS 咖啡馆的聚会就是商议如何面对严峻的局势。

骆清主持的《大美晚报》坚持抗日立场，特别是该刊中的副刊《夜光》，锋芒所向，直指日本军国主义的残暴和野心，尖锐明快，毫不含糊，1937 年上海的中国人几乎都痛恨敌视日本，所以《大美晚报》道出了市民的心声，销得极好，从一张不起眼的小报，一跃成为和《申报》《字林西报》《文汇报》等大报并驾齐驱的报纸。这里面，凝结了骆清大量的心血。

"听说，大东亚的台柱是马方朔，这是个有奶便是娘的小人。"骆清说，"新近他搞了个《战地通讯》的栏目，公开为日本军人打气，可恶之极。"

"听说他还在招兵买马，要把上海有名的笔杆子网罗去，来扩大他的班底。大家要当心点，防他用日本人提供的银弹肉弹击倒你。"说话的是《中美晚报》的副刊主笔吴适，上海话的"吴"和"胡"读起来是一个音，所以常把他和大学者胡适混为一谈。他的笔名是胡说，有时干脆用八道。文章极尽讽刺挖苦之能事。《中美晚报》也是以美国人作为发行人的一张报纸。

“上海的笔杆子，有名的他收买不了的，只能是几个混饭吃的庸才。我估计他动过《字林西报》樵夫，也就是徐佳林的脑筋，但徐佳林不可能跟着他去的。”骆清看了一眼张雨桐，沉吟着说，“樵夫这把斧头最近刀口好像钝了一点，不那么锋利了。”

“他最近刚和丹沪的妹妹订婚，私事多了些。”张雨桐就坐在李丹沪旁边，所以说话有些保留。

“听说他的未婚妻就是向四行守军献旗的李香梅，真是珠联璧合啊！”有人插话说。

“他的那把斧头，还是很厉害的。订婚结婚是要的，但国难当头，不能因为儿女私情而消沉了抗日的斗志。国将不国，何以家为，皮之不存，毛将附焉？”骆清激昂地说，“他有才华，但气度不是很大，雨桐，跟他说说，年纪轻轻，不要那么世故。”

张雨桐怕骆清再说出什么难听的话来，让李丹沪难堪，于是说：“骆先生，佳林的阿舅、美可制冰厂的李丹沪先生在这里。”

李丹沪朝骆清点点头。他并不介意，觉得骆清说话率直，立场鲜明，正气凛然的，是个值得佩服的人。而这个聚会中情绪激昂的话题，使他受到极大的感染和鼓舞。他只恨自己没有这个本事，能够以笔为枪，写出一篇篇檄文，去讨伐日本人。

“哦，李先生，我对徐佳林的评价，可能有些不客气，但我说的是心里话，丝毫没有冒犯和贬低他的意思。”骆清说，“他的才华和文章，报界人所共知。但最近好像不太振作，写的文章也是走偏锋，棱角磨得很平，而且和人品低下的马方朔混在一起，令人齿冷。”

李丹沪不但没有恼火，反而附和说：“骆先生，你说得不错，我虽然与他见面不多，但也有些同感，他的那支笔，最近软绵绵的，好像理不直气不壮的。”

龚宇伟很少说话，静静地听着，思考着。对耿直的骆清，他很欣赏，但也觉得他过于偏激锋芒毕露，不太讲究斗争艺术，但在这样的场合不宜公开说他，只能私下交谈，婉言相告。

话题转到正在进行之中的淞沪战争。虽战争的态势对中国不利，但大家并不气馁沮丧，一致提议组织艺员到前线演出助战。于是拟了个名单，胡彩华一个，金嗓子周璇一个，沪剧名伶筱月桂也在其中，还有电影演员黄耐霜、陈波儿、赵丹、白杨等，阵容很是强大，由著名作曲家黎锦晖的女儿，明月歌舞班的歌手黎莉莉和龚宇伟带队。

骆清对艺员赴前线替中国军队助威大为赞赏，问龚宇伟说："胡彩华小姐有什么打算？《木兰从军》难道就此结束了？《杨门女将》就胎死腹中了？我们戏剧界不能因为日本浪人开几下黑枪就拉上幕布了！我正在写《桃花扇》话剧，柳如是、李香君这样的青楼女子都能为国守节，而侯朝宗、钱穆斋这些名士却投靠清朝争着做官，讨功名去了。难道现在中国的吴三桂、钱穆斋、侯朝宗之流的人没有吗？我看绝非少数。"

龚宇伟站起来，扔掉烟头说："骆先生，《桃花扇》的话剧，你写好了，交给我，我来导，这部戏很有意义。日本人和'吴三桂之流'看了也无话可说，鸳鸯蝴蝶，青楼瘦马，六朝金粉的爱情，秦淮河里的桨声，他们能在里面挑出抗日的味道吗？但中国人能从中看到两个词：不屈和气节。这出戏要写好了，远比《木兰从军》《杨门女将》来得细致深刻。"

"那么，《木兰从军》和《杨门女将》的绍兴戏还演不演呢？"有人问。

"当然要演，《杨门女将》已排好。《木兰从军》暂时放一放。先上《杨门女将》，但九星大戏院经过上次的事件以后，对彩华的戏班不敢接了。"龚宇伟说，"现在正在找剧场，一旦找到，马上上演。真正没有地方，我们就在美可制冰厂的礼堂演。彩华小姐已做好了准备。"

"胡小姐，日本人和认贼作父的汉奸可能还会来闹事，你怕不怕？"骆清问胡彩华。

"我不怕。危险可能有，但前线抗战的官兵，天天在流血牺牲，我们岂能贪生怕死？"胡彩华神色坚毅地说，"我为国家做不了其他事，唱唱戏总要的了。"

"好，胡小姐戏唱得好，人品也是一等，可说有须眉之概。"骆清赞赏地说，"是啊，我们捏笔杆子、演戏的，不能持枪去铁血杀敌，但完全可以利用我们的特长，为抗战的烈焰添一把柴火。雨桐，多写几首诗吧，'愤怒之桐'要更愤怒些！"

胡彩华听骆清称赞她，有些难为情地低下头去，李丹沪情不自禁把胡彩华的纤纤小手拉过来，紧握在自己的手掌中。胡彩华从丹沪厚实的手中感受到勉励和赞许，她抬起头，正好李丹沪看着她，两人对视着，会心地一笑，要说的话，尽在不言中了。胡彩华是名角，她的美貌如同她的唱腔和做工一样出名。平时，她很少在公开场合露面，九星大戏院事件发生后，她就在公众的视线中消失了，不知所踪。从而在社会上流传着关于她的许多传说，有的说她那天被枪弹击中，生命垂危，现在正在某家医院治疗；有的说她已离开上海，去了香港；有的干脆说她嫁给了一个富翁，在一幢豪宅里当起了阔太太；也有人说，曾看到一个和她十分相像的女子和一群人从国际饭店走出来。

DDS 咖啡馆是名人出入的地方，但胡彩华第一次来。在座不少人看过她的戏，但台下是第一次见到她。一见之下，都对她的印象不错。地方戏曲的女伶，不管她有多大的名气，在众人的想象中，虽漂亮、虽华贵，但终究不能免俗，没想到胡彩华是清纯如水，娴雅大方，比台上的她看着更年青，乍看上去，就像教会学校的女学生。刚才她的几句话，更让在场的人肃然起敬，这么看来，外界对她的种种传言，都是无稽之谈。

在注意胡彩华的同时，自然也注意到了李丹沪。名伶是不乏追求者的，几乎个个都众星捧月的。胡彩华身边的这个男子，长相、穿着像个公子哥儿，但眉目间有股英气，不像是上海滩上不学无术的纨绔。他和胡彩华耳鬓厮磨，低声密语，眉来眼去，像一双亲热的情侣。

有人便悄悄打听此人是谁？大多大摇其头，因为李丹沪非这个圈子里的人，李丹沪也是第一次参与这个场合。最后问到张雨桐，才知道他是徐佳林的阿舅，著名华商李唯亭的儿子，美可制冰厂的大股东。当问到他和胡彩华的关系时，张雨桐说："别刨根问底的，你们不是都看在眼里了吗？"

DDS 的聚会散了。留下一大堆烟头，一大堆杯子，一片狼藉。骆清让龚宇伟、张雨桐留一下，还有事商量。骆清说，除到前线慰问演出、鼓舞士气外，还要组织记者团去采访。日文报纸《上海日日新闻》等，正在大登特登日本军队打胜仗的消息，连篇累牍的，而中国人的报纸相比之下，要沉寂得多，让人看了很灰心。所以要加强对中国军队的报道，在声势上压倒日本报纸。张雨桐是《字林西报》政治新闻记者，采访战地新闻是她的职责范围内的事。她自告奋勇去动员其他几家报纸去，组成记者团集体行动。

骆清提到了马赫，说已邀请他去前线摄影，他的上司准了他以个人的名义去拍照，拍的照要同时提供给美英驻军的情报部门。当然《大美晚报》有权优先录用他的照片，因为，《大美晚报》为他购置了一台性能更好的德国蔡司相机，并提供 50 卷胶卷，预先支付他 500 美金的稿酬。对一个普通士兵来说，500 美金是一笔数目不小的款子了。张雨桐说："我和龚宇伟准备为马赫举办一个主题为'一个美国士兵眼中的中国'摄影展，马赫已同意，他这次去前线，将使这次影展在数量和内容上得到进一步的丰富。"

“一个美国人，到前线去，人生地疏的，会不会有麻烦呢？”龚宇伟担心地问，“而且，他是个军人，被日本人俘虏了怎么办？他在四行仓库的阻击战中，救出了李香梅，又开枪打死了一个日本中佐，日本人有段时间一直揪住他不放。事情刚刚平息，我们不能给他再添什么麻烦。”

“他有一个中国朋友陪他，这个人姓周，是沈石蒂照相馆的摄影师。这个人我见过了，是个热血青年。”骆清说，“放心，我们已商量好，他不穿军装，不带武器，只是拍照而已。而且给他做了袖章，说明他是美国人，让中国军队和老百姓保护他。”

“采访拍照，日本人没有理由抓他的。外国报纸和通讯社的战地记者也有一些在那里。根据国际惯例，战争双方都要提供方便，不能为难他们。”张雨桐对龚宇伟说，“你不用担心。”

“但愿如此。但无论如何要让他小心点。不仅马赫要小心，所有的艺人和记者都要小心。”龚宇伟叮嘱说，“日本鬼子是一群匪徒，他们什么凶恶的事都做得出来。”然后对骆清说，“骆先生，我给你一个忠告，我估计日本的情报机关和汉奸已盯上你了，你要善于保护自己，荆轲这样的匹夫之勇，我们不提倡。抗战需要你长期发挥作用，你我都要避免不必要的牺牲。”

骆清平静地说：“我已收到了好几封恐吓信，报馆的门口也经常有可疑的人出现。我家里时常在半夜，电话铃突然会响起来，一接，只有一句话，‘当心你的头！’老龚，我早把生死置之度外，民不畏死，奈何以死惧之？”

“是的，上海对我们来说，不是乐土，而是战场，我们都是这样的信念，宁为玉碎，不为瓦全。可是，民众少不了你这个一代才俊。你要多保重。”龚宇伟动了感情，紧紧握了握骆清的手，“我们都做好以身殉国的准备，但我更希望能活着看到抗战胜利的那一天。”

骆清的眼睛里闪着泪花，他用手帕擦了下眼睛，问张雨桐：“张小姐，什么时候能喝到你和龚先生的喜酒。”

张雨桐用手指点点龚宇伟挺拔的鼻子，说：“他太忙，在他心里，事业的分量远超过我这个轻飘飘的小女子。”

“岂敢，岂敢！”龚宇伟笑着说，“我还担心雨桐什么时候不要我呢！人家的名气越来越响，一个大诗人还看得起我这个小导演吗？”

“中国人就是欢喜窝里斗，有两个人就互相斗，一个人嘛，自己跟自己斗。你们斗吧，老夫要爬格子去了。”骆清说完，扬长而去。

上海的许多报馆都是在四马路，即公共租界的福州路。这是一条很奇特的街，书香气和脂粉气相混合的一个闹区，书店报馆林立，艳帜成片高挂。妖冶女子和饱学之士，时常擦肩而过。卷筒平板机的机声和笙歌笑语相杂。福州路的房子不像大马路的建筑那样新而高，老旧的居多。《大美晚报》报馆就是这么一幢两开间的三层楼砖木结构的楼房，二楼、三楼是采访部、编辑部，一楼除了门厅之外，就是排字房和机器间。三楼之上是有老虎天窗的阁楼，一张书桌，一张单人床，几把藤椅，这就是骆清的办公室。若和华丽高大的《字林西报》大厦比较，简直是天地之别。但骆清很喜欢这个小阁楼，觉得置身在这里其乐无穷。

从 DDS 咖啡馆回到报馆后，他就一头钻进阁楼，写起一篇题目为《现代吴三桂听着》的时评。对时局的发展，骆清是清楚的，上海眼看要守不住了，日本军队的飞机已开始轰炸首都南京，日本军队的战略意图已显而易见，仗着淞沪之战的优势，会沿着沪宁铁路向南京进攻。据说，国民政府做出抗战的决定后，高层发出了不同的声音，不管有多堂皇的理由和借口，其实质是鼓吹向日本人屈膝投降，像当年吴三桂那样，打开天下第一关的城门，让清兵长驱直入。他挥笔写道：“什么和平运动，什么议和为上策，这都是汉奸言论，卖国言论。在日军的铁蹄和刺刀下，所谓和平，只能是亡国奴的苟且，吴三桂式的卖国求荣。真正的和平需要以牙还牙，以血还血。豺狼正在大口大口吞噬我们祖国的肌血，直至将我们民族的生命灭亡。但敌人的野心是不会得逞的，吴三桂们听着，你们卑鄙的灵魂和可耻的嘴脸，必将像岳飞坟前那两个跪着的罪人，被人们吐满唾液。”骆清写完后，改了几个字，便让人送到排字间排字。他把老虎天窗打开，外面下起了雨，湿冷的风夹着雨滴，吹了进来，打在他脸上，把他的疲惫驱散，有些昏沉的脑子也顿时变得清醒起来。他伸了个懒腰，准备看过校样后再休息，看来今晚又只能睡在阁楼上了。

忽然，他看到马路对面幽暗的灯光下，有几个黑影鬼鬼祟祟朝报馆看着。他冷笑一声，轻蔑地对着马路“啪”地把窗户关上。这时，电话铃响了，是女儿骆瑶琴打来的。骆瑶琴已十五岁，在中学读书。妻子前几年得肺病去世后，他和女儿相依为命。骆瑶琴说：“爸爸，你回来吗？我已经好几天没见到你了。”他的心软了下来，决定今晚回去，他在电话中说，“你等着，我马上就回来。”女儿说：“我让娘姨给你准备夜点心。”

骆清又对编辑部值班主任细细交代一番，打着伞出门了，沿着湿漉漉的马路走了一段路，在一家熟食店买了一纸包女儿爱吃的五香牛肉。这时，一辆小汽车急速驰来，骆清还没看清是否是出租车，车子就在他面前停下来，跳下两个帽檐压得很低的男子，对他连开几枪。骆清应声倒下，鲜血四溅于街面，将雨水变成血水。当报馆的人赶出来时，汽车已无影无踪，而鲜血淋漓的骆清已经气绝。

骆清遇刺的消息，第二天一早就传遍上海，绝大多数的报纸都刊登了一条新闻，全上海都为之震惊。《大美晚报》在头版登了一幅加了黑框的骆清遗像，还有他的最后一篇文章《现代吴三桂听着》。

上海报界为骆清举行了隆重的葬礼。他的女儿由骆清的姐姐陪着，骆清姐姐是接到噩耗后立即赶来上海奔丧的。小女孩和姑妈低垂着头，一身素服站在灵堂前，无声地淌着眼泪，她的手里始终捏着那张曾包过牛肉后被雨水泡成一团的牛皮纸。前来吊唁的各方人士，见状无不唏嘘。

龚宇伟和张雨桐是第一批到骆清家吊唁的。张雨桐放声大哭，龚宇伟神色凝重，未发一言。其实，对于骆清的被害，他早有预感，昨天一再提醒他谨慎，还是不幸而言中了，而且出乎意料地来得那么快。这足以说明日本侵略势力和汉奸的猖狂，以及日本人所谓“中日提携”“中日和睦”的虚伪和更趋暴力化。

徐佳林得到噩耗后，感到突然，也感到很悲痛。骆清在《字林西报》时，一直对他很器重。但他也产生了一种恐惧感，暗中庆幸，幸亏这段时间自己收敛锋芒，不写或少写痛斥日本人的时评，即使写，也一改过去锐利激昂的笔调，而变得温和婉转。所以，骆清有了“樵夫的斧子的刀口变钝”之感。其实，持有这种看法的人不是少数。张雨桐和他同室共事，过去慷慨陈词的日本通徐佳林，一提到日本人的暴行和险恶用心，常常顾左右而言他，甚至噤声不语。不知从什么时候起，他还有了一个习惯，就是和别人在走廊或街头讲话，不时会回头张望，这叫狼顾，是内心虚弱的表现，让人看了很不舒服。

这几天，徐佳林更显得反常，经常会坐在桌前发呆，有事找他，他“嗯，嗯”地应着，抬起一双失神的眼，茫然四顾。

他先前很喜欢讲演，几乎有请必到，口若悬河，很有煽动性，不乏许多独到、新鲜的见解，令人钦佩，也获得很大的声誉。但现在他几乎对所有邀请都一口拒绝。还有一件事，张雨桐连龚宇伟都没有说，那就是最近常有一个女人来找他，听口音很年轻，徐佳林接电话时，神色极不自然，不仅要“狼顾”几下，而且声音压得很低，耳语般的。有几次听他讲的是日本话，她由此猜测这个女人说不定是日本人。但她没有往坏处想，徐佳林是日本留学生，有日本朋友找他，不是奇怪事。

徐佳林站在灵堂前，照片上的骆清老成的微笑，清秀的脸上闪烁着充满睿智的眼光。照片旁挂着许多副对联，都是赞扬骆清的骨气和文才，痛惜他的英年早逝，鞭笞行凶者的残忍。灵堂里低放着哀乐，他的女儿骆瑶琴哀痛欲绝，泪流满面，手里紧紧握住那团纸，对所有的吊唁客，都回以深鞠躬。一股羞愧感突然涌上来，他把一束白菊花放到灵前，放声号啕大哭，令灵堂的来宾都低声抽泣起来。他还未哭罢，马赫来了，他手捧一个花篮，置放在骆清灵前，脚跟一碰，举手行了一个军礼，而且久久没有放下，时间足足有三分钟之久。礼毕，他谁都未理，转身大步而去。他是看到正在痛哭的徐佳林的，但他正眼都没看他一眼。徐佳林泪水婆娑的，还是看清是马赫。他本能地看看他的身后，想看看是否有人陪他来，会不会是香梅，结果看清马赫独自来的，并未有人陪同。

他之所以感到羞愧，主要是他这段时间的软弱和胆怯，还有就是给一个日本女情报人员拉下了水。王爱琴已明确告诉他，她从日本到中国来找佐藤时，在东北参加了一个“梅机关”的外围组织，以日本女青年为主。到上海后，根据组织的命令，她参与“兴亚运动”，并组建“兴亚院”，具体任务是网罗上海各方面有影响有声望的中国人，支持日本在华的政治经济和文化行动，但不一定要他们提供情报，充当特务。日本大藏省专门调拨了一笔钱，作为“兴亚运动”的经费。小川哲雄就是“兴亚院”的负责人，他以帝国银行总代表的身份到上海来开展这项组织计划，公开的身份是将兼任三井洋行的大班。目前，他还住在国际饭店，还未到三井洋行上任。

王爱琴在东北参加组织时，是为了爱情，为了能找到学生时代的恋人佐藤，她开始是懵懂地参与其事的，只要能和最亲爱的人在一起，她什么事都愿意做。但慢慢地，不断有人对她灌输思想，使她以为，她做的事是为了大和民族的利益，是非常荣耀的。她到上海横滨正金银行后，将她的秘密告诉给了佐藤，未料遭到佐藤的激烈反对，要她赶快摆脱这些组织的控制。但王爱琴告诉他，要逃出魔掌十分困难。后来，佐藤得知她和几个男子有染，有的是她的上司，有的是她受命接触的中国男子，便对她的态度大变，甚至骂她打她，骂过打过后，又抱着她赔不是，喜怒无常的。佐藤死后，她非常痛苦，把接受国家使命和报仇雪恨结合起来。她从徐佳林那里更清楚了射死佐藤的是美国海军陆战队士兵马赫，并通过小川哲雄到日本驻上海总领事馆确认了徐佳林所说无误。还进而了解到，徐佳林的未婚妻李香梅，曾只身游过苏州河，向四行仓库守军献旗，从苏州河返回时，曾被日本军队打伤，也是这个马赫跳入河道，把她救起，现在，李香梅和马赫交往密切，招致徐佳林的妒忌。明了这些细节后，她惊诧万分，愈发相信她和李唯亭家命中注定有关联。

对于徐佳林,这是她应付过许多各式男人中的一个,她当然把他看做是工作对象,但他又是特别的,因为他牵动了她的情。上司多次向她说过,她这样的特殊职业,要有一副铁石心肠,动真情是大忌。但这一次她和徐佳林交往,却动了情。徐佳林的儒雅、才情有些像佐藤,当然比佐藤更有涵养,更有才华。他那文静的举止谈吐,烟笼般的眼神深深打动了她。当然,在大岛面前,在小川哲雄面前,她把这些都是深藏起来的。但她和徐佳林在一起时,她不仅还原成一个温柔多情的女人,而且心跳不已,感到一阵阵莫可名状的兴奋,这个文静的中国男子使她享受到前所未有的欢愉。她渴望和徐佳林在一起,渴望和他谈心,畅所欲言的亲密,尤其赤裸裸地躺在床上,在床笫之欢后相拥闲聊,使她的身心特别地放松。谈着谈着,他们又放纵起来。她从不在徐佳林面前,刻意提到马赫,但她一刻都没有忘记这个美国士兵,想到马赫可能会勾引到徐佳林的未婚妻李香梅,她会有一种快意,想到有一天能有机会达到替佐藤报仇的目的,更感到有些不能自已。

而徐佳林,从和王爱琴邂逅以来,他的心情很复杂,无论就感情或理智来说,似乎自己将在不知不觉中失去主动,为王爱琴所控制。他深悔不已,有一种犹如女人失了身的那样的感觉,觉得对不起香梅,毕竟和她刚订下婚约,就和一个不清不白的女人鬼混。另外,他早就猜到王爱琴有着不一般的背景,这虽早有心理准备,但当王爱琴坦率地把自己不可示人的重要机密、经历和身份告诉他时,他还是心头一凛,和这样一个负有秘密使命的人在一起,无疑是和一大箱炸药相伴,随时会有轰然爆炸的危险,给自己带来不测之祸。这使得他紧张和警觉,反躬自责,欲赶紧从中脱身,但已欲罢不能了。

他清楚日本人会牢牢抓住他的,他难以脱身,同时,王爱琴的魅力深深吸引了他,使他感到从未有过的美妙和甜蜜。他也想到,他和王爱琴这种关系到底会走到哪一步?若被人发现了,特别是香梅和李家发现了怎么办?他不敢想下去,便干脆不去想它了,车到山前必有路,到时候再说吧。

骆清被暗杀,对他的震动很大。这天晚上,他在王爱琴居住的离国际饭店不远的卡尔登公寓的房间里,当王爱琴披着雪白的睡衣,露出白嫩光洁的皮肤走出卫生间时,徐佳林沉着脸问她:"真由子,骆清的死是怎么回事?他只是个文人,写些文字而已,你们至于要下这样的毒手么?"

"我不知道这件事!你这样责问我是搞错了对象!"王爱琴不仅没有生气,反而好声回答，走到小桌上，打开一瓶日本啤酒，给自己和徐佳林各自倒一杯，然后递给徐佳林。

“你虽没有参与，反正是你们的组织密谋的。中国有句话，君子动口不动手，人和人之间，国家和国家之间，不管是出于政见还是利益，我主张谈判，这么杀来杀去，冤冤相报，是征服不了人的，只会激起更强烈的反抗。”徐佳林喝了一大口冷冽的啤酒，苦涩的味道就像他心里淌出的汁。

“我的工作不是谋杀，而是致力于‘兴亚运动’。所有的暗杀我都不参加，什么人搞的，我也不过问。”王爱琴说，“我理解你的心情。可暗杀也不是单方面的，上个月，一个日本医生被杀死在他的家门口。一个亲日的中国商人的汽车里被掷了颗手榴弹，汽车连人炸得粉碎。”

“哎，这世道，人都变成了疯子、杀人狂，像动物那样互相残杀！租界外飞机大炮，租界内刀光剑影，上海快成了屠宰场了，真让人寒心。我真想远走高飞，到一个没有争斗的地方去。”徐佳林很消沉地说，“还是眼不见为净的好。”

“这是不现实的。没有你说的那种地方，据说欧洲近来也很不太平。”王爱琴说。

“岂止是不太平？”徐佳林应道。近来他避开日本问题，关注起欧版版图上的变化，看到那里危机重重。在德国，纳粹党极端分子沿着慕尼黑大街游行。他们骄傲地扛着旗帜，高昂着头，嘴里不停地高唱着《德意志高于一切》。德国元首希特勒不但对包括英法在内的邻国大加威胁，还在国内迫害犹太人。德国强大的军火工业和军队，还有日益高涨的民族主义情绪令整个欧洲生畏。他断定，欧洲难免一战，欧亚将同陷战争火坑。王爱琴说得对，找不到没有争斗的地方。

“佳林，我们就熬下去吧。别人能过，我们为什么不能过呢？你不想想，你远走高飞了，李小姐怎么办？”王爱琴迟疑了一下，又说，“我怎么办？”

徐佳林不做声，想到李香梅，又面对着突然闯进他生活的王爱琴，别有一番滋味在心头。

“佳林，你放心，我不为难你的，哪一天你讨厌我了，用不着对我说什么，悄悄走开就是了。至于我的职业，你能帮忙就帮忙，你不愿做的事，我不会硬要你去做。”王爱琴说到这里，眼睛里亮起泪光，神色有些哀怨，“但你不要走得太远，我能偶尔见到你，听到你的消息就可以了。”

徐佳林看着眼泪汪汪的王爱琴，唤起了他的怜惜之意，他把王爱琴一把拉进怀里，取过一块手帕帮她拭去泪水，轻轻抚摸着她脸颊上的酒窝。

“我不会离开你。”

“你和李小姐结了婚呢?”

“也不会。”

“要是李小姐知道了怎么办呢?”

“我们只要小心,她不会知道的。况且,你是银行派到大隆厂的专员,李香梅父亲要我抽出时间,跟着他管理工厂。另外,龚总管将那幢平房修缮一新,作为你的办公室和住房。我在那里和你见面,没有人会怀疑的。”

上海的中外报纸每天都用大量版面报道淞沪南线的战争。11 月 7 日,日军将上海派遣军与刚登陆的日军合编成东南方面军,由松井石根统一指挥。至此,日军投入淞沪战场的总兵力已达到 28 万人,比当时在华北的兵力总和还要多。

中国军队抵抗的顽强和勇猛,连狂妄自大以强硬著称的松井石根都感到意外。日本军部对战争的进展之慢,已显得有些不耐烦了。他们的战略目标已很明确,迅速占领和控制上海,切断中国的经济命脉,然后直捣南京,把中国这个有“江南绝佳处,金陵帝王州”的首都攻克。如此,蒋介石和国民政府最重要的统治基地,东南沿海数省就落在日本手里,对于日本来说,不管是战是和,都牢牢握着主动。因此,淞沪南线最后的战争,对中日双方来说,都是至关重要的。

而这最后一战中,松江是双方必争之地。日军如占领松江,就切断了中国军队向西和向南的退路。因此,松江县城就很自然地成了日军进攻的重点。日军以强大的兵力、火力,排山倒海般向松江城扑来。

在向松江发起总攻前,7 日上午,金山城被日军强攻而陷落。这样,松江城就成了中国军队阻击日军推进的桥头堡。

对于淞沪南线的战争,大东亚广播电台的《战地通讯》中播放前线日军几个官兵的讲话,他们以胜利者的口气,说要不了几个小时,就可将日本的太阳旗插到松江城的城头了,并对中国军队的抵抗百般嘲笑挖苦。《上海日日新闻》的特派记者川本写的战地报道,在吹捧日军的所谓“神勇”之外,还以绝对的口气预测,日军将势如破竹,不可抵挡。对中国军队来说,淞沪战场已是无可挽回的残局,最后成为日军重围下的瓮中之鳖。

中国的报纸对中国军队战场失利的消息,也作了如实报道,但更多的是报道中国官兵的英雄气概,使上海市民虽失望而不沮丧,虽看到战场的危急,但群情激奋,十里洋场被一种共赴国难,和上海共存亡的血性义烈之气所弥漫。炮声、枪声虽然渐渐远了,但报纸、电台的宣传战愈演愈烈。

《大美晚报》和《中美晚报》并没有因为骆清被刺而吓退，依然在上海的报界中，旗帜鲜明地指责日本军阀穷兵黩武，对汉奸的种种丑态既骂且讽，读来十分痛快。聘请马赫的计划，原是骆清一手接洽的，骆清死了，计划并未中止，反而敦促马赫行动更迅速些。前线的炮火空前的炽烈，马赫和周徽决定连夜出发。

这天晚上，天空没有月亮，也不见星星，阴霾沉沉的，显得特别黑。大上海的闹市区仍是火树银花，笙歌艳舞。但灯火稀落的小街小巷的人们遥望南边因战火而发红的天空，议论着战事的难测前途，或愤慨或沉重或不安，忿然作色，但又不知所措，心里有些茫然。

升斗小民的日子越来越艰难。战争造成粮食供应陡然紧张，粮店前排起长龙，卖的也是六谷粉、发霉的杂粮。于是，下层的百姓、小职员以生命的代价穿越封锁线，到日军占领区去买米，常有人丧生于流弹，或被日军击毙。除粮食之外，药品更奇缺，盘尼西林比黄金还贵，一支难求。黑心商人乘机勾结租界污吏，用各种办法走私，大发国难财。在这样的夜晚，有钱人照样声色犬马，山珍海味，但平头百姓，除了担心国运，还要担心生计，而且生计比国运显得更为现实。米桶已见底，明日之餐不知在何处，这使得无数家庭愁云满面，盼望着战争尽早结束。

香梅是坐在床上被舍监喊起接电话的。学校因为断了煤，锅炉烧不起来，热气供不上，宿舍里寒气逼人，香梅便泡上橡胶的热水袋，铜的汤婆子，窝在被子里结绒线。结完了，但两根竹针还牢牢地握在她手中，眼神呆愣愣的，想着心事。

徐佳林已几天没来电话，见了她话也比平时少了，脸显得有点消瘦，躲避着她的目光。她知道他促成了正金银行的贷款，保住了房子，使父亲的工厂重新复工。看得出来，父亲很感激他，也比以前更器重他，让他星期天到工厂去见习，平时来家里，阿爹有意识地和他谈工厂的事。香梅自然明白，父亲有心在培养他、观察他，如果扶得起来，父亲会把工厂交给他。父亲相信，有其父必有其子，徐佳林的父亲是个有名的商人，善做生意，徐佳林必有经商的潜质，只是还没有挖掘出来。他现在就是在挖掘他。

说到阿爹的打算，香梅没有特别的感觉，但她支持徐佳林成为父亲的得力助手。父亲老了，慢慢力不从心了，总要有人替他，而替他的人，不是丹沪就是佳林。以前，香梅从未想到过佳林能担起这样的责任，现在看到父亲看重他，好像看出他有管理工厂的能耐，她也感到安慰，希望佳林能成器，让父亲安心告老。至于徐佳林接了父亲的棒，掌握工厂大权，会带来多少好处，她都没有想过。但徐佳林对于父亲的一番苦心表现得有些异样，有时好像不太愿意，说自己是一个规矩的文人，不习惯和商人打交道。

香梅问他："照你的意思，商人就是不规矩的，那阿爹和哥哥也不是规矩人了。你和正金银行牵线搭桥借到了钱，也可说是做了不规矩的事。"

她是说笑话，但他却莫名其妙地生气了，铁青着脸说："我哪点不规矩了，那个大班的秘书，是我新闻界朋友的朋友，她父亲最早就是大隆的老板，就是这么回事，她才愿意从中撮合押款，是她主动找我的，怎么不规矩了？"

香梅有些哭笑不得，说，你多什么心？我不过是说句笑话。徐佳林说，这样的笑话能随便说的吗？他又放话说，你别以为我真的想当大老板，所以才巴结讨好你父亲，你错了，我可没有这样的野心，富贵豪奢对我来说是粪土一堆。香梅以为他是文人的孤傲清高，可有时，他又会因为参与工厂的管理，厂里的职员都当他是父亲的接班人而又无端地兴奋得意。更多的时候，却眼神飘忽，心神不定的样子，好像怀着什么让他窘迫的心事，而且又有了时常"狼顾"的习惯，让人看了极不舒服。总之，这个很快就要成为她丈夫的男子竟让她有生疏的感觉。

她又想到马赫，她竭力要把他从脑海里排除掉，要忘记他，再不去想他。但她无论如何做不到，越是告诫自己不再念他，可他的影子越是固执地萦绕着她，而且，心中有种说不出的感觉，慌慌的，心里一阵一阵发紧。她问自己：我是怎么啦？可是她就是说不清解不开。

结绒线是家政课布置的手工，要她们给最亲的人结一件衣服，一只帽子或一条围巾。李香梅结了一条深灰色夹白花的围巾，又厚又长，范吟月和赵雅丽都问她，你是给你那位"黑漆板凳"结的吧，他会感到格外温暖的。她"嗯，嗯"地答应着，其实她不是给徐佳林编结的，而是结给马赫的，可她怯怯的，不敢承认。

一天，马赫突然来电话了。他在电话里说："我要去前线拍照，很急，立即就要出发。现在我就在你校门口，我想见你一面。"

"那你等着，我马上就出来。你千万别走开，不见不散。"李香梅急急地说。

"见不到你，我不会走的。"

李香梅放下电话，回到宿舍，匆匆套上呢大衣，围上羊毛披肩。

范吟月问："香梅，这么晚了，你去哪里？发生了什么事？"

李香梅顾不上回答，只说了句"我去见一个人"就跑出门去，到门外，走了几步，又折回来，从床头取了那条刚编结好的绒线围巾，几乎是小跑步地走到校门口，只见马赫在人行道的光秃秃的梧桐树下来回踱着步，看到李香梅气喘吁吁地奔出来，连忙迎上去。两人在学校的围墙边站住了。长街寂寂，路灯点点，李香梅看着马赫有棱有角的脸，还在喘着气。

“你用不着走得这么急，看风把你噎得，连话都说不出来了。”马赫责怪她，他穿着英国厚实的卡其布猎装，脚蹬防水皮靴，头戴一顶呢便帽，这是一身到郊外打猎时的穿戴，可能是因为装束的改变，与穿军服和西服时的马赫有些不同。

“战场上的弹片是不生眼睛的，你可要小心些，千万要毫发无损地回来。”李香梅那双明亮澄澈的大眼里已闪起泪水，她突然冒出一种感觉，好像马赫这一去，再也回不来了，“听说日本人的飞机已把松江县城夷为平地，那里肯定十分危险，你没有带武器，可不能鲁莽地冲到交战区去。”

“我是战地记者。交战双方会尊重记者的权利和安全。”马赫拍拍手臂上的袖章，还从口袋里掏出一个小手电，将袖章上的标记和字样照给李香梅看，“你们中国人有句话，不入虎穴，焉得虎子，我不入交战区，怎么能拍到中国军队抗战的照片呢?”

“你太天真了，日本人是最野蛮最残暴的武夫。他们根本不会尊重你的什么权利和安全。还有子弹、炮弹、手榴弹，它们会因为你是记者而绕道飞开吗?”

“好，香梅，我会听你的话。我可不愿意今晚的见面是我们的永别，不过，万一，我回不来，你可要记住我。”

未等马赫说完，李香梅伸出纤细白皙的手，捂住马赫的嘴，说：“别胡说，我不许你说这种不吉利的话。我会天天替你祈祷的。上帝会保佑你的。”说到这里，原来含在李香梅眼里的泪水夺眶而出，顿时泪下如雨。

“对不起，我把你吓坏了。可你是个勇敢的女孩子，全上海就是你一个人冒着战火游过苏州河去献旗，你的勇气哪里去了?”

“我不想失去你这个朋友。”

“不，你不会失去我，我也不会失去你的，我们是好朋友，是生死之交，怎能分离?”

一阵冷风吹来，彻骨的寒冷，马赫本能地竖起猎装的领子。香梅这才想起所带着的绒线围巾，连忙双手将围巾展开，围到马赫的脖子上。马赫乘势把香梅拥在怀里。香梅虽因为突然而有些慌恐，心急剧地跳起来，但她没有挣脱，小鸟依人般地靠在马赫宽厚的胸膛，她闭上了眼睛，泪水继续在流，她听着马赫“咚咚”的心音，就像小时候伏在妈妈怀里那样，感到特别的踏实和安全。良久，香梅才推开马赫，指着不远处停着的一辆吉普车，轻声说：“你走吧，我看着你的车开了，再回学校。”

“不，我看你回学校了，我再走。”

从吉普车上下来一个人，在车旁晃动。

“那是周徽吗？”

“是他。”

“请他过来。”

马赫喊了一声，穿着米色风雨衣的周徽大步流星地走过来，很热情地说：“李小姐，这么晚了，还要惊动你，真不好意思，马赫非要和你告别。”

“周先生，你是老上海。马赫人生地疏，又是外国人，你可要照顾好他。”李香梅认真地叮嘱周徽，连她自己都感到奇怪，她仿佛是马赫什么亲密的人，郑重地把马赫托付给周徽。确实，有周徽在马赫身边，她要放心多了。

周徽显然也没想到李香梅会这么说，他很心领神会地回答：“李小姐，你别担心，有我老周在，我会让马赫先生什么样子去，什么样子回。到时，你可要为我们接风洗尘！”

周徽说完，捋上袖口，指指腕上的夜光表。马赫会意地点点头，从猎装上衣口袋里掏出一封折成四方的信，塞到香梅手中，和周徽一起，头也不回地走向吉普车。吉普车飞快地开走了，两只红色的尾灯消逝在夜色中。

李香梅站在风中，突然感到若有所失，心里空荡荡的，无以排解。

回到宿舍，已过了熄灯时间，宿舍变得漆黑一片，一点声音都没有。舍监嬷嬷正在查夜，看到李香梅一身寒气回来，厉声问她：“你这么晚才回来，违反校规了！”

“对不起，嬷嬷，两个朋友到前线去履行使命，到校门口和我来道别，我耽误了一点时间。”

“原来是这样。”嬷嬷的态度缓和了下来，说，“这是例外，情有可原。我允许你回到房间再开半个小时的灯。”

当李香梅打开电灯，丢魂失魄地坐在床沿发愣时，还尚未睡着的范吟月和赵雅丽披衣坐了起来，竞相问她，你的脸色这么难看，谁来找你的？到底发生了什么事？

李香梅没有回答，经过片刻的迟钝以后，她只是简单地说：“马赫到前线拍照去了，是和周徽一起去的，刚才他们到校门口来告别。”

“原来是这件事！”范吟月和赵雅丽几乎是同声说道，“这是好事啊！他可以拍很多别人拍不到的照片，你为何要这般难过呢？一副伤心透顶的样子。”

“我，我总觉得他们这趟去，会遇到不测。”李香梅用很沉重的声音说，“报上用‘尸山血海’‘血肉磨坊’‘一寸山河一寸血’来描绘金山、松江的战斗，可见那里的仗打得何等酷烈！”

“危险当然会有。他们虽然不是打仗，但是拍打仗的照片，也得上战场。马赫是当兵的，周徽为人机灵，他们会保护好自己的。”范吟月、赵雅丽劝慰李香梅的同时，把李香梅对马赫上前线不仅牵肠挂肚，而且动了真感情的情形都看在眼里。马赫深夜前来告别，香梅赠自编的围巾以及那副像妻子送夫上战场的神情，已足以表明他们俩的心迹，无须再要别的什么证明！可是，香梅和徐佳林刚刚订下婚约，不知香梅是如何想的？更不知她如何来处置这样的情感纠葛？范吟月、赵雅丽心照不宣地打住了话头，钻入被子睡觉。

李香梅坐进被子，打开马赫临走前塞给她的那封信。信当然是用英文写的，看得出写得很匆促。李香梅一字一句读起来，信中写道：

香梅小姐：

还记得我第一次和你在夜晚的上海大街上走时，我给你唱的夏威夷民歌《骊歌》吗？今晚，我将在心中唱着这首忧伤的歌踏上去前线的路途。

虽然分别只有短短几天，但我觉得好像是生死离别。我是军人，从应征入伍那天起，我就知道死神会随时召我去。对此，我并不惧怕，对于军人来说，怕死是最大的耻辱。这次去中日战争的前线，各种情况都会发生，最严重的就是永远地离开你，将我的生命结束在那片血与火的土地上。死我不怕，但想到要和你永别，我心如刀割。为此，我曾经犹豫过，因为，我爱你，我可以舍弃生命，但我绝对不能舍弃对你的爱。可我很快想通了，正因为爱你，我更不能退缩。爱你应该爱你的故乡，爱你的祖国，你的故乡和祖国正在蒙受侵略者所造成的苦难。因而，我更应该赴前线做有意义的事。

我会活着回来的，等待我，就像夏威夷女王对她的臣民所说的那样，在我的心中，你就是我的女王，我是你的臣民。无论如何，我们会重新相逢的。顺便再说一遍，我不管你有否订婚，只要你还没有真正成为嫁娘，我就有权利向我的女王陛下表白我的赤诚之心。

如果你愿意，和我一起在心中重复地唱《骊歌》吧。如果我真的倒下了，我的唯一要求，就是你在我的灵前唱一遍这首歌。

你的密西西比河热带雨林

“密西西比河热带雨林”这个绰号是那个联欢会传开的。

李香梅读完了这封信，信中有着无限的缠绵之意，还第一次表白了对她的爱，悲壮中是一片感人的至情。字字句句打动了她的心弦。她无法拒绝，可也不能接受，她的心情激动而紊乱。她真想放声大哭，但夜深人静，又有两个女友同居一室，只能熄灯，枕着马赫的信，暗暗淌着眼泪，把枕套湿了一大块。

《骊歌》这首歌，她那晚听马赫唱后，向马赫要了词曲，请学校的音乐老师教她。音乐老师是唱惯了对上帝的赞美诗的，在管风琴弹奏《骊歌》后说，音节太凄壮了，但还是耐心地边弹边唱，让李香梅跟着学唱。李香梅学唱了几遍，就学会了这首歌。这时，她在黑暗中，在万籁俱寂中，独自哼着这首歌睡去。

龚宇伟按计划率领一批演员到前线慰问演出，一到前线才知道由于战争的激烈，战士们根本没有时间和心情观看。而松江县城几乎找不到一所完整的房子，也就是说，没有演出的场所。

龚宇伟当机立断，将慰问团化整为零，三四人一组，在战地医院、部队调动的行军路上、离前沿阵地有一定距离的大炮阵地和坦克车营地进行演出，内容是唱歌朗诵。歌曲是《我的家在松花江上》《八百壮士之歌》《义勇军进行曲》等等，有时应战士们要求，也唱几首流行歌曲，像《毛毛雨》《夜深沉》这样虽缠绵但词曲还算健康向上的流行广泛的歌。至于靡靡之音，坚决不唱。有一个电影明星唱了一首甜腻萎靡的所谓情歌，那是一首稍正经的夜总会都不唱的歌，被龚宇伟痛骂了一顿。胡彩华唱的是绍兴戏《木兰从军》和《杨门女将》的唱段，限于条件，只能清唱，不着戏装。考虑到战士绝大多数是外地人，听不懂绍兴话、上海话，龚宇伟在演唱之前，先用国语将唱词、歌词朗读一遍，如是戏曲唱段，还简略介绍一下剧目内容。虽是战尘满身，疲惫不堪，士兵们仍兴致勃勃地观看演出，对每个节目都报以喝彩、掌声。有几个电影明星为大家所熟悉，所以一登场，就引起了轰动。

这支几十人的演出团队，就这样在震耳欲聋的炮火中辗转战场各处，见缝插针地演出。演员尤其是明星，平日是被观众宠坏了的，养尊处优的，一天要洗几次澡，换几身衣服，上几次妆，平时少不了咖啡、烟酒和精致的食品。可到了前线，一个个就像换了一个人似的，别说洗澡，就是吃上一顿热饭，喝上一口热水，睡上一个安稳觉都不容易，但大多数人都入乡随俗，毫无怨言。坐在卡车上到处颠簸，也能到小河浜里洗把脸，或听着炮火声席地而卧，一根酱瓜也会得到大家的欢呼。

演员们的适应性来自抗战官兵的情绪。在前线，所有的人都把生死置之度外，刚才还活蹦乱跳的战友，一转眼，就牺牲了。而幸存者没有哭泣，没有悲哀，在战友的尸体旁继续战斗。他们是那么年轻，光滑的脸上还流露着稚气，就是这一张张脸，不仅毫无惧色，而且还时常带着笑容。一颗炮弹飞来，爆炸开，战士们趴倒在地，而后，站起来掸着灰尘笑着说："哈，阎罗王还不要我去。"或者会在击退敌人的一次进攻后，互相问道，你打死了几个小鬼子？各自抢着回答。最后便异口同声说："好，好，够本了。"所说的"够本"，是指即使战死也值了。

士兵们对慰问团所表现出来的热情尤使演员们感动。他们取出最后一点米，最后一个罐头招待演出团。在日本飞机轰炸时，几个战士会同时伏在一个团员身上，用自己的血肉之躯充作掩体。

龚宇伟知道，战争是残酷的，但战争也是最能考验人、锻炼人的。战士们在战争中所表现出来的伟大人格，实在令人动容。在这样特定的环境里，人的感情会得到升华，变得浓烈。胡彩华突然感到她已离不开李丹沪，对他的爱情之火，在心中越烧越旺。于是，每天宁可放弃珍贵的休息，也要给丹沪写一封信。在信中，以前不太会说情话、软话的她，下笔如幽咽流泉，把自己心中对丹沪的绵绵情意，尽情地抒发出来。一天一封，有时一天两封、三封。这些信是无法投递的，写完她就珍藏起来。她是写给丹沪，也是写给自己的。战争的现实使她的《木兰从军》的唱腔更为激越而慷慨，嘹亮的嗓喉，常引起战士们应声相和，虽他们五音不全，只是胡乱跟唱，但余音悠远，久久不绝。

除了胡彩华，慰问团里有一对情侣，来之前闹了很长时间的别扭，已变得很冷漠，两人准备分手，但在前线的几天竟使他们旧情复燃，难分难解，情浓如漆的，并且当众宣布，回到上海就结婚，这辈子再也不分开了。男的是专门用石灰水在墙上写标语的，白天他写得手臂抬不起来，女的就替他按摩，并用软语娇笑安慰他。恶劣的战地环境神奇地修复了他们的爱情。这使得龚宇伟感到不可思议，但他惊喜地发现，连他自己的内心也发生了微妙的变异。一向老成持重的他，虽置身于浪漫多情的演艺界，但他的私生活以严肃著称，从来没有绯闻。有人在背地里议论颇多，贬他的说他是徒有堂堂男子其表，褒他的说他是难得的正派人，柳下惠再世。

自从他和张雨桐相识、相爱，也有好几年了，大家恍然醒悟，原来龚宇伟看女人有点特别，他重的是才，不是貌。张雨桐长得也算端正，但谈不上是美女，少了点风情和娇媚，可十分有才华。而几年下来，眼看他们俩聚少分多的，各忙各的，即使在一起，也是谈不完的正事，难以见到他们像恋人那样，喁喁细语，风花雪月的。

但这次在前线，龚宇伟却时常想起雨桐，觉得平时和雨桐相处，太缺少情调了，这是自己的不对。他忽然产生了要和雨桐好好亲热亲热的念头，这个念头是不合时宜的，但却很强烈。他以前和雨桐几天不见，甚至几周不见是常事，通几个电话就应付过去了，并没有相思之苦。可这次几天不见，他竟有了一日不见如隔三秋的感觉。雨桐也在前线，近在咫尺，只闻其踪不见其人。所谓只闻其踪，就是龚宇伟在前线转，所到之处，部队的长官都会提及她——《字林西报》的张记者来过了。好像张雨桐是个非常重要的大人物。张雨桐和龚宇伟就像在捉迷藏，知道她就在附近，看得见她的踪迹，就是见不到她的人。

有一次，他们意外地见面了。那天，龚宇伟乘的卡车在一条坑坑洼洼的泥浆公路上行驶，忽然看到一辆军用吉普车停在路边，一个戴眼镜的文弱女子站在路当中张开双臂，示意卡车停下。

卡车停下，坐在驾驶室里的龚宇伟跳下车一看，那叫他们停车的女子竟是张雨桐。两人见了，只是相视一笑，一时想不出什么话要说。

司机都是军人，只指了指油箱便会意了。原来吉普车没了汽油，卡车司机没有多说话，从车底下取出一只备用的装满油的铁皮油箱，递给吉普车司机，两人摆摆手，卡车又启动了。龚宇伟从反光镜里看到张雨桐孤零零地立在汽车旁，他忽然感到心里涌上一股酸楚，对司机说："停车！"司机以为出了什么事，来个紧急刹车。司机陡生疑惑地看着龚宇伟，连问几声什么事。龚宇伟又凝视着反光镜一会，张雨桐依然静静地站着，显得有点落寞，她见卡车停下来，挥起了手。龚宇伟只觉得自己一颗心蓦地往下一沉，感到无比的依恋和惆怅，他真想跳下车，朝雨桐奔过去。但理智告诉他，不能这样做，他尽力按捺汹涌起伏的心潮，果断地对司机说："对不起！我没有事了，开车吧！"

卡车重新启动，飞扬起一股尘土。

就在第二天，由于战局的变化，龚宇伟带了慰问团回到上海，但他没有想到，继续留在前线采访的张雨桐就在见面的这天下午，和一小股日本兵不期而遇，差点当了日本人的俘虏。

第十三章
险境重重的战地采访

张雨桐和另一名《申报》的男记者乘了吉普车来到一个村庄附近，汽车又突然停了下来。司机下车检查后，沮丧地告诉他们，刚装满的汽油又没有了。原来油箱不知什么时候裂开了一条缝隙，随着汽车的颠簸和震动扩大了，以致满满一箱汽油很快就漏掉了。司机边说，边指指这条高低不平的公路。果然，路面上有点点滴滴的油渍，向着过来的方向延伸。司机说，汽车只能停在这里，无法向前跑了。

张雨桐和《申报》记者无可奈何地从车上取下行李。行礼里有换洗的衣服、采访用的笔记簿、自来水笔、报纸、书籍。装在车上不觉得是个负担，拎在手里，没走几步就觉得越来越沉重。司机警惕地观察了一会动静，他从腰里拔出了手枪，又把几颗手榴弹插在腰部的皮带上，并给张雨桐和《申报》记者各一颗，认真说明使用的方法。

“从现在起，你们必须听从我的指挥。”司机严肃地说，“情况很不好，七八里外是我们的一处防地，可你们听听，现在什么声音都没有，估计我们的军队撤走了，日本人随时会从河对面打过来。”

张雨桐看了一眼，离公路不远的一条河面宽阔的河道，除了河边横着几艘农船外，空空荡荡的。村子里也是静悄悄的，除了鸡鸣狗吠，听不到人声。

他们走进小村，村子里散落着几十间灰旧的民宅，但都空无一人。村口有一棵郁郁葱葱的年岁很远的大树，一幢红砖小教堂。教堂顶上竖着一面白旗，在风中飘动着。他们走进教堂，里面有几十张带靠背的长木椅，圣台上有耶稣像。高耸的厅堂简朴的墙面上，有着一排细细长长的彩色玻璃窗。这时，走出一位穿黑色长袍的神父，是个上了年纪的欧洲人。他见司机穿着军装，手里还拿着枪，用中国话问："你是中国军人？"

司机点点头，收起枪说："是的，我是。这两位是记者，小姐是《字林西报》馆的，先生是《申报》馆的，我负责护送到下一个防地去采访。"

"你所说的防地是指西关大桥吗？你们的部队已从那里撤走了，可能退到青浦城里去了。这周围的村民听说西关大桥失守，都逃走了。"神父不慌不忙地说道，"松江城还在打仗。我从未见过这样激烈的战争，日本的炮火威力强于中国军队数倍。但中国军队处于这样不利的条件，仍能勇猛杀敌，这种勇武精神，真正难能可贵！"

张雨桐掏出采访簿，干脆采访起来，《申报》记者是个刚大学毕业的不太讲话的大男孩子，他也跟着在本子上记录起来。教堂里一个打杂工模样的中国人，给他们端来几碗白开水，还有几只煮熟的山芋，张雨桐他们三人早已又饥又渴，不客气地吃起来。

"对不起，我没有更好的食物提供给你们了。我们早已断粮了。"神父抱歉地说，"在你们之前，有一辆卡车经过，他们中间有上海，也许是中国最有名的演员，他们喝了几口水继续上路了。"

张雨桐知道神父所说的就是龚宇伟的那辆车，便问："神父先生，知道他们上哪里去了吗？"

神父摇着头说："不知道，我估计往青浦去了。"

司机有些焦虑地对张雨桐说："张小姐，我们没有交通工具，进退两难，而且，日本军队很快就会开进来。教堂可是明显的建筑，不是久留之地，你看怎么办？"

"既然哪里都不能去，我们就待在这里，日本人不至于冲到教堂里来吧，况且神父先生已扯起了白旗，告诉双方军队这幢房子是教堂。"张雨桐镇定地说，其实她心里一阵比一阵慌张。

"张小姐，日本人才不管你是教堂还是佛堂呢！他们看到中国人，哪怕是平民都会开枪，特别看到我是军人。"司机说，"他们绝对不会放过我们的，到时候，我保护不了你们，反而会连累大家。”

“你把军装脱下来，向神父借套衣服换上。”《申报》的年轻记者提议。

“这怎么行？我是中国军人，怎么能脱下军装呢？这和做逃兵有什么两样？”司机像受了侮辱似地叫嚷起来，“日本人来了，我和他们拼了，拼死一个是一个！”

他还没有说完，外面便响起枪声，一群难民约四五十人，带着被褥、篓筐和包裹，老老少少，男男女女涌进教堂，寻求庇护。神父沉着地安置他们坐到长木椅上。

张雨桐看见一队日本兵追赶而来，在教堂前站住，为首的是一个尉官，五短身材，蓄短髭，瞪着眼注视着教堂顶上的十字架和那面飘拂的白旗。他踌躇了片刻，一挥手，日本兵争先恐后地冲进教堂。神父手持《圣经》，走到日本尉官面前，用英语说道：“这里是教堂，我是英国神父。上帝是不能容忍杀戮和战争的。”说着，又指着呆呆坐在长椅上的难民说，“他们都是手无寸铁的百姓。”

“上帝？我不信西方的宗教。”日本尉官耀武扬威地用蹩脚的英语回答说，“不过，我不会为难你，神父先生，因为你升起了白旗，表明你愿意向大日本帝国投降。”

“我不想和你争论。但我要声明，我之所以要升起白旗，是提醒交战的双方，不管是中国军人还是日本军人，这里是上帝待的地方。上帝是不可能会向什么人投降的。”

尉官没有理睬神父的话，而是问道：“这个村子里的人到哪里去了？他们应该都是教民吧，为何不躲到教堂里来，而要逃走呢？”

“他们害怕战火会毁掉教堂，所以躲到他们认为安全的地方去了。”

尉官踱着步，走到圣台前，对着耶稣像生硬地一躬到底，下颏直到胸膛，这是日本式的常礼。教堂里静得可怕，有一个孩子吓得哭出声来，被他的母亲拼命用手掌捂住嘴。

尉官又转过身，打量起人群来，他突然看到张雨桐和《申报》记者，他们的装束和气质与一般平民明显不同，这引起了尉官的注意。而司机，已在日本兵进来之前，在神父的坚持下，被杂工带到另一个藏身之处。

张雨桐见这个日本尉官用粗野、好奇的目光盯视着自己，刚才的慌乱在瞬刻间消失了，她挺一挺自己的胸脯，坦然地看着尉官。

“你们是什么人？教师？医生？”尉官阴阳怪气地问道。

“不，我是记者。上海《字林西报》的记者，他是《申报》的记者。”张雨桐毫不含糊地说，“我们受报馆派遣，到前线进行采访。”

“这么说，你们是战地记者。《字林西报》《申报》是什么报纸？是国民政府的报纸吗？”

“《字林西报》是英国报纸，《申报》是中国民办报纸。国民政府的报纸是《中央日报》。”

“把你们的证件给我看看。”尉官用命令的口气说，“我要证实一下你们的身份。”

张雨桐和《申报》记者从口袋里取出记者证和报馆致前线各部队的采访介绍函。打印介绍信前，是经过仔细考虑的，没有特指中国军队，只笼统地写明：淞沪战争参战各部队。而且介绍函用中英日三种文字，当时已想到，可能会和日军遭遇，便采取了这样一种表达方式。

日本尉官将证件和介绍函还给他们。

“关于你们证件的真实性，我没有理由怀疑。但因为你们的身份特殊，我想，我无权擅自处理你们的事情，我必须安排你们和我们的师团长见见面，他可能会对你们感兴趣。”尉官脸上露出一丝笑容，“麻烦你们跟我走一趟吧，我们的汽艇就停在河岸边。”

“我们重任在身，没有时间去和你们的师团长见面。”张雨桐从容地说，“再说，我们不是军人，是新闻记者，按照国际公法，你们没有权利扣留我们。”

“我说扣留你们了吗？”日本尉官骄横地说，“我是请你去做客。况且，你们采访也不能只听一面之词，也可以听听我们日本军人的介绍。任何战争都是双边的行动，各有各的情况，岂能只听一边的？”

“我不会跟你走的，除非你把我杀了。”张雨桐凛然地说。她已打定主意，即使牺牲，也不能落在日本人手里。不管这个日本尉官用什么理由，她绝不会跟日本兵走的。

日本尉官的脸色变得很难看。按他的脾气，他真的会掏出枪来对准张雨桐射击，但他的手只是在枪套上摸了几下，又放了下来。杀一个中国平民或军人，对他来说，是毫无顾忌的事，等于用大拇指掐死一只蚂蚁。但眼前这一个风华不凡的女人，非中国平民亦非中国军人，而是上海租界英国报纸的新闻记者。而张雨桐如此傲岸的态度，对他也是有威慑力的。

想到这里，日本尉官压下了刚刚冒上来的火气，脸色从阴转到多云，他用解释的口气说：“张小姐，你误会了，既然你不愿意跟我走，那么你就留在教堂，我派几个士兵守在这里，保护你们的安全。”

“我有我的自由，我可能继续待在教堂，也可能要到别的地方去。倘若你们要把我当成俘虏，到哪里去都要受到限制，也就不必多说了。”张雨桐冷冷地说。

日本尉官又碰了她一次壁，他知道和张雨桐话说不下去了，便留下五个日本兵在教堂门口看守，他带着其余的兵走了。

教堂还有一扇后门，如想逃走，这是一个绝好的机会，因为那几个日本兵只是把守大门，大概累了，在门槛上坐了下来，闲适地抽起烟来，互相在议论着什么，偶尔回头看一下大堂内的人群。教堂里的气氛开始松动起来，难民们开始互相小声说话，小孩满场子跑起来，缠着大人喊饿叫渴，还是那个老杂工，送来一木桶热水，一个水瓢，还有一盆山芋。难民们有秩序地喝水、吃山芋。天空中传来极大的飞机轰鸣声，听声音飞机数量很多，而且飞得极低，有几次，几乎是擦着教堂的屋脊飞过去的。村外的那条公路上，走过一队又一队的日本兵，驰过一辆又一辆的日军兵车，不远处的河道上，飘着日本旗的汽艇奔突而过。和一个多小时前汽车抛锚时一片沉寂的情景已全然不同了。种种迹象表明，中国军队的几个据点又失守了，日本军队已控制教堂周围的地区。

司机悄悄回到大堂，他没有脱下军装，但改了下装，军帽摘了下来，军服外披上了一件宽大的棉袄，里面鼓鼓的，那是手枪和手榴弹。他和张雨桐商量了一下，他说，教堂三五里范围内，都已是日本兵的天下，要逃出去已不容易，所以，还是留在教堂为妥，一动不如一静。至于他，为了不牵累两位报馆记者和躲在这里的百姓，他要转移到别处去了。

告别时，这个平时沉默寡言的东北汉子，一再满怀歉意地说：“对不起，你们只能自己保护自己了。你们已亮了身份，日本人大概不会对你们无礼。你们可提出回上海去，不必再在战区多逗留了。”说到这里，司机哽咽起来，说不下去，顿了好一会，才伤心地说，“这个仗已打不下去了。”说完，抬起袖管擦去眼泪，要了给他们的两颗手榴弹，从后门一溜烟地走掉了。

一个小时后，在离教堂几里之外的草丛里，司机突然跳出来，向一队在公路上走着的日本兵投掷了四五个手榴弹，又掏出手枪射击，杀死了十几个敌人，最后他终于死于乱枪之下。受到突袭的日军颇为疑惑，这个单枪匹马的中国军人不知从哪里冒出来的，好像是从天而降的。

张雨桐在教堂待到傍晚时，一阵“嘚嘚”的马蹄声，五六匹马旋风般来到教堂门口。同时又有一艘炮艇停在村外公路旁河道的一个码头，从船上走下四五个穿便服的日本人，一上岸便急急地向教堂跑去，和从马上下来的日本军人会合。

骑马的除了那个矮个日军中尉外，还有日本师团长宫淳大佐和他的卫队。穿便服的日本人有《上海日日新闻》的记者川本和从日本国内专程赴中国采访的《朝日新闻》的两位记者斋藤和滨野。他们三人正好在宫淳大佐处采访，听日军中尉报告俘虏了两个记者，其中一名是《字林西报》姓张的女记者，另一名是《申报》的记者。

川本一听，马上就明白这位女记者就是张雨桐，便对宫淳大佐说："这个《字林西报》的女记者我认识，她叫张雨桐，是个诗人，在上海是个名人，她学问很好，人也长得漂亮文雅，极有书卷气。"话语之中，很有仰慕之意。

宫淳一听，连忙问中尉："这样的人，你是怎么俘虏的，她和中国军人在一起?"

"这倒没有。她躲在一座教堂里，除两名记者外，还有一大批附近跑来的农民。"中尉回答说。

"你没有冒犯她?"

"我对她很客气，请她来见大佐先生，她可能误解了我的意思，怎么也不肯来，态度十分固执、傲慢，说话的口气也很坚决。"

"是的，张小姐很有个性，在上海的新闻界，有'愤怒之桐'之称。"川本兴致勃勃地说，"她非常清高，一般人都不在她眼里。"

正像中尉说的，听了川本带有赞赏口吻的介绍，宫淳对张雨桐产生了兴趣，向川本问道："她对发生在上海的中日战争的看法如何?"

"她是中国人，从感情上，很自然地站在中国一边，这是人之常情。"川本说，"背叛自己国家的人，从日本国家利益上来说，可加以利用，但就人品方面来说，对这样的人，我不能恭维。"

"我想见见她，对中国的文人，我们不一定要他们当背叛者，只要对我们抱合作的态度就可以了。"宫淳没有细说背叛和合作的区别在哪里。

张雨桐和《申报》记者由川本带着来到村子里一幢稍像样的瓦房里，在房子的客堂间见到了宫淳，经川本介绍，宫淳很有礼貌地对张雨桐和《申报》记者表示尊重之意。

"张小姐和这位先生是来前线采访的?"宫淳笑盈盈地问道。

"我们是新闻记者，记者的职责是采写新闻。上海发生的这场战争，震动全国，亦为世界瞩目。日本《朝日新闻》都派特派记者采访，作为上海的报纸，当然更要多作报道。”张雨桐边说，边打量宫淳，见他瘦瘦的，戴着眼镜，说话慢慢的，边说边沉吟，一看就是有心计且内心阴险的人。

“张小姐对这场战争是怎么报道的？淞沪之战，已历经三个多月，中国军队节节败退，日本军队占领租界以外的上海已成为定局，张小姐是这样报道的吗?”

“战局的发展，为读者最为关注，我们当然要报道。但战争的正义和野蛮，不能简单地从胜败这一角度来评判。有时一个阵营失败了，但虽败犹荣。”

“我知道张小姐的意思，这是一个很奇怪的逻辑。既然是正义的，为何会失败呢?”

“不!”张雨桐有力地打断了他的话，“战争阵营之间的胜败是交替的，我想现在下最终的结论为时还早。”

“张小姐很直率。戎马倥偬，我没有时间和你讨论这个问题。这是政治家的事，我是军人，只知道打仗。”宫淳仍和颜悦色地说，“分歧并不妨碍我们交朋友。请问张小姐，你需要我为你做点什么事?”

“拜托大佐先生把我们送回上海。”

“这没有问题。这件事交给川本先生吧。”

“谢谢，还有一件事，不知当说不当说?”

“请说，请张小姐畅言，就当这个地方是你的办公室或客厅。”

“军人不管为哪个阵营服务，当有军人的勇猛，我完全理解，浴血奋战，马革裹尸的精神值得赞许。”张雨桐指了指教堂，“但绝不能把枪口对准无辜的平民。”

“你说的原则我是同意的。但在战争过程中，往往会殃及池鱼。”宫淳沉吟着说，“有时炮火使平民受到巨大损失，这不是有意的。还有，战士和平民往往分不清楚。战士会穿着平民的服装袭击我们。在中国的北方，共产党就是这样做的。刚刚我接到报告，一个外面穿了平民衣服，里面穿了军服的军人在离这里不远的地方，伏击了我的队伍，造成我军十多人丧生。这个中国军人当场被我军所击毙。凡是假平民，我们格杀勿论。”说到这里，宫淳看着张雨桐，眼睛里露出凶光。

张雨桐不由得打了个寒战，心里一阵悲伤，毫无疑问，这个英勇的中国军人就是吉普车司机。

宫淳说完，便站起来走了，几匹战马又旋风般离去。川本带了张雨桐、《申报》记者上了汽艇。当天晚上，川本将她安排在日本大炮阵地后勤供给部门的帐篷内，帐篷内换了干净的被褥，还给她取来了一个炭盆取暖。川本细心地照顾着她，处处取悦于她，夜已深，川本还在她的帐篷里盘桓。

日军的炮火正在猛轰松江城，帐篷在响雷般的炮声中剧烈地摇动。炮火的火光映红了漆黑的漫漫长夜。张雨桐感到十分疲倦、孤独，但没有丝毫睡意，她不冷不热地应付着川本。以往，她极讨厌这个自命不凡的日本记者，但此时，她倒希望有一个熟人和她说说话。川本让一个日本勤务兵取来了几瓶清酒，几个罐头，放在一张用炮弹箱拼成的矮桌上，又将几条军毯铺在地上，邀张雨桐对饮。张雨桐身子有些冷，虽有火盆，还不足御寒，也想喝几杯暖暖身。于是，她在军毯上坐下，和川本面对面喝起酒来。

“在大战之夜，无数人的性命被剥夺了，人和蝼蚁没有什么两样，生命是何等的脆弱。”川本感叹地说，“张小姐，今日有酒今日醉，还是及时行乐吧。”

张雨桐听出川本话中有挑逗的意思，没有理他，心里在对自己说，要警觉！川本一向对自己心怀异心，不能不提防。她想着，暗暗把一把锋利的水果刀放在身后。

川本自己一杯杯喝着，还不住替张雨桐斟酒。酒瓶叩着充作酒杯的军用搪瓷茶缸，铿然作响。

“酒逢知己千杯少！张小姐，你能陪我喝酒，我川本感到荣幸。如果张小姐能成为我的红颜知己，我会像一个奴仆一样照顾好张小姐。”川本脸色已经通红，眼睛色迷迷地看着张雨桐，一脸如饥如渴的神态。

“不敢当！川本先生是堂堂日本大记者，岂能当起别人的奴仆来？我可担当不起。这样的笑话可不能乱说的。”张雨桐拿起酒瓶，给川本倒了满满一大杯，心想，干脆把他灌醉。她已看出川本不胜酒力。

川本受宠若惊，将一大茶缸的酒一饮而尽。张雨桐趁他仰面干杯时，悄悄将自己的酒都泼在了地上。待川本喝完，张雨桐也举杯装着将酒喝光，并把闪闪发光的水果刀放在桌子上。

“来，难得和川本先生一起喝酒，我们再干一杯！”张雨桐说着，往自己的茶缸里斟小半缸，又给川本斟满，“川本先生海量，我们一醉方休。”

“我，我，不能再喝了。”川本舌头已有些僵硬，含糊不清地说，“张小姐，我对你爱慕已久，良宵苦短，让我陪陪你吧。”

“喝完了再说，我先干。”张雨桐一口气把小半缸清酒喝完，将茶缸倒过来给川本看，“川本先生，我喝光了，现在轮到你了。你不是说，‘酒逢知己千杯少’吗，怎么才喝了几杯，就推托不能再喝了，你说话不算数。”

“好，好，我喝，我喝。”川本端起搪瓷茶缸，将酒勉强喝完，他将茶缸一扔，迫不及待地伸过手，一把抓住她的手腕。雨桐急忙将手一缩，顺手取过桌上的水果刀。川本站了起来，不住咽着唾沫，摇摇晃晃地向雨桐扑过来。张雨桐一个闪避，川本终于立脚不住。他试着要爬起来，再也没有成功，不一会，便鼾声大作。

这一夜，川本醉成一团烂泥，张雨桐本来想让勤务兵扶他回去，但她立即放弃了这个念头，川本在这里，也可作为一块挡箭牌，免去其他麻烦。她紧握着那把水果刀，整夜没有闭眼。

到天亮的时候，炮声停了，很快阵地上传来日本话的狂叫声，欢呼声，鸣枪声，她心里一沉，猜测松江已被日军所攻陷。松江的守军是第67军，这是一支东北部队，军长吴克仁是保定陆军军官学校第五期炮兵科毕业生，曾在张学良手下当过炮兵团团长。西安事变后，吴克仁已升任第67军副军长，随军长王以哲进驻延安，协助王以哲执行张学良与红军达成的协定，负责向陕北红军输送弹药物资。

西安事变和平解决，张学良亲自送蒋介石回到南京，被蒋扣留，东北军内部因此发生混乱。王以哲被孙铭久等少壮派枪杀。67军官兵闻讯大惊，极为激愤，纷纷要求进兵西安为王军长报仇。吴克仁虽悲痛至极，但为顾全大局，力予劝阻，使东北军避免了一场更大的自相残杀的灾难。

1937年2月，东北军调离陕甘，东移苏北、皖北和豫东地区。67军军部驻界首，所辖五个师经过整编，合并为第107、108两个乙种师。

10月底，吴克仁率第67军奉命开赴上海战场，拨归右翼集团军张发奎指挥，作为右翼军的总预备队，驻军青浦。

日军在金山卫登陆后不久，第八集团军总司令张发奎马上命令第67军移防松江，令108师防守城西，107师迎击北犯之敌。

几天来，吴克仁和日本军队展开激战，敌军以黑云压城之势，动用多于吴克仁部几倍的兵力、火力，向松江城疯狂进攻。松江守军顽强阻击抵抗，伤亡惨重，整个松江县城成了废墟。

昨天傍晚起，日军以强大的炮火打前阵，紧接着向松江发起总攻。日军逼近松江西门时，吴克仁下令部队向青浦方向撤退。此时，松江东、南、西门均被日军封锁，仅剩北门尚可通行。日军近百门炮长时间地持续地向松江城内集中开火，几十架飞机在夜空中轮番俯冲空袭，松江城成了火城，葬身火海的中国官兵不计其数。坚持到下半夜，吴克仁率部从北门撤退。

到凌晨，松江被日军攻克，沪杭铁路被截断。这就是张雨桐听到炮声停止，日军狂呼的那个时候,她的猜测是对的。

67 军撤出松江后,日军紧追不舍。吴克仁率部在佘山附近与追击之敌交战,且战且退,向青浦境内转移。

马赫和周徽也在撤退的队列中。到前线以后,马赫凭着自己的军事经验,加上周徽的应变能力,两人冒着枪林弹雨,跑遍了前线,拍摄了大量的照片。他们已分三次将拍好的胶卷托可靠的人带到《大美晚报》馆和沈石蒂照相馆。《大美晚报》每天都用整版的篇幅刊登马赫拍的照片,有一些照片在上海引起了轰动。如一个连长被敌机炸得粉碎,他的妻子是战场的救生员,目睹丈夫牺牲的惨状,悲痛之下,举起丈夫的一截断腿,带领连队奋勇冲杀。照片上的女救生员的脸上还挂着眼泪。又如一条湍急的河流边,日军用橡皮艇搭起的浮桥被中国守军的炮弹所击毁,被淹死的、击毙的日军尸体小山似的堆积在河里,残存的浮桥上有一面日军太阳旗和一门小钢炮,中国军队正在小心地处理他们的尸体。和这张照片形成鲜明对照的是一根电线杆上挂着十几个人头,电线杆下横七竖八躺着十几具无头的着军装的中国军士,尸体旁站着两个握着血淋淋大刀的日本兵,还有一个日本兵在一边笑着用罐头肉喂一只威风凛凛的狼狗。这些照片,都是马赫在现场抢拍的。《大美晚报》刊登后,除日本报纸和亲日报纸外,绝大多数中外报纸纷纷转载,并由外国通讯社转发,迅速出现在各国的报刊上。《大美晚报》在刊登这些照片时,还特地配发了简短尖锐的文字说明。这些文字随着照片的层层转载,也得到了广泛的传播。其分量和效果远超过长篇大论。安全起见,报馆对摄影者采取了"隐姓埋名"的做法,笼统地署上"以上照片由本报特派记者拍摄"。

日本军方和日本情报机关对《大美晚报》恨之入骨,原来碍于《大美晚报》《中美晚报》的发行方是美方,只暗杀了骆清,而对报馆暂时没有行动。《大美晚报》这次对苏州河南岸的抗战报道,尤其是照片所引起的国际影响,使日本人十分恼火。就在松江沦陷的那个晚上,几十个被日本特务机关所豢养的流氓打手,借天色蒙蒙亮,几万份报纸刚刚印毕,报贩聚集在门口准备领报时,冲进报馆,见物就砸,见人就打,将铅版、机器和其他设备全部捣毁,把印好的报纸则堆聚在报馆门口,浇上油墨、汽油,点火引燃,顿时火焰卷舞而起,黑色的纸灰一直飘到外滩。这批歹徒又来到《中美晚报》馆,用同样的手段进行洗劫。当大批巡捕赶到时,两家报馆已是一片狼藉,肇事者已逃窜而去。

《大美晚报》和《中美晚报》出事的时候,马赫正随着大部队从松江城突围出来。他是回到上海后才知道《大美晚报》和《中美晚报》被砸的。他看到报馆已是人去楼空，大门紧闭。

马赫辗转前线各战场，没有时间剃须，仅几天胡髭就长得很浓密，加上无法洗澡，洗脸刷牙都有困难，一头亚麻色的头发又长又乱。马赫特地围上李香梅送给他的那条毛线围巾，在阵地上请周徽给他拍了张照，背景是几门大炮。然后将拍有这张照片的胶卷放在信封里，注明第几张底片洗印出来后，转送东沪女子中学，并请在照片上代写一行中文：这才是真正的密西西比河热带雨林，这片雨林正在等待美丽的香梅小姐走进来。他让周徽将这个信封随其他胶卷一起送到沈石蒂照相馆。

吴克仁的部队在撤退到白鹤港时，遇到了一股突然出现的日本便衣队。日本便衣队是装备精良、训练有素的特种部队，凶悍异常，经常会出其不意地出现，来无影去无踪的。

吴克仁当时站在河边码头上，大部队已渡至对岸，吴军长和卫士正准备上船。当卫士发现这股日本便衣队时，敌人已扑了过来，双方当即交火。吴克仁一边命令部队继续渡河，一边组织人马与敌激战。估计敌人已看出吴克仁是一名高级指挥官，集中火力对准他射击，吴克仁中弹栽倒在河边。

当时马赫和周徽正在河当中的一艘木船上，是吴克仁亲自安排他们上船，并派几个士兵保护他们。马赫站在船尾，拍摄中国军队渡河的镜头，因为船晃动得厉害，不太好拍，便让船工将船停下来，他和周徽争分夺秒抢拍。马赫是在照相机镜头中看到吴克仁倒下去的，他“啊”地喊了一声，就在这一刹那间，手指将快门按了下去，吴将军挥着右手，后仰倒下，但还未落地的情景，便永远地定格在胶卷上。差不多是同时，岸上的便衣队对马赫的这艘木船打来一梭子弹，马赫还惊诧于吴将军的中弹，未反应过来，蹲在马赫身边的周徽站起来，在背后将马赫猛地一推，马赫猝不及防，一个踉跄跌倒在船板上，而几颗子弹射进了周徽的胸膛。周徽像电影中的慢镜头那样，慢慢地倒下去，鲜血从他的胸膛流淌出来。马赫毕竟是军人，他镇静地要船工以最快的速度向对岸划去，并解下香梅送给他的围巾，包扎周徽胸前的伤口，用手紧紧压着，尽量止住流血。

木船飞快地向对岸驶去，除了这只船上的船工和士兵，谁都没有注意到周徽的受伤。因为这时这一边的岸上正在激战，吴克仁的卫士和尚未渡河的部队已摆开阵势向日本便衣队反击。河道里快上岸的几船士兵，闻讯后，又掉转船头，且战且进，日本便衣队虽然顽强，毕竟寡不敌众，打到后来，便有些招架不住，投掷十几颗手榴弹后，便以极快的速度撤退而去。倒在血泊中的吴克仁被抬上了担架，上了一艘木船，战地救生员替他作了简单的处理和包扎。枪声停了，显得格外寂静，只有流水声和桨声，河对面，居然有一群鸭子在水面上游弋，嘎嘎地叫着，岸上密密麻麻地站着士兵，等待他们的战友渡河而来。而一位著名的战将和一位小有名气的摄影师此时都已不省人事。

周徽临死前，在马赫的耳边，艰难地说："保存好这些照片，这样的照片，再也拍不到了。还有，你不能放弃香梅，这样的女孩子，你再也找不到了。"说完便昏迷过去。

马赫大声喊着他："周徽，你醒醒，你醒醒！我要告诉你，我要留在中国，我要像你一样，当个专职摄影师。我还要告诉你，我不会放弃香梅的，我要娶她，我要和她结婚。"

马赫的声音很响，在河面上回荡着，惊动了两岸和河里的士兵，但大家都沉默着，站在原地不动，保持着视死如归的平静。

李香梅在那个寒冷的夜晚和马赫分别后，天天在教堂挂在墙上的十字架前祈祷马赫、周徽平安归来。她看到了报上所登出的关于前线战争的报道和照片。学校里除了《字林西报》《申报》《英文沪报》《上海时报》等英文报纸外，没有中文报纸，而那些英文报纸，除了《字林西报》外，发行量不多，主要服务于外国人社会。这些英文报纸并不漏掉中国政治的重要事件和公众的舆论焦点，雇佣和网罗了大批精通英文的中国记者采写各种政治新闻，所以这次中日淞沪战争，在英文报上总是占了大量篇幅，除了自己采访的报道，还转载从中文报纸上翻译过来的消息，包括图片。

李香梅每天都抽出时间去阅览室阅读各种英文报纸，那些触目惊心的照片都转登自《大美晚报》，署名为"战地特派记者"。香梅心里明白，这个战地特派记者就是马赫。从照片上看，都是最白热化的战争场面，这说明马赫、周徽是在最危险的前线，冒着血与火拍摄的。所以，她每天进阅览室时，都会像站在地狱门口那样恐惧和紧张，一看到登着《大美晚报》特派记者的照片，她就心安了些，照片至少说明马赫和周徽还活着。

报道和照片大都从正面反映中国军队的英勇和豪迈，也写出战争的酷烈，以及美丽的水乡所蒙受的苦难。但谁都看得出来，中国军队的阵地在一个个失守，战争对中国对上海极为不利。在四川北路日本人聚居区，天天有日本人在游行，洋溢着热闹欢乐的气氛。口头传播的各种未见报端的坏消息，像一股股阴风一样，在上海的各个角落，每一条弄堂里刮来刮去，最后变成了厚厚的云，带着哀意，笼罩着城市。撤离上海的外国人又多了起来，教会学校是贵族学校，对这场战争更加敏感，有几位女同学突然退学了，跟父母去了国外。校园里有了临战的气氛。

香梅以前对流言是离得远远的，不想挤到人堆里去听，更不想充当传声筒，她总觉得流言带着阴沉之气，是鄙陋的。而现在她对流言发生了兴趣。

这天她听到一个消息，说《字林西报》的张雨桐给日本人俘虏了，还说，在前线采访的人中间有一个摄影师死于日本兵的子弹，据说这消息是日本报纸上登的。香梅去查了那张报纸，是报道中国67军在溃逃中，军长吴克仁被日军击毙在河滩，同时被击毙的还有一个中国摄影师。就这么一句话，没有说谁。

但香梅一颗心“怦怦”狂跳，头脑里昏天黑地一片空白，慢慢地，她开始冷静下来，心想，报道中提到的是中国摄影师，而不是外国摄影师，那么，这个中国摄影师不定就是周徽了。虽然和周徽结识时间不长，平时来往也不多，但周徽正直而爽朗的性格，他和马赫一见如故的友谊，出色的拍照技术，都让香梅从心底里尊敬他。

正是这一天，她收到沈石蒂照相馆送到门卫转交给她的一个牛皮纸信封。香梅一看，原来是马赫在战场上拍的一张放大的照片：围着她一针一线编织出来的绒线围巾，一头乱发，胡须长而密，一下老了十岁，但昂首挺立，充满斗志，露着明亮的笑容。

香梅翻过照片，写着“热带雨林”的那一行字，是娟秀的中文字，显然是马赫请照相馆的人印好照片后托人代写的。像诗一样的两句，外人是不解其意的，但香梅心领神会。马赫已几次明白地向她表示了爱，她始终没有答应他，而且婉转拒绝了他。但她还是被那份热烈的爱情所感动，有时看着马赫那一腔真情的样子，她突然觉得很痛苦。她虽然不能接受马赫的爱，但心里止不住对他有种莫名的牵挂，马赫去前线后，她比原来更感到失落，为他提心吊胆的，惶惶不可终日。

看到这两句充满诗情的话，香梅再次心绪起伏，心里暖暖的。而且，悬在心中的那块石头顿时落了地。从照片上看，马赫是好好的，平安无事，周徽也安然无恙，这张照片必定是马赫所托，周徽请人送到照相馆，并嘱照相馆寄给她的。“看来我的担心是多余的。”她喃喃自语，高兴得像个小女孩，差点蹦跳起来。

但她在时间上有个错觉，以为胶卷送到上海只需几个小时，冲印也只要几个小时，今天早上由专人送到学校，前后不到一天，那说明胶卷是昨天捎出的，这在传闻之后。这个事实有力地否定了在前线捐躯的摄影师不是周徽，更不是马赫。

但仅仅过了一天，沈石蒂从照相馆打电话给她，明确告诉她周徽在渡河时中弹殉职，遗体已运到上海，现安放在殡仪馆。从沈石蒂嘴里，香梅得知周徽的遗体是马赫陪同送回上海，这说明马赫也回来了。周徽的家在南京，他还没娶亲，只有老父老母独居，老父是钱庄的主任账房，俗称大先生。除他之外，还有一个大儿子，也在上海，是一家药房的职员，已成家，并育一子一女。周徽和哥哥一家感情很好，平时虽住在店里，但时常去哥嫂家，在那里留宿是常有的事。哥嫂已将周徽棺殓，等父母来上海办丧事。但日本军队已准备进攻南京，日机对首都开始大肆轰炸。国民政府已内迁，到处都是逃难的人群，沪宁线的火车挤得水泄不通，因而，周徽父母来上海已不太容易了。沈石蒂说着说着在电话中哽咽起来。香梅听了，不知说什么好。马赫的平安回来，让她感到安慰，周徽死于非命，让她万分痛惜。

电话放下仅半个小时，沈石蒂又打来电话，告诉李香梅，马赫在照相馆，还在洗印照片。希望她有时间来一趟，马赫想见她。

李香梅听后，便向学校请了假。近来时局不稳，老师和学生都惴惴不安，难以安心上课了。学生请假成风，学校一概批准。所以李香梅一开口，尚未说明原因，外国校长就挥挥手同意了。

李香梅乘出租车来到南京路上的沈石蒂照相馆，只见橱窗里放着一张很大的周徽的遗照，黑色的镜框，还披着黑纱。照片下端写着一行字：本照相馆摄影师周徽近日殉难于白鹤港渡河之中。橱窗外面已堆放着花束，点燃着烛火。

沈石蒂满脸哀伤，一见到李香梅，眼睛就红了，二话没说，就领着她来到暗房，轻轻敲了两下。门开了，马赫站在严防曝光的厚厚棉帘后，他一把把香梅拉了进来，并把房门随手关上，锁上保险。

暗房照例吊着一盏红灯，满屋子都是黯淡的红光。香梅呆呆地看着马赫，红光并没有让他的脸色显得红润些，反而衬托出他形容枯槁，疲乏清瘦，那件猎装已又破又脏，头发和胡须比照片上还要蓬乱，犹如冬天的一堆枯萎的荒草。那双蓝眼睛因为布满血丝，失去了原来的清澈和光泽。

香梅心里一酸，不由自主地扑到马赫怀里，蓄积在眼睛里的眼泪，哗哗地泻出来，流个不停。马赫抚摸着她的头发，轻轻地说：“别哭，别哭，我这不是回来了吗?”

“你可把人家担心死了。这样的滋味真不好受。”香梅用小手握拳在马赫的胸膛捶了几下，“都是你害的。”

“是我不好。是我不该来找你告别，还要寄照片给你，写上那样的话。”马赫轻轻地推开香梅，坐到一张椅子上，低垂着头说，“曾经，爱的激情在我心中熊熊燃烧，我就像欧洲的骑士一样，随时准备和所有要从我身边夺走你的人决斗。可是，我现在，现在不想当这个荒唐的骑士了。”马赫说到这里，欲言又止的，目光清冷地看着香梅，声音中有种无法形容的落寞，在惨红的光线下，他的神色比刚才显得更憔悴。

“马赫，你太累了。赶快回去洗澡、理发，就这么七八天的时间，我差不多认不出你了。”香梅见他神不守舍，说的话让她有些听不懂，以为他这些天在战场上太倦了，周徽的死又使他心情沉重，便劝慰他说，“至于周徽，他死得其所，死得光荣，你不要太伤心了。”

“香梅！”马赫喊了一声，紧闭双目，张大着嘴，强忍着不让自己哭出声来，却忍不住泪水的泛滥，那无声的饮泣，比号啕大哭更让人感到他撕心裂肺的痛楚。半晌，才语不成声地说，“周徽是替我去死的。”

“你能告诉我，这到底是怎么回事吗？”

“我正在船尾拍照，日本人的枪弹朝我射来，我竟没有察觉，周徽当时蹲着装胶卷，是他站起来把我推倒，原本射我的子弹射进了他的胸膛。是周徽把生的机会让给我，我真该死，我还算得上是个军人吗？”

原来是这样，难怪他这样痛心疾首，还要如此自责，看来这件事对他情感的触动够大的了。

“马赫，你不必自责，多杀几个日本鬼子，为周徽报仇就是了。你是军人，这样的机会多得很。”香梅说，“如此才能安慰周徽于泉下。”

香梅说这样的话，是在安慰马赫，自己也觉得苍白无力。话当然没有错，但这样的道理，马赫岂会不懂？而且，马赫是美国军人，英美两国，还未和日本形成敌对之势，只要日本不进攻租界，马赫还真的没有机会杀敌报仇。打死一个佐藤，马赫就被关了禁闭，日本人仍不依不饶，非要对马赫做出更严重的处理，现在你让马赫多杀几个日本鬼子，他怎么去杀？

马赫却想得没有这么多，他点着头说：“在前线，我和周徽也是这样说的。两个人中间哪个回不去了，做了烈士，要替他报仇。我想过了，现在我们不得不宣布保持中立，但按日本人的野心，征服租界是迟早的，英美驻军和日本人早晚要大打一仗。到时候，我非多杀他几个。”

“你这样想就对了。马赫，快振作起来。”香梅用命令的口气说，“我陪你去洗澡，理发，换衣服，然后我带你找一家饭店吃饭。你照过镜子没有？你快成密西西比河热带雨林里的野人了！”

马赫却沉默不语，他听了香梅说的最后一句话，若有所思，心里翻腾得厉害。香梅看着他，不知他在想什么，只觉得他的表现有些奇怪，好像有什么话要说，但又说不出来似的，两人一时无语。

暗房里的氛围有些怪，笼着红光，屋子里挂满了一条条冲洗出来的胶带，上面的人和物影影绰绰的，模糊不清，明暗是反过来的。而墙壁上夹着无数已印出来的照片，上面的人各种表情姿势都有，偶尔的聚到了一起，也是一种缘分。

香梅站了起来，这里看看，那里摸摸，一张张照片浏览着，闻着浓浓的药水味。这药水味又使她想起了周徽，周徽的身上总有着这样的气味。她又想起第一次遇到周徽的情景，心里就涌起难以克制的酸痛。

“香梅，你过来，坐下，我有话对你说。”马赫忽然开口说，声音是冷静的。

香梅赶紧坐过去，看着马赫，马赫却闪避着她的目光。

“马赫，有什么话说出来吧，别闷在心里。”

“这几天我一直在想，我太自私，只想着自己，而没有为你着想。”

“马赫，你在说些什么？快别这么说。”

“你听我说。在前线，我看到了什么是战争。任何一个胜利或者失败，都要付出极其沉重的代价。死人、受伤，就像吃饭喝水那样平常。当我看到那些年轻的战死的士兵，我就会想，他们的父母、妻儿还在等着他们回去。如果等到的是一纸阵亡通知，他们的悲痛是无法形容的。香梅，你觉得我想得对吗？”

“想得对。没有比失去亲人更让人悲痛的了。”香梅说，“所以，你去前线后，我天天为你祈祷。”

“香梅，我很爱你，但我现在终于想明白了，我不能爱你，没有资格爱你。”马赫很吃力地说，“因为我是军人，我随时会参加你死我活的战争，我随时会死去。在战争中，死亡是常有的事。而我不能做逃兵，做怕死鬼。曾经，我对你说过，我对你决不放弃，我要为你去决斗，哪怕倒下也不放弃对你的爱。可我现在要告诉你的是，我决定放弃了。因为，我不能因为我，毁掉你的幸福，让你独自凄凉生活。”马赫总算把他要说的话都说完了，他鼓起勇气，慢慢地抬起头看着香梅，脸上的表情异常复杂：痛苦、歉疚，以及说出了憋在心里的话的轻松。

香梅虽然没有明确接受马赫的爱，甚至对自己是否爱马赫都不敢承认，但听了马赫这么一说，她感到突然，她觉得自己的心一下子被针扎似的疼痛，眼泪也瞬间盈满了眼睛。她想说:“不,不!你不能放弃,哪怕出现你说的那样的后果,都不能放弃。爱就是爱,爱管不了那么多。”

但她马上警觉起来,自己是一个订了婚的人,如果她这么说,就等于要放弃徐佳林,等于撕毁婚约,等于十分明确地接受马赫的爱,而马赫为了爱而放弃爱了。就在这一刹那,她终于明白,自己是深深地爱上了马赫,在这之前,她不过是在有意躲避,不敢承认自己对马赫的爱,硬是把爱情当作是一种情义。人只有在失去某样东西时才会感到它的珍贵。也许同样的道理,使得她再不能逃避对马赫的爱了,这份爱比以往任何时候都强烈,真实地占有了自己的心。什么情义?什么感恩之情?那是自欺欺人!

当她意识到这点后,反而激励起她的勇气,不甘心地问:“马赫,难道我们就这样结束了?”

“不,没有结束,我们还是好朋友。”马赫平心静气地说,“如果爱一个人,就应该把她的幸福放在第一位。所以,香梅,你和徐先生结婚吧。你会有一个美满而平稳的家。虽然是乱世,但乱世也会有相对的稳定。”马赫的神情变得相当持重和沉稳,一脸的诚恳,已没有了过去的那种可爱调皮的孩子气。血腥的战争让马赫变得成熟了,他做出的放弃的决定不是一时的冲动,而是经过深思熟虑的。

香梅一时说不出什么了,但心里极不平静。想到要和马赫分手,所谓“还是朋友”,不过是托词而已,便凛然心惊,无限绸缪婉转的情思就此割断,她难以接受。但已订婚的事实,女孩子的矜持和她对马赫的理解,使得她在久久沉吟后,装出很洒脱的样子,说:“好吧,我听你的。本来嘛,我是有主的人了,有那种想法,是不切实际的。不过,我还是要谢谢你,我知道,你付给我的全是真心。”说完,便奔到门口,掀开棉帘,推门跑出去。穿过店堂,站在店门口的屋檐下,看到橱窗里的周徽对着她微笑,她再也控制不住了,心里波澜汹涌的,眼泪不断地直流,在橱窗外瞻仰周徽遗容的人不少,看着她哭,也显得很哀切,跟着掉起泪来。

回到学校,她极力装得若无其事,未等范吟月、赵雅丽问她,便平静地告诉她们,她去了沈石蒂照相馆,周徽在前线拍照时给日本人的子弹打死了。他是为了救马赫而壮烈牺牲的,马赫特别伤心,伤心得不能自持。他们的认识,是因为她的照片而起,没想到由此促成了两个侠义男人的生死之交。这人世间的事真是让人没法捉摸的。

香梅没有提到她和马赫的事,其实她从来只承认她和马赫仅仅是朋友,至于范吟月和赵雅丽怎么看他们的,那是另一回事。她们从未在她面前提到她和马赫的关系里有着爱，但从她们的神态里、表情中可看出，她们就是这么认为的。只不过隔着一层薄薄的窗纸，没有捅穿。现在马赫的态度来了个急转弯，从坚决不放弃她到毅然坦言放弃，她当然不会跟任何人说马赫态度的突然改变，也不会跟任何人说起她爱上了马赫，因为这是在暗房里马赫表示要放弃她时，她才意识到这一点的，这是她内心极其隐秘的云水变幻。既然马赫已经掉过头去，她只能永远将这份情置放在心中最深的角落。

接下来几天，她恍恍惚惚，心里空荡荡的。她忘不掉马赫，她以为随着时间的推移，他会慢慢淡化，慢慢远去，直到成为一个可有可无的背影。可是，她没有想到，时间并没有洗刷掉马赫在她脑海里的影子，马赫不仅没有淡去、远去，反而一天比一天清晰。

有一天，是礼拜天，李师母打电话叫徐佳林到家里来包馄饨吃，并说有事商量。江阴无锡一带有在家里包馄饨的习俗，和北方包饺子有异曲同工之妙。除了图个热闹之外，还讨“保发财”的口彩。李师母把包馄饨看做是很隆重的事，也很有讲究。这一天，李师母要起一个早，和娘姨到小菜场买新鲜的猪肉、青菜、豆腐干，还要买一只很肥的母鸡。鸡是用来熬汤作为馄饨汤料的。猪肉、青菜剁成肉泥、菜泥，再加进切得极细微的豆腐干和江阴人称之为“开洋”的虾仁干，然后加进糖、盐、味精等佐料，搅拌成馄饨馅。一家人围着桌子，你一只我一只地包着，一边包一边东拉西扯，其乐融融的。

李唯亭和李师母的兴致都不错。大隆已复工，烟囱开始冒烟，大部分织机、纺纱机都转动起来，除六七成老职工外，还招收了几百名新工人。连养成所和夜校也都重新开办，产量很快达到战前的水平。战争使上海的许多纱厂、布厂遭到重创，短时间很难修复，造成棉布、棉纱上市量锐减，市场供不应求。听说大隆的双鸽牌已恢复生产，许多老客户纷至沓来，向李唯亭要货，使得大隆厂顾客盈门，日益兴旺。同行都眼红李唯亭的运气好，日本兵占领厂子好几个月，反而因祸得福，躲过了战火的毁灭。也有些心里有几分酸意的华商在私下议论，说李唯亭发国难财，投靠日本人，将原来的英属企业改为日本企业，并摆出证据说，如果不投靠日本人，日本的横滨正金银行怎么会借钱给他呢？在上海，能借到正金银行钱的，就唯独李唯亭一家。李唯亭不惜满足日本人苛刻的条件，像吃老虎肉那样借到了日本人几百万元钱，当时外界都为他捏一把汗，但现在大家忘记了当时的忧心忡忡，好像这钱是日本人白送的。

但战争还在进行，上海是座四面楚歌的城市，所以，人们关注的是更大的事。

有关李唯亭的种种说法，毕竟入不了主流。传到李唯亭耳中也是只言片语，李唯亭只当是风过耳，根本不放在心上。

工厂的命就是李家的命。李师母放私房钱的小金库停顿了三四个月后，又开始入账了。她很感激徐佳林，工厂之所以能保住，房子之所以能保住，幸亏了佳林打通了正金银行的关节，要不是他，李家的处境是不堪设想的。一家人挤到石库门里，烧煤球炉，倒马桶，那日子叫人怎么过啊！

今天她安排了包馄饨，就是要营造一个全家团聚的气氛。家里这些天来，总是笼罩着愁云苦雨，上海乃至国家发生了那么多的事，李家也不能幸免。而现在，李家总算在夹缝中逃过了一劫，生存下来了。

徐佳林很早就来了。李师母和娘姨在厨房和馅心，砧板上“嘭嘭”地响着，李唯亭在书房接客，李香梅一个人在自己的房间里看书。李师母就叫他到香梅的房间去。

坐在香梅的闺阁里，香梅对佳林很客气，像对待贵客似的请他坐在西式的软椅上，还给了他一本书。佳林也像作客似的，有点拘谨地坐着，随意地翻阅着书。因为王爱琴，他对香梅怀着歉疚，在香梅面前有些忐忑不安。

香梅剥了一个蜜橘，放在他面前。他吃了一个，很甜，也有些酸涩，香梅身上的那股熟悉的香水味淡淡地在屋子里飘着。他闻着这股香味，又想起了另外一股香味，那香味要浓烈得多，浓得有点化不开，浪声谑语混合在一起，撩拨着他的心，让他不能自持。

每次他和王爱琴幽会后，他就会感到六神不安，心浮气躁。他后悔自己的孟浪，害怕事情在哪一天会败露，心里充满着对香梅的内疚。订婚以后，等待结婚这段时日的男女，是最甜蜜的，最感到幸福的，也是最为忙碌的，一有空就会挤挨在一起，絮絮地讲着讲不完的情话，会热切地盼望着那个一生中最重要的日子的来临。虽然国家正在存亡关头，但人们依然拥有追求幸福的心。

可徐佳林没有这样的心情，不看到还可以，只要一见到香梅，他就会惭愧得连正眼都不敢看香梅，所以，他借口忙碌，和香梅很少见面。平时书信、电话也渐渐少了。他已有些离不开王爱琴，她的柔情她在床上的狂放使他沉醉，但也使他痛苦，就像瘾君子一般，一边发誓赌咒要远离那东西，但那毒瘾上来后，他又无法克制自己的欲望。

徐佳林真心爱香梅，不愿失去她，觉得只有香梅才是最合适他的，而且，与香梅结合后，他还将成为李家的接班人，成为一个大工厂的主人，足以让九泉之下的父母宽慰。

可徐佳林的一颗心已经给王爱琴束缚得紧紧的了，即使有摆脱她的机会，他也不能自拔。

香梅因为和马赫刚刚经历了一场感情的考验，心里有着钻心钻肺的痛。经过几天的折磨，她的心冷了，头脑也清醒了，她理智地意识到和马赫应该是到此为止了。如果任其发展下去，她不知如何来面对父母，面对佳林。她不仅要背负种种指责、嘲笑、抱怨，更要背负父母亲对她的失望和佳林遭受的打击而带来的彻骨之痛。香梅再也想不下去了。

然而，她怎么也忘不了马赫。但想到佳林，见到佳林，她又有做了亏心事那样的诚惶诚恐。当然，她和马赫是清白的，但她毕竟动了情，因此，她觉得有负佳林。

包馄饨的时候，徐佳林和李香梅都动手帮忙，但不太说话，神态有异。李唯亭刚送走客人，坐到客厅的沙发上看报，他对佳林和香梅的神色没有多加注意，但正在里外张罗着的李师母看在眼里了。她隐约有种预感，他们之间大概为了什么事在闹别扭，否则，两个人不会这样言辞闪烁，神情也不会这样不自然。李师母有些不放心，但她不想多问，她了解女儿的脾气，一向是内心坦荡的，想说早说了，不说自有其道理，问也问不出来，而女婿是堂里的娇客，不便多问。

李师母不动声色地包着馄饨，眼睛观察着，心里在想着，忽然，她放下沾着面粉的白乎乎的手说："你们别包了，我有话对你们说，你们洗洗手坐到那边陪阿爹去。"

李香梅和徐佳林对视了一下，便洗手在沙发上坐下，隔了一会，李师母叮嘱了娘姨一番，在李唯亭身边坐下，一把夺过李唯亭手中的报纸说："报纸等会再看，我有大事跟你们商量。"

李唯亭看着李师母不满地说："什么大事？神秘兮兮的。"

李师母停睛注视着李香梅和徐佳林说："你们马上结婚吧，让我翻翻皇历，挑个吉日办了吧。"

李香梅心里一跳，没有吭声。徐佳林露出笑容，但笑得很勉强。

"马上就办，是不是局促了些？不要说花时间准备，就是这世道，哪有心思办这些事？"李唯亭摇着头说，"你别心血来潮了，等香梅明年毕了业再说。"

"你这话错了！"李师母坚定地说，"就是因为这世道，早点替他们办了婚事我才定心。这不是我心血来潮，是早说好了的事，我跟佳林说了几次，佳林是不是？"

“是，妈是跟我说了几遍。”徐佳林平静地回答，但心里却麻丝般乱成一团。

李香梅感到一片迷惘，她不知说什么好。

“还是按原来商量的，新房摆在香梅房间里，帐子、窗帘、床罩都换掉，家具换成新式的，地板的广漆有点磨掉了，叫漆匠重新漆一遍，索性将门窗都刷一刷。”李师母很快地说，“我再请几个宁波裁缝回来，家里料子有的是，缎子的、呢绒的、毛货的都有，我们江阴的小布还有五六匹。”

李唯亭有些不耐烦了：“简单些吧，现在可不是瞎讲究的时候。我不知佳林是怎么想的？”

“我和爸爸的想法一样，国运不济，还是简朴些好，能省则省。”徐佳林淡淡地说，看了一眼香梅，“香梅，你说呢？”

“我无所谓。”香梅低低地说了一声。

“不可以，不可以。”李师母着急地说，“我刚才说的，已经是最简单的了，不能再马虎了。还有，不管怎么说，嫁妆也是要的。这事我再和你爹商量，现在，你们暂时住在家里吧，将来你们早晚要搬出去的，有合适的房子可物色起来。”

话说到这里，徐佳林和李香梅再也没有说什么，结婚无论如何是件可喜可贺的事，但他们都讪讪地有些不得劲。

李唯亭终于察觉出他们的反应有些冷。他有些困惑地问徐佳林：“你是不是觉得香梅她妈逼得太紧了？不要紧，婚嫁大事，万万不能心不应口，你有什么为难之处，直说吧。”

“不，我没有什么为难的。”徐佳林猛然发觉自己有些失态，连忙振足精神，用极清朗的声音说，“只是扪心自问，我有点惭愧，这么多事，本来应该我筹备的，现在有劳妈了，我倒是坐享其成了。实在是说不过去。”

“佳林，你这么说就不对了。已经是一家人了，有必要分得这么清吗？”李唯亭心中的疑团解开了，原来这么回事，他豪迈地挥挥手说，“你不用多想，从现在起，我肩上的这副担子，要慢慢交付给你了，你要做好接收的准备。”

“这自然是我义不容辞的责任。”徐佳林回答。

“好，这下我放心了。”李唯亭欣慰地说。

李师母正色问正在想心事的李香梅说：“香梅，这事就这样定了，你别七想八想的了，等着做新娘子了。你听到没有？”

李香梅好像给母亲看穿了心里的隐私似的，脖颈因为慌恐变得通红起来，她紧张地回答：“妈，我听到了。”

第十四章

孤军突围失败

11 月 9 日，淞沪南线各县在不到一周的时间里全被日军攻占。日军占领松江后，随即向青浦和昆山一线推进，企图对上海实行迂回包抄。日军第 16 师在江苏太仓境内的白茆口登陆成功后，日军便控制了杭州湾至太湖一线北边的战略要地，切断了京沪铁路和沪杭铁路，基本上控制了长江下游的水陆交通线。

淞沪战局急转直下，四十万中国军队处在日军南北夹攻的境地。

谢晋元得知这个消息后，心情极其沉重。营地上已矗起一排平房，一幢四层的楼房，一间礼堂兼食堂，一个平坦的操场。谢晋元的卧室和办公室兼会客室在那幢楼房的二楼。他把上官志标找来，在地图上、沙盘上标出了战争的态势。谢晋元经过认真思考后说，表面上看，中国军队已到不可救药的地步，将成为瓮中之鳖，被日军一网打尽。但在这关键时刻，中国军队决不能动摇，要继续坚守，并且要以攻为守，集中兵力，夺回日军占领的几个据点。谢晋元说，上海郊区无山，但有河道和湖泊，所以要利用地形和日军周旋，将大规模的阵地战变成游击战。上官志标赞同谢晋元的建议。于是，谢晋元亲自执笔，写了封陈言书，通过专人，送至孙元良手里，孙元良亲自送给顾祝同。顾祝同看后，将谢晋元的信往桌上一放，说，谢晋元这个想法不太现实，别说上海，现在南京都岌岌可危了。况且，委座已下令淞沪战场的前线部队准备撤退了。孙元良说，我们只有在上海拖住日本人的几十万军队，才能守住首都。从上海大撤退，军心民心必将动摇，这可是最危险的啊。顾祝同叹着气说，孙师长，你想过没有，如果打下去，四十万军队就成了一个大的四行孤军，粮弹无从补充，部队利用河流湖泊固然不错，但我们缺乏足够的舟船，只会消耗更多的部队。孙元良说，共产党在穷山恶水的地方都能建立根据地，我们为何不能学学红军的方法，化整为零，在江南这块富庶之地和日本鬼子来个猫捉老鼠，建立几块根据地，将阵地战变为游击战。顾祝同说，四十万军马是抗战的一笔大本钱，委座怎么舍得在上海战场做一把前途未卜的赌博呢？孙元良又提到，如果撤退，谢晋元和几百名弟兄怎么办，我们不能丢掉他们不管啊！顾祝同黯然地说，由他们去吧，说句不中听的话，谢晋元住在英国人的兵营里，也有好处，那就是安全。带个信给他，让他暂时安心住下去，等待形势的转变，像苏武牧羊那样等下去。

谢晋元得到这个回音，平静得出奇，以毫无情感的声音对上官志标说："上官兄，其实，我早就想到会有这样一个结果。我一点都不奇怪。"

上官志标苦笑着说："苏武还有羊可牧，可我们什么事都做不了！"

谢晋元眼睛眨巴着，灼灼发光，欲言又止的样子，上官志标一看就明白，谢晋元有话要说，便问道："谢团长，你有什么好的主意？"

"我想，与其困在这里，不如来个集体越狱。我们趁大部队撤退前，逃出这个鬼地方到南市去。南市是中国地界，那里还有我们的守军。我估计委员长不会让南市守军不战而撤的。"

"这个主意我也想到了。我已仔细观察过，这个兵营防备并不严，铁丝网不堪一击，铁甲车、骑兵都是聋子的耳朵，摆摆样子的。凭弟兄们的身手，冲出去并不难。"

"我正在考虑，要不要向孙师长报告我们的计划？"

"用不着。报告了反而让孙师长尴尬。再说，将在外，君命有所不受。我们是跑出去归队，而不是叛逃投敌。"

"你说得对。要是上面追究下来我们擅自行动，我来承担责任。"

"抗日无罪，救国无错。上面的那些人能追究我们什么责任？"

"上官兄，就这样办。"谢晋元隔着几案紧按住上官志标的手，严正地说，"我们再好好筹划一下，时间、路线，是一起走，还是分散走。另外，要探听清楚，苏格兰兵团哪一班看得最松，最马虎。"

“情况我早就摸清了。无论哪一班，都很马虎，尤其是晚上，都要打瞌睡。还要偷喝酒。”上官志标说，“至于时间，越快越好，最好是明天晚上，免得夜长梦多。”

他们又细细地作了筹划，各个细节都想到了，最后商定明天下午开一个连长会议，宣布“越狱”的决定，对晚上的行动作具体的部署。冲出兵营后，大部队集中持木棍跑步前行去南市，但先派五六人乘出租车去南市，以便南市守军接应。

最为遗憾的是没有武器，一旦被万国商团发觉，木棍何以能抵挡？上官志标悄悄地说：“我藏了把手枪。”

“我也藏了一把，连长、排长中估计也藏了几把。”谢晋元也放低声音说，“听说有的士兵藏了几颗手榴弹。我心里很懊悔，不该让英美联军缴了我们的械。如果每人都有武器，我们在租界就什么都不怕了。”

“幸亏当时没有完全缴尽，否则真的是手无寸铁了。”

为了迷惑苏格兰士兵的看守，谢晋元破例找几个人到他办公室打扑克，极力装出优哉游哉的轻松样子，扑克牌故意举得高高的，掼在桌上发出很大的声响，一改平时严肃的神态。上官志标在阅览室看书，认真地记着笔记。整个兵营的气氛是轻松的，虽中国军队仗越打越糟糕，但在四行守军中未见紧张迹象。

这天晚上，谢晋元和上官志标在操练场散步，又反复议论起明天的行动。突然，他们在食堂看到停了一辆卡车，是商团炊事班买油盐菜蔬鱼肉的，每天天蒙蒙亮就由司机带了几个炊事兵到小菜场去购买。除此之外，还会时常开出去运货，如运大米、面粉、煤炭等物品。出车的时间没有规律，白天晚上都有。

两人一商量，有了新的计划，苏格兰兵团有几辆卡车，司机一般都住在营房里，明晚先制服司机，由谢晋元带几十个士兵乘上卡车先开到南市。上官志标带了其余士兵跑步跟上。谢晋元到了南市后，卡车原路折回，再载上士兵至南市，如此循环往复。另外，如路上遇到有出租车，有几辆喊几辆，乘上四人即往南市界内，到后再让出租车折回，继续搭乘士兵至南市。来往数趟，也能载上几十人。这样，就能以最快的速度将四行守军撤往南市，和南市守军会合。

他们热烈地谈着，装作漫不经心地散着步。天气寒冷，加上黑得伸手不见五指，操练场上空无一人。谢晋元因为常犯胃病，胃里总有饱胀的感觉，所以，饭后有散步的习惯。除走动之外，借以思考些事情。他和上官志标在寂静空旷的操场上以悠闲懒散的脚步极慢地逛着，在万国商团守卫的眼里，是很平常的举止，不会引起什么怀疑。想到明天的现在，他们就能奔赴战场杀敌，两个人都有些兴奋。

熄灯的铃声响了，谢晋元和上官志标这才慢慢步入楼房，看守向他们敬了个礼，待他们向里走了几步，“咔嚓”一声在大门上套上一把大铁锁。四行守军都知道，这铁锁并无多大用处，轻易就能打开它。楼房的两扇木门原来是没有锁的弹簧门，房子造好后，商团验收，临时装上了锁，但推开弹簧门，有一个很宽的门缝，足以伸手从里面去开那把锁，不必用钥匙，只需一根粗铅丝一拨就开了。即使铁锁难开，像这样的木门，几个汉子用力撞击，几下就能撞开，所以，这道门对四行守军来说，是形同虚设。

第二天下午，谢晋元将各连连长召集到自己房间里，指着地图，简要地分析了淞沪战争的形势，随后宣布了“越狱”的决定。几个连长一听，个个面露喜色。自从关进兵营后，大家都憋了一肚子的不痛快，又不便发作。上官志标把脱离兵营夜奔南市的部署详细说了一遍。但这个部署只有各连连长掌握，不传达到每个士兵，不是不相信大家，而是事关重大，绝不能走漏半点风声。对此，谢晋元深具戒心，开会时，派他的卫士在房间门口放哨，任何人不得靠近。

几位连长都是久经沙场的人，像这样的军事行动在他们看来并不艰巨。苏格兰这些兵，像娘们那样穿裙子，都是老爷兵，武器装备虽精良，但整天吹吹打打的，步伐走得蛮整齐，实际上没有什么战斗力，因为他们没有真正打过仗，也未经过严格的军事训练。无论如何对付不了四行守军的几百精兵强将。

谢晋元不这么看。他认为此举非同小可，如顺利撤到南市，造成既成事实，租界当局和日本人即使恼怒，也只能任其自然。日本方面会向租界提出交涉，但这是不测之变，并非租界放走的，纵有监守不严之责，日本人也不太可能为了这一点对租界大动干戈。

而且，苏格兰士兵虽不堪一击，但孤军是没有武器的，如果在撤出之前走漏风声，或在撤出过程中发生激烈的冲突，惊动租界更多的驻军前来阻拦，甚至引来日本军队派兵到租界追击，牵一发而动全身，说不定会带来极大的麻烦，酿成一起严重的事件。

因此，谢晋元一再强调，各位连长务必保持警惕，这次突围，不是打仗，但比打仗要复杂得多，千万不能大意，谋定后动，要切切实实把握住机会。事成之前，天机决不能泄漏。

有一个连长，大言不惭地说：“泄漏了也没有什么了不起，租界的英国人、美国人对小日本怕成这样，真是笑话！老子可不怕，小日本敢到租界来撒野，我们让他们有来无去!”

谢晋元倏地站起来,厉声说:“跟你说过多少遍了,要悄悄地走,尽量不要把事态扩大,惊动了租界当局是没有好处的。我们的目的是到南市杀敌,而不是和万国商团的看守干一仗。你懂不懂?我告诉你,如果小日本真的追到租界来,那我们就捅了一个天大的娄子,我们谁都负不了这个责!”

痛责之下,这个连长涨红了脸,低下头去,嗫嚅着说:“我错了!该骂。”

谢晋元倒是觉得歉然,坐了下来,好声说:“我的话重了些。不过,我是要大家知道,我们今晚采取的行动,不是单纯的军事,而是严肃的政治。日本人唯恐天下不乱,所以,我们所做的一切,就是不能让租界乱。”

会议散后,谢晋元一个人关在房间里思前想后,考虑着这个行动的后果。显然,上面特别是委员长对他们擅自行动是不会赞同的,他已三次上书委员长,要求突围出去,都未获同意。按蒋介石的性格,对于孤军的越狱,说不定会大为光火。他是个刚愎自用的人,如果错了就宁愿错到底。上海的仗打得这么一塌糊涂,和他总是下不了决心,既想打又想和的心态有关,这期间丧失了最好的良机。战争的成败往往取决于某个机会,这个机会失去了,就会陷入被动。这些想法,苦于不便说明,更不能相机进言。至于今晚这么做的后果,他也没有再往深里想下去,就像上官志标说的,抗日无罪,救国无错,自己豁出去,绝不是出于私念,所以用不着患得患失的,射出去的箭是无法回头的,按部署做好才是。

可让谢晋元意想不到的是,消息还是泄露了。

事情还是坏在那个连长身上,他被谢晋元骂了后,嘴上虽认错,但心里还是不服,觉得谢晋元过于小心谨慎了。于是对他的连里的一个排长,他的拜把兄弟发了几句牢骚,简单地将事情说了个大概。连长做梦也没想到,这个叫老莫的排长已被日本人收买。万国商团在食堂掌勺的一个厨师以及一个临时雇佣来打扫卫生的短工,是日本人渗透进来的汉奸。老莫嘴馋,常去食堂要酒要肉,厨子和他喝过几回酒,殷勤招待,后来就交上了朋友。

有一次,老莫喝醉了酒,哭着说,坐牢还有个期限,可我们在这里,就像判了个终身监禁,没有出头的日子,这算怎么回事?于是,厨子问,你想出去吗?老莫说,想,连做梦都想,在这里,不死不活的,太难受了。厨子说,我可以帮你出去,不是让你逃出去,而是到时候,堂堂正正把你放出去。你想回家,给你几百元,回老家做小生意,娶房亲,生儿育女,过几天太平日子。老莫起了戒心,连忙问,你是什么人?是不是汉奸?厨子笑着说,你不要问我是什么人,我也不会对你说,说了没有好处。我是真心把你当朋友的，也是真心要帮你的。老莫一咬牙说，好，你要我做什么，说吧！厨子说，不要你做什么，只要把谢晋元的情况，他说些什么，做些什么，有谁来看他，这些杂七杂八的事，多留个心，跟我扯扯就可以了。说着，取出一叠纸币，塞到他手里。老莫像碰到一个烫手的山芋把钱扔回去，只顾自己喝闷酒，喝完就走了。

老莫这一夜有事在心，几乎通宵不眠，第二天就去找厨子，给了他一个地址，让他把钱汇到广东乡下老家。这以后，谢晋元的一举一动，日本情报机关了如指掌。老莫听连长无意中说到今晚有重大行动，约定各连照计行事，连忙设法将这一情况密报给厨子。不出半个小时，日本驻上海总领事馆向租界当局提出交涉，并重申，如四行守军要撤到南市，日本军队就要派兵包围胶州路兵营，将四行守军全部俘虏。公共租界工部局大吃一惊，将信将疑，但还是和英军司令斯马莱特、美军司令麦基紧急磋商。商量下来后，日本人所说的情报，据兵营看守反映，没有明显迹象。日本人如何获取的，无从查考。但他们知道日本人的情报网在租界像空气那样，无处不在，绝不是无中生有，空穴来风。便断然采取措施，调集美国海军陆战队三分队驻防兵营，原万国商团的兵力保留。将谢晋元、上官志标等军官与士兵分开软禁，在他们所居住的房间、营房以及进出的餐厅、浴室等处一概安装铁栅栏，楼房的大门在木门外另装铁门，围墙上安装电网。对四行守军适当限制自由，会客、升旗、操练、散步暂停几天，可在营房内阅读书报和娱乐。驻军对孤军一举一动要严加防范。与此同时，通过上海市市长俞鸿钧及南京政府特派员公署，告诫谢晋元不要轻举妄动，制造事端。

下午的会议结束不到一小时，全副武装的美国海军陆战队一个分队计两百多人，突然进驻兵营，替代了苏格兰兵团。同时在铁丝网上装起电网。士兵住的平房外都设置了岗哨，一律不准外出。到食堂就餐分批进行。谢晋元等团级指挥官一人一个楼面，送餐上门。楼道口以最快的速度安装坚固的铁栅门，而楼房的木门外转眼间也装起了一道牢不可破的铁门。

谢晋元大为惊愕，因为这些迹象表明，突围的计划已泄漏，从目前的状况来看，已无法实施了。他马上找来上官志标，两人气馁之下，猜测哪道环节有可能漏风的，细细一想，估计是下午的连长中的一位传出了消息，是无意中走漏的，还是有意出卖情报，他们不得而知。如果是后者，说明内部出了内奸，这对于谢晋元和上官志标无异是沉重的当头一棒，他们怎么也想不通，自己的队伍中竟会出叛徒，他们很想找几个连长彻底来个追究，但已不可能，因为几百人的队伍已被分隔得支离破碎，谢晋元和上官志标至少在几天之内无法和连长们谋面了。

傍晚前，上海市市长俞鸿钧给谢晋元打来了电话。俞鸿钧告诉他，委员长再次下达了全线撤退的命令：所有上海战场的参战部队，分两路退守南京、苏州和嘉兴以西地区。

“谢团长，我可以如实告诉你，从上海通往后方只有一条公路可走。各级指挥官对自己的部队，已掌握不太住了，情况不太妙。”俞鸿钧口气中有掩饰不住的失望，“我无法和你们的师长孙元良，副师长冯圣法和参谋长张柏亭联系上，也不知道你们的88师现在在哪里。我已经和南京联系上了。委员长理解你们的心情，但要求你们在原地待命，没有命令，不能擅自行动。谢团长，我郑重地劝你一句，局势够乱的了，你不要再添乱了。”

“俞市长，听说国民政府要迁都重庆，委员长还在南京吗？”

“还在南京，但行政机关大部分都迁移了。估计委员长的行程也在这一两天之中。”

谢晋元长叹一声，捏着话筒颓然坐下，紧闭着嘴，脸色发青。话筒中传来俞鸿钧急迫的声音：“谢团长，你不能急躁，更不要妄动……”

紧接着，美国海军陆战队的埃克森中校走了进来，他向谢晋元行了个美国式的军礼，说：“上校先生，我是美国驻上海海军陆战队指挥官埃克森中校，从即日起，我分队奉命保护贵部的安全。你们撤离四行仓库那个夜晚，我见过你，你可能没有注意到我。”

“原来是埃克森中校，怎么，你们来当我们的牢头禁子？”谢晋元讥讽地说，“中校先生一来，又是装铁门，又是装电网，胶州路兵营越来越像监狱了。请问，要给我上脚镣手铐吗？”

埃克森大为尴尬，窘迫地微笑着说：“上校先生，我只是执行命令。我没有丝毫不敬上校的意思。四行守军阻击日军进攻时，我的分队负责守防南岸阵地，和贵部一河之隔，亲眼目睹四行守军孤军奋战，我非常敬佩你们的勇敢善战，也敬佩上校指挥的谋略。”

埃克森这样说是发自内心的，不是虚假的恭维。但在谢晋元听来，这似捧似嘲的话实在不入耳，他有些生气地说：“埃克森中校，你少来这一套。我谢晋元没有成为日本鬼子的俘虏，反而成了所谓友军的英美联军的俘虏，我死都想不通。所以，你不必对你的阶下囚讲这种客套话。”

埃克森见谢晋元情绪很激动，明白他对英军美军有很深的成见，便不再说什么，把桌上"嗡嗡"地发着长音的电话筒放回去，敬了个礼，转身走了。

谢晋元和上官志标精心设计的撤逃计划胎死腹中，他百思不得其解，那个潜伏在四行守军的内奸到底是谁？他的军队怎么会出奸细，这是他绝对不能接受的。这一晚，谢晋元一直坐在那张沙发里，一支烟一支烟地抽着，烟头的火光在烟雾中一闪一闪。当厨子送饭来时，他拒绝开门，声称不饿。这个厨子就是收买莫排长的汉奸。当他听到从今晚起，谢晋元、上官志标等几个四行守军的团职指挥官不再到餐厅用餐，而是由他带着另一个伙夫负责送餐给他们时，心里一阵窃喜，因为他可直接接触谢晋元了，必要时，他可以直接下手了。士兵们的进餐也改为各连分批到餐厅吃饭。厨子还是能乘打饭打茶之机和老莫接头。他悄悄问老莫，士兵们怎么样？老莫回答说，都在骂娘。

当天晚上，谢晋元情绪明显反常，拒吃晚饭，士兵们也是一片骂声。美国海军陆战队严加防卫的情报就传到了日本的情报机关。马赫也来到了胶州路兵营。他作为班长，带十余人，负责看守谢晋元等四行守军指挥官和一个连。在进驻胶州路兵营的第二天，埃克森把他喊到办公室，关照他说，谢晋元情绪很激动，要好好照顾他，这是位值得尊敬的军人。马赫连连答应，最后忍不住问埃克森："谢晋元部又不是俘虏，为何要这样对待他们，把兵营变成集中营？"

"他们当然不是俘虏。我们这样做，也是出于无奈。一句话，是做给日本人看的。"埃克森说，"没有办法，日本人把四行守军当作人质，来要挟租界。所以，只能委屈谢晋元了。"

"谢晋元准备冲出去归队，这消息日本人怎么知道的？"

"日本人是怎么知道的，我搞不清楚。当日本总领事向租界交涉时，租界工部局、英美驻沪总领事，还有我们驻军，都蒙在鼓里，害得我们大为紧张。"埃克森苦笑着说，"日本人太厉害了。我想，他们一定有情报人员打进来了。要不，四行守军里有他们的卧底。"

"卧底？知道是谁吗？"

"我只存此疑问。现在刚进来，自然不会知道。今后多留心点，说不定会发现。另外，我们也要小心些，日本人正虎视眈眈地盯着我们呢。"

"我们干吗要怕日本人！"马赫愤怒地说，"我在前线拍照时所看到的日本军人，并不像想象的那样可怕，虽然凶残，像疯狗似的嗷嗷叫，还是被中国军队打得落花流水。"

“打得落花流水，怎么接二连三把阵地丢掉？”

“中国军队的失败，主要是武器装备不如日军。在军队的士气和勇气上，中国军人可说是世界上最勇敢的军队之一。”马赫说，“等我的照片全部洗出来，你看过后就会相信我的话。一句话，不能以胜败论英雄。”

“你的照片洗出来没有？麦基已打电话催过几次了。对了，你的摄影展何时举办？”埃克森问。

“麦基司令官要的照片，我这两天就能完成。影展还要等几天，照片要放大，还得配镜框。”马赫说，“张小姐他们在物色摄影展的场地，原来定在DDS咖啡店，那里地方太小，不太合适。”

马赫说着，神情中有明显的焦虑。回到营地后，他的身体感到极度疲劳，加上和香梅分手造成的伤心失意，他病倒了，发高烧，说梦话，不吃不喝昏睡了一天一夜。营地医院的医生替马赫治疗后说，他是累的，没什么病，休息休息就会好的。果然，第二天醒来，他就没事了。只是瘦了很多，脸上的线条像刀削似的，格外硬朗。原来身上的调皮劲不见了，神情显得十分冷峻沉稳。除值勤之外，就是忙于洗印照片，紧张地筹备摄影展。参展照片的放大制作，他在技术上还不到家，需沈石蒂照相馆的技师帮忙。周徽拍的照片已洗印出来，底片都由沈石蒂照相馆保存，从中挑选一部分参展，所以马赫的工作量又增大不少。他和张雨桐见了几次面，两人都有劫后重生的感觉，战场给他们太多的感触。张雨桐除了在《字林西报》副刊上发表战地日记外，还埋头创作了题为《不屈的火凤凰》的长诗，边写边流泪，她要在摄影展前赶出来发表，好在影展上散发。

马赫的镇静其实是表面的，他的心无时无刻地不在疼痛着，在想念着香梅。当他特别想的时候，就悄悄来到操练场上狂吼几声，或取一个足球在场上猛跑猛踢。但一有人出现，他就收敛起自己的感情，脸上回复冷峻的表情。

“马赫，我有一件事问你。”埃克森意味深长地看着马赫说，“你昏睡的那一天，嘴里一直喊着一个人的名字，大家都听到了，有没有谁跟你提起？”

“没有。”

“那我告诉你，你在喊李香梅小姐的名字，我想，你爱上她了。”

“我没有资格爱她。”

“为什么？”

“因为我是个军人，我的生命不属于我自己。”

“这是你去了战场所产生的想法，是战争刺激你放弃爱情，是吗？”

“有人说，爱情是自私的，但我以为，真正的爱应当是为对方的幸福着想。”

埃克森听了马赫这么说后，用一种特别的目光注视马赫，看得马赫浑身不自在。

良久，埃克森才说：“马赫，看来你对李小姐的爱是认真的。我知道你的想法，在战争中我们军人生死无常，随时会有可能牺牲。为了不给你所心爱的女友带来不幸，你选择了逃离。这是一种勇敢的逃离。我没想到你这个农夫会是一个真正的骑士，很少会有人像你这样，在爱上一个女孩时，为了她的幸福而放弃她。这说明你是真正爱她，也说明你是一个有头脑的人。”

“可是，我很痛苦，我心里难过极了。”

“长痛不如短痛。我还要告诉你一个事实，来证实你的决定是正确的。”

“什么事实？是指香梅小姐已经订婚了？”

“订婚不算什么，只要她没有正式成为别人的妻子，谁都有权利追求她。我指的是，我们军队对军人结婚有一条规定。”

“规定？”

“是的，简单地说，就是军官可以批准结婚，士兵不准结婚。所以你和李小姐的爱是没有结果的。因为部队不会允许你和她结婚。除非你在很短的时期里升为军官，这种可能性不是很大。”埃克森坦率地说，“这就是我为什么说长痛不如短痛的道理。你明白我的意思了吗？”

马赫坦然一笑说：“这条规定对我没有意义了。不过，我更感到，我离开香梅是对的。让我痛心的是，我这辈子再也不会遇到像香梅这样美丽聪明的女孩子了，我可能会抱憾终生。”

“别这样说。在战争结束后，你会遇到新的爱情。天底下好女人有的是，你生病的时候，跟军医来的两个护士，好像都对你有意思，你是个有魅力的男人。”

马赫的战友虽然嘴上不说，其实都看出马赫从战场回来后，老成多了，但这老成中似乎隐含着某种伤痛，有着很重的心思。这从他夜半在钢丝床上辗转反侧所发出的声音就可以感觉到。还有在操场上他发出的吼声，他以为周围无人，但还是有人听到了，那发自肺腑的喊声，充满哀怨之情。大家猜测，他的哀痛不仅仅是为了死去的周徽，还因为李香梅。他对李香梅的爱慕，虽不放在嘴上言说，但平时情不自禁的流露，让战友们一目了然。其实，大家都很喜欢香梅，更希望马赫和香梅的亲近，能使得香梅的女同学更多地走进军营。现在，看出马赫在李香梅那里受到了很大挫折，于是发自内心地同情他，也不甘心李香梅从此远去。其中有一个战友，打电话约了范吟月，开门见山地告诉她马赫的情况，同时问了李香梅近来怎么样，范吟月说，香梅这段时间话说得很少，失魂落魄的，人比黄花瘦。两人谈话一对拢，虽没有捅穿，但心里是亮堂的。

马赫的战友们一商量，决定举办一次活动来制造点气氛，到时请香梅、范吟月、赵雅丽及女子中学的其他同学参加。议了半天，决定在驻地操练场上来一场美国式的足球比赛。踢足球在上海已很普遍，不足为奇。但美国人赛足球，自有其特别的地方，事前的准备不必提，在比赛前夕有一个"鼓勇会"，十分震撼，就像是非洲原始部落狩猎到一头野猪后，举行祭祀活动那样狂野和奔放。

因为营地的操练场上没有安装灯光设备，鼓勇会以后在暮色中无法进行比赛，不得已，只能将鼓勇会和足球比赛都放在白天。

时间安排在星期天，那天马赫本来要去照相馆放照片的，经不住大家的劝说，答应腾出半天时间踢场球。他在暗房里已待怕了，一见到满屋的红光，就会想起那天硬着心肠和香梅的谈话，这红光让他的心境不由自主地变得黯淡，所以在初冬的阳光下跑动几小时，说不定会驱散心中的阴霾。战友见马赫答应了，就通知范吟月。范吟月继而约李香梅到一个地方去聚会，地点和内容暂时保密。李香梅本来不太愿意待在家里。她妈喊了几个宁波裁缝到家里来做衣服，从箱底里翻出了一大堆衣料，一忽儿让她做件大衣，一忽儿做件短袄，一忽儿做件旗袍，让她不胜其烦。所以，范吟月跟她一说，她立即干脆地说，好，我去。范吟月再约了赵雅丽等六七个同学，讲定在大世界游乐场门口集中。

走进美国海军陆战队的营地大门，范吟月才宣布今天是来美国海军陆战队观看足球比赛。比赛前，有一个鼓勇会，会让大家大开眼界。

海军陆战队早就为女子中学的客人准备了一个看台，看台上从餐厅搬来一张长条桌，铺上蓝色的桌布，几个碟子里放着美国牛肉干、巧克力、饼干、美国汽水、香槟，还有美国骆驼牌香烟。

在椅子上坐下后，李香梅的心剧烈地跳起来，又有些恍惚。午后的阳光很灿烂，天空明朗。草坪上的草居然还很碧绿，阳光暖洋洋的，有种春天的气息。

几个美国兵抬着一块铁皮放到草坪上，然后在铁皮上放上木架，燃起了一堆火，火势由小到大，由弱到强，浓烟上腾，火星四射。这时，不在四行守军兵营站岗放哨的士兵都围着火堆转着圈子起舞唱歌，跳的是夏威夷的草编舞，唱的是美国民歌，是那种轻松欢乐的曲子。火光映照在美国兵脸上，泛着红光，加上阳光的投射，个个满面通红。

李香梅看到了马赫，他是参加比赛的队员，短袖汗衫，短裤球鞋，11 月的天气，已经很冷了，因为旋转跳跃，士兵们都大汗淋漓，热气腾腾。马赫跳着唱着，眼睛频频向台上张望，显然，他也看到了李香梅，他不断向李香梅挥手。这是那次暗房分手后，他们第一次见面，香梅的到来，让他感到意外，安排这次活动的战友事先没有告诉他，并和范吟月达成默契，也没有告诉李香梅，这使马赫和李香梅都感到突然的惊喜。

就这么闹一阵以后，队员被高高举起在肩头上，有人取来铁皮的脸盆、茶缸、水桶“咚咚”地敲着，鼓勇会达到了高潮。埃克森走到台上，在范吟月耳边说了几句，范吟月点点头，对坐在看台上的女同学说，他们邀请我们一起去参加鼓勇会。走吧，我们到草坪上去，为他们鼓勇去。

女同学们脱去大衣，来到火堆边上，一股热浪扑面而来，心里顿时暖烘烘的。队员已从士兵们的肩头放下，士兵们、队员和女同学手拉手地拉成一个圈子。大家几乎不约而同地推着马赫和李香梅挤到一起，马赫的一只大手把李香梅的小手紧紧地握住，一股热流像电流一样，迅速传遍到李香梅的全身，顿时脸泛红晕，在火光的衬托下，红得像喝了许多酒似的，又绚烂又娇美。

在这样一种狂欢的场合，他们显得很自然很放松，脸上堆着笑，顺着节奏手舞足蹈的，女同学不熟他们唱的美国民歌，只是胡乱地跟着哼唱。马赫便带头唱起了夏威夷的民歌《骊歌》，这首歌和场上的气氛不太合拍，沉重忧伤的曲调变成了欢歌，但大家好像不在乎，还是很兴奋地唱着。

李香梅和马赫却因为这首歌，心里又生出了感慨，心里硬压着的爱又上来了。香梅想起了自己马上就要披嫁衣，成为徐佳林的太太，然后她会有一个幸福舒适的家，生一个或几个孩子，成为以丈夫和孩子为职业的女子。

可是眼前这个握着自己手的男子，这个令自己难以心平的深深爱着的男子从此就会离她而去。也许战争结束，他回到自己的家乡，和父母团聚，他说不定会成为真正的摄影师，或者协助父亲料理农场。当然，他会和另一位美丽的小姐喜结良缘，然后生出一大堆孩子。他们远隔重洋，音讯全无，多少年以后，自己或者他，在翻阅照相簿时，看到对方已经发黄的照片，在记忆深处浮出曾经有过的那么一段交往，纵有无可奈何的惆怅之情，也不过是片刻的遥远的回忆而已。

想到这些，她突然感到一种从未有过的凄凉和伤感，心头如压了块铅似的，觉得十分沉重，她挣脱了马赫的手，逃似的离开这欢腾的火堆边，跑回看台取了大衣，离开这片热闹的操场，来到一个荒僻安静的角落。这里有一座中国园林常见的假山,一个不大的池塘,池塘里的水倒还洁净,还有几尾鱼在游荡,看上去平时很少有人来。虽然操场上的歌声喊声隐隐传来,但这里仍掩盖不住一股冷寂之气。

她在池边一块苔藓斑驳的石头上坐下,捡起几块小石子往水池里掷去,心里也像激起波澜的池水一样,波动得厉害。

刚才看到马赫那投向自己的眼神,那里面除了爱还是爱,别人看不出,只有她能够意识到。而她也清楚地意识到,她爱的是马赫,而不是徐佳林。如果说对徐佳林有感情,那也只是欣赏和欢喜,而不是爱。一个严酷的事实是她和佳林好合之日,就是和马赫永诀之时,从今何处再去觅他的音容笑貌?自己又如何排遣对他的思念?

想到这里,香梅泪如泉涌,怎么也止不住。顾忌身在军营,虽是处在一个无人的偏僻的角落,她还是尽量压抑自己,只是无声地哽咽。

哭了一阵,她冷静下来,转念一想,刚才自己太失态了,当众突然出走,大家会陡生不少疑惑,也会使马赫感到尴尬。不管和佳林之间有没有爱,事情已到了这么一步了,自己不该三心二意,东想西想了。而且,平心而论,徐佳林作为丈夫,还是很合格的,百里挑一的,这次还挽救了父亲的厂。父亲已有意让徐佳林熟悉工厂的事务,计划将来将工厂交给他管理。所以,她如果在婚事上有什么变卦的话,在家里肯定会引起一场轩然大波,父母亲会有何等的激烈反应,她都不敢想象。

想到这里,虽然还有些不甘,但知道没有回头路走,心里反而平和踏实多了。忽然,她听到脚步声,有人朝这里走来,直觉告诉她,来人是马赫。她回头一看,果然是马赫,他在李香梅附近的另一块石头上坐下来。没了火光的照射,李香梅才发觉几日不见,他形容憔悴,老了好几岁。

"你怎么在这里?刚才你突然跑开了,我以为你有事去去就来。"马赫看到她泪光莹莹,强笑说,"结果你一去不回了,怎么,你在哭?"

"哦!"李香梅连忙掏出手帕把泪痕擦掉说,"刚才被火烤得太热了,头有些晕,想到这里静静,冷风一吹,泪水都出来了。你怎么不去比赛?"

"看不到你的人,我哪有心思踢球。"

"你这段时间可好?我看你瘦了不少。"

"你也瘦了,脸色也不太好看。"

"你的摄影展快举办了吧。"

“现在正在筹备之中。由上海文艺界救亡协会和《字林西报》馆举办，张雨桐小姐在帮着我办。我会发邀请函给你，请你参加开幕式，看看我和周徽拍的那些战争的相片。”

“我一定去。你的摄影展在上海滩会引起轰动的。”

“我不是周徽那样的专业照相人才，我只是把照相当作我的爱好。我曾有过不少爱好，打猎、骑摩托车、唱歌，后来我都丢了。说不定哪天，我也会把照相丢掉的。但这些照片，我在上海拍的照片，我永远不会丢掉。它们已印在我心里。”马赫有些说不下去了，将头扭到一边，眼里含着泪，隔了一会，又继续说，“这里面还有周徽的生命，还有我许多难忘的东西。你知道用作海报的那张照片是什么照片吗？”

“让我猜猜。”香梅又恢复了她的几分天真的样子，那双刚哭过的有些红肿的眼睛痴痴地望着马赫，忽然，她拍了下手说，“我在四行仓库升旗的那张照片。”

“啊，给你猜中了。张小姐主张选吴将军倒下去的照片，这是我在战场拍的最后一张照片，是周徽用命换来的一张照片。但我还是主张把四行仓库升旗这一张作为海报。后来她同意了，龚先生也同意了。”

这张照片又触到了李香梅的痛处，她听马赫这么说，有种柔和的灼伤感在心里冉冉涌动，她没有接口，马赫熟悉的天真的神情闪现一下就过去了，她的脸色又变得凝重起来。

两人默默地坐着，像春梦初醒似的那样神思迷惘。远处传来球赛的喧嚣声，一阵比一阵近，一阵比一阵急。但比起来，还是他们的心跳声和呼吸声来得更近更急迫。

隔了好久，马赫才低声问：“香梅，你恨我吗？”说完，不自觉地叹息一声。

“我干吗要恨你？”香梅望着马赫，故作轻松地说，“我不恨你，真的。我很高兴，因为我们都解脱了。我这些天过得很平静。中国古代有个诗人叫陶渊明，曾写过一首诗：‘人生无根蒂，飘如陌上尘。分散逐风转，此已非常身。’我们都是陌上尘，被风吹到了一起，落地为朋友，现在一阵风吹来，我们又要分散逐风转。这是最为正常不过的事。”

“我虽不能完全听懂你念的这几句诗，但意思我懂了。你能这样想，我就安心了。”马赫说，“香梅，都是我的错，请你原谅我。不管今后风把我们吹到哪里，我都不会忘记你的。”

马赫的这几句话，使得香梅心头浮起千言万语，但她只说出一句：“过几天，我就要和徐佳林先生举行婚礼了。我们的婚礼是西式的文明婚礼。"

不可能的！马赫震惊之余，还不肯相信，香梅和徐佳林订婚，他是知道的，但仅仅过去了几天，香梅就要披上婚纱，快得让他意外，一定是香梅说气话骗他的。

"香梅，你是在说气话，是在骗我？"

"我为什么要骗你？结婚的事能随便说说的吗？我再重复一遍，这是千真万确的，我要和徐佳林先生结婚了。我邀请你参加，我会寄喜帖给你的。"

香梅说到这样，要不相信也是不可能的了。马赫一下愣住了，心中如倒翻了一个五味瓶，不辨是何滋味。

"难道你不祝贺我？你在暗房里对我说，愿我幸福。结婚对女人来说，就是一种幸福，你如愿以偿了。"李香梅有些激动地说，她的话语带着刺。

"香梅，我真心地祝贺你。你能得到幸福，对我是最大的安慰，在沈石蒂照相馆我对你说过那些话后，我心里对你一直很抱愧。"马赫动情地说，"我可以想象，你穿上圣洁的婚纱一定像天使一般美丽。"

"你回球场去吧，听说你是一个不错的中锋，我要看着你进几个球。"

"有你在一边为我打气，我想，我会发挥得很好。"马赫说着，站了起来，朝球场上跑去。

马赫果然身手极好，在操场上左右奔突，表现得很敏捷，而且有一股狠劲。上去没几分钟，就突破对方的防线，射门进了一球。在场边观球的拉拉队发疯般地喊叫着，他们不帮双方中的一方，而是对所有精彩动作和进球一概欢呼助威。

李香梅的眼睛只紧紧地盯住一个人，那就是马赫。她为他心跳，为他呼喊，为他鼓掌，为他跺脚，为他喝彩。

大隆染织厂的那幢王爱琴父亲留下的日式平房整修一新，供正金银行派驻到工厂作为监事的王爱琴居住。王爱琴并不是每天到厂里来，而是隔几天来一趟，在平房里住一晚或两晚。她从来不过问工厂的生产，只是偶尔到账房间看看日报表或月报表，但正如龚总管说的，她看不太懂，只是粗略地浏览一遍，没有任何置疑。她也会到车间和库房去看看，和看账簿不一样，对这些活生生的直感的东西，她倒看得很仔细。她打扮得端庄大方，对人很客气，礼数周到，"先生""小姐"的不离嘴，伴之日本式的鞠躬，所以，上至李唯亭、龚总管、各写字间的职员，下至车间管事、技师、工人，都从一开始对她的警惕，慢慢地变得对她没了戒心，再到对她产生了好感。她的服饰和美貌成了职员工人们私下津津乐道的话题。

李唯亭虽然还对她存有疑问，总觉得她有些来历，也有些隐情，她的光艳照人，杂糅着与她年龄不符的沧桑，还有忧伤、哀怨和仇恨。李唯亭对她的这些早就不介意了，甚至认为一个女人从日本来到中国，为了找到学生时代的恋人佐藤，她不得不结交有权势的日本人，这也是情有可原的事。特别想到她是矢崎的女儿，便对她没有一点戒心了，说起来矢崎也算得上是他的贵人，如没有当年将大隆卖给他，也就没有今天的大隆。而且这次正金银行的押款，没有她相助，还真的成不了。所以，每次看到她，和以前的态度大不同了，不仅不讨厌，而且怀有几分感激，还几次请王爱琴到家里做客。有一次，家乡来了个做江阴小布生意的小商人，带来了几篓筐阳澄湖大闸蟹，这在周围狼烟滚滚的上海租界来说，是很稀罕的。因为一时吃不了，他关照李师母把蟹养在瓮头里，不让它乱爬。那天，他让佳林请王爱琴到家里来吃蟹。

王爱琴起先不肯，说不方便。徐佳林说，李唯亭是诚心诚意的，你就去吧，人家已邀请你好几趟了。王爱琴又说，看到李香梅怎么办，你不感到尴尬，我倒会不自在。徐佳林说，香梅在学校，她不回来，丹沪也很少回来的。其实香梅在家也不要紧，反正你是李唯亭请来的客人，况且，你已认识她。王爱琴笑着说，好吧，我就去吧。

徐佳林开着车，把王爱琴带到朱葆三路的李公馆，王爱琴还是小时候在上海吃的河蟹，其味之美，她是忘不了的。到了日本后，吃的是海蟹，个子大，肉粗，味道比河蟹差多了。那天，李师母煮了一大脸盆蟹，只只肥大而赤红，王爱琴乐陶陶地吃一个尖脐一个团脐。有蟹无酒，是很煞风景的。李唯亭备了两种酒，江阴黑米酒和花雕。

大概是李唯亭告诉王爱琴，她父亲矢崎喜喝清酒，也喜喝花雕，所以她也喝了好几杯花雕。吃到一半，平时不太回家的李丹沪，带着胡彩华回家来了，见王爱琴在，客气地打了个招呼，踌躇了一下，就坐下吃蟹了。李丹沪和胡彩华用黄杨木制的小木槌小木垫忙着敲敲打打，王爱琴则嘴咬手剥，大家都不说话，气氛有些沉闷。

李唯亭一看不妙，便调和说：“这位是胡小姐，我儿子的朋友。”又指着王爱琴说，“这是正金银行派在厂里的监事王小姐。”

王爱琴微笑着说：“胡小姐我认识，上海滩赫赫有名的绍兴戏演员，我看过你的戏。”

胡彩华低低说：“王小姐过奖了。”便不响了。

王爱琴也没有继续说话。

徐佳林不得不凑趣说：“蟹这东西，是人人喜爱的。可说无分南北，不分雅俗。《晋书·毕卓》里有句话：‘右手持酒杯，左手持蟹螯，拍浮酒船中，便足了一生矣！’可见吃蟹是一大乐事。”

李唯亭接着说：“我和你们妈小时候在江阴的时候，西北风一刮，就三天两头的吃蟹。大人对我们说，吃螃蟹要有耐心，像慢工出细活那样，不能牛吃蟹，吃一半留一半，糟蹋了蟹肉。所以，吃完后要把破碎的蟹壳放到秤盘里去称，谁的分量最轻，就说明谁吃得最干净。下次就会赏他多吃一只。我爸吃蟹的功夫最深，吃完后，蟹壳、蟹脚、双螯都可以完整地拼凑起来。”

王爱琴听后感到很有趣，指着面前的一大堆蟹渣说：“这么说，我也是牛吃蟹了。这些碎壳称一下，说不定分量最重。不但没有赏，说不定还要罚。”

“对，该罚你多喝一杯酒。”徐佳林拿取酒瓶给王爱琴的酒杯里斟满说。

“好，这杯罚酒我喝。”王爱琴举起酒杯一口喝完。

“王小姐，你慢点喝，什么罚酒不罚酒的，别听佳林的。”李师母在一旁说。

王爱琴定了定神，亮了亮空杯的杯底，说：“不是罚酒，那就算敬酒，敬李先生李师母一杯。多谢你们的款待。这么肥的蟹我多年未品尝到了。”说到这里，她瞥了徐佳林一眼。

徐佳林会意地站起来说：“王小姐还有事，要回去了。我去送她。”

分别时，李师母拉住王爱琴的手说：“下次经常来玩，把这里当成你的家。我见过你妈，你长得和你妈一个模子刻出来的。但你比你妈更漂亮、细气。”

这天晚上，徐佳林将王爱琴送到大隆厂的小平房。徐佳林将汽车停在公事房旁边，装作自己在办公室忙得很晚，住在和办公室相连的一个小房间里，并故意将小房间的床头灯开着，从外面可以看到窗户上透出微弱的灯光。夜深时，他四顾无人，然后悄然步行到平房。

王爱琴已将暖气打开，屋里温暖如春。她在浴室里冲澡，毛玻璃移门上闪动着她婀娜的身影。窗帘已密密地拉上，从外面看，见不到小平房里的任何动静。王爱琴洗完澡，坐在梳妆台前用电吹风吹干头发，再略施薄妆。等徐佳林洗澡出来，王爱琴已靠在床上，穿着薄翼般的丝绸睡衣。卧室的大灯已关掉，只有小壁炉上的烛台点燃了一支烛火，闪烁不定的红色火苗和撩开的红罗帐让徐佳林感到气氛浪漫，他的心跳顿时加快起来，兴奋得不能自持。

王爱琴向他抛着媚眼，手里端着一小杯葡萄酒，又指指床头柜上的另一杯酒。徐佳林知道王爱琴做那事慢条斯理，细吹细打，先要说一会话。这时候她是最动人的，隆起的胸脯随着缓慢的呼吸微微起伏，这种静气有股说不出的妙曼风情，就像风暴前的沉静的大海充满魅力。王爱琴喝酒讲话的神情是一副娇态，漆黑的眼睛流转着脉脉光辉，极整齐的两排牙齿，像贝壳一样洁白光亮，而她的身上，则飘出一阵阵馥郁的香味。

徐佳林坐到她身边，隔着她滑溜溜的衣衫感受到她身体的温馨。这是奇妙的一刻，他希望这一刻尽量延长。

“李唯亭请我吃蟹，要是他知道他的女婿是我的情夫，他说不定会火冒三丈，一口把我吞下去！”王爱琴喝了一小口酒说，说完，吃吃地笑。

“不会对你怎样的，对我，说不定会逐出家门。”徐佳林笑着说。忽然想起马上就要和香梅结婚，几次想告诉王爱琴都开不了口，这时倒是机会。其实告诉她这件事不难，难的是今后和她怎么相处。按他的本意，他和香梅结婚后，就和王爱琴一刀两断，否则在香梅面前，总归像负了债似的，心头重得很。可王爱琴会放他一马吗？再说，他对王爱琴也确有了情，这情缘不是说割断就能割断的。

王爱琴见他若有所思，转过身握住他的手，摩挲不舍地问：“你有心事？”

“怎，怎么。”徐佳林不知说什么好了。

“别吞吞吐吐的，有话快说。”

“是这样的，香梅她妈催得很紧，要我们近日就把事办了。”徐佳林鼓足勇气说。

王爱琴一怔，但是立刻明白了，脸上的笑容不见了，一口把杯里的酒喝掉。

“这么说，你要离开我了？可是，我离不开你了。你怎么忍心甩下我一个人呢？没有你，我不知道自己怎么活下去？这日子怎么过？”王爱琴伤感地说，一脸的幽怨，声音慢慢低下来。

“可是，爱琴，你让我怎么办呢？说实在的，我也离不开你，这段时期，你让我分享到从未有过的快乐。我感到你已是我的亲人，而不是没有感情的苟且。你对我好，我是觉得到的。可是，香梅的婚约，不仅为礼法所限制，而且也是上海众所周知的事实，一旦毁约，我实在不敢想象这后果会怎样！”

徐佳林说的是真心话，率直真诚。王爱琴感动地看了他一眼：“我早就跟你说过，你和李小姐照样结婚。只是不要甩掉我，有空陪陪我就好了。上海的有钱人都妻妾成群的，金屋藏娇不足为奇。你就当我是你的外室就好了。”

“你能这样宽容我，当然是最好的了。可是，这委屈你了。”徐佳林歉疚地说。

“这是我的命。”王爱琴叹口气说，“我因为佐藤，流落到中国，却无意中又回到父亲当年的厂，回到原生地，又无端和你邂逅，冥冥之中，造化弄人，说起来都是命。你能给我一点安慰，我已心满意足。等仗结束，上海还有一番景象，不如听天由命，做自己想做的事，我也别无他求了。”至于想做的事，王爱琴没有明说，其实就是两件事，一件是公私兼顾，把父亲当年失去的厂夺回来，另一件就是替佐藤报仇，和那个马赫算账。前一件事正在进行，后一件事也在筹划之中，他是美国军人，比较难办。但种种巧合让她相信一切都是命中注定。参加组织也好，重归工厂也好，和徐佳林偷情也好，都是要了掉她及父母这一辈的结。想到这里，她心里也就舒畅了。

徐佳林听了王爱琴这么一说，领悟了她的心意，心里顿时一松，他和香梅只要顺利举行婚礼，王爱琴不闹，他的心病就算除去了。至于他和王爱琴今后的关系，先保持下去再说，最好是王爱琴对自己厌倦了，提出分手。另外，天机难测，世态多变。今后各人的命运不知会有多少变化，一切见机行事吧。

“多谢你，多谢你。”徐佳林紧紧把王爱琴抱在怀里，感激地说。

“谢什么，快做你的事吧。”王爱琴取过自己的酒杯，连同徐佳林手中的酒杯一起放到床头柜上，把腰带一解，身上的薄绸衣服滑落下来，露出雪白的、柔软的、光滑的胴体，徐佳林跟着匆促地宽衣，两人百般缠绵起来。

龚总管是经常住在厂里的。夜深人静，他会在厂的各处巡视一遍。王爱琴住的平房，他是必到的。王爱琴是日本银行的神秘人物，她的安全不能出半点差错。他在平房的屋前屋后慢慢走着，忽然他在窗帘的细缝中，看到有一丝微弱的灯光，还有一阵野猫叫春般的喊声。他明白了，连忙走开。

来到公事房，见徐佳林的车停在那里。他寻思，王爱琴的事当然不便管，但她房里的这个男人到底是谁？多半是日本人，说不定就是那个矮胖的日本正金银行的大班，王爱琴和他的微妙关系，他早就有所感觉。这是他们的自由，也是私事，自然不便过问。寡妇门前是非多，多说没有好处。但这事总要和佳林说一下，让他心里有数。

他上楼，敲了敲徐佳林办公室的门，没有回音，但写字间和卧室的灯分明开着，佳林还没有睡。于是，他掏出钥匙，公事房所有写字间的钥匙他都有。

写字间里没有人，推开卧室，卧具纹丝未动，灯却大亮。他喊了几声，都未听到佳林答应。他感到有些蹊跷，徐佳林到哪里去了？

忽然，一个念头冒出来，吓得他一身冷汗。莫非，徐佳林和王爱琴有染？那平房里的男子就是他？不，不可能，佳林是个知书达理的人，平时虽有些阴沉，但不至于做出这样不知廉耻的事。他马上否定了自己的猜疑。

这一夜,龚总管没有睡好。曙色初露,他就爬起来,披上一件棉袍,来到和小平房近在咫尺的养成所。他站在养成所对着平房的一间房间里,透过窗户便可将小平房的动静看得清清楚楚。果然,天色蒙蒙亮时,他惊讶地看到平房的门轻轻地打开了,徐佳林探出脑袋向周围鬼鬼祟祟张望了一下,然后走出门,王爱琴穿着棉睡袍站在佳林后边,又把他拽了回去,站在门槛边,两人又拥抱亲吻了一会儿,徐佳林才整了整衣服,快步走出来,平房的门又轻轻地关闭了。龚总管的猜测得到了证实,他怔怔地望着远去的徐佳林的背影出神,身子抖个不停,不知是冷,还是紧张。

为了避免和徐佳林相撞,他迅速离开了养成所,也没有去公事楼。他到车间去转了转,花了整整一个小时,当他回到公事楼时,他小心地绕着公事楼走了一圈。徐佳林的汽车不见了,他已离开厂了。一个小时后,在隆隆的机声中,他决定对这件事咬紧牙关不告诉任何人,包括李唯亭和自己的儿子龚宇伟。他深知此事的严重性,被李唯亭晓得,依他的炮仗脾气,徐佳林和香梅的婚事肯定会告吹,王爱琴也会很难堪,而王爱琴背后的日本人,说不定会迁怒于大隆厂,带来始料不及的恶果,极有可能牵涉龚宇伟。因为龚宇伟曾介绍一个姓汪的安徽商人,到厂里来采购过灰色的卡其布,李唯亭接待了他,一下就给了他五百多匹,价格很公道,交货也很快。汪先生是以上海一家布号的名义买的货,钱也是那家布号出具的支票,表面上是正常的生意,但如果要彻底追究,就经不起查了。因为那家布号在南市,仅一间门面,卖的布料每种仅只有几匹,无论如何做不起这样大宗的买卖。而前来运布的都是普通的农船,将布压在舱底,上面再层层叠叠盖上豆饼,这是用豆渣压成的喂猪的饲料;或者装上煤油的油桶,这是乡村点灯所少不了的燃料。这布的买主到底是谁?汪先生是什么人?李唯亭不是糊涂人,心里自然明白,龚总管当然也明白,只是大家都不说穿而已。

假若徐佳林和王爱琴的事闹开,换个人到厂里来当监事,他也对大宗的供货一笔一笔进行追查,那很可能险象环生,拔出萝卜带出泥。

虽然封住了自己的口,但龚总管暗中对徐佳林和王爱琴的关系密切关注着。一段时间下来,便摸清了他们来往很是频繁,陷得已很深了。有一次,大概是王爱琴要喝路边担上的桂花甜粥,徐佳林取了个中药店煎药的小热水瓶,开了车出去买了回来。徐佳林以为神不知鬼不觉,未料都落在龚总管的眼里。

龚总管严守着秘密。其实他心里极度不安,他为香梅感到不平。他是看着香梅长大的，他喜欢她的善良明理和落落大方，有段时间，他有意促成宇伟和香梅来往，他看出李唯亭对宇伟印象不错。他说给儿子听，宇伟不容商量地说，你别操心了，我自己的事自己会处置好的。话再也说不下去了。这几天，李唯亭一提到女儿的婚事，就喜滋滋的，还让龚总管打电话请来一个洋服店的设计师，拿了面料小样上门量身订制了两套西服，是香梅和佳林婚礼上穿的，还要给龚总管做一套。龚总管推辞掉了。看着李唯亭兴致勃勃的神态，龚总管心痛欲裂。

第十五章
惊世骇俗的演出

美可制冰厂的位置在静安寺路底，这里本来是华界的地盘。二三十年前，租界越界筑路，也就成了租界的延伸段，无形之中，也就属于租界的范围。制冰厂这块地，原来是一个英国人买下来的，准备建造一家酒厂，专门生产啤酒。厂房、办公楼都造好了，是请一个有名的法国建筑设计师设计的，所以厂里的建筑精巧、紧凑。这个英国人是虔诚的基督教徒，他异想天开地在不大的厂区里辟出一块地方，造了一座小型的教堂。但后来钱用得差不多了，世袭贵族的父亲突患重病，请来许多名医都治不好。这个英国人只好替父亲准备起后事来，在上海人称为“外国坟山”的万国公墓选了一块墓地，连墓志铭都写好了，凿在一块花岗岩石碑上，还刻上了他们家族的族徽，是一个盾牌两把交叉的长剑。未料后来他父亲的病有了好转，老公爵不愿客死异乡，吵着要回英国，死后安葬在家族的墓园里。英国人拗不过父亲的意愿，本来想卖掉家乡的城堡、葡萄园、农庄来付设备款，因为父亲去意已决，迫不得已改变原来的计划，将空壳厂连同地皮卖掉。这个英国人是李丹沪留学美国时的校友，年龄比李丹沪大，比李丹沪高好几届，原来是不相识的，到了上海才熟悉起来。于是，又认识了和李丹沪亲如兄弟的龚宇伟。

原来这个英国人已和李丹沪说好，啤酒厂建好后，请他当技师，李丹沪和龚宇伟也有入股的打算。英国人卖厂卖地，第一个想到的就是李丹沪和龚宇伟。李丹沪和龚宇伟商议一下，觉得这家厂是看着一天天建起来的，英国朋友倾注了很大的心血，他们也对它很感兴趣，与其卖给别人，不如自己买下。李唯亭、龚总管听后，到工地看了看，对厂房的精美赞不绝口，当即表示可以买下，钱是他们掏的，言明借给丹沪宇伟的，工厂赚了钱再归还。买入厂后开始还是想生产啤酒。酷暑的一天，热不可耐，李丹沪想买几块冰在家里降温，结果上海唯一一家制冰厂供不应求，早已告罄，连敲着小木箱的小贩的棒冰也一抢而空。李丹沪由此产生了新的灵感，即办一家制冰厂。他马上查阅资料，发现制冰设备比生产啤酒的设备要简单得多，制啤酒用的巨大发酵罐和灌装线都可省去，只需建造存冰的冷库，投资便宜很多，而且制冰厂的市场前景是一致看好的。

所以，当李丹沪一提出自己的想法，便在两个家庭的成员中广受称道，毫无争议地通过了。筹备制冰厂的使命，也落到了李丹沪的身上。李丹沪在化学和工程技术上的专长，得到了充分的发挥。他缜密的思维和沉稳的作风，使得建厂的定案相当完善，对于从国外进口的制冰机也是货比三家，价格是个考虑的因素，但质量更为重要，最后选定了德国设备。因为厂房是现成的，根据制冰厂的要求略加改造，设备一到，便投入安装。到次年盛夏来临时，便开工投产。几乎从第一天起，产品就大为畅销。除生产降温用的大冰块外，制冰厂还生产各种口味的棒冰，如赤豆棒冰、绿豆棒冰、奶油棒冰、巧克力棒冰等等，成为市面上的抢手货。此后，美可制冰厂又生产味精、冰淇淋，同样畅销市场，获得很强的人气。制冰厂的生产流程并不复杂，几个技师管理得井井有条，李丹沪和龚宇伟用不着费多少心。李丹沪醉心于他的实验室，龚宇伟除导戏之外，还忙于其他的事。

那座英国朋友打算作教堂的房子，龚宇伟将它改作一个礼堂，里面摆上了和教堂差不多的木靠椅，只是椅背上没有装《圣经》的木盒子。圣台装上一道幕布，台前的横梁安上一排彩灯，改造成了一个不错的戏台。几间忏悔室就成了化妆间、服装间。

这天，龚宇伟、李丹沪、张雨桐、胡彩华及上海文艺界的许多有名的人物都聚集到制冰厂的礼堂，彩排话剧《桃花扇》。这一部戏是骆清写的，写了一半，骆清被害致死，龚宇伟便接着写下去，用了一天一夜的时间一口气将它写完。从前线劳军回来后，就以很短的时间把它排了出来。今天彩排以后，就要到剧场公演。除此以外，他还利用职业界救亡协会，联络银行、保险公司里的高级职员，组建“银行业联谊剧团”，和由信托公司、百货公司、海关等部门职员组成的“益友社剧团”，以及洋行华员俱乐部的“蚂蚁剧团”等，排演了多部发人深省的戏。九星大剧院的老板一改原来顾虑重重的态度，再度愿意接胡彩华的戏班上演《杨门女将》。但他提出两个条件：一是要胡彩华出面请巡捕房安排巡捕维护戏院安全，防止歹徒暴力捣乱；二是话剧《桃花扇》同时放在九星演出，两剧轮流公演。

九星戏院的老板因为长得瘦长，所以人称“阿长”。阿长之所以改变态度，不是偶然的，主要是因为上海的许多剧场如新光大戏院、兰心大戏院、璇宫、绿宝等剧院都在演《赛金花》《离离草》《精忠报国》等戏，是“蚂蚁剧团”“益友社剧团”几个业余剧团利用星期天、节假日租借剧场演出的，称为星期小剧场。这些戏尽管道具简陋，没有什么名演员，演技水准也一般，有的和街头的活报剧差不多，但上海的民意主流是抗战。日本军队的步步紧逼，使市民的抗日反日情绪达到沸点，所以对这些题材老套、深有寓意的戏非常热衷，每场戏都是座无虚席。

阿长在那次日本枪击事件后，也零散地接了几个戏班演绍兴戏，尽管把票价压得很低，但观众还是稀稀落落，连最后十分钟的放汤戏也很少有人进来。所谓放汤戏，就是戏已演到尾声，快结束，便大开正门，把看不起戏或舍不得出钱的放进来，站在戏场后边过过戏瘾。阿长同意胡彩华上台，是想使得清冷多日的戏场能因为这个名角重新热起来。他是个精明人，深知胡彩华这一段时间像断了线的风筝，杳无音讯，不知飘落何方，而外界对她始终传言纷纷，专门登载风尘艳秘的小报对她的影踪时有报道，捕风捉影，胡编滥造，吊足了一部分人的好奇心。如果胡彩华能重新在九星挂牌，必会引起轰动。

另外，许多戏场上演的戏，都有鼓动抗日的味道。有些戏比《花木兰》要激进得多，但都安然无恙，这使他有了侥幸心理，九星之所以出事，是当时演这类戏的剧场不多，枪打出头鸟，九星成了日本人的目标。现在这么多的剧场都演这样的戏。世界上的事，历来是“法不责众”，一只出头鸟好打，一群鸟枪就难使了，不知打哪只好，想打也打不过来，只能望空兴叹。

至于为何要上演《桃花扇》，阿长自有其考虑。这场戏里的李香君是南京秦淮八艳之一，和陈圆圆、董小宛、柳如是一样，是人人皆知的秦淮河边风流薮泽中的名妓，是很吸引人的。而且，他得知，这个戏除了电影演员金山扮侯朝宗外，李香君一角是由胡彩华客串。绍兴戏名伶演起话剧，别具一格，出人意外，会激起人们更大的兴趣，到时，说不定会把九星这个戏园子挤破。九星大戏院的这个老板不愧是上海“吃开口饭”行业中有点资历的，他的这些想法，固然有些自作聪明，但也不无道理。

《桃花扇》的彩排正式开始了。美可制冰厂的礼堂里济济一堂。开演之前，台上台下都有人在走动，各种杂声也很响，场面有点乱。

李丹沪陪胡彩华坐在化妆室里，胡彩华按她的习惯，演出前屏气敛息，闭目养神，尽量摒弃杂念，让自己的心静下来，并尽量沉浸到角色中去。李丹沪替她捧着一把紫砂小茶壶。戏曲演员，特别是名伶，喝水的茶壶是最要紧的，在台上演戏时，总是由最信得过的人保管，原因不言自明，同行相斗，怕有人在茶水里投药，破了嗓子。嗓子是戏子的本钱，嗓子一破，就意味着再也不能唱戏，这是很严重的事。所以，戏班子的规矩，对茶壶的保管绝对松懈不得。李丹沪和胡彩华相爱之后，就当起胡彩华的护花使者，也自然做她的持壶人。

今天是胡彩华第一次演话剧，话剧和绍兴戏毕竟是两个截然不同的剧种，虽然在排练时，龚宇伟对胡彩华的演技，以及她对李香君这一角色的理解十分赞赏，但胡彩华还是觉得没有底气。此刻，她坐在化妆镜前，望着镜中的李香君，愁绪满怀，惴惴不安，怎么也安不下心来。

“彩华，你别紧张，你会演得好的。”丹沪安慰她说，“排练的时候，宇伟一再说你有灵气，虽然是客串，说不定会取得比唱绍兴戏更大的成功。”

“你别安慰我了。我岂会不知道自己有多大的能耐？要不是我出于对李香君这个人物的敬佩之心，我是坚决不会客串这个角色的。弄不好是瞎串，把一台戏都砸了。”胡彩华忧心忡忡地说。

“今天反正是彩排，不是公演，演下来不行再说。好在龚宇伟是准备了A、B角的。”

“彩排我会认认真真去演好的。不过，你要答应我一件事。”

“什么事？你说，别说一件，十件我都答应你。”

“演完后，我演得好不好，你一定要跟我说实话，不要哄我。”

“好！我没有什么碍口的话不能告诉你。我第一次见你，就是实话实说的，我哪一次哄过你？但好坏自有公论，我说了不算。”

“只要你说真心话，好就是好，不好就不好。我就听你的。”

这时化妆室和服装室一片忙碌，谁都不注意他们俩在说什么话，扮演侯朝宗的金山穿着戏服，风流倜傥地走来对胡彩华说，正剧开演之前，还有两个节目，一个音乐节目，一个诗朗诵，大约要二十分钟时间，所以要胡彩华不要着急。

“李公子，你好好陪你的李香君说说话。”金山看着李丹沪开玩笑说，“今天彩排能否成功，就看李公子的了。”

李丹沪听惯了这些调侃,他照例付之一笑,没有回话。

“金先生,我真是运气不错,能和你这样的大明星演对手戏。但我是客串,从未演过话剧,国语都讲不好,太委屈你了。”胡彩华恳切地说,“你可能不知道,我好歹也演了七八年的戏,还从未像今天这样紧张过。”

“胡小姐,你别这么说,你有极高的艺术天分,舞台经验丰富。戏剧种类不同,但它们之间是相通的。”金山说,“而且,我们演《桃花扇》的目的,更多的是歌颂不屈的民族精神,抨击奴颜屈膝、卖国求荣的变节行为。一句话,我们是在为抗日服务。表演上即使次一些,观众也不会苛求的。另外,我知道你是个完美主义者,我可以告诉你,在排练中我就发觉,李香君这个人物,你会演得很完美。因为,你身上有李香君那样的凛然正气。李公子,你说是不是?”

“对,对!”李丹沪很高兴地说,“金山先生,你说得一点不错。宇伟也说过,李香君这个人是柔中有刚,推刚为柔,是一种独特的气质营造,彩华已把握住了。”

金山点点头,笑着离开了。

“你怎么好意思王婆卖瓜?”胡彩华白了李丹沪一眼,但她的心里稍稍放松了些。

铃声响了,剧场的前后台顿时安静下来。剧场的灯光暗了下来,幕布徐徐拉开,一束白光投射到台上,一个小乐队登场。两面大鼓,三把琵琶,一支小号,一个竖琴,两把三弦,一个铜钲,共十个乐手,齐奏古代描述战争的《破阵乐》,这是一首雄壮有力的武乐。先是小号吹起了象征进军的嘹亮的号角声,接着金鼓阵阵,大弦嘈嘈,小弦切切,各种乐器混合齐奏,凑出急风骤雨般的乐声,象征着金戈铁马,厮杀逐北的战场激战的情景和撼天动地,层层进逼的呐喊声、冲锋声、搏斗声。乐手们或紧捶鼓面,或在弦上五指并用,滚捻如飞,把慷慨激昂的战斗豪情表演得淋漓尽致。在一阵静默后,场内突然爆发出猛烈的鼓掌声。

这时,龚宇伟走到台前,对着麦克风朗诵王昌龄的名句《出塞》:

秦时明月汉时关,
万里长征人未还。
但使龙城飞将在,
不教胡马度阴山。

龚宇伟带有磁性的男中音雄厚深沉,虽然只有四句,但他声情并茂,抑扬顿挫，把场里的气氛推到了顶点。朗诵完最后一句“不教胡马度阴山”后，又是一阵肃穆的沉默，接着所有的人站了起来，响起长久不息的掌声。连站在场后的前来搬运冰块的苦工们都高喊：“好，好！”

龚宇伟眼睛里已闪着泪光，他接着说：“下面由张雨桐小姐朗诵她的长诗《不屈的火凤凰》，这是她从抗战前线采访回来后所创作的一首诗，这首诗的主题是：在强大野蛮的敌人面前，中国军人做到了浴血、勇敢、拼搏、坚持。他们是战火中不屈的火凤凰，是永远闪光的烈火真金，他们可能会被战火烧成灰烬，但他们将会在战火中重生。”

又是一阵弦鼓合奏的曲调，在曲声中，张雨桐走到麦克风前，她身穿着一套红呢子的西式长裙，围着白色的羊毛披肩，红色在台上跃然而出，使得一向朴素优雅的她，散发出一种耀目得令人生畏的美丽。她还未开口，眼泪就哗哗地流了下来。这是一首有一百多句的长诗，她早已烂熟于心，在情绪激动得不能自制的情况下，她一句一句地朗诵，与其说是朗诵，不如说是诉说衷肠。台下是黑压压的一片，乐声跟着她的朗诵，时而低回婉转，时而悲壮激昂。随着张雨桐的朗诵，台下大多数人都含着泪水。站在幕后的胡彩华忍不住掩面无声地哭泣起来。李丹沪、龚宇伟一脸的严峻，心里有点悲痛，有点伤感，有点激昂，还有股怒火在心底燃烧。

最后几句，张雨桐的头高高昂起，双手向着空中伸去，一束红光打在她身上，像置身于红霞中似的，她大声地喊着，有点嘶哑的声音在场内回荡：

飞吧，不屈的火凤凰。
哪怕所有的生命都会毁灭，
你也会获得重生。
哪怕所有的歌声成为绝唱，
你也会发出顽强的叫声。
哪怕山脉崩溃，江河倒流，
哪怕你的沉重的翅膀折断，
你也会在自由的天空高高飞翔，
这就是我们永不屈服的火凤凰，
最坚强最坚强的民族之魂。

接下来是哭声、掌声连成一片。灯光大亮，照相机的闪光灯此起彼伏。张雨桐还站在台上，她还没有让自己镇定下来。她不知道自己身在何处，眼睛被泪水迷住了，连眼镜片都是两片波光，她什么都看不清，只是尽情地淌着眼泪。突然，她感觉到有一只温暖的大手握着她冰冷的手，是龚宇伟。

到休息室后，龚宇伟给她倒了杯热茶，轻轻地说："雨桐，你的朗诵太棒了，我太感动了。"张雨桐摇摇头说："不，我不喝茶，我要吃棒冰，赤豆的或者绿豆的棒冰。"

制冰厂有的是棒冰，龚宇伟马上派人去取来一箱，外面是朔风劲吹，而剧场后台是一派热闹。一箱棒冰刚取来，张雨桐拿了一个，其他的也都一抢而空。

胡彩华补了补妆，克制住自己的情绪，噙着泪花上场了。一到台上，她立即沉浸到李香君的角色中。她一亮相，说了几句台词，下边就开始喝彩了。她清丽的扮相，恰到好处的娇媚，有一点幽怨，更多的是不卑不亢，刚柔并济。她的国语带着些许绍兴口音，听起来糯糯的，绝不是做作的嗲腔，让人感到自然而亲切，比北方味道的国语更符合角色的身份。

在两个多小时的演出中，胡彩华细腻地把握住了李香君的性格，李香君的喜怒哀乐，她的烈性的一面，悲愤的一面，对爱情忠诚的一面，自卑的一面，全体现在动作和表情中。而且，她和金山的配合极其默契，一个风度翩翩，意气风发；一个仪态万方，楚楚动人。清军入关，河山变色，两人充满忧国之情，既愤且恨。当侯朝宗打算北上抗清时，李香君将儿女之情抛之一边，极力鼓励自己心爱的人为国效力，投笔从戎。在侯朝宗飘然远去，毫无音讯的情况下，李香君对侯朝宗朝思暮想，情丝万缕，缠绵不绝，但又对他寄予厚望，期待他在前线杀敌报国。后有人对她逼婚，她怀着决绝的心情，以极大的勇气撞壁表示自己宁死不从的决心，血溅绢扇。这惊世骇俗的跃身一撞，是殉情，更是殉国。

这一幕戏，是《桃花扇》的重头戏。胡彩华把李香君复杂的内心世界演得十分逼真，如鱼得水般自然流畅，顺理成章，把李香君对侯朝宗的思念，以及身处青楼的孤独、哀愁、迷惘以及破釜沉舟般的抗争，都演得出神入化，让人揪心，让人感动。

龚宇伟坐在台下，他的手里拿着笔记本、笔，随时可记下自己的零星想法，尤其是不尽如人意的地方。但他的本子上没有记下几个字。他虽然知道胡彩华的才华不一般，可能演李香君的女演员有一大把。而且上海的戏剧很多年里都笼罩在《茶花女》的阴影之下，对于李香君这个人物的认识，即使许多有名的戏剧家、演员都觉得是一个中国版的茶花女玛格丽特，而侯朝宗当然就是阿尔芒了。但是，从骆清遗留下没有完成的剧本中，龚宇伟已看出骆清塑造了一个全新的李香君，她根本不是那个哀怨迷离的交际花，而是一个旷达坚毅的奇女子。这出戏的落脚点就是一个奇字，绝不是讨人眼泪的爱情悲剧。龚宇伟完全理解也十分赞同骆清的这个思路，他就是按着这个思路续写完全剧的，也是从这个思路出发挑选演员和导演的。他把身边的女演员都过了一遍，合适演的不是没有，但总担心由于固有的经验，可能演不出自己心目中的那个李香君的味出来。有一次，他排演《杨门女将》，突然发觉胡彩华端正大方，柔中带刚，心性又明净，于是决定不拘一格选胡彩华客串话剧，担纲李香君一角。胡彩华一听，吓了一跳，连连摇头说，不行，不行，我是唱戏的，从未演过话剧。龚宇伟说，我不会看走眼的，凭我的直觉，你肯定能演好李香君。李丹沪也有些怀疑，问龚宇伟，你凭什么说彩华能演话剧，能胜任李香君这个名妓。龚宇伟说，丹沪，你错了，我们不能再将李香君看做一个商女，秦淮金粉之地的环境，会不自觉地把李香君作为一个名妓来演。这是不对的，《桃花扇》里的李香君不是风尘女子，而是个铁骨铮铮的奇女子，但她又和杨家女将不同，和花木兰不同，她长相清雅，谈吐隽永，琴棋书画都会，充满柔情，她对侯朝宗是一腔真情，但更重要的是她有骨气，不是商女，而是贞女。

胡彩华认真地听着，妓女要演成贞女，这是很有意思的。龚宇伟看到她态度动摇了，便把《桃花扇》的话剧本和孔尚任的《桃花扇》小说本给了胡彩华，让胡彩华阅读后，想好了再回答他。李丹沪听了龚宇伟这一番话后，原来的疑虑打消了，他极力怂恿彩华鼓起勇气尝试，胡彩华看过剧本和小说，从中咀嚼出一点真味，对李香君这个人物从青楼女到贞女的过程也初步有了了解，心思便活动起来，丹沪又在一旁一再劝说，终于答应了下来。一旦答应，胡彩华便非常认真地投入到里面去。

对于胡彩华扮一部话剧的主角，也有些人提出异议，一个唱越剧的，能演话剧吗？更有人说，上海话剧演员有的是，胡彩华争演李香君，虽是宣传抗日，也难免还有借此扬名的动机。龚宇伟对这些闲言碎语不予理会，但心里还是有点压力的，连张雨桐都不太理解，认为他太冒险了。

可今天的总彩排，胡彩华的表演如此出色，如此完美，远远超过了他的期望值，让他感到惊喜万分。毫无疑问，胡彩华所扮演的李香君取得了成功，《桃花扇》取得了成功。演出过程中，场内的观众时而沉静，时而兴奋，时而悲痛，这就是最好的证明。

当幕布徐徐拉上，灯光暗下时，台下静得没法再静了，仿佛是一个空寂无人的场子。等灯光亮起，场内的人们才转过神来，于是，掌声经久不息，在一阵紧似一阵的有节奏的掌声中，响起清脆响亮的喊声："李香君，胡彩华，李香君，胡彩华！"声如雷霆，场面十分感人。

胡彩华正在后台和李丹沪说着话，舞台监督急匆匆地过来说："胡小姐，外面的声音你也听到了，快去谢幕！"

胡彩华听后，直奔前台，大幕拉开，灯光齐明，胡彩华恭恭敬敬向台下三鞠躬。待大幕拉上后，下面还是一片掌声、喊声，闭到一半的幕布再次打开，胡彩华再次鞠躬，接着是全体演员出场鞠躬，场内才算安静下来。

彩排获得了成功。第二天起，九星大戏院破例演起话剧《桃花扇》，一周演五个夜场，还有两晚演绍兴戏《杨门女将》。

这时，淞沪战争的战火已烧到中国军队在上海的最后一块阵地，那就是上海老城区南市。南市孤悬于上海市区东南角，东滨黄浦江，南与法租界相邻，西至日晖港。沪西苏州河南岸中国守军阵地已被日军陆续突破，整个战线已处于崩溃。中国几十万主力部队已向苏州、太仓、无锡撤退，而日军紧追不舍。整个战局空前危急，首都南京已是大兵压境。日本军队在日军总指挥松井石根大将带领下，摆出了志在必得的阵势。在这种情势下，南市的防守已没有什么价值了。虽然境地险恶，防守南市的156旅和保安部队，明知主力西撤，强敌合围，仍表现出坚毅的精神，每个战士抱着保卫淞沪最后一块土地，与上海共存亡的信念，誓与日军决一死战。

对于中国军队固守南市，日本似乎估计不足，以为稍作攻击，中国守军就会弃阵而逃，哪知进攻部队发动几次攻击，都遭到顽强抵抗。于是，日军调来十几架飞机，对弹丸之地的南市轮番轰炸。南市民宅高度密集，随着炸弹落下的巨响，便是火光冲天，房倒人亡。高昌庙、南码头、外马路、制造局路以及日晖港一带，黑烟蔽日，烈焰熊熊。南市居民恐慌不已，数万难民潮水般涌向租界逃避战火，势不可挡。

这天，日军出动三十多架飞机，轰炸中国守军阵地。同时，集中火炮四五十门，隔江向南市猛轰，黄浦江上的日军舰炮也对南市进行轰击，十六铺至董家渡一带繁华地区顿成一片火海，大批商店和民宅被毁。11月中旬，日军在坦克掩护下，沿龙华路继续攻击前进，分三路强渡日晖港，向南市发动总攻。中国守军利用街道楼房，与敌展开巷战。在日军强攻下，我军且战且退，步步为营，与敌逐屋争夺，殊死搏斗，战斗由南市中心地带转至与法租界交界的边沿地区。日军攻打南市时，炮火盖天，南市就像一个体无完肤的伤者那样，几乎没有完整的建筑，一个繁华的县城短期内变成一堆瓦砾。

与此同时，日军一部由浦东渡过黄浦江，在十六铺码头登岸，企图配合西线日军进入南市。上岸日军当即遭到南市外滩守军的猛烈反击，密集的火力封锁住日军进攻的路线，过江日军支撑不住，被迫退回浦东。

因为战争几乎是贴着租界最繁华的地区展开，黄浦江、十六铺一带停泊着欧美诸国的轮船、军舰。中日军队的炮火在其间飞来飞去，日本飞机更是在租界上空呼啸而过。租界当局向日方提出交涉，日方只说一声遗憾就完了，飞机照飞，炮弹照轰，情势变得益发险恶。

南市的市面急剧恶化，汉奸、流氓、拆白党趁火打劫，越过法租界打家劫舍，暗杀抗日志士，偷袭向中国守军提供物资的车辆，南市经历了一场史无前例的浩劫。

租界流言四起，说日军攻下南市后，进而拿下租界，那是举手之劳的事。英美驻沪总领事约见日本总领事，日本总领事一再保证，只要租界坚守中立，日军决不会进攻租界。上海所有的报纸都在最显著的位置刊登了这一条消息。租界的人心得到了暂时的安定。不过，谁都看得出来，南市的沦陷只是时间问题，租界将成为真正的孤岛，就像是一片汪洋大海中的一座飘摇的小岛。

租界的繁荣并没有因战火烧到身边而有所减弱，即使和南市、十六铺码头相接的爱多亚路，依然流光溢彩，红尘滚滚，娇滴滴的歌声飘荡着。法租界的街区，公共租界的大马路、二马路、三马路、四马路（大马路，现南京路；二马路，现九江路；三马路，现汉口路；四马路，现福州路）的霓虹灯的灯光和南市的炮火连成一片，已分不清是灯光还是火光，反正上海的夜空变得更红了。

虽然有一部分人的心像结了茧似的麻木，但上海大多数市民的抗日情绪一天比一天高涨。也有人开始撤离，有乘长江轮船去重庆、成都的，也有乘海轮去外国和香港的。华商的工厂开始大规模内迁，繁华的背后，淌着动荡的、仓皇的暗流。

九星大戏院上演《桃花扇》《杨门女将》场场爆满，戏院门口，人头攒动，许多人在等回票。戏院门口售票处的墙上早已亮着“客满”的霓虹灯。票贩子捏着一把票，在人群里穿梭着，不时和等票者讨价还价。黑市的票价已翻了个跟头，买不到平价票又买不起票贩子手里黑市票的人，不愿离开，聚在戏院门口胡彩华和金山的大幅照片下，等待着最后几分钟的放汤戏。

这两部戏的成功和火爆，除了正逢其时，切中了上海市民的心境外，还和胡彩华的出色表演是分不开的。胡彩华演绍兴戏，又演话剧，成了两栖演员，这在上海演艺界中是绝无仅有的。

胡彩华在租界凶险的环境里迅速蹿红，大有压倒群芳之势，人们不仅把她当作一个大红大紫的演员，更把她当作抗战英雄。她用曲调，用台词，用一招一式的表演鼓舞人心，鼓动人气。这比"飞行集会"，比"街头活报剧"效果还要好。飞行集会没有麦克风，是局促的吼喊，下面的人听不太清；活报剧太粗糙，音乐、布景、道具都没有，会聚集一些人气，但作用到底有限。且租界对公众场合的活动限制得很严，看到街头集会，巡捕往往会吹哨子驱散人群，对个别坚持讲演的人还会强行架走。日本总领馆，日本银行、洋行、日本人聚居的地方，租界还会派出印度巡捕或安南巡捕放哨站岗，防止激进的中国民众有过激言行。

胡彩华如此注目，如此耀眼，她的安全当然不能不考虑。龚宇伟动用关系，说动租界派了四个"红头阿三"站在戏院门口，对形迹可疑之人，紧紧盯着。为了百密无疏，李丹沪从制冰厂工人中抽调了五十多名体格壮实的可靠青年，组成义勇队，穿着仿照童子军军服特制的服装、帽子、皮鞋，佩戴写有"义勇队"三字的袖章，腰佩利匕，手持木棍。李丹沪还从武艺馆请来一个教头，对义勇队进行训练，学会了几套擒拿和格斗的功夫。李丹沪将其中的二十人每天布置在戏院门口，几乎是五步一岗，十步一哨。再安排十人，站在剧场的四角，严密监控着场内的动静。

李丹沪还随身带着谢晋元送给妹妹的一支小手枪，以防万一。采取了这些措施，不仅保障了剧场的太平，压制了滋事分子，而且衬托出了观众义愤满胸的心情，在天崩地坼的时代，使人感到这些威风凛凛的义勇队是在向穷兵黩武的侵略者示威，精神为之一振。

在战局朝日本人所预期的方向发展时，日本对租界的策略有所改变。只要不是真刀真枪的抵抗，对那些煽动群众抗日情绪的文化活动睁一眼闭一眼，因为日本已在军事上占了上风，对于民族主义的反应，适度地表示宽容，以笼络人心，配合"中日全面和平""大亚洲主义"观点的推广宣传。

所以，尽管租界大小戏院竞相推出激发抗战情绪的戏，日本人似乎没有介意。由日本在背后操纵的针对抗战文化的暴力活动这段时期发生得极少。这个策略的实施，上海"兴亚院"负责人小川哲雄起了重要作用。他一再向日本军方强调，要征服中国，首先要征服中国的民心。中国人的民族自尊心是非常强烈的，任何高压手段，只会引起他们更多的痛恨，更坚强不屈，所以要攻心为上，软化他们的意志。当然，这不排除对受国民政府或共产党指使的有组织的活动的镇压和惩罚，但这样的打击要少而狠，起到杀一儆百的效果。

这天，小川哲雄以三井洋行大班的身份，带着王爱琴和领事馆的文化参赞来到九星大戏院。王爱琴事先派人定了一个包厢，还买了几十张“池座”的票，分发给“兴亚院”的成员和银行职员，来看胡彩华客串演的《李香君》。

小川哲雄的汽车刚在九星大戏院门口停下，就给九星的老板阿长发觉了，他不认识小川哲雄，但那个日本总领馆的文化参赞他一眼就认出来了。而且，他还从看客中发现了一群日本人，他们都是持票进场的，个个衣冠楚楚，也没有开口说话，身上看不到有日本人的标志物。像阿长这样在娱乐圈混了多年的老克勒，只要眼角扫一扫，马上就能八九不离十地判断来人的身份。阿长暗中盯着这批人看了一会，确定是日本人无疑，他大惊失色，马上就奔到后台，把导演龚宇伟，还有胡彩华的男友李丹沪拉到一边，悄悄说了这件事。

“走在日本领事馆参赞前面的那个日本赤佬，地位肯定高于参赞。参赞走在他旁边，有些赔小心的。”阿长两条腿发着抖，惊慌地说，“不过，我看他们的样子，不像是来捣乱的，是真的看戏来的。”

“日本人怎么会来看这样的戏？我看善者不来，来者不善。”龚宇伟镇定地说，“估计他们是来挑刺的，挑出来后下一步再采取行动。”

“你的意思，他们是来轧苗头的，轧出点对他们不敬的苗头，就会下手？”阿长说，“那怎么办呢？今天这场还要不要演呢？日本人的手条子可辣得很，说不定会派一架飞机来，朝戏院掷一颗炸弹。”

“不好！”李丹沪脱口轻喊一声，“日本人到底是忍不住了，我这几天一直纳闷，日本人和汉奸怎么放下屠刀，立地成佛了？”说着，摸了摸口袋里从香梅那里借来的小手枪。

龚宇伟冷静地想了想，对阿长说：“我们去看看他们坐在哪里，在没有搞清日本人真正来意之前，你不要跟任何人说起这件事，免得引起混乱。”

阿长连连点头：“不说，不说！”

他们来到台上，拉开幕布，露出一隙，台下和两边的包厢尽在眼中。阿长看了一番，看到派头十足、举止儒雅的日本人坐在二包，和他一起的是随这个日本人进场的年轻女人，这个女人优雅、清逸，足当美人之称。和二包一墙之隔的是三包，坐着日本领事馆的文化参赞，而更多的日本人坐在台前的池座里。他们都很斯文地坐着，等待着开演，而二包的那个日本人正在和那个女人聚首细语。静观片刻，龚宇伟并没有发现他们有异常的表现。

忽然，李丹沪推推他说："那个女人，我认识。她是正金银行日本大班的秘书，我父亲的押款，就是徐佳林通过她牵的线。"

"我知道。我听我爸说起过她。她是占领大隆厂的日本联队长佐藤的情妇。这么说，她身旁那个日本人是正金银行的大班了？"

"可能是。这个女人有一半日本人的血统。她父亲是大隆厂最早的厂主，就是在那个时候娶了她的母亲，一个扬州女子。现在她是正金银行派驻在大隆的监事，就住在当年她度过童年的那幢房子里。"

"嗯，嗯！"龚宇伟思索着，继续在幕缝中观察着。关于王爱琴的情况，他是有所知的，除了父亲龚总管跟他说过，组织的特工人员也注意到她，掌握她是"兴亚院"的成员，和多名日本情报头子有暧昧的关系，但尚未发现她参与什么阴谋，可能只是日本某些上层人物的花瓶。但有一点是肯定的，她和那个被马赫冷枪打死的佐藤确实爱得很深，她从北方到上海，就是奔佐藤而来的。

观察了一会，日本人和王爱琴的神色都很平常，那个日本人和文化参赞取出带打火机的金烟盒，悠然地抽着烟。龚宇伟和李丹沪当机立断，决定照常演出，而叮嘱场内场外的义勇队格外提高警惕，防备发生不测。

开幕的铃声准时响起，灯光熄灭，满场肃静无哗。幕布徐徐拉开，剧灯强弱变化着，齐射台上。青衣飘然，钗头耀目，胡彩华来了，好一个娇媚英气的李香君，马上就是一阵掌声，她一开口念台词，也是一阵欢呼声，足见观众对她的喜爱。

小川哲雄对中国话不能完全听懂，王爱琴在他的耳边轻轻地解释着。小川哲雄对剧情大致有所了解，来看戏前，文化参赞给了他一本孔尚任的《桃花扇》小说，他翻了翻，说，这只是写了痴情女子而已，不满情夫参加新政权的科举考试，是正常的，不过是一个贤惠歌妓借题发挥，对情夫久久不归不满而已，撕掉一把血染的桃花扇，发一通脾气，没有什么了不起。他还骂日本军方和那些梅机关、菊机关、竹机关的成员神经衰弱，疑神疑鬼，胆小如鼠，竟对坤伶们演些奉迎观众心态的戏如临大敌，实在可笑之至。还有什么《董小宛》《木兰从军》《杨门女将》《明朝遗恨》《精忠报国》《赛金花》等都是旧戏新演，演戏的人确想借此来鼓动抗日，但他就不信演几出戏能阻止日本军队的进军步伐，中国人不过是发泄发泄心中的亡国之恨而已，翻不了天的。大棒是要的，橄榄枝更要，这就是“兴亚运动”的真谛。日本要真正占领中国，就要取得民心的归顺，只有以华制华，让中国人出面来招兵买马，代替日本实施统治。

他觉得，战争终究是要结束的。上海这样的国际大都市，保持稳定和繁荣极具重要，对日本非常有利，所以他不主张动辄在租界进行暴力活动。收买人马，让他们充当侯朝宗、钱牧斋、吴三桂这样的角色，为日本效劳，是最聪明的办法。

他一边听一边看着台上的胡彩华，这个既会唱绍兴戏，又会演话剧的上海双栖红星，他是第一次见到，一见之下，惊为天人。他是留学法国的，濡染了法国的浪漫气氛，自以为对女人的眼光高于常人，而台上的胡彩华，在他眼里是一个色艺双全无可挑剔的大美人。她有几分像真由子，他喜欢真由子的忧郁气质，而胡彩华除了忧郁气质之外，比真由子长得更精致，更完美。虽然胡彩华身着戏服，脸上涂着油彩，但她的腰肢、步履、手势，以及脸型，一看就是女人味十足的佳人，而且她的女人味不是装出来的，而是天然的。

“我懂了，胡彩华演的戏所以火爆，是有道理的。”小川哲雄忘神地看着台上，嘴里说道，像是对王爱琴说，也像对自己说。

“什么道理？”王爱琴问。

“大家都是冲着胡彩华去的。这个胡彩华，是一个难得的天才，她的舞台形象，不亚于梅兰芳。依我看，胡彩华将来的前程和名气会超过梅兰芳、‘新艳秋’。”小川哲雄呼着烟说。

他说的“新艳秋”是程派青衣传人，原名王玉华，把程砚秋的“游丝腔”学得惟妙惟肖。在北京时，曾和杨小楼搭档唱《霸王别姬》。杨小楼的霸王，只陪梅兰芳演过，现在居然肯与新艳秋合作，这是给了“新艳秋”极大的面子，因而在北京引起空前的轰动。戏迷名票，都竞相捧场，“新艳秋”的名声在北京、天津与日俱增。

小川哲雄当时在北京，千方百计弄得一票，成了“新艳秋”的戏迷。他也想靠近这裙角，无奈“新艳秋”有极硬的靠山，当时他不过是日本一个情报机构的头目，没有军衔，也没有公开的光鲜身份。他来上海后，地位升高了，总领事也要让他三分，据说有人要接“新艳秋”来上海唱戏，他正翘首以待她的到来，未料发现了有“新艳秋”之风，也有“新艳秋”不及之处的胡彩华。

王爱琴听小川哲雄这么说，心里马上明白了，小川哲雄已迷上胡彩华了。她顿感失落，因为这意味着小川哲雄对她已厌倦。但马上想开了，因为她自从结识徐佳林以后，她也对小川哲雄厌倦了。她心里清楚，胡彩华是李丹沪的恋人，从那天在李公馆吃螃蟹所遇到的情形来看，胡彩华和李丹沪俨然是一对难分难解、感情深厚的情侣，而且胡彩华给她的印象是一个清高且洁身自好之人。小川哲雄想动她的脑筋，是没有希望的。

“真由子，你替我去办一件事。”王爱琴正想着事，小川哲雄突然开口叫她。

“小川先生，要办什么事，请你吩咐。”

“你叫戏院的职员，去给我订一个全上海最好的花篮，等会我要到后台看看胡彩华。”

“好，我马上去办。”王爱琴说完，便走出包厢，正好包厢的走廊上站着一个伙计，王爱琴对他说，请你们老板来一趟。伙计应声而去。不一会，阿长神色紧张地来了，一颗心吊到了喉咙口。王爱琴掏出几张票子，要他去订一个花篮，而且要最好的。阿长听后，顿时定心。他平时见许多要人、有钱人，尤其是小开阔少，为了捧角，经常往台上掷金戒指、耳环、项链，甚至钻戒，而有些身份的人，只到后台探视，送上一只装满名贵鲜花的花篮。所以平时早备了花篮花束、绸缎呢绒，以备这些看客临时相赠给他们青睐的演员。绸缎呢绒是为贵妇人备的，她们虽然珠光宝气，但思想还是较为守旧，不喜欢送花，而喜欢送衣料子。

王爱琴出钱请他订花篮，说明日本人不仅没有寻衅捣乱的企图，而且还要送花示好，这是一个好兆头，原来所担心的祸事看来不会发生了，一场虚惊总算过去。戏院的化险为夷，预示胡彩华的戏还可以轰轰烈烈地演下去，也预示着九星戏院的财源滚滚。

阿长将王爱琴手中的钞票一推，说：“小姐，区区一只花篮，不必这么客气，本院奉送，只请小姐多关照就是了。”又问王爱琴送到哪里，送给谁。王爱琴说，是送给胡彩华小姐，落款“三井洋行小川大班”。先放到后台，戏落幕后，大班先生会亲自送到化妆间去的。不过，钱还是要付的，大班先生不会刮这些小油。

王爱琴说完，把钞票往阿长手里一塞。阿长不敢怠慢，马上亲自到库房挑了一个百合花花篮，请账房先生在粉红色的缎带写了字，系在篮上，让两个伙计送到后台，并立即将这个动静告诉龚宇伟、李丹沪。

他们这才知道，原来这个日本人是三井洋行的大班。大隆厂生产的一半棉布就是这家洋行订的货，战时物资紧张，无论是战争的哪一方，都会把米粮、纱布、日用品列入战略物资，实行统制。三井洋行控制纱布，证明它不是一家普通的商行，而是有军方的背景，也可见这个小川哲雄绝非一般的日商。

“他到后台来看彩华，分明是黄鼠狼给鸡拜年，不安好心。”李丹沪担心地说，

“我的意思，彩华不能见他，演完戏就走，让小川哲雄扑个空。”

“还是让他来好。说真的，我现在真猜不到日本人葫芦里卖什么药。这样的戏，他们应当反感的。现在不仅安安静静地看完剧，还要送花道贺，这很反常。”龚宇伟说，“彩华躲避是不明智的，还是像平时一样，坐着卸妆，等着他来，看这个小川哲雄如何表现！”

“那我们要作些防备，让义勇队员在化妆间隔壁的储物间埋伏，如有不测，可随时应付，保护好彩华。”李丹沪说，“我、你，还有金山等几个演员陪彩华。”

“可以做好准备，但估计不会有什么事。”

待龚宇伟说完，李丹沪就找来义勇队的队长，布置他带十个队员埋伏到储物间，听他的暗号，暗号是“小川先生，你对我们不客气，我们也不会对你客气。你们日本人凭什么到戏园子里作威作福?”如果李丹沪大声这么说，义勇队员就从隔壁冲进来，制服这几个日本人。

商定以后，快要闭幕时，发生了一件意外的事。场内的一角，有一个观众是铁路站的扳道工，家在闸北，父母妻儿被日本飞机投掷的炸弹炸死，所以对日本人痛恨无比。平时口袋里常藏着一副特别的弹弓，一把铁弹子，有机会就偷袭日本人或汉奸。被击中的轻则受伤，重则流血，甚至还有打瞎眼睛的，打破脑袋的。日本人暴跳如雷，却又无可奈何，以为是中国小孩的恶作剧。

扳道工早就觉察到包厢里坐着几个日本人，他悄悄取出弹弓，而周围的观众都将注意力高度集中到台上的演戏中，谁都没有留意到他的动作。他瞄准了小川哲雄，拉弓将一颗铁弹射出。小川哲雄正目不转睛地盯着台上的李香君怒斥侯朝宗，那一腔怨怒的神情，悲愤莫名，又透着刻骨深情，加上长发飘飘，杏眼圆睁，不仅没有使小川哲雄感到她面目可憎，反而使他感到她的烈女般的样子格外可爱，心头涌起一股怜爱痛惜之情。突然，他只觉得左臂被什么东西猛击了一下，一阵钻心的疼痛。

“有刺客！”他大喊一声，整个身子往下一滑，就地一滚，伏在地上一动不动，坐在他身边的王爱琴从座位上起身，想去扶小川哲雄，但头脑里一片空白，双眼发黑，站都站不住。隔壁包厢的参赞闻声赶来。这时包厢正熄着灯，他只见小川哲雄躺在地上，以为小川哲雄不是昏死过去就是送了性命，连忙朝下面喊道：“打死人了，打死人了！”

池座里三井洋行的职员和“兴亚院”的会员立即飞奔上楼。此时场内秩序大乱，那个扳道工一不做，二不休，又举起弹弓射出一子，击中参赞头部。顿时血流如注，他“哎哟”叫了一声，便沉重地倒在地板上。王爱琴是看着参赞倒下去的，她醒悟到出事了。这时幕布已拉上，李丹沪冲到台前将胡彩华护送到化妆室，龚宇伟也跟着赶来了。阿长指挥着两个伙计，抬着一个飘着绸带子的大花篮刚走到后台，听说出了命案，目瞪口呆地站在那里，脸无人色。

这时在门口的巡捕已封锁了进出的大门，义勇队员维持着秩序，场子里已静了下来，人们感到奇怪，因为他们既没有看到杀手，也没有听到枪声。听说打死了两个日本人，大家嘴上不说，但都露出幸灾乐祸的笑容。

小川哲雄和参赞被扶了起来，场内和包厢已灯火通明，灯光下一检查，小川哲雄的左臂上有一处青肿，而参赞的额上也只是击破了皮，有一点瘀血。查下来并非枪击，而是被小石子之类的东西击中的。几个日本人在地板上仔细搜索，找到了两颗小铁弹，经分析是弹弓所射。

事态并不严重，而打弹弓的人肯定隐藏在场子里的人群中，要抓也很难，这么多人，除非全部押起来一个个抄身，而弹弓随便往哪里一扔，根本无法搜查到，而租界巡捕房也不可能将场内的人全部扣起来。

小川哲雄和参赞受了一点不大不小的惊吓，参赞破了点相，而小川哲雄穿上西装，看不出受了伤，依然温文尔雅，风度翩翩。

几个华捕已上楼，来到第二包厢，询问经过和伤情。小川哲雄大度地说：“没什么，有人用小孩的弹弓把我们当鸟打了，恶作剧而已。可惜的是，搅了胡小姐的戏，一个好端端的收场我们没有看到。”

参赞把两颗黄豆大的铁弹交给巡捕。巡捕表示，一定要严加侦缉，把肇事者抓捕归案。虽然只是弹弓，但毕竟也是在租界的公众场合行凶，租界巡捕房是绝对不允许的。

这时，池座里的日本人都来到了楼上的包厢，这些人虽没有日本浪人那样蛮横，但平时也是趾高气扬的，无事尚且生非，见领事馆的官员和“兴亚院”的头目被铁弹所击中，哪咽得下这口气，围住巡捕不停地叫嚷。

因封住了门，观众不能散去，非常不满。不知是谁带头，一时嘘声四起。更有人，把椅子乒乒乓乓地发出很大的声响。

阿长见没有死人，只是受了点小伤，心中的一块石头顿时落地。他怕把观众关着不放，在仇日的气氛之下，会闹出更大的事，便和龚宇伟商量，不如把没有演完的戏演完。这正合龚宇伟的心意，立即通知演员把最后一幕戏完整地演一遍。事发以后，胡彩华一直穿着戏服，外披一件呢大衣，在化妆室静静地坐着，外面的情景，她一句话都不问，不慌不忙地默念着演戏用的台本。李丹沪寸步不离地护着她，本来有些紧张，想劝她走，但见她毫无惧色，镇定自若，绷紧的神经也就松弛了，也不再劝她撤离。只是紧紧捏着她的手，另一只手插在口袋里，握住那支手枪。

舞台监督来通知上场了，场内响起了铃声。胡彩华将大衣递给李丹沪，往台前走去。

李丹沪拍拍她的肩，轻声说："不要怕，没有什么事。"

胡彩华甜甜一笑，点点头说："我不怕，中国人用弹弓打鸟，有什么怕的？你放心吧。"

终于把最后一幕戏演完。小川哲雄、王爱琴、参赞都各就各位。那批日本人没有回到池座里，而是站在小川哲雄和参赞的包厢外，耐着性子将重演的戏观看结束。王爱琴没有心思看了，只是坐着发愣，她还在想刚才的事，要是弹弓换成了手枪，那小川哲雄和参赞就完了，就这么轻而易举丢了性命。佐藤大概就是这么死去的，多事之秋，生命是何等的脆弱。

大幕拉上了，观众起立鼓掌，胡彩华、金山等主要演员走到幕前鞠躬谢幕。反复数次，场子方始安静，观众依依不舍地散去。

小川哲雄带了参赞、王爱琴由阿长引路，来到化妆室给胡彩华赠花篮。胡彩华正准备卸妆，见小川哲雄来了，站起来，微微点了点头，脸上毫无表情。龚宇伟、李丹沪、金山等演职员都是冷眼旁观，不理不睬。

小川哲雄有些尴尬，又不便发作，趋前盯着胡彩华，眼前的胡彩华比在包厢里看到的，更明媚动人。小川哲雄忍不住夸口说："胡小姐，我们是慕名而来，看了你的戏，果然名不虚传。胡小姐年纪轻轻，演艺的造诣着实可观，加以仪表出众，前途无量啊！"

胡彩华低着头，低低地说了声："过奖了。"

阿长在一旁插话说："小川先生特地给胡小姐送了个大花篮，真是多谢小川先生和参赞先生的抬举。"

胡彩华还是站着不动，李丹沪拉拉她的衣角，她才低声说了句："谢谢！"声音极低，像蚊子嘤嘤之声。

王爱琴见场面实在太冷，忍不住了，先朝李丹沪和善地笑笑，又拉起胡彩华的手说："别拘束，你们和小川先生初次见面，可我们之间，应该是熟人了。说来说去，人和人之间都是一个缘分，今天我陪小川先生有幸来看戏，碰到你们，就是有缘啊!”还在胡彩华耳边说,“小川先生真心赞赏你,对你的才艺有非常高的评价。”

说着,王爱琴又用日语对小川哲雄说了一通话,小川哲雄像鸡啄米似地直点头,脸上笑嘻嘻的。王爱琴对他说,胡彩华身边的这位年轻男子,是大隆厂李老板的儿子李少爷。李小开是胡彩华亲密的男友。三井公司和大隆厂又有生意上的往来。所以小川先生与胡彩华之间看来还有些渊源。不过,由于刚才弹弓射击的事,给他们带来了莫名的不安。

“你们不要有顾虑,弹弓的事,和你们没有关系。”小川哲雄说,“我也不会为了这件事,请求租界不准你们演戏,我看《桃花扇》这出戏不错,仁者见仁,智者见智,艺术嘛,有不同的理解是正常的。我们都是亚洲人,中日同文同宗,更是一家人。打仗吵架都改变不了这个事实。所以,我们亚洲人应当求同存异,求得文化上的一体,物资上的一体,中日兴,则亚洲兴,中日和,则亚洲和,你们说是不是?”

除了参赞附和说“是,是”外,没有人答应他。

“我有一事请教小川先生,不知可以不可以?”一直保持沉默的胡彩华忽然说。

“可以,可以,当然可以。请教不敢,胡小姐有话尽管说。”

“现在日本大动干戈,你觉得中日能和,亚洲能和能兴吗?”

“这并不矛盾,战争的目的是为了和平。中日发生战争,令人遗憾,但一旦战争结束,和平就会来临。战争状态下,中日之间有些对立的情绪,是正常的现象。譬如刚才有人用弹弓给我一击,我认为不足为奇。我不会计较。你们的戏照常演下去,我还会继续来一睹胡小姐的风采。”

龚宇伟目睹小川哲雄的表现,意识到这个日本人值得警惕。他的那套理论并不新鲜,可说是陈词滥调。但他对这出戏,特别是对胡彩华的那一份异乎寻常的关切,以及对这出戏的抗日倾向和弹弓事件所持的容忍态度,肯定掩盖着他的某种目的。

日本的政治人物和大部分商人的个性往往凶狠逞强,极其自大、狂妄,极富进攻性。在一般情况下,无端吃上两颗铁弹,虽没有造成重伤,也不会随随便便这么过去的。他们肯定会小题大做,揪住不放,闹个天翻地覆。而小川哲雄却罕见地对此事满不在乎。龚宇伟凭直觉小川哲雄绝不是简单的商人。他的言行传递出两个信号,一个是日本人随着军事上取得上风,准备对孤岛上海采取新的策略,那就是收买和笼络,任何侵略者在战争开道之后,都会表示适度的政治谦卑。

另一个就是小川哲雄个人对胡彩华居心不良，有着罪恶的目的。如果是前者，并不可怕，固然会罗致若干败类，迷惑某些政治色盲的人，但大多数中国民众是不甘心沦为奴隶的，不会给日本侵略者所笼络蒙骗。如果是后者，那就值得担忧了。除非胡彩华立即退隐，或和李丹沪远走高飞，如果继续抛头露面，难免落到小川哲雄的魔掌之中。

这是龚宇伟的分析，但他并没有将自己的想法透露给李丹沪点滴，李丹沪是个内心充满激情，容易冲动的人，如说穿了小川哲雄的企图，他可能会为了保护胡彩华做出不理智的事来。

但事态的进展，愈发让龚宇伟耿耿不安。小川哲雄凡胡彩华的戏，几乎逢场必到，王爱琴和文化参赞已不作陪，而身边多了两个穿便衣的警卫，大衣口袋鼓起一块，显然是备着枪。而戏完毕以后，小川哲雄照例要到化妆室送一个花篮给胡彩华，并数次提出要宴请胡彩华和李丹沪。

小川哲雄说得很客气，用的是客套的谦词，说自己酷爱中国文化，年轻时也演过戏，学过日本的浮世绘和中国的水墨，所以想和胡彩华、李丹沪交朋友，吃顿便饭。

到这时，李丹沪已隐隐看出小川哲雄的用心了，便断然拒绝说：“小川先生，你不用这么客气，天天送花，我们已受不起了，请吃饭更不敢当了。对不起，我们不会去的。”

胡彩华以女性的直觉，觉察到小川哲雄的态度中有戏侮她的意味，便傲岸地不理他了，不管他说什么，一概不回答。送的花篮，小川哲雄前脚走，她就把花摘下来，扔在地上，双脚狠狠地践踏。这时候的胡彩华显出了她难得的狠劲。

胡彩华的傲慢和难看的脸色，使得小川哲雄大为扫兴，悻悻然的，有几次他的脸变得铁青而狰狞，可看出他蓄积的怒气到了一触即发的地步。但这是一瞬间的事，小川哲雄的情绪即刻缓和下来，转眼间又是笑容可掬的。

第二天，他又出现在包厢里了。

龚宇伟终于把自己的担心原原本本跟李丹沪说了。李丹沪听后出奇的平静，用沉着的声音说：“我早就看出这个小川哲雄对彩华不怀好意，但我不能让彩华躲起来，更不能远走高飞。演戏是彩华生命的一部分，不让她演戏，她的生命就不完整了。再说，国家兴亡，匹夫有责，我们岂能当逃兵？”

“可要是小川哲雄对彩华来个狗急跳墙，那我们如何来应付这个局面？”

“只要敢碰彩华一根毫毛，我就毙了他！”李丹沪说，从口袋里摸出那把小手枪，往桌上一放。

龚宇伟把手枪拿起来，放进李丹沪的口袋里，想了想，加重语气说："这件事非同小可。眼下小川哲雄还不至于在租界会采取什么行动。到底怎么办，我们再好好商量，不过，你和彩华一定要小心。你要沉住气，不能乱来。"

这天晚上戏演完后，李丹沪开着车和胡彩华一起来到郊外。初冬的田野收割完水稻后，显得很空旷。月光清冷地挂在头顶，一条小河泛着银光，他们并肩依偎着坐在河边。李丹沪把白天和龚宇伟商量的事告诉胡彩华，胡彩华听了，平静地用坚毅的口气说："我不怕，大不了就是去死！"

李丹沪伸出手捂住她的嘴说："有我在，他别想碰你一碰。你不会有事的。还有，我们干吗去死？好日子还在后头呢！"说着，双手捧住胡彩华的脸，在月色下痴痴地望着，"阿华，像这样子看着你，我看一辈子都看不够。"

"真的？有一天，我满脸皱纹，满头白发，你还要看？这世上没什么能留得住。"

"当然要看。在我眼里，你永远是我心目中最美丽的阿华。即使许多年以后，也不会变的。这一点我能留住，你要相信我。"李丹沪深情地说。

胡彩华顿觉脸上发热，心跳加剧。满腹的话语，化作一股不可抑制的激动，她扑到了李丹沪的怀抱中。好久以后，李丹沪轻声对她说："阿华，我们结婚吧。"

胡彩华心里极愿意马上和李丹沪结成连理，恨不得明天就披上婚纱，这是她做梦都企盼的一刻。但她有种不好的预感，使她在片刻中黯然无语，没有立刻回答李丹沪。

李丹沪感觉到她的身子在轻微地哆索，以为她冷，把她抱得更紧。

"怎么，你不肯？"李丹沪问她。

胡彩华眉宇间露出坚定的神色，说："我愿意。不过，要过了这一阵，演罢两个戏再说，现在每天都有演出，太匆促了。但是，我要你买个戒指，现在就送给我。"

这不是胡彩华推托，而是事实。李丹沪抚摸着胡彩华黑丝般光滑的头发，闻着她的阵阵发香，兴起无限怜爱的情思，郑重地说："好，我听你的，等过了这些天，我们就结婚。"

第十六章
龙华放鸽

李香梅同意和徐佳林在最短的时期内举行婚礼后，李师母便忙碌起来。李香梅二楼的闺房粉刷一新，更新了家具、壁纸、窗帘。三个裁缝在李家缝制了将近十天时间，不仅是为准新娘的李香梅做了多套棉的、绸的、毛料的各式服装，其他人也都做了个够。三个裁缝带来三个帮工，抬来三部缝纫机，不停地转动着，发出很大的声响，李公馆一时成了制衣工场间。

李唯亭和李香梅觉得这样的阵仗大可不必。婚礼的衣服买几套现成的就可以了。要知道这是在上海，只要有钱，什么样的衣服买不到？即使要做上服装店定制一两套就行了。但李师母还是老的做派，不但不感到厌烦、操劳，反而乐在其中。不说别的，要安排裁缝的每日三餐就够忙的，这几个裁缝都是有点名气的，也有自己的铺子，一般不上门做，除非是有地位有身份的主顾。李师母觉得能把他们请来，是很有面子的，所以当他们上宾一样招待，还出了很高的工钱。

李师母喜欢这样的忙碌，家里应该有这样的氛围。女儿出嫁是件大事，应该要有些喜气，她就是要这份热闹。

李师母是好热闹的人，李公馆太大了，平时除了娘姨吴妈，还有茶房兼门房兼花匠之外，家里就没有其他人了。李师母经常请姐妹朋友来家里打麻将聊天，还有佳肴点心相待。直到淞沪战争爆发，大隆厂被日本军队占领，李唯亭满心烦躁，李师母才不让客人上门了。冷寂了一阵，李师母耐不住了，因而也想借女儿出嫁闹猛一番。所以，在缝制衣服的同时，李师母还请老姐妹前来观摩，一段料子一段料子抖落给大家看，给自己定制好的衣服一件件穿给大家看，像服装表演似的。老姐妹不住地赞叹，李师母心里舒坦极了。

但这却苦了胡彩华，她因为晚上的演出，每天都要睡到中午才起床。这段时期，缝纫机的声音和客人的来来去去，入耳心惊，很早就把她吵醒。她的性格，是绝对不会在李丹沪面前说什么的，所以一直忍着。况且这是李家在为嫁女儿作筹备，是件喜事，对自己带来点影响也无妨。而且这还触起她的一件心事，那就是说不定和李丹沪办喜事的那一天，李师母也会请裁缝来忙乎几天。她感觉到李唯亭、李师母和香梅近来对自己亲热多了，李师母对自己的成见基本没有了，只是担心社会的世俗之见。有一次，李师母对她和李丹沪说：彩华什么都好，就是这行当，亲眷朋友恐怕会说些闲话，当然，我也无所谓，谁人背后不说人，谁人背后没人说。再说，梅兰芳、麒麟童也不是唱戏的吗？我们彩华虽比不上他们，但至少不亚于孟小冬、“新艳秋”了。又说，结了婚，有了孩子，彩华就不要唱了，恹气的话，可以玩玩票。听了这话，胡彩华松了口气，这表明李师母已完全接受自己了。这正合李丹沪的心意，他一直希望和胡彩华成亲后，彩华就息戏居家。李丹沪这样想，没有别的意思，只是担心彩华太辛苦，是体贴她。

想到这些，她不仅一点也不计较客厅的吵闹，而且心里还有一种温暖的感觉。

李丹沪有点看不下去了，他也反对母亲请了裁缝上门来做衣服，对彩华说：这是乡下人和小户人家的做法。在上海滩，哪有像李家这样的洋房里，还摆起裁缝摊，又麻烦又闹，做得又不一定好。最省力的就是买现成的或去定做。当然，他只是对彩华这么说，在李师母面前，他是克制着的，没有说出来，但脸上难免有不悦之色。倒是彩华劝他，这不过是几天的事，老一代人这样做，是图个高兴，再说，开头一两天是有点闹，吵醒了自己，但这几天已习惯了。她适应性强，戏院里那么闹，有时自己在化妆室还不是照样能打上一会儿盹。

李丹沪还是让胡彩华暂时搬到大隆厂自己办公室里住。办公室是个套间，里间摆着一张床，外间放着张沙发。这儿虽然简陋，但安静，又有从锅炉房通进来的暖气管。平时李丹沪忙到深夜，不愿回去了，就住在这里。这会儿胡彩华可以睡里间，李丹沪睡外间的沙发。但彩华有些顾虑，住在李丹沪的写字间里，怕厂里的职员工人看到了会议论，虽然她和李丹沪的恋情尽人皆知，但李丹沪和她毕竟还没有明媒正娶，连订婚仪式都没有办。李丹沪安慰她：你不是说了吗？过一阵我们就结婚，我们不可能分开了。他们爱说什么就让他们去说吧，我们是光明正大的好，他们管得着吗？

见李丹沪理直气壮的样子，满脸的温柔，胡彩华感动得差点淌下眼泪。第一夜，胡彩华睡得还可以。胡彩华睡的房间有个小阳台，第二夜睡到半夜时分，胡彩华突然被一阵声音惊醒，她在黑暗中睁开眼睛，发觉声响是从小阳台上传来的，仿佛是人的急促的脚步声。阳台的玻璃上还挂着窗帘，似乎有影子在晃动。这幅触目惊心的景象，使得胡彩华毛骨悚然，脱口喊道："丹沪，快来！阳台上有人！"

声嘶力竭的喊叫声立刻把李丹沪唤醒，他从沙发上像子弹发射般跳跃出来，迅速推门而入，开灯察视，只见胡彩华用被子蒙着头，浑身在颤抖。他先在房间里搜索一遍，没有发现什么，又打开阳台，外面风很大，淅淅沥沥地下起了雨，雨点打在窗户外的遮阳篷上，噼噼啪啪地响着，阳台外的树木光秃秃的枯枝在风中舞动着。除此之外，没有任何异样的动静。李丹沪回到胡彩华的床边，慢慢扶起她。胡彩华惊魂未定，脸色苍白，扑在李丹沪怀中，带着哭声说："我怕！我看到阳台上有人，还有脚步声。"

"彩华，你别怕！有我在。"李丹沪搂着胡彩华柔软无比、因为恐惧而变得冰冷的身体，百般安慰。慢慢的，她的脸色才恢复了常态，身体也有了热气。

李丹沪用手帕替她擦去脸上的泪痕，抚摸着她有些杂乱的头发，告诉她：外面在刮风下雨，你听到的声音，是雨落在窗户外遮阳篷上的声音。还有，你看到的人影子，可能是晃动的树枝的影子。说着，李丹沪把灯熄了，阳台上玻璃窗的窗帘上，果然有树枝摇曳。胡彩华在睡意蒙眬中，把雨声和摇曳的树枝当作了脚步声和人影。李丹沪说完，又把电灯打开。

胡彩华发现自己刚才的惊恐是一种错觉，有些羞愧地笑起来。李丹沪不觉得可笑，反而觉得心酸，虽然这是彩华的错觉，但反映了她平日冷静的背后隐藏着沉重压力。李丹沪搂着像小猫般蜷缩在自己怀里的胡彩华，不禁产生了怜惜之意。

此时是初冬寒气最重的一刻，暖气的力度也有所减弱，窗外风雨交加，有点觉得冷。李丹沪身上穿着睡袍，而彩华穿的是薄薄的内衫，又凉又滑，领口敞着，袒露着雪白的胸脯。李丹沪和胡彩华虽是到了相爱相亲、福祸相共的地步，但像这样的亲密接触还是第一次，李丹沪不禁心旌摇动起来。他知道胡彩华是个庄重的人，虽生杂念，却不敢有非分之举，只能紧紧抱着胡彩华柔韧的腰肢很细的身体，抚摸着她结实的大腿和小腿。胡彩华已沉静下来，她低头一看，发现自己衣衫松开，脸上顿时露出了红晕。她本能地把领口拉上，想从李丹沪的怀抱离开，但她实在留恋这个男子宽阔的胸膛。

在这动荡的上海，只有他能让自己感到心安。所以，她不仅没有离开，而且还把自己灼热的脸颊完全贴到李丹沪的胸口，她听到了李丹沪擂鼓般的心跳，沉重而急促。胡彩华心里一股暖流涌上，她的梨园生涯中，追她、缠她的男人不计其数，但她从未为他们的殷勤、许诺、引诱所动，她也有情窦初开的少女心理，但她始终将自己紧紧包裹起来，对任何企图接近她的男子存有戒心，直到遇到李丹沪，情窦才得以盛开，而且愿意将自己的一辈子托付给他。

这时，她的矜持在李丹沪的砰砰的有力的心跳声中慢慢溶化了，她抬起头来，眉毛高高扬起，用热辣辣的嘴唇在李丹沪的颈脖上吻着，轻声说："睡在这里吧，陪陪我。"

家里在紧锣密鼓地准备着婚礼，李香梅始终没有真正进入角色，像个局外人。妈让她做什么就做什么，她既没有自己的要求，也不反对李师母和徐佳林在做什么。徐佳林给她买进口的手表，买珠宝首饰，买衣服、手袋、皮鞋，买太阳镜、洋娃娃，徐佳林征求她意见时，她都点点头，笑笑，从没有异议。徐佳林订教堂，请神父，订酒宴，问她的想法，她总是说两个字：随便。

学校的同学也都知道她快结婚了。大家都感到有些奇怪，奇怪的不是她要结婚。局势越来越差，同学中匆促出嫁的很多，连赵雅丽也闪电式地和上海市政府市长俞鸿钧的英文秘书结婚了。上海市政府已经名存实亡，还剩下南市一小块烽火之地在和日本人周旋着。据赵雅丽说，她不久就要退学，跟着新婚丈夫到香港或重庆去。所以大家对李香梅要嫁人，没有人感到突然，感到大惊小怪。让大家感到奇怪的是，她的佳期即到，她却没有一点兴奋的样子，反而显得心事重重。提到结婚，她也会笑，但笑得很勉强，是强颜欢笑。家里在忙，徐佳林也忙，但她都像无事可做，昏昏然的，像木偶人般的被他们牵来牵去。

每晚的宿舍里，气氛也变得有些沉闷，不像原来那样活跃，三个人打趣说笑，闭着灯了，还要坐在被窝里说悄悄话。赵雅丽虽嫁了人，因为没有办退学手续，还住到宿舍里，她的丈夫每晚到学校门口见她一面，这是一个温文尔雅，瘦弱单薄的男子。想到要远走高飞，赵雅丽脸上带着迷茫之色。每个晚上，说到要和范吟月、李香梅分手,她就忍不住抽噎起来,眼泪静静地流。看到她那样,范吟月、李香梅的神情也黯然起来。对于李香梅的心事,范吟月、赵雅丽心里都很明白,她是放不下马赫,但这是个敏感的话题,李香梅不触及,范吟月、赵雅丽也小心翼翼地不触及。平心而论,马赫浪漫又英俊,若说到嫁人,那徐佳林无论从哪方面来说,都要比马赫合适得多。可是,人的感情是说不清,道不明的。感情和理智往往会发生很大的冲突。这就是香梅的心被搞得动荡不安的原因。

这天,赵雅丽跟着丈夫应酬去了。房间里只剩下范吟月和李香梅。李香梅的床头摆着那幅在四行仓库屋顶升旗的照片,李香梅看着照片,大颗的泪珠从眼角流了下来。

范吟月到底还是把这个话题捅开了。

“香梅,你心里这么难过,是为了马赫吗?”范吟月轻声地问,“你快和徐先生举行婚礼了,还这么胡思乱想的,徐先生会怎么看?”

“是的,我也知道不该这样。可是,吟月,我不能让自己不想。我心里憋得难受。我恨自己,也可怜自己。我想忘掉他,可就是忘不掉,他的影子天天在我面前晃动,连做梦也尽是他。我太荒唐可笑了,是不是?”

“我不觉得你荒唐可笑。我理解你,换了我,也会这样的。现在,最要紧的,你要把自己的感情理理清,你对马赫,到底是感恩,还是爱上了他?”范吟月尖锐地问道。

李香梅抬起脸,想了一会,直言不讳地说:“这两样我就是理不清,我想它们是混合在一起了。开始是感激他救了我,可后来,我不知不觉地觉得他越来越值得我去细细品味。”

范吟月当然听得懂李香梅话中的意思,她的“细细品味”就是婉转地表示已爱上了马赫,也就是说,她对马赫的感情已超越了最初的感恩之情,而偏偏现在她就要出嫁,这意味着她已无选择的余地,可是,她对所爱的马赫又难以割舍,对徐佳林又不能悔婚,这两难的况味,实在让香梅消受不了。

“那么,你准备怎么办呢?”

“我不知道。”

“你给我说句心里话,马赫和徐佳林在你心中,要是放到天平上去称,哪一个分量要重一些?”

“这,我很难回答。”

“别急,你想想告诉我。”

李香梅迟疑了一下，说：“我想，还是他的分量要重些。”

“你说的他是指马赫吗？”

李香梅微微点了下头。

这是在范吟月意料之中的，如果是徐佳林分量重，她就不会像目前这样，对即将临近的婚典如此冷漠。范吟月不觉对香梅动了恻隐之心。她晓得李香梅没有回头路可走，但在马赫那头，总要想个办法，让她和马赫快刀斩乱麻，好聚好散。但用什么办法，她还得想想。

范吟月重重地叹口气说：“香梅，你这样下去不是办法，既然你和马赫有缘无分，也没有必要老死不相往来。你干脆和徐先生说说开，今后和马赫当好朋友走动走动。”

没等范吟月说完，李香梅就抢过话头说：“不能跟徐佳林说开，佳林容不下马赫这样的朋友，你可能还不太了解他。”

“现在马赫是怎么想的呢？”

“在我没有结婚之前，他曾经说要与徐佳林竞争追求我。我和佳林订婚后，他也没什么气恼，反觉得兴奋，毫不松懈。可从前线回来，他像换了个人，说战争太残酷了，他是军人，随时会牺牲，所以不想拖累我，于是决然地放弃和徐佳林的争夺。这是他当面明确告诉我的。可我知道，他在心里其实没有真正的放弃。”

“你和马赫的这种纠葛，我早就感觉到了。如今，马赫的放弃，是不是激起你更加爱马赫。”范吟月终于悟出了一个道理，有些兴奋地说，“我觉得我没有猜错，一个为了爱对方而放弃自己感情的男子，是难得的，因为通常爱是自私的，而马赫把你的幸福放到了第一位，这太了不起了，香梅，我说得对吗？”

“对，你说得对。”李香梅脱口而出，“我也是这么想的。在这一点上，马赫是超过徐佳林的。”

“徐佳林还有什么让你不称心的地方？”

“具体的我说不出。只感觉他不像马赫那样坦荡，让人一看就见底，他的心思太深了。我和他交往的时间应该不短了，但还捉摸不透他。”

“有城府是成熟、沉稳的表现，不一定是为人不好。”范吟月说，“香梅，你听我的劝。金无足赤，人无完人。徐先生的性格确不像马赫那样爽快。可你不要忘记，一个是读书人，做文场的事情；另一个是当兵的，冲冲杀杀的。只要两情相悦，你对徐佳林的个性会慢慢适应的，当然，他也会适应你。你想，是不是？”

范吟月和李香梅深谈之夜的第二天，范吟月打了个电话到美国海军陆战队的驻地，问马赫是否在胶州路驻地值勤，还是在驻地休息。接电话的美国士兵告诉她，马赫在外滩海员俱乐部布置摄影展。范吟月利用午间空余的时间，来到海员俱乐部，马赫果然在那里忙着往墙上挂镶在镜框里的照片，进门第一幅巨照，就是四行仓库屋顶的升旗照片，照片处理成暗沉沉的像旧照片那样的淡黄色，使整个画面的气氛显得更加肃穆、悲壮。排在这幅照片旁边的就是吴克仁军长在河岸边中弹倒地瞬间的照片。和马赫一起布置的还有沈石蒂照相馆的几个职员。张雨桐和几个《字林西报》的年轻记者也在帮忙，在场的还有几个木刻家，他们也把自己的抗日内容的版画和照片陈列在一起展览。影展的前言就是张雨桐的诗作《火凤凰》，每张照片的中英文说明也是张雨桐写的。几个人都熬了夜，眼睛有些血丝，还有些浮肿。张雨桐出现了黑眼圈，即便藏在眼镜片后面也显得很明显。张雨桐从前线回来后，川本一直缠着她，说幸亏他出面救了她，要不她可能早就被日本军队当奸细置于死地了。还到处散布流言，说张雨桐曾和他双双在一顶帐篷内过夜，言下之意，那一夜，他们有了不寻常的关系。

流言越传越广，越说越离奇。有人去问川本，川本故意做出神秘莫测的表情，不置可否。张雨桐很气愤，她准备找川本去交涉，给龚宇伟劝住了，说，根本不屑去理会川本这样的无耻无聊之徒。他们在报上刊登了一则启事，宣布结为夫妇。他们没有举行正式的隆重的仪式，只是在 DDS 俱乐部办了个茶话会。

婚后，张雨桐便投入了马赫的摄影展，影展名为“一个外国摄影家镜头中的淞沪战争”，除展出马赫的照片外，还同时展出周徽拍的照。

张雨桐见范吟月来找马赫，便猜到可能和李香梅有关，便把她拉到一边，问她是不是代李香梅送喜帖来的？范吟月说：“不是的，李香梅虽然要结婚了，但还是放不下马赫，心里非常难过，人也憔悴了，哪里像新娘子的样子，看了让人心痛。”

张雨桐听后，指着在干活的马赫说：“那一位也是这样，一个充满生气的活泼小伙子，一下子就变得暮气沉沉了。有一次，他无限惨淡地说，还不如像周徽那样，死于战场的好。他知道香梅的婚期一天天近了，非常痛苦，他再也不提香梅了，但他怎么也忘不掉香梅，这是谁都看得出来的。”

范吟月听了，不由着了慌：“那怎么办呢？本来我想大家一起，搞个活动，让他们俩参加，借个机会诉诉衷肠，也算是个告别仪式。现在看来，他们还是不见面的好。”

“为什么不见面呢？应该见。”张雨桐说，“活动嘛，有啊，我和龚宇伟准备组织大家到龙华塔去放鸽子，和马赫说好了，他也去。你和香梅也一起去吧。”

“到龙华塔去放鸽子？这算什么活动？”

“鸽子是和平的象征。现在日本侵略者的铁蹄占领了我们半壁江山，中华民族已经到了最危险的时候，我们要用血与火去争取和平。”张雨桐的眼睛红了，“我和龚先生结婚，没有举行任何仪式，放鸽子就算是一种仪式吧。我们一起来主张抗战，一起来祈祷和平。李丹沪和胡彩华也去，他们家养了不少鸽子。你知道吗？鸽子的方向感特别强，几百里，上千里的路都不会迷路。”

不愧是诗人，用放鸽子来作为结婚的仪式，这让范吟月感到新鲜特别，她当即决定动员香梅和赵雅丽一起去，作为马赫和香梅的告别仪式，也是很有意义的。他们肯定会记住一辈子的。

范吟月走过去，和马赫说了几句话。马赫瘦了不少，那顾盼之间神采飞扬的一双蓝眼睛，呆滞无光了。马赫问了她们学校的情况，就是不提香梅，像是在躲着她。直到最后，马赫才说：“最多三四天，摄影展就要开幕了，请你们班里的女同学都来参观，别忘了喊上李香梅。”

正要离开的时候，张雨桐喊住范吟月说：“香梅这个女孩子太单纯太善良了，她了解徐佳林吗？不定徐先生有什么事她都不知道。香梅这个傻丫头。”

“徐先生有哪些事香梅不知道？”范吟月连忙问，“喔，你是徐先生的同事啊。你说，徐佳林还有什么事瞒着香梅？”

张雨桐欲言又止，紧闭着嘴，带着黑眼圈的眼睛看着不远处的马赫，微皱着眉，用心地思索着。半晌才说：“算了，算了，他们马上要结婚了，把这些隐情抖出来，他们会撕破脸的。宇伟的父亲说，君子要成人之美。”

范吟月心里顿时升起了一团疑云，张雨桐肯定掌握着徐佳林的什么香梅所不了解的事，而且不是好事，不然，她不会说他们会撕破脸的。那么，到底是什么事呢？徐佳林这么一个有学养的、循规蹈矩的古板先生会有什么见不得人的事呢？范吟月苦苦地想着这个疑团，心里突突地跳着。

张雨桐见范吟月悻悻地离去，深悔自己失言。范吟月是李香梅最好的朋友，她回去肯定会把自己刚才说的话告诉李香梅，香梅极有可能会来追问自己。到时候，她怎么回答她呢？是说破它呢？还是蒙混过去？后来打定主意，到时看着办。龚总管对徐佳林和王爱琴的这种关系一直守口如瓶，准备带到棺材里去，连儿子都没有透露半点风声。但后来他又多次发觉徐佳林频频出入于小平房，和王爱琴双宿双飞，情浓意切的，俨然一对恩爱夫妻。他心里不安了，辗转思量，愁绪万千，觉得对不起李唯亭，对不起香梅，以后一旦败露，自己怎么向李家交代？于是，他把这个秘密透露给儿子，和龚宇伟商量如何来处理这件棘手的事情。龚宇伟并不感到特别意外，有人已将徐佳林的情况告诉给他，说投靠日本人甘愿当汉奸的马方朔在拉拢徐佳林下水，但徐佳林还是守住了一个中国人的良心。徐佳林确实和王爱琴来往密切，但陷得这么深，形同情侣，是龚宇伟所没有想到的。他觉得有点不可思议。因为在他心目中的徐佳林生活作风还算严谨，而且对李香梅爱得很深，怎么会拜倒在一个背景复杂、周旋于众多男人之间的日本女人裙下呢？问题是，他和王爱琴之间仅是儿女私情，还是已受王爱琴利用，参加了正在网罗人马的日本特务组织“兴亚院”？龚宇伟分析，徐佳林加入“兴亚院”的可能性不会很大，徐佳林处事谨慎，在政治上尤其保守，现在他写的时评越来越缺乏机锋，就是一个证明。他不会激进地鼓吹抗日，但也不至于当汉奸。值得重视的是王爱琴，她和徐佳林在一起，是出于感情，还是另有企图？这就不得而知了。

龚宇伟沉思良久，才对父亲说：“这件事暂不能跟李家说穿，看看再说。我担心一说穿，李伯伯那个脾气，饶不了徐佳林，这桩婚事肯定告吹。弄不好，王爱琴恼羞成怒，干脆逼徐佳林结婚，徐佳林经不起刺激，必就范无疑。这不是把佳林往火坑里推吗？我们能忍心看着他落草为寇吗？还有，事情传开来，小报是不会放过的，必定会大做文章，李唯亭、丹沪、香梅面子上过得去吗？对他们精神上的打击不会小的。还有一个问题，大隆厂给中国军队提供布匹、棉纱的事情，也有可能牵连出来。牵到我们是小事，把这条供货线扯断了是大事。”

儿子这番话头头是道，令龚总管折服。但他又不无忧虑地说：“不揭穿也好，可我们就这样眼睁睁地看着佳林沦落下去。香梅那里又怎么办呢？想想这孩子也真可怜！”龚总管愁眉苦脸的。

“我来找佳林谈一次，告诉他跟王爱琴这样的日本女人混下去是引火自焚，极其危险的，要他悬崖勒马，珍惜自己和香梅的婚姻。我最担心的是，他已到了不能自拔的境地。”

“也只能这样了。”龚总管叹息着说，“我也弄不懂佳林这孩子会这么昏头，真是知人知面不知心啊！”

龚宇伟打电话约徐佳林在咖啡馆碰头。龚宇伟为徐佳林的形容大为吃惊：多日不见，印象中意兴豪迈的徐佳林改变实在太大，虽风度仍不失儒雅，精神却显得委顿，忧形于色。大概不知龚宇伟约他何事，疑虑重重。龚宇伟见他这个模样，反而感到宽慰。一个人犯了错，就只怕若无其事，不知羞耻，那就说明他已横下了心,不可救药了。

“龚先生,你和张小姐大婚,我没有去恭贺,实在太失礼了!”徐佳林强笑着说,“我是从报上看到启事才知道的,这一阵雨桐又在忙于摄影展,虽同室共事,但很难见到她的人。”

“我们没有办正式的婚礼,世道这么乱,不想惊动大家了。一切从简,待太平后再补办吧。”龚宇伟说,“不过,各人的情况不同,你和香梅应该办得隆重些、热闹些,这是长辈们的意愿。即使你们想简单些,他们也不会答应的。我们和你们不一样,长辈不在上海,可顺着自己的心愿做事。”

徐佳林知道龚宇伟平时忙碌得不可开交,而且疏于和自己来往,不可能专门约自己来寒暄这些事,但他猜不透龚宇伟的来意,所以,自接龚宇伟的电话后,他心里一直感到严重的不安。他的心病就是他和王爱琴的事,会不会龚宇伟对此有所察觉。虽然他和龚宇伟接触不多,但他身边有两个龚宇伟的耳目,一个是他父亲,一个是他新婚的太太。这两个耳目能洞察到他和王爱琴的蛛丝马迹。

果然,在一番客套的话说过以后,龚宇伟马上切入正题,而且正是提及他和王爱琴的关系。

“徐先生,恕我直言,据我了解,你和正金银行的那个日本女人真由子,也就是王爱琴走得很近。”龚宇伟正色道,“具体的情形,我不多说了。今天我约你来,就是要劝你,如果你想维护你和香梅的婚姻,不管你和真由子发展到什么程度,你应该立即和她一刀两断,不能再纠缠下去了。”

徐佳林虽有准备,但此刻听到龚宇伟直截了当提到这件事,心里一震,不由得愣住了,脸上的肌肉微微地抽搐着。

“徐先生,你不用多虑。我约你来,完全是出于好意。而且,李家没有人知道我约你谈这件事。他们不知情,都蒙在鼓里。”

“唉!”徐佳林长长地叹了口气,面露愧色,神情也变得谦卑起来,“你说的是事实,我错了,一失足成千古恨啊! 这段时间,越是接近婚礼,我越自责,想起自己的所作所为,简直无地自容。龚先生,我说的都是真话。”

“我相信。在你身上发生这样的事,是极大的遗憾。亡羊补牢,为时未晚。现在你还来得及刹车,不至于滑得太远,也不会伤及到你和香梅的感情和婚姻。”

“我会的。我已和王爱琴说清楚了。她还是明事理的人,答应我和香梅结婚后,除了公事之外,不再有任何私下的接触。”

“你能做到吗? 真的能和王爱琴彻底了断吗?”

“我发誓，我能做到。我不能再糊涂下去了。”

龚宇伟欣然地点点头，徐佳林罕见的诚恳以及窘迫不堪的神态使龚宇伟相信徐佳林的态度，龚宇伟也清楚他不是那种寡廉鲜耻的人。他会有决心悔过自新的。“这就好，这就好。古人说，知耻而后勇。人生道路上犯些错，不足为奇。改正了就好。”龚宇伟说，“我再问你，你了解王爱琴的真实身份吗？”

“我了解，她把有关她的一切都跟我说了。”

“那你知道她是‘兴亚院’的特工吗？三井洋行的小川哲雄是上海‘兴亚院’的头目，她可能和小川有一腿，这些你都知道吗？”

“我知道。小川是个老牌的日本情报官，是‘亚洲和平运动’的发起人之一。有段时间，他天天到九星大戏院纠缠胡彩华，王爱琴在我面前咬牙切齿地痛骂他。”

“这么说，你和王爱琴倒是无话不谈。那么，她有没有拉你参加‘兴亚院’或其他组织呢？据说，上海有几个没有骨气的报人和作家都被拉进去了，连专以三角恋爱为题材的小说家张玉栋，都被罗致在内。”

“没有。王爱琴从来没有动员我参加任何组织，也从未对我宣传‘兴亚和平运动’。她好像对这套东西有些厌烦。”徐佳林毫不含糊地说。

“王爱琴还有些事你不一定知道，她的代号叫‘帝国之鸽’，她与几件重大情报的泄密有关。淞沪战争发动之前，她是正金银行驻南京的代表，以色相策反了国民党国防部机要室主任朱伟勋少将，窃取了一条重要情报。蒋介石计划在江阴要塞江面实行封锁，布设水雷，沉船堵塞航道，对长江上游的日本军舰、商船来个瓮中捉鳖，获得情报后，在两天内，重庆、宜昌、武汉、九江、南京等各港口的日本军舰、商船全部开足马力驶向长江下游，冲过江阴要塞，蒋介石的计划落了空，要不，淞沪战争的结果可能是另一番局面了！”龚宇伟说，“听说，朱伟勋这个败类和他情妇一起，现在藏匿在上海租界，军统的锄奸队正在找他，这些事你知道吗？”

“没有，但王爱琴说过，一条情报，有时会胜过几个军团。她承认做过几件轰轰烈烈的大事，使日本军队和商人避免了重大损失，我当时听了并没有引起特别重视。要是像你说的那样，她真的太不简单了！”徐佳林对龚宇伟说的事感到吃惊，他呼哧呼哧喘起了粗气。

他本来想问龚宇伟，你是怎么知道这些事的？但他转念一想，终究没有说出来，龚宇伟和张雨桐可能是共产党，他早就猜到了，上海文化界的和报界的左翼团体的背后都有共产党的影子，这也是公开的秘密，大家都心知肚明，共产党地下组织和军统、中统的地下组织也已不计前嫌，联起手来，互通情报，彼此配合。龚宇伟这个戏剧家的消息来源是用不着深究的。探明了又有什么意义呢？中共和军统的助奸队，在上海滩神不知鬼不觉得暗杀掉一批亲日分子。自己和王爱琴打得火热，不定哪天也会被铁血锄奸团盯上，想到这里，他不寒而栗。

“还有呢，淞沪战争爆发之初，蒋介石想亲来上海督战，为了安全，他打算乘英国大使许阁森的专车来上海，结果挂着米字旗的汽车在路上遭到日本飞机的扫射，许阁森和司机下车逃避到稻田里，汽车中炮弹严重受损，这是冲着蒋介石的‘斩首行动’，幸亏蒋介石觉得乘外国人的车没有面子，临时改变了主意，否则，后果不堪设想……”

“这事我知道，当时在上海轰动一时的，《字林西报》发了消息，还刊登了英国政府对日本人的抗议电文，日本人死不认账，这件事难道和王爱琴有关？这不太可能……”徐佳林摇着头。

“是的，蒋介石的行动是最高机密，除了少数几个人，谁都不知道，但对英国人来说，就不是那么回事了。许阁森的司机是个风流鬼，他在去上海前几天在夜总会和一个中国女子跳舞，无意中和那个女子透露了去上海的时间，可以告诉你，这个女子就是王爱琴，她是事先在朱伟勋那里得知了蒋介石乘许阁森汽车去上海的安排，但时间不清楚。这个王爱琴差点改写了中国的历史。她的代号是‘帝国之鸽’，你和这样一个险恶的人待在一起，你不觉得可怕吗？”

“龚先生，谢谢你的提醒，我立即设法和王爱琴一刀两断，我给她缠上了，要摆脱她不容易，但我会有办法的，我说话算数。我很惭愧，不好好抗日，我鬼迷心窍，被这个日本女特工拉下水，她的目的是条件成熟时，拉我入伙。我不是东西，但我决不会出卖祖国，出卖良心。我只是为情所迷惑，我哪怕一死，也不会让自己堕落成汉奸，成为千古罪人，龚先生，你要相信我。”徐佳林说完，失神地看着龚宇伟，额头汗出如浆。

龚宇伟专注地听着徐佳林说的每一句话每一个字，他没有理由认定徐佳林说的是假话。他盯住徐佳林飘忽的眼神，一字一句地说：“我相信你，你只是滑到边缘，还没有成为马方朔那样的无耻文人，可是，你很危险了，向前跨一步，就是深渊了，你好自为之吧！”龚宇伟站了起来。

“龚先生，我拜托你一件事！”徐佳林说。

“说吧，什么事？”

“请你无论如何替我保密。假如香梅听到一点风声，我就彻底完了。”

“请你放心。我会替你保密的。除非你和王爱琴藕断丝连，自暴自弃。还有，在她面前，什么该说，什么不该说，你要明白。你要出卖我，那是你自寻绝路，王爱琴做的事，已经不是秘密了。我也是从知情人那里听说的。”

徐佳林又是一番赌咒发誓，一向意气轩昂的他如今变得畏畏缩缩的，唯恐龚宇伟、龚总管、张雨桐把他的秘密泄露出去，一再哀求龚宇伟替他保密。也以人格担保对于龚宇伟所说的王爱琴的情况坚决不吐一字。

这次谈话使得龚宇伟对徐佳林的性格多了一分了解。那就是他素来恃才傲物的背后，有着平时所不见的软弱，甚至委琐。还有就是爱面子，他对出乖露丑、有损名誉的担心，超过对香梅的爱。说到底，他是一个特别自私的人。

当天下午，徐佳林给王爱琴打电话，说要去她公寓，王爱琴说，还是到厂里去吧，公寓不方便。徐佳林懂得她不方便的意思，就是“兴亚院”的小川、正金银行的大岛随时会去公寓找她。听了这话，徐佳林感到心里很不舒服，便恶狠狠地说，厂里不能去了，我们的事被人发现了，你感到方便的地方没有了。王爱琴听出他声音里的不悦，在电话里沉默了一会说，那到国际饭店的酒吧见面吧，我晚上在那里等你。

晚上，徐佳林去国际饭店酒吧，王爱琴已先到了，正在小口小口地喝着咖啡。

徐佳林刚坐下，王爱琴就板着脸说：“你说我们被人发现，是不是你准备和李香梅结婚，编造出来吓唬我的？你做得那么小心，在我那里是神出鬼没，谁会发现？”

“你误会了。今天上午，和香梅哥哥合开厂的龚先生约我见面，龚先生的新婚太太张雨桐是和我一个办公室的，他的父亲就是大隆厂的总管，和你接触挺多的。”

“这些情况我都知道，你先说清楚，到底我们是怎么被发现的？难道有人躲在我们的床下面不成？”王爱琴一改平时温柔，不客气地说，“其实，你用不着编出这样的理由来的，我早就跟你说过，我不会阻止你跟李香梅结婚的，我们这是露水姻缘，我没有资格来阻挠你。你不想见我尽管说，我犯不着让你夹在里面两头为难。”

“你凭什么说我是编出来的，我有必要编这样的理由吗？我真的这样无聊吗？”徐佳林见王爱琴蛮横，一股火气上来了，愤愤说道，“你相信也好，不相信也好，我再说一遍，厂里我不能去了，你的公寓我也不会去打扰的，省得让你不方便。”

王爱琴第一次见徐佳林发火，感到突然，一时之下，不知所措，手里拿着一支小银勺发愣。

徐佳林站了起来，说：“我有事要跟你说，你无端向我发这么大的脾气。在你心目中，难道我徐佳林真的成了你们日本人的奴才了？可以任意对我吆来喝去。”

本来已经缓和下来的王爱琴一听徐佳林把话说得这么刻薄，不禁又提高了声音，粗暴地说：“徐先生，你给我把话讲讲清，我什么时候把你当奴才了，又什么时候对你吆来喝去？做人总要讲点良心，我哪里亏待了你？”

“这里不是吵架的地方，我也不想跟你吵。今天我们心情都不好，说什么都不投机，有什么事以后再说吧，恕不奉陪。”徐佳林说完，头也不回地走出酒吧。

走到国际饭店外面，一阵寒冷的狂风卷来，一颗颗东西掉在脸上，冰凉冰凉的，徐佳林抬头一看，空中飘起了雪花。按节气，刚过立冬，还未到小雪，上海就早早地下起了雪。一个侍者走上来，恭敬地说：“先生，要不要把你的车开过来？”

徐佳林摇摇头，冒着雪在马路上盲目地走起来，不住地长吁短叹，咬紧嘴唇，一脸要哭的神色。他有些懊恼，不该向王爱琴发脾气，本来他的打算是向王爱琴讲述龚宇伟和他谈话的经过，借这个事实，婉言向她提出暂时分开一段时期，等他过了结婚关，事态平稳以后再见面。没想到一向对他温情脉脉的王爱琴说话会说得这么狠，一味地向他发威。

现在事情闹得不可收场，徐佳林觉得十分作难。龚宇伟虽然用人格担保，替他保守秘密，但龚宇伟消息的来源必定是龚总管，龚总管会不会哪天一不小心向李唯亭泄了底呢？还有王爱琴，本来还觉得有些舍不得，还觉得就此抛弃，良心有愧。可今天和她的吵闹，使他的这种感觉一下没有了，反而增强了和她分手的决心。可王爱琴会放他一条生路吗？是的，王爱琴只是个自矜的充满哀怨的女人，不足为虑，可她的背景那么复杂，站在她背后的人是残酷无情的日本人，要想收拾他易如反掌。他明白，他要从王爱琴那里彻底脱身，是很难很难的了。想到这里，徐佳林仿佛浑身发软，就像有只巨手把他高高抓起来，悬在空中，痛苦异常，却是无力挣扎。

雪越下越大，街上混沌一片。徐佳林茫然无主地在街上走着。街灯的光亮，曳出他长长的身影。上海下雪不多，飘忽的雪花增加了人们的情趣，殷实人家的少男少女不知愁滋味，纷纷在雪中嬉戏。听着他们的笑声，徐佳林更感到凄凉难耐。他忽然想起了香梅，要是没有发生这么多事，他也会约她出来在雪中漫步，那是一种平常又实在的浪漫和幸福。可现在他没有这样的心情，也没有脸面去找香梅。而且，也许香梅已听到了他和王爱琴的事，张雨桐是个心直口快的人，她很可能会给香梅一个暗示。

徐佳林的脚步越来越沉重，就像拖着一副脚镣，不知不觉走到了外滩。他在巴夏利的铜像前站住，雪中的黄浦江变得宁静起来。江中停泊的巨轮影影绰绰，无声无息，看上去有点寂寞荒凉。外滩大楼的灯比平时的亮度减弱了不少，就像梦境中的景象。而南市那头，还闪着火光，大雪阻挡不住战火。只有海关大钟的《威斯敏斯特》报时曲依然响亮悦耳。

徐佳林浑浑噩噩地站着，在朔风中手足冰冷，却又汗流浃背。这时，他心里空荡荡的，没有什么感觉，好像这世界与他无关，甚至，他不知道自己是谁，这个已变得浑身雪白的躯体，是属于另一个不知名的人的。

忽然，一辆小汽车戛然在他身边停下，轮胎压得积雪吱吱直响。一个穿着毛领皮夹克的人，从车上跳下，站在他面前，大声说：“是佳林吗？这么冷的天，你还在瞻仰巴夏利吗？我这老远就看到两个雪人，一个就是这个铜像，另一个就是大记者大学者你徐佳林，用相机照下来，是一幅绝妙的照片。”

徐佳林清醒过来，抹去脸上的雪水一看，原来是马方朔。只见马方朔咋咋呼呼的，一脸的诧异。这个时候，能遇上一个熟悉的人，对徐佳林来说，不亚于溺水的人抓住了一根稻草。他心里略感安慰，相继而来的，却是更多的羞惭。

“方朔，不瞒你说，我，我一言难尽！”徐佳林吞吞吐吐地说，他有一种欲望，想找个人一吐苦水，不管这个人是谁，而此刻恰恰碰到了这个为上海新闻界人所不齿的马方朔。

“佳林，你一向春风得意的，马上就要结婚，抱得美人归了，会有什么烦恼？”马方朔打趣说，“看你这个样子，整个就像在街头漂泊的意大利忧伤诗人，你是怎么搞的？”

“方朔，你有所不知。”徐佳林叹息着说，“我现在处境太为难了，我正不知道如何来收拾！什么抱得美人归？结婚给我带来的不是喜悦，而是痛苦。真的，我太痛苦了。我没有想到本该甜蜜的人生一大乐事，会如此苦不堪言。”

“佳林，上车吧，这里太冷了。我们找个地方喝一杯。”马方朔边说，边掏出一方手帕，为徐佳林拂去身上的积雪，然后把他推上车。

汽车过外白渡桥时，马方朔向站岗的日本哨兵亮了一下证件，哨兵敬了个礼，立即放行。汽车很快来到虹口，这里是日本人的势力范围，街上一家挨一家的日式店铺，清一色的日式装饰风格，连招牌也尽是日文。往来的行人中日本人居多，手里撑着挡雪的纸伞，伞面上画的是日本风光。整条街区散发着浓郁的日本气息。

徐佳林应朋友之约，也到这里吃过几回日本料理，也看过日本歌妓的舞蹈，对这里的日本式的罗曼蒂克情调并不陌生，而且会不由自主地沉湎进去，焕起了他在日本留学时的岁月记忆。马方朔将车子停在一个巷口，步行走进巷子，在巷子的深处，挂着一个长长的圆形灯笼，上面写着“汤之乡”三个字。留学日本的徐佳林一看就明白，这是一个日式浴池，也是一个风月之地。徐佳林在日本和回国后，不止一次涉足这样的场所，但自从和香梅恋爱以后，他基本能做到洁身自好。可此时，他毫无犹豫地跟着马方朔跨了进去。老板是个异常冶艳的日本中年女人，马方朔介绍她原是满洲映画株式会社的演员，演过几部电影。日本女老板和马方朔很熟，问马方朔，是先入池泡澡，还是先喝酒？马方朔说，天冷，先泡泡吧，热了身子再喝酒。喝酒时，不用人陪，我们有事谈，谈完话后就由你老板安排了。马方朔说最后一句话时，意味深长地笑一笑。日本女老板连连鞠躬，说着流利的日语。一位穿着和服的年轻的日本女子，先领他们来到浴池。浴池不大，但温暖如春，池水清澈见底，冒着一缕缕热气。陪他们进来的日本女子从一个木制的桶内掏出干花瓢，一把把放进池中，热腾腾的浴室内，顿时飘起一股浓香。日本女子再把毛巾等洗浴用品放在池边的一张长条椅上，然后悄然无声地退了出去。他们赶忙脱掉衣服，进入池中。马方朔哼着流行歌曲，站在池中，用手向自己的身体泼着热水，然后坐到池里的大理石阶石上，舒服地发出呻吟声。徐佳林则跃到池中央，将自己的整个身子，连同头部，潜水般地深深浸在水里，直到憋不住了，抬起头，呼吸几下，又浸了下去。热水的热量使他刚才在外滩冻得僵硬的身体暖和了过来，也使得他“魂魄归位”。就这样浸泡一阵以后，他在大理石的台阶上半躺半坐，不说话，只闭着双眼，吸着花瓢的香气。

沐浴过后，徐佳林通体舒泰，精神徒觉一振，脸色显得温润滋泽。马方朔更是红光满面，内心很是得意，他极力想拉拢徐佳林入伙。最近日本人要他组织一个文化方面的机构，取名“同文研究院”，意为中日同文之意，在上海的文化界、新闻界招兵买马，配合日本对中国的侵略步骤和大陆政策，开展有利于日本的文化宣传活动。“同文研究院”这个组织的名称带有学术色彩，而且清一色是中国人，日本人一般不参与，只是在背后操纵，并专门拨出一笔经费，来支撑这个组织的活动。活动的范围非常广泛，音乐、戏剧、书画、新闻、电影、摄影、图书出版等，几乎无所不包。当然，其最终目的，是扼杀抗日文化，张扬忠于日本的奴性文化。“同文研究院”和“兴亚院”不属一个系统，但有异曲同工之妙，都是为了在军事侵略、军事占领的同时，通过文化和理论的渗透、灌输，对中国民众进行精神奴役。所不同的是，“兴亚院”有一套“兴亚和平运动”的理论基础，而且其中的主要角色是日本人，隶属于日本情报机构，其经费由日本军部调拨，其宗旨是发展汉奸，培植日本走狗。但它和“同文研究院”有一个相同的任务，就是制造“文化”的声势。“同文研究院”的经费由日本文部省拨划，它是个新机构，还迟迟挂不出牌。其原因和“兴亚院”一样，除拉了一批不起眼企图捞几个车马费的庸才之外，还没有一个像样的有影响的人参与。马方朔原来向日本人拍过胸脯，保证在较短的时间内发展几个文化名人，但他接触了几个，无人理他，以至于在日本人面前大丢面子。

他曾经拉拢过徐佳林，开始是希望他能加盟大东亚电台，徐佳林除了出个开辟“战地信箱”的主意外，一篇时评都不愿意写，还赔上一个王爱琴。本来他对王爱琴是很青睐的，约她喝过几次咖啡，吃过几顿饭，可她搭上徐佳林后，就对他不理不睬了，恨得马方朔在背后大骂王爱琴。筹划“同文研究院”后，他发现徐佳林的文章变得不痛不痒，一点锋芒都没有，像骆清被刺这样的大事，新闻界几乎同声声讨，连马方朔都觉得有些过分，但徐佳林仍保持暧昧的沉默。这个动向给马方朔捕捉到了。他尝试着给徐佳林打电话约见面，但自命清高的徐佳林百般推托，显然对他存有戒心，不愿接近他。另外，也有可能王爱琴在徐佳林面前说了什么，从中作梗。“兴亚院”和“同文院”虽都是日本人导演的产物，但来自不同的系统，自然有派系之争。日本高层在对待中国问题上，枪口是一致对外的，但在政策策略上，在方法上还是有争议的，且内部派别丛生，内耗严重。马方朔正挖空心思想和徐佳林通上款曲，未料和徐佳林不期而遇，给了他一个绝好的机会。

他们穿着浴衣，来到一个雅洁的日本式的房间，地上铺着草席，置放着柔软的鸭绒坐垫，一张矮矮的四方桌，房间里还有一个燃着火的大炭盆。桌上已摆好日本小菜，日本清酒和啤酒。马方朔还要了一大盘鱼子酱和生鱼片，价格不菲。

“方朔，你太客气了。”徐佳林有些过意不去地说，“俄国的鱼子酱和日本的生鱼片，本来就是上品，在被战火包围的租界，眼下更是奇货可居了。恐怕在国际饭店、英国总会的餐桌上都见不到了。”

“多日不见，本惦念徐先生，未料街头巧遇，也可说我们有缘，理应好好聚聚。汤之乡虽是家里弄小店，菜肴和服务，还是很别具一格的。”马方朔一面给徐佳林面前两只大小不一的酒杯里分别倒上清酒和啤酒，一面问道，“还是喝日本酒吧？”

“到这里当然喝日本酒。我们在日本时，喝的都是日本清酒和日本的太阳牌啤酒。你忘了？”

“你看，你看，我居然忘了，老了，我们的同窗之谊是我难以忘却的，它对我来说，就像初恋那样刻骨铭心，哈哈，爱情臆想，小布尔乔亚的爱情臆想。”马方朔自嘲说，“在你徐老弟面前，我一向自卑，一样是在日本混了几天，可我马方朔还是庸庸碌碌，可徐先生在上海滩如雷贯耳，像徐先生这样的日本通，上海滩没有几个。”说着，高高地举起酒杯连说几声“请”，一杯酒吞进了喉咙。

徐佳林说了声“谢谢”，也把一杯啤酒干了下去，刚才浴中大汗淋漓，如今火盆在侧，他感到又热又渴，一杯清凉的啤酒让他顿时感到痛快淋漓。

“佳林，刚才在外滩碰到你时，看到你好像不太痛快，又说了些丧气的话，不知你碰到了什么难题？今天没有外人在这里，请你一吐为快，我也许可以为你出出主意。”马方朔以爽朗明达的态度说，“怒发冲冠为红颜，我没有猜错的话，老弟之愁源出女人？”

马方朔的话，又使徐佳林刚平静下来的心翻腾起来，他连喝了两杯啤酒，脸上又露出悒郁不欢的神色，叹口气把事情的大概，自己的为难和痛苦，以及对事态发展下去的担心，统统说了出来。

马方朔不插话，只是深深地看着他，一边听，一边“嗯，嗯”地点着头，听得很认真。

“小事！小事！”等徐佳林说完后，马方朔马上就喊起来，“佳林，不是我说你，你虽然是日本留学回来的，是新派人物，但还没有脱掉中国旧式文人的习气，把自己的名誉、气节看得太重，太重情，碰到什么事，总感到有未尽之心，清夜扪心，把身后是非想得太多。”

“方朔，你刚才连说是小事，你说给我听听，在我看来是难的事，你何以认为是轻飘飘的事情呢？”

“一句话，只要想得开，就举重若轻，再难的事也就容易开脱了。老子说，治国如烹小鲜！治国何尝如此，你那么点事算得了什么？”

“我还是不明白，像我这样子，我想开脱，但就是开脱不起来。”

“怎么不能开脱？你和王爱琴的这段孽缘，主动权在你手里，脚也在你身上，你要离开她，她难道是白虎星，会吃掉你吗？她身后的日本人才不会来管这些破事。至于香梅小姐，你只管和她结婚，她要听到风声，只要不是把你从床上捉起来，你来个死不承认，她拿你没办法。即使当场捉住，又怎么样呢？最多就是各走各的路，不就是两个女人吗？女人算什么！我告诉你两句话，不管什么样的女人，骨子里都是贱的，吃硬不吃软。女人和政治一样，都又要树贞节牌坊，又要做婊子，所以，你不必太在乎。”马方朔的惊人之谈，如果在平时，会引起徐佳林的极大反感，可在今天，却让他非常入耳，觉得很有道理。自己所以差点被沉重的思想负担压垮，就是因为陷入脂粉阵中，不能自拔。

不错！无非就是两个女人，自己只要不在乎她们，任凭她们去闹，去吵，难道能吃掉自己不成。最坏的结果，无非制造点绯闻出来，对名誉造成点损失，但想开了，名誉的好坏，其实都是人家嘴里的东西，一个人活在世上，何必受制于他人呢？做人又不是替别人做的。马方朔说得对，暂时不理王爱琴，和香梅高高兴兴结婚，至于以后如何处理这两个女人的事，暂且不去管它，随遇而安吧，不必太认真。旧文人的习气就是好面子，把身后是非想得太多。马方朔真是一言中的。

想到这里，徐佳林心里轻松了，满腹的愁苦被一杯杯酒浇得干干净净，和刚才在外滩恨不得一头跳进黄浦江的他比较，他又变得气定神闲，精神十足，对马方朔的点拨真心感激。

马方朔乘机提到“同文研究院”的事，说上海的战事快结束了，南市顶不住几天了，上海的租界必一片混乱。英国人、美国人、法国人是泥菩萨过河，自身难保了。欧洲的局势日趋复杂，战争的乌云笼罩在整个欧洲大地。中国沦落也是早晚的事，日本军队已包围南京。他认为，日本即使控制了中国，就像清灭明，元灭宋一样，只是朝代更迭，日本虽是外国，但同文同宗，追根溯源，也是中国人的子孙，并非是异族。既然异族统治可以认同接受，而且为汉族文化所同化，那么，日本的控制是同族的控制，为何要一味的抵抗，把整个中国推向血海火狱之中。因此，主战派一再挑动民众的情绪，使仇恨、报复和暴力遍布中国，但最终受难的还是国计民生。实际上，息战求和是最利国利民的善策，是拯救黎民于水深火热之中的明智选择。“同文研究院”就是以推广中国传统文化为目的，对于日本文化同则纳，异则斥，因为，日本文化虽源于中国，但经过数千年的演变，已有许多地方和中国文化格格不入，我们的责任就是予以同化，以文化的力量来维持中国的软实力。

徐佳林虽已喝得半醉，但对马方朔的这番赤裸裸的汉奸卖国理论还是感到目瞪口呆，但又不便反驳，然而心里徒生警觉，这所谓的“同文研究院”显然是日本人授意的汉奸组织，马方朔有拉他下水的意愿。他装出已醉得很深的样子，对马方朔打哈哈。

“佳林，这个‘同文研究院’唯有你来执掌最为妥帖，你的才学、声望、人品，都当之无愧。我马某不才，只能跑跑腿，唯你马首是瞻。”马方朔郑重其事地说。

“不敢当！不敢当！”徐佳林婉言说，“我现在一头乱麻，顾不上其他杂事，等理清以后再做打算。不过，我还是要谢谢马兄的抬举。中日文化之比较，是值得研究的。文不同则道不同，道不同则不相为谋。所以，中日之间的冲突不是文化冲突，而是道之冲突。”

马方朔明白徐佳林虽醉意重重，但言语和思路还是清晰的，他对“同文研究院”这个机构还是有猜疑，不敢贸然参加。马方朔也不指望一次谈话，徐佳林就会受命，他还可用其他法子推其一把。

“佳林，此事不急，你考虑考虑再做出决定。人各有志，我绝对不会勉强你。”马方朔说，“我们的酒也喝得差不多了，我让你见识见识这里的日本小姐。”说着，拍了拍手，日本老板娘应声而来，轻轻地说：“请两位随我来。”

日本老板娘穿过一条长长的灯光幽暗的走廊，来到一间房间，轻轻推开门，里面坐着五六个年轻漂亮的日本女子，看到他们进来，都无声地站起来，鞠躬以后，抬起脸嫣然微笑着。马方朔朝日本老板娘低语了一下，日本老板娘做了个手势，一个日本女子就领着马方朔走了。马方朔临走前，拍了拍徐佳林的肩膀，凑着耳旁说：“红罗帐里不胜情。”

日本老板娘见徐佳林满脸犹疑为难的神色，低声说：“我这里的姑娘，每一个都会让你度过一个最愉悦最令你满意的良宵。”

“那请老板娘代选一个吧！这里每个小姐都不错，我眼睛花了，不知选哪一个好！”徐佳林用日语说道，他已经醺醺的，满身的酒气。

日本老板娘点点头，朝一个娇小玲珑的小姐使了个眼色。她迈着轻盈的步伐走过来，一把拽住徐佳林的手走出门。老板娘在她背后说：“请给这位先生取一碗醒酒的柠檬茶。”

这天是星期天，李香梅正想避开家里乱糟糟的裁缝摊，听范吟月说，要参加由张雨桐发起的到龙华放鸽子的野外活动，便欣然答应了。因为是龚宇伟和张雨桐新婚仪式的一个节目，李香梅还准备了一份礼物，一枚镶钻的黄胸针，精致小巧，上面的小钻石闪闪发光。这枚胸针是李香梅十六岁生日时，父亲陪着她去首饰店挑的。另外，给龚宇伟买了支派克金笔。这份贺礼不薄，因李家和龚家亲如一家，她和李丹沪从小就认识龚宇伟，也算是青梅竹马。她一直把龚宇伟视作兄长看待，很敬重他的稳重和干练。

李丹沪和胡彩华也去了。李丹沪和李香梅在家里的鸽棚里挑了六只最好的鸽子，其中有一黑一白两只鸽子是稀有的品种，是大隆厂日本兵乱枪宰杀下的幸存者。李家的人除李师母外，都喜爱鸽子，黑鸽和白鸽等几只珍品更是他们的宠物。

鸽子是李家的一部分。李家的人都懂得，鸽子是通人性的，它们对主人是忠诚的，不管飞得多远，哪怕越过千山万水，都会泣血而归。曾经在一年多前还没有发生战争的时候，李唯亭请一个天津客人带黑鸽和白鸽到了海河边。客人乘的是火车，一天一夜到目的地后，立即将它们放掉，两只鸽子在低空盘旋了几圈后，直上云霄，在天空中变成了两个黑点，最后无影无踪。三天后，李唯亭发现它们回到了大隆厂水塔旁的巢里。

上海养鸽的人家很多，战争发生后，战火把它们惊飞而起，成群地在硝烟和火光中盘旋不去，它们目睹主人家的房屋连同它们的巢顷刻间被毁掉，它们用鸽哨来表示哀鸣。几天后，在原来的家的断壁残垣上，它们又出现了，在瓦砾里徘徊着，飞来飞去，发出绝望的叫声。租界里弄的老虎天窗上，有不少都安了鸽巢，租界外在打仗，租界里人心惶惶，可没有一只鸽子远走高飞的，它们照样每天晨出暮归。

李丹沪将鸽笼放在汽车的后备箱里，到美可制冰厂接了胡彩华，又到静安寺门口集中。范吟月和几个同班同学分乘两辆小汽车已早早等候在那里。在讲定的时间前，龚宇伟和张雨桐也开车到了。大家先下车，短暂地聚一下，清点一下人数，互相打个招呼。

李香梅下车后，先朝范吟月走去。范吟月又习惯地充当起了组织者的角色，询问起各自带的鸽子，分配着她带来的小吃，随她来的几个女同学听着她的指挥，将东西送到每个人手里。

一番忙碌后，范吟月在李香梅耳边悄悄地问："你那位'黑漆板凳'没有提出要跟着来？"

"我跟他讲了一下，说是星期天和你们放鸽子去，他心不在焉的，好像没听懂一样，我又和他说了一遍，他才点点头，一句话都没有说。”李香梅低声说。

“马赫马上要来。现在我们就等他一个人了，是龚先生、张小姐邀请他的。”

李香梅的心一阵剧跳，她没有想到马赫也会来，脸上不由自主地浮上一层红晕。幸亏因为风大，她用一块驼色大头巾，将头包了起来，只露出半张脸，才没有让范吟月看出她脸上发烫的神色。胡彩华也戴着一块大彩巾，连头带肩一块包住，手也掖在彩巾中。此时，她偎在李丹沪身边，满面含笑地回应着认出她的行人。

李香梅正和范吟月说着悄悄话。范吟月用手向人群里一指，说：“马赫来了。”李香梅抬头看去，见西装革履的马赫小跑步奔来，手里捧着一束鲜花，一条灰白相间的围巾挂在他的脖子上，随着他的步履在胸口荡来荡去。那条毛线围巾和他的服装不太适宜，他又是一副火急火燎的样子，所以很惹人注意。

他先奔到龚宇伟、张雨桐面前，将鲜花双手捧给张雨桐，没有说一句话，张雨桐、龚宇伟自然领会他的意思，笑容满面地接过来，连声道谢。

马赫在人群中搜索着，李香梅以为他在寻找自己，便把头巾取下来，期盼马赫能走上前来和自己寒暄几句。未料马赫一看到她，满脸的笑容就收敛了，只是远远地朝李香梅微微点点头，很快钻进了龚宇伟的汽车。

范吟月坐进了李丹沪的车子，和李香梅一起坐在后座。胡彩华坐在副驾驶的位置上。四辆小汽车直往龙华方向驶去。

在车上，范吟月轻声对李香梅说：“香梅，今天好好和马赫谈谈，你和佳林结了婚后，和他见面的机会不会多了。”

李香梅看着车外的景色，闷闷不乐地说：“没有什么好谈的。你没有看到吗？刚才他看见我，冷淡得已如同陌路人了。”

“你准备邀请他参加你的婚礼吗？”

“你说呢？”

“我认为可以请。就冲着他救过你，你就该请。大家还是好朋友嘛！”

李香梅点着头说：“我会发喜帖给他的，请你转给他，来不来是他的事了。说心里话，我心里乱得很，又想他来，又不想他来。”说完便怔怔地不响，范吟月听后，很明白她的心思，便紧紧握着她的手，香梅的手是冰冷的。

范吟月又想起了张雨桐在海员俱乐部对她说的那几句使她犯疑的话，以及张雨桐说这话时欲言又止、支支吾吾的神情，越想越觉得这里面必有文章，只是张雨桐不肯告诉自己。不肯完全说穿的原因很简单，怕她透露给香梅，影响他们的婚事。可几天来，豪爽、快乐而急性子的范吟月，一想起张雨桐的话，心里便堵得慌。这犹在其次，更多的是忧虑，为香梅的幸福忧虑。因为听张雨桐的口气，徐佳林似乎是做了对不起香梅的事。她原来也是徐佳林的崇拜者，对李香梅能结识他，十分羡慕，还有几分妒意。但后来的接触，她感到徐佳林这个人有点做作，而且深不可测。如果徐佳林背着香梅胡来，做了有失斯文的事，对善良的香梅来说，实在是太冤了。

很快就到了龙华。龙华除了一个塔之外，其实很荒凉。龙华塔也已经年久失修，显得很破败。他们抬着鸽子笼，来到塔上，高处风大而寒冷。塔身红黄相接，七层八角，每个角上挂着风铃，风一吹过，丁丁作响。这天是个大晴天，高远的蓝天，舒卷的白云，远处点点农舍，近处是荒芜的田野和一条长满芦苇的河浜，芦苇已变得枯黄，芦花像老人的披散的白发，在风中飘扬着。

龚宇伟谙熟史事，发思古之幽情，对大家讲起龙华塔的典故。说龙华塔建于三国东吴时。传说西域有一个康居国丞相的儿子名叫康僧会，千里迢迢到江南一带宣扬佛教，途径龙华，被淤泥所阻，就搭了个茅棚，立佛像，说佛法，焚香礼请，得到了佛祖的舍利。吴国国主孙权大为感动，同时为孝敬母亲而建造此塔。

龚宇伟讲完，便说："我和雨桐结为夫妇，没有举行婚典，今天邀请大家一起来放鸽子，一方面为国运祈祷，就像当年在这里搭棚说佛的康僧会那样，心怀虔诚的心情，期待西域的一尊'大佛'，来拯救我们这个国家和民族；另一方面告诉大家，我和雨桐最近可能要作一趟远游，在这里和各位暂时告别。还是那句话，覆巢之下，岂有完卵？我和雨桐是患难夫妻，丹沪和彩华即将成为患难夫妻，还有香梅，也马上要成婚。可惜山河破碎，铁蹄横行，如果采取不抵抗主义，任凭敌寇长驱直入，我们都会成为亡国奴。国将不国，我们还有什么美满的家庭可言？鸽子是和平之象征，我们的和平不是汉奸所鼓吹的'和平运动'的和平，也不是日本人说的'亚洲一家''共存共荣'的和平。我们要的是有尊严的有国家主权的和平。我要和各位说的是，我和雨桐永结同心，这心就是不愿当奴隶之心，就是抗日之心。塔铃作证，鸽子作证，我和雨桐永不变心。"

在大家的印象中，龚宇伟平时言语不多，像此时这般说这么多话从未见过，而且，稳重的他，说着说着再也无法自恃了，忍不住涕泪滂沱。男儿有泪不轻弹，若不是激动到了极点，不是在心心相印的人面前，他决不会这么热泪长流。雨桐也忍不住流泪不止，她挽着龚宇伟的手臂，用一方毛巾不断温柔地替他拭泪。

对于龚宇伟说的话，李丹沪了然于心。他所说的西域'大佛'，就是在陕北的共产党领导的抗日军队，他和雨桐的远游，就是准备奔赴抗日根据地延安。作为多年的肝胆之交，龚宇伟把这些毫无保留地向李丹沪交了底。

李丹沪对龚宇伟、张雨桐的打算并不感到突然，这几个月来，上海有不少热血青年，其中有大学生，有文艺界、新闻界人士，也有其他各界人士，甚至不乏豪门望族人家的公子小姐，都辗转奔向黄土高原。所以，他看着龚宇伟冷静果断的脸庞，隐隐有种莫可名状的力量涌上来，他说："宇伟，你们先去，我和彩华、香梅和佳林结婚后，我将厂里安顿好，便和彩华一起去那里找你。"

"好，我和雨桐等着你。不过，我要提醒你，上海的中国军队已是强弩之末，南市已朝不保夕。我记得清朝的李鸿章说过，中国将面临数千年以来最强的强敌，发生三千多年来最大的变局。而这个强敌就是弹丸小国日本，日本是中国最大的心腹之患，它处心积虑地想亡我中国。现在的现实给这个淮军统帅不幸而言中了。上海沦陷后，租界成了真正的孤岛，日本特务和汉奸会在租界猖獗一时，你和彩华，还有各位朋友都要格外小心，谨防不测，现在可不是逞匹夫之勇的时候。还有徐佳林，马上要成为你妹夫了，你要多关心关心他。他是个书生，世事复杂难料，可不能像侯朝宗那样失节。倒是你妹妹，别看她平时柔顺，性格中有李香君的烈性，难怪她们的名字只有一字之差。"

李丹沪敛容静听，神色肃然，等龚宇伟说完，沉着地点一点头。

见龚宇伟和张雨桐流泪，李香梅心里一阵酸楚。她不会像丹沪那样，能听出宇伟话中之话，但他话语中的浩然正气极大地感染了她，想到就要分别，离开上海，又感到不胜惆怅。她想说几句祝贺他们新婚的话，但这样沉重的场合，说这样的话好像不太合适，便缄默着，眼睛里闪着泪光。其他人的感触和她一样，也是含泪不语。

这时，天有些变，刚才明显的太阳隐入一大片云层中去了。强劲的寒风扑面而来，塔角的风铃响成一片。塔身上的枯黄的蒿草，颤抖于呼啸的西风之中。龙华塔更显得寂寞凄凉。

香梅身上感到发冷，本能地把头巾裹得紧一些，但头巾毕竟单薄了一些，难以抵挡风寒。忽然，一条厚实的绒线围巾围到她的脖子上，她回头一看，是马赫替她围上的。他站在她身旁，眼里充满血丝，目光就像静水底下泛着的波澜，这只有香梅才看得懂。

围巾还留着周徽的血迹，但马赫怕引起李香梅心酸，没有讲给香梅听。

李香梅勉强一笑说："看你很疲劳的样子，在忙什么？还在忙着筹备摄影展吗？"

"是的。我昨晚忙了一整夜，为了今天能来放鸽子。他们没有告诉我你要来，但我的第六感跟我说，你肯定会来。"马赫装作很得意地说，"我的第六感是很灵的。"

李香梅想起马赫几次说起他的第六感，坦然地说："他们没有告诉我你要来，刚才在静安寺看到你跑步来，有点突然。我没有第六感，大概只有你们男人才有这种未卜先知的本事。"

"我刚才看到了你和哥哥带来的鸽子。六只鸽子，每一只都很精神很漂亮。我有一个可能过分的要求，要向你提出来，不知道你会不会答应？"

"别客气，你说吧。"

"将六只鸽子中的一只黑的和一只白的留给我吧，我要将它带到海员俱乐部摄影展上。"

"你要鸽子干什么？"李香梅有些奇怪地问，"你准备养鸽子？你目光不错，这是两只珍品。"

"我不养鸽子，但我有用处。鸽子是最好的信使。我听长官说过，在没有无线电收报机时，部队曾训练信鸽，用来传递情报。"

"这么说，你要这两只鸽子准备打仗用。"香梅打断他的话说，"这没问题，你把这两只鸽子带去吧，从现在起，你就是它们新的主人了。"

"不，明天开始，摄影展就开展了。埃克森中校又准了我十天的假。这中间如果我碰到什么急事，我会让鸽子带信给你。"

"你说的急事是什么事？你的意思是会遭遇到危险？"李香梅急急地问道。

"在现在的上海，什么事都会发生！龚先生说，摄影展很可能会触动一些人的神经。日本人向来用心险恶，所以，我已做好最坏的打算！明枪暗箭，我都得防备。"马赫好像在谈论与他不相干的事，平静得出奇。

"不，不，你不能去冒险！"一阵彻骨的寒意从香梅的背上升起，她恐慌地喊起来，"要是你真的有个三长两短，我怎么办？"

我怎么办？这是李香梅情急之中，脱口说出的一句极有感情色彩的话。一言既出，李香梅愣住了，马赫也愣住了，不远处的范吟月、张雨桐和胡彩华也都愣住了。

李香梅微红着脸强笑道："我是说，要是你有什么不测，我们这些朋友都会替你担心死的。”

这是画蛇添足，越描越黑。范吟月和张雨桐别有深意地对视了一下，而马赫则双眸炯炯地凝视着李香梅，含笑说：“我说的是万一，海员俱乐部在外滩，谅日本特工和汉奸不敢这样胆大妄为。”

“我会让厂里的义勇队去海员俱乐部巡逻放哨的。”李丹沪走过来。

“哥哥，除了义勇队，最好通知工部局万国商团的骑警来守卫。”李香梅叮嘱李丹沪说，“这些事你一定要记住，可别忘了。”

“我会记住的。”李丹沪回答说。

“不需要万国商团的骑警，我让埃克森中校派几个海军陆战队的士兵不就行了吗？”马赫安慰李香梅说，“都是我不好，借鸽子说了个理由，和你开了个玩笑，你当真了。”

“我们放鸽子吧。”龚宇伟走过来说，“刚才有两架日本飞机在龙华塔上空盘旋，这里不是久留之地。估计日本鬼子就在附近。”

于是，他们除了留下一黑一白两只鸽子给马赫外，其余的放飞了。群鸽在龙华塔上空飞了几个圈，带着鸽哨，飞驰而去。放完鸽子后，他们站在塔前，由马赫摄影留念。马赫拍好后，由龚宇伟替代他，马赫站过去，又拍了几张。

回上海时，张雨桐把李香梅拉进她的车里，还把马赫拉上。

在车上，李香梅把派克笔和胸针送给龚宇伟、张雨桐。张雨桐没有推辞，收下了，并邀请李香梅明天参加在海员俱乐部举行的摄影展。

李香梅看了马赫一眼说：“马赫先生还没有正式给我邀请函呢！”

马赫连忙从口袋里取出一本笔记本，要过李香梅送给龚宇伟的钢笔，刷刷写起来，写完后，从笔记本上将这页纸撕下来塞给李香梅。

李香梅展开这页纸，见上面写道：特别邀请李香梅小姐参加我，美国海军陆战队士官马赫的摄影展开幕式，务请赏光，不胜荣幸之至。邀请人马赫。

李香梅满意地将这封英文信小心翼翼地放进口袋里，说：“谢谢你的邀请，我一定会来参加的。其实，即使没有你的邀请函，我也会不请自到的。”

车上，张雨桐还讲了一个笑话。她说，有一个新娘子出嫁，她因为另有心上人，嫁给现在这个新郎是父母所逼，迫不得已。在教堂，她父亲搀着她的臂膀向站在圣台前的新郎走去时，没走几步，就昏晕过去，到医院抢救了才醒了过来。其实，她是佯装昏过去的，用这样的方法促使婚礼没有成功。

马赫笑着问：“她醒了后，她的父母再让她上教堂怎么办呢？”

“她再继续昏过去。”

“第三次让她上教堂呢?”

“没有用了!”

“怎么回事?”

“男方嫌她有病,不要她了。”

李香梅心里恍恍惚惚,她笑不出来。可马赫像个大孩子一样笑得很开心,从前线回来后,他还未这样笑过。

开车的龚宇伟埋怨张雨桐:“哪有你这样说笑话的。”

第十七章
上海沦陷

就在龚宇伟一行在上海远郊的龙华塔放鸽子的这一天，日军在南市发动总攻击。日本十余架轰炸机对南市的中国阵地反复轰炸，已成废墟的南市浓烟滚滚，火焰冲天，与其相邻的法租界也难幸免，爱多亚路硝烟弥漫，难民潮水般的涌来。

几轮轰炸后，日本军队上千人再度乘军舰、炮艇由浦东西渡黄浦江，在十六铺码头上岸，配合西线日军进入南市。黄昏，南市巷战仍在激烈地进行中。第165旅旅长张彬带领剩下的四十多名士兵，且战且退，最后弹尽粮绝，不得不退入法租界。

下半夜南市枪炮声顿息，只有日军在街巷搜索残余的中国士兵，断续发出几声枪声外，激战数天的南市显出死样的沉寂。

日军连夜向法租界总董局、法国总领馆，要求交出退入法租界的中国军人。法租界回答说，四十多名中国军人早已在人海中消失得无影无踪，我们无从查找。法国人看透了日本军队暂时未敢开进租界，便大方地说，你们想来租界追击就进来吧。日本人犹豫再三，觉得追击四十几个中国士兵犹如大海捞针，只得作罢。

上海市长俞鸿钧第二天发表《告上海市民书》，赞扬三个月来的上海抗战，文告说："以酷爱和平之民族，被迫而与黩武之强敌抗战，所持者惟此坚恒不挠之志愿，沉毅果敢之行为。但使寸尺土地之进出，全有代价可言，则目前之小胜小负，胥无与最后得失之衡量，此长期抗战之精神意义所必须洞彻了解，无须因其彷徨瞻顾者也。”这是告诉上海市民，寸尺土地之失，均有代价，一时小负，不足以影响最后的得失，中国抗战是长期的，中国军队是要回来的。他还同时宣布，今后按日接见记者的活动将无限期延搁，我军告别上海后，防线业已往内地转移。

至此，上海除租界外，完全被日本所侵占。始于八月的淞沪会战宣告结束。尽管《九国公约》签约国会议上数次发表宣言，谴责日本对中国的军事行动，然而，以胜利者姿态自居的怀着放纵、无耻、狂妄心态的日本主战派将领土肥原贤二、松井石根之流开足战车的马力，在中国东南大地上横冲直撞。

南市沦陷的消息以及俞鸿钧的《告上海市民书》，天刚亮就传遍了全上海。

谢晋元起床后，穿上军装，束上武装带，和平时一样，一丝不苟地整理好军容。忽然传来敲门声，一开门，上官志标拿着当天的《申报》和《字林西报》神情肃穆地走进来，一言不发地把报纸递给谢晋元。谢晋元接过来一看，“日军占领南市，俞市长宣告上海沦陷”“凄风苦雨三月，淞沪血战结束”等字样触目惊心，虽然是意料之中的结果，但谢晋元心头仍涌起无可言语的痛楚。

“坏了，坏了！”他连连顿足，只觉得双腿发软，挪动不得一步，颓然坐了下来，眼泪忍不住夺眶而出。他久经沙场，大大小小的仗打过了不少，有胜仗，也有败仗，上海开战以来的几个月里，形势逐步严峻，不祥之兆已愈见明显，他的心情也越来越沉重，但从未像此刻这样气馁过。

上官志标泫然欲涕，说：“晋元，心里难受，想哭就哭吧。国家之痛如同考妣之丧，我们做儿子的哭并不丢脸。”

谢晋元用双手掩住自己的脸，泪水从他的手指缝里流溢出来，双肩也跟着剧烈地颤动。由于极力克制，只听到轻微的抽泣声。这个面对残酷的血肉之搏眉不皱、眼不眨的铮铮男儿，此时此刻，内心涌动着无可言喻的苦楚。上官志标也禁不住泪如泉涌。

哭了一会，谢晋元突然惊觉起来，上海虽沦陷，中国还没有亡，中国还有大半河山，还有几百万军队，四万万民众，小日本想亡我中华，那是痴心妄想。他连忙擦干眼泪，用嘶哑的声音对上官志标说：“志标，不要哭，哭有何用？上海沦陷，东北沦陷，华北沦陷，虽是国家之痛，国家之耻，而且比考妣之丧更痛。但哭只是弱者的表现，我们不要哭了，给兄弟们看了，会影响大家的情绪。”

“谢团长，你所言极是。可我们团在这里，不是长久之计啊。”上官志标擦干眼泪说，“大部队已从上海撤出，全上海已没有我们一块阵地，我们四行守军已成了真正的孤军，到了紧要时候，有力不能出，有劲不能使，唉，堂堂七尺男儿，简直成了酒囊饭袋。”

上官志标的话说到了谢晋元的心里。这些天来压在胸中的激愤不平，全部聚结起来，强烈地往头顶上冲。他几步走到床前，从枕下摸出一把暗藏下来的手枪，拉开枪膛，满脸杀气，大声说：“老子要冲出去，到日本占领区杀上几个小鬼子，战死总比在这里憋死好！”

这个时候，上官志标反而冷静下来，他没有跟着谢晋元一起冲动，一样怒气冲天，而是沉静地坐在那里。他没有去劝谢晋元，他知道谢晋元不会蛮干的，只是发泄一下心中的冤气。一个硬铮铮的军人，处在这样的境地，再好的修养和脾气，都不会无动于衷。他深知谢晋元胸中的闷气和辛酸压抑已久，实在受不了了，此时此刻，就由他去爆发吧。谢晋元像关在铁笼里的猛兽，在房间里来回走着，舞动着手里的手枪，牙齿咬得咯咯响，大喊大叫，令人畏惧。过了一会，谢晋元果真冷静下来，收起了手枪，坐了下来，掏出烟盒，给了上官志标一支，自己取了一支，用美国的军用打火机点燃。烟是美国产的骆驼牌香烟，打火机是防雨防风的，是在胶州路值勤的美国海军陆战队上士马赫从前线拍照回来后，把照片递给他看时，同时赠给他几条骆驼牌烟和几只军用打火机。谢晋元看了照片，深有感触，怔怔地望着房里的炭火出神。照片上金戈铁马、硝烟弥漫的场景是他所熟悉的，看到战友们在奋力杀敌，而自己和四行守军却禁闭在兵营里动弹不得，心里是说不出的焦灼，也有点悲凉，在马赫面前，他什么都没有表现出来。只是看到军长吴克仁倒下的那张照片，他动容了，紧握的拳头猛地往桌上一捶，久久无语，眼眶有些微微的湿润。后来，他要求马赫将这些照片给四行守军中传阅。马赫说：“我只是个士兵，我要向长官报告后才能定。另外，照片没有全部洗出来，我用业余时间在沈石蒂照相馆洗这些照片。如果埃克森中校同意，我将照片全部洗好后给你们看。”谢晋元并不强求非要给战友们看不可，他说：“怎么方便你就怎么办，军中是不能胡来的。”

马赫向埃克森报告谢晋元的要求后，埃克森想都没想地说：“看几张照片有什么不可以？四行守军不是俘虏，也不是犯人，胶州路兵营也不是集中营，只是由于避免和日本人发生冲突，才暂时让他们在那里集中居住一段时期。他们早晚要重返前线的，他们要看战友们怎么打仗的，合情合理，给他们看吧，挂到餐厅里，让他们仔细看看。”

照片在食堂的墙壁上用图钉钉上，上官志标写得一手好字，还会画几笔画。

他用彩纸写了一行大标题：同仇敌忾，血战淞沪，保卫家园。每张照片的说明，马赫早有草稿。他又作了详细的整理，用纸条誊抄上，贴在每张照片下面。这些文字后来由马赫交给了张雨桐，张雨桐又在这基础上进行了加工修改。张雨桐的长诗《火凤凰》也通过马赫传到谢晋元、上官志标手里。上官志标将它抄在红色的彩纸上，贴在照片前面，和照片浑然一体。这让马赫受到了启发，决定将张雨桐的这首诗代替前言。马赫的这些照片，在胶州路兵营引起强烈反应，一切都是熟悉的，战士的目光与众不同，他们从中看到了血性、勇气、忠诚，也看到了自己的影子。而张雨桐的诗，识字的士兵，将它原封不动抄录下来，反复朗诵吟读，连不识字的士兵也学会了，口中念念有词。

直到今天，照片和诗文还保留在兵营餐厅的墙上。战士们看过照片和诗文后，心情几天无法平静。

谢晋元吸着烟，站了起来，绕室徘徊，他忽然站定了脚步，对上官志标说："我们的部队估计在苏州、太仓一带，你起草一封信，请美国驻军或美国领事馆转交给俞鸿钧市长，让他设法转交给孙元良师长，再次要求将我们解放出去。让他再直接报告委员长一次，我们生是中国军人，死亦是中国军人，请委员长无论如何不要丢下我们。"

"好，我等会儿就写。"

"还有，请值班的美国兵报告埃克森中校，我们要求举行升旗仪式。我谢晋元担保，上海沦陷，作为中国军人，只是通过升旗，表达一下我们沉痛的感情和抗战的决心，决不会给他们增加麻烦。"

自从上次筹划突围的计划暴露，租界调美国海军陆战队守防兵营后，原先允许每天举行的升旗仪式和操练取消了，改为分批在一定时间内到操场自由活动。开始几天，看管得比较严实，后来又慢慢放松了，在操场自由活动的时间也得到了延长，分隔开来的各连士兵得到允许后，可相互走动。至于在营房内喝酒、打牌、看报、唱歌、睡觉都不加限制。但谢晋元还是严格要求各连按原来规定的纪律和秩序管理，不能坏了军纪军风。未经批准，是不许喝酒、打牌、闲逛的，并要各连分别在各自的营地操练、分析战例、读报、学文化。谢晋元每天亲自到各连巡视、训话。

虽然心情不免黯淡，但囚禁在兵营的四行守军还和以往一样，过着一板一眼的军事化生活，并紧紧地抱成一团。

谢晋元和上官志标暗中调查内部可能存在的告密者和内奸。他还得知，四行仓库守军撤退的计划是保密的，但他们撤退过程中，遇到了日军的强大火力的阻击，日方分明是有足够准备的，另外，日本方面在第一时间就向租界交涉，胁迫租界交出守军，这些迹象表明，日本人事先已获取他们撤退的情报，那么，是谁透露出去的呢？谢晋元向师部表示了自己的怀疑。孙元良通过军统秘密调查，查清金参谋是被藏匿在租界的朱伟勋收买，金参谋提供了四行守军撤离的时间。金参谋以为没有暴露，重返师部潜伏，孙元良将他拘捕，讯问之下，金参谋供认不讳。孙元良大怒，亲手处决了这个叛徒。谢晋元得知这个消息后，更加相信四行守军中肯定有人被日本情报机构或汉奸收买。让谢晋元苦恼的是，这个内奸太隐蔽，一时很难查找。虽然种种疑点已集中在那个排长老莫身上，有人反映他近来身上有了来历不明的钱，抽上了好烟，还托人寄了笔款子到老家去。他的支出已明显超过了军饷的收入。但没有充足的证据，无法证明他就是奸细，而且，老莫表现一向不错，特别是在白俄兵团第二司令部绝食时，他显得很坚强，也很有骨气。谢晋元有点不信，不过，还是暗中布置了人盯着他。

这天谢晋元嘱咐上官志标，在早晨升旗仪式结束，他训话时，要点出四行守军中出了叛徒，让他静观那个排长的神情。号子一吹，四行守军很快聚集在操场，大家都已得知上海沦陷的消息，也清楚今天升旗仪式后，团长的训话必定和这个坏消息有关。官兵们的心情都很复杂，这一段时间来，战局变得越来越坏，南市这一仗的结果，都在大家的估计之中。但官兵们还是感到受到沉重的当头一棒，情绪也十分激烈，有的愤怒痛斥日本鬼子的野蛮，埋怨领袖的失策；也有人失声痛哭，不住地叹息。更多的人是感到很迷茫，不知道中国的战局到底会发展到哪一步？他们会被囚禁到何时何日？同时也进而触发了对家乡、对亲人的思念之情。

但现在，看着谢晋元铁青着脸站在他们面前，他们个个摆出军人坚硬的姿态，神态极其严肃。整个操场鸦雀无声，美国海军陆战队的士兵严阵以待，防止这支有铁军之称的中国军队失控。在上海租界，恐怕这是唯一一支保留着番号的中国军队了。

上官志标用带着浓郁的福建上杭口音喊：“升旗，全体敬礼！”

升旗兵拉着旗杆上的绳索，国旗缓缓地升向蓝天，在旗杆顶端迎风飘扬。

“礼毕，稍息，请上校团长谢晋元训话！”上官志标又喊道。

所有官兵的目光都齐齐地注视着谢晋元。谢晋元敬了个礼，用广东官话开始讲话，清癯的脸庞像石头那样硬朗，他说：“大家一定知道，经过三个月的血战，我们在上海的最后一块阵地南市已于昨晚被日寇占领了，俞鸿钧市长在《告上海市民书》中正式宣布：上海沦陷，淞沪战争到此结束。日本军阀不会就此罢休，北平沦陷，天津沦陷，现在上海又在铁蹄之下，鬼子仍不以此为足，继续妄想把我们中国的大好河山一块块吞吃下去。小日本是一群凶猛异常的豺狼，他们侵略中国的最终目的是要灭亡中国。我记得张治中将军在7年前5月28日举行的追悼'一·二八'淞沪抗战阵亡将士大会上说过几句话：誓将北指，长驱出关，收我疆土，扫荡凶残，执彼渠魁，槛车系还，一樽清酒，再告重泉。”

谢晋元所说的这次会议是在苏州举行的，张治中当时任军长，他宣读的祭文在军中传诵一时。谢晋元引用的这几句话，就是祭文中的最后几句，凡读过祭文的人，都会对此留下深刻的印象。

上官志标插话说：“谢团长刚才提到的这几句可说是我们抗日军人的誓词，道出了我们的心声。此时此刻重提，更有特别的意义。”

“大家一定会想，国家有难，正是我们军人报国之时，可我们像囚徒一样被关在兵营里，何以报国？何以在疆场效命？”谢晋元提高声调说，“兄弟们所想的，也正是我谢晋元的想法。不错，我们都是身在曹营心在汉，人虽然在胶州路兵营，心早已飞到了前线。我要告诉各位的是，我和上官志标中校已向孙师长再度请命，强烈要求委座批准我们离开樊笼，奔赴前线，为保卫祖国而战。”

谢晋元的话音刚一落下，刚才肃立静听的官兵忍不住鼓起掌来，掌声中夹杂着一声声呼喊声：“长官，我们早受不了了，赶快让我们杀小日本去！”“为国杀敌，是革命军人的天职。谢团长说得好，我们不能待在这里白吃白喝了！”

谢晋元朝大家摆摆手，队伍立即恢复了平静，谢晋元环视了一下操场继续说：“我们暂居胶州路兵营，非始料所及，也实在不可思议。但租界当局也是迫不得已。我相信，租界当局会改变态度的，孙师长、顾祝同将军、张治中将军、宋希濂将军、蒋委员长是不会忘记我们的，各位要时刻准备着，随时以牺牲的精神，听从上峰参加征战的命令，担任抗日之大任。”说到这里，谢晋元高声问道，“各位准备好了吗？”

“准备好了！”四行守军官兵齐声回答，响亮的声音在寒风中回荡着，惊得在屋顶上栖息的鸽群扑翅高飞。

“好极了，我相信我们四行守军绝不愿意看到亡国灭种的大祸降临，我们会以死抗争，奋勇进攻。但我要在这里提醒大家，我们四行守军并非百分之百的具有这样的骨气和素质，我们发现，在我们的队伍中出了奸细，出了汉奸。”

场上所有的人就像听到一声晴天霹雳，顿时惊得目瞪口呆，操场上戛然声止，一片静寂。片刻以后，大家在队列中扫视，厉声叱喝："这个内奸是谁？快把他揪出来，将他宰了，告慰我四行阻击战中的牺牲的同志之灵！""这个混蛋有胆量当汉奸，就有胆量站出来，让我们认认到底是哪个狗日的！"

谢晋元望着官兵们脸上的愤然之色，听着一声声责问，一言不发胸有成竹地站在那里，脸上挂着一丝冷笑，视线向老莫射去。上官志标也同时注视着老莫的动静。可老莫是个老兵油子，在谢晋元的话声刚落下时，他心里猛一阵狂跳，感到不安，神色也有些尴尬。但这是一瞬间的事，旁人难以察觉。待谢晋元、上官志标注意他时，他的神态已显得愤慨异常，深恶痛绝地吼喝着，一双眼睛，向周围人群滴溜溜地转着，眼神里仿佛要喷出火来。当他看到谢晋元、上官志标的视线投向自己时，他一阵寒栗，马上把手伸到腰间，做出要掏枪的动作，用更响的声音喊道："老子一枪毙了他！"

谢晋元和上官志标对他的表情看得极其清楚，两人同时产生了浓重的疑虑。从他的表现来看，没有丝毫的可疑之处，谢晋元是突如其来提到这件事，如果他真是汉奸的话，会猝不及防，表情和动作肯定会显出慌乱和惶恐。可老莫不仅若无其事，而且是发自内心的震怒，看上去绝不像是作假。

难道是错了？谢晋元在心里寻思着。本来他是想让这个奸细当众露出马脚来的，然后乘其心虚继续追问，让其原形毕露。但从目前老莫的情形来看，并没有异样的表现。

当然不能点他的名，问他话，汉奸这顶帽子是不能随意给人戴上的，他不愿冤枉自己的弟兄，伤了弟兄的感情。

于是，谢晋元往身后退了一步，和上官志标低语说："我看他不太像，我们要慎重些，还需要继续求证。"上官志标点点头说："是的，这事非同小可，决不能一棍子打错人。"

谢晋元挥挥手，让官兵安静下来，说："这个奸细是谁？他心里明白，我们也心知肚明。念他是一时糊涂，我和上官团副留给他一个悔过自新的机会，会议散后，可私下来找我坦白，我会给他面子，也会减轻或免去对他的处罚。如果执迷不悟，继续和日本人暗中来往，甘愿沦落下去，定军法重处。"

老莫一听，心里顿时松了口气，他知道谢晋元仅仅是猜疑，而没有抓住把柄。好在自己刚才保持了镇静，没有露出破绽，否则谢晋元是决不会放过自己的，那今天自己必死无疑了。回到宿舍后，他发觉自己的内衣已湿透了，心有余悸，越想越后怕，自己侥幸逃过了谢晋元的一诈，以后不能再和厨师勾搭了，至少要避过眼前的风头。他知道谢晋元最后几句话是虚张声势，但谢晋元和上官志标是不会罢手的，还会在暗中监视自己，千方百计地寻找事实根据。一旦找到凭据，就不会再作试探，而会果断地对自己下手。想到这里，他又是一身冷汗。他细细思量，自己到底在哪一点上引起谢晋元的怀疑，想来想去，还是在于自己出手大方了些。又不能马上装穷，这等于是不打自招。自此以后，他还是很舍得花钱，还悄悄地对排里的一个和他很要好的兄弟说，在9月份闸北的一次军事行动中，他在一堆瓦砾旁拾到过一个纸包，包得严严实实，打开一看，是一大叠纸币，大约有一千多元。他一直藏在身边，等着失主来领。后来到了胶州路兵营，明摆着等待失主已无望了，于是就暗暗花起来。

老莫的这个兄弟恰好就是谢晋元布置监视他的几个人中的一个。这样的解释谢晋元当然不会相信。一千多元不是一个小数目，他没有说清楚具体的时间和地点，且军事行动都是集体进行的，从未有过排长单独执行的行动，既然集体出动，他捡到钱的时候，应该有人看到，可他的排里的二十多个士兵，包括和他形影不离的兄弟都从未见他拾到过东西，也从未听他说起过这样的事。他这样说显然很牵强，说明所谓捡到纸包是编造出来蒙人的。由此可推想到，他之所以要编这样的谎言，说明他的钱来历不正，心中有鬼，也说明他知道谢晋元已怀疑他了。

谢晋元觉得还缺乏坚强有力的证据，如果老莫咬定是捡到的，并编出根本无法核实的地点和时间就奈何他不得，仍无法将其制服，而且打草惊蛇，引起一场风波，传出去让人笑话。所以，谢晋元继续将这件事压下，关照他的那位兄弟，要装出对他的话深信不疑，使他产生麻痹，以为这件事已过去了，谢晋元亦相信了他的解释，并且说，之所以认为四行守军中出了奸细，主要是上次那次突围的计划提前前功尽弃的缘故，现在已查清，这个计划的流产，并非内部有人泄露出去，而是给万国商团苏格兰士兵无意中听到的，有几个连长在厕所碰到，议论了几句计划中的事，未料隔墙有耳，将秘密流出去了。

谢晋元想进一步监视老莫，除了想获取证据，做到确凿无疑，还想查清楚他的背后到底是什么人，是以什么方式将他拉下水的？又是如何联络的？以彻底清除隐患。

第十八章
马赫摄影展

也就是这一天，外滩的海员俱乐部引人注目。“一个外国摄影师眼中的淞沪战争”摄影展在这里正式开幕。这天恰好俞鸿钧宣布上海沦陷，南市被日军所占，所以租界的气氛很凝重。开幕式很简短，取消了许多人的讲话，只是由《字林西报》馆的英国籍发行人宣布开幕，由龚宇伟介绍了摄影师马赫，只说他是美国人，已被捣毁的《中美晚报》的特聘战地记者，还介绍了死于战场的沈石蒂照相馆的摄影师周徽的生平，并宣布为周徽及所有死难者默哀三分钟。

黄浦江里水鸟尖利而微弱的叫着，带着或长或短滑音的嘶鸣，仿佛盈盈一水上的飞翔，也在对烈士表示哀伤。这时，人群里响起了哭泣声。最后由演员金山朗诵张雨桐的长诗《不屈的火凤凰》。金山的声调时而哀婉，时而激昂。这天是个坏天气，刮风下雨，天昏地暗，海员俱乐部的哭声越来越响，许多人竟放声号啕。

李香梅、范吟月及她们女中的十几个同学准时到场。虽是马赫生平第一次个人摄影展，但他并没有喜形于色，神态显得拘谨而持重，脖子上围着那条香梅送给他的围巾。这条围巾仿佛成了马赫的标志，在展出的照片中，有周徽替他照的一张半身像，背景是一排火炮，这是周徽生平拍的最后几张照片中的一张。照片上马赫头发蓬松，像鸡窝似的，脸上没有表情。照片上最注目的，就是那条大围巾。《字林西报》在当天的报纸上，刊登了一整版马赫在前线拍的照片。在介绍马赫情况的文章旁，就刊登了这张照片，文章里写道：在前线时，他总戴着这条马式围巾，这围巾是他一个挚友送的，是他心中的旗帜。围巾上还沾着摄影家周徽的血迹，落满了恶战的战尘，也编织着对未来胜利的希望。这段文字是张雨桐写的，是诗一般的语言。

李香梅没有哭，只是静默着。马赫也站着，保持着静默。在龚宇伟讲话时，在金山朗诵诗时，他都是呆木头似的站着，始终不置一词。龚宇伟讲完后，问马赫有什么要说，他摇摇头，只是敬了一个美国式军礼。

马赫已收到李香梅和徐佳林的结婚喜帖，是开幕式举行前，由范吟月转交的。马赫收到后微感愕然，说了句奇怪的话：李小姐真的要结婚了吗？范吟月回答，喜帖都给你了，还有假的吗？马赫把喜帖收了起来，看到李香梅时，只低声说了句，你的请柬收到了，恭喜你。李香梅听后，也低声答道，谢谢。两人便不说话了，在众目睽睽下，他们更不知道说什么好，两人似笑非笑，极力要掩饰什么，都有些窘迫。在举行开幕式的十多分钟时间里，李香梅和马赫从头至尾都没有对视过，他们有意躲避着对方的眼神。

李香梅心里其实翻江倒海，她是强忍着伤心，心里明白，今天这个摄影展，也许是和马赫最后一次见面，从今以后，他们不会再见面了。即使见面，也只是应付，没有多大意思。说还能像好朋友一样相处，那是不现实的，也难做得到。所以，今天参加这个摄影展，对香梅和马赫来说，都暗含着诀别的意味。

李香梅本来不想参加开幕式的，但马赫在汽车上那么认真地亲笔写了一封请柬，她不能不参加了。借这个机会，也可给马赫送喜帖。原想当面交给他的，但到送时，怎么也鼓不起这个勇气，只得让范吟月转送。

在收到喜帖后，马赫才意识到，李香梅真的要成为徐太太了。他一直以为自己已能理智地对待和李香梅的感情了。虽然，他在沈石蒂照相馆暗房已明确地表白了自己的想法。但此后，他发觉自己对李香梅实在无法忘怀，心里的爱有增无减，甚至对放弃香梅常常深悔不已，差点要动摇了，但最后还是坚定自己的决定。现在，一封喜帖把他最后的希望彻底地粉碎了。那封红色的代表着喜事的请帖犹如一纸死刑判决书，把马赫的心情一下推至绝望的境地。但他已无话可说了，除了沉默，他还能做什么？不管自己怎样悲伤，一切都无可挽回了，他只能承认这个事实。况且，这个事实也是他一手促成的，他是自作自受。

李香梅实在受不了展馆的气氛。上海沦陷的消息就像噩耗一样，让人们胸中有无穷的感慨和伤感，加上开幕式上的哀恸，所以人们在看着那些惊心动魄的照片时，每个人的眼睛都是红肿的。展厅里一片静谧，只听见轻微的抽泣声。国殇的感伤，和马赫诀别的苦痛，在香梅心中交织着，香梅实在无法一张张照片看下去了，她只是长久地站在四行仓库升旗和马赫在火炮前摄的照片前，眼泪在她的眼眶里含着，坠坠欲滴。

忽然，她感觉到身边好像有人站着，她回头一看，是马赫站在她一旁，她的目光交接他的目光，这是两人在海员俱乐部的第一次对视。马赫的目光让李香梅心头一震，那蓝色瞳仁里充满着无限的忧愁、凄楚、留恋和深情，其中的种种情感，只有李香梅才会深解其意。还从未有一个男子用这样的目光痴痴地凝视着自己。这惊鸿之瞥，就像一道闪电，一下子让她把马赫此时复杂的内心世界的一切都看清楚了。

李香梅只觉得一股热血往上冲，心跳之快，好像要冲出胸膛。她连忙低下头去，避开马赫的目光，转过身，逃也似的离开海员俱乐部。李丹沪带着他的几十名义勇队正在海员俱乐部前的马路上列队走着，边走边唱着《义勇军进行曲》和《我的家在东北松花江上》，“刷、刷、刷”的脚步声踩出极为匀整着力的韵律。外滩还有几支队伍在示威游行，高喊着“还我河山！抗战到底！”“自由万岁！共赴国难！”等口号，印度巡捕和万国商团的骑警密密地站立在每一幢石头建筑的门口，保持着高度的警惕。骑警的蹄声杂沓，加上马儿的嘶鸣，还有马路两侧拥堵围观的行人，在雨中挤来搡去，外滩乱成一团。

李丹沪看到妹妹从海员俱乐部里脸色苍白、跌跌撞撞地走出来，挤过人群，往马路中间的队列直奔。

李丹沪扯开喉咙，喊道：“香梅！香梅！”但他的喊声被怒潮般汹涌的口号声、歌声、马蹄声所淹没，李香梅根本没有听到。丹沪眼巴巴地看着她消失在游行队伍中。李香梅走到外滩，站在一座长长的栈桥边，扶着冰冷的铁栏杆，连着栈桥是一艘趸船。但此时的趸船空空的，没有轮船在那里上下客人。雨中的黄浦江上寒风砭骨，彤云密布，混混沌沌，鼓足风的帆船在急速地移动。一江之隔的浦东灰暗一片，似隐似现。

一股夹着雨水的风让李香梅从目昏神眩的状态中清醒过来，那道闪电般的目光刺得她的心阵阵灼痛，禁不住放声大哭。乱世之际，不堪生活压力的人，到黄浦江边徘徊、痛哭，直至跳江的，几乎每天都有，所以像李香梅这样在江边哭得天旋地转的，没有多少人注意。

李香梅自己都不知道哭了多少时候，直到李丹沪和范吟月找到了她。李丹沪见妹妹刚才急匆匆越过人群，向黄浦江边走去，又不见她回来，心里不放心，便喊了范吟月撑着雨伞去江边找她。这才发现她哭着颓然跌坐栈桥边，浑身上下被雨淋得像从水中浸过一样。

李丹沪和范吟月连忙扶起李香梅，回到海员俱乐部的停车场。范吟月陪着李香梅坐到车内，李丹沪开车回到家。李师母见女儿这个模样，吓了一跳，不知道发生了什么事，连连问李丹沪和范吟月。

李丹沪说："没有什么事！在参加影展时，大家都很伤心，许多人都哭了。香梅是软心肠的人，一时受了刺激，在雨中乱跑一通。"这是一个原因。但他没有猜到，她的情绪这么不稳定，还和马赫有关。换过衣服，李香梅躺在床上，闭着眼睛，喘着气，就是不说话。李丹沪打了个电话给徐佳林，徐佳林正好在编辑部，正在写一篇有关上海沦陷的时评。李丹沪说，你快回来一趟，香梅有点事，躺在床上，没有病，但好像情绪有点问题。

徐佳林二话没说，马上开车来到李公馆，直奔二楼李香梅的房间。见李香梅不做声睡在床上，脸色很难看。范吟月坐在她床头，发愁地握着李香梅的一只手。徐佳林把李丹沪拉到一边，问："香梅到底怎么啦？是谁欺负她了？"

李丹沪不好气地说："是日本人、汉奸欺负她了。"接着，把对李师母说的话又对徐佳林说了一遍。

"这丫头真是太傻了，上海沦陷，当然是不幸的事情，也不至于伤心到这个程度。看照片的人也是的，愤怒归愤怒，何必要号啕大哭？"

"佳林，你怎么这么说话？你应该去看看摄影展，你们英国老板都到了，你怎么不去呢？"李丹沪想起龚宇伟交代他要多关心徐佳林的话，便有些不满地对他说，"我最近几次听人说，'樵夫'怎么啦？他手里的那把砍刀到哪里去了？"

"我不过是一介书生，哪有什么砍刀？"徐佳林自嘲说，"即使有，也不能乱砍啊！英国有句古老的谚语说，不要因为手里有把锤子，看到的就都是钉子。"

"你说得不错。可是，反过来说，手里有了锤子，不能看不到钉子啊。"李丹沪争辩说，"佳林，你我都是中国人，儿女私情是要的，但更要顾及民族大义。古代人懂得修齐治平的道理，何况我们是现代有志青年呢？淞沪之战，由夏到秋，由秋入冬，沧桑人变，日寇猖狂之极。你作为报人，不能上战场杀敌，也应以笔做斧钺，对日本鬼子的侵略行径和种种荒谬的理论口诛笔伐。"李丹沪话说得率直，脸色亦极为严肃。

李丹沪的性格有激昂、有冲劲，待人却温和谦恭，对徐佳林尤其客气，从未像今天这样，用教训的口气和他说话。徐佳林感到有些不快，他一向自视甚高，有着旧式文人的自负和清高，气量又狭小，听不得别人的批评他的话。但他毕竟心虚，他有把柄捏在龚宇伟手里，而龚宇伟和李丹沪亲如兄弟，是穿连裆裤的朋友。龚宇伟虽然信誓旦旦替他保密，谁能担保他没在李丹沪面前透点话风呢？

这么一想，他软了下来，正一正脸色说："平心而论，和龚先生、张小姐、死去的骆先生相比，我确实是做得不够。樵夫无斧，何以为樵？不过，守节不屈，是我素志。报纸的文章，不能等同于街上的口号，还是要以理服人。如果能做到中国人服，连日本人也不得不服，这样的文章就出彩了。"

除了附和李丹沪外，还软中带硬地反击了几句。李丹沪听徐佳林这么表白，信以为真，对于最后两句话，也觉得很有道理。于是，很高兴地说："佳林，和香梅成了家，安下心来多写些好文章吧。你刚才那句话特别中听，樵夫无斧，何以为樵？我还有事去，香梅就交给你了。"

李丹沪说完，便匆匆走了。徐佳林在心里冷笑，什么民族大义？你除了一群义勇队舞棒弄刀的，还不是整天和一个戏子混在一起？这难道就是民族大义？

李香梅喝了一碗姜汤，已迷迷糊糊入睡。徐佳林安静地坐在她床边。无论从哪方面来看，香梅都是个大美女，长长的有力的腿，风吹杨柳的腰肢，微黑而光滑的皮肤，虽不像王爱琴凝脂般的白嫩，但另有一番味道，是上海滩典型的大家闺秀，知书达理，家境又好，能娶这样的单纯而美丽的金枝玉叶，是自己的艳福。想到她也曾为一个美国大兵所诱惑，变得神魂颠倒，同时还卷入政治激流中去，心里怎么也高兴不起来。又想到自己至今还未和王爱琴有一个了断，对她在感情上还有些欲罢不能，王爱琴能给自己的是李香梅所给不了的，这让他又爱又恨，有时他又觉得王爱琴很可怜。这种矛盾焦灼的心态，使得徐佳林十分苦恼，担心弄成一个无法挽回的僵局。

虽然那次在国际饭店酒吧，他对王爱琴说了几句狠话，王爱琴大概气坏了，再也没有给他来过电话，但他明白他和王爱琴绝对不会这样就此结束。龚宇伟找他谈过话后，他提心吊胆，懊丧不已，浑身像脱了力。夜半醒来，望着窗外冷月，想到此事，越想越怕，怎么也睡不着了。马方朔三天两头约他喝酒取乐，汤之乡是常去的地方，福州路的惠乐里，几处土耳其浴室也偶尔为之。马方朔虽然为人鄙俗，善打趣逗乐，但又很会劝解人，他狂放不羁的生活方式，能使自己的精神暂时得到放松。慢慢地，他竟对马方朔产生了依赖，会主动去找他。

徐佳林与马方朔沉湎声色，虽能忘忧，事后又会后悔自责。于是时常暗下决心，再不跟马方朔出去鬼混了。然而，只要马方朔一喊，他就又不由自主跟了去。有时，心里空虚，也忍不住打电话给马方朔。自欺欺人地说，在和香梅结婚前，就玩几次吧，反正玩一次和玩十次是一回事，结婚后，就规规矩矩做事做人了。徐佳林的心态完全像一个瘾君子，一次次发誓要戒毒，又一次次自食其言。有种饮鸩止渴般自我毁灭自我沦丧的享受。

这时，他坐在香梅的身旁，注视着她的疲惫忧伤而不失美丽的脸，很想她醒来，和她好好谈谈。他们已好长时间没有交谈了，那种无拘无束的谈话，你一句我一句，拉家常式的，还伴着斗嘴，调侃，神态极放松，默契的笑，温柔的眼神，无关宏旨，但极有意味，也是很甜蜜的，彼此的心里撇得干干净净，心真的放开了。正想着，香梅醒来了，看了徐佳林一眼，淡淡地说："嗯，我睡着了。"

外面淅沥地响着檐滴声，徐佳林替她掖掖被子，温和地说："你想吃什么？我叫娘姨去做，或者我出去买。生煎馒头好不好？还是凯司令的蛋糕？"

"我不饿，什么都不想吃。"

"那我给你去热一瓶鲜奶，或者冲一杯咖啡？"

"不，我不要喝。佳林，我还要睡一会。"香梅说完，又闭上了眼睛，懒得讲话了。徐佳林不免失望，本来想和她认真谈一谈，可她却不想和自己多说话，他没趣地起身站起来，不自觉地叹了口气说："唉！这鬼天气！"

这时，李师母取来一只热水袋，见徐佳林站在窗前，看着窗外冷雨点点滴滴地落在玻璃窗上，发着愣，很失意的神态，便说："佳林，你把热水袋塞到香梅被窝里去。"

徐佳林取过热水袋，很小心地套上布套，走到床前，悄声对李香梅说："香梅，热水袋放在你胸前还是脚底下？"

香梅没有说话，微微睁开眼睛，只是伸出细长的手来，从徐佳林手中接过热水袋放进被窝里，一个字都没说，又把眼睛闭上了。其实香梅见徐佳林和颜悦色地照顾着自己，全副精神贯注在自己身上，而自己还为着马赫一颗心像被剜空了似的痛苦，觉得对徐佳林有愧。但又控制不住对马赫强烈的思念。

她眼睛虽闭着，其实半睡半醒的，整个人惶惶然而无所依，像是在空中飘浮着，她不想和徐佳林说话，只想他早点离开，让自己静心整理一下乱麻般的思绪。见徐佳林还不想走，她便侧过身去，这是不想理他，甚至是逐客的表示。徐佳林看了下李师母，说了声："让香梅睡吧，我回报馆去了。"说完，怅然若失地走出去。

这天晚上，李丹沪和胡彩华驱车送龚宇伟、张雨桐到金源利内河码头，乘上一艘去南京的客轮，然后乘飞机去西安。一路上，他们都不说话，此行的风险不言而喻。虽然是经长江去南京，客轮属英国轮船公司，挂的是英国旗，但日本军舰在长江里游弋，动辄拦住货客轮进行搜查。日本飞机也会在空中对长江里航行的船只进行扫射。但除此之外，没有别的通道可走，上海租界周围都是日本军队的控制区。航空公司的飞机仍在飞，但虹桥机场已落在日本手里，对过客盘查得很严。相对而言，还是走长江水路比较安全，当然，并非万无一失。

来到码头，扮成商人的龚宇伟和张雨桐嘱他们留在车里，不要下车，免得惹人注意。

龚宇伟紧紧握了握李丹沪的手，说："到了目的地，我会给你写信的，你们多保重。"

"一路顺风！"李丹沪说。

"不能参加你们的婚礼了。我们会在宝塔山下、延水河边祝福你们！跟香梅打个招呼，谢谢她送的礼物。她的婚礼，我们也只能缺席了。"龚宇伟从皮包里取出一个封了口的牛皮纸纸袋，递给李丹沪，"这是我们送给你和香梅的结婚礼品，不成敬意，留个纪念吧。"

张雨桐眼镜片后面闪着泪水，哽咽着说不出话来，她和胡彩华坐在后座，两人紧紧相拥。良久，才依依不舍地道别。

龚宇伟拎着一只皮箱，张雨桐挽着他的臂膀，迎着刺骨的寒风，向人声鼎沸的码头走去。很快，魁伟高大的龚宇伟和娇柔飒爽的张雨桐消逝在杂乱的人堆里。

又过了一段时间，传来一声悠长的汽笛声，客轮缓缓地离开码头。李丹沪看到船舷的栏杆边有不少人在招手，其中有龚宇伟和张雨桐的身影。雨停了，天还是阴沉沉的，虽然是中午，江面上雾色苍茫的，轮船很快就离开了视线。

李丹沪双手扶着方向盘，仍一眼不眨地注视着江面，其实那艘客轮早已看不到了。他心里空落落的，一种孤独感油然而生，这是他从未有过的感受。胡彩华的头靠在李丹沪肩上，她的面容平静苍白，眼角挂着泪痕。

徐佳林和李香梅的婚礼定在徐家汇天主教堂举行。欧风东渐，像上海这样欧化的城市，时尚有钱的人家都流行在教堂举行婚礼，新郎新娘在神父的主持下，郑重地做出相守终生的许诺。

当然，在这带有宗教色彩的仪式举行以后，中国人又会按照自己的习俗，大摆筵席，甚至鞭炮轰鸣，礼乐高奏，似乎不火上一把，过不足瘾似的。李师母就是力主这种中西合璧的婚礼。李丹沪反对，说国难期间，不宜过分张扬，在教堂举行婚礼后，全家聚在一起吃顿便饭就好了，至于送的礼，不管钱还是物，一律婉拒。

李香梅仍然像局外人那样，不置可否，随徐佳林和家里人去办。李唯亭同意了儿子的提议，婚礼尽量从简，而且建议将李丹沪和胡彩华的婚礼也同样从简。李师母不乐意，但拗不过丈夫和儿子，勉强答应了。还是请了流亡到上海的俄国宫廷点心师来家里，做罗宋蛋糕，煮俄国式咖啡，另外购买了足够的法国葡萄酒和威士忌，还有俄罗斯的伏特加，在家里款待前来认新房的亲朋好友。

龚宇伟纸袋里的礼物很奇特，一本书和两张已付清款子的取货单。这两张取货单可以在一个犹太人办的养狗场领两只非常漂亮的德国纯种大狼狗。而那本书，是有关如何养狗的常识，内容极为详尽。

李香梅对龚宇伟送狗作为结婚礼物感到不解。李丹沪懂得龚宇伟的一番苦心。龚宇伟意识到上海的环境恶劣，而一只勇猛而忠实的狗是保护他们家园的最好的卫兵。后来在书页中又翻到了龚宇伟所附的一封信，果然给李丹沪猜到了，信中说，他送狗的灵感来自那个胡彩华把落水声当作脚步声，把树影当作人影的故事，他并不觉得这是个笑话，而是严酷的环境所造成的一种心理压力。虽然这是个错觉，还是有必要提防坏人使坏，提高警惕永远不会错，愿这两只德国狼犬能起到保护他们的作用。

李丹沪第二天就到犹太人那里提狗。犹太人用专门的车子，由养狗师照管，将纯黑的德国狼犬一只送到美可制冰厂里，一只送到朱葆三路的李公馆，养狗场配送了两座铁栅栏的狗屋，狗屋外面罩着防风防雨的厚实的油布。只要几天，这德国狼犬就会和主人熟悉起来，别看它样子威武凶猛，可它除了对行为鬼祟、施暴的人会攻击外，决不会侵犯无辜的人。养狗师每天来一趟，帮着新主人和狗培养感情。果然，三天下来，李家的人，和住在美可厂的李丹沪、胡彩华以及公务房里的职员、义勇队的队员跟两只狼犬交上了朋友。它们有了差不多相同的名字，李公馆的叫大黑，美可厂的叫二黑。一到晚上，它们从棚里被放出来，在黑暗中无声无息地转悠着，两只眼睛像两只发着光的小灯泡，一有动静，两只耳朵就敏捷地竖起来。

李香梅和徐佳林举行婚礼的日子终于来临了。在结婚前一天，李香梅变得特别焦虑，心神不定地在房间里走来走去。到了深夜，她冷静下来，好像做好准备，等待那庄严而神圣一刻的来临。她坐在桌边，开始写信，写完后，用信封封好，然后上床入睡，竟睡得非常酣畅。

第二天，天刚露曙色，便开始下倾盆大雨。这是李公馆的大日子，李丹沪和胡彩华这晚住在家里。李师母第一个起床，不多时，全家上下都已起身，里里外外，灯火辉煌。喧哗的雨声，为这兴奋的一家，增添了一份热闹，也带来了不少麻烦。

李唯亭对下这么大的雨有些懊恼，说："我就担心下雨，偏偏就下了，还下得这么大，多不方便啊。"

李师母说："雨水代表财势，这是好兆头，佳林香梅以后会发达的。反正都是汽车，有什么不方便的。我担心的倒是教堂那么大，又没有暖气，香梅穿了婚纱受得了吗？就那么一会工夫，熬一熬吧。"

李师母亲自下厨，和娘姨吴妈一起，下大锅的汤圆年糕。这是江阴人的习惯，凡婚庆喜事，逢年过节必备汤圆年糕。汤圆象征团团圆圆，年糕象征步步高，意味着前程和家境的兴旺。桌上，用大漆盘装满了无锡江阴人称之为长生果的花生，还有红枣、蜜枣、桂圆、苹果、糖果、松糕等，都是专为讨个吉利口彩的食物。

李师母亲自坐镇，指挥佣人、娘姨、司机、门房安排这一切。李师母到理发店梳了一个横爱司头，头发纹丝不乱，还描了眉毛、抹了点口红。穿着一件新做的黑丝绒旗袍，领口戴一枚亮晶晶的钻石胸花，并配镶钻的手镯和钻石戒指。等会儿到教堂，还要外套一件灰背披氅。李师母的精心打扮，时尚中有些乡气，光艳里带着沧桑，但看上去还是显年轻，风韵犹存的。

李唯亭、李丹沪和胡彩华也换上了新装，李公馆的下人也都面目一新。外滩海关钟楼敲八下的时候，徐佳林开着车来了，这时雨势有所收敛。徐佳林穿一身做工精致的深灰色枪驳领、双排扣西装，紫红色领带，人字呢大衣，浑身上下华贵光鲜，风度翩翩。

李师母看了很满意，悄悄地对李唯亭说："佳林这样的卖相，到大马路上跑一趟，恐怕找不出第二个。"

李唯亭抽着雪茄说："真是丈母娘看女婿，越看越有趣。他没有这个卖相，能配得上我们香梅吗？"

李师母按规矩让徐佳林吃了碗汤圆年糕，并上了一碗荷包蛋鸡汤线粉。鸡蛋有好几个，徐佳林吃了一个鸡蛋，几筷线粉，就放下了。这是有讲究的，鸡蛋线粉不能一下吃完，为何不能，他不甚明了，反正上海的江浙人家约定俗成，都这样的。

一段时间闷闷不乐的徐佳林今天神采飞扬，笑容满面。李公馆的下人都殷勤地喊他“新馆人”，他马上一一给他们赏钱，每人都是一百大钞，像阔佬撒钱似的。

徐佳林心情好，除了今天是洞房花烛夜之外，更主要的是昨晚他和王爱琴透彻地谈了一次，是王爱琴主动约他的，地点还是在大隆厂的平房里。王爱琴在电话里说，明天是你大喜，你最后一趟到我这里来，我们好好话别，今后你不愿意就不要再来了。

徐佳林不想和王爱琴这么僵下去，相处一场，毕竟有了感情，因而和香梅成婚之前，最好能取得王爱琴的谅解，使这件棘手的事情得到善了。他最怕的就是王爱琴不放他一条生路，结婚后明里暗里继续制约自己，和自己闹，使他吃不了兜着走，搞不好落得身败名裂的下场。马方朔劝他说：“你的命是捏在王爱琴手里的，你最好不要去得罪她，天下最毒妇人心，她对你生了真情，你想溜，没有这么便当。别以为她斯文，她不会放过你的，而且，什么事都做得出来，女人都是白虎星。况且，她不是一般的女人，是做过大事的。所以，你要想得开些，别那么一本正经，就当她是你的别室，多养一个女人有什么不好？人家又漂亮，又有钱，又有势，换了我，才不会这样书呆子气，中途抛弃她，想从一而终。好了，好了，你们不要怄气了，我来做调解人，你们重归于好，一日夫妻百日恩。”

徐佳林对马方朔说：“至少这段时间，我要和她保持点距离。刚新婚，我不能太让香梅委屈。要来往，也要过一阵再说，否则，我良心上说不过去。”

马方朔狂笑不止，说：“你呀，还是书生气十足，这年头，口口声声讲良心的是最酸腐的。不过，我会劝王爱琴的，让她这段时间给你放风。”

“我又不是蹲监狱，放什么风？”

“一个女人真正要拴住你，你就是在蹲监狱，就是在吃官司。不过话说回来，李香梅确实明慧可人，你这小子艳福不浅。”

“她要闹，我也不怕，大不了鱼死网破。她一开始有言在先，说得很漂亮，不妨碍我结婚，我感到为难，可以分手，她不会强人所难的。言之凿凿，岂可反悔？她真的要说话不算数，不给我面子，我也豁出去了，我将诉诸社会，讨个公道。”

“枕头边说的话，你真的那么信？”马方朔看着徐佳林激愤的样子，觉得有些可笑，拍着徐佳林说，“诉诸社会，讨个公道？你这样做，不是在用竹竿子掏粪坑吗？你还想在上海滩立足吗？”他实际上早就看出徐佳林是个假道学，对自己的声誉和面子看得特别重。他绝对不敢把和王爱琴的事情闹得全上海皆知的。至于王爱琴会怎么对付徐佳林，马方朔心里没有准，她如果急了，会拼死吃河豚的。他刚才劝徐佳林的话，并不是完全在吓唬他。

经过马方朔的调解，王爱琴主动给徐佳林来了电话。这次徐佳林格外小心，没有开自己的汽车，而是乘出租车到大隆厂的。时间已经很晚，公务楼没有人，近来生产、销售都很正常，账房间的账上每天都有大把的钱回笼，纱布的产量持续增加，仓库里的棉花也很充足，至少能维持三四个月的运转。所以，李唯亭、龚总管到了时间就下班，难得在办公室里磨夜。

徐佳林到了公务楼转了一圈，除了值班室亮着灯，值班职员在值夜班外，其余的房间都暗无灯光，房门紧闭。徐佳林悄悄来到平房。王爱琴风姿嫣然地迎上来，喊着笑说：“你来了？我在等着你呢！”

屋子里的桌上摆着一只紫铜暖锅，炭火烧得很旺，锅里的水在鼎沸着，冒着滚烫热气的暖锅旁的瓷盘里放着牡蛎、青蛤、切成卷状的羊肉片、油豆腐、黄豆芽、金针菇、冻豆腐等。另备一盘酸菜、一盘腌韭菜末、一盘蒜酱油等佐料。还有两大盘粉条，切成片的宁波年糕，摆得满满的一桌。

王爱琴一边帮徐佳林脱去大衣、围巾，一边说：“我忽然想起小时候全家围着吃暖锅的情景，有点馋了，所以今天喊你过来吃涮羊肉。在日本，海鲜也能涮着吃的，所以我也备了点牡蛎、青蛤。”

冷天吃暖锅，围着炭火和滚热的香汤，暖和热闹。徐佳林体味到王爱琴的用心，她要用热腾腾的暖锅化解他们之间一度结起的冰层。

两人坐了下来，喝着酒，将桌上的羊肉、海鲜和蔬菜豆腐一点一点放进去，在里面煮了一会，便捞起来，蘸着佐料吃，将那日的不快尽数忘记。房间里飘着袅袅的气雾，洋溢着羊肉和各种菜肴的香味。

王爱琴不断地从暖锅里夹着已煮熟的东西放到徐佳林面前的小碟子里，如果是牡蛎、青蛤，剥去了壳给他，对他既温情又体贴。徐佳林是带着几分忐忑不安的心情踏进小平房的，他害怕这是一个剑拔弩张的晚上，自己会被无情地赶出这间曾留着他们无限欢愉的小平房。看来自己完全想错了，王爱琴把这个寒冷的夜晚变得格外温暖。暖锅炉膛里的火是鲜明的，满屋的云烟氤氲，加上通到屋里的暖气，房间里变得春夜般暖和。王爱琴夹给他的食物，烫得舌尖有些灼痛，这是欢快美味的灼痛，又使得肚腹间充满暖意。

王爱琴轻言慢语地和他说着话，说的都是家常事，不外乎是日本火锅和中国火锅的不同，还有她在东北时吃到的坛子肉、酸菜粉、烧鹿脯，还有一种浓得发黑的茶，是俄国的茶砖熬煮的，又苦又涩，要掺进羊奶，加上大量的糖才能吃得下去，否则难以下咽。徐佳林静静地听她说着，因为大灯已关，点着灶台上的蜡烛，烛光里，王爱琴的大眼睛变得特别亮，闪着动人的光芒，笑时露出整齐洁白的白牙，脸颊上的两个酒窝时隐时现，十分妩媚，透着她对徐佳林的柔情蜜意。

徐佳林在心里长叹一声，寻思：王爱琴不仅漂亮，而且温柔细腻，善解人意，更难得，他和她之间有着一份默契，一个表情，一个眼色，一个细微的动作，彼此便能心领神会。国际饭店她说了几句狠话，这不能怪她，其实她说这些话是因为爱之深，恨之切。马方朔说得对，他是动了真情，王爱琴也是动了真情。

想到从此就要和她分别，真觉得有些依依不舍，也觉得有些歉疚，有些不忍，便情不自禁地伸出手，握住王爱琴的手，说："爱琴，那天我不该对你发脾气，是我不好，我是个自私的男人。"

"不，是我错了。我心里明白，这段时期，你是真心对我好。让我从佐藤的阴影中走出来，对生活重新有了乐趣。"王爱琴有些伤感地说，脸上依然露着笑，"我也知道你早就和李香梅有了婚约，照理，你身边有了一个如花如玉的黄花闺女，一个大户人家的金枝玉叶，还能分一半心给我，我应该满足了。可人有时候往往贪心不足。想不到我王爱琴也犯了这样的错误，居然生出非分之想来，对李香梅吃起了醋，觉得心里苦，怨女般的和你闹。这几天冷静想想，也给马方朔剔清了头，越想越觉得自己理亏。马方朔说得好，你有什么资格对徐佳林作梗。"

王爱琴说到这里，徐佳林放开她的手，将手捂住她的嘴说："爱琴，你别说了，你这样说，让我心里更难过了。"

王爱琴将他的手从嘴上拉开，说："你听我说完。马方朔说得不错，我是没有资格向你发威，我算什么东西，一个坏女人而已，佳林，这杯酒，我干了，向你赔罪。"王爱琴举起桌上满满一杯酒一饮而尽，端着空杯，眼泪刷刷流了下来，满脸的哀婉，更显楚楚可怜。

徐佳林十分感动，起身走到王爱琴身边，在她的背后搂住她，吻着她在烛光下白嫩的颈脖说："爱琴，我不会忘记你给我的幸福，我不会无情无义地将你一抛了之。等我和香梅这个婚结定了，稳固了，我会回来找你的。时间不会太长的，你就暂且委屈几天吧，你要相信我。"

王爱琴转过身，整个身子紧紧靠在徐佳林怀里，破涕为笑："不要说几天，哪怕几个月、几年我都等你。不过，你不要太勉强。另外，既然和李香梅成了夫妻，就该和她好好过日子。否则，我心里会不安的。”

暖锅里的炭烧尽了，只剩下一堆白灰，没有火焰了，只冒着呛鼻的烟气。暖锅里的菜也冷了，可徐佳林浑身越来越热，两人越搂越紧。王爱琴在他耳边说：“今晚你不要走了，我们老夫老妻再过一夜吧，明晚你尝新鲜的了。”

徐佳林天不亮就悄悄起床，他不想惊动熟睡中的王爱琴，便轻手轻脚地穿好衣服，草草擦了把脸，撑着一把雨伞，走出厂门，好不容易喊了辆出租车，回到公寓洗漱更衣，穿戴一新，赶到李公馆。

昨晚他和王爱琴百般缱绻的时候，王爱琴突然问他，你今晚这样，明天做新郎官不会累吗？他说，不会累的，只是对着神父起个誓，再吃顿饭就是了。王爱琴说，外面世界还在发生那么多事，你们的婚礼还办得这么风光，不怕别人议论吗？徐佳林说，谈不上风光，已经简到不能再简了，而且，所有里里外外的事都是李家包的，他是凑个现成的。王爱琴沉默了一会，又问，要是神父问到李香梅时，李香梅回答不愿意，你怎么办呢？徐佳林笑着说，这是不可能的。王爱琴又说，万一她这么回答呢？徐佳林说，那我也无所谓，没有人收留，自有收留处，我就回到你身边来，难道你不愿意吗？王爱琴没有回答，只是往他的怀里贴。

徐佳林因为顺利地和王爱琴有了个了结，王爱琴并没有纠缠他的意思，显得特别通达，反而是他，在离开王爱琴的那幢平房时，三步一回头的，心里满是怜惜，这怜惜里有爱，有体恤，更有几分凄凉。

当他跨入李公馆时，他是一阵轻松，原来对王爱琴怀有的沉重负担已彻底卸掉了。他来到二楼李香梅的房间，见李香梅还在梳妆，她正和伴娘范吟月和另一个女子中学的同学说着悄悄话。婚纱和那件他买给她的貂皮大衣放在一旁的椅子里，首饰在镜台上聚成一堆，李香梅依然素面朝天，穿着棉睡袍。

徐佳林有点着急地说：“香梅，时间不早了，你快点准备吧。否则要来不及的。”

李香梅看了他一眼说：“我们会算好时间的，肯定来得及。你先出去吧，在教堂等我们。”

“好，你要抓紧点，我在徐家汇教堂等你们。”徐佳林说完，喜气洋洋地离开房间。

刚走到楼梯口，李香梅喊住他，在走廊里对他说：“佳林，如果发生了什么事，影响了婚礼，你别生气，请你多包涵原谅。”

徐佳林有些不解地问："会发生什么事呢？原来还下着大雨，现在雨又停了，你还担心什么呢？"

"没什么，你去吧。"

徐佳林愣了一下，笑着摇摇头，在心里说："做新娘子的，上轿前心里可能都会有些莫名的紧张，也会说些莫名其妙的话。"

徐佳林驱车走后不久，李丹沪、胡彩华和李唯亭、李师母两辆车也离开李公馆，向徐家汇方向驰去。只留下一辆三七式的雪佛莱婚车停在花园里，趁雨停歇，披上了红绸扎成的彩球。

李公馆变得十分安静。婚车的司机发觉楼上没有动静，忍不住按了几下喇叭。

范吟月在房间里转着圈说："香梅，你真的想好了吗？要是这样，你父母亲会下不了台，全上海的报纸都会登这条消息。徐佳林会受到很大的伤害。这可不是小事，你一定要想好。"

在范吟月和另一个同学来到李香梅房间时，李香梅很冷静地告诉她们，她不准备参加婚礼了，也就是不准备嫁给徐佳林了。因为，她发觉自己并不爱徐佳林，她和他缺乏共同语言，这一个多月来，两人的隔膜越来越深，徐佳林对她变得越来越陌生。李香梅说，这种样子结婚，对她，对徐佳林都不是好事，他们得不到幸福的。李香梅还提到张雨桐那天在汽车上讲的新娘在婚礼上晕过去的故事，说张小姐实际上早已窥知他们的端倪，只是不宜说破，只能用这则故事来提醒她。

范吟月心里也清楚，李香梅爱的不是徐佳林，而是马赫，但没想到李香梅在临上轿前，会突然变卦，而且态度异常坚决，听得出来，她的决定是深思熟虑的。

"吟月，你说的这些后果，我都反复思考过了。也许爸妈不会原谅我，也会使佳林十分伤心，所有的人都会指责我。但我不能欺骗自己，没有爱情的婚姻是不道德的，我想不起来是谁说的了。"李香梅沉着地说，"我已做好准备，我接受所有人对我的责怪，我也愿意徐佳林痛打我一顿，这个十字架我背定了。"

范吟月心里有些激动，她看到，此刻的李香梅没有迟疑，更没有顾虑，而是像跳入苏州河游向对岸四行仓库献旗时一样，表现出极大的果断和勇气。她的声音是铿锵的，神色是坚毅而平静的。范吟月从心底里佩服她。

"既然你打定了主意，那我们就走吧。先到我家住一夜，明天再到学校去。你就静等暴风雨来吧。"范吟月的口气变成了支持和鼓励，"你应该写张纸条，说明一下理由。"

李香梅说："我已写好了两封信，一封给爸爸和妈妈的，一封给徐佳林的。"说着，从枕下取出两个信封，放到桌子上。

"原来你蓄谋已久。"范吟月笑着说，"可我不懂，你为何不早一点向徐佳林说清楚呢？"

"有些事情，非要逼到眼前才会下得了决心的。我已经没有时间向他们说清楚了。"她们谁都没有提到马赫，在谈话中，尽量小心翼翼地绕开他，避免把他牵扯进来。

第十九章

李香梅逃婚

雨停了，徐家汇双塔教堂的上空露出了一片蔚蓝色，雨后的阳光显得明亮而新鲜。应邀前来参加婚礼的亲朋好友都安安静静地坐在带靠背的硬木椅上，脸上带着通常参加婚典所特有的喜悦和兴奋。

李香梅在公众的心目中是抗日的民族义士，大马路沈石蒂照相馆的橱窗里，曾一度摆着她的巨幅照片，但不久就撤掉了，换上了四行仓库阻击战升旗的照片。虽然李家和徐佳林力求低调和简单，但李香梅婚嫁的消息还是不胫而走，新闻记者和部分市民闻风而至，聚集在教堂门口，等待新娘花车的出现。

阳光同样射进教堂，教堂里的彩色玻璃折射出绚烂而美丽的光，预定的九点半一到，管风琴奏出了乐章，那庄严的音响在教堂的大厅里回荡着，震撼着每个人的心。鸽群盘桓在教堂尖塔的空中，管风琴声中，夹杂着阵阵鸽哨，实在是一派祥和的气氛。可人人都明白，就像穷人家的炊烟能制造出朴实的生活气息，可锅里煮的其实是米糠和野菜一样，这祥和的气氛背后是让人揪心的战争和侵略。

李香梅迟迟不出现，徐佳林频频看手表，坐立不安。李唯亭和李师母焦急地回头看着教堂的大门口，李丹沪干脆站到门口等候。一辆军用吉普车疾驰而来，下车的是个外国人，穿着笔挺的西装、大衣、礼帽，手捧一束在暖房培植的鲜花。这个外国人就是马赫，李丹沪认出了他，在门口张罗着的龚总管也认出了他，马赫朝他们点了点头，径直走进教堂，在最后几排坐了下来。他四处张望，突然发现，今天的婚礼的主角之一、新娘李香梅还没有到。离举行婚礼的时间已足足过了十五分钟。马赫收到请柬后，本来是不想来的，但最后还是决定来了，他不想参加全过程，只想送一束花给李香梅，当面祝贺她幸福。一个他深爱的女孩出嫁了，新郎不是他，而是另一个人。他曾梦想过在这样的场合，他和香梅并列站在一起。这是美丽的梦幻，他不可能带给她幸福，他是一名士兵，随时会上残酷的战场。而且，当埃克森中校得知李香梅要和另一个男人结婚时，对他说，你的放弃是对的，因为，你无法把她带进婚姻的殿堂，除非你成为一名军官。

马赫回答说，我总有一天会成为军官的。即使我是军官，我也不会娶她，因为我能给她爱情，却无法给她一个稳定的家。军人随时可能阵亡，我不忍心她成为一个寡妇。埃克森死死地盯着马赫半天，然后拍着他的肩膀说，等战争结束，你会娶到一位和李香梅一样美丽的女孩的，因为你是一个真正的男子汉。到那一天，无论我在哪里，你都要通知我来参加你的婚礼。

马赫很纳闷，为何李香梅姗姗来迟？时间在一分钟一分钟的过去，大厅里的来宾开始失去耐心，相互探询，窃窃私语，东张西望。神父一筹莫展地站在圣台前，他为无数对幸福的新婚男女主持过婚礼，新娘让新郎和全体来宾长时间等待是极少碰到的。除非是发生了什么不可预测的意外。

徐佳林心急如焚，他脸色发青，额头上冒出了冷汗。他预感到事情不妙。据他对李香梅的了解，别说这么重要的事，就是一般的事，她都严格守时，决不会拖拖拉拉。他想不出到底发生了什么情况，是何缘故？他不时地看着李唯亭、李师母，他们同样急不可耐。李唯亭脸上已有愤然之色，只是在这样的场合不好发作。李唯亭站起来，走到徐佳林面前说："这是怎么回事？这孩子，应该懂得事情的轻重。你在家里时，到她房里去过，她跟你说什么了？"

"要我来教堂等，她随后再来。当时她正与两个伴娘在说话，看她还未梳妆打扮，我还催过她。"徐佳林小声说，"车子会不会在路上出事？"

"你打个电话到家里去！看看她出来没有！"

李唯亭这么一说，提醒了徐佳林，他走到神父面前，问他电话在哪里？神父领着他来到一间办公室，里面有架电话，徐佳林拨了李公馆的电话，响了很长时间，有人才来接电话，是娘姨吴妈。吴妈告诉他，小姐早就出门了，至少将近一个小时。从李公馆到徐家汇教堂，开得再慢，也要不了二十分钟。这说明车子在路上耽搁了。他又拨了工部局交通部的电话，问从朱葆三路至徐家汇教堂的路途中有否发生交通事故。对方很干脆地回答：今天除了一辆黄色车跌到河浜里，没有其他事故的报告。

这个回答没有让徐佳林放下心，反而是无比的沮丧。他忽然想起他离开香梅房间时，香梅从后面喊住他所说的话："如果今天的婚礼发生什么事，你不要生气。"这分明是在向他提示什么，是话中有话。这么看来，今天的婚礼上，她这么长时间不现身，绝非偶然。阅历了不少人情世故的他，明白今天的婚礼办不成了。他的心情一如他脸上的神色，阴沉晦暗得仿佛一件被锈迹啃噬的古时青铜器，麻木沉默地应付着眼前流逝的时光。

他大失所望，坐了一会，霍地站了起来，怀着对香梅的一股极大的怨怒，随神父走到大堂。李唯亭一看到他，连忙问："怎么样？"

"娘姨说，香梅出来差不多有一个钟头了。"

"这就怪了。肯定是路上出事了！"

"我打电话问了工部局交通部，今天全上海除一辆黄色车掉进河里，没有其他交通事故发生。"徐佳林说完后，默然不语，征兆不佳，他能对李唯亭说什么呢？到了这一步，他只能听天由命了。

李唯亭愕然不知所措，但也不过是极短的片刻迟疑，因为李丹沪在众目注视下疾步奔来。原来花车已到，但车子是空的，李香梅和伴娘不在里面。司机跳下车，交给李丹沪两封信，说："这是李小姐让我交给你们的。"

"新娘子呢？她人在哪里？"

司机没有答话，只是无可奈何地摇摇头。

"你说呀，我妹妹和伴娘怎么不在你车上？"李丹沪有些冒火，"你是怎么开的车？"

"李小姐不会来了，她坚持要我送她到极司菲尔路一幢洋房里，据说是范小姐的家。"司机说到这里，想起什么似的，又返回汽车，取出一只白色的大信封，上面写着：李唯亭先生亲启。

司机说，我也不知什么人什么时候放在汽车里的，也不知道里面是什么东西。龚总管走过来，取过这个大信封，狐疑地放在手里掂了掂分量，然后问李丹沪："香梅的信给谁的？"

李丹沪回答："一封给爸爸的，一封给佳林的。"

龚总管似有醒悟地说："纸包不住火啊，香梅到底还是觉察到了。"

"龚总管，你在说什么？"

“没什么，你快把信给他们送去。你看到信就真相大白了。”

李丹沪没有再多问，拿了信就往里直冲。他将两封信一封给了父亲，另一封给了徐佳林。

李唯亭迫不及待将信拆开，取出信看起来，信上写道：

父亲、母亲大人，丹沪哥哥：

我让你们失望了，我让所有的来宾都深以为憾。此时此刻，你们一定对我望眼欲穿，焦急万分。我要告诉你们的是，今天这个婚礼，我不准备参加了，我决定不嫁给徐佳林了。具体原因今后面谈。女儿是经过反复考虑，反复权衡后才做出这个决定，绝不是出于一时之冲动。我很歉疚，我知道你们会十分生气，我对不起你们。我知道，不管我有多少理由，你们是无法原谅我的。请你们保持平常的心态，不要胡乱猜想，女儿不会做出有违家训的出格的事情来的。佳林那里，我已无颜面对，请多劝劝他。请他理解和尊重我的选择。

女儿香梅

即日早晨

李唯亭匆匆看完后，将信递给丹沪，瘫坐在硬木椅上。

徐佳林深深吸了口气，用颤抖的手拿着信纸读着，信上写道：

佳林：

抱歉之至。我经过激烈地思想斗争，终于想通了，我们之间并不合适。两情相悦，最主要的是心心相印，可我总觉得我们之间做不到这样，更不必说天长地久了。面对神父代表天主的问话，我无法说出“我愿意”这句简单而又需要终生信守的誓言。我相信，凭你的人品和才华，你会得到幸福的。世道纷乱，我要用更多的心思尽一个中国人的责任。

珍重！

李香梅

即日早晨

徐佳林一松手，薄薄的信笺飘荡了几下，轻轻地掉在地上。李香梅的信中把退婚的原因说得极其含糊，但他相信，这含糊的背后，其实是对他和王爱琴的事已有所明了，只是为了保留他的面子，没有说穿而已。他没有感激香梅对他的照顾，反而痛恨她早不说晚不说，偏偏在教堂的圣台前给了他一封"休书"，虽然说得含蓄和隐晦，但他感到很大的冤屈，这个无结果的婚礼让自己脸面丢尽。这是香梅精心安排的一个时间，在上帝面前惩罚他。他不敢看李唯亭、李师母和李丹沪，他坐在木椅上，捧着自己的头，埋在自己的膝盖上。这封薄薄的信纸，如同一双有力的手，将他的衣服剥光，赤裸裸地暴露在上帝对他的审视下，他力求保持平静，不能让自己失态，因而保持了一个像鸵鸟将头埋在沙堆里一样的姿态。

龚总管将那个白色信封交给了李唯亭，李唯亭像龚总管一样，也把信在手里掂了掂，因为信的分量很重，不是几张信笺。李唯亭把它撕开，里面装着一沓照片，取出一看，顿时大惊失色，照片都是徐佳林和王爱琴密会的照片，照片上两人亲密无间，俨然是一对情侣，表情和举止赤裸裸地透着情欲。

李唯亭将照片往大衣口袋里一塞，镇定一下自己的情绪，走到台前，提高声音，抱歉地说："小女李香梅在来教堂的路途中，突然感到身体不适，今天的婚礼不得不取消。感谢各位的光临，同时我代表小女李香梅和徐佳林先生表示歉意。对不起各位，请大家多多包涵！"说完，深深一鞠躬。

宾客们不胜遗憾地站起来，议论纷纷，大家已看出内中必有蹊跷，所谓身体不适，当然是托词，但不便打听，也不便久留，只是带着疑惑散去。

李师母一个劲地问李唯亭："香梅真的是生病了？早晨起来还不是好好的吗？她现在家里？还是在医院？"

李唯亭一副莫测的神情，冷冷地说："走，走，回去，回去！到了家里再说。"说完，狠狠地瞪了还作鸵鸟状的徐佳林一眼，跨着大步朝外面走去。

"佳林，回家吧。"李师母对徐佳林喊道，"别难过了，今天婚礼办不成，可以下次再办啊！"

"别理他，没有下次了！"李唯亭怒气冲天地吼道，鼻子里鄙视地"哼"了一声。

李师母、李丹沪、胡彩华不胜惊骇，知道李唯亭勃然大怒，和龚总管递给他的信封里的照片有关。可那是些什么照片呢？他们刚刚都看过香梅写的信，在地上拾起的给徐佳林的信也瞥了几眼，可信中没有说出所以然啊！香梅的突然之举，难道还另有隐情？而这隐情就是这些照片吗？徐佳林是做了见不得人的丑事？给别人抓住了把柄？香梅是在最后时刻得到了风声？

这一连串的疑问，都在李唯亭装在口袋里的照片上。他们跟在李唯亭的后面匆匆走着，与其说紧随其后，还不如说是追逼着李唯亭口袋里的谜底。这毕竟是一件大事，今天的婚礼是多么尴尬的局面啊！

走到门口，记者们纷纷围住他们，李唯亭挥挥手："还有什么问的？家里发生点私事，值得你们采访吗？快去多写些国家大事。"说完，便钻进汽车，李家的其他人都紧绷着脸坐进汽车。

巨大的礼拜堂里一下变得空旷起来。大门敞开着，一股股西北风吹进来，在高挑空廓的堂顶鼓荡着。堂里只剩下孤单的两个人，一个就是坐在第一排的徐佳林，另一个就是坐在最后一排的，手里捧着花束的马赫。徐佳林知道所有的人都走了，只留下了他，他有一种被抛弃的感觉，他抬起头望着大祭台，这是1919年复活节从巴黎运来的，中间有一条通道铺着花瓷砖。堂身正中是盘形浮雕，繁复华丽。

李唯亭最后那句："别理他，没有下次了！"他是听得一清二楚的。此刻，这句话反复在他耳边响着，震得他的心一阵阵作痛。这意味着他和香梅的婚姻彻底失败了。这难道就是王爱琴说的，人的聚散无常是命里的定数？王爱琴和李唯亭一家的聚散是命，和佐藤的聚散也是命，否则，怎么会在许多年以后，她又会回到她的出生地，和李唯亭发生纠葛？现在，也正是由于这个王爱琴，又导致他和李香梅的聚散，是命运轮盘造成他们即将走进教堂宣誓前的一刻又分开了。既然是幽冥之中决定的事，他怨不了谁，只能认这个命。想到这里，他心里稍许宽慰些了，拿起飘在地上的信笺，缓缓地站起身，一步一步走过一排排空空的木椅，朝大门口走去。

马赫呆若木鸡地坐在这虚幻的清幽的大堂里，他目睹了刚才发生的一切，使他费解的是，香梅没有参加婚礼，李家的人从他身边匆匆而过时，都铁青着脸，低垂着头，目不斜视的。李唯亭宣布因为李香梅身体突然不适而取消婚礼，他不相信香梅父亲所说的理由。李香梅和徐佳林之间肯定发生了什么事，至于是什么事，他不清楚。他也不想弄清楚，他亲眼看到婚礼没有办成这个事实就够了。他的心情是复杂的，还有些恍惚，感觉到他所看到的这一场景不像是真实的。他感到有一道锐利的目光盯着他说：你不要幸灾乐祸，纵然李香梅和徐佳林真的不成功了，你会生出非分之想吗？不，你应该坚持原来的想法，不要去打扰香梅，让她的心得到安宁吧！

这时，他突然看到有一个人步履蹒跚地朝他走来，在差不多要走到他面前时，他才看清楚这个人正是今天的主角，差点成为香梅丈夫的徐佳林。他神色黯然，目光呆滞，显然，他被突如其来的变故打闷了。整个人，包括他的步子都是沉重的。

他在马赫面前站住了，打量了马赫一会，脸上露出比哭还要难看的苦笑，他说："原来是你，马赫先生，你手里的花不会是献给我的吧？可鲜花从来不属于一个失败者的。"

"我是收到请柬来的，我的鲜花是送给你们的，是祝福你们喜结良缘的。"

"用不着了，你看到了，李香梅逃避了这个婚礼，她在最后一刻把我甩了。"

"你们之间一定有什么误会，或者李小姐还没有准备好，你要给她点时间。"

"不，没有用了。我清楚，她心里没有我，她抓住我一点把柄，让我在婚礼上成为一个被人嘲笑的可怜虫。明天，所有的报纸都会对我讪笑调侃。"

马赫不由得对他生出怜悯，又生出惋惜，同情地说："报纸有时候是毒舌，它们唯恐天下不乱，你是报人，你比我更清楚。所以，你不必太在意。"

"不，不！"徐佳林猛烈地摇着头说，"我会被唾沫吞没，我会身败名裂，你说得对，报纸是毒舌，人言是毒舌，我很快就会崩溃的。"

"徐先生，不管你做了什么，不管你惹得香梅怎样不高兴，你要坦诚地向她承认错误。香梅是一个善良的女孩子，她会原谅你的。"

"我无脸见她了。我是自作自受，我没有珍惜她的善良和纯真，她不可能原谅我的。"徐佳林说着，把手里的那张信笺往马赫手里一塞，"马赫先生，这就是香梅给我的'休书'，你是美国人，你可能不懂什么是休书。过去中国是男权社会，一个男人不爱他的妻子了，或妻子不守妇道，写一个字据就可宣布她失去妻子的资格，把她打发回家。现在是女权社会，女人也有这个权利了。这封休书你读读吧，它宣判了我和香梅婚姻的死刑。多么有讽刺意味啊！就在我们本来要向天主做出相守终生誓言的地方，我拿到这封信，它其实只有三个字：不愿意！"

徐佳林说完，忽然笑起来，那笑声是神经质的。他像喝醉酒似的趺趺撞撞地走着，走了几步，他又站住了，对马赫说："去找香梅吧，我清楚，你原来是我的情敌，你本来是会和我决斗的，后来你自动退出了。可我知道，香梅心里有你。我偷偷地看过你的摄影展，你是个了不起的摄影家。我看到你在战场拍的一张照片，脖子上围着的，是香梅给你结的围巾，我是看着她编织的。马赫先生，我妒忌你，我也羡慕你。你将手里的花献给自己吧。哈哈哈！"

徐佳林的苦笑在空旷的教堂里回荡着，阳光透过彩色玻璃的窗户，在地面上留下一个个光斑。

马赫在这圣洁的光线里，读完了李香梅的信，他心里感慨万千。他环视着大祭台上的轮盘状的浮雕，它是那样的安详肃穆，有着无法理解的神秘。的确，命运恰如轮盘，方向只能由自己掌握，马赫想着。他从椅背的小盒子里取下一本《圣经》，开始祈祷起来。

回到李公馆，李唯亭还未坐定，就恶狠狠地骂道："人面兽心！真没想到徐佳林是这样一个不知廉耻的伪君子，可恶，太可恶了！"

"他爸，徐佳林到底做了什么见不得人的丑事？你快告诉我们。"李师母着急地说，"真是急死人了。我真不明白，好端端的喜事怎么会变成这样。"

"爸，那些照片呢，你快拿出来给我们看看。"李丹沪说，"这些照片到底是怎么回事？是谁塞到汽车上的，目的是什么？爸爸，你别发火，先把事情弄清楚再说。"

"已经清楚得不要再清楚了。"李唯亭从大衣口袋里取出那叠照片，往桌上一扔，"你们看吧，可要当心别脏了你们的眼睛！"

李师母抢过照片先看起来，接着李丹沪也拿起照片，只有彩华仍安静地坐着，但身体有些僵持，脸上的神色有些紧张，她没有想到香梅的婚礼发生这样的突变，而李家的气氛也是乐极生悲，她还是个外人，不好多说什么，可她心里是真正地感到伤心。

还有一个人在一旁静默着，一支接着一支地抽着烟，他就是龚总管。香梅的信和这些照片背后所隐匿的东西，他心里很亮堂。他在思索，怎样把他所见到的情景说出来。自从发现徐佳林和王爱琴的秘密后，他每日都处在矛盾之中，说还是不说，最后和儿子商量后，决定还是不说，因为此事会引发一连串的连锁反应。他守着这份秘密，眼看李家喜气洋溢的，他总是感到无奈和尴尬。婚礼办不下去，香梅逃婚，是他始料不及的。这些都可断定，香梅已觉察到了徐佳林的行为不端，既然觉察，为何不早点和姓徐的分手呢？何必要捱到办婚礼这个时候，把事情搞得一团糟呢？香梅是个明事理的孩子，可这件事办得不符常情，她到底是怎么想的呢？

李师母、李丹沪看过照片后，都气得脸色发白。李丹沪无言地放下照片，坐到了胡彩华的旁边，一颗心直往下沉，除了生气以外，他还为妹妹感到可惜，也感到害怕。幸亏妹妹发现得早，如果真的如期举行婚礼，木已成舟，那不是毁了妹妹了吗？

胡彩华从李丹沪的神情上，看出事情的严重，情不自禁朝桌上的照片瞥了一眼，她已猜到，那是一些不堪入目的照片。李丹沪见胡彩华的视线在照片上投了一下，便取过几张放在胡彩华手里，胡彩华随便翻了翻，顿时脸色通红，放下照片，喟叹道："世间的事可真难料，看他也是一个正人君子，没想到是个西门庆，真是人心莫测啊！"

"这个小赤佬，我饶不了他。"李师母破口大骂，"竟在背地里做出这样恶形恶状的事情来，他还是人吗？传出去把我们李家的台都要坍光了。"说完，冷着脸坐着，丝绒旗袍上的钻石胸花折射出一道道光。

李唯亭的怒气已有所平息，此刻更多的是痛苦，他已说不出话，只是一声声叹息。

龚总管知道自己应该说话了。在片刻的沉默后，他突然说："徐先生和王爱琴的事我早就知道了，我是亲眼撞见的，有几次，深更半夜，他从王爱琴的屋子里走出来。看样子，他们那种关系，不是一天两天了。"

李唯亭一听，便劈头问道："老龚，这就是你的不对了，我们是多年的朋友，知根知底，风雨同舟，比亲兄弟还亲。既然你看到佳林和那个日本女人鬼混，为什么不跟我们说？如果说了，也不至于闹得像现在这样不可收拾。"

"唯亭，你听我说。我不跟你们说是有道理的。因为这件事事关重大，没有那么简单。"

"有什么不简单的？不就是一对奸夫淫妇吗？"李唯亭强忍着怒气，大声说。

"王爱琴不是自己跑到厂里来的。她是我们向正金银行押款的中间人，又是正金银行派到厂里来的监事。我估摸徐先生也是为了厂里的事才和她搞到一起的。如果把这件事掀开来，得罪了王爱琴，麻烦就大了。她的背景硬得很，我最担心的是我们向那边供货的事。我料想王爱琴是明知有事而装作不知。除了这些，我以为徐先生是一时糊涂，并非那种品行不端的花花公子。也许也有他的苦衷，所以我和宇伟商量后，决定不将这件事透露给你们，先由宇伟找徐先生谈谈，警告他立即悬崖勒马。"

李唯亭问："宇伟找过徐佳林了吗？"

"找了。"

"徐佳林当时怎么说的？"

"他信誓旦旦，马上和王爱琴一刀两断。"

"可他说到做到了吗？"

“至少之后我未发现他在王爱琴的房子里出入过。但他们是否暗中在别的地方碰头，我就不得而知了。”

李丹沪插话说：“宇伟临走前，曾提醒我要管管佳林，当时我不懂他的意思，现在看来，他实际上是暗示佳林的这件事。”

“老龚，不管怎么说，你们父子不该将这件事瞒着我们。当然，你们这么想，也是出于好心，事情闹开了，可能会不好收拾。”李唯亭一脸悲愤地说，“也许佳林是一时糊涂，此人也非一无可取。可这是我香梅的终身大事啊，不管怎样的结局，都不能让她有这样的屈辱！”

龚总管无言以答，他理解李唯亭的心情，也不知道自己和宇伟没有声张这件事是对还是错，即使错了，他也感到问心无愧，因为他这样做没有半点私心。

李师母无声地掉眼泪，一滴一滴滚在她的丝绒旗袍上，成了一颗颗晶莹的水珠。娘姨吴妈悄悄塞给他一块热毛巾，李师母擦了把脸，拂去身上的泪滴，继续哭着。李唯亭似乎一下老了好几岁，变得十分憔悴。

李丹沪想起什么地问：“香梅是从哪里知道这件事的？她明知道徐佳林在外面风流，为何又要答应举办婚礼？她完全可以在婚礼之前就和家里人说起这事，有必要熬到今天吗？”

李丹沪所提的这些疑问，大家听来，都觉得费解。几个人脸上都露出困惑的神色，你望着我，我望着你，一个个欲言又止。

还是李师母发话了：“这些事情不要去弄清楚了，只是做娘的才懂得女儿的脾气。香梅是怕我们扫兴，又怕我们误会她说的话。所以，只得一个人闷在肚子里。丹沪，香梅现在在哪里？你赶快去把她接回来。”

“是，香梅的性格从小就孤傲，对不三不四的人向来看不惯，她怎么会受得了徐佳林在外面拈花惹草。”李唯亭说，“先把香梅接回来再说。这件事肯定会闹得满城风雨，不管怎么闹，我们抱定宗旨，就说香梅突然生病，婚礼取消是迫不得已。徐佳林和王爱琴的事，只字不提。我们在厂里碰到王爱琴，像平常一样待她，这层窗户纸不要去捅破它，龚总管，你说呢？”

龚总管连连点头，李唯亭之所以是李唯亭，往往是在最关键的地方拿捏得住。他刚才说的这番意见，正是自己所期待的一种态度。龚总管说：“李老板说得对，这层窗户纸万万不能捅破，一句话，我们装憨头。”

李丹沪听司机说，李香梅去的地方，是极司菲尔路范吟月家里，他晓得范吟月家里的电话号码。于是，马上打了个电话到范家，范家回答说，李小姐来过，现在她们到外面去了，估计很快就会回家的。李丹沪说，我是李小姐的哥哥，我马上来范府接香梅，请关照她等我。

范吟月陪着李香梅待在附近的一个公园里，冬天的公园游人稀少，松柏仍旧苍郁，只是色泽不那么滋润饱满了，其他树木则都是光秃秃的，草地一片枯黄，整个园子散发着凋零肃杀的气息。倒是有几个孩子在草地奔跑着，踢着一个皮球，他们的嬉闹声稍稍带来了些许生机。李香梅和范吟月坐在木椅上，对着稀薄的阳光，有一群麻雀在她们的身边不知疲倦地跳来跳去。李香梅呆呆地看着这些小生灵，想着心事。

范吟月也不说话，要说的也说完了。她替李香梅发愁，不知道接下来会发生什么事。就这么坐了很长时间，李香梅幽幽地说："徐家汇教堂里不知道是怎么收场的？爸妈看到我的信，肯定把我骂得体无完肤。他们都是爱惜面子的人，这下让我把他们的面子都丢光了。"

"香梅，你跨出这一步不容易，就不要去七想八想了。一切顺其自然吧。"范吟月劝导说，"事情已经在那里了，什么样的结局你都得承受。大不了你父母亲不要你这个女儿，不让你回家，甚至登报和你脱离关系。这已经到顶了，除了这几步，还能把你怎样？难道把你吃了不成？"

李香梅苦笑着说："他们不认我这个女儿，也就罢了，我就认你的爹娘当我的干爸干妈，好不好？"

"我爸妈一直夸你好，夸你乖，你认他们当干爸干妈，他们求之不得。将来你出嫁，说不定给你的嫁妆会比我的多，他们肯定会偏向你的。"范吟月打趣说，"刚才我是说得严重了些，李伯伯李伯母怎么会舍得不要你呢？你可是他们的掌上明珠啊！"

"还掌上明珠呢？我把天戳了个洞，他们不恨我才怪呢？不过，我已做好最坏的打算，随便他们把我怎样，我都不会屈服，现在是文明社会，我有婚姻自主的权利。"

"香梅，我问你一件事，你要对我说实话。"范吟月向周围看看，低声说。

"什么事？"

"你这次抗婚，和'密西西比河热带雨林'有关吗？你看着我的眼睛回答我。"

李香梅坦诚地看着范吟月的眼睛，认真地点了点头："有，没有他，我肯定不会这样做。正是他，让我感受到什么是真正的爱。而我和徐佳林在一起，从未有过这样的感觉，心跳得永远和平常一样快。现在，马赫已婉言拒绝了我，即便我和马赫真的没有希望了,我也不会回到徐佳林身边去。”

“我看得出,马赫爱你爱得非常深,他是因为爱你而离开你的。这样的男人值得你爱。他是个浪漫的人,也是个实在的人。你想见他吗?”

“不,这几天我不想见他。对于我们家来说,我做出了石破天惊的事。我不想把马赫无端拖进来。”

她们就这样谈着,心情好了不少。

当她们回到极司菲尔路范家时,发现有辆车停在门口,李香梅老远就认出是哥哥的汽车,脚步放慢了一些,挽着范吟月的臂膀。李丹沪已看到她们,连忙和胡彩华下车。

李香梅走到车前,和胡彩华打了个招呼,对李丹沪说:“你怎么来啦?是爸妈让你来兴师问罪的吧?要杀要剐由你们了。”

李丹沪有些激动地说:“谁要杀你谁要剐你?我们都知道真相了,都是徐佳林的错,你离开他是对的。嫁给他这样的伪君子,是对你的屈辱。铁证如山,徐佳林不是东西,爹气死了,骂他人面兽心。斯文扫地,斯文扫地啊!”

李香梅和范吟月都听糊涂了,不懂李丹沪意何所指,一脸的困惑,发愣地站着不吭声。

李丹沪还以为她们对他的话有怀疑,继续说:“香梅,我说的都是真话,不信你可以问问彩华,我们都看到了徐佳林和那个日本女人鬼混的照片,真是不堪入目,总算明白你为何逃避婚礼的原因了。可是,香梅,你真傻,你为何要将这个秘密埋在心底呢?早点告诉我们,我们都绝不允许你嫁给他的。”

“香梅,你爸爸和妈妈已理解你这样做,也原谅你了。”胡彩华拉着香梅的手说,“是爹妈让我们专门接你回去的,这些天,够你受的。”

李香梅已听出婚礼上另有自己不知的情况发生,除了惊愕事情的蹊跷和不可思议的巧合外,李香梅在思索着一个疑团,徐佳林到底做了什么丑陋之事?哥哥说是和一个日本女人鬼混,并且有照片为证,那么,这个日本女人是谁呢?在杂乱的意念中,突然有一道电光闪现,她突然想到,这个日本女人必是王爱琴无疑。她又马上联想到张雨桐跟她讲的新娘子在婚礼上为了逃婚,佯装昏厥过去的故事,她恍然大悟,这是张雨桐在有意识地提示她。这也说明,张雨桐早已知晓徐佳林甘趋下流的所作所为了。

想到这里,李香梅已大致明白是怎么回事,不禁哑然失笑。范吟月还懵懵懂懂的,见李香梅又好气又好笑的样子,问道:“香梅,徐佳林到底怎么啦?今天的婚礼上又发生了什么事?”

李香梅说:“我肚子饿了,哥哥,你请我们到咖啡馆吃甜点去,我们慢慢谈。这件事情是很滑稽的。”

李香梅和范吟月上了李丹沪的车。在咖啡馆里,李香梅告诉哥哥,她之所以逃婚,并不是知道了徐佳林和王爱琴鬼混的事,除了张雨桐通过一则故事暗示她之外,她对徐佳林的荒唐并不清楚。她逃婚,是因为不爱他,和他没有共同语言。如果早知道他这样,她是决不会拖延至今天的。徐佳林在今天婚礼上由于那些照片而暴露真面目,和她逃婚纯粹是巧合,也可解释天在助她。若要人不知,除非己莫为,徐佳林是自作自受,自己是歪打正着。

李丹沪也把婚礼上的过程说了一遍。说到因为她迟迟不到,父母亲又着急又难堪,进退两难,无所适从的情景时,李香梅只感到内心愧疚,异常不安,她说:“我为难你们了,我回去向爸爸妈妈请罪。”

“你何罪之有?”范吟月终于明白了事情的全过程,她振振有词地说,“幸亏你下定了决心,要不,你们站在神父面前说出三个字后,再有人送来照片,那这个婚礼真的让人啼笑皆非了。”

“是啊,要是那样,这婚礼还真不知如何是好呢!”胡彩华笑着说,“香梅忽得妙悟,绝非偶然,这是天意。”

范吟月又提出一个疑问:“这照片是谁拍的?又是谁送上婚车的呢?”

几人议来议去,不得要领,成了一大不可解之事。李丹沪突然合掌一击,说:“这个人肯定是王爱琴!”

李香梅问:“哥哥,你凭什么说是王爱琴呢?”

“我们来推理一下,拍照的人,送照片的人,必定是对徐佳林的情况最熟悉的人。从徐佳林周围的人来看,最具备这个条件的就是王爱琴。此外,拍照和送照片的动机,就是要破坏你和徐佳林的婚姻,导致你们关系破裂,这样做的目的,就是能将徐佳林继续掌控下去。怀有这样动机和目的的人,非王爱琴莫属。因为她是徐佳林的情妇,只有她才有这样的阴暗心理,看不得、容不得你们结婚。”

李丹沪这一番推理,剥茧抽丝,有条有理,令人信服。

“这么看来,肯定是这个日本女人做的手脚了,可她这样做,不是也坏掉自己的名誉了吗?”范吟月又提出了另一个疑点。

“对王爱琴这样的女人来说,还有什么名誉可言?她是破罐子破摔,而且,我有一个感觉,这件事不仅仅是男女私情,说不定还是日本人在背后密谋的政治阴谋。”李丹沪沉吟着说，“当然，这只是我的猜测，如果这样，徐佳林说不定已沦落为汉奸，或者已成了日本人猎取的对象，至少已站在悬崖边了。”

李香梅吓了一跳，咖啡馆里开着壁炉，炭火正旺，店堂里很热，她的额头已微微出汗，但身上却不寒而栗。她毕竟和徐佳林交往过这么长时间，没有爱情，感情还是有的，所以，不禁替徐佳林担忧起来，忍不住说：“哥哥，我们可要想法子救救佳林，让他清醒清醒头脑，千万不能当汉奸！”

“香梅，徐佳林这么无耻可恶，你到现在还同情他，痛惜他，你的心肠太软了。”范吟月责怪说，“这根绳索是他套上自己脖子的，将来什么样的下场，也只有他去受了，谁都救不了他。”

胡彩华体会到李香梅的担心，她凝神想了一会说：“香梅说得对，撇开曾经有过一段情不谈，就算他是我们的一个熟人，一个朋友，有可能的话，还是要救他，除非他死心塌地地当汉奸，只要他一个中国人的良心还没有完全泯灭，我们应该拉他一把。不能看着他往火坑里跳！”

“那好！”李丹沪说，“我找机会见见他，摸摸他的底。”

徐家汇教堂婚礼的报道，见诸几家报纸的报端，篇幅很小，也只提新娘子临阵以生病为由脱逃婚礼，以致宾客徒劳在教堂坐了半天，空欢喜一场。至于是否是新娘身体不适，还是另有缘由，还有待于记者进一步探访。真正的原因，记者们并没有探访到，所以也就没有下文了，并没有像李唯亭担心的闹得满城风雨。而且，这个时期，中国的大事情太多，最大的莫过于国难当头，日本军队占领上海后，又占领太仓、苏州、无锡，对国民政府的首都南京形成合围之势。偏安于暂时太平的租界，从大亨富豪到升斗小民，无不忧心忡忡，盘算着自己的命运，因而对报上的花边新闻的兴趣明显减弱。李唯亭在上海滩也算是个人物，婚礼半途而废，嫁女不成，少不了有人讥笑，但并未引起过分的轰动。

李家经过这场风波，又平静下来。事情的来龙去脉也清楚了。李家的人都很感慨，一桩原来看似很美满的婚姻落得这样结果，说是坏事，可坏事又成了好事，正因为香梅的临阵脱逃，才避免了生米煮成熟饭这样更不好的结果。事情有些诡异，也很奇妙，真是冥冥之中造化之神在信手安排。尽管不尽人意，被人笑话，但终究还不算太惨。

李家表面上已忘掉了这件事，只字不提它，好像从未有过一样。李师母把裁缝花了十余天时间做的衣服统统收起来，压到箱子底下。李香梅安静地坐在课堂，宿舍里只剩下她和范吟月，赵雅丽去内地后，杳无音讯。少了一个人，房间里冷清了不少。熄灯前，她们各自捧着一本书，坐在被窝里看着，其实看了半天，没看进去几个字。李唯亭整天在厂里忙碌，朋友的聚会，业界的碰头，尽可能让龚总管替代他去。他怕别人提起女儿的婚事，这是他的一块心病。

但事情没有完。在婚礼的第三天晚上，徐佳林来敲门，门房连忙进来禀报李唯亭、李师母。李唯亭没想到徐佳林居然会厚着脸皮上门，便对门房说，告诉徐佳林，李家不认识他这个人，要他识相些走开。徐佳林就是赖在门口不走，在刺骨的西北风和瑟瑟作响的落叶声中直挺挺地站着，冷得脸色发紫，浑身哆嗦。

门房看不过去，便打开铁门上的小窗洞，对徐佳林说："徐先生，你走吧，李先生不会让你进去的。他正在气头上，你去见他不是自讨没趣吗?"徐佳林说："你去告诉李先生，我不是来讨饶的，我是有事问他，我问清楚就走，从此和李家井水不犯河水。"

门房把徐佳林的话转达给李唯亭听，李唯亭一听就火了，说："我还没有问他的话，他倒找我问话来了，去，让他进来，我倒要看看他狗嘴里能吐出什么东西来?"

徐佳林走了进来，站在客厅里，几天不见，他像变了个人，愁眉苦脸，目光呆滞，毫不掩饰他内心的窘迫愧悔之情。

李师母从未见过他有这样的神情，心软了下来，轻声说："你坐吧!"

徐佳林在沙发上坐下来，顺手将一个大纸袋放在茶几上，这是李师母请裁缝为他定制的宝蓝华丝葛的袍子，团花缎子琵琶襟的马褂，是回家吃喜宴时穿的，现在用不着了，退了回来。

"哼，你不是有事要问我吗? 你要说什么快说吧，用不着牵丝攀藤。"李唯亭冷笑一声，说，"你是不是要问，香梅为何不来参加婚礼?"

"事情到这个地步，都是我的错，是我咎由自取，谁叫我作奸犯科，做了对不起香梅，对不起两位长辈的事情。"徐佳林闪避着李唯亭和李师母的目光说，"我不是来求饶的，更不是想取得你们的原谅的，因为这是不可能的了，我不抱这样的奢望。所以，香梅为何不参加婚礼，对我来说，并不重要了。"

"你少废话，还想问什么，就直说吧!"李唯亭不耐烦地说。

"有一件事我弄不明白，在婚礼上，你们一开始并不知道我和王爱琴有那样的事。除了香梅写信给你们外，还有人送来一叠照片，才有不测之变。让我百思不得其解的是，这到底是什么照片，是谁送来的? 我没有别的意思，只想弄清楚，是谁在暗算我。"徐佳林当时摆着鸵鸟埋首姿势时，曾微微抬眼偷觑了一下，正好看到李唯亭拆开那个大信封，掏出照片看着。当时他并不在意，这几天，他越想越觉得这照片来历可疑，内中必有缘故。

“看来你不服，还在怪别人算计你。”李唯亭说着，站起来在客厅角落一只很隐蔽的柜里取出那叠照片，往茶几上一扔说，“我可以告诉你，事先我们确不知真情，香梅也只是有人暗示过她，你的事情是天破的，有人将照片塞到婚车里，给司机发现的。至于是谁送的，我们不知道，也不想知道。”

徐佳林惊疑地看完照片，神情狼狈得不敢正眼看李唯亭夫妇，只垂着头，低声说：“我可以抽支烟吗？”

李师母说：“你抽吧。”

徐佳林点起一支烟，大口大口地吸着，吐着烟雾，久久不作声，抽完烟，把烟头揿灭，站起来，向李唯亭、李师母深深一鞠躬，弓着腰走出去了。看得出来，他是极力保持着镇静。

李唯亭不作声，半晌，才叹着气说：“唉！但愿他爹地下有知，能体谅我们。”

徐佳林看了照片，已明白自己确确实实是被人暗算，不用说，这些包藏祸心的人就是日本人，而王爱琴、马方朔是帮凶。他在寒冷的街道上开着车，身上冒着一阵阵冷汗。

他羞愤交集，又万分泄气。回到所住的公寓，他不开灯，也不吃饭，和衣躺在躺椅上。双眼在浓重的暮色中茫然地睁着，感觉到自己如怒海余生，漂流在万顷大海中，随波颠簸，孤单一人，看不到尽头，只有无边的恐惧！

第二十章
王爱琴的复仇之心

事实上，照片是小川叫人拍的，他的目的是监控王爱琴。小川又把照片给了王爱琴，让王爱琴明白，他是无处不在的，他能操纵她的一切。王爱琴拿了照片后，实在不甘心徐佳林离开她。她生平对两个男人动过真情，一个是佐藤，另一个就是徐佳林。但她对他们的感情是有区别的，她和佐藤是从小就认识，有一种血肉相连的感觉。佐藤是个极自负、极强悍的人，她敬畏他，凡事都顺从他，对他极其依赖。对徐佳林，她反了过来，对这个儒雅文弱，又有点小心眼的男人，她陡生起一种母亲或姐姐似的感情，她对他温柔无比，又要掌控他。徐佳林在她身边，她心里确实会感到平静、安宁。徐佳林虽自以为懂得很多，人情世故也算得上练达，但在王爱琴眼里，他还是稚嫩了点。她原来在男人面前是处于附从的弱势地位，而徐佳林让她获得了主动，获得了强势。这种感觉是前所未有的，稚嫩和顺从也是一种可爱，她在这种可爱中得到了极大的满足。更让她兴奋不已的是，她对徐佳林的控制，还包含着一种报复的目的，她将昔日买下父亲工厂的老板女儿的未婚夫抢过来了，她还利用其他男人的权势，利用日本对中国的军事行动和组织所推行的决策，一步步将大隆厂从李唯亭手中夺过来。只要大岛同意，在将来的某一天，亦有可能由她掌管大隆厂，它就等于回到自己手里了。她还有一个复仇的目标就是马赫，那个开枪打死佐藤的美国海军陆战队的士官。

佐藤是让她爱不欲生、痛不欲生的初恋情人，她曾在佐藤的灵柩前发过誓言，决意走一条破釜沉舟的路，为佐藤报仇。

另外，她也从小川那里得知，他已和四川北路新亚饭店里的日本组织“黑龙会”及当时还落脚在大西路 67 号的汉奸特工组织头目李士群等人勾结，处心积虑到处刺探情报，搞出了一份《上海抗日团体一览表》，详尽地记录上海滩许多抗日团体的成员关系及情况。小川如获至宝。因为上海的锄奸行动一直不断，许多亲日派被暗杀，而抗日活动也从来没有停止过，虽然租界之外都是沦陷区，是日本人的天下。可仅仅一界之隔，也就是在租界，日本人虽然很神气，但除了遭市民的白眼外，还天天受到报纸、电台、文艺演出、街头演讲的攻击。有了这份名单，就可以利用汉奸组织将抗日组织、抗日人员一一肃清，当然，采取的方法是秘密拘捕和暗杀。在这基础上，发展“兴亚院”，开展“兴亚和平运动”就不难了。这份名单，连上海日本领事馆的情报官、梅机关都没搞到，可他小川哲雄搞到了，他自然感到得意。一天，小川一时兴起，在王爱琴面前吹嘘日本在中国的特务机关长土肥原贤二如何赞赏他，如何器重他，说着，从皮包里取出那份名单给王爱琴看。

王爱琴一看，暗暗吃惊，这份材料所刊录的团体有几十个，人员有一百多人，牵涉范围甚广，各界人士都有。龚宇伟、张雨桐、李丹沪、胡彩华、李香梅、范吟月赫然在目。每个名字下面，都有情况介绍。如龚宇伟下面注明：上海文化界救亡协会负责人，共产党员，戏剧家，鼓励一些艺人以话剧戏曲等形式从事反日活动。最近和其太太、《字林西报》记者、反日长诗《火凤凰》作者张雨桐在上海滩消失，去向不明。在李香梅下面注明：东沪女子中学高三学生，淞沪中日战争中，持中国国旗游越苏州河，向四行仓库守军头目谢晋元献旗等等。名单中，还有王爱琴熟悉和听说过的人。其中包括大法官郁华、钱鸿业。郁华是创造社的著名作家郁达夫之兄。打砸《中美晚报》、暗杀骆清时，被巡捕逮住几个凶手，郁华和钱鸿业秉公执法，将这几个凶手判刑收监。还有一个茅丽英，是海关女职员，在淞沪战争中，多次在外滩组织职业妇女进行演说义卖。王爱琴和大岛曾夹杂在人群中去观看过，大岛听了她演讲后说，这个女人必是共产党无疑。据说，黑龙会曾派人去现场捣乱，给情绪激烈的人群抓获，痛殴后扭送巡捕房。

使王爱琴没有想到的是，名单中还有不少外国人。其中有外国报纸的编辑、记者、洋行的商人、教堂的神父。一大串外国名字让王爱琴看得眼花缭乱，但其中有一个名字竟让王爱琴心跳加剧起来，那就是美国海军陆战队的士官马赫。上面写道：马赫憎恨日本，和上海激进的抗日分子有密切联系，为抗日报纸提供照片，公然违反美英定下的中立原则，枪杀日本军官。扮成记者到前线拍摄战争照片，公开举办影展，诋毁日军，鼓吹抗日。

王爱琴心中暗喜，但她没有放在脸上，只是恭维了小川几句，说他神通广大，能收集到这样重要的情报，确实是不容易的。

她又试探地问："有没有把这些人一网打尽的部署呢?"她知道小川这个人，外表风流倜傥，有点书卷气，痴迷中国文化，收集大量商周时期的青铜器、玉器和陶器，但内心阴险毒辣，一肚子的坏水，自负而虚伪。处处扮作斯文之人，骨子里是个地道的流氓。做事有狼吞噬猎物那样的强制性和攻击性，异常血腥和凶残。他正迷恋着那个唱绍兴戏的戏子胡彩华。只要胡彩华上台，他必去捧场，胡彩华始终给他冷脸看，李丹沪带着一批义勇队员护着戏院。小川显得很有耐心，戏照看，花照送，不在乎胡彩华的敌意和冷漠，不厌其烦地在胡彩华身边盘桓。大岛在背后讥笑他，小川是白费工夫，胡彩华就像上海人说的，是有名的青面皮，额角头朝天的，是个软硬不吃的人。小川是枉费心机，我看他，不要说羊肉吃不到，连羊臊气都闻不到。王爱琴不这么看，她清楚，羊落虎口是早晚的事。

对于王爱琴的问话，小川是这样回答的，他想了想说："一网打尽不可能。因为租界是英美法的地盘，日本军队暂时不能开进来，行动上受到约束。所以，只能以华制华，让那些亲日的中国人出面去做掉他们。一个一个来，积小胜为大胜。"

"那对名单中的英美人怎么下手呢?"

小川当然明白她指的是马赫，也知道她的心头之恨。在大隆厂小川去吊唁时，她哭着求他，你要替我报仇。小川见她痛心疾首，郑重地点了点头。

"我知你的心事，也记着对你的承诺。欧美人不太好碰，但办法总是有的，美国人生性风流好动。"小川说，"只要他脱下军装，走出军营，我们就有机可乘。中国人有句古话，君子报仇，十年不晚。所以，你不用着急。马赫这笔账，早晚要和他算清的。"

王爱琴感激地说："只要有你这句话，我就放心了。其实，我并不是急，只是想到佐藤还未真正上阵，就给暗枪打死，实在太冤。这一枪之仇报了，他也能闭目了。"

小川不动声色地听着，等王爱琴说完后，突然问："现在你和徐佳林怎么样？听说他马上要成为李唯亭的东床了。"

"我在尽量争取他参加兴亚和平运动，他还有顾虑，像他这样有名望的书生，把名节看得比较重，不能把他逼得太凶。"王爱琴看着小川的脸色说，"另外，他马上就要和李唯亭的女儿李香梅举行婚礼了。"

"你舍得他离开你吗？"

"谈不上舍得不舍得，我只是奉命办事。"王爱琴说，"和谁结婚，是他的私事，不在你交给我的任务之内，用不着我操心。"

"和工作对象接触，做什么都可以，就是不能动真情。"小川从公文包里掏出一个信封，往桌上一扔，"真由子小姐，你犯了秘密战线的大忌，你动了真情。徐佳林加入'兴亚院'的事毫无进展，可你们之间进展得太快了。"

王爱琴默默地看着照片，看完后，她并不感到意外，神态中也没有丝毫的惊惶和紧张，她沉着地把照片理整齐，放进信封里，然后，一双水灵灵的大眼睛，镇静地望着小川，再无别话，一副听凭发落的神情。

"我不会责难你。人是有感情的动物，发生这样的事并不奇怪，你和徐佳林想真的好下去，我可以成全。"小川说，"我谅你也不甘心徐先生就这么成了别的女人的新婚丈夫。你也清楚，李香梅是个大美人，他这么一去，再要回到你的身边也就难了。所以，我给你一个建议，要想尽办法让徐佳林结不成婚。徐佳林这样的文人，一旦给李香梅甩了，婚礼办不成，喜事变成了伤心事，肯定会给他带来莫大的痛苦，甚至会颓废不振。在他感时伤怀的时候，如有你去安抚他的心灵，会收到意想不到的效果。他会乖乖地听你的话，会死心塌地地继续你们的缘分，你的任务也就不难完成了。"

小川这番话让王爱琴豁然开朗，对他的老谋深算既佩服又害怕。无论于公于私，小川这个主意，她没有理由不接受。就小川而言，他更多的是从帝国的利益着想，总算也能兼顾到她和徐佳林的关系，虽然，她对小川的好心和大度持有怀疑，但毕竟为她指明了一条路。

王爱琴本来为和徐佳林聚日无多而苦恼，茶饭不思，忽忽若有所失，特别是言语上的冲突，造成了她和徐佳林的僵局。经小川一点拨，她想好了自己的行动步骤。先是徐佳林结婚前夜，她准备了一个烛光火锅，刻意营造了一个特别温馨的环境，对他又是情深意重，和他度过一个激情洋溢、畅快甜蜜的一夜。后来又派人将那些照片悄悄放在停在李公馆门口的婚车上。当做完这些事后，她忽然痛恨自己用心卑劣，以别人的不幸来达到自己的目的。但她马上就想开了，这个世界本来就是残酷的，当前最要紧的，就是以自己的深情将徐佳林的一颗心缚得紧紧的，才是上策。王爱琴等了几天，未见徐佳林来找她，打电话到《字林西报》报馆，答复徐先生因病请假，好几天未来上班了。她从未去过徐佳林的住处，也没有他家里的电话。这使王爱琴感到惴惴不安，徐佳林显然是在逃避，可他到底到哪里去了呢？是真病还是假病？她了解他平时好强，自尊心极强，然而性格又很脆弱，担心他的精神，因为这沉重的一击而走向崩溃。如果这样，他即使回到她身边，也不是活生生的徐佳林了，而是一个废人，一具行尸走肉。

王爱琴急于要找到他。还是小川，查清了他的地址和住宅的电话号码。她试着打了几个电话，都无人应接。

还有一个人也在找徐佳林，他就是李丹沪。李丹沪是知道徐佳林住处的。他住在静安寺路的一座公寓里。李丹沪曾和李香梅一起来过几次。公寓闹中取静，也比较整洁，住在这里的人，有洋行职员，给报纸副刊写连载小说的作家，也有报馆的记者，还有日伏夜出的交际花。徐佳林的隔壁，就住着鸳鸯蝴蝶派故事型杂志《礼拜六》的一个编辑。这本杂志颇合市民口味，在上海很畅销，以致有"宁可不娶小老婆，不可不读《礼拜六》"一说。总之，住在这公寓的人，虽不是大人物，也是有一定社会地位、收入较殷实的人，比住在亭子间的人要高出一筹。

李丹沪乘电梯来到徐佳林住的五楼，敲了半天门，都没有回应。正想离开，隔壁那个《礼拜六》的编辑开了半扇门，手里捏着支毛笔，在门缝里打量了李丹沪一下，见他是个正派人，富家公子的模样，便对他说："他在里面，我刚才还听到隔壁有声音。"

李丹沪道谢后，便又敲了几下门，喊道："佳林，你开开门，我是丹沪。"

门终于开了，房间里厚重的布幔全部密密地拉上，昏暗得就像晚上，弥漫着一股浓烈的呛人的烟味。李丹沪走进去，把窗帘拉开，打开一扇窗。冬日的阳光射了进来，凛冽的寒风涌了进来，屋里顿时明亮起来。徐佳林又在一张躺椅上躺下来，下面垫着一条毛毯，再看床上，被子叠得整整齐齐，没有睡过的痕迹。显然，徐佳林日夜都是在躺椅上度过的。紧靠着躺椅，有一张上海人称之为骨牌凳的椅子，凳面上的烟头堆积成一座小山，而他的脚下，是满地的书报。

几天不见，徐佳林变得又瘦又黑，满脸的忧伤。他平时注重仪表，又喜整洁，而如今头发蓬乱，眼睛充血，眼角结着眼屎。李丹沪在一张椅子上坐下来，他默默地看着徐佳林，没想到徐佳林会如此潦倒！

李丹沪走到卫生间，绞了把冷毛巾，给徐佳林擦了下脸，又取来一把梳子，让他梳了下头。稍一整理，徐佳林的样子好看多了。

李丹沪又把他脚底下的书报收拾起来，将骨牌凳上的那堆烟头倒进纸篓头，取过椅子上的毛毯替他盖上，打开煤油炉子烧了点开水，找出茶叶罐替他冲了杯茶，端到徐佳林面前。徐佳林坐了起来，接过热茶，羞惭地说："丹沪，你找我有事吗？我这样子，让你见笑了。"

"我来看看你，听报馆里的人说，你生病了，我有些不放心。"李丹沪平和地说，"发生这样的事，也是我们所没有想到的，大家心里都不好受。事到如今，你要振足精神，千万别钻牛角尖。婚姻上有了闪失，还可继续做朋友啊。"

"香梅怎么样？她肯定把我恨死了，这几天，我只觉得对不起她。有个哲人说过，有些东西，拥有时并不太在意，但等到失去时，才备感珍惜。"徐佳林说到这里，喉头有些哽住，"我现在才真正体会到这句话的真切，也懂得香梅对我来说，是多么的珍贵，但硬是让我作践掉了。"说着，轻轻地吁了口气，几滴眼泪掉在他手里的茶杯里。

李丹沪听他话里有一股悲怆，心里不由涌起怜悯之情，便继续好言劝导他，一切都过去了，一切都可以从头做起，你是有才华的人，现在国家和民族正遭遇前所未有的危险，沦陷区的民众挣扎在水深火热之中，暂且把个人的痛苦摆在一边，多做一些有益于民族大义的事。民族大义不仅能振奋你的精神，也能获得包括香梅在内的众人对你的尊敬。

李丹沪说这些话时，神色严肃认真，态度也很诚恳。徐佳林心里一动，他听出了弦外之音，只要他以实际行动投身于抗战，用他手中的一支笔影响民心士气，香梅会对他另眼看待，说不定还有破镜重圆的一丝希望。

他的情绪正处在极度的消沉之中，虽有所心动，然而对李丹沪的话并没有真正听进去，而且所谓的尊敬并不意味着香梅会原谅他的过错，以致旧情复萌，他还在做梦，不了解这种希望是微乎其微的。

他答非所问地说："再歇上几天，我就去报馆做事，我总不能就这样在家里耗着。"

"我的话，希望你认真考虑考虑。"李丹沪说，"还有，我不得不提醒你。我估计王爱琴和她身后的日本特务不会放过你，你可要保持清醒的头脑，绝不能被他们所利用。"

"丹沪，这一点你尽管放心。我就算当不上抗战的斗士、义士，也决不会去当汉奸，连饭奸也不会去当。”徐佳林口气坚决地说。徐佳林说的“饭奸”，是指为了生计在日本机构里谋一职位，赚取薪水养家活口的人，这些人并无卖国求荣的言行，只是被迫混口饭吃而已，故称之为“饭奸”。

徐佳林在精神颓废的情况下，能这样表态，也算得上是慨然一诺了。李丹沪很赞许地说：“佳林，只要能保持中国人的良心就好，关乎到大是大非，看来你头脑里的是非界线还是清楚的。”

李丹沪起身告别时，徐佳林摇摇晃晃站起来，一副可怜巴巴的样子，乞求说：“请你不要嫌弃我，有空见见面。说心里话，看到你，我心里感到很亲切。”

李丹沪突然发现，他的手指上还戴着结婚戒指，而床头，还摆着香梅的照片。可见，他对香梅还是有感情的，只不过做了斯文扫地的事，不可能见香梅了。而因为自己是香梅的哥哥，能给他带来些许安慰，所以期待自己能和他保持联系。

一个以往傲慢清高、顾盼自得的人，竟央求自己不要嫌弃他，这使得李丹沪有些心酸，公文包里还放着徐佳林买给香梅的首饰，是李师母关照要退给他的。丹沪此刻竟不忍心拿出来，怕伤他的心。

“佳林，我还会来看你的。哪一天报馆待不下去了，就到美可厂来帮我吧。父亲夸你有管理工厂的能力。”李丹沪真诚地说。

徐佳林听后，眼睛湿润了，憔悴的脸，沐浴在从开着的窗户中流泻进来的冬天的阳光中，羞愧中有股难言的忧伤。李丹沪看不下去了，从皮包里取出两盒花旗参，摸了下那包首饰，将皮包合上，告辞出来了。徐佳林因为身上邋遢，怕邻居见了不雅，便没有将李丹沪送出门。

在电梯口，李丹沪见走出来一个优雅的女人，一看竟是王爱琴，她戴着一顶红色的贝雷帽，让李丹沪眼前一亮。王爱琴也认出来李丹沪，脸上露出诧异的神色，李丹沪也颇感意外，但默然不语，不想理睬她。

“是李先生吗？久违了，你也是来看徐先生的？”王爱琴定了下神，文静而礼貌地开口了，长长的睫毛在闪动，但一点都不显得轻佻。

“是的，我是来看徐佳林的。他精神很不好。”李丹沪冷冷地说，“我想你也必定是来拜访他的，我有句忠告，不知道王小姐爱听不爱听？”

“没关系的，请李先生赐教吧。”

“徐佳林婚姻失败的原因，我不必多说，想来王小姐心里也清楚。我想说的是，徐先生已到了这个地步，你就放过他吧。”

“我不懂李先生的意思。徐先生和令妹的婚姻成不成，我不感兴趣。徐佳林是成年人，我没有逼他，他的所有行为，都是自愿的。”王爱琴面带笑容说。

这个女人不简单！李丹沪在心里说道，他情绪有点激昂地说：“王小姐，你是半个日本人，也是半个中国人。出于你的身份，你要维护日本的利益，我无话可说。但你身体里毕竟流着中国人的血液，所以，不要把事情做得太绝。还有，如果你真的对徐先生有感情，你应该爱护他，不要害他。”

李丹沪说完，没等王爱琴回答，便跨进了敞开着的电梯，拉上铁栅栏。走出大楼，他看着初冬枯瘦的树枝和高远的天空，深深地吸了口冷冽的空气。

徐佳林一看到王爱琴，便怒不可遏地责问她：“真由子，你的表演太出色了，嘴上一套，背后一套，把我哄得团团转。那个晚上请我吃火锅，演得尤其逼真，让我感动之至，现在我才知道，你所做的一切，无不是绝妙的做作。你使我和李香梅的婚礼半途夭折，让我大出洋相。我实在不懂，即令是做作，我们之间，难道就没有一点真情？如果有一丝真情，何以要对我来这么一手？”

王爱琴没有生气，而是脉脉无言地看着他落魄的样子，脸上露出歉疚而带着爱意的笑容。

待徐佳林说完后，她才平静地问：“你把我骂够了吗？如果没有骂够，你可以继续骂，让你骂个痛快。”

见王爱琴这样的态度，徐佳林反而泄了气，他瘫软地蜷缩在躺椅上，困倦地闭上了眼睛。

“我知道你恨我。可是，照片不是我唆使人拍的，我不至于不顾廉耻到这个地步，甘愿让人拍下我们亲热的照片，拿出去出乖露丑。至于照片送到李唯亭手里，我是受人摆布无计可施，也是出于对你的真情，迫不得已才这样做的。即使我不送照片，你同样结不成婚，你相信我的话吗？”王爱琴解释道，“你呀，只知其一，不知其二。”

徐佳林张开了眼睛说：“没有你拆台脚，我们的婚礼不会这么糟糕。”

“你别自欺欺人了。你不会不知道，李香梅根本没有参加婚礼的打算。她给了你一封信，拒绝和你结为夫妇。当时，李香梅并未看到照片，对我们的关系，还蒙在鼓里。”王爱琴心平气和地说，“你完全怪罪于我是不公平的。”

徐佳林霍地坐起来，瞪大眼睛，万分惊异地问道：“王爱琴，你太可怕了，怎么会对这些情况了如指掌？你告诉我，你是怎么知道的？”

“大隆厂里织布车间的挡车女工都在谈论这些事情了。参加婚礼的宾客至少有两百多人，我说的这些情况都是在他们眼皮底下发生的。没有不透风的墙啊！”

徐佳林无言以答，脸色阴沉地低垂着头。

“李丹沪刚才来过了？”

“嗯！”

“他找你有什么事？一定在你面前百般辱骂我，规劝你离我远一些，是不是？”

徐佳林不置可否，缄口不语。他的沉默无疑默认了王爱琴的猜测。

“做人要讲点良心。我并没有亏待李家，且不说是我父亲当年将工厂盘给他们，才使他们有了发迹的机会。就说这次正金银行的押款，如果没有你的牵线，我的力挺，大岛会同意吗？还有，要不是我及时将大隆厂改为日属企业，凭李唯亭、龚总管那两下子，能保住工厂吗？”王爱琴振振有词地说，“可李家把我的好处统统忘了，就因为我和你好，恨不得把所有的污水都泼到我身上来。他们不想想，李香梅之所以不愿上花轿，实则是另有所爱，她心里除了那个美国佬马赫，哪里有你徐佳林的位置？所以，逃婚并不是照片引起的，而是蓄谋已久的计划。而照片仅仅给了李家一架下台的梯子。”

徐佳林的脸上顿时出现了异常复杂的表情，怨恨、痛苦而又难堪。王爱琴的这些话，十分中听，在他的心里引起强烈的共鸣。是啊，他虽背着香梅和别的女人荒唐，可香梅也有红杏出墙的迹象，这是他早就感觉到的。王爱琴说得对，是香梅早有对自己背信弃义的打算，而且装模作样和自己一起准备结婚，等到举行婚礼了，无情地把他甩了。想到这里，他郁愤勃发，急待一吐。几天来对香梅的歉疚之情一下子就消失了，反而感到是香梅和李家有负自己，是自己受了莫大的委屈。

于是，他对王爱琴惨然一笑说：“反正我是风箱里的老鼠，两头受气。你知道，我这几天是怎样熬过来的吗？”

徐佳林性格的懦弱和缺乏定见，又一次让王爱琴看得清清楚楚，知道他的情绪已发生微妙的变化，把原来对自己的怨恨又转移到李香梅头上，这种孩子气似的无常，使王爱琴感到又好气又好笑。

“佳林，对不起，虽然你的婚变主要原因不在于我，但照片起到了火上浇油的作用。我伤了你的心，我会加倍补偿你的。”王爱琴道歉说，“可我没有恶意，我这样做，是情所致。我知道你这几天大受煎熬，可人生就是由一道道坎组成的，别书生意气了，我帮你跨过这道坎，好不好？你不该消沉，不该逃避现实，李香梅不爱你，有人爱你。”

王爱琴柔声说着，徐佳林听了这话，心里对王爱琴的怨愤早就没有了。王爱琴的柔情又使他念及李香梅的无情，忍不住眼眶一酸，几乎落泪，又怕王爱琴嘲笑，极力忍着。

王爱琴站起来，绕到躺椅后面，抚摸着徐佳林杂乱的头发，怜惜地说：“好了，好了，不就是一个女人嘛，何苦呢？难道你堂堂徐佳林就容易被别人打败？快去洗个澡，理个发，我请你吃俄国大餐去。”

徐佳林这才想起，他除了胡乱地吃了点饼干、咖啡外，几天来没有好好吃饭。听王爱琴提到吃俄国大餐，立刻感到饥肠辘辘。

他慢慢站起来，说：“王爱琴，你真让我没有办法。反正，我也逃不出你的手心了。”听似负气话，王爱琴知道，徐佳林其实不是在撒野，也不是在抱怨，而是像孩子一样在撒气，或者可以说带点撒娇的意味。徐佳林已缓过神来，他过了那道坎，又回到自己身边来了。王爱琴在心里直冷笑，李丹沪，你不是让我离徐佳林远一点吗？你看，徐佳林是离不开我王爱琴的，我会让他服服帖帖跟着我走！

徐佳林走进卫生间，沐浴、更衣、梳理头发。重新走出来时，除了脸色少了平时的红润外，又恢复了以往的仪表。在他洗漱的时候，王爱琴又把房间整理了一下，还将徐佳林的一双皮鞋擦得光亮。

当王爱琴挽着徐佳林的臂膀走向电梯时，隔壁的编辑先生又打开门看着他们的背影。《礼拜六》是本消闲读物，内容以艳闻秘事、吃喝玩乐、赛马跑狗、明星跟踪为主，兼谈文史掌故、金石书画、名胜古迹、外国风情，可说是包罗万象，极尽猎奇之能事，文字通俗中不失雅致。这位编辑看着一对走远的背影，寻思隔壁这位洋场才子几天来的动静，内中必有故事，待他回来，不妨叩门造访，从中挖出一点素材。

徐佳林又和王爱琴来往了，他不再去大隆厂的平房了，也没有理由去了。王爱琴住的卡尔登公寓也不便去，王爱琴便成了徐佳林这套公寓的常客，而且经常在公开场合双双出入，他们从暗处走到了明处，无所顾忌了。

王爱琴并没有把床头李香梅的照片收起来，依然让她含笑看着他们。但有一天，照片不见了，是徐佳林把它藏起来了。王爱琴发觉后，明知故问地问，李香梅的照片呢？徐佳林回答说，她已经成了多余的人了，没有必要让她待在那里了。王爱琴莞尔一笑，其实放她在那里也无妨，让她看看，你没有她，照样生活得很好。

徐佳林没有搭腔。和王爱琴形同夫妻，双宿双栖后，反而失去了原来偷偷摸摸时的神秘感和刺激，时间一长，便感到乏味。王爱琴不在的时候，便和隔壁《礼拜六》编辑先生走动起来。有时为刊物写点东西，他写了篇徐福当年带了八百名童男童女，东渡日本寻找长生不老仙方的文章，绝不借题发挥，以此论述中日同文同宗，源自一家。

有时王爱琴不来，他独自在床头，还会时常想起香梅，幻想如没有那些发生的事，他和香梅在李公馆生活的情景，那一定是很美满而幸福的。想得痴痴的，有些惆怅，也有些忧伤。

在闲谈中，隔壁的编辑先生也探到了徐佳林的经历，便化名写出了他的一些事，登在《礼拜六》刊物上。有次，胡彩华偶尔翻到这本刊物，看到这篇文章，便说给李丹沪听，说好像是说徐佳林和香梅的事。李丹沪对徐佳林和王爱琴继续在一起，略有所闻，便说："徐佳林不可救药了，已经和那个日本女人同居了，还在谈什么教堂里失踪的新娘，真是无聊之极。"

李香梅是在马路上义捐时碰到马赫的。和徐佳林分手后，为了避免引起不必要的误会，李香梅克制着自己的渴望，没有去找马赫，只是每晚在床上用一本书垫着给马赫写信，信没有寄出。写完一封后，又写第二封、第三封、第四封。信是用英文写的，没有一个爱字，但通篇是像对知心朋友或家人说的话，有的连范吟月都不会说的。信都封上，还贴了邮票，都搁在抽斗里锁上。

她和范吟月有时也会谈起徐佳林。范吟月说，有一个礼拜天，看到徐佳林和那个日本女人在南京路上的永安公司买东西，看到她，装作没有看到。李香梅只应了一句："是吗？你在永安公司碰到他了？"她提到徐佳林，好像在谈一个失去联系久远的人，甚至有一种隔世之感。

1937 年 12 月 13 日，南京陷落。

六朝古都成了日军的屠宰场，疯狂的日本军人竞相用焚烧、刀砍、活埋、枪击、扫射等方式对中国军人包括伤兵以及市民进行竞技式的灭绝性的大屠杀，遭到强暴和蹂躏的妇女不计其数。邪恶的地狱之火在这座被浩劫的城市熊熊燃烧。南京坍塌了，成了遗尸枕藉，盈衢塞道的绝地。血沃中山，水赤秦淮，罹难之众，情状之惨，世所罕见。石头城及江南冬天的碧空中，飘起了一面面太阳旗。

李香梅是在收容所服务时听到这个消息的。李香梅和一批同学，利用放寒假的机会，做力所能及的事。法国天主教饶神父任主任的难民委员会到学校招募到难民收容所服务的志愿者，李香梅、范吟月等一批同学踊跃报名参加了。在破旧不堪，挤满难民的收容所，李香梅什么都干，驻册登记名单，发放食品，配合医生救护伤病员，这里充塞着一股刺鼻的令人窒息的异味，李香梅一阵阵恶心，但她尽力克制，跟在甩着一只空袖筒的独臂饶神父的后面，拎着一只铜吊壶，给难民送开水。有人找到饶神父，向他耳语一番，和蔼可亲的神父脸色大变，把李香梅拉到一边，说，日本人在南京进行大屠杀，大杀俘虏、伤病员，更多的是平民，蒙难者达数万计，屠杀还在继续，长江水都被鲜血染红了，上帝决不会饶恕这些施暴者。说着饶神父的眼泪哗哗地淌了下来。收容所寂寂无人般的静默，连嗷嗷待哺的婴儿都感受到气氛的异样而不敢放声而哭。李香梅的背脊上透进一股彻骨的寒气，她打起了寒噤，有种天要塌下来的感觉。当晚，她回到家后，心里还在滴血，神情很沮丧。正好李丹沪和胡彩华在家里。都在谈南京沦落的事。

李师母担心江阴、常熟、无锡亲戚的处境，他们得到的消息，无锡、常熟已被日本人占领，一条街一条街的房子被烧毁，也杀了不少人，常熟尚湖边上一个大院人家，日本军队去敲门，庭院深深的，一时没听到，开门晚了点，惹恼了鬼子，一开门便一梭子弹，几个仆人毙命，鲜血和脑浆淌满一地。主人出来交涉，刚说了句“你们怎么乱杀人，我们只是普通百姓”，一个日本兵立即对着他的胸膛捅了一刺刀，顿时鲜血喷涌而出，没有死，另一个日本兵补了一刺刀，这个常熟望族的乡绅就这样被杀害了。家眷开了后门拼命逃，日本兵在后面扫射，除了几个小孩躲在床底下幸免于难，其余都被枪杀，几个女眷怕受日本人侮辱，投井自尽了，两个在厨房干活的女仆，被轮奸后用刺刀捅死。李唯亭大骂日本人是牲畜不如，罪孽难逃。骂完后沉重地一声声哀叹：“国耻啊！可悲啊！奇耻大辱啊！”

全家吃了顿很沉闷的晚饭。李丹沪和胡彩华没有再多说什么，只是问了下厂里的情况，安慰父母亲几句，就离开了，他显得很从容，和父母亲告别时，说了一句：“阿爹，家国家国，国和家是不可分的，都城陷落，但国家还未亡，日本军国主义分子只是一时的凶残，他们欠下的血债会和他们清算的，放心，中国灭不掉，小日本是嘴大喉咙小。好好保住这个家和工厂，这是最要紧的，你有高血压，要按时服药，今天你吃药了吗？还有妈，补脑汁喝了吗？”

李师母露出无奈和怜惜的眼神说：“你管好你们自己吧，别管我们，吴妈每天会把药拿给我们，你这个愣头青可别干傻事，鸡蛋是碰不过石头的。你说得对，保住这个家最要紧，这世道，唉，老话说得不错，宁为太平犬，不为乱世人……你们还是搬回来住吧，彩华，我们一家人好好的，就是最大的福分。这年头，不求别的，就求个太平。”李师母的眼睛又湿润了。

“知道了，妈，我们会搬回来的。”胡彩华轻声回答。李丹沪和胡彩华匆匆走了。

李香梅划了几口饭，便躲进房间，默默地对着墙上的一个耶稣受难的十字架在心里祷告，她并不信奉基督教和天主教，作为教会学校的学生，她受博爱、仁慈、和善等教义精神的影响，也受父亲正直、爱国、穷则独自其身，达则兼济天下以及哥哥、龚宇伟那种深广的理想主义潜移默化的熏陶，更受民族创痛、抗日救国热潮的召唤，她从一个单纯的有着罗曼蒂克情调的热血青年，正在逐步在国家和民族的大灾难中思考着救国之路。她祷告着、深省着，几乎一夜未眠。最后，她作出一个决定，要和哥哥商量，像龚宇伟、张雨桐那样，到西北抗日的圣地延安去，参加八路军，或者到安徽那个地方参加新四军去。主意打定后，她睡着了，醒来，已是上午十点多钟，拉开窗帘，明亮的阳光刺得她睁不开眼，好在是礼拜天，她还在寒假里。饶神父的难民所今天也不用去了。她洗漱后，匆匆吃了早餐，便坐黄包车去李丹沪的制冰厂，丹沪一见她神情疲乏，双眼雾蒙蒙的，有点浮肿，分明未睡好。李丹沪说：“香梅，你怎么来了？看你那张隔夜面孔，昨晚没睡好？”

李香梅把房门关上，放低声音说：“哥哥，我有事要你帮忙，你一定要答应我，不许推三推四，好不好？”

李丹沪见妹妹一本正经的，急急切切的，笑了起来：“到底什么事，你说啊，你不说，我怎么帮你？”

“你先答应我，一定要帮我，我再跟你说事体。”

“好，好，我答应你，只要我办得到，你的事就是我的事，我肯定帮。”

“那好，我就跟你说了，昨晚我想了一夜，决定到延安去，安徽新四军根据地也可以。你刚才言之凿凿，答应帮我的，君子一言，驷马难追，你可别赖。”李香梅柔和的眼神一下变得雪亮坚硬。

李丹沪脸上的笑容消失了，他盯住妹妹，他知道，妹妹眼睛里有了薄泪，南京陷落的消息使她深受刺激，他沉吟说：“我知道你的想法，向往光明是好事，但这是大事，不是我个人能说了算，需要向相关部门报告，得到批准才能有专人送去。跟你说实话，奔赴这两个地方，是我梦寐以求的事。不过，没有批准，原因是上海需要我们，都去了前线，上海怎么办？难道白白丢给日本人和汉奸？”

“我不管这些，我就是要去。我知道你能为我指点迷津。”李香梅不依不饶地说。

“好，好，我知道了，不过，这样的事急不得，我会放在心上的。你耐心等着，不要跟任何人说，爹妈面前也不要提。更不要跟了什么人出去瞎闯，那是很危险的。懂了吗？”李丹沪缓缓地说。

李香梅笑了起来，她知道，哥哥从小就对她百依百顺，对她答应的事，从来没有食言过。她也明白，哥哥说的是实话，那地方不是想去就去的，路途艰险，有人护送，走相对安全的通道，一站一站交接，即使这样，也有遇到不测的。

听了哥哥这么答复，李香梅满意了，见哥哥很忙，便告辞了哥哥回家，丹沪让司机开车送她。

在孤军营，谢晋元等四行守军也在为南京失守感到心情异常沉痛。谢晋元得到的消息，南京之战打得难分难解，中国军队以主力布防第一线城垣内外。日军集中炮火、坦克、空军、步兵配合轮番轰击，造成了中国军队极大伤亡。88 师进南京城共七千余人。师长沈元良对官兵训话说：“唐生智总司令说，南京是国家的首都，国际观瞻所系，我们这里有十几个师和特种部队，十几万人。我已下决心和大家一起，战到一兵一卒都要和首都共存亡……”孙元良要求 88 师像防守闸北那样，让日寇感到他们撞上了一道坚固无比的长城。88 师官兵和其他南京守军士气还是振奋的，作好了背城一战的必死决心。

1937 年 12 月 4 日晚，蒋介石在铁道部礼堂召开保卫南京的军事会议。师长以上高级军官到会。第二天，蒋介石离开南京去重庆。临走前，他对保卫南京的最高指挥官唐生智交底，一旦不测，全体官兵立即渡江北上。唐生智心领神会。从 12 月 7 日开始，日军对南京发起攻击，中国守军作拼死抵抗。至 12 月 12 日，孙元良防守的城南高地雨花台被日军攻占，入暮，88 师退入城内。此时电厂停电，全城电灯熄灭，而紫金山等处大火熊熊，城内炮火轰鸣，成片成片的房屋火烧连营般越烧越旺，亮如白昼。军队已呈溃败之势，纷纷向江边涌去，企图渡江，但码头、江面上无一艘船可乘渡。江边聚集了数万军民，人山人海，乱作一团。12 月 13 日，唐生智召集军师长会议，公布了蒋介石两份电文：“如情势不能久守时，可相机撤退，以策后图。”同时布置分头突围及集结地点。与会者都默默不语，会议室静得可怕，大家都沉浸在无限的悲愤中，唐生智打破了沉寂，没有底气地说：“战争不是在今日结束，而是在明日继续，请大家记住今日的耻辱，为今日的仇恨报复……”接着，会议在沉重的气氛中结束。实际上，会议未结束，各部队便争着朝长江边潮水般涌去，乘船搭木筏抢渡。

孙元良从长官部开会出来，已找不到自己的部队。看着军队相互践踏，母牛般哞哞咆哮如雷，气喘吁吁，争先恐后的混乱场面，便意识到大势已去，心里一阵阵揪扯，肌肉忽紧忽松，忽松忽紧，大冬天额头上渗出汗珠，一颗颗浑圆而晶莹。怎么办？怎么办？他一个劲问自己。

有一个尉官赶着一头牛，踉踉跄跄地从他身边走过，认出了他，连忙说："孙师长，我们一起到江北去吧，你骑在牛背上，我给你拉着。快跑，快！否则逃不掉了！"

孙元良狠狠地朝这个尉官抽了一个嘴巴，大喝一声："滚！孬种，浑球！"

孙元良木然地看着军人、难民源源不断地朝江边走去。他躲在路边的树下，抽着雪茄。直到日本军队已占领大半个南京城，他放弃了北渡的最后机会，脱去军装，换上便服，跑到一家妓院，在老鸨和众妓女的掩护下，躲过了日军的搜查。后化装成了难民，在难民区躲藏了一个月。在这一个月中，他目睹了日本军人对中国零星部队、失散军人、伤兵和平民的血腥屠杀。整个南京城尸堆成山，有些地方已没有活的生命，连自由飞翔的鸟都不见，只有流浪狗啃啮遍布各处的死尸，空气里弥漫着浓重的血腥味。孙元良第一次觉察到自己的苍白与卑微，因为他面对日军的暴行无所作为。一个偶然的机会，他奇迹般地混出南京城，总算逃脱了随时会暴露的危险。此后，他又辗转了一个多月，到重庆归队。

这些情况，谢晋元当然不会知晓。但日军占领南京后一周，他得到了孙元良失踪的情报。谢晋元推断，师长不会被俘，也不太会殉国，因为如果被俘，日本人会大肆宣扬，如果殉国，国军方面也会做出反应。但孙元良身在何处，他实在无法猜测。

谢晋元表面看上去冷静，但他脸色苍白，咬牙切齿，首都的沦落让他感到灼痛，日军的残暴让他怒不可遏。他大骂日本军队是东洋恶魔，欲把整个中国乃至整个亚洲吞噬掉。他自言自语，日本人想一口吞掉中国是不可能的，四万万民众可不是胆怯的鼠类。谢晋元清楚发生在南京的大屠杀，并没有半点夸张，谢晋元不感到惊讶，日本军国主义分子是毫无人性的野兽。他知道，其实这场屠杀早在上海就开始预演。在宝山罗泾，在不到一百天的时间里，惨遭杀害的平民有两千多人。日军在金山卫一带登陆后，便兽性地烧杀奸淫，金山北端有一个叫"赤旱塘"的池塘，日军在此杀害百姓六十余人，"赤旱塘"从此改称"杀人塘"。后来在南京进行大屠杀的主要刽子手之一的谷寿夫指挥的第6师团，占领松江后，对这座美丽的古城大肆血洗。一个《字林西报》的英国记者在这里采访时发现，本来有十万居民的松江县城里，只见到五个行将就木的中国老人，而更多的是成群的野狗，它们因饱食死人而变得出奇的肥胖。

谢晋元只觉得胸口压着重物似地感到沉重的压迫感，窒息得气都透不过来，他解开军服衣领的扣子，打开窗口，外面下着雨，那种点点嗒嗒、细细疏疏的江南的雨，夹着寒冷的风吹了进来，透人心肺，谢晋元感到头脑清醒多了，胸口轻松了下来。虽然是冬天，但营房内绿树荫翳，营房静静的，他明了南京陷落对战士们是个沉重的打击，战士们都很伤心、郁闷，心绪惨淡。这是很正常的，人之常情。

孤军营的特殊处境，毫无疑问地会使他们想到自己今后的命运。也许会有些士兵感到侥幸，幸亏被困租界，否则参加南京保卫战，也许早已在这场杀戮中去见了阎王。这些话也传到他耳朵里了，谢晋元很反感士兵们有这样的想法，虽然是个别人，又是影影绰绰的一种念头和言语。但作为一个战士，不应该这么想。这么想是可耻的。但他在训话时，看着战士们欲哭无泪的无比愤恨的态度，他痛斥这个想法的话没有说出口。

此刻，一个现实的问题又摆到他面前，那就是孤军怎么办，是继续在这里维持下去，等待转机，还是突围出去。对这个问题，将官们有不同看法，他和上官志标也有些分歧。明眼人都看出日本人占领租界是早晚的事，形势很严峻，与其在这里束手待毙，还不如突围出去归队。

共产党地下组织派了李丹沪到营房和他认真探讨过这件事。李丹沪说，现在突围还是时候，租界还在英国人法国人美国人手里，应伺机冲出去，几百人进入租界，如同细流汇入大海，日本人是很难找得到的。至于最后的去向，国统区、苏北、安徽新四军根据地都可以，无锡太湖、常熟一带都有游击区，都可选择。即使暂时蛰伏租界也是有栖身之处的。李丹沪把李香梅所提供的饶神父设立的各个难民收容所的地址也交给了谢晋元，还答应提供几百人的寒衣，是平常百姓穿的，穿了军服逃出去太惹眼，化装成老百姓容易藏身。另外还会提供些钱，发到每个人，作为路费、零花钱。

谢晋元望着李丹沪，心里很感激。国共化干戈为玉帛，携手并肩抗战，谢晋元举双手赞成，他认为国共互相动武用兵是兄弟阋墙，亲者痛仇者快，现在能抛弃前嫌，同心一德，共拒倭寇，实在是国家和民族的幸事。他和李丹沪在四行保卫战时就认识了，也知道他是李香梅的哥哥，所以对他视作可信任的朋友。他也明白大多数战士都希望冲出铁丝网，化整为零，各奔前程。突围并不难，美国海军陆战队和万国商团不会对他们动真格的，那么一道铁丝网不必费多大劲就推倒了，经过战争磨炼的战士会找到自己的出路。淞沪战争中南市一战中，1 300余名友军羁留法租界，身在孤军营的谢晋元和国共两党的地下人员一起策动，将他们化装后陆续送到内地，日本人发现后横加干涉，截留了380人，这380人偷逃出法租界，到浦东川沙参加了游击队。轮到四行守军要逃出去，竟是那么不顺，节外生枝，阻力重重。谢晋元为此伤透了脑筋，白天精神头很足，夜深人静想起这件事，便懊恼不已，睡意全消，整夜整夜失眠，早晨起来，肿眼泡很明显，他把整个头浸在冷水面盆里，将脸上的肌肉洗得发红，渐渐舒展开。

“李先生，你说得不错，和我想到一起去了，挣脱樊笼，奔向前线，是我梦寐以求的事，我可以说，这个鬼地方，我一天都待不下去。我们曾谋划过一次突围，计划很周全，结果泄密了，全功尽弃，租界当局派重兵守卫，我们白费了一番心血。”谢晋元很坦率地说。

“这事我知道，此一时彼一时，那次失败很可惜，现在局势变了，日本人觊觎租界已久，夺取租界只是个时间问题，万国商团对孤军的守卫已松懈多了，这个时候不跑出去，更待何时?”李丹沪说，“兵营与外界已无阻隔，每天来参观的人川流不息，守军和租界内的球队一起赛球，比武，甚至同台演出，从名人到普通百姓都来到你们驻地，观望你们操练、升降旗，成了租界一景，和当时你们镇守四行仓库时，隔河观战助威的盛况几乎一样。兵营早已和社会融为一体，这是好事，也是坏事，日本人不会那么宽容的，谢团长，强兵压境，时不我待！请早定大计。”

“喔!”谢晋元失声轻喊，心中充满了钦佩感激之意。但他却一脸的烦恼，清俊的双眉一直深锁着，沉吟着，脸色转为凝重，“李先生，你不知道我的苦处。我是左右为难。”

“谢团长，你有什么难处，不妨说来听听。”

“是这样的，我是军人，军人有军人的纪律，我几次三番给最高领导写信、发电报，提出突围出去，恢复自由。但委员长前后三次来电，都是强调‘忍耐’‘艰苦支撑’‘坚忍自重，坚持到底’，一句话，要我们忍辱负重，服从于国家大计，我作为守军长官，岂能不服从委座的旨意，擅自妄动。”谢晋元说，“可弟兄们不理解我，认为我软弱迂腐，他们说，把我们这些人不死不活关在这里没有道理，早知今日，我们就抗命不撤，轰轰烈烈地战死在阵地；退入租界可以拒不交枪，哪怕再杀回西藏路另一边的四行仓库也行。我怎么解释，他们都想不通，偷偷跑出去的战士已有四个人了，一个士兵利用下雨天电网失效，翻电网而过，还有三个人把一块木板压在电网上，成功脱逃。不瞒李先生，士兵们天天磨拳擦掌的，硬给我压下了，可他们的怨气我能体会到的，以后还有多少人偷逃出去，我不知道，但肯定会前赴后继。可我，只能心字上面一把刀，忍！我早已把生死置之度外，泰山鸿毛之旨，熟虑之矣！”说到这里，谢晋元仿佛宣泄了郁闷，神态声音也显得比较明白了。

“原来还有这样的内情，真是太为难你了。”李丹沪恍然大悟。他完全理解谢晋元的困惑，蒋介石一直寄希望于英美，期待美英等国有朝一日能支持和援助中国的抗战，形成合纵连横的局面，国力不裕的中国就有救了。这是蒋介石的如意算盘。不过，英美法等国，对中日战争的态度始终很暧昧，不敢得罪日本，且欧战一触即发，他们泥菩萨过河，自身难保，没有底气和东方的日本对抗。然而，在道义上，他们还是同情中国的。基于这一点，蒋介石不会因为四行仓库八百壮士这一局部利益，去冒犯英美等国，他要求孤军营忍耐苦撑，就是为了他的事关存亡绝续的国家大计。

李丹沪寻思，把抗战寄托在外人奥援身上，而让几百名战士平白无故地变相囚禁在租界不问不闻，这实在是很不明智的战略，这样做，也太委屈了坚守四行仓库，掩护大军撤退的铁血战士，这太不公平了。

“李先生，你明白了吧？”谢晋元看着李丹沪说。

“我明白了。谢团长确实有自己的苦衷，战士们也有他们的道理，不算唐突。但是……”李丹沪迟疑着，是有些难于措词的神态。

“你有话直说。”

“谢团长的忠心可嘉，军人守住纪律也是应该的，但是，有句话我不得不提醒你，将在外君命有所不受，四行孤军已苦撑了这么长时间了，谢团长上对得住委座，下对得住百姓，现在当考虑一下战士们的安危出路了！”李丹沪以肃穆的神色、低沉的声音说，“坦率地说，你的时间不多了，我党希望这支英勇的部队能以雄武之姿在抗日战场上再立新功，而不是在租界的军营里自速其祸。我还是那句话，时不待我，早定大计！”谢晋元听了李丹沪这些披肝沥胆的话，倏然动容。李丹沪的建言，真是到了不避误解，甘冒不韪的地步。也说到了他的心里。连忠心耿耿的上官志标都没有直率地毫无保留地向他这么坦言过，那些军统中统的地下工作者，只会向他传达蒋介石的指令，一味强调要不负领袖所托，却体察不到孤军们的处境和他谢晋元的苦心，硬是让他夹在中间饱受痛苦，在困境中跳不出来。

谢晋元默然端坐了一会，才平静地说："李先生，谢谢你的提醒，将在外君命有不受，非常时期可以采取非常行动。道理是这样，不是我愚忠，实在是事关重大，不能轻举妄动。容我再细细想想，我还在走一着棋，状告租界工部局违法拘禁，剥夺自由，收缴械器，阻挠抗战等，这严重侵犯国际法和租界自己的法律。而且，租界的主权是属于中国的，列强在租界只是租地、盖房、寄居的关系，凭什么租地当自产，成为国中之国？所以，我要告他们，以法律途径来寻求公正合理的解决。租界法院已受理了此案，有几个大律师义务为我们出庭辩护。如能奏效，租界当开绿灯放行，那是最为理想的事。"

"谢团长，你气魄不小啊！中国人敢于告租界当局，是很罕见的事。可说石破天惊，太了不起了！状告租界，未尝不可，从法理上来说，租界扣留中国军人是缺乏依据的，没有道理的，但最后估计租界法院只会敷衍了事，法院虽是独立审判的，但在这个案子上，租界法院不可能凌驾至工部局之上，不过，通过公开开庭，展开说理斗争，这也是一次宣传，很多事势必会被舆论暴露在民众面前，扩散到国际上，租界会很尴尬，这对孤军是有利的。"

李丹沪虽这么说，但他断定告不成，租界当局不可能同意作出公正判决，甚至连开庭都不会同意。但他没有把这些话说出来，让谢晋元扫兴。四行孤军被禁锢了这么长时间，谢晋元状告租界，也是释放压力的一种方式。后来事态的发展，证实了李丹沪的估计是对的，租界法院在工部局的施压下，悬而不决，拖拖拉拉，百般敷衍，几个律师屡遭威胁利诱，感到胜诉的把握不大，便知难而退了。有一个姓陈的律师，年轻气壮，自告奋勇高调介入，在许多场合，当作法庭预演，高谈阔论，博得不少掌声。他频频出入孤军营，发表演讲，振振有词，把谢晋元和士兵们说得心里热乎乎的，个个眉飞色舞的。但这个律师在其他案子上已让日本人和汉奸恼恨，这次他锋芒毕露，更逃不过敌人的魔爪，后被秘密抓到"76"号，严刑拷打，折磨至死。不久，在苏州河里捞起了他遍体鳞伤、血肉模糊的尸体，许多家报纸报道了，大家看了，都明白是怎么回事，租界总巡捕房煞有其事地列案侦查，但一直没有下文。

这起状告租界当局的案子就这样在复杂晦暗的背景下不了了之。

谢晋元换了个话题，说军营准备组织士兵开展生产自救活动，可士兵中农民出身占多数，除了种田打仗，别无所长，不知做些什么好，请李丹沪在上海工商界提供些帮助，谢晋元说，孔夫子有两句话，"饱食终日，无所用心"、"群居终日，言不及义”，我们是当兵的，现在在军营里，虽安排得还算紧张，但闲功夫还是不少，还不够迫切，三五成群闲逛，说三道四之风陡张，产生不少是非，对外交往后，难免被渗透进来的坏人鼓惑，容易受到功利所诱。所以，要让大家干些活，逐步自食其力。虽然兵营开设了文化课，请外面的老师来上课，学语文、算术、英文，兵士文化程度不同，但听课后，文化知识都有了提高，原来大字不识几个的，能提笔写家书了，原来上过学的，能读报刊书籍，讲上洋泾浜英语，和美国海军陆战队的士兵聊天了。谢晋元设想在这基础上办一所孤军学校，开更多的课，当然，这还是设想，还得好好筹划。

李丹沪见谢晋元说得兴致勃勃，从心底里感到佩服，他心想，像这样的孤军营，中外军事史上恐怕绝无仅有，谢晋元苦闷归苦闷，并没有心灰意懒，甩手不干事，让士兵放任自流。他的精神真是非凡的。他答应谢晋元会尽最大努力帮军营建起小作坊，制冰厂可教会他们制造肥皂，技术、资金由他来解决。其他可采取简单的项目，如织袜子、做面包饼干等，不求赚多少钱，不亏损就行。主要让士兵有事做，掌握一定的技能。谢晋元听了很高兴，说，你这么一指点，我心里有底了，这些活，做起来不难，赚钱其次，手不空就行。并开玩笑说，哈哈，我谢晋元也当起老班来了。

告别时，谢晋元问起李香梅，说多时不见她了，很想念她。他提到马赫，说这个美国兵是个好小伙子，很朴实也很正直，处处护着他们。曾几次向他问起香梅小姐。他总是说，李小姐好好的。问他怎么个好法，他就不说了。

“每次来学生，我都要找找，李香梅在不在里面。”谢晋元说道。

“妹妹很想来，是我不让她来的。她目标太大，照相馆摆出她的照片后，认识她的人就多了，孤军营周围特务夹在民众中间，还在暗哨化装成小食摊、烟酒店日夜监视孤军营的动静，妹妹在这里出没，是很危险的。”

“是啊，营门外汪伪特务在路口设立的烟杂店，老虎天窗口日夜有人以望远镜窥视营内的一举一动。我们以其人之道还治其人之身，将新加坡路的浴室尖屋顶下的一个储藏室，改为监视哨位，按时交接班，也用望远镜注意敌人动向，知己知彼才能百战不殆啊！有一个姓李的大学生，到我们这里上英文课、语文课，给特务盯上了，一次坐黄包车来上课，途中被‘76 号’里的人秘密逮捕了，以后就失踪了。李先生，你不让妹妹来是对的，以后实在想来，要稍加化装，或者乘汽车来，千万别乘黄包车，也别步行。”

第二十一章

小川说了“鱼肠剑”的故事

就在李丹沪在孤军营和谢晋元作长谈时，虹口区文监师路上一幢楼房的一间房间里挤满了人。这里原是日本人俱乐部大楼，20年代就建起来了，是日侨主要的聚会和娱乐场所。淞沪战争爆发后，兴亚院、同文研究院就设在这里，不要说中国人，就是一般的日本平民未经允许也不得入内。这时，外面街道的路段上响彻着鼓噪声。南京沦陷的消息传遍了上海，日军进城大开杀戒的骇人传言也是家喻户晓。日本的报纸是一片狂欢声。日本侨民连日来上街挥舞纸旗，游行庆祝，大声唱着《山间的早晨》《关东马贼之歌》等军国主义歌曲。中国市民夹道咒骂，嘘声不断，投掷石子，同时也高唱《义勇军进行曲》《大刀向鬼子头上砍去》等，对峙的气氛紧张得一触即发，租界出动大量巡捕军警维持秩序，严格控制事态的发展。日本报纸登出了来自东京的消息图片，整个城市也是彻夜欢腾。

上海租界悲愤的气氛浓重笼罩着各条街巷。即便日本人掌控的虹口地区也不例外。激愤之言和失败主义的悲观言论，在各个场所交汇、争论。但不管愤激也好，悲观也好，对国家的命运无不感到忧患。

会议由小川哲雄主持，“76号”的李士群、吴四宝、日本黑龙会的小岛等人以及梅机关、菊机关等特务机构的负责人参加了会议，在四行守军兵营的那个厨师也拘谨地坐在角落里。听着外面传来的声响，一个个脸露喜色。小川沉着冷静地端坐着，雨过天晴，冬天的一缕阳光，透过窗户，照射在他身上，这缕阳光里，飘浮着无数灰烬般的尘粒，如同飞蠓扑光似的。小川文静的脸上不动声色，他面前放着一把紫砂茶壶，一只紫砂茶杯，造型很别致，做工也很精细，一看就是有些年头的精品。他慢条斯理地讲着，时不时端起茶杯喝上一口茶水。茶壶旁还放着一把精巧而又锋利的三锥形匕首，闪着冷光。

“胶州路兵营这几天怎么样？”小川突然问。

“还是那样，进出兵营的人很多，有来教书的，比赛篮球足球的，来放电影的，演戏的，对了，听说那个胡彩华要带着她的戏班子来演什么《桃花扇》，谢晋元和上官志标整天忙忙碌碌的，接待参观的人都接待不过来。对了，刚才有弟兄来报告……”李士群的脸上微现诡秘的笑容，“那个李丹沪下午进了兵营，到现在还在里面。”

“胡彩华有没有一起来？”小川很注意地听着，继续问。

“没有，李丹沪一个人开着车来的，车停在营房口。还有，兵营外天天人山人海，看升旗降旗，士兵操练。唱反日歌曲，里外相互呼应。奶奶个腿，闹得乌烟瘴气的。”

“谢晋元孤军营成了反日据点，小川先生，我们不能让他们嚣张下去了。我看，要想办法拔掉这颗钉子，皇军不便出面，交给我和李主任。这批中国军人已缴了械，没有什么还手之力了。”小岛不暇细思，插话说。

“用不着兴师动众，谢晋元这几百人已是瓮中之鳖，他那点雕虫小技掀不起大波浪来，做事要掌握时机，日军一路凯歌，占领南京，我相信，不需多时，就能荡平中国全境，至于租界，也是三个指头捏一个田螺，稳稳地掌握在我们手里。”小川扫了会场一眼，说，“你们不可心急，把上海从白人殖民主义者手里解放出来，实现东亚共荣，指日可待。汪精卫先生为首的主和派已和日本合作，和平政权已接替了逃往重庆的蒋介石政权，他们有策反谢晋元的打算，如果谢晋元能反戈，他的地位会高于在座各位，不战而屈人之兵，善者之善矣。”

“要是谢晋元那个阿污卵不肯合作，那怎么办？”吴四宝说。

“那就解决他，不要动用一兵一卒，派人潜入兵营把谢晋元悄悄干掉，兵营那几百人群龙无首，必树倒猢狲散。上海百姓中的抗日偶像一倒，他们还起得了什么哄吗？”小川喝了口茶说。

“兵营的美国海军陆战队警卫极严，装备又极好，上次我们在兵营的那段路口和两个日本宪兵一起站岗，立即来了一队美国佬，端着卡宾枪，还有两挺重机枪，要我们立即离开租界地盘，否则就不客气了。我们不得不退出去。”李士群说。

“这样做没什么意思，寸土之争，无关大局，即使让你们站在那里了，又怎么样呢？”小川摇摇头说，然后用细长的手指点一下角落里的厨师问，“你收买的那个排长可靠吗？”

“可靠，他曾被谢晋元怀疑过，诈过他，被他应付过去了。”

“就他一个人？”

“是的。就他一个。”

“不够，告诉他，再收买几个，每个人愿意合作，奖赏一万元。”

“知道了，我试试看。”

“不是试试，一定要办到，办成了重赏，办不成重罚，提着脑袋来见我。听到没有？”小川提高了声音。

厨师站起来，肃立，大声回答：“是，一定办到。娘西皮，我不信拿不住他们。”

小川拿起桌上的匕首，晃动着问：“这把剑，我称它鱼肠剑，你们知道鱼肠剑的来历吗？”

参加会议的人面面相觑，都答不上来。

“春秋战国时期，吴国公子光通过伍子胥，结交了一个叫专诸的勇士，训练他烤鱼的功夫。公子光设家宴招待吴王僚，专诸将一把细小的利剑藏在鱼肚子里，乘向吴王僚献炙鱼的机会，从鱼肚子里抽出短剑，刺透吴王僚盔甲，刺杀吴王僚，公子光夺到王位，史称吴王阖闾，鱼肠剑也成了天下名剑。”小川娓娓而谈，所有人都俯首静听，脸上的表情既佩服又茫然不解。佩服当然是因为小川不愧是中国通，知识渊博，不解是他何以要说这段故事。

“我们这把剑锋利的程度，不亚于中国古代的鱼肠剑，我们要用它来对谢晋元一剑封喉，那个排长和他的伙伴，就是当代专诸，我们所需要的劈刺之士。这件事由小岛负责筹划，什么时候动手，要听命令。如果谢晋元倒戈了，这计划自动中止。谢晋元说不定还会成为我的好朋友，说实话，中国军人都像他那样勇猛而智足，就不会被皇军打得落花流水了。”说到这里，小川宣布散会，让小岛去领五把短剑，一再叮嘱，不到时候，不发下去。

他单独让李士群留下，李士群诚惶诚恐。小川小声对他说：“那个李丹沪要给颜色给他看看了，他和胡彩华住在制冰厂，你安排些人打他个措手不及，孙子兵法称，出其不意，攻其不备，但胡彩华要留活口，伤了她一根毫毛，我拿你是问。”李士群站起喊了声“是！”便告退了。

这天，东沪女子中学的女学生上街义捐，所捐的钱有两个用途，一个是安置难民，另一个是慰劳四行孤军。

四行守军成了真正的孤军，像断了线的风筝，飘落在十里洋场的一角，战局局势艰危，军饷已断了来源，租界当局从来不管孤军营伙食和日常开支。在1937年年底，冬天来临后，除了以前的一点积余，谢晋元已是囊中羞涩了。社会各界发起了救援，大生纱厂经理刘鸿生慨然承担了孤军三个月的费用。谢晋元的肥皂作坊，手套袜子作坊建立起来了，李丹沪派了技术人员上门指导，很快生产出肥皂，命名“孤军牌”，做批发生意，有多少销多少，供不应求。纺织大王、面粉大王荣德生的企业在淞沪战争中毁损严重，多家工厂炸成废墟。但他还是让在租界得以幸存的申新九厂的厂长吴昆生送来了棉纱。开织袜厂的卫聚贤借给孤军营六七台织袜机，还派来了师傅手把手教。李唯亭捐赠了足够的布料，荣德生还捐了几十包棉花，每个士兵能做上一套普通棉袄，使得在上海潮湿而严寒的冬天里不至于受冻，也能对今后突围改换装束作好准备。当然，捐助者对孤军的去留是不知情的。织袜和肥皂的生产上了轨道后，谢晋元又着手组织藤器编织，木器制作和汽车驾驶培训。因为士兵中有几个从军前当过木匠、藤器匠，会开车的驾驶员更多了。

孤军营的生活是井然有序的，操练、体育活动、读报、讲座、劳动，孤军营在孤独的情况下，还是坚持着军营应有的生活和风貌。这是能见到的唯一的中国军队，而且近在咫尺。这让为南京沦陷而碎了心的人们对孤军更为敬仰。民众冒着严寒，自发聚集在铁丝网外观看四行战士的室外活动，升旗仪式和降旗仪式时，更是天天里三层外三层，在租界，唯有在孤军营才天天准时响起国歌、升起国旗。这时，战士们在操场上行礼高歌，民众在铁丝网边也很有激情地跟着合唱，仪式结束，还久久不肯离去。冰天雪地的天气里也是这样。在纸醉金迷的租界，在乱相丛生的租界，孤军营成了一个特别的所在，使得大家在暮气沉沉的租界憋足的闷气，一到胶州路这块营地，眼前会顿时一亮，心情豁然开朗了。人越来越多，甚至在晚上，铁丝网那头还有不少人在仰望兵营里透出的灯火。和大上海的灯海相比，这里的灯火是孤单的，孑然几盏，但在人们心目中，这是座光明之营。

将近新年的上海街头可说是天寒地冻，朔风吹在脸上，就像刀一般锋利。李香梅穿的是校服，棉袍加毛绒外套。因为冷不可挡，她外面加了件长呢大衣。她和范吟月等五个同学一组，捧着一只义捐箱，手里各挥着一面纸旗。她们站在大世界游乐场门口，这里的人流量平时就多，今天正逢是星期天，就显得格外热闹。

范吟月善于辞令，又不怯场，嗓门又大，她挥舞着手里的纸旗，控诉着日本军阀的残暴行径，鼓动市民起来投入抗战。她大声说："国破山河在，都陷政府在，爱国救亡，匹夫有责，有钱出钱，有力出力，四万万民众抱成一团，筑一道坚不可摧的新的长城。"周围很快聚拢了一大堆人，纷纷往义捐箱里扔钱。范吟月说着说着，眼泪滚滚而下，李香梅和其他几个同学也跟着哭起来。她们哭着对每一位义捐者鞠躬致礼，人群里也响起了抽泣声，哭声渐渐大起来。有人认出了李香梅，说，那不是给四行仓库守军献旗的童子军吗？沈石蒂照相馆的橱窗里曾摆过她的照片，是和谢晋元站在一起的。于是，围上来的人更多，捐的钱也更多，哭声也显得更响亮。

范吟月开始领唱《义勇军进行曲》，一遍又一遍地唱，她们的眼睛里始终含着热泪。巡捕在旁边站着，毫无表情。也有一些形迹可疑的人，在不远处来回走动，不时低声地交谈。

一个外国人挤进人群，他的帽檐压得低低的，看不太清他的脸。他走到义捐箱前，从口袋里掏出300美金，塞进箱内。300美金是个不小的数字，李香梅抬头看去，这个外国人把帽子一拉，露出灿烂俏皮的笑容。李香梅脑子里轰然一下，有些懵了，站在她面前的竟是马赫。这段时期，马赫有两个影子经常在她脑子里闪现：一个是围着毛线围巾，站在炮阵地前，胡子拉碴极严肃的马赫；另一个就是咧着嘴，俏皮笑着的马赫。

而此刻的马赫笑容满面，是真实的，也有点不真实。在这个场合，马赫意想不到地出现，就像一个隐身人突然露出真身一样，使李香梅感到很惊讶，一时竟说不出话来。马赫没有和她说话，只是把一个小纸团悄悄往她手里一塞，又把帽子压低，向愣在那里满面泪痕的李香梅打了个忽哨，便在人堆中消失了。等李香梅醒悟过来，马赫已无影无踪。这是一刹那的事，要不是手里的小纸团是真的，李香梅会感到仿佛是一个梦，以至于沉浸在义愤和悲壮中的范吟月竟没有发觉马赫的惊现。

李香梅将小纸团放在口袋里，直到义捐结束，她们清点款子，交到有关机构转给四行守军，并取到收据，李香梅才躲到一边，展开那张皱巴巴的小纸条，上面只有一行小字：晚上六点在外滩天文观察塔楼对面的爱尔兰酒店见面。这是李香梅和徐佳林婚礼失败后，马赫第一次和她的约会。事情过去没有几天，按香梅的想法，她想过一两个月后再和马赫来往。所以，看到这纸条后，她在心里斗争了一会，自己问自己：去呢？还是不去？很快，去的念头占了上风，她寻思：我和马赫又不是去私奔，要想得那么多？自己仅是和他见一次面，一起吃顿饭而已，完全是正大光明的朋友之间的来往。况且，她已和徐佳林解除了婚约，她是自由之身，她的心更是自由的，她不该有心理上的负担。她这么一想，心里就变得坦然了。她们在学校清点完款子，同学们回家去了。

范吟月晚上准备到九星剧院看胡彩华演出的《杨门女将》，要李香梅陪她一起去。李香梅把马赫的小纸条拿给范吟月看，说，晚上要赴马赫的约，不陪她去了。还告诉她，是在大世界义捐碰到马赫的，他捐了300美金，还顺便捐了这个纸条。范吟月笑了起来：“好啊，你们在我眼皮底下传纸条，我居然没有发觉，马赫倒是做特工的料。你这个纸条可是无价的，远远超过300美金。”

李香梅问：“你说，我该不该去？”

范吟月嗔道：“香梅，没想到你这么虚伪，你早已铁定了心去了，还假惺惺地问我？你啊，五匹马都拉不住你的心了。还有，把你的信带上，你自己当自己的邮差。”说得李香梅面红耳赤。

李香梅是准时到的，马赫已坐在靠窗的位子上。不知为什么，两个人都有点拘谨。酒店里很空，日本军队占领上海租界之外的华界，欧美的军舰高度紧张，处于备战状态，海军的将士都不准上岸了。而货轮和邮轮也骤然减少，十六铺码头又被日军把持，所以到上海的轮船，都远远地在江心抛锚，登上码头到租界的海员也变得稀稀落落。这家平时以海员和海军为主的酒店，已不复以往的盛况，显得十分冷清。

马赫点了一瓶法国红酒，还点了这里有名的炖羊肉、甜点。香梅坐下后，要了杯苏打水。马赫和香梅第一次正式约会也是在这家爱尔兰酒店。

李香梅心里斟酌着如何开口，马赫却先说话了：“香梅，你知道吗？你和徐先生举行婚礼的那天，我到徐家汇大教堂去了。”

“你真的去了？”

“你给了我请柬，我当然要去表示祝贺。没想到，这婚礼的女主角居然缺席了。”马赫笑着说，“不过，我见到了当时非常失落的男主角，他送给我一样东西。我今天将这件东西物归原主。”

李香梅疑惑地看着马赫，问："他给了你什么东西？"

马赫取出李香梅写的那封信，递给李香梅："你给徐佳林的'休书'，这是他的原话。"

李香梅将折起的信笺展开一看，立刻脸红气喘，忸怩得不知如何是好。半晌才说："徐佳林是何居心？他怎么会把这封信给你呢？"

"他对你做错什么事，我不管，但这件事他做对了。他应该将信给我看，否则，我怎么知道是你把他休掉的呢？"

"看了这封'休书'，你有何感觉？"

"我佩服你的勇气，也很高兴。"

"我休掉他，与你毫不相干，你有什么可高兴的？"

马赫暂时不回答，要李香梅先吃块蛋糕，再用刀叉割了块炖羊肉，放到李香梅的盘里，两人津津有味地吃了一会。

李香梅吃完羊肉，又喝下一口酒，看着马赫狼吞虎咽地吃下几块羊肉后，便继续问道："你还没有回答我的问题。"

马赫知道李香梅用的是激将法，便故意做出深不可测的表情："关于这个问题，我无可奉告。"

"不行，不行。"李香梅有点着急，连连摇头说，"你不能用外交辞令来搪塞我，你，你这是耍赖。"

马赫看着李香梅急迫而故意生气的样子，哈哈大笑说："好，那我告诉你，你曾经教会我两句话，那就是，山穷水复疑无路，柳暗花明又一村。"

"你这是什么意思？"李香梅已明白他的用意，但仍装作没有听懂的神态问他，"没想到美国军人也能引用中国的诗了，真是士别三日，当刮目相看了。"

"因为，你休掉他，并不是和我毫不相干，而是大有相干。我原来感到自己没有希望了，没想到又有新的机会。"

"新的机会？"李香梅平静而严肃地说，"在沈石蒂照相馆的暗房里，你曾经对我有过一番宣示，也可说是口头的'休书'，是你堵死了自己的机会。你难道忘记当时你是怎么说的？"

"我怎么会忘记呢？我确实是诚心诚意祝愿你和徐佳林能创造新生活。但看到你拒绝徐佳林的信后，我重新反思了自己，我固然是替你着想，是爱护你，但同时也是伤害了你。我可能把自己的命运想得太坏了。"马赫说，"还有，有些东西是可以谦让的，但有些东西是万万不能谦让的。"

“你指的是什么东西？”

“我指的是爱，把爱谦让，表面看来高尚，其实是对另一个人爱的不尊重。我是个笨蛋，简直愚不可及。”

“不，我能理解，为了所爱的人得到幸福而牺牲掉自己的爱，这是伟大的慷慨。”

“可现在我不会谦让了。看到你的信，我知道这是上帝再一次赐予我的机会。我如果再谦让，上帝会不乐意的。”马赫说到这里，手一指李香梅，“你也会不乐意的。”

李香梅细心倾听，把马赫所说的每一个字都记住了，她的心里感到兴奋而甜蜜，她脸上有了红晕，轻声地说：“那么，你把暗房的宣示收回了？”

“是的，我收回。但有件事，我必须清楚地告诉你。”

“又有什么事？”

“埃克森告诉我，美国军队有个规定，只有军官才能结婚，士兵没有资格娶妻。而我在几年内晋升为军官的可能性不大。”马赫坦率地说。

原来是这件事，这对李香梅来说，并非是件严重的事，国家多难，时局维艰，身为热血青年，应为抗日救亡多做些事，她并无急着要嫁人。她之所以在和徐佳林婚礼举行之前，断然做出退婚的决定，这也是一个因素。即使和马赫真的相爱，她也没有很快就要和马赫结婚的打算，而且，他们之间的感情似乎还没有成熟到谈婚论嫁的地步。

“覆巢之下，岂有完卵？日本鬼子的铁蹄横扫了中国的大片国土。我们不妨先顾国家的事，国家安宁了，才有个人家庭的安宁。再说，我什么时候答应要走进‘密西西比河热带雨林’了？”李香梅微笑着说，“你别自作多情！”

这最后一句当然是笑话，也是女孩子的矜持。马赫心地单纯，说话直率，他一愣，以为李香梅在拒绝自己，他有些尴尬，也觉得自己唐突，便爽快地说：“对不起，我太冒失了！”

“是啊，你必是喝多了，疯言疯语。”李香梅看他一副认真的样子，“扑哧”一声笑起来，说，“马赫，你真傻。”说着，炯炯双眸，定定地看着他，不仅没有一点恼怒，而且笑得极甜。这微妙的神情，终于让马赫明白，李香梅说的是戏言。

“是啊，我真是个傻瓜。我记得有一次，我在马路上走着，有一群小孩喊我，美国大萝卜，美国大萝卜，我不懂这话是什么意思。后来有人告诉我，这是说我们美国人个子大而脑子笨。”马赫说完，一口把一杯红酒干掉，憨厚地笑着说，“我真是个大萝卜！”

“那我以后就叫你大萝卜了，好不好？”

“好，随你怎么喊，我都高兴。大萝卜也好，密西西比河热带雨林也好，我无所谓。”

这爱尔兰酒店的每张餐桌上都点着白色的蜡烛，光晕摇曳，明暗不定，气氛有着神秘而温柔的情调。烛光下，李香梅脸色红扑扑的，眉梢眼角洋溢着喜悦和甜蜜。她比马赫初认识时要瘦了些，眼睛显得更黑亮澄澈，皮肤似乎白了些，也更细腻了。马赫突然发现，今晚的李香梅显得格外俏丽，端庄中不失娇憨和纯美。

马赫目不转睛地看着她，看得李香梅有些难为情地低下头去，拿起杯子喝了一小口酒，马赫才感到有些失态，连忙举起酒杯，对李香梅说："大萝卜敬你一杯！”

李香梅举起酒杯，正欲喝酒，忽然看到壁上装饰的用松果扎成的圣诞饰物，窗户上也用彩笔写上了圣诞快乐的字样，她的脸色顿时阴沉下来，放下杯子，问："圣诞节快到了，四行守军还关在兵营里，谢晋元还没有恢复自由。马赫，他的近况如何？”

“他的情绪还算稳定，每天读书看报，早晚都要到操场锻炼身体。有时间还做沙盘。”

“什么沙盘？”

“中日战争态势的沙盘。他常和上官志标团副在沙盘前研究很长时间。作为军人，我们始终想不通，日本人确实对租界施加过压力，但事情已过去多日，根本不必再把他们看管起来。我就不信日本人会为了几百名中国士兵和租界撕破脸，要撕，早就撕了。”马赫愤愤不平地说。

刚才还是神采飞扬的李香梅一说到谢晋元，便黯然失色，她沉默了一会，问马赫："我能去看谢晋元吗？”

“当然可以。孤军营是每天向外开放的，我的摄影展虽未结束，但我已不常去海员俱乐部了，我的值勤岗位还是在胶州路兵营。”马赫说，“今晚和你分手后，我就去兵营值晚班。”

“如果方便的话，我今晚就去，行吗？”

马赫犹豫着，谢晋元所住的那幢楼，晚上是上锁的，进出不太方便，认识李香梅的人很多，兵营门口日本便衣天天在监视，很容易被他们认出，所以，他一直不希望李香梅出现在孤军营。其实，李丹沪开车带李香梅去过几次，透过人群和铁丝网目睹谢晋元等几百名士兵唱着国歌、敬着礼在夕照中缓缓降下国旗，李香梅想进入兵营，被李丹沪一把拉住。李丹沪和谢晋元长谈后，将谈话内容原原本本告诉了香梅。香梅见谢晋元心情更迫切了，马赫知道不能阻挠她了。不忍心再违拂她的心愿。但白天去非常招摇，显然不太合适，还不如安排她晚上去。趁时间还不晚，他带了李香梅直奔胶州路兵营。听说谢晋元胃不好，香梅路过药房买了几盒进口的胃药和一盒朝鲜野山参茶。在出租车上，李香梅把包里的五六封信塞到马赫手里，说，这些信都没有寄出，今天我当一回邮差，直接送给你。不过，要等你值完勤后才能拆开看。

谢晋元正在桌子前写日记，听到叩门声，看到门外站着的竟是李香梅和马赫，惊喜万分，他把李香梅拉到灯下，怔怔地打量着她。马赫悄然离去，轻轻地把房门拉上。

“李小姐，你瘦了，瘦了不少，你这么年轻，是国家的栋梁，你可要爱惜自己的身体。”谢晋元的年龄虽仅比李香梅大十余岁，但他的目光流露着父爱般的光芒，“傻丫头，你知道我有多想念你啊，这两张照片，是解我牢狱之苦的最好的安慰剂。”

李香梅早已热泪涟涟，泪眼朦胧中，看到桌上摆着两幅照，一幅是谢晋元和妻儿的合影，另一幅就是四行仓库屋顶升旗的照片。

“谢团长，你这幅照片是谁给你的?”李香梅指着升旗照片问，“是马赫吗?”

“是的，是他给我的，这个美国小伙子不错。他是个好军人，也是个好男人。”谢晋元赞口不绝地说，“马赫可是你的救命恩人啊!”

李香梅拭去眼泪：“是的，是他救了我。”

“你游过苏州河时，我在望远镜里清清楚楚看到你受了伤，是一个美国兵跳下水救起你的。”谢晋元说，“美国海军陆战队接管这里后，我一眼就认出马赫就是救你的那个美国兵。”接着，他又诡秘地笑道，“看样子，你们交上朋友了?”

李香梅脸红了，没有承认，也没有否认，只是腼腆地一笑。谢晋元哈哈大笑：“别不好意思，你们还得谢谢小鬼子呢！是他们的枪炮造就了一对跨国烽火鸳鸯，哈哈!”

李香梅把买的胃药、野山参茶和一本张雨桐的《火凤凰》诗集送给谢晋元，说：“谢团长，听说你常发胃病，你可要多保重啊！你们军人是真正的国之柱石，后面还不知道有多少硬仗、恶仗要你去指挥呢!”

“唉!”谢晋元突然发出了狮子一般令人揪心的吼叫,狠狠地说,“李小姐,看着国土沦陷,生灵涂炭,我谢晋元却在这里吃闲饭,我死都不明白,这到底是怎么回事? 我有什么胃病啊,还不是闷出来的,急出来的!”

“谢团长,你是暂时龙困浅滩。你不要跟自己怄气,我有预感,租界不会收留你很长时间的。国民政府虽迁都内地,但绝对不会丢下你们不管的,说不定明天就会召唤你们归队。”

谢晋元给李香梅一劝,脸色缓和下来,放低声音说:“李小姐,刚才没惊吓着你吧。我没有当你外人,想到自己这么窝囊,心里的恶气就会直往上冲,想控制都控制不住,你可别介意。”

“谢团长,我深知中国军人对国家寸心不渝,可比金石,刚才你充满血性的一吼,是振聋发聩的金石铿锵之声。”李香梅说,“我非但没有受到惊吓,反而心里受到很大鼓舞。”

“李小姐,你过奖了。金石之声谈不上,但兔子逼急了还会咬人。我谢晋元虎落平阳,岂能忍气吞声?”谢晋元脸上又扬起了笑容,在房间里跨着大步来回走着说:“李小姐,有空来看看我,和我聊聊天。在这鬼地方,我太孤单了,闷得我透不过气来。白天还可以,天天有客人上门,参观的人不少,可到了晚上,我就成孤家寡人了!”说到这里,谢晋元脸上忽然又有忧郁之色。

李香梅点头答应说:“好,我会来的。”

这时,马赫在门外敲了敲门,但没有进来。这是事先约好的暗号,李香梅知道该离开了。谢晋元帮李香梅穿上大衣,帮她扣上纽扣,正了正大衣领子,然后挥了挥手。李香梅说了声:“胃病服了药再不好转,别忘了看医生。”说完,就开门,由马赫陪着离开胶州路兵营。

走到楼底下,有一个影子一闪,马赫大喝一声“是谁?”

厨房的那个厨子手里端着个盘子,走过来说:“是我,马赫士官,我给谢团长送热牛奶去,他胃里不舒服,喝点热牛奶暖暖胃。”

马赫疑惑地问:“是谢团长关照你的吗?”

“不,中午他嫌饭太硬,要我下面条,我才知道他胃病又犯了。送牛奶是我想到的。”厨师神态自若地说。

转眼圣诞节到了。上海孤岛的平安夜没有下雪,但却下着冷雨。已处在战时状态的中国的城镇和乡村,除了教堂之外,很少有圣诞节的气氛。上海租界这个战乱中的怪胎,依然到处可见到彩灯闪烁的圣诞树,穿红衣服、戴红帽子的慈祥的圣诞老人在大商场门口摇着铃，在烟雾般的细雨中走着，手中拎着募捐的小桶，桶里的硬币和纸币很少。圣诞音乐在大街小巷回荡，浑厚的男中音和稚嫩的童音，通过电子管无线电和留声机的黑色唱片，唱着欢快的歌曲。上海大大小小的基督教堂里，教徒们安详地聚集在一起，在管风琴巨大的音响中，庄严地举行弥撒。

在徐家汇教堂里，唱诗班的孩子排在圣坛上唱歌。在最末一排的木椅上，坐着两个人，他们手里捧着《圣经》，嘴里念念有词，好像是在认真地祈祷，其实是在低声地讲话。

这两个人就是龚宇伟和李丹沪。龚宇伟又被派回上海从事秘密活动，他现在的名字改成仲公明，在福州路开了一家小小的古籍书店。他穿着长衫，围着围巾，留起了胡须，鼻梁上架起一副金边眼镜，浑身上下透着儒商的气质。他这副模样，不要说过去和他来往过的人认不出，就是和他亲密相处了多年的李丹沪，龚宇伟站在他面前，他都一时没有认出来。直到龚宇伟咳嗽一声，说了声：“进去吧，弥撒马上要开始了。”他才心里一震，这声音是他熟悉的，原来这个已在他一旁盘桓了一会的长衫先生竟是龚宇伟。两双手紧紧地握了握。

人是可以改变的，但像龚宇伟这样脱胎换骨的改变是李丹沪绝对没有想到的。分别其实只有一个多月，龚宇伟身上那股特有的艺术家风度已荡然无存，变得冷峻而老成，倒真的像钻在故纸堆里的和古人打交道的学者兼书商，也有点像小城里的私塾的老师。

在管风琴和唱诗班的歌曲中，龚宇伟告诉李丹沪，张雨桐进延安的鲁艺工作了一段时间，那里有不少从上海去的文艺界人士。不久前她又调动到重庆红岩村中共办事处，任宣传处主任，参与《新华日报》的编务，直接接受周恩来的领导。

龚宇伟又问了李丹沪的情况。关于李香梅和徐佳林婚变、徐佳林和王爱琴同居，龚宇伟已从父亲龚总管处得知了。时过境迁，他们没有多说。龚宇伟只说了句：“徐佳林很有才华，汉奸一直想拉拢他。当时没有将他和王爱琴的事告诉你们李家，而是由我找他谈了谈，就是不想他因为婚结不成，自暴自弃，为汉奸所利用。结果他还是越陷越深了。”

李丹沪说：“事后我也警告过他，不要和日本人汉奸同流合污。他拍胸脯说，不当抗日义士、抗日战士，也不会当汉奸，连饭奸也不会当。”

龚宇伟听了说：“他能出污泥而不染吗？”

李丹沪说：“香梅想到延安去或者去安徽参加新四军，我答应她了。”

龚宇伟说："组织上同意在适当的时候，你和彩华撤退到延安去，你肯定已暴露，上海不是你的久待之处。如果香梅再去，你家里只剩下两个老人了，这当然不是主要的，国之不存，何以家为？救国要紧啊！可制冰厂、染织厂需要人，要说服香梅留守在上海，参与办工厂，前线物资非常缺乏，药品和棉布比枪弹还要宝贵，枪弹可以从战争中缴获，可药品、棉布缴不到。"

李丹沪点点头："我知道了，我来说服她。"

龚宇伟又对李丹沪说，全面抗战已开始，抗战是一个漫长的艰苦过程。可慰的是全国人民万众一心，已形成抗日的滚滚铁流，其中共产党领导的八路军、新四军已成为抗日的重要军事力量，国民党军队也在各战场奋起反击。日本倾其国力加紧进攻中国，欲尽快结束中国的战争进而南下东南亚，企图将整个亚洲纳入其版图，所以会变得更加猖獗。日本在采取军事攻击的同时，推行所谓和平运动，培植像溥仪为皇帝的满洲国这样的傀儡政府。汪精卫于 12 月 18 日由重庆出走，经昆明转赴河内，发表响应"近卫三原则"的"艳电"。很明显，汪精卫的改组派已与敌谋和投靠日本人了。另外，欧洲大战一触即发，意大利已退出国际联盟，和德国结盟，德国已吞并了奥地利，正磨刀霍霍，随时可能进攻波兰、法国乃至整个欧洲。战云正笼罩在欧洲上空，而日本已和德国、意大利遥相呼应。英美则对中国的抗战表示出相当的同情。龚宇伟最后谈到自己的使命，重点为抗日在上海经办急需的物资。根据地最紧缺的就是药品、纱布、粮食和日用品。日本劳师远征，后勤的保障，不仅要通过中国的掠夺就地解决，而且，还要供应因穷兵黩武、连年征战而造成物资匮乏的本土。因此，日本一方面对国统区和八路军、新四军根据地实行封锁，另一方面大肆搜刮沦陷区的物资，由特务组织的"兴亚院"负责。"兴亚院"下设两部，一部为政治，包括文化，二部为商业。在上海租界，日本财阀所经营的公司和军方勾结，获得特许，组织某一类独占性的征购公司，在压榨中国百姓的同时，通过垄断的手段，大发其财。眼下，抗日战区军民最奇缺的就是纱布和药品，伤病员无药可治，军队在这么冷的天还穿不上棉衣，盖不上棉被。大大小小的被服厂经常停工等米下锅。龚宇伟对李丹沪说，你是学化学的，在你离开上海前，能否在美可厂进一些设备，生产消毒用的红药水、碘酒、医用棉花、医用绷带等用品，条件许可，还可生产些治外伤的药粉药膏、针剂。当然，主要的药品，像盘尼西林、青霉素等需要采购。至于纱布，以大隆厂为主，再通过华商的纱联会，向在公共租界和法租界注册的纱厂采购，至于运输，另有人负责。富春一线成了重要的交通线。教堂的平安夜的弥撒及其他活动，几乎是通宵的，龚宇伟和李丹沪在这热闹而神圣的气氛中，从从容容地谈了几个小时的话，临天明才驾车离开。

有一点，龚宇伟没有跟李丹沪说，他的另一个任务，就是和中共谍报团的中西功和西里龙夫单线联系，将他们获取的情报用密码发报给延安，这个发报员不是别人，正是骆清的女儿骆瑶琴，她被地下党所收养，一边读书，一边充当谍报员。这是秘密中的秘密，他奉命对任何人都不能泄露。

东沪女子中学是教会学校，学校的礼堂，屹立着一棵大冷杉，圣诞树上扎着金果、闪闪发光的彩灯、五颜六色的花朵、小礼物盒和红鞋子。在餐厅吃过圣诞大餐上的火鸡后，学生们便聚集到礼堂，开始在嬷嬷的带领下做弥撒，然后由一个女学生在台上弹起钢琴，全场齐唱《平安夜》等歌曲。最后由圣诞老人给女学生们发圣诞礼物。圣诞礼物是由学校准备的，往年都是一盒巧克力或一条丝巾、一副毛线手套等。

今年的圣诞礼物是什么呢？学生们都兴奋地等待圣诞老人就像传说中的那样，乘着由梅花鹿拉的雪橇，响着铃铛，带着一脸的笑容，在雪地里驶来，将期待的礼物送到每个同学手中，或者从房子的烟囱里悄悄爬进来。这些传说让女孩子们感到异常神秘，也带来对混沌白雪飞扬的憧憬。可惜没有雪，空中连星星点点的雪花都不见落下来，圣诞老人终于在大家的欢呼声中来到礼堂。当然不是乘雪橇来的，也不是从烟囱中爬进来的，而是从礼堂的台上走下来的，他一边摇着铜铃，一边故意用老人粗哑的声音喊道：“孩子们，圣诞快乐。我祝福你们，也祈祷上帝早日让无辜的人们摆脱战争带来的痛苦，把横行的魔鬼打入地狱，让世界重归和平。”场内一片雀跃。

圣诞老人说完，一张桌子一张桌子给女同学们送礼物，礼物是一只精巧的玻璃瓶子，称为漂流瓶，有一个软木塞子，密封性能特好。孩子们写上一封信，塞在瓶里，将软木瓶塞塞紧，封上蜡，放进大海，任其漂流。瓶子在某一天漂到世界的某片海滩，给谁拾到，可按其信中所提供的地址回信。这是很有意思的游戏，在欧美国家很风行。也真有在万里之遥的国度，有人偶尔拾取后回信的，但绝大多数漂流瓶都在茫茫大海中不知所终。

漂流瓶有各种颜色的，盒子上写着，来自天堂的瓶子。瓶子里的漂亮的信笺上印着圣诞贺词，每个瓶子里的内容各不相同。圣诞老人后面跟着两个女同学，她们拎着两个布袋，其中装的是圣诞礼物。圣诞老人来到一个女同学面前，她们中的一个就从布袋中取出彩纸包扎好的礼盒，交给圣诞老人送到对方的手里。

李香梅总觉得这个外国人所扮的圣诞老人的举止有些熟悉，好像在哪里见过似的，但他浓密的白胡子遮住了大半个脸，连眉毛都又长又白，再戴着一副没有镜片的黑框眼镜，真面目自然难以看清楚了。

圣诞老人终于向李香梅走来，他把手中的铜铃摇得更响了，使李香梅感到奇怪的是，圣诞老人并没有从后面的女同学手里接礼盒，而是另从宽大的红上装的胸襟里取出一只纸盒子，依然用他鸭子般的嗓音说："我的孩子，请收下上帝的一片真心啊！孩子，你懂了吗？"

"懂了！谢谢你，圣诞老公公！"她用上海小孩对圣诞老人的称呼招呼他。不知为什么，当她接过那个盒子时，有些激动，心里霍霍乱跳。就在圣诞老人弯腰向她送礼品时，她突然发现他的红呢白绒领子里围着一条灰白相间的毛线围巾，李香梅蓦然领悟，这个圣诞老人是马赫扮的，而且肯定是范吟月向校方推荐他来，并故意向她封锁消息，到时给她一个惊喜。难怪自己一见到他，尽管由于他的一身装束，没有认出他来，但那种姿态她很熟稔，也难怪他要夸张地用鸭子叫似的破嗓子讲话，目的是要掩饰他的嗓音，以避免露出漏洞，一开口就让李香梅听出来。

李香梅把马赫的伪装识破后，愣了一会，哑然失笑，说："圣诞老公公，仁慈的上帝对我们如此厚爱，托以腹心，真让我受宠若惊，请靠近一点，我有一句话对你说。"

马赫不知道李香梅已认出自己，一本正经将身子靠拢过来，装出洗耳恭听的样子。李香梅在他的耳边小声说："收起你的吃糠喉咙吧，太难听，太刺耳了，简直是对上帝的亵渎。你懂了吗？"

"嗯，嗯！"马赫哈哈大笑，小声说，"别听我的嗓子，好好读瓶子里的纸片，那才是真的。"接着，又扬起粗重的嗓音，神情严肃地说，"孩子，上帝会赐福于你的！"

收到礼物的女同学当场拆开礼物，大家捧着颜色不一的漂亮瓶子，感到十分新鲜、浪漫。漂流瓶，过去也有耳闻，但大多数人都是第一次见到这种富有童话色彩的礼物，都迫不及待拔出软木瓶塞，取出里面的纸片，读着上面诗一般的祝词。李香梅拿到的一只瓶子是浅蓝色的，晶莹剔透，和马赫眼睛的颜色相似。她从瓶子里抽出一张纸片，纸上用笔精心画着一枝盛开的梅花，并写着一首诗：

天下有无数的异草奇花，

唯有你，在我心中最为芬芳，
我是何等幸运，又是何等幸福，
上帝把我送到遥远的东方，
一个美丽的精灵，
使我的生命灿烂如花，
在这平安夜，我要对上帝无数遍祈祷，
我只有一句话，
让我永远地永远地守着她，
我的花神，我的最爱，我的姑娘啊……

李香梅握着瓶子，这首诗就像一块石头抛入心湖，顿时激起无数涟漪，涌上一种如饮酒薄醉的感觉，她痴痴地一遍又一遍地读着那首诗，礼堂里的什么声音都听不见了，她几乎忘却身处何方。

范吟月就坐在李香梅身边，她看着李香梅如痴如醉的样子，扑哧一声，笑了起来，故意凑过来，伸出手欲拿过香梅手中的纸页说：“让我看看，你的圣诞贺词写了什么？”

“没什么看的，都是些平常的话。”李香梅脸一红，慌乱地把那张纸片塞到漂流瓶里。她一抬头看见范吟月神情诡秘冲着自己笑着。

李香梅假装不悦地伸出手打了范吟月一下，说：“马赫怎么会来的？装模作样的，都是你捣的鬼。”

“你别得了便宜又卖乖，你难道不想他来？”范吟月又好气又好笑地说，“我是在成全你们。为了马赫来，我在校长那里不知费了多少口舌，你呀，真是狗咬吕洞宾，不识好人心。”

同样是这个夜晚，上海第一高楼的国际饭店亮如白昼。大楼里金碧辉煌的大厅里挺立着一棵巨大的圣诞树，树上一明一灭闪烁着小彩灯，圣诞树前还搭着松板做成的小木屋，屋顶和屋旁铺满了厚厚的白纸屑，以代表通常和圣诞节联系在一起的大雪纷飞。上海租界的高等华人不像欧美人，平安夜是在家里壁炉前度过的。他们到饭店或舞厅、酒吧热闹一个通宵，除了尽情享乐以外，没有任何宗教仪式。吃喝以外，也会别出心裁地组织精彩的余兴节目，如面具舞会和摸彩活动。

国际饭店十四层的摩天舞厅里灯光幽暗，周围的火车座里坐满了宾客，而舞池中回旋着舒展的音乐，一对对男女戴着各式面具在慢慢地跳着舞，节奏极慢，曲子又长，与其说是跳舞，不如说是漫步。负责演奏的是一支上海人称为“洋琴鬼”的由欧洲乐手组成的小乐队，其中有几人是犹太人艺术家。在一般人印象中，犹太人极其精明，善做生意。其实，犹太民族具有深厚的文艺底蕴，他们逃亡到上海时，路途千难万难，还会随身带着书籍、乐器和乐谱。简陋的收容所，粗劣的饭菜，还有疾病和迫害，都阻挡不了他们对书籍和音乐的热爱。犹太乐手既是表演，也是为了谋生。

舞厅的来客以华人和日本人居多，欧美人是极个别。徐佳林、马方朔和一批新闻界、文艺界人士坐在一起，一旁坐着一群日本人。虽然已吃过极丰盛的晚餐，舞厅的一角，仍铺着白桌布的餐桌上，放着鱼子酱、烤鳕鱼、乡下浓汤、鱼头汤、牛肉饼和各式甜点，还有冰淇淋、加奶咖啡、茶水以及香槟、红白葡萄酒、日本清酒。

王爱琴和小川正在舞池里跳舞。虽然戴着面具，王爱琴身穿的镶毛边的墨绿色宽袖旗袍，以及微微卷曲的大波浪发式，让人一眼就能认出她。小川瘦长的身材，穿西服时既用皮带又加背带的习惯，也很容易使人辨识。两人在舞池里贴身而舞，慢悠悠地踏着步，喁喁细语着。徐佳林的视线跟着他们移动，猜测着他们在说些什么。

马方朔正在吹嘘着他最新的业绩。他创办了一份报纸就叫《同文报》，大肆宣传日本侵略有理，中日之战好比同胞手足之间的争吵，日本人占领中国，就好比老大无能，老二夺了老大的权。争来夺去，反正落在自家人之手，总比被欧美国家这些外人掠夺为好。这极端荒谬的理论，公然为敌张目的无耻，引来一片骂声，但日本人很赞赏他，在筹备上海市政府的过程中，内定商人傅筱庵出任上海市长，马方朔任宣传文化部长。日本人的许愿，使得马方朔得意忘形，沾沾自喜。他没有想到，在上海的军统已把他列入暗杀的黑名单。

“佳林，你还是来《同文报》当主笔吧，你上次在《礼拜六》上写的那篇徐福东渡日本，带了五百童男童女在日本落叶生根的文章，足以说明日本人和中国人是一个老祖宗。据说，日本的王室是春秋战国时期，吴国被越国勾践灭掉后，有一支吴人逃到日本的后裔。这样的例子举不胜举。否则，日本的文字、习俗、建筑怎么会和中国极其相似？还有和服、榻榻米，分明就是移居日本岛的大陆人带过去的嘛！宋先生，你说是吗？”马方朔喝着清酒，对徐佳林大声说着。徐佳林对邀他当《同文报》主笔的事，假装没听到，也没有回答。宋先生就是住在徐佳林隔壁的《礼拜六》杂志的编辑先生，马方朔不知用什么手腕将他招罗到“同文院”内，并把他挖去充当《同文报》的编辑。今天徐佳林到国际饭店，见隔壁这位闭门造车的宋先生跟随在马方朔后面亦步亦趋。马方朔将他的身份一介绍，徐佳林在吃惊之余，第一个念头就是，和王爱琴商量，赶快找房子搬迁。他怀疑这个有些委琐的宋先生是日本特务组织派来监视他的。

宋先生听马方朔问他，便答道：“徐先生是我尊邻，他写的文章，不但言之有物，而且文字雅驯。马先生所说的中日文化相同，这是有历史渊源的，任何人都不能否定的。”

“徐先生，我知道你对这张小报不屑一顾，也知道真由子在劝你参加‘兴亚运动’，夫唱妇随，你当然跟着她跑。”马方朔说，“‘同文院’和‘兴亚院’是一回事，都是效力于和平运动。近卫首相提出了‘善邻友好、共同防共、经济提携’三原则，表明日本在与中国谋和问题上，条件是相当宽大的。只要能和平，减少战争带来的损失和痛苦，和日本握手言和，有何不可呢？为何非要把这场伦常惨剧闹下去呢？”

徐佳林说：“听说第三次近卫声明是为汪精卫而发。汪精卫随后发表了‘艳电’。这一唱一和，其实事先早有默契。但愿汪先生真能力挽狂澜，拯救中国于水深火热之中。”

“什么叫识时务者为俊杰？”马方朔大声问，“汪先生就是这样的俊杰，虽然受到千夫所指，还被国民党中常会开除党籍，撤销一切职务。但历史会证明，他是真正的爱国者。我想起了莫泊桑的小说《羊脂球》中的被辱骂的妓女，她为了拯救和她一起旅行的同伴，献身给欲俘虏他们的外国军队。而她的高贵的同伴，却不识好歹，不仅没有感恩她，反而变本加厉嘲笑她公然向敌军首领出卖肉体，太轻贱，太丢人了！汪先生为了和平，忍辱负重，可国人皆曰可杀，这公平吗？”

这时，一曲已终，小川、大岛等一批日本人陆续回到桌旁。小川摘下面具问：“马先生，你说的‘国人皆曰可杀’是谁？”

“我说的是汪精卫先生，我认为他是识时务的俊杰，是中国和平运动的缔造者。”马方朔说，“可有些人曲解了他的苦心，汪先生这样做，国家之生存独立可保，却反而骂他卖国求荣。”

“可你把他譬喻为卖身救人的妓女，实在不够妥帖。听上去也是在骂他，而且骂得很难听。”徐佳林用奚落的语气说，“听说汪先生和蒋介石一直不和，虽是一人之下，万人之上，但长期有职无权，他提出和平运动，会不会出于负气，另外，和亦非空言可致，汪先生主和，有无具体计划？”后面的话，是他心里的疑问，如真能取得和平，上海的租界就没有后顾之忧了，据他的观察，近卫首相呼吁中日和谈，处处受到陆军方面的掣肘。陆军总部心目中的和平，就是中国政府投降，维护表面的独立和主权，实质是满洲国第二。所以，他对汪精卫的具体和平计划十分关心。

“当然是要建立一个以汪先生为首的新政府。日本谋和，不再以蒋介石为谈判对手了，而是和汪先生谈和了。”小川用侍者送来的毛巾狠劲地擦着脸，擦得满脸通红，他一面擦一面看着徐佳林说，“日本已邀请汪先生秘密访日，洽谈具体事宜。任何战争不可能是万年之战，而和平才是长久的。战亦是为了和，以战止战嘛。徐先生，兴亚和平运动大有可为啊！”

坐在徐佳林身旁的王爱琴拉拉徐佳林的衣角，徐佳林知道王爱琴要他表态，徐佳林听了小川刚才所说的话，证实了自己的猜测是对的，汪精卫果然要成为第二个爱新觉罗·溥仪了。但汪精卫掌控不了全国的局势，国民党和共产党还会继续抗战。汪精卫的小朝廷和南宋差不多，偏安于东南一隅罢了。这样也好，至少上海、江浙会暂时太平了。

“凭汪先生的历史和资望，从事神圣的和平运动，确是众望所归，也只有像汪先生这样的人，才能担起如此大任。”徐佳林对小川说，“小川先生说得不错，战争是政治的最高形式，和平是人类追求的最佳境界。和平的神圣就在于此。中国古代的军事家孙武说，不战而屈人之兵，善之善者也。”

“徐先生，你是洋场大才子，我对你寄予很大的期望。现在中国人对日本误解甚深。其实，日本无意灭亡中国，日本希望和中国成为真正的朋友。日本并非异族，在文化上，日本亦是汉化。所以，中日之间，不应诉诸武力，应该共存共荣。就是你所说的，不战而屈人之兵。”小川擦完脸，又喝起了酒，他很兴奋地说。

“徐某只是个报人，写些时评尚可，像小川先生说的这几个问题，都很深奥，不是喊几句口号就可以让人信服的。”徐佳林说，“我还得钻一钻书堆，才能找到有力的佐证。徒托空言的文章刊登出来，效果并不好。”

“好，好。”小川知道徐佳林在推托，不过，他没有责怪他，他知道像徐佳林这样患得患失的文人，真正下水只是时间问题，另外，最近租界的反日活动不仅没有得到遏制，反而愈演愈烈。租界当局倒是采取了一系列控制新闻舆论和社会活动的措施，但实际上根本控制不住。另外，军统和共产党的特工很厉害，亲日派人物遭恐吓威胁，甚至被暗杀的事件不断发生。类似维持会的上海市民协会会长顾某被三颗子弹击毙在自己的家门口。顾某经营麦米，在上海滩有“粮食大王”之称。另外，被日本“兴亚院”所收买的《晶报》主编余大雄住在北四川路桥边的新亚饭店。有一天，服务生发觉他一天一夜未露面，打开门一看，已被斩毙在浴缸之中。上海的日本人大为震惊。

新亚饭店是汉奸的老巢，日本的“黑龙会”，汉奸的“黄道会”都盘踞在那里。“维新政府筹备处”和打起白旗认贼作父、投靠日本人捞得一官半职的卖国贼也集中在新亚饭店弹冠相庆，那里有日租界之称。在戒备森严、重兵把守的老窝里发生铁血锄奸的事件，上海市民从报上读到这则消息，无不奔走相告，拍手称快，也足以使大小汉奸胆寒。

上海沦陷后，为维护“和平运动”，日本特务机关扶植的汉奸组织和日本浪人组织的行为有所约束，以造成亲善的印象。但一连串肃奸事件的发生，引起日本军方的强烈不满，他们认为，和平是要的，但对于国民党军统和共产党地下组织的暗杀，必须以血还血，以制裁还制裁，否则，连性命都保不住，还有谁敢参与“和平活动”？

正是在这样的情况下，小川得到布置，要他在推行“兴亚和平运动”的同时，积极参与搜刮物资，棉纱、煤炭、米麦、火油都要尽力抓在手里。另外，就是对反日组织和反日人士，要以强硬手段一一肃清。当然，租界毕竟还是英美法的地盘，尽量要避免明火执仗，以隐蔽的方式进行。

小川领命后，暗中作了一系列的安排。在那份名单上反复推敲，在二十多个组织或人物旁打了个勾。其中有李丹沪和胡彩华的戏班子，小川埋下暗桩，除掉李丹沪，逼戏班子解散，胡彩华再清高傲慢，除就范之外，别无选择了。还有一个马赫，这是真由子的仇敌，就让真由子亲手铲除他吧，马赫身份特殊，方式上一定要巧妙，不能落下任何把柄。虽然新的生活已冲淡了王爱琴那悲痛的记忆，她的复仇之心，始终是那么强烈。人生遇合之奇，无过于她和李家的纠葛，小川明白，当王爱琴想到徐佳林和李香梅这对佳偶，最终彻底破裂，她心里就会升起无可言喻的快感。

是的，虽则徐佳林给她带来了不少欢愉，她还是忘不了佐藤，经常想起儿时在一起的情景，并伴随着一种甜蜜而又苦涩的感觉。这时候，她就会轻声背诵起中国唐代诗人李白的《长干行》来：“郎骑竹马来，绕床弄青梅。同居长干里，两小无嫌猜。”这首诗是佐藤教她的，两人时常会像唱儿歌那样唱着。

她在上海并不寂寞，但有落寞之感。因为，别说在中国举目无亲，就是在日本，也没有亲人了，一个温暖的家，只剩下凄凄惶惶的一个人。她的最大心愿，就是报仇雪恨，并把在父亲手里失去的工厂重新夺过来。报仇的愿望，她是深深埋在内心深处的，除了天机不可泄露的原因之外，她不想把自己阴毒的一面暴露于人，因而，她在徐佳林面前尽量保持心境的平静，不轻易触及这一类事情。她觉察到徐佳林对马赫怀有的敌意，因为他终于明白，香梅在信中所表明的那三个字"不愿意"，还是出于对马赫的留恋。因而，马赫应当是他们共同的敌人，如能激发起徐佳林对马赫的仇恨，协助她除掉这个美国佬，这可说是一个最为理想的举措。她深知，徐佳林性格软弱，不一定会赞同她这样做。她曾有意无意地对他暗示过。

有一次，她对徐佳林说："佐藤真冤，居然给一个美国兵冷枪打死。"

"算了！"徐佳林说，"战场上有什么明枪暗枪的，说到底，这不是个人的恩怨，而是战争所造成的。战争之残酷无情，就是会造成人间最惨重的不幸。所以，从这一点来说，我是赞成和平运动的，和为贵嘛。"

"听说马赫和李香梅来往很密切。你一点想法都没有？"王爱琴很平静地说，"当然，我还得感谢马赫，没有他，你可能回不到我身边。"

"这是缘分不够！"徐佳林痛苦而感慨地摇摇头，"天要落雨，娘要嫁人，这是没有办法的。再说，上帝是公平的，我失之东隅，得之桑榆，现在我不是有你了吗？"

王爱琴听了失望和感动交织。失望是徐佳林对马赫原有的敌意都没有了，感动是她在他心目中终于替代了李香梅的位置。

她也有过放弃复仇的念头，但复仇的念头就像猛兽尖利的牙齿，日夜啃咬着她的心，使她不得安宁。只要她一闭上眼，佐藤那双忧郁的眼睛就会注视着她，她怎么也躲避不了。经过一番自我挣扎，她咬一咬牙，消除了放弃的念头，想着好歹要把这件事做下去。

第二十二章
抗日志士连连罹难

徐佳林环视了一下复归于平静的舞厅，心里也平静了下来，他拉上自己大衣的领子，匆匆下楼，开着自己的汽车回公寓。

汽车在楼前刚停下，他就发觉有股紧张的气氛。公寓大楼前停满汽车，有巡捕房的警车，也有日本机关的汽车，一群巡捕中夹杂着几个日本人和中国人。其中有一个日本人是《上海日日新闻》的记者川本，他认出了徐佳林，迎上来说："你知道吗？马方朔死了。"

徐佳林心头一惊，诧愕地说："我刚刚和他在国际饭店分手，半个小时还不到，怎么说死就死了？这是怎么回事？"

"他是被人在出租车里勒死的。司机和凶手扔下车子逃掉了。"川本说，"你可能没有想到，凶手就是你的邻居宋春先，原来《礼拜六》的编辑，后来给马方朔挖去办《同文报》。这么一个老实巴交的人，竟是潜伏在我们身边的军统。"

徐佳林一脸的疑虑，他怎么也不会相信和他相邻一年多的迂腐的宋先生会动手杀人。他一再问，这是不是真的？你们搞错没有？川本回答说，宋春先和那个司机没有跑多远，就给李士群的人逮住了。他供认不讳，人就是他杀的。

事情的经过是这样的，马方朔今晚喝得太多，有些不省人事，不能开自己的车了。宋春先就扶他上了停在国际饭店门口的一辆祥生出租车。这辆车是预先准备好的，司机也是军统的锄奸行动组人员。车并没有向马方朔的家开去，而是驶向人烟稀少的街区。这引起了在国际饭店周围执行监视任务的“76号”特工组织特务的注意，便开车跟随在后面。在一条深寂无人的小街，宋春先动手了，他用得到的奖品，即那条印有四行储蓄会银行行徽的领带，狠命勒住满身酒气的马方朔的脖子。马方朔已呼呼大睡，毫无防备，只是脚蹬了几下，就在睡梦中断了气。

宋春先和司机停下车逃离。“76号”的特务在出租车内发现马方朔已被勒死，手腕上还戴着两块手表，一块是原来一直戴的旧表，另一块是在抽奖时得的瑞士名表。宋春先和司机拐进了一条弄堂，未料是条死弄，走不通的，被追来的特务堵截住了。司机掏出枪射击，穿黑衣戴黑帽的特务还击，司机中弹毙命，宋春先被生擒，押上开来的第二辆“76号”的汽车。李士群问神色从容的宋先生：“你是为哪一路服务的？共产党还是重庆？为何要暗杀马方朔？”

“我是哪一路的并不重要，但我是中国人，这一点无可置疑。马方朔是文化流氓，是无恶不作、为日本鬼子摇旗呐喊的汉奸，该杀！”宋先生沉着回答，毫无惧色。他已认出李士群，便冷眼盯着他，“你就是李士群？我奉劝你不要再充当日本人的鹰犬，如愈陷愈深，不可自拔，会和马方朔一样的下场。”

这时的李士群已和盘踞在大西路67号时大为不同了，他已和另一个汉奸特务丁默邨合伙，搬到极司菲尔路76号，并且招纳潘公过等华籍特别巡捕“十弟兄”、吴四宝等一批地痞，还有国民党特别党部和军统的叛徒蔡洪田等多人，由日本人提供经费、枪支、炸药、车辆，组成了凶恶无比、为非作歹地为日本人效力的别动队，镇压抗日志士，鱼肉同胞。而“76号”变成了阴森残暴的象征。李士群也就成了在上海租界横行一时的汉奸特务的头目。后来，汪精卫组织伪政权，在1939年5月抵上海，和“76号”同流合污。此年8月，汪伪六届一中全会召开。“中国国民党中央执行委员会特务委员会”成立，周佛海任主任，丁默邨任副主任，李士群任秘书长。“特委会”下设“特工总部”，总部就设在“76号”，“76号”成了汪伪政权的特务机构。但李士群最后还是死于日本人的细菌毒针，死时其躯体萎缩得又小又瘪，浑如三尺孩童，这是后话了。

此时的李士群还没有后来神气，刚投靠日本人不久，急于想立功显示自己的能耐，以取悦于日本人。听了宋春先对他的呵斥，恼羞成怒，伸出手掌，朝宋春先脸上左右开弓，打起耳光。宋春先的眼镜被打碎，嘴里、鼻子里流血不止。

徐佳林从川本那里得知了大致情况后，又见巡捕和“76号”的特工在搜查宋春先的房间，想寻找出其同党的线索，不禁惶惶，内心感到强烈的自危。心里寻思，其貌不扬，甚至可以说委琐的宋春先平时必定在监视自己的行踪，如果自己真的有什么汉奸言行，一旦给他捉住，近水楼台先得月，自己说不定早已被宋春先下手毙掉了。另外，马方朔甘为汉奸，言行招摇，被军统所制裁并不奇怪。幸亏自己只是跟着他吃喝玩乐，而没有真正下水。否则，虽会得到荣华富贵，这等好事的风险却太大，弄不好就要像马方朔一样被铁血锄奸。

转念到此，他无端打了个寒噤，不敢也不愿回家了，上车赶紧悄然开溜，来到一家宾馆，权度一宵。第二天，他到《字林西报》上班，王爱琴打来电话，徐佳林把昨晚宋春先的事告诉她，王爱琴说，已从报上看到报道了，是川本采访的。两人约定中午一起吃饭。

吃饭时，徐佳林蹙着眉，还在想着昨晚马方朔被杀的事，他心里绷得很紧，脸色是一夜未眠的“隔夜面孔”。他用汤勺喝着罗宋汤，喝到嘴里，索然无味。

王爱琴意识到昨晚的事对徐佳林震动很大，便好言劝他说：“别想它了，马方朔死得可惜，但这位宋春先没有加害于你，看来还是重情面的。当然，主要还是你命大。”

“我和马方朔完全不同的，我又没有当汉奸，为虎作伥，军统凭什么要制裁我。”徐佳林喝着罗宋汤说，“不过，租界这样杀来杀去，永无止境，难免祸及无辜。爱琴，我们还是远离政治，躲避是非，去过平常人的生活。”

“我何尝不想过你说的这种生活，身处乱世，平淡是福。”王爱琴像说顺口溜地说着，说完便叹口气，“但这只能想想而已，我现在的情形，是身不由己的，远离也好，闪避也好，都是不现实的。况且，我需要办的事情还没有办完。”

徐佳林心里一阵悲戚，想起了她的身份和处境。王爱琴说的是实话，她的一言一行都是受制于人的，再一想，自己何尝不是这样呢？他虽没有像马方朔那样沦为汉奸。但因为和王爱琴同居，已成为公开的秘密，在外界看来，他身上已有追随日本人的色彩，加上他有日本留学的经历，“日本问题专家”的名声，在政治上接近日本，是不足为奇的事。实际上，小川也好，大岛也好，日本驻上海总领馆的官员也好，早已把他视作日本的亲密朋友，他已站到汉奸的边缘，只要跨前一步，他就会真正进入汉奸的行列。而且凭他的资历和声望，日本人一定会给他很高的礼遇，他会要风有风，要雨有雨，荣耀之至。说不定会在日本人扶植的傀儡政权中，列入政府名单，参加内阁，荣登高位。昨天的圣诞晚会上，自己所获得3 000元支票的大奖，超过了马方朔的名表，如果确是日本人变相用物资来收买或奖励，那么，他得了昨晚最大的奖，就足以说明日本人对自己的器重。他还是第一次想清楚自己处于这么一个境地，不由一阵阵惊悸，他知道除非突然彻底消失，彻底离开王爱琴，否则，他是难以和日本人割裂的，而且，总有一天会让日本人拉下水。

他又想起了自己对李丹沪的承诺，不管发生什么事，我不会当汉奸，连饭奸都不当。可现在口袋里装着3 000元支票，这是日本特务机构出的钱，自己拿了这笔钱，岂止是一个小小的饭奸？传出去浑身是嘴也说不清了。无功不受禄，日本人凭什么要给自己3 000元钱，在众人心目中，肯定是自己已暗地里为日本卖力做了事，日本人才如此犒劳自己的。

王爱琴见徐佳林不说话，心事重重地拿着汤勺发呆，便问他："佳林，你还在想什么？你是不是以为我在敷衍你，不愿和你一起脱离现在的生活？你是不相信我？"

"不，我相信。我们已是骑虎难下了。特别是你，处处受到掣肘。我的想法确不现实。"

"许多事情只能走一步看一步。等战争结束了，你要去任何地方，我都跟你去。现在不行，我不能走，也走不掉，我身上还有事要办。而且，如果我脱离组织，就会受到严厉的惩罚。我曾经宣过誓。"

徐佳林点点头，从桌上拿起面包，撕下一块啃起来，他是知道日本特工机关的厉害的，王爱琴并没有危言耸听在恐吓他。

"可是，我现在有些怕。"徐佳林怯怯地说。

"你怕什么？"

"我怕落得像马先生那样的下场。"徐佳林老老实实招认，从口袋里取出那只大红信封，交给王爱琴，"这3 000元钱，我不能拿，我已经看出来，这是有意安排给我的，传到外面去，还不知我为日本人立了什么功，要得这么重的赏。"

王爱琴已完全懂得徐佳林的心思了，他之所以以各种理由不参与"兴亚和平运动"，也婉拒马方朔的拉拢，不入"同文院"，原因之一是还有点中国文人的"头巾气"，不甘于沦落。另一个原因是迫于重大的社会压力，怕戴上汉奸的帽子，受同胞唾骂。尤其是前一阶段，他所接触的人，包括李丹沪、李香梅、胡彩华、张雨桐、龚宇伟等都是激进分子，他当然会受到他们的影响。

但他软弱的性格，使他缺乏胆量和勇气站进抗日的洪流，亦游移于"和平运动机构"之外。他是一个两面都不愿得罪的人。但有一点王爱琴是清楚的，徐佳林绝非是像马方朔那样有奶便是娘的无耻小人。马方朔的死，对他刺激很大，也吓破了他的胆，连得的奖都不要了。他真的会不顾后果地一走了之？

“佳林，你真傻，这 3 000 元钱是你抽奖得到的。不管是谁从中作了安排，你是受之无愧、无可非议的。你想过没有，你现在退回去，日本方面会怎么想？而你得奖的消息已传出去了，不会因你退回，这个消息就终止。”王爱琴微笑着说，“天上掉下的馅饼，不吃白不吃，我还等你给我买‘火油钻’呢，这可是你答应的，君子一言，驷马难追！”

王爱琴言之有理，真是日本人一手安排，送给自己 3 000 元支票，自己为了避嫌而退回去，肯定会引发日本人的种种猜疑，极有可能招来祸水。这么一想，徐佳林心里顿时产生了一种恐惧，眼睛都失神了。

“好，我听你的。这 3 000 元给你买火油钻。”徐佳林懊丧地说，“吃完饭就去首饰店。”

“还有，不要再跟任何人提起准备远走高飞的事。”王爱琴的眼睛闪烁着锐利的光芒，声音也变得尖锐了，带着正告的口气，“日本方面听说你要跑，会想到你可能和宋春先有牵累，怕宋春先咬出你，所以逃之夭夭。再说，中国这么乱，你到何处安身？重庆、延安会容得下你吗？你和一个日本女人打得火热，和文化汉奸马方朔亲如兄弟，他们会不知道？现在各方面的间谍渗透到上海各个角落，你中有我，我中有你！你徐佳林早就列在军统和共产党的黑名单上。你去重庆、延安，无疑是飞蛾扑火，自投罗网。”

听王爱琴这么一说，徐佳林神色凝重起来，王爱琴虽话说得重了些，但她所道出的自己进退两难的窘况千真万确。既然如此，不如听天由命，像王爱琴说的，走一步看一步，烂泥萝卜揩一段吃一段，倒是摆脱烦恼最好的办法。

徐佳林转念之间，已有了新的感悟，胸怀为之一宽。

吃完饭，徐佳林和王爱琴先将支票兑换成现金，再去霞飞路首饰店买了枚三克拉的‘火油钻’。因为汽车出了故障，他们到一家法国人开的名为“发达”的修车行，将车停在那里修理。

放下车后，他们沿着霞飞路慢慢走着，在冬日温暖的阳光下，他们的神情显得很悠闲。王爱琴已迫不及待戴上那枚钻石戒指，硕大的钻石在她手指上发着光。

突然，一对衣冠楚楚的年轻男女迎面走来，徐佳林一看，是李丹沪和胡彩华。他们互相都看到了，一时愣在那里，不知怎么办才好，还是李丹沪朝徐佳林一笑，说："佳林，好久不见了，怎么有空出来逛街。"

王爱琴和胡彩华对视了一眼，没有搭理，但胡彩华的眼睛很自然被一束五色光闪了一下，她瞥到了王爱琴手上的火油钻戒指。胡彩华马上扭转头去，脸上露出一丝难以觉察的冷笑。这丝冷笑却让王爱琴觉察到了，这冷笑的含义只有女人才会领会，那包含着一种鄙视。

"我的车子有了些毛病，送到发达车行去修。"徐佳林回答说。

"巧得很，我的车在九星戏院门口和一辆货车撞了下，也送去修了。"李丹沪低声说，"我从报上看到，你的朋友马方朔被制裁了。他是咎由自取，谁让他认贼作父的。"

这分明是在警告他。徐佳林有些不悦，转移话题说："你父母亲还好吧？"

"兵临城下的生活，终究是不安定的，但身体尚可。他们还经常念叨你，我曾把你跟我说的话告诉他们，他们也就放心了。"

徐佳林不响，他知道李丹沪指的是自己对他"不当汉奸，亦不当饭奸"的承诺。但当着王爱琴的面，他不好说什么。

王爱琴打断了他们的谈话，说："李先生，我们还有些事，你们另挑时间叙旧吧。"

和李丹沪、胡彩华分别后，王爱琴刚才买钻石戒指的喜悦一下没有了。胡彩华的目光和徐佳林与李丹沪的对话让她心里很生气，默默无言地走在徐佳林身边。

徐佳林见她神色不对劲，便问："你怎么啦？我和李丹沪没说什么啊！哪怕是李香梅，碰到了说几句话，也是正常的，我们毕竟不是仇人啊！"

"正常的？"王爱琴一听，不好气地说，"看你们热络的样子，好像你还是李家的东床，李丹沪是你的大舅子。我知道你还忘不了李香梅，你大概还在做着破镜重圆的梦吧。"

"王爱琴，你说这话就蛮不讲理了。"徐佳林铁青着脸说，"我和李家，毕竟有过不寻常的关系，闹到这一步，我也就认了。难道路上碰到了，寒暄几句就犯什么大忌了？我们双方不能给对方留一点空间，就像你和你的老朋友来往，我不干预那样。"

这话刺到王爱琴的痛处，她没有回嘴，也觉得自己刚才说的话有点过分了。但心里还在恼着胡彩华口角浮现的一丝冷笑，便脱口而出："一个戏子有什么了不起的？死到临头了，有什么神气的！"

徐佳林陡然警觉，连忙问："什么死到临头？你是说日本人要对李丹沪、胡彩华动手了？"

王爱琴知道自己失言了，她是个极机敏的人，立刻顺势答道："我只是说了句骂人的话，胡彩华不过是演演戏而已，谁会去碰她？捧她都来不及呢！"

尽管王爱琴做出了解释，可是一团疑云，却始终横亘在徐佳林脑中。他越想越觉得事情很蹊跷，王爱琴不是那种随便诅咒别人死的人，她不会脱口骂这种毒话。她说出这样的话决不会是偶然。

于是，他笑着缓和口气说："好了，好了，我们别说伤感情的话了。其实，我和李家已恩断义绝，恰好碰到，面对面的，不过是敷衍几句，你不要多什么心。"

王爱琴也不想和徐佳林搞僵，过分伤了他，他若恼羞成怒的话，很可能会躲起来不理自己，于是舒展眉眼，笑着说："看你说的，我有什么心可多？你真要回李香梅身边去，只要她收你，我决不会拉你的后腿。"

"你这话当真？"

"绝对当真。"

"那我今晚就去找李香梅，哭着跪着求她收下我。"

"你敢！"王爱琴假装生气地说，"别说李香梅，这辈子你想扔下我找别的女人，想都不要想。"说着，斜睨着看着徐佳林继续说，"我今生今世缠住你不放了。"

王爱琴这么说，口气虽不免有些夸张，但至少也有一半是真感情。徐佳林听了，也有几分感动。两人在说笑中，斗嘴引起的怄气不知不觉消掉了。但徐佳林心里的疑云并没有消除。

几天以后，汉奸组织为马方朔举行了一个隆重的葬礼。他到处留情，设灵堂供人悼念时，有三个女子带了一个幼童自称是他的骨肉，让马方朔的家人哭笑不得。王爱琴要和徐佳林一起去他的灵前作别，徐佳林拗不过她，犹豫再三，还是跟随她去了。他们在灵堂前面三鞠躬，王爱琴想起了佐藤，一跪下去，哀哀哭泣。徐佳林毫无表情地凝视着马方朔挺气派的一张照片，读着两侧一条条挽联，除了表哀悼之情的措辞，还不乏赞赏之语，把他说成是挽救苍生，为"和平"奔走，恶衣菲食，以戕其身，早夜作息，以伤其神的英雄，虽未死于疆场，实与阵亡者一例也。这都是套话，身遭大故，说什么都不为过，徐佳林看着三个身穿重孝、携着小孩的女子，回忆起马方朔平时的荒唐，心里暗暗觉得有些好笑。

出丧那天，宋春先被"76 号"处决了。他受尽严刑拷打，大腿骨折，身上遍布火印的焦灼痕迹，黑黑的，斑斑驳驳，像古代人的纹身，电刑使他头疼欲裂，浑身抽搐，特务要他交代出上线下线，最后他嚼断了自己的舌头，坚不吐实。他死状极惨，枪毙后割下首级，挂在南市的一根电线杆上示众。

徐佳林经过激烈的思想斗争，终于给李丹沪打了电话，告诉他务必小心些，义勇队太招人注目，还是解散了好，胡彩华暂时也不要登台，并劝他和胡彩华出去避避风。

“何以有这话?”李丹沪在电话中说，“莫非你听到了什么?”

“这还用听说什么吗?”徐佳林说，“上海的局势你又不是不知道！九星戏院的枪击，骆清、宋春先之死不是明摆着的吗?”

李丹沪哈哈大笑，大声说：“佳林，是王爱琴让你来吓唬我的吧？即使没有人派你来做说客，你也太大惊小怪了。我和彩华没有本事上前线抗战，演几出戏，组织义勇队自卫，只是做了一个中国人应做的事。”

徐佳林表白说：“我绝无其他目的，我是出于好心，你相信也罢，不相信也罢。我还是要劝你一句，这种时候，大意不得。”

李丹沪仍没有对徐佳林的提醒引起足够的重视。这天晚上，他和胡彩华请李香梅、马赫吃饭。李师母自李香梅婚变以来，坚决不同意女儿和马赫来往，她说，马赫是外国人，又是当兵的，香梅真的嫁给他，难道跟着他一起去打仗？即使转业回家，香梅嫁往美国，也是万万使不得。马赫家里是种田的，香梅去当一个外国农妇怎么行？马赫如留在上海，他除了会拍照之外，一无所长，难道开照相馆不成？李师母强调说，我宁可你不嫁人，也不能嫁给马赫，否则，我会遗憾一世！

所以，马赫和李香梅继续来往后，从未应邀去过李家。李丹沪对马赫印象不错，他们两对经常在外面会面。吃饭时，李丹沪将徐佳林的电话告诉了他们，认为是徐佳林受王爱琴指使，出面警告他和胡彩华停止演出抗日的戏。

“我了解徐佳林，他胆小怕事，意志薄弱，但不至于受人利用，故意来吓唬你。”李香梅沉吟着说，“他必是从王爱琴或别人那里有所耳闻，他是在提醒你，多半是出于好意。”

“我也是这么想的。”胡彩华说，“徐佳林和马方朔是两类人。他打丹沪电话，很可能是善意的，依目前他和你们这么僵的关系，能打这个电话，也是鼓足了勇气的。可丹沪犟得很，执意认为徐佳林别有用心。”

“你们知道吗？平安夜那天，日本人给他发了个大奖，独得 3 000 元。”李丹沪说，“他答应我不当汉奸，连饭奸也不当，可这 3 000 元他居然拿下了。这是日本人犒赏他的，可见他和日本人的关系何等亲密。是的，他不是马方朔，但近朱者赤，近墨者黑，一个王爱琴就把他搞得晕乎乎了。何况还有那么多日本人包围他。所以，对他的话，我有理由不相信。”

“可那天在霞飞路碰到他和王爱琴，你对他不是很客气吗？”胡彩华笑着挖苦他，“还说爸爸妈妈很惦记他。”

“我是话中有话，说父亲母亲惦记他有否沦落为汉奸。他是聪明人，当然领会了我的意思。”

“徐佳林和一个女人来过海员俱乐部看摄影展。”马赫插话说，“那个女人估计就是王爱琴，她长得很漂亮，很文静，根本看不出她是个日本特务。但她看到我，有一种特别的目光，很冷，很阴，据说她原来的未婚夫，就是给我一枪送命的那个日本军官。”

“好了，不提他们了。”李香梅笑着说，“不管徐佳林出于什么目的打电话，哥哥不要大大咧咧的，对日本特务和汉奸的凶恶，绝不可轻视。”

就在这天深夜，睡在美可制冰厂的李丹沪和胡彩华突然被一阵剧烈的狗吠声惊醒，这只龚宇伟送给他们的狗在晚上都是无声无息的，从来没有如此狂叫过。李丹沪推着胡彩华，说：“彩华，快起来，情况不好！”两人翻身下来，匆匆穿上衣服。李丹沪从床头柜的抽斗里，取出李香梅借给他的那支小手枪，举在手里，掀开窗帘一看，只见楼下有一群黑黝黝的人影在窜动，而那只凶猛的狗站在公事房的门口，两只眼睛放着绿光，月色下只见它全身的鬃毛呈放射形状，无所畏惧地朝着那伙企图冲进楼里的歹徒扑腾着，充满着凶狠果敢的野性，发出异常恐怖的吼叫声。那伙人影踌躇着，不但不敢往前迈步，反而往后退去。传来一个故意压低却依然听得很清晰的声音：“快把这只狗干掉！不要开枪，拿缴获的义勇队的木棍揍。”

两个人举起带梭标的木棒朝狼狗打起，狼狗朝其中一人扑将上去，此人一声惨叫，跌倒在地，狼狗又张牙舞爪地朝人群冲去，吓得那伙人连滚带爬地纷纷逃窜。突然几声尖厉的枪声划破了深夜的沉寂，歹徒朝狼狗开枪了，狗反应极快，机敏地怒吼着，躲避着子弹，发狂地猛攻死守。

李丹沪马上醒悟过来，徐佳林在电话里没有说假话，他提醒得对。这批人来者不善，肯定是受日本人指使，冲着他和胡彩华来的。

他拿起桌上的电话，话筒里没有任何声音，显然，他们已切断了电话线，而在厂门口值勤的义勇队员也给他们收拾了。这伙人完全是有备而来的。

情形十分危急，胡彩华并不慌乱，也不害怕，她悄悄拿起平时削水果用的西式餐刀，紧紧地握在手里。李丹沪突然想起，原来的外国厂主在大楼侧面安装了一架小铁梯子，梯子从屋顶沿着外墙通到地面，这是一旦发生火警，用来逃生的。由于这面墙爬满了密密的藤蔓，铁梯平时被枝叶遮盖住，位置又在平时不常有人经过的阴面，所以很少有人会注意到有这么个锈迹斑斑的铁梯。

李丹沪拽着胡彩华，沿着屋内的楼梯登上屋顶，找到了铁梯，抓住冰冷的扶手，慢慢往下爬。由于年久失修，铁梯摇摇晃晃，发出“吱嘎吱嘎”的声响。这时，又传来一阵枪声，狼狗应声倒下，声嘶力竭地狂叫，拼命挣扎着，最后没有声音了。李丹沪心里一阵难过，这只狼狗为了掩护他们，只身和手持武器的凶徒搏斗了那么长时间，最后终于寡不敌众，死在枪口下。

暴徒们冲进他们的房间，不见了他们的身影，一摸被窝，还是热的，且开着暖气，说明他们离去不久，人不会逃远。他们把持全厂所有通道和出口，围墙很高，李丹沪和胡彩华不可能翻越过去。

李丹沪和胡彩华落地后，远远看到厂门都有歹徒把守着，已难以出去。唯一的办法就是躲进礼堂或厂房，等到天明，美可厂的所在地毕竟属租界地盘，歹徒们怕暴露自己，只能撤走。现在是冬季，冰块的需求量不大，白天只有一个车间生产，而生产味精、香料、肥皂的车间因为日本人封锁，原料运入上海不易，暂时停工，这些车间都锁得死死的。至于礼堂，龚宇伟走后，很少在这里排戏了，现在也关闭着。

李丹沪想起沿河有一段是没有围墙的，那里有几个码头，停着厂里的几条木船，平时拴在码头的石桩上。于是，他们就摸到河边，一条木船上居然有一个船老大睡在舱房里，因为天冷，睡不着，正在围着一只平时煮饭的泥炉烧着柴火取暖。

李丹沪扶着胡彩华上船，船老大刚解开缆绳，暴徒已追上来，几支手电的灯柱往这里胡乱扫射。伴随着脚步声和枪声，一颗颗子弹飞了过来，李丹沪跳上码头的台阶，把木船往河心猛一推，对船老大说：“你快护送胡小姐逃出去。”又对胡彩华说，“彩华，你脱离危险后，马上到巡捕房报案，然后直接到我家去。你别管我，我不会有事的。”

“不，我不走。即使死，我也要和你死在一起。”胡彩华拉住船老大的摇橹，大声说，“丹沪，你不要把我丢下，我们说好的，生死与共，有难同当，我岂能不管你？”

李丹沪一面用手枪朝奔来的那伙人还击，一面对胡彩华喊道："彩华，你别说傻话了。你脱逃了，就等于我脱逃。你快去巡捕房报警，巡捕房出面了，他们就不敢拿我怎么样了！"

船老大力气大，挣脱了胡彩华的阻挠，拼命摇着橹，很快消失在黑沉沉的河道里。胡彩华跪在船舱里，听着隐隐传来的枪声，自己恍如在噩梦之中，凄怨地哭喊着："丹沪，丹沪，你真狠心，就这么快把我丢下了？"

船老大使劲地摇着橹劝她："胡小姐，李先生让你逃生的目的，是要你去巡捕房报案的。你留在那里，非但帮不上忙，反倒会成为累赘。你别怨他，尽快找到巡捕房，才能使李先生有救。"

船老大气喘吁吁地劝说，使绝望到极点的胡彩华冷静下来。她站起来，帮着船老大摇起木橹，木船在寒风中箭一般地向前驶去，很快进入灯火一片的苏州河，这里已是相对安全的公共租界。虽是夜半，岸上还有车辆行人，并有军警巡逻。船老大将船靠岸，胡彩华下船后，乘上一辆出租车，直奔公共租界总巡捕房，报告了美可制冰厂受不明身份暴徒袭击的情形。值勤巡抚认出报案的是名伶胡彩华。美可制冰厂在上海滩也是有点名气的抗日据点，制冰之外，还排什么抗日的戏，此外，厂里还设有义勇队。所以，马上断定此事无疑是日本人操纵的。在上海滩这么摆谱，不给日本人和"76号"盯上才怪呢！日本军队已占领了半个中国，上海侥幸保存了租界孤岛。孤岛虽畸形繁华，但繁荣的背后是腾腾杀气，是浓浓血腥气，每天都有人被暗杀。亲日派和抗日派之间厮杀，巡捕房明明知道凶手是谁，不是抓不到就是不敢抓，重庆分子和共产党地下特工，就像看不见摸不着的空气。至于"76号"、新亚饭店里的汉奸，巡捕房根本不敢惹他们，况且，里面有不少人还是昔日的弟兄投靠过去的。

值勤巡捕还是叫醒了在值勤室打盹的夜班巡捕。一卡车巡捕风驰电掣赶向美可制冰厂。在厂房发现了几名被打死的义勇队员，在河边小码头发现了血肉模糊的李丹沪。胡彩华没有去李丹沪的家，当巡捕乘车出发时，她乘着出租车紧跟在后面。

这时，天已微明，她看到浑身是血的李丹沪时，一阵急痛攻心，浑身颤抖不止，几乎晕倒，眼泪夺眶而出，视线变得一片模糊，仿佛看到躺在地上的丹沪还在冲着她笑，脸色惨白。她冲过去，扑在他身上，喊着："丹沪还活着，我看见他在对我笑。"

小川半夜听到李丹沪被杀，缴获手柄上刻有"谢晋元"的手枪一支，胡彩华乘船脱逃了，大发雷霆，他之所以指使“76号”动用这么多人夜袭美可制冰厂，除消灭李丹沪和他的抗日义勇队外，还在于要占有他垂涎已久的胡彩华，他一想到她，便禁不住心旌摇荡。他再三交代，其余人可杀，胡彩华必须毫发完整地带回来。可没想到，胡彩华还是像一条到手的鱼滑掉了，他足足把李士群、丁默邨两个“76号”汉奸特工头目痛骂了半个小时。

当李唯亭、李师母得到儿子噩耗后，无法接受这一残酷的现实，他们和龚总管立即赶往万国殡仪馆。李丹沪躺在阴气重重的停尸间里，虽然是冬天，他的床下的木盆里放着冰块，那是他自己工厂生产的冰。他已穿戴一新，枕边放着他平时用的东西，有钱夹、钢笔、手表等，脚边还放着一套义勇队员穿的制服。

胡彩华坐在他旁边，脸色惨白，平静得出奇，没有悲伤和痛苦，也没有眼泪，她的眼神冷得骇人。她看到李唯亭、李师母，默默地站起来，垂头不语。

李师母一看到李丹沪，便顿足大哭，抚摸着李丹沪已擦洗干净的安详的脸：“阿沪，你死得好惨啊！”李唯亭也老泪纵横，哀痛得无法自恃。

这时，李香梅冲了进来，她的身后是一身戎装的马赫。李香梅接到“丹沪出事”的电话，便打电话给马赫，马赫向埃克森借了辆军用吉普车，到东沪女子学校接了李香梅以最快速度开到胶州路万国殡仪馆。

李香梅跪在床前，放声大哭，抢天呼地地喊道：“哥哥，哥哥，我是香梅，我是香梅啊，你睁开眼睛看看我，你快醒醒！”

马赫在香梅身后站得笔直，先敬一个军礼，然后摘下军帽，勉强抑制眼泪，深深地低下头。李唯亭、李师母自然知道他就是和女儿来往的那个美国兵，他们没想到会在这样一个场合见到他，此时此刻处在巨大悲痛中的他们，也无心顾及这些了。

李香梅越哭越伤心，龚总管怎么也劝不住。还是胡彩华伏下身，在香梅耳边轻声说道：“不要哭了！你哥哥的脾气，是不喜欢听哭声的。”

听了胡彩华的话，李香梅站起来，一把抱住胡彩华，哭道：“彩华，昨晚我们四个人还好好地在一起，没想到，就一夜工夫，哥哥就这个样子了。”

刚才一直不哭不语站着的胡彩华，听李香梅这么一说，仿佛被雷打一样，激醒了她的大悲大痛，她“哗”地一声哭出了声，和香梅抱头痛哭。

走出停尸房后，胡彩华的神色又复归平静，现出一种清冷如冰雪的风姿，虽然平静，肃穆中蕴藏着无限的哀怨。

李师母安慰她：“彩华，丹沪去了，害他的那些杀千刀会遭报应的，你不要太伤心了，你还年轻，要珍惜自己的身子骨。”说着，又哭了起来，“可怜的孩子，从今以后，你就是我的亲女儿，香梅的亲姐姐。”

胡彩华郑重地点点头，说：“爸爸，妈妈，你们放心，我生是李家的人，死是李家的鬼，我胡彩华从小就被卖到戏班子里，早已记不清生父生母的模样，对他们也无感情可言。自从认识丹沪以后，在我心目中，你们是我最亲的亲人。现在丹沪遭到了杀身大祸，我不会让伤痛埋没自己的精神，我要继承丹沪的遗志，为他，不，为所有屈死的中国人报仇雪恨。”

胡彩华说着，掏出一方手帕，擦去脸上的泪痕，一副从容就义般的决绝神采。

李香梅看着胡彩华，从心底里浮起一份尊敬，她紧紧搂着胡彩华的柔弱的肩膀，叹息说：“看来徐佳林的警告没有错，可惜我们没有引起足够的重视。”

胡彩华微微摇头说：“其实，丹沪心里也有数，既然和日本人、汉奸结怨，就有可能遭到暗算。龚先生最近也提醒过他。可他就是那样宁折不弯的性格，早就把生死置之度外了。”

李丹沪之死，很快在上海租界传开了。徐佳林一早到报馆，看到当天《字林西报》已刊登了这条消息，是报馆在巡捕房的眼线所提供的。天明前报版已上机器，是夜班主编临时将这则新闻排上去的。

虽王爱琴在他面前无意中透露了日本人和汉奸组织可能有针对李丹沪的预谋，这消息还是让他感到突然，他的心一阵乱跳，拿起电话，打到正金银行，接电话的是王爱琴本人。

“你知道吗？丹沪死了！”他开门见山地问。

“是啊！我在报上看到了。李先生死得很惨。白发人送黑发人，这是最不幸的。李老板肯定很伤心。”

“你早就知道了！是不是？那天你不小心露出了口风，你还矢口否认。”徐佳林怒声说，“我早就跟你说过，我们不要去参与这种残暴的惨无人道的屠杀行为，何况李丹沪和我有过那么一段交谊，你怎么忍心下得了手呢？”

“是的，我是无意中听说要对李丹沪、胡彩华动手，我没有参与，这不关我的事。”王爱琴耐心地解释，“至于我没有告诉你实情，是为你好，怕节外生枝，惹出麻烦来。其实，我也很同情李先生，一个翩翩公子遭此下场，是挺可惜的。”

“你能否透露一下，还有什么人要倒霉了？”徐佳林听了王爱琴的解释，觉得有几分道理，口气便软了下来，“我还是那句话，政见不同，各为其主都是可以理解的。人各有志嘛，杀人的事我们不能做。既然提倡和平运动，就应该奉行非暴力主义。”

“好，我答应你。我可以奉行非暴力，但我没有能力去阻挠别人互相残杀。不过，有一个人，我非要亲手宰了他！”

“你指的是马赫？”

“是的。此仇不报，我这辈子不得安心。我曾在佐藤灵前发过誓，如果有负誓言，我会遭到天谴。佳林，你答应我吧。再说，你和李小姐的婚变也有马赫从中掺和的原因。制裁了他，也是为你出口恶气。”王爱琴几乎用恳求的口气说道，话语中还有些许惨淡，“佳林，这件事做完，我一切都听你的。”

徐佳林怔怔半晌，一句话都说不出来。

李丹沪安葬后第二天，胡彩华意外地提出，她的戏班子准备到九星戏院演出《穆桂英挂帅》，李家的人都劝她，暂不说还在治丧期间，更主要的是上海那样的局势，汉奸的气焰那么嚣张，而且那个叫小川的日本人对她虎视眈眈，在这样的时候演戏，凶多吉少。胡彩华根本不听，执意要演。她对李香梅说：“你们别拦我，就是火坑我也要跳了。我要你们记住，我现在所做的一切，都是为你哥哥。如果我有个不测，你要出来替我说句公道话，我不曾做对不住你哥哥的事。”

演出前，《申报》上预发了一个篇幅很大的广告，这则广告使上海的舆论大哗。许多人都觉得不可思议，胡彩华和未婚夫李丹沪的感情之深，曾传为美谈。可李丹沪遇害没几天，尸骨未寒，就上台演戏了，可见其不甘寂寞。有人甚至以《红楼梦》里的“好了歌”的两句言词来形容：君生日日说恩情，君死又随人去了。褒贬不一的议论产生了更广泛的广告效用，九星大戏院三天的戏票一抢而空。

小川连续三天订了他的包厢。胡彩华的唱腔做工和以往相比，毫不逊色。只是在戏装外面套了一件白布孝袍，头冠上插着白花，观众不仅没有见怪，反而激起一片唏嘘之声，还有人高喊：“善有善报，恶有恶报，不是不报，时辰未到！”

小川若无其事地坐着观戏。他的背后站着几个彪形大汉，眼睛不时在全场各个角落打转，手里握着枪，准备随时射击。在剧场外的走廊里，埋伏着几十名武装便衣，一有情况，即刻就可以从各道门冲进来。那个曾击中小川的扳道工也买了票坐在位子上，弹弓和弹丸就装在棉袄口袋里，一直到终场，他都未找到拉弓的机会。

小川照例到后台给胡彩华送花，并邀她吃夜宵，胡彩华不理他，完全是拒人千里的冷漠的神态。第一天、第二天都是这样。到了第三天，小川让随从退去，关起门，拉了一张椅子坐在胡彩华旁边，说：“胡小姐，能不能赏个脸，陪我吃顿夜宵。你心里有气、有恨的话，可朝我发泄。有什么要求也可以提出来。”

胡彩华不动声色地卸着妆。

小川继续唠唠叨叨地说着，胡彩华听着听着，侧过脸看着他：“有一个条件你能满足我，我答应跟你去。”

“什么条件？”

“谁开枪打死李丹沪的，你一枪把他毙了，我就从了你。”

“真的？”

“我虽是女流之辈，说话从来算数！”

“好，我满足你提出的条件。”小川满脸欣喜，打开门，把一个随从喊进来，朝他耳语几句。这个随从“是，是”地应着，小川一挥手，他就朝外面奔去。戏班子的其他演员在另一个房间卸妆，竖着耳朵听隔壁的动静，个个坐立不安，像寒蝉般的不敢作声。

不一会，来了十几个穿着棉袄，戴着礼帽的“76 号”行动队的队员，背着斜挂着的手枪，谦卑地站在小川面前，眼睛紧盯着胡彩华，以为小川要他们把她带走。

小川从一个小头目腰间的枪套里取出手枪，放在手里看了看说道：“那天到美可制冰厂执行任务的站前一步。”

除了三四个人外，其余的朝前跨上一步。他们面面相觑。不知小川在搞什么花样。

“我再问你们，是谁先击中李丹沪的？”

小头目点头哈腰地说：“我击中他两枪，一枪在胸膛，一枪在头上。其余几个兄弟有打中他大腿、手臂的。但致命的，就是我那两枪。我们被他打伤了几个人，但他死掉了，我们格算的。”他邀功般地说。

“你叫什么名字？”

“我叫朱德根。”

“据说布置时，要你们抓活的，不要打死人。你为什么要往死里打呢？”小川笑眯眯地问他。

“不，说男的可打死，女的要活捉。”这个小头目看了胡彩华一眼，说道。

“你知道吗？在租界打死人要挑起国际事端的，你违抗命令，该当何罪？”小川举起手枪对着他的胸膛。未等他回答，就连开几枪，这个小头目糊里糊涂地送了命。其余的行动队员顿时脸色大变，吓得浑身发抖。

“你们都走吧。”小川把手枪往梳妆台上一放，站起来挥挥手，“把他拖走。今晚的事不准说出去。”

行动队员抬着已毙命的小头目，赶紧走出去。门口挤着戏班的兄弟姐妹，见抬出来的是一个汉奸，而胡彩华安然无恙地坐着卸妆，都不可思议地你看我我看你。

小川看了胡彩华一眼，说：“胡小姐，你要我做的我做了。在我眼里，你是无常命运中的美丽心灵，你说话是会算数的，我在门口等你。”

胡彩华看着他的背影，以极快的速度将那支枪放进自己的包里，然后慢慢地在布帘背后换好衣服，把舞台监督喊进来，塞给他一个信封，告诉他，明天早晨可将信封拆开。说完，跟着站在门口的小川走出戏院，乘上他的汽车走了。

在车上，小川就迫不及待地握住她的手，她轻声说：“你别急，有的是时间。”

汽车在国际饭店停住，直接去小川的房间，小川用电话喊了夜宵，坐在沙发上吃完后，胡彩华便说：“我先去洗澡，我对这儿不熟悉，麻烦你先把水温给我调好。”

“当然，当然。”小川说着，走进浴室。胡彩华从包里取出那支手枪，塞到床底下。待里面哗哗的放着水时，她慢慢从包里取出香水、唇膏、油脂等化妆品。小川看着她，心里早已痒痒的不好受。待胡彩华洗过澡，浑身飘着香气，穿着睡衣，袒露一大片酥胸走出来时，他竟不自禁地把她抱了个满怀。

“别这样！快去洗澡，我在床上等你。”胡彩华装得又羞又急，娇声喝阻。小川放开手，走进浴室。

待小川关上门，她马上取出手枪放在枕下，又在一只装水果的银盘里取过一只苹果、一把水果刀放在床头柜上，她怕手枪可能失灵，水果刀作为备用。

她睡到床上，忍不住想起了李丹沪，他潇洒的风度，温厚的性情，隽妙的谈吐，以及那一片深情，回忆起来，感到分外甜蜜，她在心里念道：“丹沪，我马上要和你见面了。”

小川很快就洗完澡，因亢奋而满面赤红，赤裸着上身，腰间围着一条浴巾，走到床前，把浴巾脱掉，便向胡彩华猛扑过来。胡彩华手里早已握着手枪，在小川扑过来的瞬间，她举枪向小川连开几枪，小川一头栽在床上，抽搐着，鲜血飞溅开来。她起身贴着他的太阳穴开了一枪，小川一动不动了。枪声惊动了门外小川的保镖，他们急剧地敲门。

胡彩华穿好衣服，外罩孝服，打开窗户，寒风呼啸而入，她大喊一声：“丹沪，我来了！”一个鱼跃，跳下窗去。她的身子在十几层的高处向下腾飞时，她满脑子都是李丹沪的身影。第二天早晨，胡彩华跳楼和小川被枪杀的新闻传遍全上海，也震惊全上海。

胡彩华的尸体在南京路的街中心躺了很久，她的样子惨不忍睹，鲜血在路面上流了一大摊。巡捕封锁了现场，国际饭店一个好心的侍者拿来一条床单，盖在她身上。早晨，当人们涌向国际饭店观看时，尸体已抬走，路面已冲刷干净。

报童奔跑着狂叫："特大新闻，特大新闻，越剧皇后胡彩华跳楼自杀，日本情报官小川哲雄身中四枪惨死！"

胡彩华戏班的舞台监督度过一个不眠之夜后，在清晨打开了胡彩华的信封。信封里有一张 15 000 千元的存折和两封信。

一封信是给跟班阿寿的，上面写道：

当你看到这封信时，我已永远地离开你们了。请原谅我的不辞而别。戏班的戏装、道具、乐器全部留给你们，15 000 元请平分给戏班的每个人。这是我的一点心意。中国灭不掉，绍兴戏也灭不掉，但愿你们继续唱下去。

永远爱你们的彩华

另一封信是给李香梅的，上面写道：

香梅妹，爸爸、妈妈：

不要为我难过，我到丹沪那里去了，我们会幸福地团聚在一起。有两件事麻烦你：一、请把我和丹沪安葬在一起；二、请给我戴上丹沪买的那枚结婚戒指，穿上妈妈请裁缝做的旗袍，以及那件粉色的呢大衣，这是丹沪最欢喜我穿的一件衣服。

爸爸、妈妈，我和丹沪不能对你们尽孝了，真是抱歉。还有，马赫是个难得的小伙子，他值得香梅妹去爱。

我和丹沪在另一个世界祝福全家安康！

彩华绝笔

李香梅在校门门口等着满脸哀容的阿寿，这个厚道的中年人是彩华的堂兄，她唯一的亲人。从他手里接过信，当场拆阅后，便失声痛哭。她和范吟月赶到国际饭店，只见半条马路挤满了人，大家不约而同地盯着那幢褐色墙面的大楼，看着十九层的那扇窗户。今天是个晴天，气温在零度以下，寒风在高楼边猛扫，国际饭店对面的跑马厅更变得像个巨大的风场冰窖，那声嘶力竭的风声一点不亚于跑马时从看台上发出的叫喊声。

胡彩华落地的地面清洗时留下的水渍已结成了白花花的冰，这是彩华留下的痕迹。

看着那片冰，李香梅和范吟月有种说不出的心酸和心碎。她们又来到殡仪馆，想见一见胡彩华，站岗的巡捕不准任何人进停尸房。她们又赶到九星大戏院，这里同样挤满了人，门口的墙上，大幅海报上，胡彩华的照片依然文静矜持地微笑着。奇怪的是，在戏牌上头牌的位置上，仍挂着胡彩华的名字，售票窗上贴着"演出照常，尚有余票"的字样。原来胡彩华戏班决定继续演出《穆桂英挂帅》。一刹那，李香梅有种错觉，胡彩华并没有离去，胡彩华今晚还会登台演出，而所谓跳楼自杀，只是一场荒谬的误会。

李香梅掏钱，从窗口买了几张票。突然，她看到徐佳林也挤到售票窗前买票。徐佳林取了票转过身后，看到了李香梅，他们对视了一下，徐佳林欲言又止，只是微微点点头，阴沉着脸走开了。

当天晚上，李香梅和马赫、范吟月等来到剧场。剧场门口摆满了一个又一个花圈、花篮，绵延到福煦路、成都路口。几乎是不约而同，大多数人都在胸口戴着小白花。演出前，上海戏剧界一个有名的导演走到台前，提议为胡彩华默哀三分钟。默毕后，他说，胡彩华小姐为了抗争一个和平不离口的无耻之徒的蹂躏和强暴，跳楼自杀了。作为一个优伶，这是她最后的伟大的演出；作为一个中国人，她体现了不屈的精神；作为一个妇女，她为我们立起了一座充满浩然之气的石碑。有人说，她的死，是为李丹沪先生殉情，不，她是为苦难的中国殉情。这位话剧演员出身的导演，以极富煽动性的声泪俱下的语言，使得挤得满满的剧场里悲愤的气氛达到沸点，哭声、口号声、咒骂声聚集在剧场上空，像一个巨大的音箱发出轰鸣。

在前排的席间，坐着王爱琴和徐佳林，两人紧紧地依偎着。王爱琴脸色冷峻，目光锐利，时不时瞥一下另一排的两个背影，那是马赫和李香梅。她还时不时看着高处的那个包厢，此时，它是空着的，小川再不会出现在那里了。虽然这个自诩为日本资历颇深的情报官死于女色，实在不值得，也为上海的日本人所瞧不起，但上海的日本方面倒打一耙，胡说胡彩华为军统特工，设计暗杀了小川哲雄，并把小川说成是"为了中日亲善做出牺牲的义士。他的突然离世，正是中日关系处在关键的时候，因而，无论对日本或者对中国来说，都是不可弥补的损失”。王爱琴对小川的死所怀的心情是复杂的，是他将自己从一个幽娴贞静，声不出户的天真少女，锻造成善于跟人斗心计，爱得疯狂，也恨得疯狂的女人。她崇拜他，也惧怕他，是他将她带到佐藤身边，也把她带入了一个深深的无法脱身的陷阱。她已习惯于有这么一个人存在。现在，这个人突然在她的生活中消失了，她感到有种卸去重负般的轻松，同时也有种怅惘的感觉，还感到有些痛惜，毕竟他是改变她生活和命运的一个人。

她对李丹沪和胡彩华的事有种难以言说的快意。胡彩华照过几面，这是个傲慢清高的女人，看自己的眼光让她很不舒服。在内心深处，她对她又暗暗佩服，敢于为所爱的人殉情，敢于为报仇牺牲自己的生命。胡彩华无疑是一个复仇的高手，她借小川之手杀了击毙李丹沪的元凶，最后又亲手杀了小川，因为她清楚小川才是真正的元凶。她从摩天大楼上纵身一跳，正如那个导演说的，这是最精彩的表演。没有足够的勇气和胆略是做不出这样的表演的。在这一点上，胡彩华是自己的榜样。

她又把目光投向马赫，他穿着便装，像一个绅士一样安静地坐着，李香梅紧紧地靠着他的肩膀，好像在淌眼泪。她暗暗庆幸，如果没有这个马赫，没有那些照片，让李香梅深情款款靠着肩膀的就是徐佳林了，而现在徐佳林就坐在自己身边。人的命运真是不可理喻。

日本梅机关里的人告诉她有情报表明，美国在上海的海军陆战队可能要调防，撤离上海。也就是说，马赫有可能永远脱逃而去。如果要报仇，就宜早不宜迟了。胡彩华果断勇敢的行动让她自感形秽，和这个戏子相比，自己做事太拖泥带水了，如果刻意去寻找机会，马赫说不定早已成为自己的枪下鬼了。

台上在演什么，她根本没有看，一唱三叹的腔调和鼓乐丝竹声中，她一直在紧张地思索着。她伸手在自己的小包中摸了下冰冷冷的手枪，突然之间下了个决心，今天是她行动的时候，像胡彩华一样，她也要制造一件轰动上海的大新闻。

徐佳林认真地看着戏，他很伤感，心境很灰暗。李丹沪死于乱枪，胡彩华跳楼殉节，他心中着实不忍。在报馆，同仁们都很激愤，只有他默然不语，他不知道说什么好。徐佳林见王爱琴的手在放在膝上的小包里鼓捣着，便问：“你找什么？我的汽车钥匙在你那里。”

王爱琴掏出一颗巧克力糖，递给徐佳林，说：“等会你的车给我用，你先回新家，我去办一件事，办完就回来。”宋春先处决后，徐佳林觉得原来的公寓风水不好，便和王爱琴商量后，搬迁到法租界劳尔东路（现襄阳北路）一幢高级公寓里，建起了他们的爱巢。

“戏散场已很晚了，你还要办什么事？”徐佳林小声问。

“给一个朋友送件小礼物，他可能要离开上海了。”

徐佳林信以为真，王爱琴平时不开车，但她车技很好，绝对不亚于自己。

散场后，徐佳林发觉王爱琴的表情和动作有些怪异，她直往人堆里钻，像是在寻找什么人。后来，循着她的目光看去，在不远处他看到了马赫和李香梅。徐佳林恍然大悟，王爱琴是想跟上李香梅和马赫，可她为何要跟着他们呢？依他们目前这种关系，碰见他过去的未婚妻，在心态上一般都唯恐避之不及。过去他们就是这样的，而这次她偏偏要紧随着他们。这就显得很奇怪了！

徐佳林拉了拉王爱琴的衣角，说：“李香梅在前面，我们走另一扇门吧。”

王爱琴没有理会他，继续和李香梅、马赫亦步亦趋，恐怕和他们走失。这分明是有意识地盯梢。王爱琴为何要紧盯他们不放呢？只怕其中另有道理。难道是王爱琴要对他们下手报仇了？可报仇要有一批行动人员协助，他又左右观察一番，没有发现可疑的人。王爱琴手无寸铁，弱女子一个，她岂是人高马大的马赫的对手？

“这是怎么回事？”他迷惑地想，只得被动地被王爱琴拽着手走着。

走到戏院外面的成都路，观众各奔东西，神情都很严肃哀痛。李香梅和马赫与范吟月分手后拐进一条行人稀少的小马路。马路两边都是一幢幢小洋房，户户大门紧闭，庭院深深，是上海欧式情调浓厚的高级住宅区。这条幽静的小街很长，看来李香梅他们是有意识避开五光十色的闹市，冒着严寒朔风，挑条静僻的所在散散步了。

王爱琴猜得没错。整场演出中，李香梅的眼泪没有断过，哥哥和事实上已是嫂嫂的胡彩华先后遇害，她的心情就像眼下的腊月气候一样，充满寒意。所以，出了戏院，马赫有意陪她走一段，安慰安慰她，让她放松放松。果然，在寂静的街上，和马赫慢慢走着，吸了几口冷冽的空气，李香梅心情好了不少。

王爱琴甩开徐佳林，坐进他的那辆车。她所以不让徐佳林同行，主要是不想把他卷进来，另外，也不想让他看到她亲手杀了马赫，使他徒受刺激。

王爱琴对徐佳林说了声“等会见”，便驾驶汽车往那条小马路驰去。毫无疑问，王爱琴是奔着马赫、李香梅去的。转念到此，徐佳林心头狂跳，连忙招来一辆出租车，紧随其后。

王爱琴开出十来分钟，就看到昏暗的街灯下，有两个一高一矮的人影在慢步走着，她打开大灯一照，果然是马赫和李香梅。

她一踏油门，汽车快速冲过去，一个急刹车，汽车横在马赫和李香梅面前。没等他们反应过来，王爱琴举着手枪跳下车，将枪口对准马赫。她的脸上露出阴沉的冷笑，因为刻骨的仇恨，她的漂亮脸蛋变形了，显得狰狞而可怕。

李香梅认出是王爱琴，明白是怎么回事了，强自镇静，严厉地说："王爱琴，你想干什么？丹沪和彩华被你们害死了，还不够吗？好吧，有种你开枪！"说着，站到马赫面前，用身体挡着马赫。

"李香梅，你给我走开，打死佐藤的不是你，而是马赫。今天我就是要向马赫讨回这笔血债。马赫，你是男人，你是军人，好汉做事一身当，怎么能推出自己的女朋友做挡箭牌呢?"王爱琴双手握枪，大声说道。

"王爱琴，你怎么这样不讲道理？佐藤是死在战场的。在你死我活的战争中，双方军队有死伤是正常的，马赫打死佐藤没有错。"李香梅出奇地冷静，用清晰坚定的口气驳斥王爱琴，"日本军队侵略中国，大动干戈，无数中国平民死于日本的枪炮屠刀之下，这才是真正的血债，总有一天会得到彻底清算的。"

"国家与国家的恩恩怨怨我不管，我今天报的是私仇。天地作证，是马赫把我的佐藤打死了，他彻底葬送了我的幸福。李香梅，你要护着他，护着一个杀人犯，就别怪我不客气了。"王爱琴恶狠狠地说，不知是紧张，还是夜寒的料峭，她的声音有些颤抖。

"王爱琴，你别乱来，佐藤是我打死的，你要报仇，就冲着我来吧，我不会躲开，也不会逃走。请你不要误伤香梅。"马赫喊着，欲把李香梅推开。

这时，徐佳林乘坐的出租车赶到，在马路中央停下。王爱琴以为开来的是辆巡捕房的警车，要抓捕她，立即扳动手枪。在子弹射出的一瞬间，马赫紧抱香梅，迅即往地上卧倒，子弹击中了马赫的臂膀。

"别开枪，别开枪！"徐佳林从出租车里冲出来，嘶哑着嗓子，冲向王爱琴摆着手叫喊着，王爱琴早已情绪失控，加上街道暮霭沉沉，她看不清是徐佳林，枪里的几颗子弹连续地射进他的胸膛。徐佳林"哎呀"一声，用手捂住胸口，鲜血一股股涌冒出来，挣扎了几下，倒了下去。

王爱琴一愣，终于看清倒下的是徐佳林，她没想到徐佳林会突然出现，更没想到自己咬紧牙关射出的子弹会击中他，由于变化仓促，王爱琴脑子里一片真空。就在她片刻的迟钝之际，马赫忍着痛，就地一滚，像猿猴一样敏捷跃起，挥拳朝王爱琴打去，王爱琴被当头沉重一击，一阵剧痛，金星直冒，手枪从手中飞出去，“当啷”一声，落在很远的地方。等王爱琴从眩晕中清醒过来，马赫和李香梅早已无影无踪，只有徐佳林直挺挺地躺在水泥地上。王爱琴扑到他的身上，哭喊着：“佳林，你快醒醒，你干吗要跟着来呢？这关你什么事啊！”这时，几辆警车和一辆救护车接踵而来。

这是李香梅打电话报的警，喊的救护车，并乘上出租车，将马赫送到美国海军陆战队的战地医院。经检查，子弹钻进了肌肉中，没有伤及骨头。军医艾佛立即为马赫动手术，取出了那颗血淋淋的子弹。而徐佳林，在医院抢救了一夜，因伤势过重，一直处在昏迷之中，嘴里含糊不清地喊着几个字，医生和护士勉强听出，他喊的是“香梅！爱琴！”第二天上午，他口吐鲜血，离开了人世。李唯亭、李师母看在他父亲是早年至交的面上，替他安排了丧事，把他安置在万国公墓。在他的附近，是李丹沪和胡彩华的合葬墓。

李香梅向学校请了假，在医院日夜陪伴着马赫。李师母每隔两天就送来一陶罐清蒸鸡，香梅一勺勺喂他鸡汤。一周后，马赫伤愈出院。

马赫出院后，和李香梅一起到万国公墓祭扫了李丹沪、胡彩华，黑色的大理石石碑上，镶着一张他们的合影，那是平安夜马赫替他们拍摄的，两人幸福地微笑着。马赫身穿军装，在李丹沪、胡彩华墓前长久敬礼，并举枪朝天开了数枪，枪声使树木中的栖鸟扑翅而飞。

李香梅望着照片，感到一阵钻心的悲恸。她跪了下来，伏在冰凉的大理石墓盖上哭泣着。石盖和石碑上，放着一束束鲜花，其中有一束鲜花，是龚宇伟派人送来的。

马赫轻轻地把李香梅扶起。他们又来到徐佳林的墓前，给他送了一束鲜花。据说，马方朔的墓也在这里。墓地是肃穆的，静幽的，没有烟火人气，但也隐约折射着人间的云水激荡。

王爱琴被巡捕房羁押一天后，被正金银行担保释放了。巡捕在地上捡到了她的手枪，她承认是她的，也承认她持枪射击马赫是为了报仇，而徐佳林是误杀。美国驻沪总领事、美国驻上海海军陆战队指挥官麦基、英美联军司令就日本籍女子真由子谋刺美国士兵马赫上士，向日本总领事、日本军方提出抗议。日方答复，这纯属私人之间的恩怨，日方会按照租界治外法权和日本法律给予真由子惩处。租界工部局重申，凡进出租界，或居住在租界的居民和公务人员，未经批准，不准私藏枪支弹药。

3月30日，汪伪政权在南京粉墨登场。上海也挂起了青天白日满地红的国旗，不过上面还有一面三角形狭长的黄布小旗，旗上有六个字：和平、反共、建国。这面三角形的“杏黄旗”经常会被人扯掉。这年夏天，李香梅中学毕业，李唯亭、李师母和马赫参加了她的毕业典礼。他们给李香梅送来了花篮。毕业生的家长、亲戚朋友、情人赠送的花篮、花束，一直从大礼堂舞台上排至大楼东西两个入口，寒暄声、道贺声四起。身穿礼服的毕业生迈着庄重的步伐，由大礼堂中门进入，穿过礼堂通堂通道，缓缓走上前几排座位处，全校唱完毕业颂歌就走上布置着级花、级旗、级徽的舞台，接受毕业文凭。马赫担任了摄影师，他台上台下、屋内屋外拍着照，摄入镜头最多的是李香梅。

李香梅没有像她的许多同学那样，继续投考上海的大学。她准备到美国留学。在留学之前，她接管了美可制冰厂的事务。五月的一天，是个星期天，李香梅正好在院子里，送给马赫的两只鸽子意外飞了回来，其中一只鸽子的腿上扎着一封信，上面写着密语：“立即出游，来不及告别，无电话可打。”这是他们事先约好的暗语，出游即部队调防或者开拔。

李香梅立即赶到外滩码头，两艘美国军舰停泊在栈桥边，上千名英美士兵正列队登船。春天的阳光温暖而明媚。李香梅在队伍中搜索着，就像去年秋天寻找那个从河里救起她的美国兵那样寻找马赫，如今这个救她的美国兵已成了她的恋人。虽然他们调防是保密的，码头上还是有不少前来送别的人。一个矮个子穿便衣的人拉着她，用生硬的中国话说：“李小姐，你找马赫吗？他在那里，正等着你呢！”李香梅疑惑地看着他，想不起这个人是谁。他从口袋里掏出一个钱夹，里面有张照片，这是李香梅和一个穿着美军大衣的日本人的合影，原来他是在外白渡桥站岗的日本兵岗田。马赫给了他两张照，一张让他寄回日本，一张留了下来。李香梅问：“你是怎么知道消息的？”冈田回答：“这是军事机密，不能说。”

终于在人海中看到马赫，他正在焦急地东张西望。

李香梅一见到马赫，立即热泪盈眶，她强忍着，不让眼泪淌出来。马赫却笑着，深情地默注着她，用手拭去她的泪水，轻轻地说：“别哭，别哭，你看，我的战友在笑话你呢！”

马赫这么一说，更使李香梅心里酸楚，再也忍不住了，眼泪止不住地往下流。

“等着我，好吗？”

“我永远等你，永远。”

“有一句话，我要对你说。”

“说吧。”

“如果接到我阵亡的通知，你就不必等了，你要嫁人，嫁一个好男人。”

李香梅伸出手，捂住他的嘴，急急地说：“不许你说这样不吉利的话。”

“这没有吉利不吉利的，战争中各种事情都会发生。”

“我不听，我不听！”

马赫哈哈大笑说：“好，好，不说，不说。”

“给我写信，寄照片。”

“好，我答应你。”

有人催促着马赫：“马赫，该走了，千里送君，终有一别。”

马赫的笑容消失了，他突然张开双臂，将李香梅拥抱在怀中，嘴里喃喃道：“我会回来的，我会回上海的。”

这时，龚总管从人群挤过来，手里拎着一只鸽笼，里面是两只一黑一白的鸽子，龚总管说：“这是李老板让我送来的，这两只鸽子能飞几千里路，让马先生带上吧。”

正好埃克森走过，见马赫脸有难色，便说：“马赫，我批准你带上，就算我们陆战队的军鸽吧。”

马赫拎着鸽笼，走进队列。很快，军舰起航了，李香梅泪眼朦胧地看着两艘深灰色的军舰和船尾的星条旗消失在黄浦江上。

这年六月，日本人全面接管了大隆厂，王爱琴作为日本派出的代表，担任大隆株式会社社长。她正式把家安在小平房里。她邀请李唯亭担任副社长，李唯亭坚决拒绝。从此他再也没有踏进大隆厂一步。

李唯亭在儿子李丹沪死于非命后，一度情绪坏到极点，灰心绝意，无复生趣，不是落寞呆滞地坐着，就是痛心疾首地捶着自己头，紧闭双目，无声地饮泣，把自己作践得不成样子。有一天，他把李师母和香梅喊到书房，告诉她们，他打算回江阴乡下去住，这个大上海让他厌烦透了，也伤心透了，也许长江边上的老屋会使他感到清净些。香梅妈自然跟他一起去，至于香梅，他不勉强，能去当然好，乱世不求别的，就是求一个全家人团团圆圆、太太平平；不愿去，留在上海做点事也无妨。

说这些话的时候，李唯亭的神情和语调虽极力装得很平淡，但仍掩饰不住发自内心的悲哀，说着说着，眼圈便红了。

李师母抹着眼泪不作声。她是不愿意回到那座小县城去的。她已不适应那里的单调乏味、狭小冷清的环境，城里就那么几条小小的街巷，十多分钟就能逛个遍。更重要的，她落不下这个面子，这么凄凄凉凉地回到故里，亲戚朋友中难免让人见笑。她跟着李唯亭到上海发迹后，族人乡人都引以为傲。也有人不服气，妒火中烧，巴不得他们倒霉败落。他们也得罪过一些人。由于名声在外，不断有人到上海找他们，有借钱的，有要求收留谋一个饭碗的，也有像刘姥姥进大观园来吃住几天玩上几天的。其中大多是族亲、邻居和小时的伙伴，读书的同窗。李唯亭和李师母都是很大度的人，也很念情谊，对找上门来的故人，能帮则帮，这样就招来更多的人有求于他们。时间一长，他们也觉得烦了，有个别安置在厂里做事的，自以为有老板这样的背景，平时神气活现，仗势欺人，和他们共事的人敢怒不敢言。李唯亭知道后，对他们说了几句重话。他们收敛了几天，老毛病又犯了。李唯亭忍无可忍，给他们一点钱，将他们打发走。还有几个人借了钱不仅不还，而且厚着脸皮一借再借，只借不还，当李唯亭、李师母是取之不尽的钱包。终于有一天，李唯亭、李师母将他们拒之门外，也改变了有求必应的态度，开始说“不”。这些被开除的被拒绝的人立马翻脸，恩将仇报，在江阴到处说他们的坏话，极力把他们渲染成势利、吝啬、六亲不认、为富不仁的小人。李唯亭深感寒心，说：“一碗饭养了恩人，一斗米养了仇人，今后我们不能来者不拒了，要睁开眼睛看看清了。”

李师母也深悔多事，附和丈夫说：“是啊，这种好心不得好报的事不要做了。”

所以，李师母很担心，一旦回乡，这些受惠于他们又和他们结怨的人，都会像乌鸡眼似的瞪着他们，不知会说出什么像钢刀般冷森森的话来。

李唯亭没有想这么多，也不在乎别人怎么想怎么看。

李师母和李香梅都不忍心反对李唯亭的意愿，李师母泪光闪闪地说：“唯亭，你让我怎么说呢？你要到哪里去，我只能跟你去啊！我怎么放得下心让你一个人回到乡下去呢？不过，我看香梅就不要跟我们去了。她要准备去美国留学的事，再说，她还得替丹沪管制冰厂。说实在的，幸亏丹沪和宇伟办了这家厂，否则，大隆厂给那个狐狸精夺去后，我们什么都没有了，真的要吃西北风了。”说到丹沪，李师母又恻然心伤，情不自禁悲痛地放声哭泣起来。李唯亭凄然无语。

李香梅一阵心悸，双手捂着脸，起身往楼下胡彩华住过的房间跑去。桌子上胡彩华和哥哥的照片还在冲着她笑，幸福的笑，两个温柔明媚的面庞上，闪耀明亮而纯净的光芒，他们是那样年轻，那样英俊美丽，那样生气勃勃。香梅视线模糊地盯着他们，她觉得他们并没有离开这个世界，他们还生活在某个地方，而且这个地方离上海很近，好像就在父母亲和自己身边。

李香梅擦干眼泪，胡彩华和哥哥变得更清晰了。她抚摸着照片的镜框玻璃轻轻说："哥哥、嫂子，你们说怎么办呢？爸爸执意要回江阴，还要我和妈妈跟着他回去。可我不想离开上海，妈口头上答应跟他走，其实心里很不愿意。可我们不能过分反对，我们理解他的心情。上海让他太伤心了。他想逃避。"

"不能逃避，香梅，告诉阿爹，我们是逃避不了的。上海沦陷，也许还有更多的地方可能还会陷落在日本人手里。但中国不会亡，日军侵略中国是自陷泥潭，来得去不得，中国的军队都是铁血战士，中国的几万万民众都是铁血战士，你、爸爸都该留在上海，而不能逃避。爸要把制冰厂经营好，前线受伤的将士需要药品治疗。我和宇伟已商量好计划，宇伟会告诉龚总管和爸的。"照片上的丹沪仿佛在对李香梅说。

"还有，香梅，你不是天天在等马赫放回来的鸽子。万一鸽子回来了，可你不在，你不就得不到从千里之外传回的马赫的消息了吗？"这是嫂子胡彩华在说话，她的声音还是那样清脆而好听。

香梅醒悟过来了，她立即走出房间，来到客厅。父亲和母亲相对无言，一脸的凄惶痛苦。

"爸爸，我们不能回乡下去，我和妈不去，你也不去，我们不能逃避，上海还有许多事情需要我们去做。"李香梅坚决地说，"刚才我在房里，看着哥哥嫂子的照片，他们对我这么说的。"

李唯亭和李师母困惑得很，丹沪和彩华的照片怎么会说话，这很奇怪，香梅是不是过度悲伤而变得糊涂了呢？但他们却没有问出口来。

"真的，我清清楚楚感觉到哥哥嫂子在跟我说话。"李香梅又把她感受到的那番话说了一遍，仿佛李丹沪和胡彩华真的是那样说的，说到鸽子，她的眼眶一热，语不成声的。

李师母喊了一声："丹沪！彩华！可怜的孩子！"便又哭了起来。不过这次是紧闭双目，张大着嘴，强忍着不让自己哭出声来，却忍不住泪水泉涌般的泛滥。

"不能逃避？我真的是在逃避吗？"李唯亭自问自答，"是的，我是想躲避，想躲开上海，丹沪说得对，我们是逃避不了的。"说到这里，李唯亭又说，"香梅，你让我再想想。"

李香梅点点头，她没有再劝慰父亲。

第二天，李唯亭和龚总管到福州路那家小书店找外貌变化很大的龚宇伟，他现在是书店老板仲公明。在一张各种书籍叠得高高的桌子的背后，他深深地埋首于故纸堆中，如有客人进来，他会随意地抬头瞥上一眼，眼光是迷离的。他书桌的一角有个暗藏的机关，只要触动一下，一只秘密抽屉便会弹出来，里面是一把上了膛的手枪。

在确认绝对安全后，龚宇伟把父亲和李唯亭带到书店的二楼的后房间，房间底下是一幢大宅的花园，有一棵高大的玉兰树立在窗口，春末初夏，满枝绽放着肥硕华贵的白玉兰。树枝差点触及到书店后楼的窗口，一旦有险情，可抓住枝桠爬下树去。龚宇伟已观察到，这幢花园洋房很大，围墙外里弄纵横，极易逃生。

在后房坐定后，龚宇伟摘下眼镜，僵冻的情感整个儿复苏了。他看着父亲和形容枯槁的李唯亭，绽开了嘴，嘻嘻地笑着。他回上海后，也只和龚总管见过一次面，地点是在城隍庙的一家占卜相面馆里，这是一处秘密的地下交通站，交通员是个号称“半仙”的算命先生。他和李唯亭是第一次碰头。平时和李香梅、骆瑶琴保持着单线联络。

李唯亭见到龚宇伟后，又惊又喜，说道：“宇伟，没想到你神出鬼没地回到上海了，还像模像样做起书店老板，我刚才一进店门，你活脱是个冬烘先生。”李唯亭很知趣，没有再多问什么。龚宇伟先提到丹沪和胡彩华惨痛之死，说他们这份置生死于度外的豁然和勇气，是用鲜血与牺牲构筑的抵抗精神。他们和战死沙场的抗日将士一样，都是舍生取义的英雄。

李唯亭听后禁不住感慨：“要是他们跟着你们一起去延安或者苏俄，恐怕会逃过这一劫。不过，我也想通了，丹沪和彩华也是死得其所。”

实际上来书店前，李唯亭已打消了回江阴的念头。他执意要回乡，话也说得很绝，这是因为精神衰颓而一时之意气，内心还是游移不定的。是李香梅一番话使他猛醒。丹沪的聪明，在于选择自己所熟悉所懂行的一门入手，他不愿介入织染厂的事务而办制冰厂后来被证实完全是对头的。最初李唯亭还对儿子的选择大为光火，骂他对事业抱有游戏般的态度，想入非非而不脚踏实地。李唯亭清楚，儿子虽然非常洋派，还给人有点风流倜傥的印象，但他绝不是沉浸在吃喝玩乐中的纨绔，他其实是一个很执著而有理想的人，只是一颗心全是新鲜主张。李唯亭认为他和龚宇伟办制冰厂只是为了新鲜有趣。

都说知子莫若父，直到丹沪死后，李唯亭才发现对儿子并不完全了解。这是一个多好的儿子啊，是一个令人荡气回肠的热血之士。什么也吓不倒他，打不倒他。所以，当李香梅提到这是丹沪生前确定要做的事，李唯亭马上就听进去了，又重新振作起来。在书店，李唯亭、龚总管和龚宇伟谈了几个小时的话。隔了几天，李唯亭和龚总管到制冰厂上班。李唯亭任厂长，龚总管还是任总管。除生产冰块、棒冰、冰激凌、味精等老牌产品外，工厂还建立了制药部。

对李唯亭来说，他面临的一切都是陌生的。然而，他毕竟是个成熟老到的工厂主，很快就适应了新的环境，完全看不出转行的生疏。他还在福州路上开了家美可大药房，药房和龚宇伟的古籍书店仅距离几十步路。战争制造伤残，颠沛的生活容易让人患病。无论是工厂还是药房，各种药卖得特别的好。美可大药房除卖自己生产的药品药剂外，还通过洋行进口国内生产不了的西药。大量的药品，隐蔽地输送到抗日救亡的前线，龚宇伟是战时物资的主要组织者。除药品外，还有棉布、颜料、火油、汽油等。终于有一天，一艘夹带大批药品的轮船经过日本占领区时被发现，船主供出药品是从美可制冰厂和美可大药房运到码头下船的。极司菲尔路76号的特务秘密逮捕了李唯亭。李唯亭咬住上门就是客，只要出钱都供货，至于运到何方，这是买家的自由，他管不了也无法管。

李师母和李香梅急得心里一阵阵发紧。龚宇伟设法营救，甚至想动用一个与李士群的情妇的关系，上级没有批准。他父亲龚总管想到了一个人，这个人就是王爱琴。

龚总管说："说不定王爱琴肯帮忙，这个女人虽然恶毒，但李唯亭和他相处得还可以。她夺了大隆厂，引诱和误杀了差一点成为李家女婿的徐佳林。她是亏欠李家的。如果她还有点人性，她会受良心责备的。"

龚宇伟问："这样的人还讲良心吗？"

龚总管说："王爱琴也是苦命人，我不敢说她是个有良心的人，她有她的痛处，有她的眼泪，我感觉她会愿意出面的，毕竟日本人没有抓到李老板什么证据。还有，我听说她现在信上了佛，天天吃素诵经。她还在大隆厂公事房设了佛堂，就像原来那个佐藤拜关公一样，这个日本女人好像是真心信佛，不像是做做样子的。"

龚宇伟听后考虑了好一会，才同意父亲找王爱琴试试。

龚总管到大隆厂时，王爱琴刚好随上海的"日本东本愿寺上海别院"，到停泊在吴淞口的日本海军第三舰队上去做慰问道场回来。

王爱琴看到龚总管来访，并不感到意外，未等龚总管开口，就说："你是为李老板的事来的吗？”

龚总管暗暗吃惊，坦率地说：“是的，李老板是个生意人，买货人出了事，和他是没有关系的。请王小姐看在令尊和他交往一场的面上，救救他。”

王爱琴收敛笑容，深深点头，双眼一垂，又长又黑的睫毛在闪动。她的衣着比以前朴素些，人瘦了些，双颊有些瘦削，神情显得很安静、淡定，不停地捻着手中的佛珠。

“李老板会重谢你的。”龚总管又补了一句。

“用不着。李老板脾气倔一点，是个有骨气的人。我和他们一家之间，还是有缘分的。可能范围之内，我可以把他弄出来。不过，我也只能试试，‘76 号’那扇门，经常是进得去出不来的。”王爱琴当着龚总管的面，打了个电话，说的是日本话。对方无疑是日本人了。打完这个电话后，隔了一会，又来了个电话，王爱琴接后，用中国话回答，显然来电的是个汉奸。

“我和他很熟悉，我是正金银行驻大隆厂的代表，现在又是这里的社长。他还是我父亲的朋友。这样的事，我当然不便干预，但李唯亭我不能不管。佛祖在上，慈悲为怀，为善之心是人类禀赋之自然啊。”王爱琴说完，又念了声“阿弥陀佛！”

王爱琴放下电话，很平静地说：“如没有意外的话，今天李先生就可以回家吃晚饭了。”

龚总管喜出望外，连连道谢。

“不用谢，我和李家那么多纠葛，李先生死了儿子丢了工厂，人财两空，我是脱不了干系的。有时想起来，觉得很对不起他。这次能帮他，我心里也好受些。”王爱琴说。说完，起身向写字间供的一尊观音菩萨上了一炷香，合上双手，双膝跪了下去。

龚总管悄悄退出，乘上汽车来到李公馆，李师母还在呜呜咽咽地哭个不住。龚总管把消息告诉她，她破涕为笑，还将信将疑，说：“这是真的吗？王爱琴这个一身妖气的臭女人，真的会发善心吗？她不会当面骗你，背后又指使汉奸给唯亭变本加厉吃苦头吗？”

“我看不太会，我们等等吧。到了晚上，就见分晓了。”

傍晚，李唯亭果然回来了，是一辆“76 号”的黑色汽车送回家的。李唯亭得知是龚总管找王爱琴帮的忙，苦笑地说：“老龚，你真是拼死吃河豚了，连这样的女人都敢找，她可是我命里的克星啊！”

在老虎窝里关了几天，没有对他动刑，李唯亭神色有些萎蔫，但毫发未损。不管怎样，能死里逃生，这是可幸的事。李师母亲自入厨动手，留龚总管吃晚饭。李香梅见父亲平安归来，压在心上的一块石头一下落了地。饭桌上李唯亭大谈在“76号”的见闻，拍了桌子，不过，大家心情还是放松的，有劫后余生的感觉。

龚宇伟受到了上级严厉的批评，吃一堑长一智，此后，龚宇伟在运输战略物资上尽量交给外国船运公司的轮船托运，不动用地下交通线。另外，负责运货的人员不和供货人发生直接的接触。龚宇伟明白，出了这件事以后，日本特务会在暗中密切监视制冰厂和药房的，由不得半点疏忽和大意。李香梅已不再去制冰厂。美国一时去不了，而且慢慢地不想去了。她去美国留学，多半是为了马赫，既然马赫还在服役打仗，她去美国也不能和马赫相逢，马赫调防离沪后，一直杳无音信。他带去的两只鸽子也未见飞回来。

她和闺密范吟月都没考大学，不是担心考不上，而是没有心思。两人经常见面，一起慢慢散步，一起去咖啡馆喝咖啡，一起看电影。赵雅丽回上海了，怀孕五个月了，她的丈夫在重庆大轰炸中车毁人亡，她领了笔抚恤金回上海了。她得了忧郁症，听到飞机的声音或轮船的汽笛声，就会惊叫起来：“日本飞机来轰炸了！日本飞机来轰炸了！”

李香梅和范吟月经常去看她，可她们不像以前快活地说笑了。她不是阴沉着脸，一声不吭，就是抚摸着肚子，喃喃说：“可怜的孩子，你的爸爸见不到你了。”反复念叨着这句话。李香梅和范吟月心里很压抑，还是尽力安慰她，引她开心，请她喝咖啡，看电影，她顺从地去了，但始终冷若冰霜，眉头紧锁。李香梅和范吟月不向任何人谈及她的事，她们发自内心为赵雅丽伤心，再说，这也不是什么轶闻。

李香梅表面装得无事，心里空虚之极，她觉得再也没有什么可说的，心里沉甸甸的忍受着思念和焦虑的压力。空闲的时候，她站在寒风凛冽的窗口，死死盯着飞翔在空中的鸽群，盼望那两只黑白鸽子能破云而降。坏消息不时传来，厦门、广州、武汉、宁波、海南全岛、芜湖等地区相继陷落。日军在厦门鼓浪屿，对经过的邮船进行检查和抢掠。日军攻占海南岛，控制了中国与东南亚、澳洲之间的航行自由和安全，香港、印尼、菲律宾、马来亚、越南等国家也都受到钳制，还可威胁印度洋沿岸各国和美国的夏威夷群岛，而夏威夷是美国太平洋中重要的海军基地。蒋介石称日军占领海南岛为“太平洋之‘九一八’。是中日开战以来的最大事件，为数十年来太平洋局势改变的唯一关键。”

上海的日侨又一番欣喜若狂。日文报纸刊登日军总司令松井石根大将发表的声明说：“降魔的利剑已出鞘，正将发挥神威。”英美法三国驻华大使和海军总司令在上海租界聚会，商量对策。

上海租界的原料来自东南亚，产品再销往东南亚各国，占出口量的一半以上，日军这些战略部署显然是置租界于死地。聚会并未有什么结果。时局就像一条顺着海流颠簸前行的大船，他们已无法驾驭它了。租界的霓虹灯依然亮着，外国商人已感觉到静静游荡的鬼魂，很快会变得张牙舞爪，他们坐不住了，拎起皮包和行李，带着追随往事的记忆，登上了去美国的邮轮。望着远去的外滩的轮廓线，一切都跌落进历史的幻境。

第二年的夏天，李香梅和范吟月考入了震旦大学历史系，饶神父在那里当教授，他主讲神学和西方历史。学校组织了摄影社，李香梅参加了这个学生自发组织的团体。她拿起相机，借国际红十字会的名义，拍了不少犹太难民在上海生活的照片，刊登在犹太人办的《灯笼》《我们的生活》等刊物上，以及《以色列信使报》《黄报》《上海犹太记事报》等犹太报纸上，她想举行一个影展，给饶神父坚决地阻拦住了。龚宇伟不让她参加地下组织的活动，她在上海出了名，一旦参与，很容易暴露。

有一次活动，她参加了。这年冬天，中西功向龚宇伟提供的一个情报，说在虹口的一家日本旅社内，囚禁着大批中国妇女，以知识妇女为多，是从各地掳掠来的，她们被迫脱去外套，只穿着单薄的内衣，被关在一间间生着火炉的房间里，手臂上刺着号码。她们是送到日军各“慰安所”的，一旦进入那个黑暗肮脏的地方，她们会被当作鬼子的泄欲机器，而饱受非人的折磨。

据龚宇伟了解，“慰安所”这个令人发指的暴虐的日本随军军妓组织，也是由上海开始的。1937年“八一三”战火点燃后，第一家慰安所就设在杨树浦沈家宅。日军攻占上海后，普设慰安所。北四川路的一条里弄里，就设了三家慰安所。而东宝兴路的“大一沙龙”，虹口公平路的“海乃家”，是上海当时最大的慰安所。仅横滨桥一带的海军慰安所就有六七个。郊区的浦东东沟、嘉定南翔等地，也有慰安所。慰安妇有日本人、朝鲜人，更多的是中国妇女，她们都是日本军人从各处强行掳夺来的。

龚宇伟决定解救她们，并通过租界报纸、广播公开曝光，揭露日本人的罪恶。虹口聚集了大量犹太难民，除了收容所外，还散居在中国居民的住房内。李香梅说服了两个从事音乐的有钱的犹太女孩，装作刚来到上海的样子，她们服装整洁，戴着昂贵的首饰，行李不少。这样的难民是不会住收容所的。日本旅社不止一次接待过这样的犹太难民，他们通常住上几天，租到合适的住房就退房了。

李香梅打扮成援犹组织的志愿者，带着她们住进这家日本旅社。李香梅觉察到旅社的四楼很诡异，每天由厨师送食物上去，而至四楼的楼梯口坐着两个人看守着，不准别的楼层的旅客进入。但李香梅发现还有一张消防楼梯通至顶楼，从顶楼可下至四楼。这是个暗梯，平时没有人通行。她带着两个犹太女孩机灵地找到关押这批妇女的四层房间，并用小型相机拍摄了大量照片，李香梅将这些照片寄至租界总巡捕房和包括《中西时报》《申报》在内的中外进步报纸，报纸迅速刊登了出来，总巡捕房派出军警搜查这家旅社，日本人猝不及防，还来不及转移，这批妇女就被军警解救出来。

上海舆论大哗，纷纷指责日本人这种反人道的可耻行径。铁证如山，日本人开始保持沉默，当国际上传得沸沸扬扬，日本政府极其狼狈，骄横的日本驻沪领事馆和军方发表声明公开抵赖狡辩，称这是中国个别青洪帮人物"私征妓女"，然后栽赃给日方的，与日本军方无关。这种拙劣的倒打一耙的做法越描越黑，受到舆论潮水般奚落、批驳。

这天，孤军营来了个不速之客，他乘着辆美国福特汽车，在门口被万国商团的苏格些士兵拦下，美国海军陆战队调防后，又调回了一队苏格兰士兵和一些白俄兵。这批白俄兵和孤军发生过冲突，知道孤军不是好欺的，收敛多了。他们见这位来客派头十足，带了几个随从保镖，估计有点来头，只简单问了下找谁，来客说找谢团长。白俄兵手一挥，放行了。来人不是别人，正是汪伪政府的"中国国民党最高委员会主席"兼伪行政院长又兼任所谓上海特别市长的陈公博。陈公博早年参加共产党，一大代表，也可说是共产党的创始人，后来脱党，和另一名一大代表周佛海投靠国民党，获得一官半职。陈公博在投敌前为国民党中央党部民众训练部长、四川省党部主任委员，为人深沉，精力充沛，极有城府，对名利极看重，一个训练部长，无足轻重，是个清水衙门，对此他一直耿耿于怀，觉得怀才不遇，蒋介石排挤他。于是，和与蒋争权夺利多年败下阵来的汪精卫成了至交，直至卖国求荣，成了汉奸国贼。他在傀儡政权中居第二位，这是汪精卫力荐的，对他的器重，使他踌躇满志，对汪精卫更是感恩戴德，坚信蒋介石的焦土抗战必败，和平救国才是唯一之拯救国民于水深火热的光明大道。稍稍让他遗憾的是汪精卫只是个赤手空拳的书生，只有手握枪杆子，拥有军队，才能影响抗战阵营，于是他想到了谢晋元。

陈公博带着一个秘书走入操场，其余人在外面等着。他了解谢晋元性格刚毅、孤傲，但困在孤军营犹如囚徒，人久困了，就会万念俱灰，只图自由。别看谢晋元精神上虽亢奋，但长期患失眠症，这只能说明他内心的郁闷，而慷慨激昂背后肯定是虚弱和徬徨。这不用说的，由此及彼，他有自己的体会。所以，争取谢晋元是可能的，人之弱点，离不开功利两字。欲取之，先予之，高官厚禄面前，不愁谢晋元不动心，铁打的汉，也扛不住。

谢晋元正在和士兵打篮球对抗赛，谢晋元在一边当教练，用军事理论说攻防，有人已告诉他，大汉奸陈公博来了，就站在操场边上。谢晋元微微点下头说，我看到了，别理他，黄鼠狼拜年，不怀好心。说着，用鄙视的目光瞥了陈公博一眼。陈公博见没有人理他，厚着脸皮干等。暂停时，谢晋元在说球，他走上前边，站在一边听着。等谢晋元讲完，他凑上去自我介绍："兄弟陈公博，出来维持上海的局面，今来特来拜访谢团长，我想，我们可以谈谈的。"

"我们是两股道上的车，没什么可谈的。"谢晋元冷冷地说。

"是的。我们可能一时谈不拢，这是误会所引起的，能容兄弟推心置腹说几句吗?"陈公博平静地回答，因为语气平静，反显得他的诚恳。

谢晋元没有答话，只是让球赛继续打下去。

陈公博见谢晋元没有拒人千里，心里一喜，觉得有戏，便讲了起来。

"谢团长，我们都是中国人，谁愿意让日本人在中国土地上暴虐横行，团长抗战，以少胜多，气贯长虹，兄弟十分佩服。"陈公博说，"国父中山先生有遗训：'和平奋斗救中国。'我和兆铭先生出来和日本人和谈，就是秉承国父的旨意，以曲求伸，谋取和平。我是一介文人，兆铭先生也是，我们不懂军事，有一点是明白的，中日战争越打越糟糕，越打中国亡得越快。"

谢晋元不理他，脸朝着球场，全神贯注观球。

"我们不是投敌，更非卖国，只是想尽早结束战事，让百姓逃出苦海，和平早日来临。中国人太苦了，金戈铁马，战火纷飞，尸横遍野，孟子说，善战者诛！民心思和，民心不可欺。我们从事和平运动，目的就是救国救民！"

"陈先生，你这套'高见'我听腻了，不错，和平是可贵的，人民渴望和平，但实现和平只有一个条件，日本人撤离中国，归还占领的中国山河，恢复和尊重中国领土和主权完整，该回到哪里就回哪里，你说，鬼子做得到吗?"谢晋元责问陈公博。

"这要一步步来，中日结怨甚深，甲午一战，蕞尔小国荡平大清海师，尔后战事不断，其实，只要一片诚心，与日修好，惟愿日本以小邦托庇于中华大国。像蒋公的焦土抗战，付出巨大代价，而召来覆亡之祸，非智者所为！”陈公博滔滔不绝地说，“我们会通过谈判合作，讨回失地，实现东亚共存共荣，中日同文同宗，何必非要大动干戈！”

“中国没有占领日本一寸土地，而是日寇步步进逼，妄图灭我中国，通过谈判就会讨回失地，你们在做大头梦，这是绝对不可能的。小鬼子野心大得很，他们要和德国纳粹勾结起来，称霸世界。什么以小邦托庇于大国，错了，恰恰相反，你们是一心托庇于倭寇。这不是卖国求荣又是什么？”谢晋元有些愤怒了。

“谢团长，你别听蒋介石的一面之词。好了，我们不谈这些，作为军人，你要想想自己和兄弟们的出路，软禁在这里，忍辱负重，遥遥无期，长夜漫漫，埋没了你们的英勇气概。我有个建议，不知当说不当说？”

“有话就说，有屁就放。”

“是这样，军事委员会准备组织几个集团军，兆铭仰慕谢团长已久，想请谢团长担任集团军总司令，兼任政府军事部长，这次特送来委任状，还有二百元钱，一半给团长个人，另一半由孤军官兵分摊，一旦改编，所有官兵当提级使用。谢团长，听兄弟一句话，识事务最要紧！”陈公博说着，朝身后的秘书使了个眼色，秘书连忙从皮包中取出委任状和支票，双手捧给谢晋元。

谢晋元接过委任状和支票，看都不看，刷刷几下撕得粉碎往陈公博脸上掷，厉声说：“老子活着是堂堂中国人，死也是中国鬼，想拉我谢晋元当汉奸卖国贼，门都没有，你给我滚！”说罢，转身大步向操场走去，抢过一个篮球，跃身投进篮圈中。

陈公博在球场外发了一阵呆，脸色阴沉下了，悻悻而去。

碰了个硬钉子，陈公博不甘心，隔了几天又来了一趟，不谈大道理了。而是和他拉家常。

“谢团长，你不替自己着想，要替家人想想啊，你老母亲去世了，你连最后一面都未见上，也未能叩头上香，送她老人家上路！你会遗恨终身的，我没说错吧？”陈公博是有名的孝子，不管怎么忙，每无早晚要在母亲身边坐一会，从外面回来第一件事就是向母亲请安。所以，他说这话的时候，是发自内心的真话。

想起这件事，确实触及到谢晋元的内心那份对老母的愧疚和不安，不由地眼睛有点湿起来。

“你的妻儿还在广东老家，他们都盼着你回去，孤母寡儿的，天天为你提心吊胆，听说你的小儿子在娘肚子里，你就把他们打发回去了，现在他出生了，连你这个爹的面都还未见到，牛羊尚且有舔犊之情，何况我们做父亲，你不要太自私了！”

“你这是什么意思？”谢晋元警觉起来。

“非常简单，顺乎和平运动的潮流，和平事业是伟大的事业。你们全家可以热热络络团聚。”

“忠孝不能两全，既然选择了从军，我只能忠诚于国家社稷了，你别来跟我套近乎了。道不同不相与谋，我不会和你们这些人同流合污的，站着不会，躺着也不会！”谢晋元轻蔑地一笑。

“你的孩子会留下无法弥补的创伤。”

“如果我像你们那样认贼作父，投敌卖国，那才会使我的孩子永远抬不起头来，所有谢氏宗亲，也会遭人唾弃。陈先生，你不怕让人戳你的脊梁骨吗？你不觉得你的行为辱没了陈家的列祖列宗和子孙后代吗！”谢晋元毫无表情地看着陈公博。

陈公博沉默了，他心事重重地朝谢晋元抱拳作了个揖，说了“珍重”两字就走了。

拉拢谢晋元失败后，日本人和汪伪政府明白谢晋元是个“富贵不能淫，威武不能屈”的死硬分子，只能采取小川生前布置的“专诸刺僚”的做法了。

在这之前的1941年4月24日，即距太平洋战争爆发七个多月。胶州路兵营发生了一件大事。潜伏的日本特务，即餐厅那个厨子，以每人一万元的代价指使暗中投敌的排长老莫，收买了孤军营中三个意志薄弱的士兵，经过精心策划，在小岛的指令下，每人将鱼肠剑放在棉大衣的口袋里。一个暮春的早晨，下了三天的雨刚停，六点不到，天空阴霾重重，谢晋元像平时一样，黎明即起，五时前往操场指挥孤军官兵早操。各连列队报数以后，营值星官喊号令，队伍沿着大操场自北向南跑去。

谢晋元一个人自旗杆前讲台走下，站在大操场门口，察看和检点迟到士兵情况。见四个人穿着棉大衣姗姗来迟，神情有些怪异，非常生气，大声问：“你们为何迟到？老莫，你是排长，怎么能带头违反纪律？”

老莫若无其事地走到谢晋元面前，目光阴鸷，说：“我们身体不好，多睡了一会，再说，这么操练有什么意思？你要什么军阀作风？”

谢晋元火了：“你这是什么话？你是军人，不管在哪里，都要遵章守纪，看你们吊儿郎当的，快脱掉棉大衣跑步去！”

谢晋元话刚落音，老莫便从大衣口袋取出匕首，喊一声“滚你的军纪吧！”，当先刺向谢晋元面门，谢晋元没有防备，突遭袭击，顿时鲜血迸溅，老莫随后在谢晋元头胸疯狂猛戳，其余三人也拥上去行刺，谢晋元多处受伤，当场倒地，紧咬着牙，紧闭着眼，极力熬忍痛苦。

团副上官志标远远看到这一幕，带了队伍直奔过来，见四人手持亮闪闪的匕首行刺谢晋元，吆喝着：“你们要干什么？快放下刀子！”

见上官志标冲过来，老莫四人一不做二不休，围住他就猛刺，上官志标左肩、左额、腰部等处受伤，当场倒地。其他官兵在吃惊之余，立刻扑向凶手，缴下凶器，四个凶手俯首就擒，这时，万国商团的士兵闻讯赶来，将四个凶手押走。

孤军士兵责骂这四个人：“你们反了，你们做了连鬼子都不敢做的事，你们真是心狠手辣，作这样的孽，死有余辜！”老莫冷笑几声说：“你们看好了，没几天我们就可释放回来，那时我请你们吃饭，这样的日子我受够了！”战士们责问他：“你们还是中国军人吗？”老莫说：“什么中国军人，俘虏而已，不过，你们放心，再过两个星期，你们也可恢复自由了。”

团副雷雄打电话叫救护车，老莫等四人被万国商团白俄士兵押送巡捕房羁押。急救车尚未到，谢晋元因左太阳穴及咽喉等要害处受重伤，挨至六点出头，溘然长逝。上官志标流血很多，送医院抢救，幸未击中要害，生命无虞。

噩耗传来，万民悲愤，全市震惊，兵营更是沉浸在无限的悲痛之中。谢晋元的遗体移入他的卧室，雷雄为他更衣，换上崭新的军装、军帽，擦尽脸上身上的血迹。全体官兵依次在床前祭拜，敬着军礼，哭着，孤军营一片号啕之声，万国殡仪馆派人来为谢晋元洁面容化妆，然后以孤军名义发表了讣告。

晚上，大雨如注，天色墨黑，天公也在为这个精魂的离去而哀号。营内官兵举行小殓，将谢晋元遗体移入棺木，盖板上半截镶水晶玻璃，灵柩安放在孤军营礼堂。全体守军分批站岗守灵。重庆驻上海当局派代表，冒雨前来吊唁，慰问全体孤军，并宣命雷雄为孤军营长官。闻讯赶来的市民站在铁丝网外，瓢泼大雨中，黑压压的一片，雨水泪水混杂在一起，在每个人脸上淌着，哭声如诉如泣。然而，眼睛里又冒着火，透露着愤懑。明眼人都明白，这起惊天血案的背后是日本人，他们早已视谢晋元为眼中钉肉中刺，欲置谢晋元于死地而后快。第二天，在礼堂举行大殓，礼堂门前竖素色牌楼一座，松枝白花。灵堂如雪，遍布白幔，悬挂蓝白布灯，左右分挂一幅幅挽联，灵台上置清酒、燃白烛，上悬谢晋元骑白马远眺的大幅遗像，挂全体孤军官兵挽匾“忠昭千古”，旁挂雷雄团副率全体官兵的挽联，几十只花圈分置两侧。后墙上，分挂党旗国旗，正中装设霓虹灯之奠字。谢晋元棺木安置其前方。

棺盖开着，谢晋元安详地躺在里面，周身工整，表情一如生前那样，沉稳而坚强，仿佛恶战之后，疲惫不堪，沉沉入睡似的，酣睡一觉以后，他再起而投入战斗。葬礼由雷雄主祭，全体将士暨来宾胸前戴白花，左臂系黑纱。哀乐低回，呜呜咽咽。前来送葬吊唁的各界人士几天内多达二十余万人，整个租界在喊着谢晋元的名字，想到国家破碎，敌寇逞凶，九曲回肠，寸寸断裂。

李香梅伏棺大哭，久久不愿离去。她昨天下午接到龚宇伟的电话，当时，她没有课，在宿舍里看书。龚宇伟低沉的声音，在她耳边像一声晴天霹雳，顿时，她握着电话愣住了，她的心急剧震动了一下，又急剧地往下坠落，不可阻挡地坠落，紧接着脑子里哗地一片空白，眼泪涟涟地放下电话，范吟月问她，“香梅，啥事体？到底啥事体？”李香梅说，“谢晋元，谢晋元他今早被奸细刺死了。”

说着，她哗啦一声哭了起来，范吟月也痛哭流涕的。哭了一会，她们去找饶神父，饶神父划着十字，喊出了声，“不，不！主啊，这不公平，太不公平了！”李香梅要和范吟月去孤军营看谢晋元，饶神父劝她们暂时别去，那里一定乱透了，你们别去添乱。等明天再去灵堂吊唁吧，我也要去，送谢团长上天堂，天庭里上帝会欢迎这位无与伦比的英雄的。

到了晚上，下起了雨，李香梅实在忍不住了，穿着雨衣，打着雨伞，等不到出租车和黄包车，她一路跑过去。一路上都是深深浅浅的水洼，她一次次踏进水洼，水溅到裤腿里，胶鞋进了水，袜子变得又湿又凉。到了兵营，门口封锁着，不让人进，铁丝网外人流如海，她站在人群中，远远望着谢晋元的那幢小楼，亮着灯，石头般静默，她有种错觉，没有发生什么事，谢晋元没有死，他还活着，一定是龚宇伟搞错了，可能是坏人在造谣。可是，不对，周围的人都在哭，泪水狼藉地流得满脸，有的男人哭得捶胸顿足，忽然，她听到孤军营传出一阵阵声音，那是响亮的群体的哀恸。李香梅木然地站了很长时间，自己都不知道什么时候回到学校的。

李香梅哭着将那幅在四行仓库升旗的照片和绣有谢晋元签名的手帕置于棺内，并把一副哥哥留下的纯金的袖卡和一个领带别针放进一个装满干花的纸盒放在谢晋元头边，李丹沪曾告诉她，谢晋元突围出来后，要为他备一套西装和这套东西，谢团长穿西服一定很好看，保证租界没人认出他。哥哥的话她记住了，这套袖卡和别针也留在了她身边，她打算再次见到谢晋元时送给她。

全国各地纷纷发出唁电，举行追悼会。许多报纸出版特刊、号外，谢晋元的遗像加上了粗粗的黑框。追悼大会后，谢晋元的灵柩安葬在孤军营金鱼池小花园内，从此，孤军坚守一件事，每天给谢晋元陵墓祭扫、献花和上香。

蒋介石发文予以表彰：谢晋元同志之成仁，为我中华民国军人垂一光荣之纪念，亦为我抗战史上留一极悲壮之史迹。……谢团长虽不幸殉命，然其精神实永留人间而不朽。谢团长不仅表现我军人坚贞壮烈之气概，亦为我民族不屈不挠正气之代表……

5 月 8 日，国民政府追认谢晋元为陆军少将。

那几个凶手被租界法院判处死刑，但不久租界易主，这件案子转到汪伪政府上海高等法院，从此再也没有任何下文。据说，法院法官宣称维持原判，但没有看到凶手被绑赴刑场执行死刑的告示和报道。岁月动荡，多事之秋，人们很快就对这几个凶手的处置一事淡忘了。也不奢望汉奸的法院会对汉奸作出公正的判决。有头脑的人都能下这个结论，那是万万不可能的，要是真的那样杀了凶手，倒是天大的奇闻了。

1941 年 12 月 7 日，上海最寒冷的日子，李香梅正在教室里听饶神父讲神学。日本军方经过几个月的谋划，出动几百架飞机，几十艘军舰，对夏威夷珍珠港美国海军基地进行偷袭，黑压压的乌云般的机群掠过珍珠港上空，掷下一串串炸弹，使得美国几十艘军机和几百架飞机的基地毁于一旦，这个重要的控制太平洋的军港刹那间变成一片火海，一片焦土，一堆废墟。到处是断壁残垣，卷曲纠缠的断臂残肢的尸体，一艘艘散落在海面上的军舰的残骸。

就那么短短的九分钟，二千多名还在睡梦中的美国士兵永远闭上了眼睛，美国的军事力量受到重创。美国人为自己的傲慢、大意和懈怠付出了沉重的代价。这是美国人建国以来从未有过的败仗。世界为此震惊，蒙羞的美国政府立即向日本宣战，二战全面爆发，中国与英法美结成反法西斯同盟。

12 月 8 日，日本军队从苏州河的多座桥上进入租界，在日军炮火轰击下，英国炮舰“海燕”号被击沉，美国军舰“威克”号被迫自毁炸沉，已经没有了军队的租界，对日军的占领未作丝毫抵抗，日军如入无人之境，畅通无阻。仅半天时间，租界便完全沦落日本人手中。一切都来得非常突然，当孤军营反应过来，企图突围，大量日军和汪伪政府的沪西特警已将孤军营严密包围，万国商团的士兵见到日军乖乖地举起白旗投降，主要军官被关进集中营，士兵遣散。孤军营突围已无可能，日方下令孤军营取消一切活动，只许待在营房内，营房外有沪西特警设岗把守。孤军营大门紧锁，严禁外人入内，所有书报统统拿走。唯一可去的地方是营区的小教堂，汪伪政府指派牧师来传教布道，战士允许进去参加宗教活动，鼓风琴的优美、轻松的乐章和闪亮的刺刀、停在门口的战车难以协调起来。

封锁二十天后，日本军方正式宣布接管兵营，但要挪动到另一个地方去，私人物品可以带走。然后，开来十几辆公共汽车，孤军战士分别上车。几卡车日本兵在车队前后押送，车顶上架着机枪，飘着太阳旗。当车队开出孤军军营大门时，胶州路新加坡路一带自发聚集无数民众，迫于敌人的淫威，他们只能默默目送孤军离去，表情冷若冰霜，敢怒而不敢言，但内心为孤军的命运深为担忧，眼神忧郁而伤感，热泪倾泻。

孤军被转移到宝山的月浦机场，四周围了好几道铁丝网和电网，孤军住在机场的棚屋和日式房屋内，日军日夜严密警戒。汪伪政府派人游说，动员参加和平军，许之以优厚待遇，金钱、官位等等，无人理睬。每天还送来多份汉奸和日文报刊，内容无非宣传中日共存共荣，和平救国等，还用色情照片、话剧、歌舞来腐蚀战士。也有汉奸来“现身说法”，以蛊惑人心。在雷雄带领下，大家都无动摇。耗了四十多天，汪伪人员向雷雄摊牌，两条路：或参加和平军，或当劳工做苦役。雷雄不加思索地说，宁当苦役，不当汉奸。

从此，孤军就辗转各处做牛作马，受尽了虐待折磨，吃尽了苦头，其中有五十多人被送到中缅边境修路，所修之路被称为“死亡之路”，很多人客死他乡。有六十多人被送到溧水窑厂当苦力，在押送途中，有多人逃脱。其余的孤军作为俘虏关在南京老虎桥监狱。其中伺机逃出近百人，其中包括上官志标，他劳役过重，引起伤口复发，就医过程中脱逃，逃到皖南抗日根据地。虎口脱险的孤军官兵有的去了重庆，有的参加了新四军八路军。

其中有 57 名孤军，在 1942 年末，被押上称为地狱船的海轮，经过三十多天颠簸，像当年白人殖民者向美洲贩卖黑奴一样，被押送到巴布亚新几内亚拉包尔战俘营做苦工，除孤军外，还有新四军、八路军战俘，也有强行抓来的平民。这是个热带岛国，气候炎热，森林密布，毒虫肆虐，苦役们终日修筑公路，建防御工事，这些活都是极沉重的，满眼看去，都是赤身露体，下体有块布条一遮的人，低着头在吃力地挖土开山，看不见一张开朗的脸，也听不见一声欢笑，只有“邪许、邪许”力弱不胜其负的呼喊。加上强光暴晒，伙食既差还不能果腹，只能采野果充饥，体力哪经得起这么大的消耗，稍事休息，日本人便非刑即打，晚上露宿，虫豸扰人，不得安寝，更可怕的是热带病疫厉害，一旦染上，得不到好好治疗，只能等死。一千多人，打死的、累死的、病死的不计其数，孤军中有个医官，他带着大家采草药，对防病治病起到了效果，减少了死亡。

日军在占领租界最初的几个星期，拘捕了一批英美人，包括工部局、总巡捕房和驻军的领导人，还有他们认为反日的商人和报纸发行人，一些英美国籍的公民，许多身份显赫的犹太富翁也不能幸免。华懋饭店的大班维克多·沙逊在这之前已悄然离开了上海，临走前，他站在堤岸上，久久注视着那个深蓝色的金字塔，镌刻在塔下的花岗岩墙面上的一对猎犬，那是缇灵犬，是沙逊家族的族徽，也是这幢大厦的标记。上船前，他念了句学会不久的南唐李后主的诗："最是仓皇辞庙日，教坊犹唱别离歌，垂泪对宫娥。"他带走了男仆和女仆，在他七十七岁那年，他正式和他的护士结婚。他组织的九点一刻俱乐部的会员也先后离去。

沈石蒂被日本宪兵带走了，在一间审讯室里，站着日本军官和士兵，个个像凶神恶煞。在审讯时，他哼起了歌曲。一个士兵举起枪托要打他，但是军官制止了他。军官说，如果一个人在如此苦难下还可以唱歌，那就意味着他任何东西都不会隐藏，也不会撒谎。后来他被释放了。日本兵在他店里发现许多地位很高的人拍摄的照片底片，里面有教皇代表、墨索里尼时期的意大利大使，还有一些日本人。他在上海朋友多、人脉广，中间有汪伪政府的要员，他们都为他说情。另外，他的苏联护照也帮了他忙，日本人和美国交战后，不想得罪苏联了，于是放过了沈石蒂。

外滩矗立着两座铜像，南京东路街口，站着早期任英国驻沪领事的史密斯·巴夏礼，它面向繁华的南京路，伸手向前，挺胸抬头，一副傲视脚下这块土地的姿势，不远处，是一尊赫德铜像，他身穿短大衣，沉思地低着头，他担任清政府海关总督多年，他在这个岗位上，完善了中国人当时所完全不熟悉的进出口关税制度。为此，在他铜像的底座上，有中国人称颂他的一行字："立中华不朽之功"。

一个上午，日本军队将这两尊铜像用绳索拉倒在地，装上卡车运到军工厂回炉造子弹壳。

不久，英美政府宣布废除在华的行政与管理权，交还了中国政府，法国紧随其后，同样表了这样的态。针对同盟国的这一行动，并为了改铸汪伪政府傀儡形象，1945 年，日本御前会议决定："尽速撤消在中国的租界"。1943 年 8 月 1 日，汪伪政府与日本驻南京大使在原公共租界工部局礼堂举行了租界交收仪式，这是场闹剧。实际上控制租界的仍是日本人。

龚宇伟的书店一直在福州路低调的开着，因为它不起眼，几乎没有引起人们的注意，而这样的小书店，在四马路挤挤挨挨很多。李香梅、骆瑶琴、范吟月在他领导下，从事秘密工作。李香梅和范吟月已从震旦大学毕业。李香梅在一所中国人办的大学当老师，讲授历史和国文，学生中有很多是逃避在租界的难民子女。

日本军队占领上海租界那天，李香梅参加一个校务会议。会议简短而悲壮。学校校长说，日本鬼子已进入上海租界，学校校董会已做出一项决议，当看到一个日本兵或一面日本旗经过校门时，立即停课，将这所大学关闭并转移到后方办学。李香梅给学生讲课。她像《最后一课》里的韩麦尔先生那样认真地坚持讲课，课堂里每个学生都专注地听课，记笔记。李香梅表面看上去极镇静，课也讲得很流畅，但她一颗心却在晃荡着，她暗暗深深吸气，力求让自己保持平静。课越讲越清朗，语音里透着坚毅而沉着，像殉难者的最后的晚餐，像冲锋前的士兵上了刺刀，准备向前冲去。

上午 10 点 30 分，远处传来狂呼声，一辆辆满载着日本兵，扬着太阳旗的汽车，从校门口呼啸而过。李香梅看见这些汽车，立刻合上了课本，一字一句地说："现在下课！今天这一节课是最后的一课，学校从现在起停办了。我想，我们所有的教师和学生都不愿在日本人的刺刀下上课。"

学生们不约而同地站起来，立得笔挺，一言不发，筋骨叽嘎作响，静静地目送着李香梅从容地走出教室，有几个女同学低低地啜泣着。其实，李香梅心里如四丹嫩叶的汁液般苦涩。她发现自己的唾液突然变得那么黏稠，凝结在牙床间。

在华懋饭店的三楼大厅，1942 年新年，汪伪政府正在举行新年慈善舞会，主持会议的是汪精卫夫人陈璧君，她用尖细的带着东南亚口音的英文演讲着，眼镜片后面的目光很尖锐，她要大家为接济战争孤儿而捐物捐钱。

李香梅、范吟月和骆瑶琴打扮得像上流社会的小姐，时尚而高雅，她们分别和一个浓眉方脸的日本军官以及与一个戴着金丝边眼镜的英俊文气的日本人跳舞，这个日本人留着滑稽的唇须，仅仅是那么一小块。他们几乎贴着脸，低声耳语着，在日本旗和汪伪旗帜下旋转着，音乐是中国的，租界舞厅流行的那些歌曲，还有广东音乐，陈璧君坚持不用日本歌曲，同时，坚持要乐队奏广东音乐，她是广东人，广东情调的音乐让她感到亲切和温存。这时候，她平时总是虎着的胖脸显得圆润多了。

那两个日本人就是上海租界中共谍报团的中西功和西里龙夫，他们利用这次舞会，向李香梅、范吟月、骆瑶琴通过暗语提供情报。龚宇伟本来不允许李香梅参加的，认识她的人太多，李香梅辩解说，五年多了，谁还会认识我？难道我变成老太太才能露面。龚宇伟盯着她看了一会，他发现，李香梅已成熟了，模样也变了，不像前几年那样青涩、稚嫩了，再化妆一下，无人会认出她就是当年向四行仓库献旗的那个中学生。龚宇伟同意了。这次得到的情报十分重要，是日本军方通过缅甸向中国西南进攻，迂回包抄重庆的计划。计划中有修缅中公路，袭击陈纳德飞虎队的内容。还有秘密研究细菌战的731部队的情况，有活体解剖八个美国战俘的微型胶卷。

几个月以后，由于叛徒的出卖，谍报团被日本情报机构破获。他们先后被逮捕，并被军事法庭判处死刑。不知为什么，他们没有被立即执行，也许日本情报机构在等待他们悔悟，以供出更多的潜伏在日本内部的异己分子和反战分子。但他们什么也没有说，不过，中西功作为日本人，居然在监狱内写了本关于中共党史的书，这是历史，众人皆知，没有情报的现实价值。他们幸运地活到抗战胜利。两人都被释放，回到日本，成了战后新成立的日共领导人。

谍报团侦破，中西功和西里龙夫被捕，龚宇伟带着李香梅、范吟月、骆瑶琴撤离到皖南，李香梅再转移到重庆，在中共办事处当翻译。她见到了张雨桐，张雨桐已成了《新华日报》副主编。抗战胜利，李香梅参加了军调小组，陪美方观察组人员赴延安考察。解放后，李香梅调入外交部，新中国成立，百废待举，尤其缺外交人材，周恩来点了一批人的名，李香梅是其中一个，她在军调组的表现，让美方印象深刻。她派驻某国当三秘、二秘、一秘直至参赞。张雨桐和龚宇伟虽然在延安整风运动中受到审查。但后来还算顺利，解放初，龚宇伟在华东局任副书记，张雨桐任上海市委宣传部处长、后升任副部长。

在撤离上海之前，李香梅在家里的时候，已习惯地望着空中，在花园阳光充足视野开阔的地方站着，天空湛蓝，云卷云舒，春风微醺或秋风劲吹，有时她坐在树底下，脸藏在树荫的阴影里，显得特别深邃，围栏外的浮华景象已不见了，行人不是默然就是黯然，反正留下的是一个个沧桑的身影。经常有日本兵踏着大头皮鞋不可一世地走过。她幽幽的，几乎绝望了，不敢往下想。一天，在刚露曙色的清晨，门房捧着两只鸽中的一只，敲响了李香梅的房门。

李香梅从鸽腿上取出一张纸条，上面写着一句话：I am in the Pacific island of Guadalcanl，I am U. S. military officer and has been promoted to second lieutenant.（我在太平洋中的瓜达尔卡纳岛，我已晋升为少尉排长，我已是美国

军官。)

收到这张御风穿雨而来的纸条,她蹦跳起来,脸涨得通红,心跳加快,心情像五月温暖的阳光下,她悠闲地听着音乐那样轻松、明朗。那是只白鸽,她亲自喂它水、玉米,一遍遍抚摸它的羽毛。她马上打电话告诉范吟月、骆瑶琴、龚宇伟,第一时间又告诉妈妈,当晚忍不住喜滋滋地告诉下班回来的阿爹,晚上,她又一个人在街上踽踽而行,打量着游离的路灯以及都市万家灯火,还有稀少的路人。

可是此后,马赫再也没有任何消息,直到抗战胜利,日军投降后,他仍然杳无音讯。美国海军陆战队又大批地出现在上海的街头,黄浦江里停泊着飘着星条旗的军舰。她从重庆回上海看望一天天老去的父母亲。看到那些快乐的美国兵,金发、碧眼、潇洒的军服,一个个都是"密西西比河热带雨林",她很自然地想到马赫。有时候,看到美国水兵三五成群走过,她甚至会出现幻觉,仿佛马赫就在其中,正朝她奔过来。

有一天,她奉命准备离开上海去延安,那只黑鸽从空中不知何故突然俯冲下来,猛撞在二楼窗户的玻璃上,当场就死了,脚上空空的,什么都没有。这是怎么回事?李香梅心里剧烈地震动了一下,她马上有一种不祥的预感,马赫不定出了什么大事……

李香梅的预感没错,马赫是出了事,他所在的海军陆战队随几千军人在另一场夺岛战斗中苦战多日,他们在一片热带雨林里迷了路,已是精疲力尽,饥渴难耐,越走越慢,已没有什么战斗力了,后来被日本人发现并俘获,连同马赫手中的那只鸽笼,他第一个动作,就是打开鸽笼,把鸽子放走,鸽子在他头顶的天空盘旋了几圈,就直冲云霄,消失了。

这个岛最终被美军攻占,日本部分军队押着战俘乘上唯一的隐蔽在一个河湾的军舰撤离。这艘军舰来到巴布亚新几内亚,美国战俘和澳大利亚战俘编在一起,另一批人是中国俘虏,马赫意外地在绵密的树林里认出了八百壮士中的几十个战士,其中有排长伍杰和汤医官。他为这样的奇遇感到高兴而慰藉,犹如异乡见到亲人,和他们一一拥抱。当听到谢晋元和孤军营的惊心动魄的遭遇,他像孩子般唏嘘不止,他问到了李香梅,战士们提到香梅在灵堂抚棺长哭,还放进了一张照片,四行仓库升旗的照片,这张照片是马赫拍摄的。他身边也带着这张照片,还带着他的相机。他的枪给日本人缴去了,但他把相机放在一只背包内,里面是一个不锈钢饭盒,一把勺子,没有被日本人发现。

巴布亚新几内亚变成了日本人的魔鬼的岛屿，战俘像进了魔鬼之门，热带的燥热、倾盆大雨、繁重的劳役都没有打垮马赫，他心目中有个信念，大洋那边有个美丽温婉的姑娘在等他，那个巨大的都市遥远而清晰，他脑海里始终有一面微微翕动的旗帜。美国和澳大利亚战俘同样受到日本军人的虐待，包括随意辱骂、殴打、关禁闭、停止供应食物和水。而日本人由于相对于西方战俘，身材更显矮小，文明程度不如欧美列强，这使他们自卑而更变态，战场上击败那些白种人，会给深刻的自卑病带来一种解脱。虐待这些白种人战俘，则是更大的解脱。所以他们动不动就惩罚美国、澳大利亚战俘，日本军人往往会突然发怒，想打就打，想罚就罚。马赫遭受过不止一次毒打，有一次，他遇见一个日本中佐没有恭敬地弯腰，被那家伙猛扇耳光，然后几个日本兵围上来猛烈地殴打，直到他被打倒在地。

导致马赫死亡的是那只相机，那天马赫取出相机，想拍几张战俘干活的照片，结果被日本兵发现，要缴掉他的相机，马赫死活不肯，日军指挥官的兽性高浓度爆发出来，取过一把冲锋枪对马赫疯狂扫射，马赫身上被打成蜂窝似的，他倒下了，手里还紧紧抱着那只随他在枪林弹雨中一次次出没的相机……

2009年清明节前，一个鲜为人知的地方——巴布亚新几内亚突然成为中国的新闻热点，频繁地出现在网上、报刊上，引起海峡两岸官方和民众的高度注意。巴布亚新几内亚全称“巴布亚新几内亚独立国”，位于南太平洋西部，包括新几内亚岛东半部及附近俾斯麦群岛、布干维尔岛等六百余个大小岛屿。

新闻报道称，1942年，太平洋战争爆发不久，日军攻占这个岛国，建设海空军基地，作南进跳板。这里曾关押过中国、美国和澳大利亚的战俘，日军与盟军在新几内亚中部雨林与欧文斯坦利山脉间也曾发生过激战，跨越海拔四千公尺山脉轰炸对方，伤亡惨重。战后几十年里，美澳两国军方都持续在新几内亚寻找失踪的军人遗骸。

日本占领巴布亚新几内亚后，曾将俘虏的四行仓库守军以及新四军和共产党领导的游击队战士，共计1 600多人，强行押解到这里，充当苦役。修筑机场、作战工事、营房，搬运战备物资。日军对中国战俘百般摧残。每天要在高达四十多度的高温下，连续干苦活十多个小时，稍有懈怠，便遭到毒打和惩罚，如断食断水、在烈日下跪着暴晒等。

战俘们的生活和环境极其恶劣，酷热、饥饿、虐待、苦役、疾病，使他们精神和肉体不堪重负，生不如死。部分战俘因此精神错乱，更多人魂断岛国。至1944

年，日本军队补给完全断绝，他们开始吃香蕉、芭蕉叶、各种野果、树根、蛇、蜥蜴，这些东西很快吃完了，便开始人吃人。战俘死掉了，掩埋后他们挖出来刮掉手臂和大腿的肉，那时，不管是日本兵还是战俘都很瘦，只有这两个地方有肉。美军开始轰炸巴布亚新几内亚，日本军队下命令，凡逮到新的美国战俘可以杀了吃。1944 年 9 月 2 日，一架美国飞机被日军击落，机上 9 名美国士兵坠入海里，其中 8 个被日军俘虏。4 个被斩首，另外 4 个美国飞行员被杀，日本兵将他们煮了吃掉。9 个美国士兵中唯一获救的，来自麻州，刚满二十岁，在海中危急漂流的时候，被一艘美国潜艇浮上水面救走。这个死里逃生的美国军人，在六十五岁那年，当选为美国第四十一任总统，他就是乔治. 布什。直到抗战胜利，日本投降，盟军解放了巴布亚新几内亚，解救了拉包尔战俘营里的盟军战俘和中国战俘。这时，1 600 多名中国战俘中死亡达 653 人，剩下约 1 000 人。57 个“八百壮士”，死了 21 个，幸存 36 个。他们被美澳联军救起，送回国内。死去的战俘，其中包括 21 名四行孤军，还有多名八路军新四军战俘，更多的被强征来的中国平民，他们永久地留在这片异国的土地上了。

幸存官兵回国前，曾与当地侨民合作修建一座公墓，安葬英烈遗骸。但十几年后墓园失修荒芜，遭当地政府夷平，加之火山爆发，墓区被火山灰和浓密的热带灌木所淹没。中国军人的墓冢就被人们逐渐淡忘。而美国和澳大利亚为死亡战俘建立了一个整齐、宁静的陵园，马赫长眠于此。

2008 年年底，一位前澳大利亚飞行员告知巴布亚新几内亚的一名华侨，说他们在寻找失踪官兵残骸过程中，意外发现密林中有几座刻着中文与青天白日图案的墓碑。这名华侨雇当地人带路，果然在山坡荒烟蔓草间找到三座中国军人墓碑，其中两块可辨识碑文，另一块受损严重，已看不清字迹。显然，这里就是牺牲的中国战俘的坟场。坟场的火山灰里到处是武器的残骸碎片、生了锈的裹着泥巴的飞机螺旋桨、没有爆炸的炮弹、日本兵的兵籍牌，还有累累白骨。

2009 年夏天的一天，阳光充沛，花香鸟语，阒静无人，一个戴着太阳镜和白色草帽，脸部轮廓清秀，腰杆挺直，气质高贵而优雅的老年妇女在当地官员的陪同下来到马赫墓前和孤军营战士墓前默哀献花。她摘下草帽，白发在阳光下闪着光。她不哀也不痛，漫长的时间耗尽了她的悲伤和痛苦，过滤成难忘的思念，此时此刻，她思绪翻腾，往事如烟，爱怜齐涌。时空交错，真不知道是置身何地了。

她用双手轻轻抚摸着马赫的墓碑，一群鸟在她脚边飞去。墓碑并不冰冷，酷热的光线使它微微发烫，发烫的碑石让她的心里升起一股暖意。碑上端镶嵌着一幅瓷照，着军装，围黑白相间的毛线围巾，胡子拉碴，神色严峻，这是周徽在淞沪战场替他拍摄的。这条长长的厚厚的围巾是她一针针编织的。据当时他的战友回忆，他生前曾关照，如自己牺牲，用这张照片放在墓碑上，另外将那只照相机和升旗的照片放进他的棺木。战友们按他的叮嘱，一一照办了。

这个风韵犹存的老年女子就是已退休的职业外交官，驻某大国的前大使李香梅。这一年，她已年届 87 岁。一直独身。

她和马赫分别了整整 60 年。